失控的记忆

（上）

MEMORY OUT OF CONTROL

眼见可能为虚
记忆也会说谎

在这个失控的世界
爱是唯一的希望

陆沉 \ 著

台海出版社

图书在版编目(CIP)数据

失控的记忆 / 陆沉著. —北京:台海出版社,2018.8
ISBN 978-7-5168-2001-8

Ⅰ.①失… Ⅱ.①陆… Ⅲ.①长篇小说-中国-当代
Ⅳ.①I247.5

中国版本图书馆CIP数据核字(2018)第156969号

失控的记忆

著　　者：陆　沉	
责任编辑：俞滟荣　曹文静	装帧设计：天下书装
版式设计：天下书装	责任印制：蔡　旭

出版发行：台海出版社
地　　址：北京市东城区景山东街20号　邮政编码：100009
电　　话：010-64041652(发行,邮购)
传　　真：010-84045799(总编室)
网　　址：www.taimeng.org.cn/thcbs/default.htm
E-mail：thcbs@126.com

经　　销：全国各地新华书店
印　　刷：三河市人民印务有限公司

本书如有破损、缺页、装订错误,请与本社联系调换

开　　本：880mm×1230mm　　1/32
字　　数：408千字　　　　　　印　　张：17
版　　次：2018年9月第1版　　印　　次：2018年9月第1次印刷
书　　号：ISBN 978-7-5168-2001-8
定　　价：80.00元(全二册)

版权所有　翻印必究

目录 Contents

1 洞悉人心 >> 001
2 恐怖梦魇 >> 028
3 针锋相对 >> 055
4 空白记忆 >> 082
5 缱绻往事 >> 107
6 被虐哑女 >> 137
7 罪恶萌芽 >> 159
8 可疑旧案 >> 188
9 由爱生恨 >> 212
10 操控人心 >> 238

1 洞悉人心

这栋三层高的房子有些年头了，位于沙市郊区，周围类似的老房子都已经拆迁，余下这独门独栋的楼房显得尤为萧瑟。

此时夜色已深，四周一片黑暗，房子二楼的一扇窗户里透出微光，使深沉的夜色多了一抹诡谲。

那微光来自房间角落的一台电视机，此时电视机里传出的女声正在一板一眼地播报新闻。

"今日，第十届沙市'十大杰出青年企业家'评选结果正式揭晓，在激烈的角逐中，沙市傅森房地产股份有限公司董事长傅司衍、沙市梵赛尔股份有限公司董事长刘强民、沙市翰林投资开发集团有限公司董事长庄莫言等 10 名企业家获得'十大杰出青年企业家'荣誉称号……"

电视机前只有一张老旧的单人沙发，沙发下的木地板已经发霉。沙发上坐着一个气质阴郁的男人，他微微地抬起头，视线从电视荧屏移到电视机后方的墙上。

墙上贴满了照片，照片里的人正是此刻新闻播报里的沙市"十大杰出青年企业家"之一。

"傅司衍……"男人的嘴角勾起笑意，目光冰冷却又透出一丝古怪的温情，"很快，我们就会见面了。"

早上八点，床头的闹钟准时响起。

傅司衍从床上坐起身，揉了揉胀痛的太阳穴，努力平复自己躁怒的情绪，然而耳边的闹钟机械重复的铃声让他更加心烦意乱。他彻底失控，一把抓起电子闹钟朝墙角狠狠地砸了过去。

"砰——"

一声巨响，世界清净。

傅司衍重重地呼出一口气，往后一躺，沉重不堪的头重新陷入枕头里。他闭上眼睛，喊了一声："何助理！"

卧室门外立刻传来助理何岩恭敬的回应。

"傅总，早餐和视频资料都已经准备好了。"

傅司衍闭着眼休息了两分钟，最终起床。走进卫生间简单洗漱后，他推开实木衣橱，里面冷色系的衣服分门别类排开，衣服上贴着不同日期的编号。傅司衍找出今天的，一件件换上后，看了眼试衣镜里的自己。

做工精细的 kiton 西服将他整个人衬托得修长挺拔，里面一尘不染的白色衬衫，为那张英俊而极具冲击力的脸增添了几分柔和。只是这个男人骨子里散发出来的气质太过清冷疏离，甚至有一种封闭的沉重感。

傅司衍试着抬起嘴角笑了笑，礼貌和诚意瞬间浮现在脸上，但那双深邃的眼睛里却毫无波澜。

为了让这种流于表面的笑容看起来自然，他曾经演练过无数次。

傅司衍常常觉得自己在露出这种看似温和的笑容时，脸上被牵动的每一寸肌肉其实都透着精明和贪婪，但这却是纵横生意场的利器之一。只是在一瞬间，他总会想起另一张脸，一张七岁小女孩的笑脸，小女孩的笑竟似里程碑般刻在他脑海里。

那张"里程碑"式的笑颜，眉眼弯成桥，像雨过天晴后挂在苍穹的彩虹。

相比之下，他笑得真是太难看了。

傅司衍放松脸部肌肉，走出房间时，他的表情已经恢复到最真实的淡漠。

餐桌上摆着一份营养丰富的西式早餐，站在旁边的何岩注意到傅司衍眼底的青晕，心知他昨晚又没有休息好，忍不住叹了口气："这个星期第三次了吧？"

身为傅司衍的私人助理，何岩是仅有的两个真正了解傅司衍的人之一。另一个，是傅司衍的心理医生梁荣轩。

年轻有为的商业奇才傅司衍，多年来一直被一个奇怪的梦魇缠绕，梦里一片猩红，小狗的叫声凄厉可怖，逼迫他在无数个夜里从梦中惊醒，直到天色微亮的时候，他才能睡着一会儿。然而身为一家正处于发展阶段的地产公司的"一把手"，他白天不可能有多少休息时间。

傅司衍没吭声，径直走到餐桌前坐下，看了眼贴在对面墙上的水彩画。

那甚至不能称之为画，看起来仅仅是一幅年代久远且严重拉低整栋房子审美水平的小学生涂鸦而已。画里只有一个小人儿，如果不是那头泡面一样的黄色长发和粗糙的连衣裙，连性别都很难分辨。画的右下角有作者的签名，歪七扭八的两个字——然然。

傅司衍对这幅画挺嫌弃，近二十年的时光，也没法让他昧着自己的良心和品位用一种欣赏的眼光去看待它。但只要是在家，他每顿饭都是由这幅丑画陪着。

习惯已经根深蒂固,而他惊人的记忆力,更是让他毫不费力地就能想起这幅画的作者,以及她那张笑起来缺两颗门牙的脸。

七岁的然然。

他没有问过她全名,也没兴趣知道,只听她父亲这样叫过她几次,就记住了这个称呼。这个几乎毫无意义的代号,烙印在傅司衍的生活里,沉淀为必需品。

就在傅司衍收回视线,准备吃早餐的时候,忽然"砰"的一声,客厅的一扇窗户应声而碎,四分五裂的玻璃碎片顺着窗帘下摆落进屋子里。

"砰!砰——"

又有两块砖头接力般地从院子砸向摇摇欲坠的玻璃窗,"哗啦"一声,整扇窗户被彻底砸成了一个空架子。风灌进来,鼓起暗色的窗帘,像件嗜血的战袍,迟迟不肯偃旗息鼓。

何岩迅速按响了墙上的报警器,报警器连着离别墅最近的派出所,比打110快得多。按完报警铃,他快步走到客厅窗边,掀开帘子看外面的情况。

"是赵志强。"他告诉傅司衍,"那个钉子户,也不知道怎么找到这儿来的。"

外面的人似是把砖头扔完了,扯开嗓子开始叫骂。

"黑心开发商!你不让我一家活,你也别想好过!老子今天就要砍死你!"

傅司衍端起手边的咖啡喝了一口。他身上自带着一种清冷疏离的气质,让他随时随地都像一座孤岛,无论外界如何,他自岿然不动。就像现在,任凭窗外的叫骂声将他的祖宗十八代都问候了个遍,傅司衍兀自吃着早餐,连眼皮都没动一下。

外面那个歇斯底里的人却先崩溃了,他号啕大哭起来。

"傅司衍！你不能把人往绝路上逼啊！就给那么点儿拆迁费，你是要让我们一家六口睡大街啊！"

傅司衍用餐巾擦了擦嘴角，起身走到被砸坏的窗边，掀开帘子一角往外望了眼。外面五大三粗的男人此刻哭喊嘶吼得活像个骂街的泼妇。

"好！是你逼我的！傅司衍，老子今天就死在你家门口！以后做鬼也不放过你！"

从人到鬼算是个质变。傅司衍饶有兴趣地看着赵志强趔趔趄趄地走向身后一辆老旧的面包车，不一会儿又左摇右晃地走回来，手上多了把锋利的砍刀。

"呵……"

傅司衍眉峰微动，有点儿看好戏的意思。这一刀照脖子抹下去，赵志强要还能活，也算是从阎王手里抢命了。

"直接打给殡仪馆，叫他们来拖人吧。"他吩咐何岩。

最终，殡仪馆这单生意还是没做成，因为赵志强把刀架上脖子就蔫了。他一屁股坐在地上扯开嗓子干号，号得毫无节奏感和艺术感。

这比骂街声还要烦人。

"出去看看。"傅司衍转身往外走。

何岩紧跟在身后。

一看见出现在大门口的傅司衍，赵志强的喉咙就像被突然拧紧的水龙头，瞬间没声了。

这时候，接到报警的民警也正往这边赶，警笛声由远而近。

赵志强像个泄了气的皮球，蔫儿得不行，跪在地上。

"傅先生，傅总！我求你了，那房子是老宅，传了我们家几代人了，是我们一家六口人唯一的住所……"

洞悉人心 | 005

傅司衍不为所动，淡淡地开口："话我只说一遍，你听清楚，那块地四年前政府就卖给我们公司了，本来应该是政府出面拆迁，但拆迁办主任连着换了好几个，动作太慢，我这边才自己接手。给你们的拆迁款三十万是按照当年的标准付的，并没有少一分。"

赵志强激动起来："这几年房价涨成什么样了，三十万……我们家的房子何止三十万！没了房子，我们一家老小只能睡大街了！你不能把人往绝路上逼啊！"

"睡大街也好，拖家带口一块去跳河也好，都是你们的事。"

傅司衍漠视的态度彻底激怒了赵志强。

他从地上爬起来，拿着刀猛地扑向傅司衍。

"你不让老子活，老子也不让你好过！"

跟着一块扑面而来的，还有他身上那股熏天的酒气。

傅司衍身后的何岩立刻冲上前，毫不费力地放倒了这个醉醺醺、走路一步三晃的男人。

赵志强这回没能从地上爬起来，他两手抠着身下的草皮大哭起来，哭腔模糊了他嗓子眼儿里喊出来的字。但不用听也知道，从他嘴里吐出来的，哪怕一声呜咽都是在骂傅司衍。

傅司衍走过去，一脚踩住他握刀的手，外力使刀柄戳进赵志强的掌心，疼得他一张通红的脸彻底扭曲。

傅司衍面无表情地看着脚下的人，深邃的眼睛里只有冷漠。

"你知道就凭你今天的行为，我能让你在牢里待上半年吗？"他脚上又加了几分力。

"啊——"赵志强吃痛地叫出声。

"拆迁通知你们家四年前就已经收到了，四年时间足够你们找到住的地方，是你们根本不当回事。另外，我们公司做的一切都是按合同来的，包括强拆。"傅司衍声音平淡，却字字如刀，"至于你们是拿完钱搬走,还是找个地方以死泄愤,都随意。"

说完,他挪开脚,面朝着赶过来的警察后退两步,转身往屋里走,经过何岩身边时交代了一句:"不用把事情闹大。"

"是。"

傅司衍穿过一地狼藉的客厅,重新回到餐桌前。

那幅画中的小人儿在看他,他也看着它。透过它,他仿佛看见了送他画的那个人,那些久远的记忆在时光中变得愈加清晰深刻……

少年时的傅司衍是讨厌上学的,可他不得不去学校。

孩子的世界就是一片单纯和谐?有这种认知的人要么是万中无一的幸运儿,要么就是做作矫情的大人。

傅司衍的怪异和孤僻,让他成为全班人嘲笑的对象,哪怕在放学路上也不消停。

"傅司衍神经病,有毛病,还不快让你妈妈带你去看病!"

十岁的傅司衍两手抓着书包背带,低着头往前走,一声不吭。

但那群男孩没打算就这么放过他。

"傅司衍,你是不是一紧张就发神经啊?还在语文课上背什么圆周率,你再背个给我听听?"

"快背啊!"

"背来听听!"

不少人跟着起哄。

傅司衍被他们团团围住,真的紧张起来,抓着书包背带的手不安地握紧又松开。他果真低声背起了圆周率,那没有尽头的数字能让他感觉安全。

"背大声点儿!"

围着他的一群同龄人放声大笑，有人推了一下他的头。

忽然，女孩稚气的呵斥声插进来。

"你们这是在干什么？"

一群半大的男孩回头，就见一个胖嘟嘟的小姑娘，一手拿着块小砖头，一手握紧拳头，气鼓鼓地从他们中间挤进去，挡在傅司衍身前。奈何她身量不足，身后的傅司衍还有半个脑袋露在外面。不过小丫头气势十足，她举着砖头，一脸凶神恶煞。

"你们再欺负他，我就揍你们，还去告诉你们的老师！"

那时八岁的然然，天不怕地不怕，最最崇拜的人，是她的小哥哥傅司衍。

"哈哈哈……"男孩们哄笑。

"哎哟，你来打我啊！"其中一个逗她。

话音刚落，然然手里的砖头就朝着他的脑门砸了过去，幸亏那男孩躲得快，砖头擦过他的额角。

男孩一摸额头，看见有血，顿时吓得哇哇大哭起来。

傅司衍还没反应过来，就被一只软乎乎的小手拉着跑了。

"小哥哥，圆周率是什么？"她边跑边回头问，一双眼睛亮晶晶的充满了好奇。

傅司衍避开她的视线："是圆的周长和直径的比值。"

"噢……"拉长的尾音，摆明了没听懂，但这并不妨碍她对傅司衍的崇拜，"小哥哥你好厉害啊，你也教我背吧，我也想背圆周率。"

"不行。"

"为什么？"

傅司衍没回答。

然然小声地嘟囔："小气鬼。"

傅司衍也没辩解，他当时的想法很简单，除了然然，没有人喜欢他背圆周率，所以会背圆周率的人就等于不被喜欢，不被喜欢就会像他一样被欺负。他不能祸害人。

跑到街口，傅司衍就不跑了。他挣脱抓着他的小手，低声说："他们说我是神经病。"

小姑娘还不能正确理解神经病的意思，但隐约知道不是什么好话。

她一本正经地皱起眉。

"他们胡说八道的。"她握着小拳头说，"你别怕，谁欺负你，我就打他！我还去告诉他爸爸妈妈，让他们打他！"

她的世界，一向很暴力……

傅司衍从回忆中抽身，何岩正好从外面走进来。

"已经处理好了。"他说。

傅司衍点点头，迈步走向二楼。

"通知拆迁公司，市郊那块地皮上所有的老房子，必须在一个星期内拆干净！"

"知道了。"何岩跟在傅司衍身后走上楼梯，"以公司名义捐建的希望小学教学楼已经竣工了，校方打过电话来，希望您去参加周日的剪彩仪式。我已经婉拒了，阮总监将代替您过去。公关部也提前跟几家媒体打过招呼，他们会配合我们进行采访报道，还有一家视频网站到时会在现场同步直播，进行全面宣传。"

"就这样办吧。"

"那礼拜天您还是照旧吗？"何岩恭敬地问他。

傅司衍思忖片刻，轻轻点头："嗯，去聋哑学校。"

赵志强被民警口头训斥了一顿，签了张赔偿客厅窗户的欠条后，车也扔在路边不要了，一个人醉醺醺地往外走。他现在酒气、怒气都涌上头，只恨不得手里能有根绳子，让他就地找棵树吊死。

一辆黑色的小轿车从前方开过来，这条路不算宽，但此时赵志强已经心如死灰，像是没看见那辆车似的，也不避让，继续晃晃悠悠地在路上走着，倒是那辆黑色轿车在他面前停下了。

"赵先生。"车里人叫了他一声。

赵志强透过车窗往里一看，是一张他认识的脸。

"是你啊。"他含混地说了句，"谢谢你告诉我那王八羔子住在这儿。"继续往前走。

小轿车缓缓后退，跟上他。

"赵先生今天这一趟来得好像不值啊。"

"呵……"赵志强连苦笑都笑不出来，"别提了，有钱人作威作福，没钱的就活该被欺负死！说什么四年前就下了拆迁文件，我和我老婆小学都没毕业，哪里清楚那些东西！"

车里的男人对他很是同情："赵先生，我建议你最好还是找个律师，有专业人士帮忙，比你什么都不懂自己闭着眼睛乱撞要好。"

"找律师？"赵志强停下来，对这个提议有点儿心动，但他很快意识到自己目前的情况，又是一脸苦相，"我哪儿有钱请律师啊！"

"我倒是认识一个律师，收费低，能力也不错，而且为人很热心，经常做公益。"男人递了张名片出来，露在车窗外的手，白得有几分病态。

赵志强接过名片，看见那上面写着杜金王律所，李之然律师。

他朝车里的人连连道谢。

男人只微微一笑，升上车窗扬长而去。

六月过了芒种,正式进入仲夏,不过早前接连半个月的雨让气温一下子提不上去,近两天太阳也不算毒,不然真能把不少在工地上忙活的人晒中暑。

工地上午歇班早,十点半不到,工人就三三两两地往外走,其中有不少人伸长了脖子往街口那边张望。

"今天送盒饭的怎么还不来?"

话音未落,就见一辆老旧的电动小三轮开了过来,开车的是个女人,汗巾包头,有张秀气的鹅蛋脸,可惜上面长了不少麻子。工地上的人都是一群糙老爷儿们,也没人有心思细看她五官长得如何。

女人今天上半身穿了一件土气的碎花衬衣,下半身是一条脏兮兮的黑色长裤,还围着围裙,像是刚从厨房里火急火燎地冲出来。

"不好意思,不好意思,刚刚进来的时候被保安拦着问了两句,你们这儿管得挺严啊。"她一边停车,一边笑呵呵地和一群饥肠辘辘的工人道歉,"来来来,吃盒饭吃盒饭,老价钱啊!"

忙活一上午的工人都饿得不行,很快把盒饭抢购一空。大家都不讲究,捧着饭盒在路边一坐,边吃边聊好不热闹。

女人已经连着来这里送了一个星期的盒饭,跟他们混熟了,也参与进去一块聊得热火朝天。

"哎,你们那包工头这两天没过来啊?"她用汗巾抹了把脖子,状似不经意地顺口问了句。

她口中的包工头指的是王林,沙市叫得上名的工程承包商。

几个年轻工人懒洋洋地说:"那个有钱的老王八哪能成天往工地上跑啊。"

"也是。"女人附和道,"那些个有钱人成天吃香喝辣还舒舒服服,怎么会来这种地方吃苦。哪像我们,赚点儿血汗钱都得累死累活,所以说人这命啊……"

她欲言又止地叹了声,颇为惆怅,状似不经意地去抹眼睛,谁知用力过猛,揩下来几粒麻子。她心虚地往工人那边瞥一眼,见没人留意,又偷偷地把麻粒重新黏回脸上。

"那个老王八最近可不太顺。"年轻工人旁边的老工人往嘴里扒了口饭,用力咽下去后,才说,"拖欠工资,被几个民工找律师告了,那个女律师连着堵他好几天了!"

这个话题显然引起了工友们的兴趣,女人还没来得及接话,有人已经搭腔了。

"哎,我听说是底下的小工头拿钱跑路了,老王八手里可是有结清工资的条子呢。"

"什么跑路啊。"老工人四周环视了一眼,压低声音说,"那个小工头和我侄儿住一条街,就我那个在水果市场搞批发的侄儿。我前天上他家吃饭,在街口还碰见那个小工头陪他大肚子老婆买菜呢。我看呐,就是那个老王八不想给钱,才和下边的小王八联手来了这么一出。"

末了,他叹了口气说:"这合同没有,欠条没有,他们怎么可能要得到钱。"

女人在他说话间走到他跟前,等他说完,玩笑地说道:"大哥,你知道挺多内幕啊,要是那律师找你去作证人,你干不干?"

"干啥干啊?"老工人抽起了劣质烟,"我这钱还没拿到呢,哪里敢和财主过不去。今天这话也就在这儿多说两句,我可不想给自己惹麻烦。"

女人连连点头:"也是,人嘛,还是先顾好自己。"一只手悄悄地伸进裤兜里,把里面的微型录音器关掉。

"店里还要忙,我这就回去了,大哥你们吃好啊。"

她话音未落,两名保安忽然从后面冲了上来。

"送盒饭的!站住!"

女人一看情况不妙,哪里会乖乖站在原地,她一个箭步冲上三轮车,开起就往前跑,两名保安迈开两条腿拼命追。

"你给我站住!"

三轮车比不上小汽车,短时间内提不上速,很快就被跑得快的那名保安追上了。

他举起手里的棍子在车板上敲了两下,凶神恶煞地吼道:"停车!"

女人笑呵呵地说道:"小兄弟,你看你这是干啥。"说着顺手抓过旁边的头盔,趁他不备,一头盔砸了过去。

保安没料到她还有这一手,闪身躲避,速度不觉放慢,三轮车抓住机会,一脚油门就溜了。

两名保安狂追了十几米没追上,只能眼睁睁地看着三轮车越开越远。

刚才险些被头盔砸中的保安摸出手机忐忑地向上头汇报。

"王哥,我们发现那女的了,不过让她给跑了……"

电话那头的男人暴怒:"老子花钱养两条狗都比养你们强!问问那群农民工,看有没有人跟那女的胡说八道!"

"我马上去办,哥你别担心!"

"什么哥不哥的,你以为还在道上混啊?现在老子上岸了!以后都他妈记住,要叫我王总!"

"是是是,王总。"

电动三轮车停在一座报刊亭旁边,女人要了瓶水,猛灌了几口,接起电话。

"南瓜,你在哪儿呢?"没等那边开口,她先问道。

"老大你在哪儿呢?"郑南书的声音听起来很急。

洞悉人心 | 013

"我刚忙完，准备回去……"

那边一阵窸窣声，手机被另一个人夺走了。

一道低沉的声音传过来："李之然，你立刻滚回来！"

李之然干笑两声："王主任，我马上就回去了。"

"你不用忙活了，那几个民工刚刚来过，说不打算起诉了，你也可以消停了……"

"为什么？"李之然诧异不已，也顾不得正在和她说话的是顶头上司，"为什么突然终止委托？我才刚刚查到……"

"委托人的心思我哪儿知道？要不找人给你算一卦？"王霸不耐烦地吼道，"快给我滚回来！"

李之然都能想象到他此刻白眼翻上天的模样。

"噢。"

她应了声，放下手机，心里郁闷得不行，用袖子粗鲁地将脸上的麻子一把抹下来。抬头见报刊亭老板正目瞪口呆地看着她，连手里的蒲扇都忘了扇了，只有一搭没一搭地晃着。

李之然冲他咧嘴一笑："这是行为艺术。"

说完，转身骑上小三轮，拉风地走了。

在距离律所还有两条街的地方，李之然碰上了她的客户——那几个民工，黝黑的脸上都是喜色，乐呵呵的，看起来心情不错。

李之然按了两下喇叭，成功地吸引了他们的注意。

走在前头的民工认出她，一时有些不好意思。

"李律师……"他讪讪地走上前，其余几个都杵在原地，让他当代表。

"你们的工资不要了？"李之然倒没发火，只是觉得费解。

"钱，我们拿到了。"

"拿到了？"李之然挑高眉毛，"你们怎么不和我说一声？"

"这……我们让您辛苦了这么久,突然说不告了,我们也觉得不好意思。"

李之然见他实在窘迫得紧,也不愿让他太内疚,随口问道:"谁给你们结的款?工程队的?"

"不认识。"民工也是一脸糊涂,"之前没见过,不知道从哪儿冒出来的人,不过钱已经拿到手了。这段时间辛苦律师了。"

李之然心里虽困惑,但既然他们已经拿到了钱,她也算没白忙。

"下次在开工之前,一定要记得先签好合同,合同上有不明白的地方,随时可以找我。"

"哎,好的好的,谢谢律师!"他本就对李之然这段时间为他们奔波心中有愧,听她这么一说,更加感动,连连鞠躬,"律师,您吃饭没有?我们哥几个请您吃饭。"

李之然连忙摆手。

"没事,我也没帮上什么忙。律所那边还有事,饭就不吃了,以后有机会再见。"

小三轮刚在律所门口停稳,二楼窗户就打开了,王霸探了个头出来。

"李之然,上来!"

李之然缩了缩脖子,走进律所,所里的同事都朝她投来同情的目光。她的小跟班郑南书更是拍着她的肩说:"老大,挺住!"

李之然心里颇有几分英勇赴死的壮烈感。

"王主任。"她走进王霸的办公室。

王霸正在逗他那只宝贝鹦鹉,见她进来,怪声怪气地跟鸟说话。

"哎哟,财神爷来了,咱给她问个好怎么样?咱这律所和你的口粮可都指望着李大律师的劳务费呢。"

王霸是李之然就职的杜金王律所的合伙人之一,另外两个合伙人,一个是专门负责房地产事务的大律师杜志恒,另一个是毕业于纽约大学法学院、在国外著名律所有十多年从业资历的知名律师金启明。这二位经常接手国内外不同地方的大案子,世界各地跑,为律所创收颇丰,却很难抽出时间处理律所内部的事。既然"杜"和"金"都分身乏术,那就只剩下资历和成就都没那么高的"王"留守了。

王主任年近五十,最大的爱好就是打麻将和讽刺人,办公时间专攻讽刺人。李之然就是他的重点照顾对象,基本三天两头挨批评写检查。

好在李之然早就熬成了老油条,不管王霸说什么都不往心里去,还能嬉皮笑脸地跟上司打哈哈:"王主任周末还来加班,真是辛苦辛苦。"

王霸是闲不下来的人,虽然来律所也没太多事,但他还是每个周末都乐此不疲地往这边跑,这让刚进律所不久的那批大学生不得不每周七天都准时来所里报到。王霸对此很欣慰,认为后生可畏,那群后生面上强颜欢笑,心里却叫苦不迭。

李之然他们当年也是这么过来的,在职场上待久了,大家心里都有点儿变态,默契得谁也没去提点两句,乐得看着这群刚出茅庐的小年轻挨折腾。

"你严肃点儿!"王霸搁下自己的宝贝鹦鹉,嫌弃地上下扫了李之然一眼,"你自己算算你这个月工资能拿多少?都二十七八岁的人了,每个月拿那么点儿工资,还经常倒贴给委托人,以后日子你打算怎么过?你看看我们律所哪个像你似的,一点儿规划都没有?你看看你这一身啊,穿得像个什么样子?不知道的还以为你是个厨师呢!"

李之然迅速端正态度,摆出严肃认真的表情。

"王主任您说得对,我反思,我一定改正。"

王霸翻了个白眼。

"谁信?"

这话她就没法接了。

王霸扔了份文件给她。

"业务不是你坐在屋里它就会找上门的,这里面是一些有发展潜力的客户,你给我挨个儿去跑,多找点儿生意挣点儿钱,省得别人误会我们虐待员工。"

李之然抱着文件嘴一咧,露出标准的八颗小白牙,说:"您看我这红光满面的,哪像是被虐待过啊。"

王霸不理她,继续说:"你明天没什么事就开始跑业务吧!"

"明天我得去一趟聋哑学校,最近太忙,我已经有好一阵子没过去了。下周一吧,主任,我周一立马去跑业务!"李之然举起三根手指,大开空头支票,"而且保证找到有钱的主,为律所挣钱,为律所争光!"

"去去去。"王霸挥手赶她,"看见你就糟心。"

李之然被他嫌弃惯了,知道王霸是刀子嘴豆腐心,并不往心里去,走之前还跟小鹦鹉挥了挥手:"拜拜小可爱。"

刚下楼,郑南书就蹿到李之然面前:"老大,咱们去吃饭吧。"

李之然狐疑地上下扫了郑南书一遍。

"什么情况?你今天怎么也跑过来加班?"

郑南书是本地小开,家里经营一间颇有规模的广告公司。这个小富二代大学毕业后,找了点儿关系,直接进了律所。

按理说,照他的家庭背景和名校毕业的头衔,就算是实习,也应该跟个大律师才对。但郑南书偏偏对李之然表现出了极大的兴趣,死乞白赖地跟在她后面做起了跟屁虫。一口一个老大,把李之然叫得都快要以为自己是不是兼职混了"黑社会"了。

郑南书家境富裕，从小被保护得很好，没什么功利心。人也不大勤快，除非李之然有要求，不然加班讨好老板这事，他一般是不干的。

郑南书指了指角落办公桌上一个还在工作的实习生，道出了自己周末还往律所跑的真实原因。

"宋俊毅说中午下班几个实习生聚一聚。"

"又聚会？"李之然的脸色不太好看，她问郑南书，"前两次聚会都是你一个人出的钱吧？"

"也没多少钱……"

李之然一巴掌拍在他的后脑勺上。

"你是不是缺心眼儿啊？"她扫了眼宋俊毅，"上次他问你借的那三千块钱还了没有？"

"还没……不过他说有钱就会还，让我放心。"郑南书反过来宽她的心，"没事老大，也没多少钱。"

李之然看他笑得一脸人畜无害的样儿，活脱脱一个地主家的傻儿子。她深吸一口气，正要说话，余光瞥见宋俊毅走过来了。

"李律师。"

他很有礼貌地跟李之然打了个招呼，李之然直视着他那双偏细的眼睛，感受到他心底深处的浮躁和贪婪，不禁心生厌恶，但面上还是淡淡地朝他点了下头。

宋俊毅转向郑南书："南瓜，晚上能不能借你的车用一下？我要去火车站接个朋友。"

郑南书的车是一辆保时捷 Macan，是家里送给他的大学毕业礼物。郑南书对这辆车很是爱惜，自己平常都不怎么舍得开。

李之然看出郑南书的不情愿，但他实在不是个会拒绝的人，挣扎了几秒,便低头去掏钥匙。

"那什么……还想跟你借一千块钱。"宋俊毅笑嘻嘻地伸手捶了一下郑南书的肩,一副亲热的姿态,"好在有你这么个好兄弟,不然我这个月还不知道怎么撑过去呢。"

李之然被他这副无赖样气得顿时就炸毛了,她平时行事原则是不对其他人的行为做任何评价,不干涉别人的生活,但,是可忍孰不可忍。郑南书那么多声老大也不能让他白叫了。

在郑南书准备给钱的时候,李之然一把将他的钱包抢了过来。

"不好意思啊,小宋。"她朝宋俊毅抱歉地笑了笑,"南瓜他这个月生活费也没剩多少了,还差一个礼拜就发实习工资了,你这么聪明能干,肯定有办法撑过去的。"

宋俊毅不大高兴:"李律师,你这管得也太宽了吧?"

"没办法。"李之然一脸沉重地拍了拍郑南书的肩,"他叫我一声老大,我也不能不管他呀。大家是同事,平时互相帮忙互相照应是挺好,但老是占人家便宜就不好了,你说是不是?"

说完她似笑非笑地看着宋俊毅,后者脸上青一阵白一阵,最后勉强挤出个尴尬的笑脸。

大鱼吃小鱼,小鱼吃虾米,自然界的生存法则。李之然在王霸面前是只软脚虾,但面对这些年轻人,她还是有点儿资历加持的。

"还有,今天中午南瓜得帮我做事,你们自个儿聚吧,玩得开心点儿。不过下午可别迟到了,王主任上班查岗可是一向很准时的。"李之然微笑着补了句。

宋俊毅弧度极小地点了一下脑袋,转身走了。

郑南书扯了扯李之然的袖子,有些为难地小声说道:"老大,这样是不是不太好?"

"你真是我见过的最厌的富二代了!"李之然举起手里鼓鼓的钱

包直接拍在他的后脑勺上,恨不得能拍醒这傻个小子。

虽说她二十七年的人生里,近距离接触过的活生生的富二代也就郑南书一个,但这货实在颠覆了她对富二代的想象。就算不嚣张跋扈,但有钱做底气,怎么也不至于是个厌包吧?

李之然低声教育他:"圈子不同,不必强融。你不跟他们接触,不跟他们一块儿瞎混能有什么损失?没损失对吧?而且宋俊毅他摆明了就是想占你的便宜啊,别犯傻!咱虽然有钱,但俗话说'救急不救穷,帮困不帮懒',明白吗?"

说完,李之然用力一拍他的背,大声吼了句:"腰杆挺直,走出富二代的气派来!"

郑南书低头冲她笑,二十出头的年纪,笑起来眉目清澈干净,露出两颗尖尖的小虎牙,青涩又腼腆,仿佛还是十六七岁少年的模样。

他说:"老大,我们去吃饭吧。"

李之然看一眼外面的太阳:"我刚从外面跑回来,现在只想趴着休息会儿,太累了。"

"那我去给你买。"郑南书不假思索地说。

李之然笑眯眯道:"来份和记的粉蒸排骨。"

他像是得了皇帝令,一溜烟儿地小跑出去,没过二十分钟,人就回来了。

"老大!"

彼时李之然刚换好衣服,泡了杯咖啡经过门口,听见叫唤,下意识地转头,就看见郑南书从街道对面跑过来。

他大学毕业没多久,年轻朝气的脸沐浴在阳光下,灿烂得一塌糊涂。

那双被阳光点亮的眼睛直直地望向她,跟着一起飘过来的,还有郑南书心底埋藏至深的无助和自卑，那种孤立无援的感觉让李之然心里很难受。

她忙移开视线，抬起头去看天。

今天天气好得有些过分，天空中只飘着几缕游云，无法遮挡阳光，过剩的光芒让远处的人脸都成了白晃晃一片。

郑南书跑到她跟前，邀功一般双手捧高盒饭。

"老大，这是最后一份了！"

李之然接过盒饭。

"谢谢大南瓜！"她冲他笑笑，眼中带着哀伤，"过去的事就放下吧，人要活在当下，过得开心点儿。"

这话说得没头没脑，郑南书迷茫地挠了挠后脑勺。

"什么意思啊？"

"自己琢磨去。"

李之然又恢复了一贯的漫不经心的笑，耸了耸肩，拿着盒饭转身走了，剩下郑南书站在原地一头雾水。

过去的事？

他的过去……郑南书想起一些往事，脸色微变，但很快就恢复如常，只是往前走的时候，脚有些僵硬，那是被往事捆住的。

李之然往旁边的垃圾桶里吐了块骨头，抬头看了眼走进茶水间的郑南书，不由得叹了一口气。

周日下午，李之然提着大包小包的颜料出现在聋哑学校。

学校建在四环外，地方安静，但交通很方便，地铁站距离学校十分钟路程，公交车更有直达的。

听说学校最初是所普通高中，后来被改建成私立艺术学院，起了个特别有意思的名字叫"培智"，弄得跟歧视艺术生似的。后来艺术院校没办两年，又变成了现在的聋哑学校，凡是到了入学年龄的聋哑孩子，都可以送来。学校名没改，依然叫"培智"，但现在就显得贴切多了。

半个月前，有人给学校捐了间放映室。

从王校长嘴里知道这件事时，李之然先是一愣："放映室？"

而后她就笑了，发自内心的嘲笑："这又是哪位'慈善家'一拍脑门突发奇想的善举？"

沙市今年要进行五年一度的慈善企业家评选，媒体监督公众投票，全程公开透明，这可是企业宣传和个人炒作的大好时机。企业家们个个撸起袖子争前恐后地挤进慈善风潮里，这股风从最开始的养老院一路刮到了聋哑学校，今天送衣服，明天送桌椅，后天组织旅游……这回倒好，还冒出个捐放映室的二百五来。

王校长扶了扶眼镜，扁圆的鼻子给她增添了几分平易近人的敦厚感，塌鼻梁却总是挂不住眼镜。

"你可别笑，那人还送了一大堆默片来呢。"

"默片？"李之然觉得有点儿意思了，"谁捐的这些东西？"

"捐赠者没留下姓名，只提了个要求。"王校长想起那个莫名其妙的要求，至今仍觉得有点儿匪夷所思，"他说周末会有个男人来看电影，除了聋哑的孩子，其他人不能进去打扰。"

"真来了吗？"

"上个礼拜来过，昨天好像也来了。"王院长不太确定，"我最近忙得团团转，没留意。噢对了……"王校长想起另外一件事，兴致忽然高了不少，"学校新来了一位老师，年纪和你差不多大，各方面条件都挺不错的，待会儿我介绍你们认识一下。"

二十七岁还没对象的李之然，在王校长眼里就是一个亟待解决婚恋问题的大龄女青年，而女人通常都有当媒婆的潜质，所以王校长不放过身边任何一个和李之然有发展可能的男性,而且每一个在她看来"各方面条件都挺不错"。

在兴致勃勃地见了王校长介绍的两个相亲对象之后,李之然对她看中的人都深表怀疑。

"那个王校长,我……"李之然挤出个尴尬又不失礼貌的笑容。

"王校长。"她话没说完,三班的刘老师走了过来,说是又有一批新桌椅到了,让王校长赶紧到门口看看。

李之然暗暗地松了一口气,提着一大袋子绘画颜料转身走向储物室。

她和这所聋哑学校的缘分是在上大学的时候结下的。大一刚入学,她就加入了志愿者协会,怀着满腔热忱参加协会组织的每一次活动,其中就包括来这所聋哑学校做义工。

她负责教口不能说耳不能听的孩子们画画,李之然的绘画水平不过是个半吊子,但教一群小孩还算绰绰有余。

或许是因为听力和语言能力缺失,这里的孩子有着异常敏感的视觉,色彩让他们很兴奋。他们喜欢画画,也喜欢教他们画画的人。

真挚的感情往往藏不住,就算人们平时常常会说一些言不由衷的话,但眼神、动作骗不了人。李之然能感受到这里的孩子们对她的感情,这种"被需要"的感觉让她受宠若惊。为了能和孩子们更好地交流,李之然利用闲暇时间专门去学习了手语,渐渐地,她就成了这里的半个老师。

不过这份特殊兼差在李之然大学毕业后就结束了。她进了律所,开启了自己的职业生涯。

成人社会远比她想象的更忙碌更辛苦,时间不够用,她只能忙里偷闲偶尔过来看看孩子们,顺便给他们送点儿需要的东西。

就这样转眼快十年了，不断有孩子长大、离开，也不断有新的孩子被送进来。时间也沉默着孕育出一些别的东西——李之然对这里产生了一种类似于家的奇妙感觉。

这所在无情流逝的时光中矗立不动的学校，给了她一份归属感。这种感觉不是没有来由的。

如果要给李之然这二十七年来的人生贴标签的话，"孤独"是一个绕不开的词。十多年独自生活的经历，让孤独深入了她的骨子里，形成一种特质，让她坚不可摧，也让她脆弱不堪。她迫切地想抓住点儿什么，来给自己形单影只的生活提供一点点慰藉。而这所特殊的学校，就成了她能抓住的，为数不多的东西之一。

李之然把绘画颜料放进储物室，出来的时候，听见转角的房间里有动静。她循声走近，发现了王院长口中那间放映室。

所谓放映室，之前是一个宽敞的杂物间，此时里面的东西已被清理到别的地方去了，连房门都换成了高档的防盗门。门上挂了一块牌子，上面写着两行字，第一行三个大字：放映室；第二行的字就小多了：捐赠者佚名。

佚名？

这两个字能和慈善搭边倒是稀奇。

那些有钱人做点儿好事，恨不得把自己祖宗八辈的大名都摆出来供人瞻仰，难得见到个这么低调的。

李之然从放映室后门溜进去，房间里窗帘紧闭，密不透光。银幕上正放着卓别林主演的一部无声电影——《城市之光》。

观众只有两个人，都坐在第一排，一大一小两个脑袋都仰着脸盯着屏幕，两人之间还隔了个空位。

李之然很快认出那个小脑袋是学校里的一个孩子——小野，他头顶有两个发旋，很好认。至于那个大脑袋，看起来像是成年男人的,可能就是王校长说的那个怪人,也可能是学校里的老师。

李之然认为"大脑袋"是老师的可能性更大,因为小野是个胆小怕生的孩子,一个周末才来学校看一场电影的陌生人,不大可能让小野信任到愿意和他单独待在放映室里看电影。

但凡事总有例外,李之然也不太确定。她悄悄地走过去,电影已放到尾声。

小野用手语跟旁边的男人比画,问他:"那个小瘸子是谁?"

这是在问卓别林。

男人修长的手指在屏幕明暗的光影中动起来。

李之然心里有了判断:他会手语,看来是学校新来的老师。

他的动作很漂亮,十指灵活,硬是将手语比画出了几分优雅的味道。

"他叫卓别林,是个表演艺术家,1889 年 4 月 16 日出生,1977年 12 月 25 日去世,1914 年拍摄第一部电影《谋生》。这部《城市之光》是他在 1931 年拍摄的,时长 87 分钟。"

男人似乎意识到自己说了太多不相干的东西,停下来。

李之然歪着头远远地看了他一眼,稀薄的光影勾勒出男人清俊的侧脸。

有爱心还长得这么帅……李之然一颗沉寂多年的少女心忍不住跳动了两下。

"什么是艺术家?"小野追问。

小孩子的问题总是一个接着一个。

男人想了想,告诉他:"靠别人养的人。"

视角独特,鞭辟入里。李之然忍不住笑出了声。

她一笑,房间里原有的宁静气氛就被打破了,但小野听不见,那个男人好像也没听见。

他们两个还在继续进行无声的交谈。

小野:"我以后也想当艺术家。"

男人:"看你的天分了。"

"什么是天分?"小野问,"老师经常夸我聪明是不是说我有天分?"

"聪明可以让你得到别人的夸奖或羡慕,而天分……"男人停顿了一下,继续比画,告诉他,"天分可能会让其他人害怕。"

男人的后半句话让李之然的身体不由自主地颤了颤。

小野将头摇成了拨浪鼓,两只小手急急地比画着:"那我不要了,不要了。"

趋利避害,连这么小的孩子都懂得。

李之然走到小野跟前,摸了摸他的小平头。

小野抬头见是她,兴奋地比画着问:"姐姐,你来教我画画吗?"

李之然点点头,望着孩子那双干净的眼睛,感受到他心里潜藏的不安。这种不安,是被抛弃时留下的阴影。她有点儿心疼。

小野和这里其他的孩子不一样,他不是由家长送来的,而是三年前被王校长捡来的。

四五岁大的孩子,饿极了,一个人在校门口翻垃圾桶找吃的。王校长当时以为是个小叫花子,把他带到学校食堂吃饭,却发现他听不见也说不出话。问他什么,他都是张大嘴呜呜咽咽地说不出什么,吃东西更是狼吞虎咽地使劲往嘴里塞。

王校长心疼得不行,就把人留下了,小野就在聋哑学校安了家。身体虽然有了收容处,但孩子心里的伤却难以治愈。他很容易受到惊吓,在察言观色这方面也远超同龄孩子。他对谁都保持着距离,但又小心翼翼,生怕惹人不开心。李之然费了好大劲儿才让小野卸下心防,像个普通正常的孩子一样与她相处。

但她也比任何人都清楚，小野心里那种战战兢兢的不安将会伴随他一生。

因为李之然直到现在，还经常会梦到自己当年被赶出家门的场景——就像一只误闯进别人家里，被屋主赶出来的流浪狗一样。

李之然朝小野温柔地笑了笑。

"每个人都有自己的天分，有些人的天分与众不同，会带来一些不太好的东西，但只要我们好好利用它，就可以帮到很多人。"

"呵……"旁边一声冷笑。

李之然抬起头，黑白光影里两人四目相撞，她的目光被吸进一双幽深清冷的眸子里。与此同时，她听见了男人心底的声音——一个小男孩无助到歇斯底里的尖叫声。

2 恐怖梦魇

李之然愣住了，心脏一阵剧烈地收缩。她捂住胸口，突如其来的心痛让她险些栽倒在地。她已经很久没有从一个人的心底听见这么恐惧的声音，感受到这么强烈的情绪了。

傅司衍不喜欢与人对视，面无表情地移开视线。

"你是新来的老师吗？"

傅司衍听见那个年轻女人和他说话，声音不知为什么微微发抖。他不想搭理，起身要走，女人却挡住了他的去路，用手语又问了一遍。看来是把他当成聋哑人了。

傅司衍没说是，也没说不是，被她拦住了去路，索性重新坐回椅子上。李之然将沉默当成了默认。

这些年，她切身感受过无数人挣扎的内心，那些情绪像一柄柄利刃，在她的心上留下一道道难以磨灭的痕迹。经过几次被人当成神经病的遭遇后，她已经学会收敛自己泛滥的好心，不再自以为是地去干涉他人的生活。

李之然平静了一下心绪，用手语跟年轻男人搭话。

"你好，我叫李之然，经常来这里帮忙。"她大方友好地将手伸过去。

自来熟的人，傅司衍一向是避之唯恐不及的。他扫了那只伸到面前的手一眼，将身体朝后靠了靠，用肢体动作直白地表示了拒绝。

李之然怪人见得多了，倒也不在意。她缩回手，干笑两声："看来帅哥都比较高冷。"就这样给自己找了个台阶下。

电影已经看完，小野坐不住了。他从椅子上跳下来，拉着李之然的手往外走。

李之然忍不住回头望了望。那男人正在放一部新电影，依旧是黑白默片。

李之然打着手语问小野："你认识那个新老师吗？"

小野摇摇头，他的兴趣已经不在放映室了。

"姐姐，你教我画画吧，我想画幅画送给诺诺做生日礼物。"

诺诺是他的小同桌，一个扎着羊角辫的小姑娘。李之然笑着揉了揉他的头。

"好，咱们现在就去画。"

傅司衍看完第二部电影走出放映室时，已经下午五点了。外面的天光依旧刺眼，但太阳已经不像正午那么烤人。

他本打算让何岩开车到校门口接他，但只远远看了一眼校门的情形，傅司衍就打消了这个念头。此时校门口车来人往好不热闹，不知道是今天第几拨捐赠人马。

如非必要，傅司衍从不往人多的地方去。他扭头往后门走，顺便打了个电话给何岩，让他到后门附近的路口来接。

路过偏僻芜杂的小花园时，傅司衍再次遇见李之然。她在一处还算平整的草地上支起两块画板，正专心致志地教小野画画。傅司衍余光淡淡一瞥，本想就这样走过去，却被她捏着画笔的手吸引了——小拇指蜷缩进掌心里藏得严严实实。

七岁的然然就是这么拿笔的。

她说她叫什么来着？

李之然……

沉寂许久的记忆突然被唤醒，脑海中电光石火般闪过一些画面。傅司衍怔在原地，静静地看向李之然，目光里没有欣喜，没有激动，反而有种宿命的释然。

按照他记忆里的场景发展，这时候会有个男人过来把她胖嘟嘟的手指掰开，严肃地教训她两句。但现在周围二十米，唯一一个男人就是他自己了。

这座花园太小，不能悄无声息地藏个人，李之然很快就发现了像根木头一样立在石子路上的傅司衍。她很不记仇地冲他笑，顺便挥了挥握笔的手，弯曲的小指活像蜗牛的壳。

傅司衍看向她的脸，想从那上面找到一点儿二十年前那个小女孩留下来的蛛丝马迹，但时间没能抹掉他的记忆，却能轻易改变其他东西，比如一个人的脸。当时胖成一团肉球似的小女孩，现在已经瘦出了尖尖的下巴，他认不出来。

李之然见那个英俊的男人定定地站在那儿盯着自己发呆，有点儿好笑，也有点儿不好意思。她转身悄悄地问小野："我今天漂亮吗？"

小野点头。

李之然满意了，再回过身，却被突然出现在身后的傅司衍吓了一跳。

"然然。"男人开口叫她。

原来他不是聋哑人。只是那张没什么表情的脸，搭配上平淡如水的嗓音，硬生生地将亲昵的叠字叫出了疏离感。

李之然不喜欢这个称呼，尤其是被一个陌生人这么叫。她玩笑着纠正道："帅哥，咱们还没这么熟吧？你叫我之然或者李之然都成，咱们慢慢发展，一步一步来。"

他似乎没留意她在说什么。

"你记得我吗？"

"我们不是刚刚才见过吗？"李之然有点儿无奈。

这个男人颇受老天宠爱，天生一副好皮囊，见过一面，很难不留下印象。

"1996 年 6 月 27 号下午 2 点 17 分 43 秒，是我们第一次见面的时间，距离现在，已经过去 20 年零 6 天 2 小时 23 分钟了。"

傅司衍第一次见到李之然的时候，正在看表计算自己花了多长时间完成一千块拼图。她推门进来的那一刻，长久地定格在了他的脑海里。

李之然被他精准到分秒的时间记忆弄蒙了，张嘴"啊"了半天，终于憋出一句话。

"呵呵……那真是，好久不见了啊。"

"你记得我吗？"他又回到刚才的问题，连语气神情都一模一样，仿佛中间岔开的那两句对话不过是李之然的臆想而已。

但李之然知道，自己绝不会臆想到二十年前。

"不记得了。"李之然低头踢了一下树皮，一只大蚂蚁慌乱地从她脚底逃生。她用半开玩笑的口吻说，"别说二十年了，我这记性，十多年前的事都能忘个干干净净了。"

再抬起头时，李之然眼中转瞬而逝的感伤已经烟消云散，只余和善的笑意。

"重新认识一次，我是李之然。"她向他伸出手。

她很爱笑，二十年前就如此。可二十年后的她，却已经把他忘了。

傅司衍一双深如古井的眼睛愈发深沉，眼底微微透着沉郁和不安。他从没想过，有一天再遇见然然，她忘了自己，他该怎么办？该作何反应？

他垂在身侧的右手无意识地握紧又松开，反反复复。这是他内心感到慌乱无措时下意识的动作。李之然很快就注意到了他怪异的举止。

"你没事吧？"她忍不住问。

傅司衍看了她一眼，低声说："二十年太长，会忘记，是正常的，没关系。"

那语气怎么听都像是在安慰自己。

李之然觉得这个人很奇怪，她收回在半空僵了许久的手，勉强冲他笑了笑，转身又去教小野画画，只是不由自主地留意着身边的男人。

他没离开，甚至没动一下，只是静静地站在那儿，像尊雕像一样。

就在李之然心里开始发毛时，"雕像"幽幽地出声了。

"送幅画给我吧。"他说。

李之然问："你想要我画什么？"

"画你自己。"

李之然觉得这哥们进度太快，她有点儿跟不上节奏。

"咳，我冒昧问一句，二十年前，我们是定了娃娃亲吗？"

"没有。"傅司衍很认真地回答了这个问题，"你那时自称雅典娜，一心想嫁给圣斗士。"

这倒是像她的想法。

最终，李之然给傅司衍画了一幅向日葵。画刚交到他手上，她的手机就响了起来，李之然摸出来一看，是个陌生来电。她迟疑着接了起来。

"你好，我是李之然。"

那边不知说了什么，她脸上的闲适轻松荡然无存。

"你知道杜金王律所的位置吗？……好，你先去律所等我一会儿，我马上就到。"

李之然提起包，把草地上的"烂摊子"连同小野一起拜托给傅司衍。

"老师，你照顾下小野，他要画幅画给诺诺做生日礼物。等他画完，麻烦你清理一下这里。"说完她火烧屁股似的跑了。

被晾在草地上的傅司衍看了看旁边的小野，小野也抬起小脑袋直勾勾地望着他。跟孩子的眼神接触不会让他感到不适和紧张，尤其是听障孩子。

傅司衍用下巴"指"了"指"面前一地凌乱的画板、颜料等绘画工具，用手语问小野："你会收拾吗？"

小野摇摇头表示："以前都是姐姐收拾的。"

傅司衍想这话应该没错，当年七岁的然然唯一能让他看顺眼的地方就是每次弄乱了东西，她都会自己乖乖地收拾好。当然她还喜欢自作多情地帮他一块收拾，他不高兴，推开她，那小丫头会笑嘻嘻地再凑过来。

傅司衍从来只会收拾自己的东西，从前这样，现在也是这样。所以，他决定甩手不管，留给小野一个"你加油"的眼神，转身就走。没想到，小家伙飞身扑上来抱住他的大腿不撒手。

小孩不能说话，只用可怜巴巴的眼神望着他。傅司衍无奈地叹了口气，先把手里那幅向日葵折好收进兜里，然后大手一伸，盖住了小孩整张脸，另一只手去取突然响起的电话，是何岩打过来的。

傅司衍顿时如释重负，他接起电话，没等何岩开口，先说："你从学校后门进来，我就在附近的小花园，有事要你处理。"

挂了电话之后，他单手提起小野的衣领，将他从腿上扒下来，放在旁边站好。

"我不喜欢别人碰我。"傅司衍严肃地警告他。

小野被他面无表情的脸吓住了，愣愣地点了两下头。傅司衍这才满意。

何岩赶过来的时候，就见傅司衍跟一个半人高的小男孩面对面地站着，大眼瞪小眼，旁边草地上横七竖八地放着一堆颜料和画画用的工具。这大概就是自己要处理的"事"了。何岩顿时明了，问都没问，直接上手，很快就把一切收拾妥当。

跟在傅司衍身边这些年，何岩帮他处理过各种各样大事小事不计其数，早已练就了泰山崩于前而色不变的好心态。

傅司衍坐上车，顺手把兜里那张画掏了出来。画上的向日葵已经糊成一团——他把画收起来的时候忘记上面的颜料还没干了。

"真丑。"傅司衍盯着画纸上橙黄的一块，客观地给出评价。

他对何岩说："我今天碰见她了。"

"你碰见谁了？"何岩有点儿糊涂。

"然然。"他补充道，"全名叫李之然。"

"太好了！"何岩听到这个消息又惊又喜，他知道客厅里那幅丑得让人不忍直视的画对傅司衍的意义。命运能安排他们再次遇见，他很为傅司衍高兴。

何岩问："李小姐在这所学校工作？"

"不是。"

"那你问她要联系方式了吗？"

"没有。"傅司衍才意识到这一点,同时他想到另一件事,神色黯淡了下来,"她已经不记得我了。"

"时间过得太久了。"何岩安慰他。

这不能怪李之然,毕竟没有人会像傅司衍一样,把一幅画,一个人放在心里那么多年。

"我联系一下学校的校长,应该能从她那里问到李小姐的电话。"何岩说道。

傅司衍没说话,何岩把这看成默许。

"晚上七点在华府玉膳和韵南春酒店集团的张总吃饭。"他顺口提了句。

"嗯。"傅司衍淡淡地应了声。

傅森地产打算和高端连锁酒店韵南春集团就沙市市郊一块地进行合作开发,借助地段优势,打造一家精品休闲度假酒店。

这不是两家公司的第一次合作,早在2014年,傅森地产就与韵南春集团合作打造了一家五星级酒店。

酒店由傅森地产冠名,但在经营管理上,采取全权委托管理的方式,完全引进韵南春集团成熟的管理模式、运营方式以及专业技术。这样一来,傅森就直接拥有了"韵南春"的酒店品牌优势;而韵南春每年也从傅森那里得到了数目不小的"基本管理费",可谓是双赢。

这次韵南春和傅森打算再进一步合作,合资打造精品度假酒店,也是双方基于之前成功合作的经历,仔细商讨后的决定。

虽然还没正式签订合同,但傅司衍对此次合作的事已经十拿九稳。

今晚的饭局,傅司衍其实不必亲自参加,他之所以给这个面子,一是想最终订立合同;二是冲着张谦这个人。张谦背景不简单,他决定亲自去会会此人。

傅司衍转头看向窗外,车、行人、店铺……车来人往,熙熙攘攘,却没有什么能真正入他的眼。穿梭在这个光怪陆离的世界,他只是个冷眼旁观的过客。

过了一会儿,他拿起平板电脑,戴上耳机,开始看一个商业饭局的视频。

单薄的嘴唇张张合合,无声地模仿着视频里的人说话。

何岩在后视镜里看了一眼,眼中闪过一抹心疼,连忙调转视线。

"何岩。"傅司衍看完视频,抬起头,"晚饭之前,我们再练习一遍。"

"好的。"

一通电话让李之然急匆匆地赶回了律所。早已收拾好准备下班的前台娜娜颇为无奈地向会客室瞥了一眼。

"李律师,人还等着你呢。"

李之然抱歉地说:"不好意思啊,耽误你下班了。"

"没事,李律师你快去吧。"娜娜心里不太痛快,但脸上没表现出来。

李之然在会客室见到了给她打电话的那个男人。男人看起来三十多岁,大概是常年从事户外劳动,皮肤晒得黝黑,穿着一件普通的衬衣和一条寻常的黑裤子,背着一个蓝灰色的大包,脚上的运动鞋脏兮兮的。

"你是李律师吧?"见李之然进来,男人忙站起身。

"对,我是李之然。"

"李律师你好你好!我叫赵志强,是个开货车的,我……"男人搓了搓手,有点儿不知所措。

李之然看着他的眼睛，眼白混浊，眼珠蒙灰，浑身的市井气，内心深处不仅有蠕动着触角的贪婪，还有对贫穷的恐惧和对未来的绝望，一如大部分在现实生活中为了生存奔波挣扎的人。

"你好。"两人面对面坐下。

李之然笑道："赵先生，你可是第一个到我们律所来指名找我的客户呢。"

"李律师谦虚了，呵呵。"赵志强见李之然态度随和，也跟着放松下来，"我听说您是最热心的律师，是个好律师。"

一上来就给她戴了顶高帽，李之然不置可否地笑了笑。

"赵先生，跟我说说你的情况吧。"

一想到自己摊上的倒霉事，赵志强还没开口，眼睛先红了。说话期间，一个大老爷儿们几次抽噎。

李之然大致听明白了整件事的经过。赵志强家在市郊有一栋祖传的老房子，四年前，政府把市郊那块地卖给了傅森地产。当时就下了通知，但赵志强和家里人都没把通知当回事，四年来一直住在老房里，也没见有人来拆房子。最近突然加大了拆迁力度，他们一家老小被打了个措手不及。

"我家里有快七十岁的老爹老娘，还有老婆和两个孩子，小的那个刚学会走路，没了房子，我们住哪儿？他们这是要逼死我们啊！"赵志强说得动情，拍着桌子抹眼睛。

"你们家房子多少平？"李之然给他面前的空水杯蓄满水，温和地问道。

"三层楼，加上院子，起码三百多平。"

"那他们给的赔偿款是多少？"

"三十万。"

这价格就算是搁在四年前，也太低了。何况四年来房价飞涨，三十万远不足以让赵志强一家六口找到合适的栖身之所。

赵志强见李之然不说话,以为她要拒绝,这个大男人实在走投无路了,膝盖一软,就要跪下。

"李律师,我求你帮帮忙!"

"你别这样,我受不起!"李之然连忙拦住他。

"赵先生,他们要拆迁肯定会给你们提供相关的资料和合同,像拆迁补偿安置协议一类的东西,你带过来了吗?"

"带来了,带来了!"赵志强从随身背的布包里掏出一叠皱巴巴的文件。

李之然一一展平叠好装订,对赵志强说:"这些文件我今晚拿回家研究一下,你明天上午再过来一趟。这案子接还是不接,我到时候再给你答复。"

赵志强见她没立即答应,不免失望,但有求于人,也不好表现得太过急躁,只能好声好气地应着,回家了。

李之然把资料收进包里,看了眼时间,忽然想起另一件事,一拍脑袋惊呼:"哎呀!来不及了!"

今天是她母亲江秀珍的生日,晚上让她回去吃饭,她差点儿忘了时间。

李之然一路风风火火地赶往蛋糕店,取了三天前预订的生日蛋糕,刚走出店门就接到了王校长的电话。

"怎么了校长?"她笑嘻嘻地说,"下午刚分开就想我了?"

王校长知道她一贯嘴贫,笑道:"是是是,想死你了。"

玩笑之后,王校长认真起来:"之然啊,我有件事要跟你说。"

"学校是不是出什么事了?"李之然收起玩笑的语气。

"没有,你别瞎猜。"王校长突然暧昧地笑道,"给我们捐放映室的那个人你知道吧?他今天看见你了,来问我要你的手机号呢,我给他了。"

"什么时候看见我了?你还把我的号码给他了?这可是泄露私人信息啊。"不经意间,李之然那股律师腔又出来了。

"你这大律师的手机号不一直都是公开的吗?我看人家条件挺好的,对你也有兴趣。如果他联系你,你们就试着聊聊,不喜欢以后不联系就是了,又不会影响你什么。"

李之然苦笑:"您啊,就是把我当成亟待处理的'老腊肉'了,一心想着尽早推销出去对吧?"

"这是什么话?"王校长嗔怪,"我还能害你不成。"

"哪能啊,学校里谁不知道您是老好人啊。再说我这么可爱,您也不忍心害我不是?"李之然嘴上油腔滑调地贫,脑子里却浮现出下午见过的那个人,"校长,我们学校新来的老师还挺年轻的啊。"

"你们见过了?是挺好的一个小伙子,长得不错,人也能干。"

李之然坏笑道:"他岂止是长得不错,分明是帅到炸裂啊!"

"你们这是看对眼了?"王校长以为这事有戏,连忙问道。

"那倒没有。"李之然不给她任何不切实际的希望,扭了扭脖子说,"我就是单纯欣赏帅哥而已。"

"你啊……我本来也想把那个小伙子介绍给你的,不过你现在有更好的选择了。"王校长语重心长地说道,"那个有钱人那边,如果有发展空间,你就积极点儿。"

"作为一个经济独立,思想成熟的新时代女性,我更看重感觉和情感交流,至于对方有钱没钱,那都是浮云。"

所谓浮云,就是很遥远的东西。别说踮起脚尖,就算拼命往上跳都摸不着。李之然自认为没有靠别人过好日子的运气,也从来不做不切实际的富贵梦。在她看来,人还是脚踏实地顺着良心活好。

和王校长闲扯了几句，李之然挂掉电话上了公交车，向她母亲江秀珍的家赶去。

从车上下来，天色已经暗了。巷口两边高矮不一的房屋，远远地看去，仅余阴森森的轮廓，昏黄的路灯显得伶仃无助。

李之然走进巷子，不由自主地放慢了脚步，影子沉沉地拖在身后。

上学那会儿，她通常一周回来一次。毕业之后，回来的次数断层式下降。再后来，除非江秀珍给她打电话，或者家里有事需要她帮忙，否则她不会主动登门。

她把自己的身份拎得很清楚。对于江秀珍现在的家庭而言，李之然既不是客人，更算不上主人。碍于血缘关系，这些年，那个家庭用表面的客气维系着和她之间微薄的情分。

"然然。"

李之然听见女人的声音，身体不由一顿。抬头就看见等在门口的江秀珍，准确地说，她并没有看清对方的脸，只看见一个黑色的身影。

李之然的步子变得轻快起来，影子终于失去了重量，笑着亲昵地嗔怪道："妈，你干吗出来等我？我不是打了电话说马上就到吗？"

"想早点儿看见我女儿啊！"江秀珍摸了摸她的脸，生活在她的掌心留下了粗糙的痕迹，摩挲得李之然脸颊生疼。

李之然不着痕迹地避开她的触碰，探头进屋里，闻到饭菜香。

"都开饭了啊？"她提着蛋糕往里走。

房子不大，但被精心收拾过，处处透着温馨。餐桌前坐着一个中年男人和一个十三四岁的男孩，正在吃饭。见她进来，男人点了下头。

"之然来了。"

"夏叔叔。"李之然跟男人打招呼。

夏侯旁边的男孩做了个鬼脸,小声说:"疯子来了。"

"怎么说话呢小凯!"江秀珍瞪他。

小凯不服气地反驳:"爸爸说她有精神病!"

夏侯脸上挂不住了,低声斥道:"你吃完了就给我回屋里写作业去!嘴碎得跟个娘们儿一样。"

小凯拔高了声音:"我还要吃蛋糕呢!"

"给姐姐道个歉,蛋糕就给你吃。"李之然把蛋糕搁在茶几上,转身时,脸上挂着漫不经心的淡笑,好像根本不在乎一样。

小凯哼了声:"我才不给精神病道歉。"

李之然走过去推了推他的头,用玩笑的口吻说道:"那我带来的蛋糕你也别吃了,省得被传染。"

说着顺手拉开旁边的椅子坐下,小凯不满地瞪她一眼,两脚一蹬,半弓着身子,两手抓着屁股下面的椅子,连人带椅子一块往他父亲那边挪了挪。半大孩子的厌恶就这么明显地袒露在两人拉开的距离中间。

气氛顿时变得尴尬起来。

"小凯!你……"江秀珍皱起眉。

"妈,我要饿死了,再不给我筷子我可就上手了。"李之然大咧咧地打断了她。

江秀珍立刻去厨房取了副干净的碗筷出来,有点儿讨好地把它们摆在李之然面前,笑道:"快吃吧。"

这些年,李之然最熟悉的就是这副表情,身为母亲的内疚和身为女人的自怜自艾一同出现,懦弱如江秀珍,对这两重身份既难过又无可奈何。

李之然拨了两口饭，伸长筷子去夹菜。筷子伸了几次，一碟小炒肉就见底了。任谁看着都觉得她在这个家里没把自己当外人。

晚饭吃完，李之然借口律所还有事，就要离开。起身时，她敏锐地捕捉到小凯舒了一口气。

"疯子总算走了。"

李之然一撩头发，只当没听见。

江秀珍送她到门口，不放心地絮絮叮嘱："加班别加得太晚，你一个女孩子晚上回去不安全，找个男同事送送你。"

李之然在她说话的工夫，已经走出好几米了，回过头在夜色里朝江秀珍挥了挥手，继续往前走去。走到巷子口，她才回头张望了一眼，确定看不见江秀珍的身影了，这才不知是惆怅还是轻松地舒出口气。

三天前，在订那个蛋糕的时候，她就已经为今天做好了打算——吃完晚饭立刻走人。那蛋糕他们一家三口吃正好，吃得完也好，吃不完也好，都是他们的。

李之然看了眼时间，还很早，她可以一路散步回家，就当是消化食物了。

沙市美名在外的饭店"华府玉膳"正热闹。五楼一间名为"观澜"的豪华包间里，虽然摆了一桌精美的菜肴，但吃饭的只有四个人。圆形的饭桌前，傅司衍和何岩的位置紧挨着，张谦坐在傅司衍的对面，他还带了个脑满肥肠的男人来。

张谦介绍道："傅总，这位是王林，我一个朋友，仰慕你的大名很久了，非要我带他过来见见真人。"

傅司衍知道王林这号人，沙市叫得上名号的建筑商。

何岩不动声色地扫了王林和张谦一眼，看来今天张谦是打算做个中间人，搭个线，把王林引荐给傅司衍。傅司衍很给面子，配合地和王林聊了几句，在王林递上名片的时候，也让何岩拿了自己的名片给他。

王林见气氛不错，说了几个不入流的笑话，东拉西扯地跟傅司衍套近乎，显然是希望第一次见面能给傅司衍留下个好印象。

"傅总真是不得了，年纪轻轻就是知名企业家了。"王林脸上堆着谄媚的笑，巴结的眼神胶着在傅司衍身上。

傅司衍抬了一下嘴角："王老板客气了。"

王林更加热情起来，拍着胸口说："以后有什么用得着我的地方，傅总您跟谦哥一样，只要一个电话，我立马就到。"

张谦觉得他的话太多了，转移了话题："小王啊，你上个月那官司处理得怎么样了？"

"那几个民工不告了。"王林从鼻子里哼了一声，说，"这事我根本就是个冤大头！负责他们的小包工头拿着钱跑了，他们就赖到我的头上，我哪会差他们那点儿钱啊！也不知道他们从哪儿找来个律师，天天堵我，还跑到工地上去探我的消息，我哪天非得找人收拾那个臭娘们儿……"

说到这，他突然打住了。傅司衍是国外名校毕业的，他自己没读过几年书，一直觉得傅司衍是个大文化人，用词太粗鲁可能会引起对方反感，立马改口道："我还是第一次碰到这么难对付的女律师。"

傅司衍对此没什么兴趣，张谦反而接了一句："那女的叫什么来着？好像是姓李……"

"李之然。"王林愤愤地吐出三个字。

傅司衍听见这个名字，眉目一动。

那边王林拔高了嗓门继续叨叨："那女的就跟块狗皮膏药一样，

黏上人啊，甩都甩不掉！还说什么要找记者曝光我，她脑子真是被驴踢了，也不想想，自己没权没势……"

张谦看了他一眼，王林立刻就噤声了，转而嬉皮笑脸地对傅司衍说："总之，傅总，您以后要是有什么用得着我的地方，一个电话，能办的事儿我给您办，不能办的，我想办法也得帮您办喽！"

"多谢。"

见傅司衍举杯，王林赶紧两手端着酒杯凑上去，觍着脸笑呵呵地说道："那以后有什么生意，您也多照顾，朋友多了好走路。"

傅司衍淡淡一笑："好说。"

酒过三巡，菜过五味。这时饭桌背后的真正意图才被心照不宣地摆上台面。傅司衍原本很不喜欢这一套，但环境促使他不得不适应和改变，现在，他早已经习惯了。私底下的多次练习，也让他在饭桌上表现得游刃有余。在旁人看来，只觉得他精于此道，老练无比。

傅司衍和张谦开始谈正事，王林识趣地先走了一步，顺便把账结了。

张谦举起杯，镜片后的双眼越喝越亮。

"这次有机会和傅总面对面地谈合作的事，真是分外荣幸啊。"

"我也很期待与韵南春合作。"傅司衍举杯，话锋一转，"张总，合同您应该看过了，如果没什么问题，我们就可以签字动工了。"

"合同我看了，傅总考虑得很周到，也准备得很充足，方方面面都顾及到了……"

诸如此类的客套话傅司衍听过无数版本，已经能做出良好的反应，他等着张谦后面的"但是"。

"但是，傅总您也清楚，韵南春这块招牌能给傅森带来多大的好处。这酒店一旦建起来，其他产业就会自动跟过来。这合同上并没有将整块地交给韵南春,剩下的土地,傅总另有打算吧?既然这样,在双方资金投入上面,您是不是应该再考虑一下?"

预料中的反应之一,傅司衍低头笑了笑。

"张总,你不会以为我今天亲自过来吃这顿饭,只是为了这份合同吧?你应该也清楚,不是只有韵南春一家酒店集团向傅森抛出了橄榄枝。市郊那块地皮这几年越炒越热,我就算现在转手卖给同行也能赚一笔,但韵南春不一样……"

傅司衍的目光顺着张谦上扬的嘴角一寸寸往上,这样的注视带着强大的压力,会让人觉得不舒服。心智稍弱一点儿的人,很容易在心理上臣服。

傅司衍的声音不疾不徐,平静得像是在脱稿背书,这使得两人之间的气压越来越低。

"如果我得到的消息没错,韵南春最近正在筹备明年年初在深圳证交所上市的事,现在正是关键时期。据我了解,去年韵南春涉足房地产,想打造新的酒店居住模式,可惜投资失败,导致同比总收益锐减了百分之二十三。直到今年第一季度,收益也没有回升的趋势。这时韵南春扩大商业版图,一来可以转移证交所的视线,二来也能证明自身的财力。所以,我们这次的合作,对贵公司也可以算得上是锦上添花吧。"

傅司衍再次举杯,打破了凝重的气氛。

"我个人对韵南春一直很有好感,同时,也很想结交张总你这个朋友。这样吧,资金上傅森愿意再让两个百分点,就当是我私人送张总的见面礼。至于其他的,维持原来的内容。"傅司衍笑着说道,"张总,你看如何?"

绵里藏针,软硬兼施。

张谦盯着他看了几秒,脸上僵硬的肌肉忽然一松,露出他进入包间以来唯一一个由衷的笑容。

"好,那就麻烦傅总尽快准备好修订的新合同,没有问题的话,这周三我们正式签约。"他朝傅司衍伸出手,"合作愉快。"

傅司衍握上去,脸上笑意更深:"合作愉快。"

这顿饭一直吃到晚上九点才结束。张谦是自己开车来的,多喝了几杯酒,就找了个代驾送他回去。

傅司衍站在饭店门口等何岩取车过来,等得无聊,顺手从口袋里摸出烟盒,取了根烟点上。他没有烟瘾,只把它当成打发时间的工具。

傅司衍吸了一口,吐出氤氲的白烟,缥缈的烟雾散去后,正好看到马路对面一排夜宵摊喧嚣地招揽着客人。身后,是装潢富丽的高端饭店。一条马路,隔开了两个世界,这么近,那么远。

一个女人走进一家夜宵摊,独自占了一张桌子。她好像走得很累,点了消夜,四处瞄了一眼,趁周围没人注意,偷偷地把脚从不到五厘米高的高跟鞋里释放出来,然后满足地趴在桌上休息。

傅司衍将只抽了两口的香烟,碾熄在旁边的垃圾桶上,专注地盯着那个女人,取出手机按下一串数字,是李之然的号码。三个小时前,何岩从王校长那儿拿到的。

那女人手忙脚乱地从包里翻出手机,大概是因为来电号码很陌生,她犹豫了一下才接听。

"喂?"

电话另一端没人回应。李之然狐疑地看了眼屏幕,确定还在通话中。

"你好,哪位?"她提高了声音。

依然没人回答,李之然觉得莫名其妙。

"什么鬼?"她嘟囔了句,顺手挂断了。

和她相隔一条马路的傅司衍听着耳边传来忙音，将手机重新收进口袋里，凝视着对面的女人，直到一辆白色宝马停在面前。

何岩放下车窗："傅总。"

傅司衍坐上车，交代了一句："等会儿再走。"

何岩奇怪地回头看了眼，就见傅司衍望着窗外，不知看见了什么，嘴角微扬，露出一抹淡淡的笑容。

何岩顺着他的视线看出去，看见对面一家烧烤摊上，一个女人正一口啤酒，一口羊肉串吃得不亦乐乎。

他跟在傅司衍身边多年，对他很了解。傅司衍兴趣爱好很少，所有时间几乎都奉献给了工作，基本没有私人生活，压根不像个三十岁的正常男人，能让他感兴趣的女人……

"那位就是李小姐？"

"嗯。"

果然……

何岩试探着问："要不要过去和李小姐打个招呼？"

"不用，今天已经打过一次招呼了。"

烧烤摊前的李之然吃饱喝足，起身结账了。

"走吧。"傅司衍收回目光，对何岩说。

一人一车，在夜色下错身，各自往不同的方向走去。

李之然回到家，蹬掉鞋，赤脚走到沙发边一屁股坐下，从包里摸出白天赵志强交给她的资料，仔细看了一遍。

合同没有问题，手续没有问题，三十万拆迁赔偿款是政府定的，白纸黑字写好了交到拆迁户手里。真有什么不满，四年前赵志强一家就应该提出意见，他们错过了最佳商议时间，现在木已成舟，想改合同基本不可能。

不过这事也不是一点转机都没有，目前拆迁的事已经从政府转到了开发商手里，从某方面来说，商比官好打交道。比起政府，和开发商好歹有一线协商的余地。这也算不幸中的万幸。

负责这次拆迁的开发商是……

"傅森地产。"

李之然虽然对房地产的事了解甚少，但也听过这家公司的大名。

八年前傅森地产在沙市创立，彼时席卷全球的金融风暴刚刚开始，很多产业被殃及，房地产业也不例外。不过由于国内资本市场相对封闭，由美国"次贷危机"引发的国际金融危机对国内经济的冲击有限。再加上政府针对房地产业及时进行政策调整，调动大量资金救市……一系列举动下来，不仅将房地产业受到的不利影响降到了最低，次年，国内不少城市的楼市价格就出现了触底反弹，涨势凶猛。

官方公布的涨幅还保守些，实际情况如何，市场早已经反映给百姓了。

当时沙市有些地产商私下形成联盟，囤积楼盘有意抬高房价。傅森地产非但没有加入其中，反而提前开盘，分批销售，很快将楼房销售一空。那些恶意哄抬房价的企业受到政府明里暗里整治，元气大伤。

傅森地产就此在沙市站稳脚跟。

虽说2010年到2011年末这段时间，央行三次加息阻拦了房地产业的疯狂发展，不少城市房价开始下跌，有的城市甚至一跌到底，再也没缓过来。但像沙市这样的大城市，凭借地理位置和人口优势，房价仍在继续低调上涨。

2012年中旬，央行改变政策，开始降息。房价借此东风，开始回温，到了2015年末，整个行业涨势惊人……

在这样的大环境下，傅森地产发展迅猛。另外，它还投入了大量人力物力，打造了一流的售后服务，为客户提供了便捷的反馈渠道，使开发商和客户之间交流畅通。这一点成为傅森地产的特色，也在一定程度上促使公司在同行中脱颖而出。

再加上傅森地产的掌舵人对市场的嗅觉极其敏锐，不仅每次都能把握住市场的风向，而且行动也比同行快半步。这些优势，让傅森地产在短短几年里，顺利跻身行业前列。和这种大公司打交道，自然好过跟小企业胡搅蛮缠。

李之然打了个哈欠，将看完的资料搁在一边，歪倒在沙发上，半边脸埋进抱枕里，墨黑的长发垂散下来，盖住了她那双亮得出奇的眼睛。

房间里很静，在这种死一般的寂静里，李之然无法自制地开始回忆。她就像反刍的骆驼，让那些烂在体内的东西再一次翻腾，搅得自己不得安宁。

李之然痛苦地闭上眼睛。她忘了自己是从什么时候开始拥有这种奇怪的能力——和别人四目相对的时候，能通过眼睛，看到对方内心的恐惧，并且感同身受。

这些年，她感受过太多人的内心，贪婪的、痛苦的、懦弱的……那些情绪在她的心里留下了深深的痕迹，让她为别人的痛苦难过不已。

今天在聋哑学校碰见的那个男人，那个看起来英俊贵气，却举止奇怪的男人，他心底恐惧的尖叫声震撼了李之然。而她意外地觉得那声音似曾相识，但要问源头在哪里，无论她怎么想，大脑中还是一片空白……

最后，李之然索性不想了。

睁开眼睛从沙发上爬起来，看了眼时间，不早了，简单洗漱后,便回卧室睡觉了。这是她多年来养成的好习惯,无论发生多大的事,该吃吃,该睡睡,绝不折腾自己。

这一夜,几十千米外的傅司衍睡得并不安稳。

少年时期的很长一段时间,傅司衍都以为自己背负着什么罪孽,不然为何会接连不断地被抛弃?

这种不安,在他曾做过的一个梦里体现得淋漓尽致。梦的开始,他们一家三口坐在平稳行驶的火车上,画面平和温馨。忽然,父母的表情越来越狰狞,到最后,他们的脸扭曲成模糊一片,而他自己却越缩越小,最终缩成一个任人宰割的婴儿。紧接着,父亲打开车窗,母亲毫不犹豫地将婴儿状态的他扔出窗外。

火车外凛冽呼啸的风声让傅司衍从梦中惊醒。醒来时,他正身处异国,冰冷的冬夜,他一个人待在一片漆黑死寂的屋子里。

傅司衍透过房间唯一一扇窗户望向窗外,路灯昏黄,漫天飞雪。那一刻,他感觉自己被抛弃在一座无人知晓的孤岛上,整个世界都离他很遥远。

清晨如约而至。傅司衍走出房间,何岩照例在餐厅等着他。

"傅总。"见傅司衍双眼血丝密布,何岩有些心疼,低声提醒,"今天上午十点和梁医生有预约。"

傅司衍点了下头,坐下吃早餐。他口味清淡,今天的早餐是鸡蛋牛油果沙拉和一份培根三明治。

吃到一半,他忽然说了句:"其实去不去也没什么差别,依然时好时坏。"

语气很淡,听不出情绪,但从字面意思理解,傅司衍已经对治疗失去了耐心。

"时好时坏也总好过一直都是坏的吧。"何岩劝他,"傅总,梁医生一直治疗得尽心尽力……"

"我花钱买他的专业能力，尽心尽力是应该的。"傅司衍面无表情地咬了口三明治，"不过我现在已经开始怀疑他的能力是否对得起我付的钱了。"

明心心理诊所开在三环边缘一条不算热闹的街上，颇具规模。傅司衍熟门熟路地从后门进去，走到电梯口，一个女人等在那里。傅司衍碰见过她好几次，算是面熟。女人在三十五岁左右，瘦得厉害。

两人互相点了点头，就算打过招呼。

傅司衍留意到她手上绑着绷带，女人也察觉到他的目光，解释说："这个是被自己养的小狗咬的。"

傅司衍不自觉地皱了下眉。

女人继续说："我在这里看见你好几次了，治疗的效果还好吗？"

这是她第一次主动和他说话，傅司衍没回答。女人自言自语般说道："我之前试过好几个地方，比较下来，还是这里的医生最厉害，我能感觉到自己的精神状态在慢慢变好。"

傅司衍终于开口了："你是哪位医生负责的？"

"沈术，沈医生。"

沈术这个名字傅司衍并不陌生，他是梁荣轩最看重的接班人，三十岁出头，常年戴着副黑框眼镜，少言寡语，皮肤很白，是那种病态的苍白。看来能力的确不错，没有辜负梁荣轩的栽培。

电梯门"叮"的一声打开，傅司衍跟女人一起走进去，两人分别按下不同的楼层，女人要去六楼拿药，而他去四楼，梁荣轩的办公室。

他走出电梯时，听见女人在身后轻轻地哼起了歌，没有词，听旋律像是首儿歌。傅司衍回头看了眼，电梯里的女人也在看他，她嘴角明明上扬着，可望着傅司衍的眼里却蓄满泪水。厚重的电梯门在他们之间缓缓合上，女人朝他摆了摆手。

傅司衍转身走进梁荣轩的办公室。梁荣轩已经在里面等着他了。

傅司衍在国外的心理医生是梁荣轩的同门师兄，知道傅司衍要回沙市后，就把师弟梁荣轩介绍给他了。梁荣轩在心理学领域算是专家级人物，傅司衍对他的治疗方式也能接受。两个人磨合得很快，治疗到现在，双方已经十分默契。

傅司衍躺在椅子上，想配合梁荣轩将身体放松，排除脑海里多余的念头。但他却怎么也做不到。他脑子里好像有许多数字在盘旋，都是在来的路上从广播里听到的财经新闻里的数字。

傅司衍对数字特别敏感，无论是过目还是过耳，只要一遍就能留下印象。

梁荣轩察觉到有很多东西在干扰傅司衍的思绪，也就不急着催眠，转而和傅司衍闲聊起来，想让他放松一点儿。

"你这几天有没有碰上什么有意思的事？"

"没有。"

梁荣轩宽厚地笑道："真没什么话想和我说说吗？"

傅司衍扫了一眼对面挂满整面墙的奖章和证书，还有堆放在旁边的病人匿名送来的锦旗，淡淡地说道："要不是这些东西，我都要觉得你是个庸医了。"

"这些可不是给你看的，我把它们挂在这儿，是为了提醒我自己，我是谁。"梁荣轩说，"在心理治疗过程中，不止病人会投入到自己的内心，心理医生同样也会投入进去，必须得有东西时刻提醒我，记得自己的身份。"

说完，他从抽屉里拿出一个小药瓶，取出一粒，直接吞下。

傅司衍问:"你的心脏病发作了?"

"这是预防的药。"他玩笑道,"我怕待会儿给你催眠到一半,自己心脏病犯了。"

梁荣轩有轻微的心脏病,虽然不常发作,但一旦发作也很危险。给病情严重的病人治疗前,他都会吃颗药预防。这事他对傅司衍并未隐瞒,对于他而言,傅司衍早就不是病人那么简单了。

梁荣轩把桌上的沙漏倒转过来,里面的细沙又开始了新一轮坠落,簌簌落落地沉积在泪滴形的玻璃底部。

"你今天脾气好像格外差一点儿。是工作还是和人交往遇到麻烦了?"

"没什么问题,有何岩帮忙,无论是和人打交道还是工作都挺顺利的……"傅司衍沉默了两秒,缓缓说道,"我遇见了二十年前的一个朋友。"

相比二十年这段夸张的时间跨度,从傅司衍口中说出"朋友"二字更让梁荣轩惊讶。

"你的朋友?"

"嗯。二十年前,她父亲是我的绘画老师,每个周末都会到我家教我画画。"

梁荣轩倾身向前,做出聆听的姿态。

"那时候,她会跟着她的父亲一块来。她话多、喜欢笑、喜欢穿裙子……不过她现在长大了,变了很多,也忘了我。"傅司衍想到现在的李之然,头轻轻一歪,换了个话题,"对了,昨天晚上我的梦境变得比以前更真实了,那只狗好像就趴在我耳边叫,不停地叫。"

梁荣轩拿起书写板在上面做记录。

"那你觉得这可能是什么原因引起的?"

傅司衍按了按眉心，有点儿挫败："我不知道。"

梁荣轩看了他一眼，什么都没说，只在书写板上很快地写了两个字——加重。

后来，办公室里只剩下壁钟走动的声音，沉顿而有节奏地一下又一下地回响着……

傅司衍忘了自己是什么时候闭上眼睛的，他游走在一片黑暗中，有个声音在和他说话，仿佛来自另一个世界。

"司衍，告诉我你现在看见了什么？"

"四周很黑，我什么都看不见。"

"继续往前走，能看见别的东西吗？"

"看不见，但是……"双目紧闭的傅司衍皱了皱眉，无意识地抬起手仿佛在触摸什么东西，"这里有一扇门，我摸到它了。"

"很好，试着推开它，推开它前面就能看见光了。"

傅司衍眉心皱得更紧，他艰难地和一扇紧闭的大门搏斗。

"我打不开。"

"为什么？"

为什么？

傅司衍转身触碰四周，他摸到了冰冷的墙壁，往后退，身后那扇门消失了，后背贴上冷硬的墙面。

墙！四面都是墙！

傅司衍猛地睁开眼睛，背脊冰凉，额头上渗出了细密的冷汗。

催眠再次失败！

3 / 针锋相对

梁荣轩对催眠失败已经习以为常,这几年,他一直试图通过深度催眠弄清楚傅司衍梦魇的来源。但傅司衍防备之心太重,潜意识里都十分戒备,根本找不到突破口。

他递上手巾给傅司衍擦汗,顺手拍了拍他的肩膀宽慰道:"没事,放松一点儿,在我这儿休息一下。"

这是给傅司衍治疗最常见的结果——傅司衍在他的办公室休息一时半刻,为后面的工作积攒精力。

傅司衍再次闭上眼睛,没过多久,他听见外面传来很轻的叩门声,梁荣轩去开门。他压低声音和门外的人交谈了几句,房门再次合上。傅司衍没听见梁荣轩走回来的脚步声,看来是和找他的人一块出去了。

傅司衍睡不着了,睁开眼睛,环视了一圈这间熟悉的办公室。室内的一切,灯、沙发、办公桌……都是暖色调,心理医生的办公室比起其他行业,要布置得更加温馨一些。这样有助于病人放松下来,更好地接受治疗。

傅司衍起身走到梁荣轩的办公桌旁,拿起桌上的相框。相框里的是梁荣轩和儿子梁翊的合照，右下角有日期，是十年前拍的。

拍照的时候，梁翊明显很拘谨，像根木头似的杵在一脸笑容的父亲身边。傅司衍知道，这是梁荣轩和他儿子的最后一张合照。拍完这张照片没过多久，梁翊就意外坠楼身亡了。

这时，有人推门进来，傅司衍放下相框，回过头。来人是沈术。

"傅先生。"

沈术抱着一摞牛皮文件袋走向傅司衍身后的橱柜，从傅司衍身旁经过时，最上面的文件袋滑了下来，正好掉在傅司衍的脚边。

傅司衍无须刻意就看清了上面的名字——李之然。他微微一怔，弯身去捡。

沈术礼貌地说了声："谢谢。"

傅司衍却没有归还的意思。

"这是什么？"

"这是部分客户的资料，我刚刚整理完。"沈术客气地说，"傅先生，这是机密。"言外之意是让他立刻还回来。

傅司衍点头表示理解，手上一用劲儿，拆开了文件袋。

沈术被他的大胆举动吓了一跳，大声道："傅先生！这个你不能看！"说着伸手就要来抢，但碍于怀里还抱着一摞，动作不够敏捷，被傅司衍轻易地避开。

文件袋里有一份详细的心理咨询记录，还有几张照片，都是在梁荣轩办公室里拍的。照片上有十三四岁的少女也有二十几岁的成年女性，虽然年龄跨度很大，但不难看出这几张照片都是同一个人——李之然。

无论是少女时期的她，还是成人的她，被相机定格的那一瞬间都在笑，没心没肺的模样，但一双眼睛却空洞得厉害。

在医师诊断那一栏写着：界限性遗忘。

右下角还有医生的签名：梁荣轩。

"界限性遗忘？"

傅司衍念着这个生僻的专业名词，眉心不自觉地皱紧了。下一秒，他手里的东西被沈术夺了回去。

沈术的脸色很难看："傅先生，我希望你对其他病人有起码的尊重！"

梁荣轩推门进来。

"你回来得正好。"傅司衍问，"李之然是你的病人？"

梁荣轩先是吃了一惊，等看清沈术手里那一摞资料，立刻明白过来，他不在的时候，屋子里发生了什么。

"沈术，你把东西放好先出去吧。"

"是。"

沈术把文件分类锁进柜子里后，便快步离开了。办公室只剩下梁荣轩和傅司衍两个人。

"你认识李之然？"梁荣轩直截了当地问傅司衍。

他了解傅司衍，知道他天生就缺乏同理心，对大部分人和事都没有好奇心。会问起李之然，只能说明这个女人对他而言意义非凡。

"她就是我和你说的那个朋友。"傅司衍淡淡地答道，又回到刚才被打断的话题，"你诊断出她患有'界限性遗忘'，那是什么意思？"

"这是病人的隐私……"

"如果我不说出去，她的隐私依然是隐私。但如果你拒绝回答我，那就不一定了。"

梁荣轩苦笑，他从傅司衍的脸上看到了另一个人的影子，同样的狡猾，不达目的誓不罢休。

"界限性遗忘指的是患者突然对个人身份产生失忆症状，患者会遗忘过去某段时间或者某个人、某件事。"

"李之然忘了什么？"

"她自己的亲生父亲，以及十三岁之前和她父亲有关的一切。"

所以……她才会忘记自己？这种猜测居然让傅司衍心里生出几分轻松感，他低声问："那她这种遗忘产生的原因是什么？"

"不知道。"梁荣轩无奈地表示，"她和你一样，防备心很重。我试了很多次，都没办法进入她的潜意识，而且，她自己好像也很抗拒回忆。"

李之然在会客室再次见到了赵志强。

他好像一夜没睡，眼睛水肿，黑眼圈深重，惴惴不安地看着李之然。

"李律师……"

李之然太熟悉这种眼神了，当她出现在那些走投无路的人面前时，他们都这样望着她。不是简单地看着一个人，而是盯着自己仅有的希望。李之然避开他的目光，把一纸委托书推到他面前。

"这是委托书，你看一下，没有什么问题的话，我们就签字吧，以后我就是你的代理律师了。"

"谢谢……谢谢李律师！"

赵志强感激不已，看都没看委托书，直接在后面签了字，眼巴巴地问她："律师，下一步咱怎么办呢？"

"我们先把目标明确好，你们的房子肯定是守不住了，现在就是赔偿问题。我觉得钱他们也给不了多少，我们争取一套房换一套房，有个落脚的地方。"

赵志强一听这话连连点头，喜笑颜开。

"好好好!"

能再得一套房是赵志强想都不敢想的好事,而且他知道傅森公司卖的房子档次都不低,能从他们那儿拿套房子,铁定比守着自己那栋老屋划算。

李之然如何不懂他的心思,但傅森那边的人又不是傻子,就算能成功换到一套房也不知是几环外的哪个犄角旮旯里的。不过从沙市目前疯了一样上涨的房价来看,有套房,怎么都比只拿三十万要好。这些话,李之然没和赵志强明说。

她只用公事公办的口吻告诉他:"我下午去找傅森公司的人谈谈,事情要是能协商就有转机。"

从诊所出来后,傅司衍一句话都没说,这有点儿反常。

何岩透过后视镜看了他两眼,可惜在那张常年用面无表情来表达各种情绪的脸上,看不出任何端倪。

"傅总,这次治疗的情况怎么样?"何岩忍不住开口问道。

傅司衍单薄的嘴唇微微动了动:"老样子……"

他似乎还有话想说,却不知什么原因停了下来。何岩安静地等着,但一直到了公司,傅司衍也没开口。

傅司衍径直回了办公室,何岩估算着时间,熟稔地给一家饭店打电话。傅司衍的私生活死板无趣,就连吃的外卖也是固定的两家——桂花楼和沙市饭店,轮流订餐。

不过何岩的电话还没拨出去,就有人来了。来人是公司的财务总监阮亦晴,一个时尚漂亮的女人。如果不是她胸前挂着财务总监的牌子,说她是某高端时尚杂志的主编也不会有人怀疑。

何岩注意到美人手里提着餐盒,正是来自他准备下订单的沙市饭店。女人要是对一个男人上心,就会成为最好的侦查员。看来今天他不需要多此一举了。何岩和阮亦晴打了个招呼，就下楼去公司食堂解决自己的午饭问题了。

阮亦晴敲了敲董事长办公室的门，不等里面的人回答，直接推门进去了。

傅司衍对这种不经同意擅自进来的行为有点儿不悦，他抬起眼看清进来的人，也注意到她手里的餐盒，眉心一皱。

"你要在我的办公室吃午餐？"

阮亦晴以为他在开玩笑，配合着笑道："是啊，来陪你吃午餐，不欢迎吗？"

她把饭菜在餐桌上依次摆好，傅司衍走过去，看见她带来的都是自己平时常吃的菜，愣了两秒，明白了阮亦晴的来意，但他仍觉得难以理解。

"这些事何岩会做。"

"我也可以啊。"

阮亦晴反驳了一句，心里隐隐期待着傅司衍接下来的话，但他什么都没说，只是坐下来吃饭。

"修改过的合同我已经看过了，没什么问题，下午给张谦发过去。"

"知道了。"休息时间，阮亦晴不想和他谈公事，"最近有大卫·波菲的画展，不过每天售票有限。朋友送了我两张，我记得你上大学时很喜欢他，我们找个时间一块去看吧？"

阮亦晴低头从手包里取出票。

"不用了。"傅司衍说，"如果你多出来的那张票没办法处理的话，可以留给我，我会抽时间去。"

阮亦晴捏着票的手微微收紧，长发从耳边垂下来。她小幅度地甩了甩头，眼中流露出一抹伤感。

她和傅司衍是大学同学，从大一开始，她就一直跟在他的身边，陪着他一步步走到今天。但即便如此，阮亦晴还是常常怀疑他们两人的关系是否算得上朋友。

她了解傅司衍，所以能体谅他怪异的脾气。但她又看不透这个男人，他像是独居在一座玻璃城里，所有人都可以看见他，却无人可以靠近，包括自己。

阮亦晴把票放在傅司衍的手边。

"如果觉得自己一个人看无聊的话，可以找我。"

"找你做什么？"傅司衍一脸困惑。

阮亦晴笑不出来了。

"我还有事，先去忙了。"她说完便起身快步走出办公室。

傅司衍扫了眼她留下的票，顺手收进桌边的抽屉里。

他办公室里间有间小卧室，有一张床专门供他休息。但今天中午，傅司衍没有午休，他闭上眼睛就想起李之然的脸，耳边还回荡着梁荣轩和他说过的话。

"界限性遗忘"这几个字在他的脑海里盘旋不散。

七岁的然然……二十七岁的李之然。

二十年，他们已经分别了这么久，却好像弹指间……再过二十年，他到了半百知天命的年纪……接着过二十年，古稀白发……这么想着，傅司衍忽然有些心慌。

人与人之间的缘分那么薄，他甚至还没来得及和她说一句：很高兴再见到你。

傅司衍不由自主地行动起来，拿起手机拨通了那个烂熟于心的号码。等傅司衍的意识跟上行动的时候，李之然的声音已经切切实实地在他耳边响起，略有点儿无奈。

"谁啊？为什么打通了又不说话？"

他沉吟了片刻，低声问："你好吗？"

这些年，你过得好吗？

李之然觉得这个声音有点儿耳熟，她在脑子里仔细地搜罗了一番。

"是你啊！"聋哑学校新来的那个老师，李之然觉得这人真的很奇怪，连问的问题都怪，"我挺好的呀，有什么事吗？昨天晚上也是你给我打的电话吧？怎么通了又不说话呢？"

傅司衍坦白地告诉她："我不知道要对你说什么。"

李之然笑了："那你打电话给我干什么？"

"也不干什么。"傅司衍想了想，认真地答，"只是有点儿想你。"

他说的是实话，可是电话那头的李之然却被雷得外焦里嫩。

"呵呵……"她干笑两声缓解尴尬，"既然没什么事的话，就挂了，我现在有事要出去一趟。"

说完，也不给对方接话的机会，火速把通话掐断，心里还有几分惋惜：长得那么帅，怎么是个轻佻的怪胎呢？也不知道王校长是怎么招的人。

傅司衍看了眼手机屏幕，上面显示通话结束。而通话时长不到两分钟，她似乎不喜欢和自己说话……

傅司衍对着黑了屏的手机沉默了几秒，把它扔到一边，低头继续看资料，不过不是本公司的，而是另一家地产公司——方亿近年来的资料，包括房屋空置率、年度盈亏报表和企业蓝图。

下午两点，傅司衍动身去了小会议室。周一例会，各个部门的负责人及其助理都必须参加。

按理说大中午是最容易感到疲倦乏力的时候，加上又是夏天，大家难免犯困。但在董事长推门进来的那一刻，所有瞌睡哈欠统统飞走，小会议室里的人个个都精神抖擞得像刚打了两升鸡血一样。

傅司衍坐在主位上粗略地扫了一眼四周，有一个空位。

他翻开面前的文件，淡淡地问道："赵勋，你的助理何冰呢？"

销售部的负责人赵勋像得了军令般条件反射地站起来。

"董事长，拆迁公司那边出了点儿状况，我让他跟过去看情况了。"

"通知负责拆迁的人，这个星期内，所有老房子必须清理干净。延误一天，他们就按照合同赔偿，你负连带责任，降职处理。"

说话时，傅司衍的目光始终停留在面前的文件上，没看赵勋一眼，语气也四平八稳，没有一点儿起伏，但赵勋却硬是听出了一脑门冷汗。

"知道了……傅总。"他唯唯诺诺地应着，重新坐下。

"现在开会。"傅司衍终于抬了下眼皮，"方亿的资料，你们应该都看过了。有什么想说的？"

"傅总。"首先说话的是投资部经理徐磊平，中等身材，刚过四十岁的人已经忙成了秃顶。他的业务能力很强，在华尔街工作过几年，原来是做对冲基金这块的，身上带着股海归精英的气质。

"方亿这几年业绩一直在跌，市场占有率也在缩小，在营业收入和纯利方面的表现更糟糕。从他们公司发布的前两个季度的业绩报告来看，营业收入和净利润同比下降了一半。现在银行正在收紧贷款，方亿为了解决债务危机，首先得尽快卖出手头上的房子，不过他们的销售情况大家都看到了，很差。为了还债，方亿今年抛售了三个项目，回笼资金十八亿。还了一部分给银行，让银行先吃颗定心丸。我估计现在他们手头上能用的流动资金不会超过十亿。下个月方亿会推出今年第一个新项目——绿地家园。不过从前期宣传来看，复制了以往的项目销售模式，没有创新。现在政府为了提前抑制房地产泡沫，已经出台相关政策来压低房地产业的杠杆率，中下层市民的贷款会变得越来越难。而方亿主打的就是中低端市场。所以我认为方亿接下来几年会尝试创新。虽然可能会死在创新的路上，但依然故步自封的话，用不了几年，方亿就只能压低价格卖出所有存房，然后退出这个行业。"

阮亦晴说："瘦死的骆驼比马大，方亿是老牌地产企业，它有尝试创新的资本，也有东山再起的本钱。另外方亿的公关非常厉害，在沙市的口碑很好，这一点是很多地产公司比不上的。"

她意有所指地望了眼傅司衍，继续说道："而且方亿地产的老总方平更是出了名的慈善家，他自己就是他们公司最好的代言人。"

徐磊平对阮亦晴的观点嗤之以鼻："我发现阮总监你的注意力总是容易放在边角料上，抓不住重点。企业要拿财务报表、要拿市场说话，只会作秀有什么用？我们不妨打个赌，看看过几年方亿的情况，阮总监敢不敢？"

会议室内的气氛有了点儿剑拔弩张的意思。

傅司衍开口了："你们要打赌，出去找个没人的地方赌。"眼风扫向阮亦晴和徐磊平，会议室里气氛顿时一沉，没人敢吱声了。

傅司衍说："一座城市真正的有钱人毕竟是少数，普通市民的消费力加在一起不容小觑。所以今年我也打算推出普通市民住得起的新楼盘，正在筹备中的西街明珠苑楼盘，就是傅森的试验田。"

明珠苑是由西街的一片烂尾楼改建的，那些楼房原本是打算建成高端精品房的，后来因为种种原因不了了之。修了一半的房子空置在那里，对城市形象影响很大。两年前傅司衍和政府合作，以比较便宜的价格拿下了那片烂尾楼。

在傅司衍看来，在西街这边打造大户型精品房的计划一定是哪个高层头脑发热一拍脑袋定下来的，极度不靠谱。

西街距离地铁站公交车站都不算远，这一点完全可以当成优势开发，而且附近还有两家公立小学，严格算起来，楼房建成后，还属于学区房。但能买得起高端精品房的，大多都选择把子女送去私立学校，接受更好的教育。这就造成了资源浪费，不如顺应环境，将明珠苑打造成中小户型的普通住房。

公关部的负责人安娜有点儿担心："不过这在方亿看来，无疑就是宣战了。"

"我没有宣战的意思。"傅司衍屈起食指敲了敲桌面，发出果断低沉的声响，"我打算今年把整个方亿都拿过来。"

小会议室里一片死寂，众高管面面相觑。想在半年内吞掉资历更老，规模也不小的方亿……

傅司衍往座椅后一靠，淡声道："我不是在问你们的意见，只是通知你们。这次明珠苑从修建、前期宣传到封顶开盘，都必须处理好，哪个环节出了问题，我就找负责人。"

能爬到部门一把手位置，大多都跟了傅司衍五年以上，自然清楚他的脾性和做事风格。从某种程度上来说，他是专横的，但也是最理智、最具有前瞻性的领导者，没人敢有反对他的意见。

他们对他，又怕又敬。

"傅总，我们财务部分内的事，都会做到最好。如果其他部门有需要，我们也会全力配合。"

阮亦晴带头表了态，其他人纷纷附和。

傅司衍点点头，起身说："散会吧。"

他走出会议室之前，没人敢动作，会议室里一片寂静。这时，赵勋手机发出的嗡鸣声就格外引人注目了。是助理何冰打来的，赵勋偷看了一眼傅司衍，见他像没听见一样兀自往门外走，这才接听电话。

"何冰啊……"

那边不知急急说了什么,赵勋脸色大变。

"傅总!"他站起来叫了声。

傅司衍已经走出会议室,听见他的声音,驻步回头。

"什么事?"

何岩注意到赵勋难看至极的脸色,心里预感事情不妙。

"姓赵的那家钉子户,出事了……"

李之然刚收拾好东西,打算去傅森地产找相关部门的人谈谈,没想到在半路上接到了赵志强的电话。那个五大三粗的汉子在电话那头泣不成声。

"李律师,他们又来拆我的房子了!推土机都开过来了,还动手打人!我老母亲……我老母亲……我要和他们同归于尽!"

他话说得不清不楚,李之然没听清楚他老母亲究竟怎么了,却听清了最后四个字,顿时惊出一身冷汗,忙劝他道:"赵志强,你冷静一点儿!什么事好……"

她话没说完,就听赵志强不知朝谁嘶吼了一声"你个畜生老子砍死你!"电话断了。听那声音,理智全无。

李之然立即下车,跑到对面马路打了辆的士急急地赶往市郊赵志强家。她一路上一颗心七上八下的,给赵志强打电话的时候手都抖了。对方显然不体谅她此刻内心的煎熬,一连四个电话都无人接听。她只能暗自祈祷老天保佑,不要闹出人命。

等车快到市郊了,她才猛地想起自己只知道赵志强家大概的位置,要是找不到地方怎么办?下车后,她才知道自己的担心是多余的。几台拆迁专用大型推土机和挖掘机扎堆已经足够醒目了,何况还有十几个戴着黄色安全帽的工人,和外面三三两两围成弧形的"吃瓜群众"。

被他们围在中间的老宅子，自然就是赵志强的家。

"让一让，让一让，我是赵志强的律师！"

李之然一路往里面挤，等她挤过"人形防线"，就看见赵志强站在屋顶上，浑身湿漉漉的，手里拿着打火机，神情激动地吼："谁也不能拿走我家一块砖！叫你们董事长，叫傅司衍过来！"

他的老婆孩子都蹲在院门口哭，院子里还有个空汽油桶，里面的汽油已经被赵志强浇到身上了……

"赵志强！你不要胡来！"李之然大喊了一声，就要往院子里冲。

几个戴黄帽子的工人拦住她。

"你干什么的？"

"我是他的律师，松手，让我进去和他谈！"

一个身穿西装，头戴红帽子的男人快步走过来，看起来像是管事的，他上下打量了李之然一眼。

"你真是他的律师？"

"对，我们昨天才签了合同！"

"红帽子"显然也急得不行，没再多问，转身往院子里走："你跟我进来。"

赵志强此时情绪很不稳定。青瓦铺成的屋顶沟壑不平，他站在上面摇摇晃晃，像喝醉了酒一样，随时都有可能掉下来。

"李律师，今天谁要是敢动我家，我就死在这里变成厉鬼！要他们没一天好日子过！"

"你别胡来！"李之然又急又怒，"你死了就什么都没了！你老婆、孩子、老爹老娘，你这一大家子人都还指望着你照顾呢，你走了他们怎么办？"

赵志强哭了起来："我没出息，我对不起他们！下辈子做牛做马……"

"没有下辈子！你先下来，我们有事好商量！"

"他们不会和我们商量的！"赵志强大叫起来，粗短的脖子涨红了，上面青筋暴起，"他们大中午地冲过来就要拆房子，我老爹、老娘去拦，还被他们打到叫了救护车！除非叫他们董事长过来，不然我今天就烧死在这里，街坊邻居给我拍照曝光他们，让这些黑心的开发商不得好死！"

说完，他拿着打火机就要把火苗往自己身上引。

"红帽子"年龄不大，二十七八的样子，看起来像是坐惯了办公室，常和斯文人打交道的，没经历过这种骂骂咧咧不要命的主儿，脸都白了。

"赵志强，事情我已经上报公司了，我们董事长马上就过来！你不要乱来！"

赵志强的老婆这时也冲了进来。

"老赵，你要是有个好歹，我们娘仨也不活了！"

一看这女人平时就是个温婉型的，这句话本该扯开嗓子声嘶力竭地喊出来，她却伴着呜呜咽咽的哭声，活像在唱戏。

李之然安抚般地拍了拍女人瘦弱的肩膀，转头看了眼屋顶上的赵志强，他蹲在屋顶上，正低头抹泪。

一个大肚便便的男人叼着烟走过来问"红帽子"。

"现在是怎么着？拆还是不拆？"

这人是拆迁公司的负责人，外人管他叫钱老九，一脸横肉，一对小眼睛里暗藏凶光，仿佛随时准备干架一样。

他显得很不耐烦，转头轻蔑地扫了眼赵志强，潜台词仿佛在说"这种跳梁小丑，爷伸出根小拇指就能碾死你"。

"红帽子"很为难，他几乎是在哀求李之然："律师，你做点儿好事，把他劝下来吧。"

这时,外面传来刹车声,一辆白色宝马停在院门口。"红帽子"和钱老九一起回头,顿时脸色都变了。"红帽子"是惊慌失措,钱老九却好似见了财神爷,点头哈腰地凑上前去。

"傅总,傅总您亲自来了……"

之前还在房顶上骂骂嚷嚷的赵志强忽然不动了,一双眼睛死死地盯着门口。他的老婆——那个半边身子贴着李之然抽抽噎噎的女人也瞬间收声。

下一刻,她像支离弦的箭一样扑向了正走进来的人。李之然几乎是下意识地伸手去拉她,但女人动作太快,衣角从李之然的指缝间滑过,她只能眼睁睁地看着那个女人跪在来人的裤脚下。

"傅大老板,我们一家老小都指望着这房子过日子……"

来人低头漠然地扫了眼面前哭得不成样子的女人,随后视线一抬,看见了站在一旁的李之然。他表情起了一丝微妙的变化,李之然却彻底愣住了。

他就是傅司衍?

但也只是一瞬,她脑子就飞快地运作起来。他不是聋哑学校新来的老师,他是给学校捐放映室的那个有钱人,也是他向王校长要了自己的号码。这些事,她本来早就该想清楚了,但因为没放在心上,才忽略了。

"傅总,"李之然朝他挤出一个笑容,既然是熟人,应该好说话一些,"我是赵志强的代理律师,这事……"

"这事没有商量的余地。"傅司衍打断她的话,用余光瞥了眼钱老九和"红帽子","你们就是这么办事的?"

他语气平淡,听不出责备的意思,"红帽子"却狠狠地打了个哆嗦。

"对不起傅总,是我的失职。"

针锋相对 | 069

钱老九觉得这个年轻的老总可能是盟军,脸上堆着笑凑上来说:"傅总,拆迁咱还是继续吧,兄弟们都等着呢。"

"不……"跪在他面前的女人一听这话,害怕地去抓他的裤脚,"大老板……大老板我求求你……"

傅司衍极度厌恶与陌生人肢体碰触,他往后退,女人却抓着他的裤脚不撒手。钱老九叫人过来把女人拖走。

李之然抢先一步将人扶起来,低声在她耳边说:"去照顾孩子,这里你帮不上忙,别添乱了。"

那两个孩子就站在门口,大的不过七八岁,小的刚学会走路,都眼泪汪汪地看着这边。她一个外人看着都心生不忍,何况亲生母亲。果然,女人两眼噙泪,回头看了眼自家老公,拖着步子走向小孩。

赵志强在上面看着,眼睛酸得难受,既恼自己没能力,又气他们咄咄逼人,一时间心中五味杂陈。他大吼道:"傅司衍,今天这房子不能动!除非你多赔钱给我,要不然,我现在就死在这里,让你的房子卖不出去!"

傅司衍似乎笑了下,他上前两步,冷漠地看着屋顶上的人。

"你以为你自杀的消息能变成新闻传出去?退一步说,就算这消息传出去了,一两年后还能在社会上产生什么影响?别天真了,对于我来说,你和蝼蚁没什么区别。"

他用这话激赵志强……李之然听得心惊肉跳,生怕屋顶上的人一个情绪失控,造成无法挽回的后果。

"傅总……"她想说点儿什么,被傅司衍抬手止住了。

傅司衍望着赵志强,一字一句清楚地告诉他:"你要搞清楚,傅森是按照合同办事,而你是自杀,法律追究不了公司的责任。就算你的死会引起社会舆论,但每天社会上发生的事那么多,你信不信别说一年,一个星期都不用,你用命换来的这点儿民生新闻就会被盖过去。"

李之然见赵志强脸色有了变化,看来傅司衍的激将法管用。

傅司衍看了眼手表,面无表情地说道:"我给你二十秒钟下来,不然一切免谈。"

李之然赶忙说:"赵志强,傅总已经过来了。你先下来,下来我们再一起协商。"

她边说边盯着房顶上的人,赵志强迟疑了一下,还是把打火机收进了衣兜,顺着架在旁边的楼梯下到地面。

李之然一颗悬着的心险险地归位,就在这时,她身边掠过一阵风,几个民警迅速冲进来,将还没站稳的赵志强按在墙上,抢走了他的打火机不说,还给他戴上了手铐。

赵志强整个人都蒙了,直到银色的手铐"咔嗒"一声在他的手腕上铐紧,他才反应过来发生了什么事,疯狂地挣扎起来。赵志强的女人见状要扑上来,被周围的好心邻居拦住了。

何岩悄无声息地走进来,站在傅司衍身边,低声说:"傅总,都办妥了。"

李之然明白了,傅司衍在来的路上就派人和附近的派出所打过招呼,只要赵志强从房顶下来,就把他带进所里关几天。等他出来的时候,木已成舟,别说房子,到时候连一块碎瓦都没了。

"傅总,厉害。"李之然瞪了他一眼,转身走向赵志强,"警察同志,我是他的代理律师,这事……"

她还没走近,情绪激动的赵志强就朝她脸上啐了一口。

"滚开!你们都是一伙的,骗我下来!都是骗子!都想要我的房子!"他抬脚就照李之然踹了过去。

有人拽着她的胳膊将她往后拉了一把。

"你们律师现在都任打任骂不还手吗?"

傅司衍抽出西服口袋里的手巾,想替李之然擦掉脸上的污秽,但她偏头躲开了。外面传来哭闹声,是赵志强的老婆和两个小孩,还有机器开动的声音,他们已经开始动手拆房子了。

她再次看向傅司衍:"傅总,我们谈谈吧。"

"谈什么?"他不喜欢与人对视,避开了她的眼睛,"如果是赵志强的事,就不用谈了。"

李之然深深地看了他一眼,没再说什么,转身冲出了院子。傅司衍拿不准她想做什么,但他清楚,李之然骨子里有股倔劲儿,七岁时就如此,现在,恐怕变本加厉。

他迈开长腿,大步流星地追了出去,何岩自然紧跟在傅司衍身后。

先前他看到李之然只觉得有点儿面熟,刚才傅司衍一系列的举动和反应,让何岩断定了她的身份。何岩在心里叹了口气。

李之然刚刚看傅司衍那一眼,没有半点儿温情。阔别多年,他烙印在心底的暖阳,视若珍宝的人出现了,却站在了他的对立面,真是命运弄人。

傅司衍没想到李之然会倔到这分儿上。她一个人围着两台正在运作的挖土机来回跑,不知和里面的司机说了什么,轰鸣的大机器竟然在距离房子几米开外的地方硬生生停下了。

钱老九见状大喊:"你们干什么呢?怎么突然停了?"

其中一个司机探出头来无奈地朝钱老九喊道:"老板,我们就是公司派来做事的,兜里也没几个钱,不想惹麻烦。你们还是先协商好吧。"

李之然也是走投无路之下急中生智,这里大部分都是拆迁公司和地产公司的人。但这几台重型车不是,推土机也好,挖掘机也好，都是从别的公司临时雇来的。作为第三方，他们自然不想惹上不必要的麻烦。

李之然警告他们，只要他们敢拆一块砖，就是侵犯私人财产，房主完全可以以此起诉他们。司机们肯定不想担这个责任，刚刚赵志强不要命的狠样他们也见了，谁愿意惹上这么个玩命的主儿？

车不动了，拆迁行动也不得不停下了。

何岩在一旁看着，低声笑了笑："李小姐真是有勇有谋。"

傅司衍没说话，看着一步步走来的李之然，等她走到近前，他才开口吩咐何岩："从公司调两台车过来，务必要拆了这栋房子。"

他有意让李之然听见他的话，想让她知难而退。

"傅总。"李之然平静地说，"能不能给个机会再商量商量？或许能找出两全其美的解决办法。你们傅森的招牌那么大，把一户普通人家往绝路上逼，传出去也不好听吧？"

"这世上所有看起来两全其美的事，至少存在一方利益受损。而且从目前的情况来看，你手里没有和我谈判的筹码。"

求人自然要有个求人的样子，李之然一向能进能退，顿时和气一笑："您别搞得这么严肃嘛。"

她心里明白，自己的确没有和傅司衍谈判的资格。但傅司衍是这件事唯一的转机，就算没有机会，她创造机会也得和他好好聊一聊。

理性牌在他这儿打不通，就打感情牌吧。

"傅总，我们以前不是朋友吗？"李之然又靠近了一点儿，露出嵌着梨窝的笑容，好声好气地说，"您看拆房子这事吧，也不急在今天，等明天再动手也不迟啊，就当帮帮老朋友啦。我们待会儿一起吃个饭，什么事都好商量嘛。"

何岩抿嘴笑了，这个李小姐还真是能屈能伸，刚刚对傅司衍如寒冬飞雪般冷漠,一转眼又笑得似三月和煦的春风。

李之然这一招无疑走对了。换作别人,在傅司衍面前用这招,肯定会被他面无表情地忽视,顺便讽刺几句。可她不一样,她的笑容让傅司衍很怀念。于是,傅司衍破天荒地在公事上让步了。

他点头说:"好,想去哪里吃饭?"

"我都可以啊。"

刚才剑拔弩张的凝重气氛瞬间烟消云散,剧情急转直下,傅司衍和李之然两人在众人匪夷所思的目光下,和谐友好地坐进了一辆车。

"红帽子"一直看着车走远了,才合上下巴,呆呆地问了何岩一句:"何助理,傅总这是?"

"中邪了"三个字他忍着没说。

何岩作为过来人,意味深长地叹了口气。

"谁的人生里还没个例外呢?"他拍了拍"红帽子"的肩,交代一句,"今天不要动工了,明天再说。"

李之然自然不是真想和傅司衍一块吃顿饭,所以她压根没留心傅司衍的车是往哪个方向开的。一路上她都在套近乎,东拉西扯,半个字也没提赵志强的事。

傅司衍也很配合,她问什么他答什么,但不知是刻意还是不会聊天,他回答的话一板一眼的有来无回,根本就是传说中的话题终结者。李之然一路干笑着,异常艰辛地把对话进行到底。

当白色宝马停在傅森大厦门口时,李之然傻眼了。这位大佬不会抠门到打算带她吃公司食堂吧?李之然揣着这种心思,看傅司衍的眼神更复杂了,不过脸上依然保持着热情友好的笑容,笑得脸都快僵了。

穿过一楼大厅走到电梯口的这一段路，有几名员工认出傅司衍，恭恭敬敬地叫了声"傅总"。傅司衍微微颔首，算是回应了。

走在他身边的李之然能明显感觉到从四面八方投来的关注及八卦的目光。但当她回头看时，却又没抓住一双眼睛，似乎所有人都在低头走自己的路、忙自己的事，看起来都很正常，正常得有点儿过头了。

李之然隐隐觉得，他们都很怕傅司衍。说来也是，一个冷漠精明、笑比河清的老板，哪个员工在他的面前能自在得起来？

董事长办公室位于大厦第二十层。

李之然走进傅司衍的办公室，第一感觉就是空。她还没来得及好好参观这间空旷的办公室，就被对面墙上的画吸引了目光。

画里画的是房间的一角，阳光从敞开的窗户照进来，使得那一角变得明暗参差。窗户是唯一的出口，却通向更深的阴影。整幅画布局沉闷、用色阴郁，连光都是深冷的色调，转角、窗口仿佛都透着无处宣泄的压抑。

李之然觉得那幅画里锁着一种深沉的孤独，那种孤独轻易地穿透了她的心，激起了她心底的共鸣。

傅司衍的声音飘过来："那是爱德华·霍珀的最后一幅作品《sun in the empty room》（空房间的阳光）。"

"噢……"李之然拉长了尾音，一脸恍然大悟，回头冲傅司衍抱歉地笑了笑，"不认识，不过我挺喜欢这幅画的。"

她转身走向傅司衍，顺便看清了办公室的全貌。装潢以沉稳的冷色调为主，色彩搭配恰到好处，在墙面转角处稍作处理，加重颜色对比，又透出微妙来。连少有人注意的细节都做得如此精致，可以想象主人有多讲究。

李之然忍不住赞叹："你这办公室真是别具一格，格外好看！"

傅司衍没接话，只问她："想吃什么？"

"都可以。"

在李之然看来，饭菜就是用来填饱肚子的，不过酸甜苦辣咸几味，没什么大区别。而且，她现在有求于人，也不好意思太把自己当回事。

傅司衍用内部电话打给秘书室，让订两份晚餐送上来。可他一没说店名，二没说要吃什么饭菜，秘书室的几个小秘书犯难了。他们不敢打回去问，只好一通电话打给董事长的私人助理何岩，向他求救。

李之然当然不知道秘书们的心酸，自认为时机已经成熟，打算拐弯抹角地跟傅司衍提一下拆迁的事。

"傅总，市郊那么大一块地，你打算建什么？"

"和某知名酒店集团联手，打造一家度假休闲精品酒店。"

"噢……"她似懂非懂地点点头。

傅司衍主动把话题引到赵志强身上。

"接下赵志强的委托之前，你应该已经弄清楚了，知道上庭毫无胜算，只有求傅森让步这条路可以走，不过风险几乎高达百分之百。我很好奇，他究竟给了你多少律师费，让你愿意为他做到这个地步？"

看赵志强家里的情况，他也付不起多少律师费。

"我的劳务费就不用傅总您操心了，而且不是所有东西都能用钱衡量的。"李之然避开了他的问题，进一步说明，"你说得很对，我的确只有一条路可以走，所以希望这是条生路。"

傅司衍坐在沙发上，往后一靠："那你希望我怎么做？"

"房地产业这块我是个门外汉，但我也清楚近几年房价飞涨，远不止翻了四五倍。四年前政府资金紧张，卖地的时候把价格压到了底。虽说当时给三十万补偿金,是由正规评估单位评定的,但这背后有没有什么上不了台面的交易……"李之然笑了笑,"那我就不乱猜了。现在,赵家那块地的市场价值究竟有多少,傅总应该比我清楚。您给他们三十万就拿走他们一家六口落脚的地儿,这样做的确不太人道了。所以我希望傅总能退一步,把钱拿回去,用空置房来交换,一房换一房。"

见傅司衍不吭声,李之然继续说:"现在是网络时代,如果这事真闹大了,弄出人命来,再被捅到网上,对傅森公司多多少少都会有些负面影响。不如您退一步,还能得个良心企业家的好名声。"

"你想过这么做对傅森的影响吗?"傅司衍不疾不徐地道出后果,"一旦我开了赵志强这个先例,其他拆迁户就会蜂拥而上。那群人不患寡而患不均,那时候傅森就得收拾一个大烂摊子,吃力不讨好。另外,如果我采取以房换房的方法,被当成正面例子来表扬宣传的话,那么同行甚至政府拆迁办势必会被拖出来和傅森做比较,到时候舆论肯定会让他们下不来台,让我一举得罪政府和同行。你这个提议还真是贴心。"

李之然被他一番话堵得哑口无言,她从头到尾都是站在赵志强的立场出发,却没有考虑过傅森的情况。

"任何行业都存在灰色空间,我是个商人,不是道德标兵。只要不违法,我的一切活动,都以公司利益为重。"

傅司衍的目光顺着李之然色泽偏淡的唇一寸寸往上,最后落在她眉心,他依然不敢直视她的眼睛。

"然然,生意场上讲究利益交换,他们的弱小、贪婪和无知,不是我让步的理由。"

他的声音仍然不咸不淡,叫她然然的时候,甚至还带着两分温和,但这番话却不容反驳。

原本李之然还想从拆迁补偿的费用上再和他商量商量，现在看来，这事是彻底没戏了。李之然顿时没了吃饭的心情，她心里还记挂着赵志强一家人。

"我知道了，那……打扰了。"

她提起包准备走，但一转身，死前都要挣扎几下的个性让她再次回过头。

"傅总……"

傅司衍起身上前想挽留，她毫无征兆地突然转头，正好结结实实地撞在他胸口上。李之然脆弱的鼻梁被他胸前结实的肌肉撞出一股酸疼劲儿，差点儿把眼泪逼出来。

"不好意思，不好意思。"她捂着鼻子抬头道歉。傅司衍的视线一时避之不及，两人四目相对。

李之然再次感受到他心底的恐惧，那个小男孩无助凄厉的尖叫声让她眼里的一点儿湿意瞬间成了汪洋，泪水溢出眼眶。

流泪的李之然让本就局促不安的傅司衍更加无措了，垂在身侧的右手无意识地握紧又松开，反反复复多次。

"别哭。"他低声说，视线变得飘忽起来，嘴里用微弱的声音念着几个时间点，"1996年6月27号下午2点17分43秒第一次见面，2016年7月3号下午5点6分重逢，2016年7月4号下午5点39分……"

此刻。

"别哭，然然。"他再次说。

李之然用手背在两眼一蹭，刮红了眼皮，止住了眼泪。她盯着傅司衍的胸口，似乎想透过那件西服看进他的内心。她觉得匪夷所思，这样一个男人心里为什么会有那么深的恐惧？

李之然抬头看他的脸，很英俊的一张脸，五官无可挑剔，深目高鼻，略显单薄的嘴唇弧度优美，唇角处收成锋利的一条直线。他脸上最出彩的是那双眼睛，对于亚洲人来说过于深邃的一双眼睛，如同两个漩涡，能轻易将人的目光吸进去。

她不喜欢看人的眼睛，因为她在那里见过太多的肮脏。

而他……又是为什么？

李之然的视线迟迟不肯从他的眼睛周围离开，这让傅司衍很不舒服。

"别看我。"他把头偏向一边，不安的感觉扩散到四肢百骸，低声说，"你先出去。"

李之然没动，她终于敌不过内心的悲悯，颤声问："你……为什么……那么害怕？"

傅司衍自然曲解了她话里的意思，他以为李之然是在说他的反应。他努力克制自己去背那些数字的欲望，回答她：'我没有害怕，我只是觉得不安。"

他重新看向李之然，看她的嘴唇、鼻子、额头……最后，视线滑向她的眼睛，几秒钟后，他刚刚退去的不安又卷土重来。

"如果是以前的你，就会知道我不正常。无论二十年前还是现在，甚至二十年后，我都是这个样子。"

李之然听糊涂了："我记性不太好，以前的很多事，我都忘了……"

"能忘记自己的父亲以及和他有关的一切，对我来说，是个值得羡慕的优点。"

苦苦隐藏的秘密，封存在内心某个角落不再翻起的旧事，就这样被他轻易提起。李之然觉得自己像是赤身裸体被扔到太阳底下，强烈地羞愤感冲上心头，令她瞬间变了脸色。

"你怎么知道我的事？"

傅司衍说："意外。"

李之然的神色骤冷："我不想跟你开玩笑。你还知道什么？"

他有些奇怪："还有什么？"

李之然抿了抿唇，总是上扬的嘴角收成一线，锋利如刀片，连眼神也像刀子一样。她很少有神情严肃的时候，生活太苦了，她拼尽全力也没能在上面涂上一层蜂蜜来粉饰太平，她只能给生活裹上一层薄荷糖。薄荷的味道清清凉凉，还有点儿涩，不过好歹也算是颗糖，沾上了甜的边。可现在，糖衣融化了，生活的原味吞噬了她所有的感官，也吞噬了她的理智。

"我不知道我的事你是从哪儿听说的，但请你转头忘掉，不要和任何人提起，不要影响我的生活，不然的话，别怪我不客气！还有……我希望今天是我们最后一次见面！"

傅司衍身体一僵，仿佛遭到晴天霹雳。

"我们，隔了二十年才重新遇见，不过一天，你就决定抛弃我？"

他的脸上出现从未有过的脆弱，李之然又听见了他心底那个小男孩歇斯底里的尖叫声。她甚至有种错觉，此刻站在她眼前的，不是一个成年男人，而是一个脆弱无助的小孩。

李之然瞬间心软了下来。她张了张嘴想否认，却如鲠在喉。

傅司衍对于她来说，是个陌生人，一个了解她的过去，知道她的秘密的陌生人。

傅司衍往前迈出一步，试图走近她。李之然如临大敌，迅速转身，头也不回地冲出门外。她最终也没再对傅司衍说一个字。

"然然！"

傅司衍的声音从身后追上来，化成无形的藤蔓缚住了她的双脚。李之然险些跌倒，幸而提着外卖走过来的何岩眼疾手快地扶了她一把。

"李小姐?"他担心地看着她。

李之然勉强笑了笑:"我先走了。"

何岩看着她逃也似的冲进电梯,犹豫了一会儿,走进董事长办公室。

"傅总。"

傅司衍似乎没听见他的声音,只是定定地站在窗边,俯瞰楼下。从二十层望下去,人如蝼蚁,但他还是看清了李之然的身影,她穿过马路朝公交车站走去,一次也没回头。

傅司衍走回办公桌前坐下,开口说的第一句话是:"饭菜只留一份。"

"好。"何岩试探着问,"傅总,你们这是……出什么事了吗?"

"她说,希望这是我们最后一次见面。"

他脸上的无助脆弱早已褪去,神色平静得像一潭波澜不起的死水,倒映出经过的一切,唯独不展示自己。

何岩无声地叹了口气,按傅司衍的吩咐留下一份饭菜,转身出去了。

4 空白记忆

半个小时后,何岩接到傅司衍的电话。

"叫徐磊平、赵勋、阮亦晴还有公关部的安娜来我办公室一趟。"四个部门负责人很快出现在董事长办公室。

这种临时的小会,对于傅森的部门负责人来说很平常,傅总从来不参加规模超过十五个人的活动,包括公司年会。同时也不接受任何采访,所有诸如此类的活动都由公司副总杨康出席。久而久之,副总就变成了公司的招牌和吉祥物一样的存在。

董事长这个掌舵人,只开小会,狠抓主心骨。所以整个傅森压力最大的就是高管了。

傅司衍把一份文件递给赵勋。赵勋接过一看,是明珠苑的项目书。他有些困惑,但他反应快,张口就说起本部门与这个项目挂钩的地方。

"傅总,明珠苑这个楼盘总共安排了十七个销售人员,七个负责坐销,十个负责行销。副经理王航担任小组组长全程跟进销售期,我也会经常过去看看情况。"

"再外聘一些行销人员,用最笨的办法在沙市每个区做人力宣传。"傅司衍开门见山地说,"明珠苑我打算采用'轻投资'的销售模式。现在预售证已经拿到手,五证齐全,在建房期间就可以开始对外销售了,让客户提前选房认购。安娜,你从今天开始准备宣传工作,做大一点儿,想些好噱头,三天内把方案交给我过目。"

阮亦晴对他这个提议不太赞成。

"傅总,目前在沙市还没有哪个房地产企业采用'轻投资'这种销售模式。明珠苑地段好,优势很多,我们大可以分批出售,在宣传和价格上下功夫,没必要试这个水。"

"大家都做的事做起来有什么意思?"傅司衍抬头看了她一眼,面如止水,几分傲气藏在眼底,"就像你说的,明珠苑地段好,优势多,所以更适合拿来试水。我们既然要做第一个吃螃蟹的人,必须得吃点儿亏。提到投资,现代人第一反应就会想到风险,我打算采用同行业保价的方式把客户的风险降到最低。"

"同行业保价?"阮亦晴吃了一惊,"您的意思是,我们替客户兜底?"

"对。赵勋,你这周内做份企划案出来。阮总监你做个收益预期,这两天交给我过目。"

傅司衍给下属的印象一向是做事果断,雷厉风行,现在他话已经说得很明确了,其他四个人自然不会自讨没趣再生异议。

他们心里对傅司衍这个掌舵人的能力一直是信服的,他有远见有能力也有担当,可以说具备了所有优秀决策者应该有的一切。除了……为人太冷漠,让人觉得难以靠近。

另外三个人先离开了,阮亦晴没有走。

"傅总。"办公室里只有他们两个人,阮亦晴才把刚才没说出口的困惑提出来,"为什么突然决定改变明珠苑的销售策略?你之前的想法不是这样的。"

阮亦晴和傅司衍相识多年，从他创业初始就一直跟着他，在公事上对他很了解。每每傅司衍下出第一步棋，她十有八九就能猜到后面一步他打算怎么走。

这回，她真的被他弄糊涂了。

"下午我去了趟市郊，有家拆迁户闹自杀。他的律师和我谈了谈，我想如果能让拆迁户把从政府那里拿到的补偿金，投进明珠苑这个项目，算不算两全其美？"

"你和钉子户的律师谈过？"阮亦晴脸上流露出难以置信的神情，"市郊那块地我们是合法处理，哪怕强拆也是符合规范的。明珠苑不是小楼盘，方亿肯定会全力打压，在这种情况下更应该保守行事。现在为了照顾一家拆迁户，就采用新模式销售，风险有多大你应该清楚。而且我们还要保价，为客户担风险。我实在想不出傅总你这么做的动机是什么？"

她不明白，傅司衍这样一个利益至上的人，为什么会为其他人考虑到这个地步？哪怕那律师再巧舌如簧，也绝不可能说动他做到这一步。

阮亦晴说的事，傅司衍怎么可能没考虑过。他骨子里有生意人的精明和考量，从创业的第一天开始，他的每个脑细胞都秉承着利益至上的原则来进行思考。但另一方面，他也是个普通人，虽然这个属性太长时间没启动，傅司衍几乎都要忘记了，但李之然的出现让他沉睡已久的人性动弹了一下。

他大脑的天秤头一次倾斜向利益的对立方，至于那是什么，傅司衍没有思考得太深入。

他只对阮亦晴说："我交代的事你们都做好，应该不至于亏本。退一万步说，如果亏了，就当给创新积累经验了。"

傅司衍没有回答自己的问题，阮亦晴吸了口气，说："我知道了，傅总。"

她转身走到门口，忽然停了下来，女人敏锐的第六感在这时发挥了惊人的作用。

"傅总。"阮亦晴回过头，迟疑着问道，"难道你是因为那个律师？"

傅司衍一直停留在电脑屏幕上的目光，终于转向了阮亦晴。他的神情太平静，看不出任何破绽，动了动嘴唇："出去吧。"

李之然离开傅森后，直接去了派出所保释赵志强。一开始那边找各种理由推脱搪塞不肯放人，但架不住李之然用律师身份软硬兼施，最终还是顺利地带走了赵志强。

赵志强先前的激烈情绪早已不在，取而代之的是一种心如死灰的平静。李之然本想安慰他两句，但她刚刚从傅司衍那边出来，能给他的都是坏消息，索性闭口不言。

刚走出派出所，她就接到了郑南书的电话，问她人在哪儿。李之然报了地址，郑南书说了一句"等我一下"就挂了电话。

没过五分钟，郑南书就开着他那辆风骚的保时捷出现了。

"老大，我来接你了！"他从车里探出头兴奋地朝她喊。

这里不好打车，而且车费不便宜。但赵志强这个状态，带他挤公交或者地铁都不太方便。郑南书的出现，可以说是解了李之然的燃眉之急。

她没多想就领着赵志强一块坐上了郑南书的豪车，顺便报了赵家的地址。一路上，赵志强都没吭声，一直盯着窗外发呆，瞳孔里像蒙了一层灰，没有生气。让他忧心的事太多了，李之然时而忍不住看他几眼，他佝偻的身形无比沉重，被生活、被未知的前路压得喘不过气来。

空白记忆

"李律师,明天你还来吗?"下车时,赵志强才迟缓地回头问了李之然一句。

李之然一咬牙:"来!"

赵志强挤出个惨淡得令人难过的笑容,头也不回地走了。

开车回律所的路上,郑南书一句接着一句地从李之然那儿把整件事情问清楚了,李之然隐去了她和傅司衍之间的私事。

"老大你别担心,明天我陪你一块儿来,他们要是敢把我弄出个好歹,我们家……"

"别别别!"李之然一听他这话,赶忙摆手,"你这千金之躯还是好好在律所待着,你要是出点儿事,你们郑家还不得先把我的皮扒了。"

"反正我明天得跟你一起来,我自己待在律所瞎担心算什么呀?"郑南书见李之然不吭声,好声好气地叫了两声"老大",见她不搭理,索性要赖到底,"我已经知道地方了,你要是不带我,我就自己过来。"

李之然无奈,只好两眼一闭,投降了:"随你。不过到时候别惹麻烦,也别给我惹麻烦。"

回到家以后,李之然又拿出赵志强那份盖有政府章子的拆签合同翻来覆去地研究,好好的一张纸差点儿被她翻坏了。

合同写得很死,抓不出什么漏洞。翻到最后,李之然一头倒在沙发上仰望天花板,手指按着发胀的太阳穴想办法。

和企业协商的路子已经走不通了,看来只能硬着头皮试试和政府有关部门打交道了。明天一早还要去应付拆迁公司的那帮人,李之然一想到这些头更大了。但她还是打起精神去卫生间洗澡,却忘了开热水器,莲蓬头里喷出的冷水冻得她哆嗦了一下。李之然对这方面不太讲究,于是就着冰凉的水洗了个澡。

洗漱完毕,穿上睡衣,回到卧室裹起小毯子缩在床上。李之然那双眼睛仿佛也被水洗过一遍,干净澄澈。她仰头盯着天花板若有所思,赵志强的事想得她脑仁儿疼,索性绕开他去想点儿别的。不知怎么,傅司衍那张脸就冒了出来。

他最后看着自己的眼神,李之然忘不了。无助、悲伤还有几分难以置信……她自己,也曾有过那样的瞬间。那次江秀珍去心理诊所接她回家,在路上低声说:"然然,你这病治了好几次也没见什么效果,咱们治不起,要不就别治了吧。只要身体没毛病就行,心理能有什么毛病?开心一点儿,说不定这段时间自己就好了。"

当时十三岁的李之然乖巧温顺地点头,那天走到家门口,她就看见自己的行李被打包好了搁在房门外。夏侯靠在门边,用一种客气又为难的口吻说:"你妈妈怀孕了,身子弱,经不起折腾。之然,你精神状况不太好,就先出去住一段时间吧。"

她曾经相信一段时间是有期限的,于是常常跑到路边去等,等母亲的身影出现在街头,等母亲再次牵着她的手,带她回家。但没有一次不是失望而归。

那时她的眼神和傅司衍如出一辙。

后来,江秀珍的肚子由圆到扁,襁褓里的婴儿慢慢长大,背上书包开始上学……她才后知后觉地明白,原来即便加上修饰词,那"一段时间"也是没有期限的。

人在没有希望、没有依靠的情况下,会以一种超越时间的速度成长。李之然在一夕之间长大。她不再怀有希望,只用最积极的状态去面对生活。这样,日子就能过得容易一些。

纯白一片的天花板让她的眼睛很快就疲惫了。羽扇一样的睫毛垂下又抬起来,伴随着窗外淅沥沥的雨声,一下又一下……她渐渐有了睡意，眼睛半闭半睁着，伸手按下开关，房间里顿时漆黑一片。

李之然翻了个身，找了一个最舒适的姿势，很快就睡着了。被她扔在旁边的手机在黑暗中闪过幽光，不过只闪了一下就暗了。

傅司衍在铃声刚刚响起时，迅速掐断了拨号，手机在他手里成了烫手山芋，被扔到床上。他按了按眉心，想压下心里那股躁怒。傅司衍的情绪管理能力比几年前已经好了很多，这点必须归功于何岩和梁荣轩。如果不是他们，他或许还像当初一样，经常暴怒失控。

他吃了两颗安眠药，在床上躺下，又捞起手机看了眼，没有信息或者电话回过来……她明确表达过不想再看见他，他或许应该识趣一点儿。

傅司衍把手机音量开到最大，搁在床头柜上，心里怀着一丝侥幸，希望它会响起。但手机就像是跌进了无边的沉默，直到两个小时后，傅司衍勉强进入浅层睡眠，它依然没有动静……

李之然第二天早上醒来看到手机有个未接来电，是傅司衍打过来的，记录显示只响了一声，大概是不小心按错了。她没放在心上，更没打算打回去。给自己煎了个蛋，吃了两个小面包，李之然抓起包急匆匆赶往市郊。

她赶到不久，郑南书也来了。他们悬着一颗心等了一上午，什么也没发生。拆迁公司的人没来，傅森公司的人也没来。

面对这诡异的平静，李之然和郑南书你看看我，我看看你，两个人都一脸茫然。昨天和傅司衍的那一场谈话在李之然的心里留下了不小的阴影。她暗想：这其中莫非有诈？

赵志强的老婆可顾不上这些，他们一家人已经提心吊胆地抗争太久了，太需要一场和平了。哪怕只是镜花水月，她也愿意为之不切实际地高兴。她中午特地准备了几个赵志强爱吃的菜，并热情地让李之然他们留下来一块吃饭。李之然婉拒了。

走到门口，她回头往屋里望了一眼，一家人围在饭桌边，赵志强正给小孩夹菜，他老婆在旁边给他倒酒，画面温馨和睦。房子外墙上那个硕大鲜红的"拆"字显得更加刺眼。

李之然和郑南书在回律所的路上找了间小饭馆，打算进去解决午饭。一只脚刚迈进去，李之然就不动了。郑南书先她两步，已经进了饭馆，意识到李之然没跟上来，不由奇怪。

"老大，怎么了？"

李之然从某个方向收回视线，对他说："我们换个地方吧。"

李之然的脸色不太好看。郑南书一直以为她脸上只有两种表情，平静和笑，没见过她这个样子——有点儿不安，还有点儿……愤怒。

郑南书转头朝她刚才看的地方望过去，那里坐着个西装笔挺的年轻男人，没打领带，蓝色衬衣解开两个扣子，露出对于男人来说过于精巧的锁骨。郑南书觉得那男人的脸有点儿面熟，一时想不起来在哪儿见过。这时，男人留意到门口的李之然，脸上掠过一抹诧异的神色，起身走过来。

现在转身走就显得太刻意了，李之然只好停在原地，等他走近，甚至还大方地露出笑容："好巧啊，周律师。"

郑南书终于想起这个人了——晴天律所的律师周寻逸。人虽年轻，却接过不少大案子，在业界也算小有名气。

周寻逸回了个笑容："好久不见，有时间吗？一起吃个饭。"目光从头到尾没从李之然身上移开。

"下次吧，我还要忙，先走了。"

说完她转身就要走,周寻逸却像是急了,一把拉住她的胳膊。李之然还没来得及挣脱,郑南书先发火了。

"你干什么?"他一把打掉周寻逸抓着李之然的那只手。

郑南书很少有这样语气不善的时候。

"南瓜!"李之然忙拉住他。

周寻逸被郑南书推得后退两步,也不气不恼。

"护花使者?"他低头顺了顺衬衣上的褶皱,抬眼望向李之然,似笑非笑,"他知道你的事吗?"

"周寻逸!"李之然终于变了脸色,碍于饭馆里不少人往这边张望,她压低了声音,"我不想和你闹。"

周寻逸举起双手连连后退:"我什么都没说。"

高中时他就这样,待人处世心里都捏着杆秤,知道到哪里该收手,一旦惹得对方有了怒意,就迅速抽身,存心教人一腔怒火泄不出去。

李之然沉默地看了他一眼,转身就走。郑南书追上来,有些担心地叫了她一声。

"老大。"

李之然照着他的肩就是一拳,仰起脸已是阴霾散尽。仿佛刚才那一瞬的脸色大变只是郑南书的幻觉。

"可以啊南瓜,平时没白疼你,关键时刻还挺有男子汉气概的,靠得住。"

郑南书被她这么一夸,也忘了自己刚刚打算问她是不是和周寻逸有过节,只顾着傻笑了。

"欺负我可以,欺负我老大可不行。"

李之然笑:"夸你两句你尾巴就要翘上天了是不是?我们叫两份外卖送去律所吧。要是运气好,应该正好赶上。"

碰上周寻逸，她对所有的小饭馆都没什么兴趣了。

郑南书在李之然面前是没有主见的，她怎么说他就怎么做，两个人于是定了外卖。这回他们的运气真是不错，车刚开到律所，外卖就送到了，吃完饭，正好赶上下午上班时间。

接下来一连两天，赵志强家里都很平静。但这种无风无浪的日子，对李之然来说无疑是另一种煎熬，她觉得傅司衍这是在温水煮青蛙。于是她更加积极地往政府有关部门跑，前两趟吃了闭门羹。第三趟，还不如前两趟呢，被一个唠唠叨叨端着官腔的主任教育了两个小时，让她配合政府工作，不要给政府添麻烦。

李之然差点儿就骂娘了。最后，她跑蔫儿了，趴在桌上跟个泄了气的皮球似的，对着那份眼看就快被翻烂的拆迁合同，继续苦心孤诣地琢磨对策。偶尔活动活动僵硬的脖子，瞥一眼窗外的天，天上的云像是被逐渐蒸发的一大块干冰，最后被热风一吹，散成稀薄几缕，成了天空蒙面的轻纱。哪怕待在开足冷气的房间里看两眼，眼里也生出闷热感。

她忽然想起傅司衍。这两天，她没再接到傅司衍的电话，两人似乎就此桥归桥路归路了。李之然用掌心按了按眼睛，挪开时，手边多了杯咖啡。

"老大，你都尽力了，别想太多，你也不是超人啊。"

郑南书见她一个下午都在冥思苦想，时刻留意着手机生怕漏了赵志强的消息。他帮不上忙，只好给个口头安慰。

"我没事。"

李之然端起咖啡喝了一口，糖放得太多，甜腻里还裹着苦味。她强行忍住吐出来的冲动，不动声色地把咖啡杯推远了点儿。

"别操心我了，你去忙你的吧。"李之然端出老大的架子，严肃地说教,"你的诉讼状和申请书写熟了吗?到时候执业申请不过可是会丢我的脸的,认真点儿知道吗?"

"我十二万分的认真!"

"最好是这样。"

李之然重新转过头盯着合同,她已经连上面的标点符号都能背下来了。

"南瓜。"她忽然叫了声。

正准备走的郑南书立刻停看下来。

"嗯?"

"你记得很久以前……比如说十多年前的朋友吗?"

郑南书想了想,摇头:"十多年前的人,如果中途没有交集的话,一般都会忘记吧?顶多模模糊糊记得一个名字而已。"

李之然赞同地点点头,又追问了一句:"正常人应该都是这样吧?"

"对啊。不过如果是很重要,对自己影响非常大的朋友,应该会印象深刻一些。"

李之然若有所思地沉默了一会儿,问他:"你有这样的朋友吗?"

郑南书诚实地摇头。

"这个看缘分,我没那种缘分。"

那她和傅司衍之间,大概也是没有缘分吧?

窗外那角天空不知什么时候盖上了一层厚重的云,大风掀起了街边几个姑娘的裙摆,吓得她们尖叫着跑进旁边的小店躲避。风还在继续横冲直撞,卷起街上的废纸打着旋从街角一直刮到马路中间,街边几米高的绿化树向同一个方向垂下腰,不一会儿,在狂风的号令下,又转向另一边……远处的天空一层暗过一层,没过多久,云层深处传来惊雷。

下班时间，这场蓄势已久的大雨倾盆而下。

郑南书打电话叫了家里的司机开车过来，想送李之然回家，但她以还有工作要处理为由拒绝了。律所其他同事陆陆续续地结伴拼车回家了，只有李之然独自留到最后。

马路对面，一辆黑色路虎 SUV 停在大雨中，车窗紧闭，路面积蓄的雨水慢慢涨高，马路成了水路。而那辆车，成了水中一座岿然不动的孤岛。

傅司衍透过车窗静静地看着杜金王律所的大门，陆陆续续地有人从里面出来，唯独没有她。

时间在等待中流逝。路灯亮起，那扇铁门被覆上一层柔黄的暖光。又过了半小时，雨势终于见弱，律所内最后一盏灯灭了。李之然从里面走出来，撑着一把透明的雨伞，踩着路面的积水，不紧不慢地往前走。

傅司衍转头时才发现，自己的脖子已经麻了。他驱动车，隔着马路，慢慢地跟着李之然一路向前。她走到最近的公交车站等车，两辆公交车经过，她都没动。第三辆公交车开过来，傅司衍见她伸手招停，上了车，坐在靠窗的位置。

公交车和傅司衍行进的方向相反，他提速绕了一圈，重新追了上去。黑色路虎与公交车并道同行，他抬头看了眼坐在车窗边的李之然。她戴着耳机面朝窗外，霓虹、路灯、车光不断从她脸上滑过。她的脸成了载体，任由光影在上面变换。

突然，她像是感觉到了什么，视线从长得似乎没有尽头的街上收回，往下看旁边并行的那辆车。车窗贴着最黑的膜，她看不见里面。即便如此，傅司衍仍然小心翼翼地放慢车速，退到了公交车后面。

李之然下车时，雨已经停了，晚风刮在身上，凉飕飕的。她缩了缩脖子，往前走。从车站到她住的地方还有一段路，中间要穿过一条漆黑的小路。原来这条小路上有两盏路灯，一盏被打碎后，另一盏没过多久也坏了，没有人修。这条路时明时暗，完全由大自然控制。

李之然每次经过这里，都有点儿提心吊胆。她打开手机的手电筒，四处照了照，附近没有人。她怕的不是人，而是平时恐怖电影看多了，一个人的时候，她总担心暗处藏着什么……

突然，两束车灯从身后打过来，四周一片亮堂。李之然回过头，灯光刺目，她下意识地抬起手挡在眼前，逆着光看去，只能勉强看清身后那辆车的轮廓和颜色，和她坐在公交车上时看见的那辆很像。

李之然顿时警惕起来。

"谁啊？"她大喊了一声。

没人回应。

李之然抓紧随身的包，快步往前走，顾不得看路，一连踩进几个水洼，溅了一裤腿的污水。她身后那辆车缓缓地跟着，车灯的灯光随着她脚步的节奏往前移动，她经过的地方，都是一片光明。

这是……在为她照路？李之然逐渐放慢脚步，最后停了下来。

她停的位置刚好在小路的出口，再往前十几米，有一排小楼紧挨着，其中最旧的那栋，就是她家。位置偏、楼旧、基础设施破败，这几个条件让房子的租金高不起来。加上李之然在这儿住了十几年，跟房东一家混熟了，她的房租只在物价疯涨时上调过两次。即便如此，相对于沙市这座不断有外来人口涌入的大城市来说，租金也算是便宜的了。总的来说，李之然对自己的那个小窝十分满意。

就是门前这条路有点儿闹心，她一般会赶在天黑透之前回来，没做完的工作带回家处理。但今天突来的一场暴雨打乱了她的计划。

有人开车为她照路这种情况，她还是第一次碰上。李之然可没有那种遇上好人心头一暖的感觉，反而心里一凉，下意识地觉得隐私暴露人前。

"你是谁？"

她朝那辆车走过去，车子一路后退，她双脚当然追不上四个轮子的汽车，只能眼睁睁地看它消失在拐弯处。

"什么人啊？"

李之然困惑地皱了皱眉，转身重新往前走，这回没有车灯照明，她一脚踩到水坑里的滑石，狠狠地摔在地上。

"啊！"

李之然低头看着自己满身泥泞，认命地叹口气，挣扎着想爬起来，脚下一蹬，却蹬空了。她摸出手机打开电筒低头一照，见鞋还在脚上，鞋后跟却只和鞋底粘着一丁点儿边，摇摇晃晃地，随时会掉。

人要是倒起霉来，天灾人祸轮番来。李之然内心无比惆怅，要不是地上又脏又凉，她真想就这么趴着休息一会儿。

"啪——"身后传来车门开合的声音。

脚步声从后方靠近，李之然回过头，只看见一个模糊的黑影。她的一颗心悬到了嗓子眼儿，想爬起来，但越急身体越不听使唤。

黑影越来越近。

自己完全处于弱势，又不清楚对方身上有没有致命武器……李之然快速思考了一番，当即选择闭眼求饶。

"大哥，我错了！我没看清你的脸，我也没记住车牌，我什么都不知道。现在是法治社会，不能搞私人报复！我们有话好好说，你要是实在想打架咱们不动刀不动枪,点到为止文明比试一下也行!"

"是我。"

低沉的嗓音响起,李之然还没来得及琢磨,就被一双有力的大手从泥坑里扶了起来。用手电冲着来人一晃,一颗心瞬间归位。

"傅司衍?"

人一放松,动作也麻利了不少,她一脚高一脚低地站在傅司衍面前,看着他,心情有点儿复杂。

"你跟踪我干什么?"

傅司衍低声说:"你不想见我,但我想见你。"

李之然一时语塞。

天上又飘起了细凉的雨丝,被风卷到脸上,心中逐渐升起的温度被这丝丝缕缕的沁凉压了下去。她扭头就走。

"我回家了,你别跟着我了。"

"然然。"

又是这个屡教不改的称呼,李之然很无奈。

"干吗?"

"针对拆迁户,公司已经有了新方案,明天会有人联系赵志强,到时候他应该会立刻找你。"他言简意赅地把事情说清楚后,顿了几秒,轻声说,"我先走了。"

李之然心里隐隐感觉到,他们这次分开后,也许真的不会再见了。她不知自己是带着什么样的心情回过头,等她意识到的时候,一声"喂"已经从嗓子眼儿里喊了出去。

傅司衍修长的背影停在几步之外,他微微侧头,似乎在等她后面的话。

"我们,聊一聊?"

傅司衍回过身，李之然看到他那张扑克脸上居然流露出一丝笑意。

"好。"

防盗门已经老旧生锈了，李之然把钥匙插进去费了半天劲儿才打开门。

她回过头冲傅司衍尴尬地笑了笑："这门我最近正打算换掉，一直没时间。"

房门低，傅司衍个子高，进去的时候差点儿撞到头。房子很小，客厅和厨房连在一起，旁边是个小卫生间。卫生间紧靠着李之然的卧室，卧室的小门半敞着，傅司衍往里面看了一眼，正好看见床铺的一角。

客厅外面有个阳台，比起房子来说算大了，上面有几盆野蛮生长的盆栽。

"你随便坐吧，茶几下面有零食。"

李之然招呼了傅司衍一句，到卧室拿了套干净衣服到卫生间换。

傅司衍在堆满文件和法律书籍的沙发上勉强找了个能坐的地方，身旁七零八落的杂物还是刺激了他的神经。李之然从卫生间里出来的时候，见傅司衍正在收拾茶几，她堆在沙发上的东西也被收拾好了，整齐地码放在一边。

李之然不好意思地挠了挠头，上前和他一块收拾，还不忘心虚地解释一句："我最近比较忙，加上家里平时也没客人，所以才没收拾。"

"嗯。"傅司衍淡淡地应了声。

"'嗯'是什么意思？是信了还是没信？"李之然在心里嘀咕，她双臂一伸，以秋风扫落叶的气势把茶几上剩下的草稿纸和几袋没

空白记忆 | 097

吃完的零食全部抱做一团，转身塞进垃圾桶。

"好啦，收拾干净了。你坐会儿啊，我去弄点儿吃的，马上就好。"

李之然的晚餐就是一碗泡面，加个煎蛋，加根火腿，十分钟搞定。

傅司衍问："你晚上就吃这个？"

她唆了一大口面："吃不饱的话，就煮点儿速冻饺子。"

"就这样？"

"就这样。"

这段简短的对话后，两个人陷入了诡异的沉默。李之然低头吃面，她能感觉到傅司衍的目光一直停在她的头顶，专注得像是在研究她脑袋上的骨骼经脉。

李之然忽然想起自己好像有三天没洗头了，头顶说不定已经起油了。她猛地抬起头，傅司衍几乎是同时移开了视线。

"那个……"李之然喝了口面汤，热汤暖胃也让思路清晰了不少，"你说的新方案是什么？"

"把'轻投资'模式引进房地产行业。"

李之然对这些东西了解不多。

"那是什么意思？"

傅司衍进一步解释："房子拆迁后赵志强能拿到三十万补偿款。现在傅森正打算推出一个平价楼盘，楼盘目前还在施工当中。赵志强可以用他的三十万提前认购，当作首付，然后每个月还低息的贷款，这就相当于他有了一套自有房。那个楼盘位于学区附近，升值空间很大，他可以选择将房子卖出去从中赚取差价，也可以进行房屋出租。我会交代下面的人，给他提供一套物超所值的房子。至于具体操作和详细情况，明天公司的人会找他谈。"

李之然不太懂其中的门道："那就是说，赵志强付了三十万之后，他就能有房子住了是吗？"

"整个楼盘全面竣工大概要一年。一年后，他可以选择住进去。不过房子是中小户型，住不下六口人。我个人建议他还是拿来做投资。"傅司衍说，"风险方面你不用担心，我们对整个楼盘采用保价原则，一旦楼盘的房价跌出同城同规格楼盘的价格，少的那部分，由公司补足。"

李之然见识过傅司衍的精明，警惕地问："这么做，对你们公司有什么好处？"

"一可以起到宣传的效果；二来，我早就想试试这种新的销售模式；第三，"傅司衍看向李之然，平静地说出第三个理由，"是为了你。我们分开将近二十年，太久了，我的人生里没有几个二十年可以浪费。我不想和你因为这些小事，因为那些微不足道的人再分开……这算是我对你的让步，你接受吗？"

李之然错愕不已，半晌才发出一声尴尬的单音节。

"啊，谢谢啊。"

但他要的可不是一句谢谢。

"你接受吗？"

"接受，当然接受了。"人家台阶都摆在脚边了，李之然又岂是那么不识相的人。

傅司衍进一步说："你接受就表示我们和好了。"

李之然点头如捣蒜："和好，和好。"

傅司衍对她的反应很满意，嘴角微微一翘，端起茶几上的水杯喝了口茶。他轮廓分明的侧脸在李之然眼里凝成了一尊雕像。

她随口问"雕像"："我小时候什么样啊？"

傅司衍的脑海里顿时浮现出七岁时的然然。

"很胖，绑两个小辫，缺两颗门牙，喜欢穿裙子，爱吃，整天吃个不停,话很多,很喜欢笑,哪怕笑起来很丑。"

"咳……最后一句你可以省略。"李之然问,"那我们怎么认识的?"

"你爸爸是我的绘画老师,每周末都会上我家来教我画画,那时候你就会跟着他一起来。"

李之然的思维停留在他这句话最开始的三个字上,缺失的那部分记忆因为那个陌生的称呼被无限放大,像一个无底的黑洞,一点一点地吞噬她。

她父亲的确是个画家,一个业余的、三流的画家,用江秀珍的话来形容,就是一辈子都别指望能靠画画出头。真可惜,她们谁也看不见他的一辈子了,不知道他会不会有一天凭借某幅画声名鹊起。说不定,她还错过了有生之年能当富二代的机会。这个念头让李之然突然想笑,嘴角却被别的情绪压着,轻易抬不起来。

"我有事要问你。"她生硬地转移了话题。

"嗯?"

"第一,你从哪里知道我的事?第二,你为什么一和我对视就不自在?"

"你的事,我是偶然从梁荣轩那里知道的。"

"你认识梁荣轩?"李之然愣了一下,不由自主地往一个方向臆测,"难道你也是……"

"我是他的病人。"傅司衍往后一仰,靠在沙发上,风轻云淡地说,"你知道亚斯伯格症吗?"

"亚斯伯格症?"李之然念着这个生疏拗口的词,摇摇头。

傅司衍淡淡地解释:"是孤独症的一种,患者不善于社交,也不能通过别人的语气和表情正确理解对方想表达的意思,跟人对视时,容易产生不安,同时也有些其他人无法理解的怪癖。"

他平静地说完这些，转过头，冲愣在原地的李之然扯了扯嘴角："这是别人总结的。"

李之然尽量让自己此刻的表情看起来轻松点儿："那你有什么特殊爱好吗？"

"数字和拼图。另外，我是图像式记忆。"他用食指点了点自己的头，"我经历过的一切都会以画面的形式保存在脑子里，不会忘记。"

所以，他才会对二十年前的事记得一清二楚。

"那你不敢看我的眼睛，也是因为这个孤独症？"

"经过反复地练习和治疗，最近两年我已经可以和人短时间正常对视了。不过不知道为什么，看着你的眼睛的时候，我会觉得格外不安。可能因为你是久别重逢的朋友，我心理和生理上暂时还有些不习惯。"

李之然盯着他。

"我听见了。"没头没脑的一句话。

"什么？"

"那里……"她慢慢抬起手，指向他的心口，"有尖叫声。大概是从十三岁那年开始的吧，有天醒来，我忽然发现自己能听见周围人心底发出的恐惧声，而且还能对他们的情绪感同身受。"

李之然把吸管插进饮料瓶里，用力吸了一口，里面的液体瞬间少了小半瓶。她用一种不痛不痒的语气说起往事。

"刚开始发现自己有这种能力的时候，我还挺开心的，就像那句特别俗的话，我以为这是上帝在关上了一扇门之后，给我打开了另一扇窗。但后来我才发现，它关门之后，又给我挖了个坑。这个社会可以接受平庸、接受媚俗、接受无趣……但就是不能接受与众不同。与众不同的人不是被抛弃，就是得远离其他人。"

她拨弄着吸管,意味不明地笑了笑,继续说:"所以很快,我就吃到了苦头,那之后就再也不敢让谁知道我的'超能力'了。"

傅司衍静静地听完,问:"你在我的心里听见的声音,是什么样的?"

李之然闭上眼睛去回想,那种至深的恐惧在她心里留下了难以磨灭的痕迹,一回忆就是一阵瘆人的心悸。

"是一个小男孩的尖叫声,他很害怕……好像又无路可逃。"她睁开眼睛,抬头看向傅司衍,用一贯的玩笑神态掩饰自己的不安,"哎,你真的相信我吗?"

她是极爱笑的,笑的时候,眉眼弯成桥,嘴角上扬,露出整齐洁白的牙齿,左边脸颊上会浮现一个小梨窝,让原本素淡清秀的五官瞬间鲜活起来,灵气逼人。

傅司衍的目光陷入她的梨窝,脑海中不由自主地浮现出她七岁时的模样。一时间,他竟有种错觉,好似他们从未分开过。

过了好一会儿,他才移开视线,缓缓点头。

"信。"

"那好。"李之然挪到他的身旁,"现在我不看你,你来看我的眼睛。"

傅司衍迟疑了一下,将视线顺着李之然头顶柔软的发旋往下,滑过墨汁般的头发,落在她的额头上。再往下,是她秀气的眉毛,眉毛下面,纤长浓密的睫毛根根分明,自然垂下,像一层细密的网,保护的却是他。

李之然忽然将右手掌心摊开,呈静候的姿势搁在傅司衍旁边。

"我把手放在这里,如果你觉得不安、害怕的话可以抓住我,这样能感觉好一点儿。"

她注意到他不安时右手的小动作。

傅司衍没说好也没说不好，只是"嗯"了声。

过了一会儿，李之然觉得时机差不多了，她慢慢地抬起眼皮。傅司衍的视线一接触到她的，下意识地就想逃避，不过他努力克制住了。

李之然感觉到掌心覆上一只冰凉的手。她温柔而坚定地反握住，仿佛抓住了一个亟待逃跑的灵魂。

"不要逃。"她低声安抚，"没事的傅司衍，别害怕，我不会伤害你。"

人的眼睛通向心灵，埋藏在傅司衍心底的恐惧就此找到了宣泄口，它顺着李之然的眼睛进入了她的内心，让她感受到那些无人知晓的悲伤。

傅司衍的身体颤抖起来，抓住她的手不停地收紧、收紧……到最后，力气大到李之然不得不皱眉忍痛。傅司衍心底惊恐万分的尖叫声也变得越来越清晰。不知是谁的手心渗出冷汗，他们紧紧交握的掌心变得黏腻起来，两人手指骨节都因为用力过猛而泛白。

终于，李之然筋疲力尽，低头避开傅司衍的眼睛，但那种恐惧依然停留在她的心里。傅司衍的手从她指间抽离。李之然想抬手揉眼睛，却发现因为用力过猛，整个右手小臂都麻了。她颤颤地吐出一口气，左手轻轻地按摩右手，眼角扫过沙发上的男人，有些心疼。李之然努力地扯开一抹笑，努力让自己的神情和语气都轻松一点儿。

"这次我们对视了有将近20秒吧？很棒了。"

"21秒。"傅司衍纠正道。

"21秒更了不起啊！"

傅司衍笑了笑："谢谢夸奖。"

李之然发现他笑的时候，表情幅度也很小，好像面部肌肉太久没活动已经僵硬了。

她的脑子里仍在回味傅司衍心底的尖叫声。从声音上判断，尖叫声来自一个小男孩，应该在十岁左右……

在她沉思之际，傅司衍起身告辞："时间不早了，我该走了。"

"噢，好。"李之然把想说的话吞回肚子里，最终只说了句，"你路上小心，开车注意安全。"

"嗯。"

经过垃圾桶，傅司衍顺手将里面快溢出来的一袋垃圾提上，迈步走出去。

房门的隔音效果并不好，李之然隔着紧闭的门还能听见外面傅司衍的脚步声。过了会儿，脚步声消失了，李之然起身走到阳台上。雨早就停了，外面夜色漆黑，她看见一点亮光往前移动，是傅司衍用手机在照明。

李之然揉了揉眼睛，走进卫生间用冷水洗了把脸，"亚斯伯格症"这几个字在她脑海里徘徊不散。这是什么怪病？

她甩了甩脸上的水，自言自语："管那么多干吗？你以为你能包治百病啊？"

换下的脏衣服就扔在旁边，刚才傅司衍在，她没洗澡只换了身干净衣服就出去了。

李之然调好水温，边脱衣服边嘀咕："这个月的水电费估计又不少。"

傅司衍开车穿过那条黑暗的小路时，看了眼路旁两盏坏掉的路灯，心里考虑着明天得让人过来把路灯修好，不然这条路天一黑根本看不清。

车继续往前开，他扫了眼后视镜，目光顿时一滞，后视镜里居然照出一个模糊的人影。傅司衍迅速停车，后视镜里的人影也随之一晃，消失在漆黑的夜色里，傅司衍下车查看，什么都没发现。

是眼花了吗？不太可能。傅司衍想起李之然家那扇有问题的防盗门，淡不可见地皱了皱眉。他回到车上，从储物格里摸出手机给李之然打电话。

李之然正在卫生间里哼着歌洗澡，满耳水声和自娱自乐的歌声盖过了客厅里疯响的手机铃声。等她洗完澡，铃声也戛然而止。李之然擦着头发从卫生间里出来，见扔在茶几上的手机屏幕亮着，正要过去看，忽然，外面响起一阵急促的敲门声。

李之然心神一紧，屏息走过去。

"谁啊？"

"是我，傅司衍。"

李之然松了口气，上前开门，问道："是不是落下什么东西了？"

门一打开，她不由愣住了。

"怎么了？"

傅司衍那张英俊淡漠的脸透着几分焦急过后的苍白。

"刚刚我打电话，你没接，我还以为你出事了。"

"你就因为这个跑回来？"李之然看着傅司衍发白的脸，心里有几分感动，更多的是无奈，"我刚刚在里面洗澡，没听到电话铃响。"

傅司衍抿了抿唇："你家里的防盗门该换了。"

这句话来得莫名其妙，她家的防盗门什么时候招惹他了？

李之然抹了把脖子上的水："别急，等我有钱就换了它。"

"注意安全，晚上睡觉把门窗锁好。"傅司衍脸上慢慢有了血色。

李之然笑道："知道了，别担心。"

傅司衍没再说什么，只留下一句"晚安"就转身走了。

这个晚上,李之然睡得并不安稳,一向少梦好眠的她做了个奇怪的梦。她梦到小时候的自己,就像傅司衍描述的那样,胖嘟嘟的,绑着两根歪七扭八的麻花辫,一咧嘴笑就能看到少了两颗门牙。一个小男孩坐在她旁边,始终看不清脸。胖乎乎的她想去跟他玩,被推开,爬起来,再过去,再被推开。这回她被推倒在地,头撞到一旁的椅子腿上,小胖妞没再爬起来,张开嘴号啕大哭。

小男孩似乎从来没听过这么生猛的哭声,被吓住了,手忙脚乱地把积木往她嘴里塞,天真地想以此堵住噪音的出口。这时,有人推门进来,脚步声越来越近,她听见来人叫她:"然然……"

然然。

然然……

5 / 缱绻往事

早晨七点的闹铃如约而至，李之然从梦中醒来，怅然若失。枕头上湿了一片。

梦里那个看不清脸的小男孩应该是傅司衍，后面进来的男人就是她父亲吧。这是她十四年来，头一次做和父亲有关的梦。可惜即便在梦里，她也没能看清父亲的脸。

她没有傅司衍那么好的记性，忘了的，哪怕是在梦里，也无论如何都想不起来。李之然转了转脖子，下床洗漱，出门的时候，又像每个早晨一样，艰难地关上生锈的防盗门。

同一时间，在几十千米外的城市一角，傅司衍正把最后一块拼图放进巨大的图框里。拼图完成了，这幅图的原型是美国50号公路。这条公路横穿荒漠，是全美最荒凉的公路之一。傅司衍曾经去过，在深夜一路开车向前，追逐那一轮皎洁硕大得不可思议的月亮。

"砰——"一声闷响，刚刚完成的拼图再次支离破碎。

傅司衍面无表情地将自己四个小时的成果全部推翻。而后，他重新躺回床上。现在是早晨7点27分，距离闹钟响还有33分钟，也就是说，他还有33分钟用来休息，如果能睡着的话。

傅司衍说得没错，上午十点，李之然接到了赵志强的电话，说傅森公司派人找他协商，让她赶紧过去一趟。

赵志强此刻心情很矛盾，一方面他不相信傅司衍会这么好心，愿意以低于市场价的价格卖他一套新房，还让他投资；但另一方面，他更愿意相信自己这几天求神拜佛管用了，真的走了大运。

李之然风风火火地赶来，把对方带来的合同从头到尾，仔仔细细地看了三遍，就赵志强不太懂的几个地方问了傅森派来的协商代表。协商代表就是李之然之前见过的"红帽子"，他耐心地一一解释清楚。

到了这一步，赵志强还是不放心，软磨硬泡地让"红帽子"带他去正在施工的工地看看情况。一番折腾，签字的事硬生生地被拖到了下午。

待在律所的郑南书不知眼巴巴地朝门口望了多少回，一个同事打趣道："南瓜，你都快成望夫石了，等李律师啊？"

郑南书转头问："你知道我老大去哪儿了吗？"

他不过是去打印了几份文件，一出来李之然就没影儿了。他知道她出门办事去了，不好打电话打扰，就耐着性子等，没想到一直等到下午也没见她回来。

"她上午接了委托人的电话就走了。"

"我去找她。"郑南书再也坐不住了。

"去吧。"

律所里的人都知道郑南书非同一般的家庭背景。虽不至于人人巴结，但律所的大小律师对他都客客气气的。他在律所纯属闲人，没人管他，来去自由。

郑南书刚走出律所，一辆白色宝马轿车就横在了他的面前，后座车窗放下来，露出一张清俊的脸，淡漠如雾。

"请问你是杜金王律所的人吗？"

郑家好歹是在商业圈里混的，他一眼就认出了车里的人。

"你是……傅森的傅总？"

傅司衍这才仔细看了一眼面前的年轻人，是个陌生人，应该在什么地方见过自己。他没多想，不冷不热地点了下头，又重复了一遍刚才的问题。

"你是杜金王律所的人吗？"

"我是。"

"我找李之然律师。"

郑南书顿时警惕起来："你找我老大干什么？"

"拿点儿东西给她。"

"她现在不在，你把东西给我，我替你转交。"

傅司衍考虑了两秒，将一串钥匙扔出窗外。

"告诉她，防盗门我换了新的。"

赵志强刚在合同上签好字，被折腾得够呛的"红帽子"就迅速地将合同一卷，转身走人了。

赵志强和他的老婆高兴得像中了六合彩似的。

"你看看你看看！我说拜菩萨管用吧？"赵志强老婆抹着眼睛，不住地叨念，"老天开眼，老天开眼啊！"

突然想起还有李之然这号人在，又扑上来握住李之然的手，连声道谢，顺便将刚从脸上揩下来的新鲜的鼻涕眼泪一股脑儿蹭到她的身上。

李之然婉拒了赵志强老婆留她吃饭的好意，一路笑呵呵地往后挪。刚退出门口，脚跟还没站稳，身后一声喇叭吓得她险些跌倒在地。转头看见是郑南书的车,李之然走上前踹了一脚,没好气地问:"你怎么找过来了?"

郑南书有点儿无辜:"你走的时候也不叫我,我问了同事才知道你到这里来了。"

李之然觉得好笑,拉开车门坐进去。

"你是我老大吗?我还得事事向你汇报?"

"我不需要你和我汇报什么,我只是想跟着你。"

李之然笑骂:"没出息。"

赵志强一家的事解决了,她心情很好,在座位上伸了个懒腰,难得关心起这个小跟班。

"南瓜,你以后有什么打算?拿到执业证以后一直在律所干下去?你们家能同意吗?"

郑南书是家中独子,殷实的家业注定要交给他接管。现在郑南书年纪还小,家人还能让他自由两年,但绝不会放任不管。

"管他们呢。"郑南书面无表情地耸了耸肩。

李之然愣了一下,他很少这么冷漠,大部分时候,郑南书都是温和的,甚至有些怯懦。

或许是察觉到李之然异样的目光,他侧头冲她憨憨一笑。

"我爸妈都对我挺好的,不太干涉我的事,而且我对我的未来也有打算了。"

她心知郑南书这话真假参半,也不戳穿,只露出局外人的笑容:"那就好。"

现在的郑南书还不成熟,等他再大一点儿就会明白,他根本不能决定自己的未来。李之然这样想着,心里不免有些伤感,扭头看向窗外。

郑南书忽然说:"老大,你有时候是不是觉得我很烦?"

"没有啊,为什么这么问?"

李之然这回是真无辜,坦白说,她挺喜欢郑南书这个小孩。从某种程度上来讲,她甚至有点儿把他当弟弟的意思。

"那你就是把我当小孩看了。"他闷声地说。

李之然一时没忍住,扑哧一声笑了出来,能说出这句话,心理上就是个半大的孩子。李之然顺口哄他:"哪能啊?你在老大我的心里,就是一个纯爷们、男子汉,威武着呢。"

郑南书没说话,只单手探进口袋里摸出串钥匙递给她。

"刚刚有人来律所找你,给你送钥匙。你不在,我替你收了。"

李之然一头雾水,拨弄着三把崭新的钥匙叮当作响。

"谁送来的?这什么钥匙啊?"

"傅森公司的傅总亲自送过来的,他还让我告诉你,防盗门换了。"郑南书别扭地问,"老大,他这是什么意思?"

钥匙互相碰撞的声音骤然一停,李之然整个人都不好了。他把她家的防盗门换了?

郑南书察觉到她的异样,忍不住叫了声:"老大。"

李之然这才回过神,随口敷衍:"这个说来话长,以后有机会再和你解释。"

郑南书转头看了看她。李之然放下车窗,面向窗外,只留给他一个侧脸。

相处了近一年,李之然在郑南书的眼里还笼着一团迷雾。或者说,在律所每个人的眼里,李之然都是个谜。她和身边的所有同事都很友好,但从不与谁亲近,也不同任何人说自己的私事。做了这么多年的同事,甚至没有一个人知道她家住哪儿,更别提了解她家里的情况了。

这个外表像小太阳一样的女孩,为什么总让人觉得她藏着秘密？她和傅司衍又是什么关系？郑南书眉头紧皱，盯着前方的路面。他不得不承认，他在嫉妒那个忽然冒出来的傅司衍，但他懦弱到不敢将这种妒意用更明显的方式表现出来。

郑南书苦笑了一下，他甚至都不敢告诉她，自己到底是为什么到这个律所，又为什么要死乞白赖地跟着她。他这些心思旁人一点儿也不知道。

李之然在心里将傅司衍骂了八百遍，骂累了，头一仰靠着椅背睡着了。正坐在梁荣轩家书房里的傅司衍打了个喷嚏。

在唯一的儿子死后不久，梁荣轩的妻子就和他分居了，搬回老家独住。家里就剩梁荣轩一个人，少了许多不便，有些熟悉的病人会上门找他，渐渐地，家成了梁荣轩的第二个办公室。

梁荣轩把空调的温度调高了两度。

"身体不舒服？"他问傅司衍。

见他摇头，梁荣轩笑着说："那可能是有人在背后骂你。"

傅司衍对这种毫无逻辑的东西一贯是不信的。

"如果别人骂我一句我就会打个喷嚏的话，那我一整天就不用干别的事，光打喷嚏去了。"毕竟讨厌他的人不在少数。

梁荣轩在他的对面坐下。

"那你就没考虑过让自己变得招人喜欢一点儿？"

傅司衍觉得他这个提议简直莫名其妙。

"我为什么要在意别人的看法？"

"总活在自己的世界里，不会觉得孤独吗？"

傅司衍无所谓地摊手。

"我习惯了。"

"是吗？"梁荣轩微笑着问，"那李之然呢？她对你的看法，你也不在意？"

听到这个名字,傅司衍神色起了一丝变化,默然了半晌,缓缓地说:"她不一样。"

他从西服兜里摸出烟盒,刚取出一根,就被梁荣轩拿走了。

"吸烟有害健康。"梁荣轩指着烟盒一侧金灿灿的六个大字,煞有其事地念叨,"你现在年轻不懂,以后老了肺不行的时候就知道难过了。"

傅司衍本来就没什么烟瘾,被他这么一拦,索性就不抽了。梁荣轩顺手将那盒烟收进抽屉里。

抽屉里有张他儿子的照片,眉目间透着股疏离感,仔细看,和傅司衍有几分相似。梁荣轩静静地看了儿子几秒,在眼底的悲伤流露出来之前,合上了抽屉。他抬头看向对面的人,温声问:"最近几天休息情况怎么样?"

其实梁荣轩已经从何岩那里了解了傅司衍近几天的情况,但这事需要病人自己说出来。

"不好。"傅司衍说,"梦魇加重,有时候我都害怕睡着。"

梁荣轩低头翻看傅司衍近年的治疗记录,用面对病人时一贯的温和口吻安慰道:"没关系,有个词叫物极必反,说不定这是好转的前兆。"

傅司衍对此不予置评,他抬手覆上自己的胸口,隔着单薄的布料,能感觉到心脏在掌心跳动。

"她听见我这里有一个小男孩的尖叫声。"

"谁?李之然?"梁荣轩的语气没有太多惊讶。

傅司衍抬了一下眼皮。

"你早知道?"

和一般的病人说话时,要照顾他们的情绪,常常需要将一句话揉碎了,分成好几句来说,但和傅司衍不必。一来,普通人习以为常的客套话他听不出来；二来，只要不碰他的禁区，他都是理智冷静的。

"这是李之然在界限性遗忘后得的一种特殊后遗症。"梁荣轩解释道，"每当跟人发生眼神接触的时候，她就能听见对方心底由于恐惧发出来的声音，而且，她还能感同身受。"

傅司衍听了梁荣轩的话，不由得想起那天，李之然在他面前流泪的模样。原来她那些眼泪是为他流的。傅司衍右手不自觉地握紧，又缓缓松开。

梁荣轩自然注意到他不安时的小动作，看来李之然的出现，对他的心理状况产生了不小的影响。他给傅司衍倒了杯温开水。

"你小时候经历过什么糟糕的事吗？"

一个人内心的恐惧多半是他经历的产物。既然李之然在傅司衍的心底听见了一个小男孩的尖叫声，那就说明傅司衍小时候很可能有过一段糟糕的经历。

傅司衍缓缓地摇头："没有。"

梁荣轩很清楚傅司衍的记忆力多么惊人，但李之然能洞悉人心的能力，他也亲身体验过。

沉吟片刻，梁荣轩慎重地给出一个建议："司衍，我认为你这些年的梦魇跟你心里的恐惧有一定关系。李之然的这种能力或许能帮你弄清楚你噩梦的来源，最后达到治愈的目的。"

傅司衍没有回应，他盯着面前的玻璃水杯，一脸困扰。

"你让我找然然帮忙？"

"对。"

"那我应该给她多少钱？"

在傅司衍的世界里，一切付出都要有同等价值的收益，如果李之然帮他，他就应该付钱。

梁荣轩说:"这个世上,并不是所有东西都能用钱来计价衡量的。"

"然然也说过类似的话。"傅司衍摩挲着水杯,以一种置身事外的平静态度说,"这个世上的确有很多东西是钱换不来的,但对我来说,握在手里的钱,是我唯一的筹码,除了它,我一无所有。"

说话间,门铃忽然响起。梁荣轩起身去开门,从傅司衍身边经过时,拍了拍他的肩膀:"你眼睛都快充血了,在这里好好休息一会儿。"

傅司衍闭上眼,疲劳过度的双眼一合上就有种撑不开的沉重感,然而他的大脑十分清醒,甚至能听见梁荣轩开门的动静。

梁荣轩打开门,就看见站在外面的沈术。

"老师。"他毕恭毕敬地叫了声。

沈术是梁荣轩的学生,哪怕已经毕业多年,私下里两人见面,他还是一直"老师""老师"地叫他。沈术过来,是来拿之前请梁荣轩帮他修改的一篇学术论文的。

梁荣轩让他在客厅坐一会儿,转身去卧室取出修改好的文章,返回客厅时,沈术正静静地望着墙上的一幅照片。

他转头对梁荣轩说:"老师,小翊和傅先生很像呢,我不是指长相,而是他们两个人的气质。"

他口中的小翊就是梁荣轩过世的儿子梁翊。

"我不觉得。"梁荣轩把东西交给他,低声说,"我这里还有病人,你先回去吧。"

"谢谢老师,那我就先走了。"

沈术识趣地离开,走出大门时,他瞥了眼停在角落里的路虎SUV,意味不明地扯了扯嘴角,回头朝书房看了眼。傅司衍的身影出现在窗口。

沈术扶了扶鼻梁上的眼镜，微笑着朝他点头致意后，转身走了。

当天下班回家，李之然才发现傅司衍不止换了她家的防盗门，还顺便把那两盏长年失修的路灯修好了，服务得还挺周到。

她走到家门口，面对着一扇高端大气上档次的防盗门，幽幽地叹了口气。要不是门上还挂着她家的门牌号，旁边还是她熟悉的涂鸦，她都要以为自己走错地方了。

"之然啊！"房东抱着猫，施施然踱步过来，"今天下午有个四十来岁的男人，带了好几个工人帮你换门。"

四十来岁的男人？李之然想起自己曾见过的傅司衍身旁跟着个四十岁左右的中年男人，或许是他的助理。

她忙说："啊……对，是我朋友来帮忙。"

房东脸上的表情变得高深莫测起来，她委婉地提醒道："看年纪，和你好像不大合适啊。"

"就是普通朋友而已。"李之然尴尬地笑了笑，"阿姨我先进去了。"

"之然啊。"房东叫住她，"阿姨跟你说，以后你朋友再过来，可得提前跟我说一声。不然一堆大男人忽然冲过来，我还以为出了什么事，差点儿报警了。"

"我知道我知道，这回真是不好意思了，阿姨，给您添麻烦了。"

李之然点头哈腰地赔着不是，一路退进屋里。门一关，她迅速地给傅司衍打电话。那边很快就接听了。

"钥匙拿到了吗？"傅司衍的嗓音淡淡地传过来。

李之然的太阳穴突突地跳，这哥们儿明显没意识到他行为的恶劣性。

"你干吗一声不吭地就把我家的门换了?"

"你那扇门太旧了,不安全。"

"这是我的事,和你有什么关系?"李之然突然拔高了声音。

她一直缩在自己的壳里,无人靠近,突然有人走到她的壳外面,伸手敲了敲,她就变成了一只炸毛的刺猬,草木皆兵。

傅司衍的沉默给了她平静的时间,李之然习惯性地抓了抓头发,努力让自己的语气听起来平和一点儿。

"路灯也是你找人修的吧?我替这边的住户谢谢你。但是,我家是我的私人领地,是我的地盘。不管是门坏了还是电灯坏了,都是我的事,我自己会处理,不需要外人操心。"

她放低了声音,不无自嘲。

"这十四年,我都是自己一个人走过来的。你突然冒出来做这些……"她坦白道,"傅司衍,我很不习惯。"

人家一番好意,却触了她的逆鳞。李之然想自己真是活该没人亲近。

傅司衍平静地听她说完:"我知道了,抱歉。"

虽然他不明白李之然为什么突然生气,但他能对她多年来积累的孤独感同身受。

李之然绷紧的神经终于放松下来,她转头望向阳台外的天空。夕阳正好位于远处两栋大厦之间,金色的暖光铺洒在大厦光洁如镜的外墙上,磷光闪闪。

"你还在公司吗?"

"没有,刚刚到家。"

"你们家阳台上能看见夕阳吗?"

电话那边响起一阵窸窣的脚步声,然后傅司衍的声音传来。

"可以。"

李之然走到阳台上，夕阳橘红色的余晖落在她的脸上。她舒服地闭上眼睛，感受着夏天难得的温柔日光。

"哎，你能不能跟我说说我们小时候的事？我想听。"

"可以。按时间顺序好吗？"

傅司衍的记忆是一条畅行无阻的直线。

李之然顿时笑了："求之不得。"

故事的开头，是二十年前一个夏天的午后。蝉鸣声在树荫中此起彼伏，聒噪地享受着它们一生仅有的夏天。

李之然从小汽车上下来，感觉到一股夏日里扑面而来的热浪。她无意识地抬头，朝面前这栋小洋房的二楼看了眼。不知道是谁的卧室，外面镶着铁丝网，里面窗帘紧闭。

对于房间里的傅司衍来说，这只是一个再普通不过的下午。他待在自己的一方天地里，专注地拼世界地图，对楼下的动静充耳不闻。就在他把南极洲缺的那一小块放进最后的缺口时，门忽然被人推开，奶声奶气的一句"你好"几乎同时传来。

彼时是1996年6月27号下午2点17分43秒，他在六个小时内，完成了自己人生中第一幅千块巨型雷诺瓦拼图。

两个成年人紧跟着出现在门口，一个是傅司衍的妈妈许丽，另一个是留着胡子、戴着黑框眼镜的男人。他不矮，但很瘦，单手提着颜料箱，露出来的那一截手腕，骨节嶙峋。

"司衍，这位是李老师，以后每个周末他都会过来教你画画。"

那时，他父母的感情还没走到山穷水尽的地步。许丽在工作之余，仍费尽心思地挖掘他的兴趣爱好。

那个奶声奶气的胖娃娃，就是李之然。那时他还不知道她的名字，听许丽介绍说："这是李老师的女儿，以后会跟李老师一起过来，妹妹会陪你一起玩。"

许丽不遗余力地想为他找个同龄玩伴。傅司衍甚至不太确定许丽最后选中这个男人教他画画,和男人有个与自己年纪相仿的女儿之间有没有因果关系。但傅司衍对这些并不在意,他面无表情地站起来,把身前那幅刚刚完成的巨大拼图毁掉,将自己六个小时的心血清零。然后,他背对所有人,开始玩自己的积木,朝入侵他地盘的外人发出无声的抗议。

这样的行为和态度让大人们很尴尬,傅司衍听到他们转身下了楼。他回头看了一眼,那个胖乎乎的小女娃没走,她正笨拙地在捡地上的拼图。

傅司衍用手上的积木扔她。李之然以为他在和自己玩,笑呵呵地把积木扔回去,砸中了傅司衍的后背。这一砸可不得了,彻底惹怒了傅司衍,他像只暴怒的小野兽,尖叫起来。

"滚!滚出去!"

数不清的积木如同冰雹一样砸向李之然。他们二十年前的第一次见面,以李之然被吓得号啕大哭作为结束。但他们之间的这段"孽缘"却刚刚开始。

第二周,李之然仍然跟着父亲屁颠屁颠地来傅司衍家里报到。傅司衍的父母都很忙,周末也不常在家。家里只有保姆,规规矩矩地做事,不多说一个字,也不多看一眼不相干的事,所以家里总是很安静。

上午,李之然父亲教他们画画。傅司衍喜欢画画,水溶性铅笔在平滑的细纹纸上浅浅几笔,就能勾勒出另一个世界,这对他的吸引力很大。不过傅司衍不喜欢按照别人教的步骤来,用色常常随心所欲。旁边的李之然看见了,觉得有趣,也跟着有样学样。

李父不好训斥傅司衍,但骂自己的女儿还是可以的。

"然然你干什么呢?把毛笔放下,不能现在兑水!"

李之然立刻就乖乖不动了。等父亲一背过身,她伸出小手往颜料上一按,然后迅速压在纸上,顿时色彩斑斓。她兴奋不已地向旁边的小伙伴展示自己的杰作。

傅司衍低头看了看自己面前的颜料盘,又看了看自己干干净净的手掌,犹豫了一下,朝李之然招手,示意她过来。不明所以的李之然凑过去,傅司衍忽然抓起她另一只尚算干净的手,将她的掌心整个压进蓝色的颜料里,然后飞快地盖在自己的画纸上,紧接着用毛笔沾水将她留下的痕迹一点点涂开。

纸上的蓝颜料逐渐由浓转淡,层次丰富,霎时变成了由近及远的天空。

傅司衍本以为李之然会哭,没想到她举着两只脏脏的小手,兴奋地惊呼:"哇!真好看!"

这句话成功地吸引了她父亲的注意,几秒钟后,李之然被脸色铁青的李父提着衣领扔到门口。

"下去洗干净!"

"爸爸别生气。"她低着头,声音糯糯的,像一团化不开的棉花糖。

趁着父亲转身的空当,她迅速地抬起头,朝坐在原位的傅司衍比了个胜利的手势,肉乎乎的小脸上,一双清澈的眼睛笑成了月牙,咧开的嘴里门牙那里有两个醒目的缺口。傅司衍不知道她为什么笑,明明刚刚被训斥了一顿。

中午,李之然和李父在楼下餐厅吃饭。保姆给他们准备的饭菜很随便,却将一盘有肉有蔬菜、色香味俱全的午餐端上楼,送进傅司衍的房间。

傅司衍很少下楼,有时他可以独自在楼上待一个星期,三餐都是由保姆送进房间。

李之然吃完饭，偷溜上楼，傅司衍的房间门没锁，从外面能轻易地推开。傅司衍正准备把吃不完的饭菜倒进垃圾桶，没承想被李之然抓了个现行。他顿时不安起来，整个人陷入不知所措的战栗中。

"你不吃了吗？"李之然凑过来，看着他盘子里一口没动的鸡腿，眨了眨眼睛，"我帮你吃好不好？"

傅司衍下意识地开启防御机制，他用自己能想到的最恶毒的语言攻击她，进行自我保护。

"难道你是要饭的吗？这么不要脸！"

李之然愣住了，只有七岁的她还不能理解不要脸的具体含义，但心知不是什么好话，一时又不知道怎么回，只能一个劲儿地摇头。过了一会儿，她不死心地指着他盘子里的鸡腿，重新问："能不能给我吃？"

后来，李之然的午餐阵地就从餐厅转移到了傅司衍的房间。傅司衍挑食挑得厉害，经常把盘子里的菜扔给李之然。李之然生冷不忌，胃口极佳，乐得帮他吃完。

下午，他们不用学习画画。李父一个人待在由阳台改成的临时画室里，进行自己的艺术创作。他没什么心思教一个沉默寡言、性情怪异的小孩画画，他只需要一份工资，和创作所需的空间。

李之然就待在傅司衍的房间里玩，但通常都是傅司衍在玩，她在旁边看着。每当傅司衍完成一幅拼图、填完一道数独、背出圆周率后面100位……她就负责捧场，一声兴奋的"哇"和热烈的掌声，就能很好地满足一个九岁男孩的虚荣心和自尊心，哪怕是一个有孤独症的孩子。

有时候两个人也会背对背各玩各的。李之然爱笑，但并不聒噪，她专注地捏自己的小泥人，大功告成之后，转身跟傅司衍炫耀。

"看，这是雅典娜！"

傅司衍瞥了眼那个丑丑的泥人，低头继续拼图。李之然碰了一鼻子灰也不在意，她安置好自己的"雅典娜"，捡起旁边一张拼图碎片，找了一圈，终于在蓝色拼图纸板上看见了一个合适的缺口。

"找到了！"她兴奋地将那块拼图放到属于它的位置。

没想到下一秒，她就被突然暴怒的傅司衍一把推倒在地。

"滚开！"

李之然的头撞在桌腿上，她是最不能吃痛的，张口就哭了起来。哭声惊动了楼下的保姆和阳台上的李父。他们匆忙赶到，房间里的情况已经将事情解释得很清楚，但两个大人，从某种程度上来说，都是靠着傅司衍拿工资混饭吃的，谁也没有责备他的立场。最后这事就变成了李之然自己不小心。

第二天，李之然没有跟父亲一起出现。李父也没和傅司衍解释女儿没跟来的原因。傅司衍自然不会问，但那天上午，他跑到窗边张望了好几次。

中午，李父正在下面餐厅吃饭，忽然听见有人下楼。傅司衍在保姆讶异的目光中走下楼，把盘子里的鸡腿放进李父碗里。

"这个，给……""然然"两个字卡在他喉咙里怎么也说不出口，最后，他飞快地说了句，"给扔掉吧。"

勇气值耗光的傅司衍转身疯跑上楼，"砰"的一声关上房门。留下李父一脸莫名其妙地看着碗里突然多出来的鸡腿。

傅司衍从衣柜里找出几件旧衣服，用胶布把它们裹在桌腿上。他摸了摸，厚实的一层，他不确定撞上去还会不会疼，于是，他自己用头撞过去试了试，感觉还有点儿疼。他又拿了两件衣服裹在外面,原本纤细的桌腿就这样被裹成了粽子。

被他视为罪魁祸首的那幅拼图下场更惨,被判了"终身监禁",只能永远待在柜子最底层。他用自己的方式,表达着歉意,也许对方能懂,皆大欢喜;也许不能,最后只是徒劳。

所幸,7岁的然然收到了他的信号。

当她看见他房间里穿上衣服的桌腿时,很认真地对傅司衍说:"我不生气了,我们和好了。"

他的内心像一块琥珀,路过的人只看到外面一层坚硬的壳。只有她,透过坚硬的外壳,看见内核里的柔软,于是,她一步步向他靠近,虽然一步一脚泥,但仍然走到了他的身边。

她说:"我们和好了。"

……

往事就这样断在记忆的某个点上,还有很多事可以说,但傅司衍没有继续。他们多年前那段故事的结局已经很明了了——她留给他宝贵的回忆,却没能陪他一起成长。

但就在他们天各一方各自孤独的时候,命运,又让他们狭路相逢。

一时间被往事环绕的两个人谁都没有再开口说话。

夕阳下沉的速度很快,那个"大橘子"已经隐没在远山背后,只留下一圈橘红色的霞光勾勒出附近山峦深色的轮廓。最后,斜阳彻底西沉。他们相隔几十千米,看完了同一场日落。

"然然。"傅司衍说,"我们见一面吧。"

正好是晚饭后的散步时间,中央广场上到处都是人。李之然眯着眼睛远远近近找了好一会儿,都没看见傅司衍的身影。

包里的手机响了，是傅司衍打来的。

"你在哪儿呢？"李之然有点儿着急。

男人温润的嗓音不疾不徐地传来。

"你回头。"

傅司衍在原地看着李之然回过头，目光搜寻到他，微微一笑，大步向他走来。十几米的距离，不过几秒钟的工夫，她已经走到他面前。

他较她高出许多，李之然站在他的面前说话，要仰起脸来看他。于是，她索性踩上旁边的条石，和他平视。

"找我出来干吗？叙旧啊？"她笑问。

即便这里没有认识他的人，但傅司衍站在那儿，出众的外形就足以引人侧目了。他不习惯这样的关注，微微皱眉，冷冽的气场瞬间全开，十米开外都能感觉到寒意。

"然然，我想和你合作。"他开门见山地说。

"合作什么？"李之然不明所以。

"这些年来我一直被一个噩梦折磨，睡眠质量很差，甚至长时间失眠。我试了很多方法摆脱噩梦，但都没有成功。梁荣轩说，这个噩梦或许跟你在我心底听见的尖叫声有关，如果能弄清我内心恐惧的根源，或许就能解决我的睡眠问题。我想请你帮我。"

李之然没失眠过，没法感受他的痛苦，但她太清楚他心底的恐惧了。哪怕是初次见面时，傅司衍就对她说"我想请你帮我"，她也没办法回绝。

就在李之然准备答应下来时，就听傅司衍补充道："如果你有什么条件，可以提，我给你两天时间考虑。等你考虑清楚，我就准备合同。"

李之然心里有点儿不是滋味。这个人啊，不久前还放低姿态，找她和好，一转眼又是一副生意人的口吻。

"不用合同，我愿意帮你。"

傅司衍有点儿意外，片刻后才说："谢谢。"

李之然嘴角扯开一抹笑。

"不客气。"

她环视了一眼周围的人："听说今天晚上这里有焰火，所以人才会特别多。"

这也是她把碰面地点定在这里的原因。

傅司衍对焰火这类东西没兴趣，但他注意到了李之然的异样，她的视线落在前方，一时没收回来。傅司衍顺着她的目光望过去，看到迎面走来的一家三口。那看似和乐融融的三个人也发现了李之然，三个人脸上的反应截然不同。

父亲很快移开视线，儿子朝李之然扮了个鬼脸，只有那个女人，怔怔地看着李之然。李之然迎上去。

"妈，你们出来散步啊？"

"是啊，听说今天晚上有烟花……"江秀珍朝她笑，话没说完，就被小凯拖着往前走了。

"妈，快走！我渴了，我想去喝冷饮。"

"急什么！"江秀珍低斥了他一声，再看向李之然时，神色有几分尴尬，"那……那我先走了，你早点儿回家，注意安全。"

"我知道。"李之然笑了笑，目送他们一家三口离开。

江秀珍走出几米之后，忍不住回头看她，整张脸上都是欲言又止的尴尬和卑微，这种神情出现在一个看着女儿的母亲脸上，实在有点儿可笑。

李之然重新踩上条石，两手张开保持平衡，每一步都走得小心且平稳。她漫不经心地给一直旁观的傅司衍解释。

缱绻往事 | 125

"刚才那个是我妈,旁边是她现在的老公和儿子,过得很幸福。"她说,"我十三岁那年,我妈刚怀上我弟弟……你知道我的情况,他们嘴上虽不说,但心里都觉得我有精神病,怕我对孕妇、对即将出生的小孩做什么出格的事,就让我从家里搬出去住一阵子。我当时还以为真的只要住一阵子呢……"

李之然低头自嘲地笑着说:"没想到一住就住到了现在,不过自己住那儿其实也挺好的。"

傅司衍一步不落地走在她身边,沉默地听她说完,抬头看了眼头顶的天空。城市中心的夜空不会是纯黑色,像是一片灰蓝中随意泼洒了墨水,染色不匀。

"我好像忘了告诉你。"傅司衍平静地说,"能再遇见你,我很高兴。"

李之然一愣,脚下的步子也跟着慢了下来。他们面前是一面宽大的广告显示屏,像多米诺骨牌一样,分成无数个小长方形,慢慢地翻转过来呈现出一幅崭新的画面。画面的左右两端各有一个巨大的人形雕像,一男一女,遥遥相对,到了某个时间,他们就开始朝着彼此的方向移动、靠近。

这时,夜空中烟花齐放,所有人的目光都被漫天的火树银花吸引了。只有李之然专注地盯着屏幕,看着那一男一女像所有情侣一样,彼此亲吻、拥抱、融为一体,然后穿过彼此的身体,背对背,沿着各自的轨道慢慢分开。

漫天烟火成了他们的背景,璀璨一瞬后,归于灰烬。这是在说相遇,就意味着分离吗?她心里一股感伤油然而生。

"那是格鲁吉亚小镇巴统的两尊可移动雕像,根据一本写于1937年的爱情悲剧小说《Ali and Nino》阿里与尼诺建造的。"傅司衍看着屏幕里那两个雕塑恋人经过短暂的相遇,又再次回到固定的位置后,被新的画面覆盖,"故事发生在布尔什维克时代,讲的是一个回教男孩和一个基督教女孩被战争拆散的凄美爱情。"

"真惨。"李之然禁不住惋惜。

傅司衍说:"他们其实可以一块殉情。"

李之然笑了:"你的感情观怎么那么极端?不能在一起就得一块死啊?"

傅司衍对感情这方面了解不多,没有什么发言权,他随意地耸了耸肩,不再发表意见。

李之然歪着身子,用肩膀撞了他一下。

"哎,谢谢你。"

"谢我什么?"他不解。

"也没什么……"她微微扬起头,夜色浩瀚得让人目光无处安放,"就是忽然觉得这世上有你这么个人存在,挺好的。"

新一轮烟火还在继续燃放,轰鸣声从天空盖下来,碎进熙攘的人潮里,但那热闹离他们很远。他们抓着渺茫的希望一路孤身走来,哪怕此刻置身人群中,内心仍是最边缘的看客。

不过这都没有关系,谢谢你存在。

赵志强在亲戚那里租了个暂时落脚的房子,每天把傅森那张合同摸出来看两遍,那薄薄的几页纸被他当菩萨一样供着。高兴了几天后,他才良心发现地想起把李之然介绍给他的那个人,等他想打个电话表示感谢时,才发现对方留给他的号码已经成了空号。

这才几天啊,号码怎么就成空号了呢?赵志强一摸头,又想起自己连人家姓什么叫什么都不知道,只是偶然在街头碰上的。当时,他心里苦闷,正好想找人聊聊,觉得和那个男人有缘,就跟他聊了起来。最后还意犹未尽地拉着他找了间小饭馆吃饭,边吃边继续向对方吐露自己内心的苦闷。

现在仔细回想，赵志强觉得那个男人仿佛天生就有让人信任的本事，因为他压根不清楚自己到底是怎么和那个男人突然熟络起来的。赵志强百思不得其解，这时老婆喊他吃饭，这事就被他抛到脑后了。

直到周末，李之然顺路来他家看看他们的近况，赵志强才又记起这档事，顺口和她提了一句。

因为工作关系，李之然免不了将名片到处发，王霸有时候也会帮她一块发，所以有她联系方式的人多了去了。那个男人能拿到她的名片并不稀奇，但奇怪的是，他怎么会特意将她介绍给赵志强？

李之然问赵志强："你记得那个人的样子吗？"

"就是个普通人吧……"

赵志强死劲想了半天，说来也奇怪，他就像是被人洗了脑子一样，关于那个男人的模样，他竟然连半个形容词都想不出来。

李之然虽有点儿狐疑，但也没多想，只当是个看得起她，好心替她介绍客户的陌生人。而且今天是周日，她和傅司衍约了见面，更没工夫细细琢磨这事了。

她答应帮傅司衍找出他内心恐惧的根源，自然得挑两个人都有空的时间碰面。定时间还费了一番工夫。先前傅司衍让助理何岩发了一份他的行程安排给她，那真是一份光看着都累的日程表。傅大董事长忙起来，各个行程安排的小方框几乎都被黑字填满了。

同时，李之然也不闲，她得拉客户，得赚钱吃饭，时不时地还得出现在办公室和王霸面前，表表忠心。

好不容易找到两个人都有空的时间，就是今天下午。傅司衍本来说要去她的家里接她，李之然一是觉得太麻烦；二来，他开着辆豪车在那么个破地方招摇过市地接她，相当于给周围那群无所事事的妇女提供谈资。

李之然只想安静地当个隐形人,所以和傅司衍约好,在中央广场附近的路口碰面。李之然出来得早,顺便去刚搬到附近的赵志强家看看。等她从赵志强家出来走到路口,距离两人约好碰面的时间还有十分钟,一辆白色宝马已经等在那儿了。

来接李之然的不是傅司衍,而是何岩。

"李小姐。"何岩放下车窗说,"傅总中午好不容易睡着了,我想让他多休息一会儿,就没有打搅,自己过来接你了。"

两个人的目光接触时,透过何岩的眼睛,李之然感觉到难得的清净。世人大多都是欲望的囚徒,内心躁动,塞满污秽,面前这个中年男人竟无悲无惧,心境平和,实在少见。

"噢,没事。"

李之然对此表示理解,坐进车里,她又忍不住问了句:"傅司衍的睡眠状况很糟糕吗?"

何岩苦笑:"最近两年他每天能睡上四个小时我就谢天谢地了。"

每天睡眠不足四个小时还那么忙……铁打的人也未必受得了。

"他身体吃得消吗?"

"扛着吧。"何岩叹了口气,"现在公司正在上升的关键时期,他无论如何都放松不下来。"

李之然皱了皱眉。

"梁医生就没有一点儿办法?"

"最开始那段时间的治疗还是有点儿效果的,虽然时好时坏。最近两年,几乎没有起色,不过不治疗说不定会更糟糕。"

李之然发现何岩虽然只是个助理,但对傅司衍的事了如指掌。

"何助理跟在傅司衍的身边很久了吗?"

"十几年了吧,我是跟着他从国外回来的。"

他从后视镜里看一眼李之然，虽然只见过她几面，但跟着傅司衍这十几年来，何岩可没少听他提起"然然"。哪怕是在他发病，压根不记得人的时候，他也捧着那幅画，当作珍宝一般，轻轻地唤着"然然"……

于是，何岩在无形中被傅司衍培养出了几分对李之然的亲切感。加上前段时间在拆迁现场，李之然只身挡车那股子不怕死不服输的劲儿，也让何岩印象深刻。何岩打心眼儿里喜欢这个姑娘，一向不八卦闲事的他不由自主地对李之然说了些掏心窝子的话。

"李小姐，"他语重心长地说，"傅总这一路走来很不容易，身边没有几个亲近的人，能碰上你是他的福气。他性格方面有些缺陷，希望李小姐你能多体谅，毕竟除了你，别人连靠近他的机会都没有。"

这话分量不轻。李之然听完沉默了一会儿，而后笑了笑，语气里有几分说不清道不明的意味。

"我还是不敢相信，怎么会有人对二十年前的童年玩伴念念不忘？"

如果不是身边真真切切地有这么个人，将一幅老旧褪色的画带在身边漂洋过海，何岩恐怕也不会相信。

他慨叹道："所以这世上，只有一个傅司衍啊。"

傅司衍住的地方比李之然想象的要僻静不少，依傍着青山和竹林，有种隐居世外的味道。但实际上，这个远离城市喧嚣的好地方距市中心并不远。

她在沙市住了二十多年，从来不知道三环以内还有这种别致幽静的好去处。果然，哪怕身处同一座城市，有钱人能看见的风景跟普通老百姓也是不一样的。

房子的装修和傅司衍的办公室比起来更加精致。问过何岩才知道,房子是傅司衍亲自设计的。他偏爱沉冷的色调,也不喜光,客厅的窗帘拉得严严实实。李之然毫不怀疑,在这里待久了,整个人都会变得阴郁。

她和傅司衍不一样,她把自己的小窝布置得舒适温馨,最主要的是拥挤。这是她小时候的臆想,以为在那个小小的地方塞满东西,孤独就无处栖身。哪怕后来长大了,知道孤独的存在并不需要物理空间,李之然仍然保持着这个习惯,喜欢把家塞得满满当当。

傅司衍这个家却空空荡荡,没有半点儿烟火气,里面所有的物件都像是冰冷的摆设,如同摆在博物馆供人参观的文物,即便伸手触碰到了,也会觉得不真实。正如傅司衍这个人,哪怕靠得再近,他身上清冷疏离的气质还是让人能感觉到距离。

何岩给李之然倒了杯水,就借口有事先走了。李之然一杯水喝到见底,傅司衍卧室的门开了。他穿着一套浅灰色的睡衣,刚刚醒过来,头发有点儿乱,脸上残留着倦意,整个人透出一股慵懒的散漫来,反而让人觉得不那么冰冷了。

"来很久了?"

"刚到。"李之然问他,"睡得好吗?"

傅司衍抬手按了按眼睛。

"还好。"

他没有什么待客意识,领着李之然直接上了二楼书房。和楼下一样,书房里也是窗帘紧闭,密不透光。书房正中间摆放着几张小沙发,围着一个木制矮几,形成一个简易的会客处。

傅司衍坐在单人沙发上。天花板上吸顶灯的光源是清冷的银白色,在这种冷光下,他看起来如同一座精美的雕塑。

李之然走过去,坐在他的身边,除非傅司衍自己愿意转头看她,否则他们的视线不会相交。她心想,这样或许能让他放松一点儿。这是她从梁荣轩那里学到的。她曾经接受过很长一段时间心理治疗,虽说不上久病成医,但也算有点儿收获。

"和我说说你那个噩梦吧。"

李之然尽量让自己的语气听起来随意一点儿。

傅司衍闭上眼睛,沉默了几秒,才缓缓开口:"没有什么特别的,梦里面有一片猩红浓稠的血海,我好像被淹没在里面,但耳边却能清楚地听见狗叫声。它不停地叫,直到把我逼得清醒过来为止。"

李之然注意到,他的右手又开始反反复复地握紧放松。

"那你记得你是从什么时候开始做这个梦的吗?"

"十三四岁……或者更早一点儿。总之是在和你分开之后。"他语气淡淡的。

李之然看着他眼下那象征着长期睡眠不足的黑眼圈有点儿心疼。经年累月睡不着觉的感觉,得多难受啊。

李之然轻声说:"你心底的声音,我想再听一次。"

傅司衍犹豫了一会儿,似乎在挣扎,半晌,他睁开眼睛。李之然已经从他的身边移到了他的面前。她看着他的眼睛,傅司衍却下意识地低头躲避。这样你追我赶几次之后,李之然知道这样下去不行。

她半跪在傅司衍的身前,两手捧住他的头,不让他四处乱动。傅司衍很少和人发生肢体接触,她如此亲密的触碰让他觉得很不舒服。但他克制着自己想挣开的冲动,尝试着去看她的眼睛,但不过3秒,他就避开了。

仿佛她眼中布满荆棘,他的视线一靠近就会被刺痛。

"对不起……"他低声道歉。

李之然轻声说:"没事,别放弃,我们再试一试……"

傅司衍一番挣扎犹豫之后,答应了:"好。"

他再次望向李之然的眼睛,他很快发现,她眼中的荆棘通过眼睛,刺入了他的身体,在他的心中扎根,在他的血肉里疯狂恣意地生长,让他身上的每一寸肌肤都灼痛难安。

李之然也更深刻地感受到他埋藏在心底的情绪,除了恐惧还有无尽的悲伤和无助。

傅司衍整个人都轻轻地颤抖起来,在他身体骤然一滞后,他以一种惊人的力道忽然抓住李之然的手,仿佛抓住了他与这个世界唯一的联系,一旦松开,他就会跌入无底深渊。

"然然……"他低声喊她,单薄的嘴唇哆嗦着。

李之然忍着痛,温声细语地安抚他:"我在这里,别害怕。"

过了好一会儿,傅司衍才松开她的手,虚脱一般,靠在椅背上,合上眼睛,疲倦的脸上带着一种劫后余生的宁静。

李之然轻轻地吐出一口气,一颗心还在胸腔里发颤。

他们谁都没动,也没人说话,两个人的手还维持着交握的姿势。空气里弥漫着一种沉重的宁静,如同刚刚经历过暴风雨的海面,而他们是矗立在海中的孤岛,四周万籁俱寂,有生机也有沉沉死气。

没过多久,外界的真实感似潮水般涌来,瞬间冲散了他们仿佛置身孤岛的错觉。

"对不起。"傅司衍低声说,他把脸埋进掌心里,颓然无力,"我不知道为什么,注视着你的眼睛时,会格外不安……"

他费了很大的力气,让自己离普通人更近一点儿。但李之然的出现,轻易地将他打回原形。往事在他的脑海中清晰浮现,那些他想忘却忘不掉的过往,纠缠着他,不让他解脱……

一只微凉的手贴上他的额头，傅司衍愣了愣，听见李之然低低的声音响起。

"我刚刚就觉得你有点儿发热。"她有些担心，"你是不是身体不舒服？"

傅司衍头一偏，避开了她的手。

"我没事。"他想把话题重新转回去，"我们下一步怎么办？"

李之然像是没听见他的话一样，缩回手问："家里有感冒药吗？"她的眼睛一眨不眨地看着他。

傅司衍妥协地叹口气，答道："没有，我很少生病。"

"……那家里有热水吗？"

"楼下有饮水机。"

"我去接壶热水。"

李之然拿着茶壶跑下楼，待水烧开，她接了满满一壶回到楼上，给傅司衍倒了杯热开水让他趁热喝下，然后继续之前的话题。

"人的心理状况往往和他的经历分不开，所以我想，你小时候应该经历过一些比较恐怖的事。"

"我没有任何印象，那就是没有这方面的经历。"傅司衍像上次一样笃定地否认了。

"有没有这种可能，就是发生过一些很不好的事，但你因为……喀喀，思维方式比较独特，所以不觉得有多糟糕，但你的潜意识却记住了它。"

傅司衍对这个说法不予置评。

"我不清楚。"

李之然坐在地毯上，两手抱着双腿，小半张脸埋进臂弯里，只露出一双明亮干净的眼睛，一眨一眨地。她思考良久，说："这样吧，我们去问问你的父母，还有你小时候的那些熟人，看看能不能得到什么有价值的信息。"

"不要。"傅司衍想也不想地就否决了她的提议。

"为什么?"

"他们不想见到我,我也不想看见他们。"

李之然皱了皱眉:"你和你的爸妈关系这么糟糕?"

"我家里的情况和你家差不多,除了我爸没有失踪之外。"傅司衍并不打算对她隐瞒什么。

李之然顿时了然,傅司衍的母亲也有了自己的家庭……

"那我们可以去找你爸,今天是周末……"

"常胜南路128号,9楼,门牌号是906。"傅司衍淡淡地告诉她,"这是傅哲,也就是我爸的住址。如果他不在家,你可以去交闵大学文学院的办公楼找他,他是文学系的教授。"

"我自己去?"

"何岩可以送你。"

"我一个陌生人找上门,他会觉得很奇怪吧?"

"他应该对你还有印象。"傅司衍轻描淡写地说,"我们要是一起出现的话,可能连他家的门都进不了。"

李之然迟疑着问:"那他知道你的……你有亚斯伯格症,还常年睡不好觉吗?"

"我患有亚斯伯格症这事最早还是他发现的,至于我睡眠的问题,真正严重起来,是在出国之后。除了梁荣轩、何岩和你之外,没人知道。"他看了李之然一眼,说,"可惜我不能像你一样也把我爸忘干净。"

傅司衍记得她曾经说过,她父亲在十几年前就离开了沙市,没人知道他去了哪里。他觉得李之然很走运。

"你爸应该不会再回来了,你很幸运。"

李之然觉得这小子不教育一下是不行了。

"傅司衍同志！"她屈起手指用关节敲了敲地板，"我们说话的时候，要学会考虑对方的感受。我对我爸的态度和你对你爸的肯定是不一样的。另外我强调一点，我，并不走运！"

傅司衍脸上的表情由错愕慢慢转为了然。还好他认错态度一向良好。

"对不起，我不是故意的。"

"你要是故意的，我早抽你了。"李之然忍住翻白眼的冲动，耐心地说，"有时候和亲近的人说话，更要懂得考虑他们的感受。有些话不能说，有些话要委婉一点儿说。明白吗？"

傅司衍老实地回答："不明白。"

李之然本来也没指望他能立即理解这些东西："不明白没关系，以后有时间我慢慢教你。"

傅司衍的眉目舒展，露出一点儿笑意。

李之然意识到自己一直坐在地毯上，实在有损形象。她爬起来，边顺手在身上拍了拍，边跟傅司衍说："这样吧，待会儿你和我一起去找你爸，你要真不想见他，就留在车里等我行吗？我们还可以顺路去买点儿药。"

傅司衍考虑了几秒钟，最终应了下来。

"好。"

李之然看了看手机，时间还充足，又给傅司衍倒了杯热开水。

"你多喝点儿开水，我们再坐会儿就出门。"

傅司衍听话地接过水杯连着喝了几口。李之然满意地笑笑，在书房里转悠起来。

6 被虐哑女

傅司衍的藏书很多,但都是各个领域的专业书籍,是那种光看封面就能让人望而却步的书。李之然不想找虐,果断地放弃了这类深奥的书,最后在一个书架的最底层,发现了不少人际交往类的图书,甚至还有一本《微表情学》,在《微表情学》的旁边有一个厚厚的笔记本。

"这个我能看吗?"李之然把本子抽出来一半,转头问傅司衍。

傅司衍瞥了一眼,没有拒绝,只说:"里面记的东西,你可能会觉得无聊。"

"什么啊?"

李之然好奇地将本子抽出来,很厚实,少说也有几百页。她从头到尾翻了翻,发现里面每一页都写得满满当当。

"那里面都是我做的笔记,从小学开始,一直到大三。"傅司衍说。

李之然翻开第一页认真地看了起来。那上面尚且稚气的笔记一笔一画认真地写着"不要大声背圆周率,会惹老师生气",旁边还画了一张中年女人眉头紧皱的脸,在这张脸的下面,还特别标记

"皱眉，等于不高兴"。

李之然一页一页地翻过去，字迹渐趋成熟，甚至带了种行云流水的飘逸，但每一页的内容都大同小异。他对这个社会，对周围环境的困惑没有随着他的成长而消散。

最后一页最后一行，傅司衍写下最后一句话，只有简单却无力的三个字：我不懂。

她几乎能想象他在写下这三个字时的困惑。在相当漫长的一段时光里，傅司衍曾努力地去融入这个对他而言陌生又可怕的世界。他想跟其他人更近一点儿，到最后却发现只是一场徒劳。

"初中老师说，任何事情只要努力就可以。我想我证明了这句话是错的……"傅司衍顿了片刻，淡声说，"不过无所谓，我不在意了。"

这话听着像赌气，但他又能跟谁赌气呢？这个社会？他自己？还是……传说中自有安排的命运？

李之然默默地把本子塞回原位。

"傅司衍。"

"嗯？"

李之然维持着半蹲的姿势，手指轻抚着本子厚厚的书脊，轻声说："我上高中的时候，对我们班上的一个男孩子有好感。"

"你喜欢他？"

"算不上喜欢吧，就是青春期的一种普遍骚动。"

傅司衍显然没有过这种经历，他困惑地问："那他骚动了吗？"

"呃……当然骚动了，他对我挺有好感的……"

李之然太久没有谈起自己的过去，以至于突然回忆起来的时候，有种难以言喻的陌生感。而陌生的东西，总容易让人心生恐惧。

她清了清嗓子，继续说："后来他无意中发现了我的另一面，认为我是神经病。所以，他生日那天，有人从他的课桌里找到一封写给我的情书。全班起哄的时候，他非常生气……我看见他整张脸都气红了。他冲到讲台上对全班人说，他见过我发疯的样子，并且发毒誓说绝对不会喜欢我这种疯子。为了自证清白，他还放了一段偷拍我的视频给班里人看。视频里，我真的像个疯子一样……但那又有什么关系？你看我还不是考上了不错的大学，活到了现在？我们只是和别人有点儿不一样而已，这没什么大不了的。"

李之然偏过头，望着单人沙发上的男人，嘴角飞扬，她明媚地笑起来，左边脸颊上又浮现出那个小巧的梨窝。这一刻，照在她身上的冷光突然变得柔和起来。

"傅司衍。"她一字一句认真地说，"对我来说，你很好，比这个世界上的很多人都要好。"

没过多久，何岩送来了两个人的晚餐。同样的菜式像复制粘贴一样在餐桌上左右摆开。

何岩有些抱歉地说："我本来想问问李小姐的口味，但不好打扰，就根据傅总的口味定了份一模一样的。"

李之然摆手道："这样就很好了，麻烦您费心。"

对于吃这一块，她毫无要求。

李之然留意到对面墙上贴的两幅画，一张她认识，是她送给傅司衍的那幅向日葵，另外一幅画很旧了，画上是个丑丑的金色头发的小姑娘，旁边还歪歪扭扭地写了两个字，她凑近了仔细辨认。

"然……然然，然然？"她惊讶地拔高了声音，回头向傅司衍求证，"这是我画的？"

"嗯。"傅司衍似乎笑了一下，"你送给我的生日礼物，你说我

被虐哑女 | 139

生日那天你不能来，让它代替你。它替了你二十年。"

他说得云淡风轻，李之然心里却五味杂陈。

怎么会有这么傻的人？因为一个可笑的理由，多年来将感情寄托在一张薄薄的画纸上。是多么无望的孤独，才会以为留住一幅画，就等于留住了一段时光？

她忽然伸出手，果断地把那幅旧画撕了下来。

"李小姐！"

何岩为她这一突然的举动捏了把汗。他小心地看着傅司衍的脸色，见他没什么异样，才略略放宽心。

李之然拿着那幅画转身面向傅司衍。

"你不需要它了。"她有点儿嫌弃，"这画得也太不走心了，等着，我以后每星期给你画一幅，让你换换口味。"

"好。"傅司衍没有异议。

何岩逐渐了然。傅司衍不再需要一幅画来寄托感情，也不再需要它来留住那段有温度的记忆。因为，他的然然已经归来。

晚饭过后，傅司衍和李之然出发前往傅哲家。一路上，傅司衍兴致都不高，原本话少的他基本全程处于失语状态。哪怕李之然没话找话地和他天南地北地瞎扯，他每句话也都只回个不冷不热的单音节。

李之然软钉子碰多了，也就不再吱声了。车内阒然，只有发动机的声音孤单地响着，低缓沉闷。

直到李之然的手机铃声骤响，才打破了这种诡异的静谧。傅司衍侧目扫了眼，看见她手机屏幕上来电显示"妈妈"两个字。

李之然接到这通电话似乎很意外，愣了几秒才接听："妈，怎么了？"

"然然啊,你在干什么呢?"

车里太安静,加上她母亲说话的声音又不小,她们母女二人的对话就这样清晰地飘进了傅司衍的耳朵里。

"和朋友在外面呢。"

"朋友?"江秀珍从没听她提起过什么朋友,第一次听到还觉得有些奇怪,"是你律所的同事吗?"

"不是,你不认识。"李之然不太愿意跟她说自己的私事,直接问道,"妈,您有什么事吗?"没事的话,她极少给自己打电话。

"然然,你看你下周一有没有空,去附一医院帮你夏叔叔拿一下他的体检报告。"

"行,我到时候去拿。妈您今年做体检了吗?没做的话,我找个时间带您去。"

"花那个钱干什么?医院里随便一点儿小毛病都能给你开几百块钱药,划不来。大毛病又没钱治,不用体检了。"

李之然无奈:"钱难道比您的身体还重要?"

"我们小老百姓哪个不是拿身体在换钱?而且做父母的哪有那么多讲究,只要孩子们好就……"

那端忽然没了声音,不知道是内疚还是别的原因……

一向人精似的李之然这回却犯了傻,什么都没听出来似的转换了话题:"妈,我这边有点儿忙,先不跟您聊了。礼拜一我把夏叔叔的体检报告送过去。"

"好好好,你中午过来还是晚上过来,提前给我个消息。我准备几个你喜欢的菜。"

"到时候再说吧。"

"那好,你晚上记得早点儿回家,千万注意安全啊。"

"知道了。"

通话就此结束，李之然把手机扔回包里，扭头看着窗外。

傅司衍看了她一眼，刚收回视线，眼前的一幕瞬间让他血液结冰。前方有个小女孩突然窜到马路上，傅司衍一脚急刹，两手立刻打方向盘。车头险险地从小女孩面前擦过，撞进了旁边的绿化带。

傅司衍被弹出来的安全气囊护住了头，但巨大的冲击力还是让他的大脑晕了几秒钟。等意识稍微清明一点儿，他立刻转头去确认身旁人的情况。

李之然死死地拽着身上的安全带，一脸心有余悸。

"受伤了吗？"傅司衍紧张地问道。

李之然两手在身上摸了摸："我没事，你呢？"

他摆摆手，推开车门下车。

他们没大碍，车却撞得不轻：车头被撞得凹进去一块，一个前灯玻璃被撞碎了。

小女孩手足无措地站在马路上，李之然忙上前把她抱到旁边。小姑娘五六岁的样子，瘦得可怜，一脸惊慌，也被吓坏了。

"没受伤吧？"

李之然紧张地前前后后检查了一遍，还不放心地问："有没有哪里不舒服？"

小女孩愣愣地摇头，一双乌溜溜的大眼睛蓄满了泪水，仿佛下一秒就会"啪嗒啪嗒"地往下掉眼泪。

"别哭别哭，没事的，没人怪你啊。"李之然忙哄她，"你怎么自己往马路上冲？家里人呢？"

傅司衍靠在车前漠然地看着她们。小姑娘一接触到他的目光，吓得抖了抖，张大嘴呜呜咽咽地哭出声。傅司衍对小孩没什么耐心，更烦人流泪，这小丫头两者占全了。

他轻喊了声："然然，走了。"转身坐进车里。

李之然却没有跟他走的意思，她四处看了看，想找找有没有认识小姑娘的人，在附近观望的人不少，却没有一个上前的。

李之然只好大声地问："有没有人认识这个小姑娘。"

周围的人三三两两地窃窃私语，没人回答她。就在李之然准备蹲下身去问那个小姑娘时，忽然从人群中传来一道尖锐的声音："你抓着我女儿干什么？"

李之然闻声抬头，看见一个染着酒红色头发，打扮得俗里俗气的女人正张牙舞爪地冲过来，她的身后还跟着六七个打扮夸张的年轻人。看这阵仗，不知情的还以为是传说中的"葬爱家族"重出江湖约架呢。

等女人走近了，李之然才发现她比远看更加年轻，应该二十出头，跟着她来的那群人大概也都和她同龄。

"这个小姑娘是你的女儿？"李之然有些怀疑。

"不然呢？"年轻女人呛她道，"这么多人看着，你还想抢人啊？"

李之然当律师这么多年，见过太多胡搅蛮缠的人，不急不恼。

"那正好，她突然冲到马路上，害得我们的车撞坏了。你作为家长得赔点儿修理费，不然我就报警处理。"

一听要赔钱，女人脸色顿变，她伸长脖子看了眼邢辆冲进绿化带的车，一看就知道价格不菲。女人眼珠一转，怒目瞪向站在旁边瑟瑟发抖的小姑娘。

"还不过来！"

小女孩被她一吼，哆嗦得更厉害了，但仍然迈开细得跟麻秆似的两条腿，战战兢兢地朝女人走过去。走近后，她伸出小手抓住女人的衣服，可怜巴巴地仰头看着她。

然而女人的脸上没有半分动容，她一把抓住小姑娘细得仿佛稍一用力就能折断的胳膊，"啪啪"两巴掌扇在她的脸上，嘴里恶狠狠地骂着:"让你离家出走!害得老娘还要赔钱,你自己就是个赔钱货!还来祸害我!"

李之然看得惊出一身冷汗,这哪是对待自己的女儿,分明是对待仇人啊。

"别打了!"李之然忍不住喝道,"小孩子不懂事……"

女人不耐烦地斜她一眼:"我打我女儿,你插什么嘴?"

虽是这么说,她手上的动作还是停了下来。小女孩更可怜,挨了打也不敢大声哭,只抿紧小嘴,任凭眼泪水豆子似的大颗大颗地往下掉。

李之然心里很不是滋味。女人身后那群同伴似乎对这种场景已经司空见惯了,其中一个还无聊地吹了声口哨:"英子,我们找她都浪费两个小时了,今天还回不回去上班了?"

"知道了,催催催,催命啊!"她吼完同伴,转向李之然,上下打量了她一眼,"我身上只有十几块钱,你看怎么着啊?"

李之然算是摸清楚了,她这是打算仗着人多当街耍无赖。

傅司衍在车里看外面这出闹剧看得实在无趣,于是发动汽车往前挪了几米,停在李之然身旁,放下车窗:"走吧。"

车主既然都没有要赔偿的意思,李之然就不好多说什么了,看了一眼那小姑娘,转身要上车。

这时,那小女孩忽然怯生生地朝她伸出了手。李之然看进她眼眸深处,瞬间感受到小姑娘心里的恐惧,以及肉体上曾经忍受过的痛楚……李之然愣在原地。

下一秒,小女孩被她的妈妈蛮横地拽着往前走去。她妈妈用的力气不小,把她上半身的衣服一块抓了起来,露出大半截后背,她柔嫩的皮肤上,布满了深深浅浅的瘀青。

李之然觉得整个头皮都是麻的,太阳穴"突突"地跳。车里的傅司衍不知道发生了什么事，只见本要上车的李之然忽然改变了方向，三步并作两步地追上前面的女人。

"等一下！"

傅司衍无奈地叹了口气，忍住开车就走的冲动，不太情愿地摸出手机打电话给何岩，言简意赅地交代几句后，下了车。

李之然的手还没碰到小姑娘的衣角，就被那伙人中的一个推了一把。是那群人里面年纪最大的一个，肥胖的身体裹着一件背心，一脸横肉目露凶光。

"你没完没了了是不是？"

李之然没理他，站稳了又往前凑。

"那孩子后背上全是伤你们知道吗？"

话一出口，周围一圈人忽然不吱声了，其中几个交换了眼神，最后目光不约而同地落在英子身上。像只小鸡仔似的被拎在英子手里的小女孩听见了这话，挣扎着想转过身来。可她脑袋刚一动，就挨了一耳光。

这一耳光真真切切，打得小姑娘一个趔趄，险些摔倒在地。但她没倒下，晃了两下，硬是站稳了，一脸恐惧地望着妈妈，瘦小的身体瑟瑟发抖，两眼还在流泪，却硬生生地忍住了不敢哭出声。

原本冷眼旁观的傅司衍看见这一幕，也不禁皱眉。但那个叫英子的女人却半点儿不疼惜自己的女儿。

"回去再收拾你！"

她恶狠狠地瞪了女儿一眼，活像看着八辈子的血仇，然后转过身用同样的眼神盯着多管闲事的李之然。

"我女儿身上有没有伤和你有什么关系？你吃饱了撑的啊？我自己的女儿，我爱怎么着就怎么着！"

看她这反应，小姑娘身上的伤多半是她打的。都说虎毒不食子,可这天底下又有多少连畜生都不如的父母?李之然气得浑身发抖。

"她首先是个人,然后才是你的女儿!"

她想靠近那孩子,看看她身上的伤,但还没走近,就被刚才推她的大汉拦住了。

"你这是要怎么着啊?想抢我的外甥女啊?我们家的事轮不到你个外人横插一竿子。"他用手指着周围的人,恶狠狠地警告,"你们把手机都给我放下,谁敢多管闲事,以后小心在街上让我碰着!老子打得你们满地找牙!别给自己找事啊!"

他话没说完,被一阵突来的闪光灯刺得睁不开眼。李之然回头,正好看到傅司衍不远不近地站在那里,举起手机对准大汉,面无表情地说:"我打算再录个视频,你继续。"

大汉一张脸气成了酱紫色:"穿得人五人六的就敢在老子面前横了是不是?"

他气势汹汹地抡起拳头朝傅司衍冲过去。傅司衍从心底厌恶这种低劣的暴力,偏偏从小到大他经历得最多,但现在,他早已不是当年那个无所适从的小孩。只是傅司衍没料到李之然会更快一步冲到他的面前,像护雏的母鸡似的护着他,低声呵斥面前高出她大半个头、体型也足有她两个大的粗壮男人。

"你想干什么?不准动他!"

傅司衍想起很多年以前,她也是这样,不管不顾地挡在自己面前……紧接着,他联想到几天前,她独身护住一栋房子的模样。

这女人……到底哪里来的这么大的勇气?保护完一个又保护另一个?

李之然不知道傅司衍此时的困惑,她侧头低声对他说:"司衍你报警!"

那大汉一肚子火没处发，而且他以为对个女人动手怎么也比打个男人轻松，于是立马把一身暴戾转移到李之然身上，一巴掌朝她的脸上呼了过去。岂料，李之然速度更快，猛地一脚踹上他的小腿上。这一下快狠准，直接把大汉踹得单膝跪地，哀号不止。

"逼我以暴制暴是不是？"见他还要爬起来，李之然一个下劈腿，直接把他劈得趴在地上爬不起来了。

傅司衍没料到她还有这本事，怔愣之后，禁不住笑了，身侧攥成拳的右手也缓缓松开。

大汉恼羞成怒，捶地大喊："你们都是瞎子吗！还不来……"

可他话还没喊完，和他一起过来的那伙人就跟活见鬼似的忽然四散逃窜。原来是十几名民警不知从哪儿得到了消息，赶来了。

李之然在律师这一行做了好几年，和三教九流的人没少打交道。此时她看他们见了警察活像碰着猫的老鼠，心里已经将他们的老底猜了个七八分，看来这群人平日里做的大概都是见不得光的生意。

警察忙着抓人，她也没闲着，一双眼睛锁定小姑娘。她的妈妈一看就是没见过什么大世面的，惊慌失措地拖着女儿就跑，没跑几步又嫌她累赘，居然把小孩就地一扔，自己像无头苍蝇似的往前疯跑。

李之然见状，冲向落单的小姑娘。这时忽然有个人影从观望的人群里蹿出来，一把抱起小姑娘，撒腿就逃。

这是当着警察的面趁乱抢娃啊！

李之然一边追一边大叫："抢孩子了！警察同志，那人抢了小孩！"

民警们都在忙着追跑掉的人，离她最近的两个也有十几米，鞭长莫及。

被虐哑女 | 147

傅司衍原本不打算掺和这事，忍了忍，见李之然为了能跑快点儿连脚下那双低跟的鞋都脱了。他实在看不下去，扯开胸前两颗衬衣扣，迈开长腿追了上去。腿长的优势在这时发挥得很明显。

傅司衍没费多大劲儿就超过了李之然，再追几步就赶上了抱着孩子胡乱跑的男人。他抓住男人的衣领朝后用力一勒，那人顿时窒息，抱着孩子的手也松开了。

小姑娘摔在地上，这回没哭，自己爬了起来。

傅司衍看了她一眼，说："把眼睛闭上。"

见小姑娘乖乖地闭上了眼睛，他才一记重拳将那个男人打翻在地，然后甩着手退开两步，给赶来的警察让路。

何岩在旁边目睹了整个过程，脸上的表情十分微妙。他看了看傅司衍，又看了看李之然，目光也变得意味深长。他做梦都想不到，有生之年还能看见傅司衍在大马路上追人打架。看来这个李小姐还真是傅司衍生命里的意外之喜。

李之然一边穿鞋，一边匆匆地赶来，从那个男人身旁经过时看了他一眼，是个瘦得皮包骨的男人，头发胡子不知多久没打理了，里面藏污纳垢。被两名警察按住了还不肯老实，伸出鹰爪般地手指着小姑娘大喊大叫。

"那是我的孩子！是我的！"

小姑娘吓得往傅司衍的身后躲，被傅司衍一脸别扭地拉出来，推到一米开外，嫌弃地斜眼看她："离我远点儿。"

小姑娘眨巴着大眼睛，模样甚是无辜。

李之然一颗忐忑的心总算归位，见他们一大一小大眼瞪小眼的模样，忍不住笑了起来。她蹲下身去检查小女孩身上的伤，原来不只后背，她的手臂、腿、肚子……身上衣服遮住的地方，布满了大大小小不计其数的伤痕，有掐出来的，还有不知被什么东西烫的，触目惊心……李之然鼻子一酸，险些掉下眼泪。

傅司衍也看得微微蹙眉，将视线转向别处。

李之然捧着姑娘的小脸，轻声问："身上的伤是谁打的？"

小姑娘张开嘴，从喉咙里发出"呜呜呜呜"的声音……

李之然一愣，下意识地抬头看向傅司衍。

"她好像……不会说话。"

二十分钟后，混乱的现场终于被警察彻底控制住了。那伙人一个也没跑掉，连同中途脑抽风似的冲出来抢小孩的那位，一块被扭送到最近的派出所了。

傅司衍和李之然自然也跟着去了。

警察都是临时从市局调来的，当时傅司衍一个电话打给何岩，报了个地址，匆匆交代他多带几名警察过来。吓得何岩以为出了什么大事，立刻联系了市委领导。

傅森公司除了是沙市的缴税大户，也为沙市的公共建设出了不少力。现在的公共图书馆就是由傅森公司捐建的。市政府对这个工程很重视，所以每隔几个礼拜，就有市委市政府的人给傅森地产打电话，进行亲切友好的交流。何岩作为傅司衍的代言人，每次电话都是他接的，一来二去，自然而然地也就和市委市政府的人建立起了几分稀薄的友谊。

何岩在电话里语气比较严肃，又把事情说得比较紧急。搞得对方以为傅森公司的董事长碰上绑票的了，立刻联系了公安局。这才让何岩在短时间内带着几个训练有素的民警赶到了现场。

谁也没料到，这起小小的交通意外，居然让警方逮到了一个红灯区团伙。警方根据这伙人顺藤摸瓜，陆陆续续地清理掉了好几个毒瘤，这当然是后话。

被虐哑女

一大帮人涌进派出所，原本还算宽敞的办公室，瞬间被塞满。饶是如此，傅司衍坐在里面，自身清冷的气质也将他同周围闹哄哄的人群隔开。

他脸上维持着一贯的表情——面无表情，目光从始至终只锁定一个人。从进派出所开始，李之然就像个陀螺似的，忙得连轴转。她把小女孩的情况和警察说明，替她做笔录的是个女警，看到小女孩身上遍布的伤口后，立马找负责的同事开了份伤情鉴定委托书，然后带着孩子去验伤了。

李之然没跟去，她找到小女孩的妈妈英子。那个原本气焰嚣张的女人，此刻完全蔫了，不管李之然说什么她都唯唯诺诺地点头。

何岩已经把该处理该打点的都办妥当了，走到傅司衍身边低声提醒："傅总，我们可以走了。"

傅司衍没动，眼中流露出困惑。

"你说她哪来那么多的精力，相干的不相干的，都要去管？而且还没人付她报酬。"

何岩顺着他的视线望去，看见李之然正一脸严肃地和那个一头红发的女人说着什么。

"傅总，这世上有一类人，他们在满足基本生活需求之后，就不追求什么实际报酬了。他们有更在意的东西。"

在傅司衍看来，做事不要报酬纯属傻子的行为，很不凑巧，他的然然就是他认知世界里的第一号傻子。

此刻，他们之间只隔了几个人，隔着几步路，如果他愿意，起身只要几秒钟就能走到李之然的身旁。但傅司衍忽然觉得他们分开的那段漫长时光，正横亘在他们中间。他们站在时间长河的两岸，河水里倒映出来的，是两个人彻彻底底不同的模样。

傅司衍忽然站起身往外走。

"告诉然然,我在外面等她。"

何岩点头,这里面太嘈杂,傅司衍已经忍耐到极限了。

走出派出所,四周空气顿时一静,傅司衍摸出根烟点上,尼古丁在镇定焦虑这方面多多少少还有点儿用处。他闲来无事,脑子又转到了工作上,那双深如古井的眼眸淡淡地看着前方,里面空无一物。

一辆黑色小轿车停在外面,傅司衍回过神,见车上下来一个年轻的男人,正疾步朝这边走来。男人看见站在门口的傅司衍,先是一怔,疑心自己认错了人。走近仔细看了两眼,他才敢确定这个站在派出所门口抽烟的男人,正是曾和他有过一面之缘的傅森公司董事长。

"傅总,您好。"他客气地和傅司衍打招呼。

傅司衍扫了他一眼,记起了眼前这个男人是晴天律所的律师,周寻逸。并非他对这个人印象深刻,而是傅司衍记忆力太好,见过一面的人基本都能记住。

去年傅森公司甄选法律顾问,周寻逸作为晴天律所的代表之一来参加过甄选,结果是名落孙山。

傅司衍朝他点了下头,算是回应,没有多说半个字的意思。

周寻逸摸了摸鼻尖,自己给自己找台阶下:"我有个朋友在里面,先进去了傅总。"

傅司衍想起里面那乱糟糟闹哄哄的场面就头疼,但他两根烟都抽完了,还不见李之然有出来的意思,他耐心用尽,返身往里走。他打算直接把李之然拎走,他不想在这里浪费时间了。

英子已经把自己虐待女儿的事一五一十地交代清楚了,不过那个女人压根儿不认为自己是虐待。

"娟娟生下来就是个哑巴,我老公跑了,我养着这么个'拖油瓶',本来日子就不好过。她惹我生气,我难道打都不能打她啊?"

娟娟就是她那个可怜的女儿。据英子自己说,她怀孕的时候只有十七岁,自己还是个孩子,加上早早辍学出来打工,受教育程度不高,心智都不成熟,更别提什么思想觉悟了。这样一个人,又怎么去照顾一个小生命?

所以每当英子心情不好,就拿娟娟出气,抓起孩子就是一顿打,手上有什么就用什么打。

李之然的脸色沉下来:"这在法律上就是虐待罪!"

"等验伤结果出来,如果伤势严重,我们会提请检察院起诉,再加上涉嫌引诱、容留、介绍他人卖淫,足够你蹲监狱了。"负责审问的民警也是有小孩的人,看见娟娟一身伤十分心疼,知道那些伤全是眼前这个年轻母亲造成的,更是愤怒。

英子一听这话,顿时叫起来。

"那我以后不打她还不行吗?"她往地上啐了一口,"早知道就让她跟那个疯子跑了算了!"

"什么疯子?"

李之然话音刚落,一直被忽略的瘦男人不知从哪个角落忽然蹿了出来,张牙舞爪地扑向英子。

"那是我的孩子!"

李之然这才闻到他身上的酒味,原来是个醉鬼。

他还没靠近,就被两名民警就地制服了。

"老实点儿!这是你能闹事的地方吗?"

醉醺醺的男人被按在地上,仍然喷着酒气大吼:"那是我的孩子!"

李之然隐约觉得这个男人身上有故事。

这时,一道愠怒的声音响起:"你们这是干什么?公然施暴?"

李之然怎么也没想到，在这种情况下会碰见周寻逸。周寻逸看见她也很意外，但他很快恢复如常，径直走向被按在地上的醉汉。

"我是他的律师。"他叫了那醉汉一声，"吴斌！"

两名警察已经松了手，那醉汉也认出了面前的人，稍微平静了一下，就着周寻逸递过去的手，颤巍巍地从地上爬起来，四周环顾了一眼，有种不知是梦是醒的感觉。

"凡凡呢？"他抓着周寻逸问。

周寻逸面露无奈："会找到的，你先坐一会儿。"

"忙完了吗？"傅司衍的声音轻飘飘地在李之然身后响起。

"啊……"李之然含混地应了声。

傅司衍说："走吧。"

"等一下。"李之然情急之下一把拽住他的袖口，像是哀求又像是撒娇，"再等一下行吗？"

何岩在一旁静静地看着，等待傅司衍的反应。

一向对他人漠然视之的傅总，沉默了两秒钟后，让步了。

"五分钟。"

李之然赶紧点头。

周寻逸已经把吴斌扶到旁边安置好，转头和民警交代情况，五分钟足够李之然将吴斌的事从头到尾听了个大概。原来看上去无比潦倒的吴斌曾是家私企的小老板，三年前公司破产，老婆和他打官司离婚，周寻逸就是当时吴斌聘请的律师。官司最后的结果不尽如人意，她老婆获得了儿子的抚养权，偷偷带着小孩搬走了，从此杳无音信。

民警皱了皱眉，用一种可怜之人必有可恨之处的眼神看了眼吴斌。

"就算是这样，他也不能跑到大街上抢孩子吧？"

周寻逸说:"他的小孩也是天生聋哑,所以……"

天生聋哑……李之然隐隐联想到了什么,却又说不出来,一时怔愣在原地,眉心拧成了疙瘩。傅司衍衬衣袖口那一角柔软的布料还在她指尖上,她无意识地揪紧了。傅司衍低头看了眼被她揪成一团的衣角,反手不轻不重地捏住她的手腕,将人往外拉。

"五分钟到了。"

何岩迈步跟上去,走出几步,回头看了眼周寻逸。他还在和民警说话,眼睛却往李之然的方向瞥了一下。何岩阅人无数,顿时意识到那一眼中包含的复杂情绪。这个男人和李之然之间远不只认识那么简单……

这一番折腾下来,已经晚上9点半了。现在去拜访傅司衍那个教授老爸肯定是不合适的,说不定人家早就休息了。于是车子调转方向,先送李之然回家。

何岩既然已经来了,傅司衍也就退到车后座闭目养神去了。他身体不累,只觉得眼睛里面拥挤不堪,耳边仿佛还残留着刚才的喧闹声……总之他整个人都不太舒坦。

傅司衍撑开眼皮,糟心地看一眼旁边的李之然。

"多管闲事是你的业余爱好吗?"

李之然正陷在自己的思绪里,反应了两秒才理解他话里的意思,不好意思地笑笑。其实严格说起来,多管闲事算是她的主业。

"不好意思啊,今天耽误你的事了。"

"没关系,我正好也不太想见我爸。"傅司衍重新闭上眼睛,那张棱角分明的脸上透出冷漠,"以后不要随地捡麻烦了,有些人是一辈子注定要烂在社会底层的。"

李之然没说话,只安静地将目光从他那张如雕刻般分明的脸上,转移到他的右手。他右手关节处还隐隐泛红,想来他那一拳打得不轻。

有些人啊,你不能听他说了什么,而要看他做了什么,尤其是这种面冷心热的,哪怕说出来的话再凉薄,他内心深处到底也不全是寒冰。李之然轻轻地笑了。

"谢谢你啊。"

"嗯。"傅司衍懒洋洋地接受了。

"李小姐,你和后面进来的那位周律师是朋友吗?"开车的何岩忽然问道。

"不是!"李之然矢口否认,意识到自己语气太激动了,她缓和了声音进一步解释,"都是一个圈子的,有时难免会在律协的活动上碰见,就是混了个眼熟而已。"

"是吗?"何岩不动声色地说,"可我看那位周律师看李小姐的目光不太对呢,像是……心中有愧。"

李之然的心惊了一下,那些不愿意回顾的往事模模糊糊地涌上来。她费了点儿力气才压下去,勉强笑道:"何助理你看错了吧。"

就在这时,她的手机响了起来,李之然顿时松了口气,摸出手机一看,是个陌生的号码。她狐疑地接起:"喂,哪位?"

"是我,周寻逸。"

真是说曹操曹操就到。

要是以往,李之然会果断地挂了电话,不过这回,她反而有点儿庆幸周寻逸给她打电话。

"找我什么事?"

"没想到我得从人民警察手里拿到你的号码。"周寻逸似笑非笑的声音听起来更像在自嘲。

李之然的确在派出所留了电话。英子的女儿如何处理现在还没有定论,她既然已经掺和进来了,按照她的性格,势必要跟到底。

"没事的话,我先挂了。"李之然语气冷淡。

"吴斌的儿子……我怀疑三年前就走丢了。"

周寻逸后面的话成功地阻止了李之然挂电话的行为。李之然刚才模糊不明的联想,因为周寻逸这句话彻底清晰起来。她顿时一惊,但声音还是维持着平稳。

"为什么这么说?"

"具体的我们见面聊吧。"

李之然想他在约自己见面这件事上真挺执着的,执着了五六年了。

周寻逸等了会儿,没等到李之然的回答,也没听见她挂电话,就循循善诱起来。

"我想你应该对这类事有兴趣,也愿意花时间、花精力去调查。而且当年那场离婚案,也很不寻常。"他说,"如果你想听的话,给我个消息,告诉我你什么时候有空就行。"

"再说吧。"

李之然放下手机,眉心不自觉地皱紧,一副若有所思的样子。

"打算什么时候见?"傅司衍冷不丁地冒出一句。

他们坐得很近,车内安静,加上他又闭着眼睛,听觉变得更加敏锐。李之然和周寻逸的对话,他便"无心地"听了个七七八八。

"还不清楚。"李之然转向他,"你记得小野吗?"

"聋哑学校的那小孩?"

"嗯。他是三年前被王校长捡到的,周寻逸怀疑吴斌的儿子在三年前走丢了,这会不会太巧?"

"呵。"傅司衍嘴角微抬,讥诮道,"麻烦还捡一送一。"

李之然忽略了他的话,转而望向前方。

"何助理，麻烦你在前面的地铁口停一下。"

"怎么了？"

"我去买点儿东西。"

何岩把车靠路边停下。李之然推门下车，傅司衍看着她一路急匆匆地冲进一家正准备关门的药房，过了一会儿返身回来，手里多了几盒药。

李之然拉开后座的车门，把药一盒一盒地扔给傅司衍。

"这个是红药水，擦手上。这个是消炎药，这个是散热药，按照说明书一起吃。"做完这些，她反手关上车门。

何岩有些意外。

"李小姐你不上车了？"

"我坐地铁更快一点儿，不用送了。"李之然朝傅司衍挥了挥手，"祝你今晚睡个好觉。"

傅司衍表示："有难度。"

"你尽力吧，实在睡不着……"她笑着说，"批准你今天晚上找我聊天。"

说完，她后退一步，和他们挥手告别。

傅司衍抱着三盒药，看着车外后视镜里李之然的身影被拉得越来越远，最后成了一个小点，彻底消失不见。

"傅总你不舒服？"何岩问。

"没事。"他把药搁在旁边，对何岩说，"去公司，我要取两份文件。"

他心里打算好了，今天晚上如果睡不着，就工作。

车开出一段路，何岩感慨地说道："傅总，今天过得很刺激吧？"

傅司衍回顾今天，不知该作何反应，最后无奈地扯了扯嘴角。

"算是吧。"

何岩笑道:"李小姐真是给你的生活增添了不少意外之喜。"

意外倒是意外,但喜嘛……傅司衍按了按太阳穴,要知道他因为不喜欢人多热闹,连毕业典礼都没去参加。而今天,他不仅在一场杂乱的闹剧中从头待到了尾,还参与其中。

傅司衍的脑海里忽然浮现出李之然挡在他身前的场景。无论忘记与否,她还是她,从当年到现在,唯一一个会像战士一样挡在他身前,替他抵挡恶意和攻击的人……

傅司衍的嘴角微微一翘,他的姑娘从小傻瓜长成了大傻瓜。

7 / 罪恶萌芽

回到公司,傅司衍拿起文件离开时,在电梯里遇见了刚加完班准备回去的阮亦晴。傅司衍没有什么私人时间概念,经常一周七天都在办公室里忙到很晚。而阮亦晴似乎也有工作狂的潜质,两个人经常会在上班以外的时间碰面。

"工作狂晚上好。"阮亦晴笑着朝他招了招手,不是办公时间,她在他面前会随意一些。

傅司衍点了点头:"晚上好。"

何岩由衷地说:"阮总监真是辛苦了。"

"哪里,只是有些工作没处理完,再说我也没什么约会,不如来公司做做贡献提升业绩。何况傅总都不休息,我们这些打工的又怎么好意思不加油。"

阮亦晴说这话的时候,目光一直停在傅司衍的身上。她生得美艳动人,用这样的眼神望着男人,十个有九个怕是要自作多情地想入非非,可偏偏傅司衍是那个例外。

"我不休息从某个方面来说是为了让你们周末能正常休息。你不休息,"他看了她一眼,尽量斟酌用词,"更有可能是因为能力不足，没能按时完成工作。"

何岩觉得气氛顿时变得更尴尬了，他手握成拳抵在嘴边轻咳了一声。这是他和傅司衍之间的暗语，每当何岩做这个动作，就是提醒他说错话了。

傅司衍费解地望向何岩，也学着他清了下嗓子，友善地对阮亦晴说："辛苦了，祝你早日升职加薪。"

电梯停在一楼，"叮"声过后，两扇厚重的门向两边打开，傅司衍单手扶着门等阮亦晴走出去才往外走。

这类小动作是他在探索"正常人是如何交往"的过程中学到的，久了，习惯成自然，就变成了一种绅士风度。

阮亦晴问他："要不要一起去吃个消夜？"

"我没有吃夜宵的习惯，你自己去吧。"傅司衍顺口提醒了一句，"时间不早了，最好去个人多安全点儿的地方。"

阮亦晴脸上的笑容有些尴尬。她条件出众，从小到大都不缺追求者，在众星拱月的环境里待久了，容易自视甚高，更不要提对谁主动。所以即便想在喜欢的人面前刻意放低身段，她能展示的也不过是情窦初开的小女生惯用的小伎俩……

傅司衍本来就不具备正常的理解能力，在男女感情这方面更处于完全没开化的阶段。阮亦晴这样不温不火的追求，他半点儿都没察觉出来。而且，唯一能让傅司衍有点儿改变的人已经出现了……

何岩只能对阮亦晴报以同情的目光，开车送傅司衍回家。

阮亦晴的车停在大厦负一层的停车场，她为了和傅司衍多待一会儿，磨蹭着没直接乘电梯下去取车。

现在，人已经走了，她也该去取车回家了，但阮亦晴没动，她盯着马路对面。一个男人正静静地站在那儿喝水，穿着一身运动服，像是刚刚夜跑完。喝完水，男人不紧不慢地拧紧瓶盖，抬起一只手朝阮亦晴挥了挥，仿佛在和老熟人打招呼。

这不是阮亦晴第一次见到这个男人。他似乎就住在她家附近，早上上班的路上，她常常看见他坐在餐厅里吃早餐。下班回去，有时会碰见他蹲在路边喂猫，两人目光偶尔交汇，男人都会很绅士地微微一笑。

坦白说，他长得算不上英俊夺目，尤其是她整天对着傅司衍那张脸，更觉得大部分男人的长相都乏善可陈。可他身上有股独特的气质，一旦你注意到他，很难不被吸引。

阮亦晴也朝男人礼貌地点头致意，他们之间车来车往，一辆体型庞大的货车挡住了阮亦晴的视线。等车开走，对面的男人已经不见了踪影，只有个空水瓶立在旁边的垃圾桶上，仿佛是为了证明刚刚那个人真的存在过。

阮亦晴从小到大经历过无数追求者，下意识地认为，那个男人不过是其中一个，只是他接近自己的方式有点儿别出心裁而已。

阮亦晴随意地撩了撩头发，踩着精致的细高跟返回大厦，乘电梯到负一层取车。

李之然从地铁站出来往家走时，已经晚上 10 点了。那条小路有了路灯，不再阴森森的吓人，新防盗门用起来也很方便，开关都不需要再费力地和铁锈做斗争。

这是另一个人为她做的，一个忽然出现，却说早在二十年前就认识她的人。而且，还是个面冷心热而不自知的人。

李之然躺在沙发上，盯着天花板，两眼放空了好一会儿才坐起来，给周寻逸发了条短信。周一她没空，约他周二晚上见面。周寻逸像是一直在等她的消息，立刻就回复，和她敲定具体见面的地方和时间。

李之然往后一仰,重新躺在小沙发上。周寻逸……她想这三个字真是她命里一道追着她跑的坎儿,忘不掉,躲不过。她惆怅地叹了口气,爬起来洗漱,临睡前给傅司衍发了条短信,叮嘱他记得吃药。过了五分钟,她收到傅司衍的回复,只有简单的一个字。

"好。"

傅司衍本来并不打算吃药。几年前,有很长一段时间,他吃了无数药,苦口苦心。常常一整天躺在病床上什么都不干,光回味那药味去了。

那时,那个毫无生气的房间里四面都是镜子,以至于他至今还清清楚楚地记得自己当时的模样。瘦得脱了形的男人,像是由骨架和一副人皮撑起来的,眼神空洞,脸上泛着死人般的青色。他一度分不清自己究竟是活着还是死了,甚至记不起自己是谁。

直到有一天,何岩把那幅画带给他。他静静地看着看着……忽然流了眼泪。他忘记了自己,却仍然记得那么一个人……

傅司衍按照说明书吃了几粒药,吃完以后,他到床上躺下。床是黑白两色,墨色的床单、被套,白如雪的枕头,他躺在中间,闭上眼睛,像个虔诚的圣徒。

暖黄色的床头灯在他身旁静静地亮着,给风格冷淡的卧室增添了几分温馨。也许是感冒药里的安眠成分起了作用,又或者是他今天太累了,没过多久,傅司衍居然起了倦意。

这次没有梦魇,但他的睡眠浅得可怕,耳朵里净是空气中细微的声音。即便如此,他还是肯定自己睡着了,因为当他睁开眼睛时,已是凌晨4点,傅司衍轻轻地吐出一口气,他无法再入睡了。

昨天拿回家的文件到底还是派上了用场,他一直工作到早上7点,冲了个澡,心情不错地亲自动手做了份早餐。

等何岩像平时一样带着食材准备给他做早餐时,傅司衍已经坐在沙发上看股市早报了。

"早上好。"他甚至还主动跟何岩打了个招呼。

看来他昨晚睡得不错。何岩放下心来，提醒他这周需要出席的活动。

"傅总，行业研讨会这个礼拜六在平江一品湖酒店举行，我已经给您订好了机票。"

"好。"

这个行业研讨会开始于四年前，第一届由傅司衍举办，当时会议名叫"房地产与虚拟经济前沿会"。那时为了请来房地产和金融业内大佬级人物参加，傅司衍亲自跑了不少地方，花费了不少精力。

功夫不负有心人，第一届会议举办得很成功。后来傅司衍嫌麻烦，就放弃了主办权，让业内各位大佬轮流操办了。

之后碍于某些因素，会议更名为"房地产创新大会"，不过换汤不换药，内容依然以探讨虚拟经济的发展为主。会议越办越大，现在除了房地产和金融业，还有博彩、收藏等行业的人参与进来。

傅司衍每年无论多忙都会按时出席。在他看来，从某种程度上，可以将实体经济和金融资产二者的关系，类比成经济基础与上层建筑。都说经济基础决定上层建筑，但在21世纪，经济基础恰好是最好构建的，真正难的是上层建筑的搭建。

傅司衍相信，当金融深化到一定程度时，实体经济行业必定会走上经济虚拟化这条路。房地产业无疑也会是其中的一员。甚至可以说，房地产这种规模庞大的不动产行业，更需要依托虚拟经济来发展。

中国目前虽然狠抓实体经济，但无论是从人口、市场还是经济实力和未来前景上看，它无疑都是最具发展潜力的，而房地产业必定会是其中的一匹黑马。

何岩暂时还摸不清傅司衍对公司日后的发展有什么具体打算，但他清楚傅司衍的能力，知道他有远见，有野心，更有绝佳的操作能力。

有这样一个领导人掌舵，傅森的未来不可估量。不过当一家公司几乎完全掌控在一个人的手里时，风险也就都压在了他的肩膀上，这担子有多重，也是外人难以想象的。

早上八点半，傅司衍出现在公司。

不多久，就有人觍着脸找上门来了。

"傅总，王林在会客室，他想见你一面。"

"打发他走，就说我今天没空。"傅司衍头也不抬地吩咐何岩，"过两天你再联系他，让他带着手下的施工队一起参与明珠苑的施工，价钱问题和接下来的手续都交给阮亦晴去办。"

王林毕竟是张谦介绍来的人，多少得给他找点儿事干，不然显得太不给张谦面子了。

何岩却信不过王林。

"傅总，王林那个人似乎不太靠得住。"

"谁要靠他了？"傅司衍掀了下眼皮，淡淡地说道，"现在负责明珠苑施工的是傅森公司内部的施工队，通知他们留个心眼，另外让现场质检多盯着点儿王林。"

"是。"

就在何岩转身要走的时候，傅司衍忽然想到了什么，叫住他。

"何岩。"他低声吩咐，"你顺便找人去查查张谦和王林是怎么认识的。"

"我马上去办。"

一个是背景深厚的职场精英，一个是地痞流氓上位的工头，他们两个人是怎么搅在一起的？傅司衍觉得有些奇怪。

午饭过后,傅司衍稍微休息了一会儿,就动身去见梁荣轩了。接下来的几天,他要为研讨会做准备,没空做心理咨询,今天算是他出差前的最后一次治疗。

梁荣轩像往常一样,以一个轻松的聊天作为这次治疗的开场。

"听何岩说,你昨天晚上睡得不错。"

"还行。"

傅司衍的"还行",那就真的只是字面意思,比起一般要好不少。

梁荣轩饶有趣味地追问:"我能知道发生了什么好事吗?"

昨天发生的,实在算不上什么好事。

傅司衍笼统地概括道:"都是些乱七八糟的事。"

他不想细说,梁荣轩也顺着他的意愿,换了个话题。

"李之然和你合作得怎么样?"他顺手把桌上已经沉到底的沙漏倒转过来。

傅司衍闭上眼睛,将昨天下午在书房和李之然一起经历的事,事无巨细地转述给梁荣轩。末了,他仍心有余悸。

"当我看着她的眼睛时,情绪会难以控制,我越想让自己冷静,就越不安。近几年我已经很少出现这种状态了。"

梁荣轩一边安静地听着,一边低头在书写板上写下重点。听傅司衍说完,他脸上露出若有所思的神情。的确,经过长时间的治疗和练习,傅司衍虽还是不喜与人对视,但基本已经能自控了,几乎没有再出现不安到需要逃避的情况。

这也说明,李之然对他产生了不同于旁人的刺激。梁荣轩尽量不让自己露出担忧的神色。

傅司衍继续说:"然然和你一样,认为我心里的恐惧应该和我幼年的经历有关,但我不这么想。我记得小时候身上发生过的一切,没有什么让我觉得恐怖的。"

"在意识层次和理性层次上有可能存在'二律背反'的情况。就是说,有些你在理性上认为无足轻重的事,很可能已经引起了你潜意识里的恐惧,只是你自己没有发现而已。"

在心理学领域,梁荣轩是专家,傅司衍对他的话不发表意见。

沙漏已经转了一轮,梁荣轩把它重新倒转过来,开始了新一轮计时。

"司衍,你放松休息一会儿,尤其是大脑。你脑子里装的东西太多,试着让它休息一下……"

在梁荣轩低沉的嗓音下,傅司衍的眼皮变得越来越沉重,到最后,如同灌了铅一样,想抬起来都很费力。

但他的大脑还有意识,他听见有人开门走进来的脚步声。尽管那声音很微弱,但还是一下一下清晰地传进他的耳朵里,仿佛压着他的神经,傅司衍觉得大脑昏昏沉沉的。不过很快,他那点儿属于自我的意识也被梁荣轩的声音所取代。

"你的意识发生了变化,我能感受到,你已经没有之前那么抗拒了……"

傅司衍感觉到自己的**身体正穿透身下的座椅,掉进黑暗深渊中**,不断往下沉……最后落入深渊底部。有个声音引导着他。

"司衍,你现在在哪儿?"

"我不知道,这里很黑。"他茫然四顾,四周都是黑暗,没有方向,没有声音。

"别担心,你试着往前走,前面有扇门,有光从门后面透进来。你看见了吗?"

傅司衍按照他说的往前走,真的看见了一扇门。

"看见了，但是门被锁上了。"

"你摸摸你的口袋，钥匙应该就在里面。"

傅司衍将手伸进衣服口袋，但他什么都没摸到。

"没有钥匙，我没有钥匙。"门后面的光变得越来越微弱，光完全消失，门也会不见，他焦躁起来，"我没办法打开门，我没有钥匙！我没有钥匙！"

"你有，你有钥匙！"那声音坚定地告诉他，"司衍，你有钥匙，你想想看，你是不是把它放在了别的地方了？"

他慌乱地在自己身上摸索，摸过胸口时，忽然摸到一个金属物体，他在黑暗中用手确认它的轮廓和形状。

"我找到了，钥匙挂在我的身上。"他欣喜不已。

"很好，你用钥匙去开门。"

门后面的光已经很暗了，他尝试了几次都没办法把钥匙插进锁孔里。

"太迟了，太迟了，我开不了门。"

他的话音刚落，手里的钥匙突然消失了。他身后，传来小狗凄厉的叫声……傅司衍回过头，看见黑暗深处，缓缓升起猩红的血幕。有个人影，周身沐血，举起刀一步一个血印地朝他走近，每一步都清晰无比。

与此同时，狗吠声从四面八方涌来，越来越近，越来越刺耳……

傅司衍感受到前所未有的恐惧，躺在躺椅上的傅司衍身体忽然坐直了，脸色发白，无助地喊道："让我出去！让我出去！他来了！"

"谁来了？"

"放我出去！放我出去！"

"司衍，司衍不要紧张！"梁荣轩决定立刻结束这次催眠，"现在我数到三，你就醒过来，一、二、三！"

傅司衍猛地睁开眼睛，用力呼吸，面色苍白如纸，如同劫后余生。

"傅先生。"沈术递了杯水给他。

傅司衍看见他并不意外，接过水说了声："谢谢。"

沈术以梁荣轩助手的身份，参与他的治疗。

梁荣轩关切地问："没事吧？"

傅司衍摇摇头，他还沉浸在刚才的催眠里，没有力气多说话。

梁荣轩和沈术交换了一个眼神，默契地保持安静，等傅司衍恢复过来。过了好一会儿，傅司衍把空杯子放在旁边的矮几上，缓缓开口。

"我刚刚看见一扇打不开的门，听见狗叫声，还有一个浑身是血的人拿着刀朝我走过来，但我无路可逃。"

梁荣轩听完，心知这次催眠比以往任何一次都更接近他的深处潜意识。那扇门虽然依旧没能打开，但至少这次傅司衍找到了钥匙，他还首次提到了人。事情似乎在朝着好的方向发展。

"你知道那个人是谁吗？"

傅司衍摇头："'他'离得太远，就是个红色的影子，我什么都看不清。"

梁荣轩不再追问，弯下身拍了拍他的肩："这次催眠，效果很不错，辛苦了。我给你开点儿镇定神经的药，晚上睡前吃。"

傅司衍没说什么，脸上已经恢复了一点儿血色。

梁荣轩给他开了份药单，交给沈术。

"给司衍拿阿普唑仑片。"说完他转向傅司衍，"吃药的时候要忌酒。"

傅司衍点点头，等沈术把药取来，他又在梁荣轩办公室里休息了一会儿，起身走了。他还要回公司开会。

梁荣轩目送他走进电梯，回身关上办公室的门，不发一语反手一耳光抽在沈术的脸上。他这一巴掌来得突然，但沈术没有被打蒙，他知道自己为什么挨这一下。

"你以为你能在我眼皮子底下玩花样？"梁荣轩脸色铁青，几分钟前的温和已经荡然无存，"你把傅司衍当什么？你的试验品？这已经不是第一次了，你好大的胆子，敢在我给他催眠的时候给他催眠暗示，你想做什么？证明你比我强？"

沈术经常主动请缨，参与傅司衍的治疗。一开始梁荣轩对他的动机有点儿怀疑，但并没有多想。可是刚才，沈术在他给傅司衍催眠的时走了进来。梁荣轩从事心理学这一行几十年，最早学习的就是如何被催眠。沈术进来的时候，停进有序的脚步声和办公室里时钟摆动的节奏完全一致，这无疑是在治疗中途对傅司衍进行二次催眠。

梁荣轩气得发抖，吃了颗药才冷静下来。沈术缓步走过来，那张白得几近病态的脸上浮现出清晰的掌掴印。梁荣轩心里有些过意不去，脸色稍霁，语气也缓和了些。

"沈术，我再给你上一课，我们和其他医生没有什么不同。他们救治病人的身体，我们救治病人的心理，都是救死扶伤。做任何一行有上进心，想证明自己的能力没有错，但身为医生不能拿病人的身体胡来！"

沈术是他教出来的学生，梁荣轩自问对他的品行、能力都相当了解。他想这孩子可能是把傅司衍当成了职业生涯里的一座高峰，想通过治愈傅司衍来证明自己，所以才会一时走了歪路。

"那老师您，"沈术意味不明地笑了笑，隔着眼镜看向恩师，声音里暗藏讥讽，"又把傅司衍当什么？"

"你这是什么意思?"梁荣轩刚刚缓和的神色瞬间又沉了下去。

"梁翊,您的儿子,对外宣称八年前死于意外坠楼,但他其实是自杀对吧?"沈术弯下身拉开他办公桌最底层的抽屉,双眼专注地看着梁荣轩逐渐发白的脸色,不疾不徐地继续说道,"他和傅司衍一样,少年天才,患有孤独症,连长相也有几分相似。可惜您治疗过那么多人,却偏偏治不好自己的儿子,间接导致他自杀身亡。所以您把对儿子的感情,转移到了傅司衍的身上。一方面您希望能治好他,另一方面你又希望他的病永远都治不好,希望他能永远依赖你。"

沈术从抽屉里取出一个厚厚的文件夹,扔在办公桌上。

"啪——"不轻不重的一声,却让梁荣轩浑身发抖,嘴唇也不由自主地哆嗦起来,一句话都说不出。

"你拍这些照片的时候……"沈术翻开文件夹,里面贴满了照片,大部分都是双目紧闭正在治疗的傅司衍,其中还夹杂着几张梁翊的照片。

沈术沉下声追问:"究竟是把傅司衍当成梁翊,还是神经错乱地以为梁翊没死,他长大了就成了现在的傅司衍?"

移情效应具有逆向性,不仅是病人有可能对心理医生产生不正常的心理依赖,同样,心理医生也有可能陷入对病人的移情陷阱。梁荣轩能发现他对傅司衍进行二次催眠,同样作为心理医生的沈术,自然也能发现梁荣轩的异常。

"你给我闭嘴!"

梁荣轩恼羞成怒,彻底失态了。他忘了人在情绪激动的情况下容易被催眠,哪怕自己是催眠师也不例外。

"说不定小翊到死的那一刻都恨着你,你妻子也是,他们都不会原谅你。"沈术在他的映衬下显得越发平静,"如果傅司衍知道这些,你说他会不会也恨你?不,恨这种情绪太浓烈了,你对他而言,不过是个心理医生而已,一个不行,他可以换另一个。"

"你……"梁荣轩用发抖的手指着他,却说不出一句完整的话,只觉得眼前这个跟了自己多年的学生,此刻变得无比陌生。

"老师,我知道错了。"沈术突然变了语气,"是我太急于求成,想在您面前证明自己。但请您无论如何再给我一个机会,我们都需要傅司衍不是吗?"

沈术凑近他,神情慢慢地变得谦卑起来,但低沉的嗓音却带着蛊惑,不停地往梁荣轩的大脑深处钻。

"您是我的老师,是我最尊敬的人,我会全力配合、支持您所做的一切。也希望老师能给我练习的机会。"

他将桌上摊开的文件夹重新合上,青筋隐现的手搭在上面,居高临下地看着梁荣轩,等着他的回答。

墙上的摆钟仍然在安静地摆动,压力在沉默中一秒一秒积累,梁荣轩脑子里的那根紧绷的理智弦终于"啪嗒"一声,断了……

这个经验丰富,获誉无数的心理医生仰头看着自己的学生,用一种弱者臣服的姿态,低声问道:"你想怎么做?"

李之然每次来医院都觉得进了一栋浸泡在消毒水里的大房子,浑身上下都不自在。好在取体检单不需要多久。她朝身穿白大褂,看上去很有资历的老医生道了声谢,还没来得及看清单子上的东西,医生就语气凝重地开了口。

"夏侯是你什么人?"

李之然张了张嘴,一时竟找不到合适的词来形容她跟夏侯之间的关系,说是继父太亲近,说是叔叔,除了年纪,他又是她哪门子的叔叔?

医生时间宝贵,也不等她回答,继续说道:"你最好让他尽快找时间再来趟医院,做个生化全项和内镜检查。"

李之然不由得紧张起来:"医生,他身体有什么问题吗?"

"体检只做了血常规检查,还不能确诊……"医生扶了下眼镜,他做这一行多年,见多了患病或即将被疾病折磨的可怜人,以至于他脸上浮现出的同情都带着几分公事公办的麻木,"不过我希望你们家属能提前做好准备,病人很有可能患有结肠癌,但发现得还算早,只要及时治疗,应该不会出现什么不可挽回的后果。"

这个消息来得太突然,将李之然打了个措手不及。但她隐隐觉得有几分庆幸,幸亏来的是自己,如果是江秀珍——那个骨子里极为软弱的女人,光听到"癌"这个字,恐怕就已经被吓得六神无主直掉眼泪了。

她对医生说了声"谢谢",走出诊室。等在走廊外的病人立刻起身进去,接替了她的空位。

李之然望着医院走廊里一张张陌生的面孔,恍惚觉得来医院听医生"宣判"结果,就跟赌徒等彩票开奖一样让人惶惶不安。她给江秀珍打了个电话,说自己已经拿到体检单,晚上送过去。

"你夏叔叔身体没事吧?"江秀珍小心翼翼地问。

这回医生的审判权已经转移到李之然的手上,但她不想在电话里宣布,现在这个时间家里应该只有江秀珍和小凯两个人,一个半大的孩子给不了她软弱的母亲依靠和安慰。

"别担心,具体的等我晚上过去再说。妈,我要忙去了。"

"噢,好,那你先忙,晚上早点儿过来,妈给你做你最喜欢的糖醋排骨。"

"好,那我挂电话了。"

"诶。"

中午的太阳毒辣晒人，李之然顶着炎炎烈日走回家。本想趴在床上再睡一会儿，可脑子里就跟装了个闹钟似的，吵得厉害，无论如何也睡不着。她索性爬起来，盘算了一下自己的全部身家，接着，发出一声告别式的叹息。

她带上一本老旧的存折和自己的工资卡去了银行。存折里有十万，是她亲生父亲离开这座城市前留给她的最后的东西。虽然是俗不可耐的钱，但李之然也当圣洁的宝贝珍藏着。即使在日子最难熬的时候，她也没碰过。

工资卡里是她这几年的全部积蓄，总共五万多点儿，李之然转了三万进存折，剩下的两万，留给自己生活。傍晚，李之然带着夏侯的体检报告出现在江秀珍家门口，大门没关紧，不知是特地给她留的，还是小凯放学回来粗心大意忘了关门。

夏侯早已下班回家，坐在沙发上看电视。电视里，主持人在自我催眠后，兴奋地给观众推荐他自己都不相信的发家致富渠道。

江秀珍听见李之然进门的动静，从厨房里出来。

"然然来了啊。"她有些忐忑。

夏侯也抬起头，他和李之然目光交汇了一瞬。凭借着成年人之间的某种特殊默契，他读懂了她沉默里蕴藏的信息。

"小凯！"他叫在饭桌上写作业的儿子，"你回房间写作业去！"

"小凯留下吧。"李之然第一次在这个家里持反对意见，她眼神复杂地看着夏侯，"小凯也差不多算半个大人了。"

说完李之然淡淡地笑了一下，继续说道："我从家里搬出去自己住的时候，比他还小一点儿呢。"

她是嫉妒的，对小凯拥有的一切，她都是嫉妒的。但她从不曾表露，她努力让自己不要去想这些，但她终归是个人，不是神。

客厅里没人说话，安静得令人不舒服。小凯自然不会听李之然的,他站起来收拾东西,直到被他爸叫停。

"别动了。"不大的一声,却很有一家之主的分量。

客厅里三双眼睛盯着李之然,李之然能感觉到江秀珍连目光都在颤抖,而她成了最冷静的那一个。

李之然从包里取出夏侯的体检报告,顺便将医生的话简单地转述了一遍。

"夏叔叔,医生让你再去医院做两项检查确诊。就算确诊是结肠癌也没关系,现在发现得早,只要及时治疗还是有痊愈的可能的。"

她话说得很快,但还是赶不及江秀珍被这么大的消息打出眩晕感的速度。李之然眼疾手快地扶她坐下,让小凯去给她倒杯水。那个住在象牙塔里刚步入青春期的男孩被"癌"这个字吓住了,整个人待在一种不知所措的沉默里。李之然只好自己去厨房倒了杯水给江秀珍。

家里最镇定的除了她,就只有当事人夏侯了。

"等我有空了,再去医院看看吧。"沉默了两分钟后,这个男人终于说话了。

"什么叫等你有空了?"江秀珍跳起来,嗓音尖锐得吓人,"你明天就给我去检查!"

这一刻,面目扭曲的江秀珍在李之然眼里变得很陌生。在她的印象里,江秀珍一直都是柔柔弱弱的,从来不会闹出什么大动静。

夏侯不吭声,摸出口袋里的烟想抽。江秀珍扑上去一把抢走了他的烟盒。

"我说话你听见没有?"她以一种逼问的口吻对丈夫穷追不舍。

"哪有那么多钱治啊?小凯上学不要钱啊?每个月还房贷不要钱啊?"男人终于不耐烦起来。

小凯突然"哇"的一声哭了出来。

"爸,我……我不上学了!我去打工赚钱给你治病。"

抽抽搭搭的哭腔让他的声音听起来软弱无力。

夏侯眼睛红了,却板起脸来骂他:"你爹这身体再养你二十年都没问题!你个小兔崽子要是再敢说不上学的话,老子打断你的腿!"

客厅就这样被分成了两个世界,一个世界正上演着一家三口的悲怆;另一个世界,李之然这个被淡忘的局外人静默旁观。

"妈。"她主动走进悲怆的中心。

李之然把在包里躺了许久的存折放到江秀珍手里:"这是我爸……"这个陌生的字眼刺得她喉咙有点儿难受,停顿片刻,继续说道,"他走之前给我留的,里面有十三万块钱,你先拿着给夏叔叔看病。"

江秀珍被那个红色的存折本压得抬不起头来。

"那你自己怎么办?"

李之然笑道:"我给自己留够用的了。"

江秀珍头又往下垂了一点儿,李之然看见她藏在黑发里细细密密的白发。她吸着鼻子,字一顿地呜咽着说:"然然,妈对不起你。"这几个字像是从她心尖上抠下来的,疼得江秀珍眼泪在眼眶里直打转。

李之然想起十四年前江秀珍把她送走的时候,也是这样满怀愧疚地在她面前低下头,但她说的是"然然,你要体谅妈妈"。

转眼,这句道歉已经迟到了十四年。十四年……太久了,久到连一句"对不起"有或者没有,她都已经不在意了。

"没事,妈,你明天陪夏叔叔去医院做检查吧。"

李之然把手轻轻地搭在她的肩膀上,那一刻,她忽然发觉自己正以一个宽恕者的姿态去原谅自己的母亲。意识到这一点时,她像被烫到一样,迅速收回手。

夏侯说:"行了,秀珍你去做饭吧,孩子们都饿了。"

他那么熟稔自然地说着"孩子们",李之然心里有些不是滋味。她觉得那十三万成了一场买卖。她独自生活了这么多年,不愿意用钱来换自己当这么一个"们"。

"不用准备我的,你们吃吧,我律所还有事,得马上过去一趟。"李之然边说边往门口走去。

"哎,吃个晚饭的时间都没有吗?"江秀珍想挽留她。

"不吃了,我今天真有事。"李之然已经走到了门外。

"那明天过来吃个饭吧。"这句话是夏侯说的。

李之然和江秀珍都意外地把目光转向他。

李之然先反应过来,笑了笑说:"明天我妈应该会很忙,我就不来添乱了,等下次有空我再过来。夏叔叔我走了,你注意身体。"

说完她转向江秀珍:"有事给我打电话。"

江秀珍低头去抹眼泪。

"然然……"

李之然温柔且用力地抱了她一下。她第一次发现,江秀珍原来这么瘦小,几乎被她整个裹进怀里。这个女人,当初狠心的是她,现在落泪的也是她,如此优柔寡断又矛盾重重。李之然轻轻地叹了口气。

"我走了啊,妈。"

说完,她松开手,头也不回地往巷子口走去。江秀珍在她身后喊了两句什么,她没听清。一直走出巷子,李之然才停下来。

回过头,昏黄的路灯给这条巷子蒙上了层老旧的气息,的确很旧了,毕竟,她已经在这里当了快十五年的客人。

李之然没有去律所,她沿着街边慢慢地走。前面有家烧烤夜市,刚刚开张,人不多。她找了个空位坐下,老板立刻来招呼。

"美女吃点儿什么?"

"两瓶啤酒,一碗炒面,一条烤鱼。"

"好咧,马上就来。"

李之然或许是饿过头了,香喷喷的烤鱼也没能激起她的食欲,但她还是酒菜一个不落地招呼进了自己胃里。刚刚没了十三万巨款,她本打算自个儿演绎一下悲伤,然而她还没来得及开始自怜自艾,一道兴奋的嗓音就先横插一杠,成功地破坏了气氛。

"老大!"

李之然有些郁闷地转过头,首先映入眼帘的是马路对面那辆骚包的跑车,然后才注意到站在车边的郑南书。车里面还有两个人,似乎是他的朋友,正兴致勃勃地朝她这边张望。

郑南书留意着往来的车流,迅速穿过马路跑到李之然跟前。

"老大,这么早就吃夜宵了?今天下午你怎么提莭走了?忙什么去了?怎么不叫上我?"

夺命连环问。

李之然真觉得自己是欠了这个小屁孩的,一天到晚阴魂不散地跟在她左右。

见李之然没有理他的意思,郑南书也不在意,转头朝他朋友挥手作别。

"你们先走吧!"

车里的人嘻嘻哈哈地大声骂了一句:"死南瓜,你就重色轻友吧!"

眼看跑车一溜烟地开走了,李之然有点儿头疼。

"你这是打算在我这蹭消夜啊?"

郑南书已经拉过凳子在她旁边坐下了,听了她的话,顿时有点儿无措,呆呆地说:"没……我请客。"

李之然顿时笑了,招呼老板:"老板,这里再加个鸡腿。"

说着她把另一罐没打开的啤酒扔给郑南书。

郑南书扯开拉环,喝了口继续之前的话题:"老大你下午干什么去了?"

李之然边吃边说:"和你没关系,别管我的事。"

她语气不重,但这样一句话用轻飘飘的语气说出来更显凉薄。郑南书明显愣了一下。

啤酒是刚从冰柜里拿出来的,外面结了层冰冷的水珠,手握上去,沁得他掌心发麻。郑南书安静了片刻,幽幽地说:"在你心里,我们所有人都是外人,谁都没资格过问你的事,连关心一下也不行对吗?"

李之然被他突来的一句话噎得说不出话来。平心而论,郑南书这话说得没错。李之然进律所好几年了,律所里的人虽然免不了有几个俗气市侩的,但大多数还是和气又良善的。可她除了见面和人热情打个招呼外,连半点儿业余时间都不肯匀出来交个朋友。办公时间就更不用说了,人家都奔着前途去,就她一个,养老院、民工堆、公益事务中心……几乎是哪儿没钱、没前途她就往哪儿钻。

大家都挺忙的,你和我一不志同道合,二不经常来往,那我自然也懒得搭理你。于是,除了王霸,李之然在律所其他人眼里几乎等同于空气一样的存在。

好不容易来了个死乞白赖跟着她的郑南书,她仍然是不领情的。

郑南书往喉咙里灌了一大口啤酒。他知道,李之然心里有条线,将她与身边所有人分开,哪怕离得再近,她也不允许有人越界。他竟然天真地以为,自己会是个例外。

"南瓜……"

李之然张了张嘴,想说什么,却被郑南书打断了。

"老大,"他露出一个温和无害的笑容,嗓子眼儿里却泛着苦涩,"你知道我为什么来这家律所吗?"郑南书目光沉沉地看向她,"因为你。"

"为什么?"

李之然还真有点儿意外,一抬眼,目光却穿过郑南书看见路旁停着一辆黑色越野车,从牌照到轮胎,没有一处不眼熟。李之然断定,那是王林的车,她曾经跟踪了这辆车整整一个星期,就算拆开来卖她都认得。

一个大腹便便的男人从车上下来,不是王林又是谁?

郑南书还沉浸在自己的世界里,满心悸动又郑重认真地跟她说起这场暗恋的源头:"两年前……"

李之然忽然一把扯住他的衣领将他拉到面前,用他的身体挡住王林的视线。

"别动。"她低声说。

他们两人挨得极近,郑南书能闻到她身上幽淡的清香,视线一垂,就看见李之然浓密纤细的睫毛、小巧微翘的鼻尖以及……色泽偏淡,花瓣一样的嘴唇。

他本能地吞了吞口水,觉得呼吸都快要停滞了,哪里还能再多说一个字。

李之然的视线一直跟着王林。王林是自己出来的,警惕地左右环顾了一番,才快步往前走。

"找零明天记得给我。"李之然从包里摸出唯一一张毛爷爷拍在桌上,目不转睛地盯着王林,起身跟上去。

"老大,你干吗去啊?"郑南书叫了声,李之然没回头,只抬起一只手用力朝下扇了两下,示意他闭嘴。

郑南书把钱塞给老板:"不用找了。"拔腿就跟了上去。

李之然见王林走进一条小巷,敲开一扇看上去普通的木门,和里面的人说了两句话后就进去了。门重新被关上,好像没人进出过一样。

李之然心里纳闷,四处看了看,这里看起来就像是一条普通的小巷子,周围也没什么人住……

"那是高级俱乐部的入口。"郑南书的声音冷不丁在她耳边响起,李之然吓了一跳。

"你真是属狗皮膏药的!"李之然有点儿无奈,接受了这块膏药,"那怎么进去啊?"

郑南书挺直了腰杆:"敲门啊。进这里基本靠刷脸,一般不让生人进,不过可以由熟客带人进去。"

郑南书见李之然看他的眼神不对,赶忙摆手解释:"我不常来这玩,不过我有个发小是这里的常客,他老是拖着我来……"

"想个办法带我进去。"

"进去也不是没办法。"郑南书上下扫了一遍她身上的T恤和西服长裤,"不过老大你得……稍微改变一下。"

李之然低头看了看自己。

"怎么改?"

郑南书回头望了眼巷子口,正好对面有家GUCCI专卖店。

"跟我来。"

五分钟后,李之然已经换上了一条价格五位数的修身连衣裙。

"这样可以吗?"她问,顺手把头上的发圈扯下来,微卷的墨色长发倾泻如瀑,衬得李之然五官明晰,眼波流转。

郑南书喉结滚动了一下，心跳如雷。他眼观鼻，鼻观口，口观心，强迫自己不要乱看乱想，以柳下惠的姿态一本正经地回答："可……可以了。"

他从钱包里拿出一张黑卡交给店员，眼睛都不眨一下地就刷掉了三万多。

李之然把衣服吊牌小心翼翼地取下来，连同小票一块收进包里，打算一会儿出来，就把吊牌重新安上去，拿回来退。她每一步都走得战战兢兢，生怕一个不小心就把这宝贝连衣裙给弄坏了，回头不让退货。

郑南书觉得好笑。

"老大，你浑身抽筋啊？"

李之然踹了他一脚："敲门去。"

郑南书说得没错，他搂着看起来一身金贵的李之然轻易地刷脸混了进去。

她低声问旁边的郑南书："怎么走？"

他们还维持着进门时暧昧的姿势，李之然说话时微微侧了下头，柔软的长发从郑南书的下巴上掠过，他觉得心都要从嗓子眼儿里跳出来了。

"咳……楼上。"

他们还没来得及上楼，李之然就听见王林的声音从楼上飘了下来。她忙拽着郑南书临时改变方向，背对着楼梯口往前走，从背影上看，就像一对正腻歪的年轻人。

王林自然没认出她，他压根不会想到李之然一个穷律师会出现在这种地方。

"那唐总，我们就说好了。"

被叫作唐总的男人笑道："那是当然，接下来的事就辛苦王老板了。"

"好说好说。"

李之然偷偷地摸出手机，打开摄像头远远地录下斜后方的王林，以及他旁边那个笑出一脸褶子的唐总。

过了几分钟，她收好手机，轻声对郑南书说："我们上去。"

王林丝毫未察觉十米开外，有人已经将他这场隐秘的会面拍了下来。

李之然和郑南书上到三楼，走进一间装修华丽的包间。透过窗户，她看见王林和那个被称作唐总的男人勾肩搭背地绕到一面琉璃照壁后，消失不见了。

难道那后面是出口？可王林进来不过十分钟，就要走？

郑南书知道她目光直勾勾盯着的是什么地方，他轻咳了两声，说："老大，那后面是……按摩休闲的地方。"

李之然好歹是个成年人，听他这么一说也就明白了。她清了清嗓子掩饰自己的尴尬，坐在旁边看刚才录下的视频。

郑南书凑上去眯起眼睛看了会视频里的人："王林见的这个人好像是……方亿地产的副总啊！"

"方亿地产的副总？"

"方亿是老牌地产公司了，他们和我家有业务往来。有一次我跟我爸和他们公司几个高管吃过饭，见过这个副总。当时这老头还想认我做他的干儿子呢，简直异想天开！"郑南书啐了口，"酒糟鼻眯眯眼还秃顶，就他那样能有我这么帅的儿子吗？"

李之然拍了一下他的头："严肃点儿。"

王林是个包工头，和地产商有往来很正常。李之然觉得自己今天大概是神经过敏了，瞎折腾一番混进这种地方，结果也没获得什么有用的信息。

李之然按了按太阳穴，心里感慨，自己今天一天什么都没干，净破财了，全然没注意到旁边的郑南书摸着下巴若有所思的神情。

"傅森地产恐怕要有麻烦了。"

李之然听到前面四个字，下意识地想到了傅司衍，不由坐直了身子。

"什么意思？"

郑南书虽然看起来不像个富二代，也没有一些公子哥儿的恶习，但毕竟家里富贵，即使没心思学那些东西，但平时还是会耳濡目染，对生意场上的事肯定比外面观望的"吃瓜群众"要了解得多。

"傅森地产走的是高端路线，推出的楼盘不是精品小区就是高级酒店，或者是和大公司合作修建商业大厦。而方亿不同，它一向以平价楼盘为主要业务，普通市民这块市场一直都是方亿的天下。不过貌似今年傅森打算和方亿抢市场，也要推出平价楼盘。"他一边思考一边说，"王林那人混混出身，你别看他上不了大台面，其实在黑白两道都挺吃得开的。方亿的人来拉拢他，我想多半是因为傅森。"

郑南书一严肃认真起来，身上那股无形的矜贵气质就显出来了，说的话可信度也提高了不少。他见李之然沉默着不说话，别扭地问道："你是不是担心傅司衍？"

李之然耸了耸肩，既没承认也没否认。

"我担心有什么用？"她起身说，"走啦，快冻死我了。"

这里冷气开得足，李之然身上的布料显然不够保暖。郑南书暗自懊悔自己今天出门没带件外套，不然现在就可以送温暖了。

离开小巷子，李之然替郑南书拦了辆计程车。

"你早点儿回家吧，今天谢谢啦。"

"那你呢?"

李之然看了眼时间:"我去等公交。"

"我送你吧,你自己回去不安全。"

"行啦,我自己有分寸。"李之然笑道,"难道你忘了我的外号?"

"我知道,最能打的女律师。"郑南书也笑了,眼里却闪过一丝异样的情绪。

两年前,李之然一个人对付三个小混混的事,在律师圈子里传得人尽皆知,至今还时不时地被拿出来做谈资。

"知道就好。"她潇洒地挥了挥手,转身打算去马路对面的服装店退衣服。

"老大!"郑南书叫住她。

"干吗?"

李之然回头,就见他一只手探出车窗,指尖挂着一个吊牌。李之然立刻翻包,衣服的吊牌和小票都不见了。她两眼一瞪:"你什么时候拿走的?快给我!"

"不给,这衣服是我送给老大的礼物,你就收着吧。"

"你活得不耐烦了是不是?"

李之然还没来得及抢回吊牌,郑南书已经吩咐司机把车开走了。

"郑南书!你……"李之然气得差点儿当街骂人,不过在最后一刻绷住了,她深吸口气,拨了拨头发,走向公交车站。心里琢磨着这衣服放网上去卖,估计卖不出原价了,差价只能自己补上,到时候再一块还给郑南书。

就在李之然心疼钱的时候,接到了傅司衍的电话。

"今天去医院拿体检报告了吗?"

他还记得这事。

"拿了。"

"情况怎么样?"

她如实地说:"不太好。"

"不太好是什么意思?"傅司衍不明白。

"就是……"她忽然有了倾诉的冲动,这个念头让李之然吓了一跳,猛地一下噤声了。

傅司衍没等来她后面的话,费解地追问:"就是什么?"

"也没什么……"

李之然有点儿别扭,转头留意开来的公交车,见不是她要坐的那趟就收回了视线,重新退回站台。她不习惯倾诉,更不会诉苦,过了好一会儿才继续说:"他好像得了癌症,可能需要一大笔医药费。"

"所以,你把自己的积蓄都给他了?"傅司衍猜到了结果。

"我哪有那么傻,肯定自己也留了点儿啊。"

傅司衍在那端沉默了一会儿,问:"那个夏叔叔,是你继父?"

李之然不喜欢继父这个称呼。

"就是我妈现在的丈夫而已。"

"你让他们打欠条了吗?"

"打了也没用,如果真的是癌,他们到时候肯定捉襟见肘,哪还得上啊?我暂时也没什么需要用钱的地方,那些钱放着也是放着,不如给他们救急。他们毕竟供我上了几年学,就当报答吧。"

她抿了抿发干的嘴唇,轻笑着继续说道:"那是我妈的家,那个家要是没了,她就什么都没了,之前那么多年的辛苦也就白费了。我还是希望她能幸福一点儿,这样的话,我当初就不算被白白抛弃。"

傅司衍没有吭声。

他本能地认为李之然这种行为很可笑,拿自己的钱去帮助一个甚至算不上是亲人的人,还很可能没有任何回报。

李之然见他不说话,摸不准他的想法,于是生硬地换了个话题。

"你在哪儿呢?"

"刚刚从公司出来,现在开车回家。"

"噢,我在等车。"

傅司衍淡淡地问:"你在哪里?"

但他很快发现自己的问话是多余的,他已经看到李之然的身影了,就在前面的公交车站。他把车靠过去,响了两声喇叭,成功地吸引了她的注意。

"你飞过来的啊?"李之然觉得不可思议,她还没告诉他具体位置呢。

傅司衍扫了眼她一身清凉的打扮。

"天有这么热吗?"

李之然有点儿不好意思,用包挡在身前。

"这衣服……说来话长。"

傅司衍将视线从她的身上移开:"上车,我送你回去。"

李之然已经看到自己等的公交车开过来了。

"没事,我等的车来了,你早点儿回去休息。"

傅司衍从后视镜里瞥了一眼后面那辆已经减速,准备靠站的公交车,拿起搭在副驾驶座上的西服外套,扔出窗外。

李之然下意识地接住。

"穿好。"傅司衍说完,松开手刹,驱车往前给公交车腾出停靠的地方。

李之然抱着宽大的西服外套愣了愣,边往身上套边跑上公交车。傅司衍身形修长高挑,他的外套穿在李之然的身上就变成长外套了,足够遮住大腿。

　　西服料子很透气,穿上并不觉得闷热。但李之然裹在里面,还是两颊发烫。她鬼使神差地低头闻了闻衣服上的味道,像是清冷的薄荷味,又夹杂着一点儿似有若无的尼古丁的气息,闻起来让人觉得莫名心安。就像他那个人一样,看起来冷淡不好接触,真正靠近了,却会觉得可靠甚至温暖。

8 可疑旧案

李之然快到家的时候,想了想,还是给傅司衍打了个电话,把今天碰见王林的事和他说了。

傅司衍在那边沉吟了一下,只说了句:"我知道了。"

至于这句话背后有什么含义,李之然就不得而知了。

傅司衍问她:"你到家了吗?"

李之然耸起肩膀夹住耳边的手机,一边和他讲电话,一边艰难地开门。

"到了,你呢?到家了吗?"

"刚到。"傅司衍缄默片刻,问她,"你现在破产了?"

话题又回到她白给钱不打欠条那件事上。在傅司衍这种有钱人面前,李之然觉得自己那点儿钱只能算是破费,实在不好意思称之为破产。

"严重了,我顶多就是从吃五块钱盒装拌面加瓶酸奶的水平,跌回到两块钱袋装方便面配瓶娃哈哈的生活。"意识到自己的生活质量即将发生跳崖式下跌,李之然颇为惆怅地感慨道,"由俭入奢易,由奢入俭难啊。"

她听到傅司衍在那边笑了一声，她觉得，那是嘲笑。李之然无所谓，傅司衍本来就笑得不多，嘲笑就嘲笑吧，好歹也让他笑了。

她说："你的衣服我帮你洗一下，下次见面再拿给尔。"

"嗯。"傅司衍对这件衣服的态度很随意，说，"我这个周末要出差，大概下周一回来，有事给我电话。"

"噢。"李之然心里暗想，自己大周末的能有什么事找他？

"对了，你药都按时吃了吧？"

"嗯。"

"感觉好点儿了吗？"

"我一直感觉挺好的。"

李之然忍不住数落道："你啊，非得等身体扛不住的时候才知道难受。"

她看时间不早了，叮嘱他早点儿休息。

"对了，你晚上睡前可以喝杯热牛奶，有助睡眠。"

"我有安眠药。"傅司衍淡淡地表示。

李之然牙尖嘴利了很多年，此时很想回一句，"你还有病呢"。但她忍住了，耐心地跟他说："是药三分毒，你不能老依赖药物入睡，弄点儿热牛奶喝完了躺床上，闭上眼睛什么都不要想……"

她说着说着，忽然觉得自己此刻就像个啰唆的老妈子，幡然醒悟的李之然最终言简意赅地总结了一句："总之你少吃点儿药就对了，晚安。"

说完，也不等对方反应，立刻掐断了通话。李之然放下手机，拍了拍自己的脸，摇头晃脑地往阳台上走，嘴里自言自语道："你怎么废话那么多？"

阳台上的那盆茉莉已经开花了。六月初，它开过一次早花，李之然把那些营养不良的小白花摘掉了，以免它们消耗养分。果然，第二期长出来的花又大又白。茉莉花香馥郁，一盆足够一室香薰。炎热的夏天一推开门，家里是沁人心脾的茉莉花香，想想就很舒服。

李之然把花移到了客厅。她脱下傅司衍的西服外套，整整齐齐地叠好搁在沙发上，心里想着，明天去见周寻逸的时候，顺便把这件看上去很金贵的西服送去干洗。

而后，她换下身上价格不菲的连衣裙，拍照上传到淘宝闲鱼，以八折的价格出售。她运气不错，没过两个小时就有人联系她想买这条裙子。李之然想到自己还得补上不少一笔钱，悠长地叹了口气，打算明天去律所揍郑南书一顿，来抒发穷人的怒火。

李之然和周寻逸约好周二晚上七点半，在晴天律所附近的一家咖啡馆见面。李之然提前二十分钟到，先把傅司衍的西服送去干洗，这才进了咖啡馆。没想到，周寻逸已经在里面等着她了。

李之然走过去，坐在他的对面。

"久等了。"她客客气气地说了句。

周寻逸说："我知道你会提早来。"

高中时她就这样，别的女生最多掐点到，只有她，无论是参加活动还是集体出行，都会提前十五分钟出现。她宁愿等别人，也不让别人等自己。

李之然没接他的话，跟服务生要了一杯西瓜汁。

周寻逸端起面前的卡布奇诺喝了一口。他不喜欢苦的东西，所以连咖啡喝的也是女孩子喜欢的口味。

周寻逸自嘲地笑道："为了这次见面，我不知道等了多久。"

李之然听着他的声音，有一瞬间走神。高中时，周寻逸是班上的学习委员兼英语课代表，每个晨读都会领着大家念英语，他起头一句,大家跟着念。那时候她很喜欢听他念书的声音。

这么多年过去了,他的嗓音比少年时低沉了一些,褪去了男生的稚气,多了几分男人的磁性。但在她听来,已经毫无感觉了。

她抬起头看着他说:"我们谈正事吧。"

他们之间不过几十厘米的距离,却被她硬生生分地成了两个世界。周寻逸似有若无地叹了口气,平静地开口。

"你应该也听说过吧?我三年前负责的那件案子。那时吴斌还因为在法院闹事被关了几个月。"周寻逸想起当年的案子,不太愉快地皱了下眉,"他要是能冷静一点儿,当年的离婚官司也不会输得那么惨,最后连儿子的面都见不着。"

李之然费力地回忆,终于在记忆里找到一点儿有关三年前那起离婚案的痕迹,再仔细回想,勉强记起一个大概。

三年前,周寻逸接了一起离婚官司。这年头离婚率高居不下,离婚官司本来也很寻常,不寻常的是那对当事人,他们都认为对方患有精神病。最后,夫妻双方都去鉴定机构做了精神鉴定。结果出来令人吃惊,外人认为有病的妻子反而被证明是正常的,而看起来正常的丈夫,却被怀疑患有精神疾病。

官司的最终结果自然不言而喻,孩子被判给了正常的妻子。同时,妻子以担心丈夫会伤害孩子为由,向法院申请剥夺丈夫探视孩子的权利。院方考虑到孩子的安全问题,最终同意了她的申请。

这个案子当时在圈内还是挺轰动的,不过那时李之然在外地出差,只在回来后听同事谈起过。而且知道男方的代理律师是周寻逸后,她就没有进一步了解案情的兴趣了。

"为什么说他能冷静一点儿,就不会输得那么惨?他不是被诊断出有精神病吗?"

"只要你和吴斌相处过就会知道,对于成年人来说,他单纯得有点儿傻气。性格耿直，倔起来像头牛。就是这样一个人，顶破天也说不上坏，精神病之说根本是无稽之谈。"

"那不是专业医生鉴定出来的结果吗？"

"我觉得他没有。和他打交道也有几年了，我更加坚信这一点，倒是他老婆……"周寻逸维持着风度，没把后面的话说出口，转而幽幽地叹道，"当时吴斌在庭上太失态了，算是自己给自己挖了个坑。"

周寻逸端起咖啡喝了一口，好奇地看向李之然："你为什么突然对吴斌感兴趣？噢，不对，你好像对他那个走丢的儿子更感兴趣。"

李之然不答反问："你为什么怀疑他的儿子走丢了？"

"吴斌和他老婆苏妍离婚后不久，我在街上碰见过那个女人两次。第一次她像是神经错乱了一样，在大街上抓住人就问'你见过我儿子吗？'我过去想问问她究竟出了什么事，但她一见我就跑了。第二次碰见她，是在一家心理诊所门口。那时苏妍看起来非常正常，我问她儿子找到了吗？她没理我，直接走了。"

李之然从头到尾都喝着饮料安静地听他说，等他说完，她饮料也喝完了。李之然放下杯子问了句："这事你告诉吴斌了吗？"

"没有，他离婚后受了很大的打击，精神方面很脆弱。如果不是确凿的事，我不敢和他说。"周寻逸说，"你还没有回答我的问题呢，为什么突然对这件事感兴趣？"

李之然沉默了一会儿，才慎重地说道："三年前，某聋哑学校的校长在校门口捡到了一个聋哑小男孩，给他取了个名字叫小野，今年应该有七八岁了。"

周寻逸吃了一惊："吴斌的儿子今年正好七岁。"

"如果小野就是苏妍的儿子，那苏妍当年为什么不报警？她那场官司那么轰动，她报警寻人的话，肯定会引来很多关注。"

"鬼知道那个女人打的什么主意？"周寻逸问，"你方便带我去聋哑学校看看那个小孩吗？"

李之然没答应，只从包里拿出纸笔写下地址递给他。

"你有空的话，自己过去就可以了。这是地址和王校长的电话，你到了找她就行。"

周寻逸接过那张薄薄的纸，苦笑道："你就这么不想和我待在一块？"

"你想多了。"李之然神色愈发平静。

"我想多了？这几年你明里暗里地躲了我多少次？"他深深地看着她，"李之然，你好歹给我一个道歉的机会，你不能……"

"我原谅。"她轻声打断他的话，甚至还抬起头真诚地对他笑了一下，但那双眼睛里却毫无波澜。

一如十七岁时的李之然，她每天都笑，可那张灿烂的笑脸在他看来却像一张虚伪的面具。周寻逸沉默地看了她好一会儿，少年时期经历过的苦与乐轻易地被她这张脸勾起，他内心一阵痛苦纠结。而这些，李之然透过他的眼睛，感同身受。

"周寻逸。"她望着他，从眼前这个男人的脸上仍然可以找到他年少时的痕迹。她一字一句地对他说，"我真的没有恨你，而且都已经过去那么久了，就算我当时讨厌过你，那也都是过去的事了。我只是，没办法对我自己释怀。"

她的声音渐渐地低了下去，神情有几分落寞："你让我又一次觉得，无论怎样，我都会成为被放弃的那一个。"

"我……"周寻逸有点儿心疼，张开嘴，却发现自己根本不知道接下来该说什么。他一向是能言善辩、舌灿莲花的人，这回却口拙到失言。

李之然说："你不用再纠结过去。从头到尾，我耿耿于怀的都与你无关，那是我自己的问题。"

可疑旧案 | 193

周寻逸无奈又心酸地笑了笑。

"你总是这样,什么都是你自己的事。"

当年他抱着篮球在操场上磨磨蹭蹭,一直等到她锁了教室门从楼上下来,鼓起勇气摆出一副若无其事的样子,走过去对她说:"你才搞完卫生啊?顺路一起走啊。"

可那个纤细的十七岁女孩却像只受了惊的兔子,慌慌张张地摇头。

"不……不了,我自己回去就好,我们不顺路。"

"你怎么知道我们不顺路?就算不顺路……"他耳根隐隐发烫,不敢去看她的眼睛,只心不在焉地望着远处夕阳继续说,"我就当次护花使者,送送你呗,反正我也不着急回家。对了,你家住哪儿啊?"

女生的脸一下就红了,她憋了半天,憋出一句:"不用……我自己可以。"

说完转身跑了。

周寻逸至今还记得那天的夕阳,和她在夕阳下惊慌跑开的样子。那时的他又怎会知道,自己已经触碰了李之然秘密的一角。

"你还有当年那起离婚案的资料吗?"李之然的声音把他从回忆里拉了出来。

周寻逸也不太确定,但她好不容易有拜托他的事,他不想让她失望。

于是他点了点头:"应该还在。"

"现在能给我吗?"李之然松了口气。

"可以。"周寻逸起身到一旁打了个电话,简单地说了两句后挂断了。他直接去柜台结账,在那等李之然收拾好东西走到他面前,才和她一起往外走。

"资料我明天拿给你。"

"不用麻烦,你到时给我个消息,我自己过去拿就好。"

周寻逸知道她的性格,也就不多说什么。他也清楚李之然不会让他送她回家,所以他陪她走到车站,再独自回来取车。他没有立刻把车开走,而是坐在车里静静地看着远处公交车站那道纤细的身影。

李之然是他少年时喜欢的第一个女生,也是让他深感歉疚的人。他没想到工作以后,还能和李之然重逢。当时他们分别是原告和被告的代理律师,虽然处于对立方,但能遇上李之然,周寻逸依然很高兴,以为是上天给他机会弥补少年时意气用事犯下的错。

但李之然没有给他这个机会,公事办完,她就把他当成了陌路人。他知道她心里不能释怀,他对自己说没关系,一边继续自己的生活,一边满怀希望地等机会。如果能帮上她,最好;如果不能,那就顺其自然。

谁的人生里还没有一点儿不能弥补的遗憾呢?他不是圣人,对自己的生活没有苛求,但如果能做点儿什么让他的良心更好过一点儿,他愿意去做。所以这次机会送上门,周寻逸决定好好把握。

周寻逸回律所翻箱倒柜地找了好久,没找着想要的资料,又急急忙忙地跑回家去找,最后终于从书房的抽屉里翻出三年前那起离婚官司的相关资料。他把文件上的灰拍干净,又用纸巾反复地擦了两遍后,装在一个小型收纳箱里,拍了张照片发给李之然,问她明天什么时候有空过来。

很快他就收到回复:"中午下班。"

李之然放下手机,轻轻揉着太阳穴,揉了一会儿,忽然想起一个被忽略的细节,于是又发了条短信给周寻逸。

"你还记得你是在哪家心理诊所碰见苏妍的吗?"

几分钟后,她收到周寻逸的回复。

"记得,明心心理诊所。"

李之然看见这个名字,身体不由自主地颤了一下,忍不住向他确认。

"你确定吗?"

"沙市规模那么大的心理诊所不多,我记得很清楚。"周寻逸很肯定。

李之然隐隐觉得这件事的每条线索似乎都和自己有着千丝万缕的联系。接着她想到了傅司衍。小野、心理诊所甚至包括她自己,哪一个和傅司衍没有关系?

李之然感觉一阵凉意从尾椎骨升起,沿着脊椎一寸一寸地往上爬,最后,整块头皮都隐隐发麻。

她想到赵志强,还有中途放弃打官司的民工,他们都曾碰到过一个神秘人……李之然不由得想,她和傅司衍的再次相遇,真的仅仅是缘分吗?

傅司衍合上电脑,已经是晚上十点。九点时他让何岩先下班回家了,现在整栋大厦除了夜间执勤的保安外,基本已没其他人。

傅司衍从公司开车出来,在马路上畅行无阻。他没想到会在这个时候再次遇见那个女人。那个曾经在心理诊所遇见过的,看上去有几分神经质的女人,正抱着一只小狗站在马路边朝他挥手,最后还走到马路中间,正面迎接他的车。

本打算无视她直接开过去的傅司衍不得不停下来,按了声喇叭。女人走到他的车边,矮下身透过车窗朝他微微一笑。

"能顺路载我一程吗?我家就在前面。"

她怀里的狗也配合着叫了两声,那是只刚出生不久的小奶狗,叫不出什么气势，听起来更像是在撒娇。

傅司衍不知道自己为什么没有一脚油门滑走，反而一反常态地解开车锁让那个女人上了车。

"到红星街口停车就可以了。"女人上车后只说了一句话。

傅司衍透过车内后视镜看了女人一眼。那张脸太寡淡了，五官像是用最细的毛笔浅浅勾勒上去的，只除了嘴唇。小巧精致的唇用妖冶的鲜红色填满了，仿佛刚刚吸过血，此刻正一张一合地哼着歌，像是把怀里的小奶狗当成刚出生的婴儿哄着。

车里太静了，她哼的断断续续的调子，就像根要断不断的线，缠绕在傅司衍耳边。是首童谣，哪怕没听过的人也能根据女人哼的调子判断出来。在童谣里，它的调子算低沉的，但也可能是女人本身声线的缘故，把它哼成了绵密的柳絮。如果换成小孩子来唱，应该会干净清脆很多。

傅司衍意识到自己脑子里莫名其妙的想法后，觉得有点儿可笑，他干吗要为一首再普通不过的童谣纠结？

车很快开到了红星街口，他刚停稳，那女人一只手已经推开了车门。

"谢谢傅先生。"

她知道他是谁，傅司衍没说话。

女人一只脚踩地，上半身已经矮下去准备钻出车门了，却不知突然想起了什么，头微微一侧，转向前排的傅司衍。

"对了，还没自我介绍，我叫苏妍。"

傅司衍对她叫什么兴趣不大，压根没搭理。苏妍也识趣，下车走了。

二十分钟后，傅司衍回到家，把门窗锁好，仔细检查了三遍后，才走进房间准备休息。

照例吃了两片安眠的药,傅司衍到床上躺下。这一晚,他出乎意料地很快进入睡眠状态。但梦魇,也随之来袭。

这一次,在满耳凄厉的狗叫声中,他听见一个稚嫩的嗓音,童真且干净,哼着歌……**渐渐地**,小狗恐惧的狂吠似乎被那童谣抚平,逐渐归于安静,取而代之的,是那绵延不断的歌声。

好熟悉。睡梦中的傅司衍眉心紧锁,一滴泪缓缓地从眼角流下,滑进鬓发里……

惊醒时,窗外还是**深沉的夜**。傅司衍看了眼时间,凌晨四点,除了他,周围的一切都还在沉睡。他闭上眼睛试图再睡一会儿,但梦里的童声仿佛就在他的耳边响起,轻柔无害且稚气的声音让他突然一阵心悸。

他手捂着胸口坐起来,不知为何觉得呼吸异常困难,仿佛肺里有个洞,气息有进无出。大脑好像也因为缺氧眩晕起来,他抓到旁边的手机,本能地按下一串号码。

李之然在深更半夜被一阵突来的手机铃声惊醒。她迷迷糊糊地将眼皮撑开一条缝,伸手把扔在床边的手机取过来,又揉了揉眼睛,看清了来电人的名字,"傅司衍"三个字让她一片混沌的脑袋瞬间清醒了不少。

她强打起精神来接听电话。

"怎么啦?"

傅司衍深重的呼吸声撞进她耳朵:"然然……"

李之然一紧张,人彻底精神起来。

"你怎么了?出什么事了?"

听见她的声音,傅司衍心里的不适散了些。他靠在床头,脑袋里的晕眩感还是挥之不去。

"没事。我做了噩梦不太舒服。"他有点儿抱歉,"我本来想打给何岩的,不知为什么拨出去却是你的号码。"

"啊……打给我也没关系的。"李之然抓了抓头发,听他的声音有点儿虚,不免担心,"没事吧?梦见什么了?"

"还好。"

傅司衍平复着呼吸,和她说起自己那个梦,以及昨晚回来时碰见的那个奇怪女人。

"她下车的时候还告诉我她的名字,叫……苏妍。"

"苏妍?"李之然觉得这名字耳熟,细一琢磨,一下从床上跳了起来,"苏妍!"

傅司衍把手机从耳边挪开,揉了揉耳朵,有点儿无奈。

"你声音可以再大点儿,隔壁邻居好像没听清。"

李之然缩了缩脖子,对自己失控的音波袭击也有点儿不好意思。她把从周寻逸那里了解到的情况和傅司衍说了一遍。

傅司衍在大脑一片混乱的情况下听完了她说的事,做出总结。

"你是说小野很可能是吴斌的儿子,而他妈妈很有可能就是我今天碰见的怪女人?"

"你这么理解也可以。"李之然说。

电话那头突然没了声音,过了一会儿,李之然听见听筒里传来一阵窸窣的响动。

她禁不住叫了声:"傅司衍?"

"嗯。"

"你在干吗?"

"口渴,下床倒杯水喝。"

"噢。"李之然发现自己也有点儿渴,于是翻身下床去找水喝。

傅司衍喝了杯水,感觉好了许多,转身走到阳台上吹了吹清爽的晨风。远处天边已经泛起了鱼肚白。

李之然在这边也从客厅走到阳台,她听见傅司衍的声音在耳边轻轻响起。

"我见过很多次天亮,但从没静下心来观赏过一次日出。"

李之然迎着晨风微笑着道:"那就今天吧,我陪你看日出。"

两个人,就这样在一座城市不同的阳台上,静静地望着同一片天空,很长时间都没有人说话。

"接下来,你打算怎么做?"傅司衍开口打破了这份宁静。

他的声音轻且凉,李之然几乎错觉那声音不是从手机里传来的,而是被晨风送到她耳边的。她知道他问的是什么。

"先调查一下,看看苏妍和吴斌究竟是不是小野的父母。"

"确定之后呢?"

"确定之后,再弄清楚当初小野走丢时苏妍不报警背后的原因,还有吴斌的实际精神状况……三年前他们那场离婚案也要查清楚来龙去脉。周寻逸说那个案子挺奇怪的。"李之然低声说,"如果苏妍没资格做一个妈妈,而小野也不愿意回到她身边的话,我是不会把孩子交给她的。"

李之然把自己的大部分积蓄拿去给别人治病,现在都自身难保了,还要花时间和精力去管这些和她八竿子打不着的人和事,傅司衍真觉得难以理解。

"我不知道你哪来那么多的热情做这些事,你觉得这对你的人生和未来有什么帮助吗?"

人生和未来这两个词对李之然来说都太沉重了。她沉思了很久才说:"我以前有一段时间过得很压抑。虽然每天都在笑,但是一点儿都不开心,笑对我来说,就是一张面具而已,真正的我畏畏缩缩地躲在面具背后不敢见人。我那时候羡慕所有人,除了我自己。"

身边的人好像都活得挺好，都能轻而易举地找到快乐。唯独她，独自走在一片荆棘地里，有时去追逐蝴蝶，有时只能羡慕落叶。更多的时候，看着两脚鲜血痛苦难当。

"我尝试过去靠近他们的'快乐'，但后来发现，我在自己身上得不到的东西，就算从别人那里得到了，也会很快失去。想通了这点以后，我就不再把希望寄托在别人的身上，而是从自己的身上挖掘我想要的东西。"她说，"你觉得那些不可理喻的事，我做的时候，能感到幸福和满足。"

傅司衍安静地听着，明白了她话里更深层的，可能连她自己都不清楚的含义。她以为的自给自足的幸福，其实也不过是在别人的幸福圆满后，遗落出来的一点儿残渣而已。

大概熬过深夜的人，在天亮时都容易感性。傅司衍忽然觉得李之然很可怜，在这之前，他从未对任何人，包括他自己有过这样的情绪，他察觉到自己内心深处忽然莫名泛起的柔软。

"看见了吗？日出了！"下一秒，李之然欣喜的声音撞进他的耳朵里。

傅司衍视线一抬，看见东方地平线上泛着红光，那个耀眼的"红色大橘子"正一点点地升上来，很快，霞光万道，他身上、脸上都布满了微热的阳光。

"哇，太漂亮了！日出和日落一样美。"电话那端的姑娘声如银铃般赞叹着。

日出和日落正如故事的开头和结尾。故事的开头，他们相遇；故事的结尾，他们重逢。这中间的过程，似乎变得没那么重要了。

傅司衍微微侧目，仿佛能看见李之然站在自家阳台上赞叹不已的模样。如果此刻他们并肩站在一起，她或许会转头朝他眉眼弯弯地笑。那样的笑容，远比这日出更让他惊艳。

他对着电话里的人说:"然然,等我出差回来,我们真正站在一起看一场日落吧。"

或许是阳光晒得人太舒服,李之然觉得自己两颊有点儿发烫,拂面的凉风也成了助势的,把她脸上那股子热劲儿一直吹到了心底。

"好啊。"

她一只手捧着脸,丝毫不知自己的笑颜在阳光下灿烂如花。

傅司衍在去上班的路上给梁荣轩打了个电话,把自己昨晚噩梦里的情况和他说了一遍。梁荣轩思考之后,沉声问:"你什么时候有时间到我这来一趟?"

"我最近几天要出差,没其他事的话下周回来,到时候我再过去。"

"好,你记得带上药。"

"嗯。"傅司衍淡声应了,向他打听起一个人,"沈术那里是不是有个叫苏妍的病人?她是什么情况?"

"司衍你应该知道,病人的情况,我不可能告诉你。"梁荣轩有些为难。

"那就算了。"

这世上没有不透风的墙,何况生活在现代社会的人,怎么可能不留下痕迹。梁荣轩不说也无所谓,他另外找人打听就是了。傅司衍放下手机。

何岩从后视镜里觑着他的脸色,虽然没看出什么端倪,但仍不免担心:"傅总,你还好吗?"

"嗯。"傅司衍转头看着窗外,嘴角微扬,淡淡说了句,"今天天气不错。"

他居然会夸赞天气，何岩着实有些意外，配合地点头。

"是啊。"

"何岩。"傅司衍饶有兴趣地问他，"你看过日出吗？"

何岩跟在傅司衍身边十多年了，这位心里只有工作的董事长主动找他闲聊的次数一只手都能数得过来，在这样的"历史"背景下，我们的何助理很自然地想偏了。

"莫非有只新股叫'日出'？或者是哪本经济学著作起了这么个文艺名？难道他在说莫奈的画？可他最喜欢的画家是亨利·马蒂斯啊！"何岩在心里默默地说了一遍，又经过一番慎重地思考后，选择了个保守地回答："这个，我不太清楚。"

"那你有时间应该早起看看日出。"

何岩有种被雷劈的感觉："你说的是天上那个'日出'？"

"不然呢？"傅司衍莫名其妙，然后他甚为满意地说，"今天然然陪我看了一次日出。"

何岩觉得，遇见李之然之后的傅司衍比之前难理解多了。

"王林和方亿那事调查得怎么样了？"傅司衍转换了话题。

"我找了几个靠得住的私家侦探调查，另外私下里也已经找人去和唐毅的司机接触了，很快就能有消息。"

傅司衍合上眼睛，说："周一我要拿到想要的资料。"

他语气淡淡的，却带着股无形的压迫感。何岩嘴上应下来，心里暗想，得叫那些人加快速度了。

李之然上午接到派出所民警小张打来的电话，告知娟娟的验伤结果已经出来了，伤重程度足够对她妈妈英子提起公诉。

"那娟娟呢？接下来你们打算怎么安置她？"

"先找找她爸，找不到的话找其他直系亲属，如果都找不到就送到福利院去。"

英子的身份已经查清楚了,是红灯区专门拉皮条的,她亲哥哥在那个地方做龟公。她私生活混乱,自己都说不清娟娟的父亲究竟是谁。

"孩子的外婆昨天下午倒是来了,和她女儿简直是一个模子里刻出来的,娟娟一见她就哭。"小张气愤地说道,"那个老太太看样子就不愿意带孩子,她借口上厕所,偷偷跑了。"

李之然觉得这算是个好消息。直系亲属没有能力抚养或弃养孩子,那她就可以想办法把孩子送去福利院,比起留在蛇鼠窝,福利院对娟娟来说或许是更好的去处。

李之然在心里暗自盘算,把娟娟送去福利院安顿好后,她再和院方商量,看能不能让娟娟在聋哑学校寄宿上学。至于学费和住宿费……她想自己可以加把劲儿多赚点儿钱,应该够供孩子上一段时间学,无论如何都得想办法让娟娟学会读书写字。

中午下班,李之然赶去周寻逸家。

"全都在这儿了。"周寻逸早已经把东西准备好,就等她来拿了。他弯腰抱起脚边的收纳箱,说:"我昨晚整理出来的。"

李之然伸手去接,真诚地说了句:"谢谢你了。"

"应该是我谢谢你,愿意让我帮你一次。"

李之然看了他一眼,他心底的内疚和惶惶不安她很清楚,可她要怎么回应?她抱着箱子走到门口,犹豫了几秒钟之后,还是转过身。

"周寻逸,当年的事,我们都翻篇吧。我现在过得挺好的,你也忘了吧。我说过我已经原谅你了。"她朝他笑笑,说,"我是认真的。"

周寻逸盯着她看了一会儿,也不知是信了还是没信,启唇一笑。

"我希望你能一直这样发自内心地笑。"他由衷地说,"以后如果再碰到我这样的混蛋,就狠狠揍一顿吧。但我更希望有个人能站出来保护你,替你出拳头。"

他顿了顿,换了轻松的口吻:"当然了,如果那个人没出现,我很愿意代劳。"

李之然豪爽地笑道:"不用了。别的不敢说,但武力值这方面,我还没让自己失望过。"

周寻逸从她怀里重新把箱子捞了回去。

"既然这样,就请你节约点儿你的武力值,等到关键时刻再用,搬东西这点儿小事就让我来吧。"

他神情和语气都很放松,像是和老友开玩笑,但眼睛却小心翼翼地看着李之然的反应。他的示好被她拒绝过太多次,以至于他心理都有阴影了。这回,或许是因为他帮了她很大的忙,或许是因为其他什么原因,李之然没再让他碰钉子。

"走着!"

她伸手在周寻逸抱着的盒子上用力一拍。盒盖上的积灰周寻逸忘擦了,李之然这一掌下去,一阵细密的灰尘顿时扬起,周寻逸瞬间打了个大喷嚏。

"这什么仇什么怨?"他无奈又好笑地嘟囔了一句。

开车送李之然回到律所,车还没停稳,郑南书已经眼尖地留意到外面的情况,边叫着"老大"边飞快地往外跑。

周寻逸看着那愣头愣脑的小年轻笑了,揶揄道:"你的护花使者来了,我这头恶龙该走了。"

李之然没接他的话,抱着盒子下车时才转头朝他笑笑:"今天谢谢你了。"

"老大!"

郑南书冲到李之然面前时,周寻逸的车已经开走了。

"老大,那谁啊?"

"周寻逸,你见过的。"

李之然抱着东西往里走,郑南书伸手要帮忙,被李之然躲开了。

"没事,两步路而已,我自己来就行。"

郑南书只好收回手,他想起周寻逸是谁,忍不住问道:"你们俩不是关系不好吗?你怎么让他送你回来了?你中午和他吃饭去了?"

他这一连串问题李之然听得直发晕。

"行了行了。"她把东西放在桌上,回头朝郑南书做了个暂停的手势,"我和他是老同学,以前闹了点儿矛盾,不过已经和解了。我现在要忙了,你也赶紧回去做自己的事。"

"噢。"郑南书呆呆地点头,摸着后脑勺转过身,没走两步,又不放心地回头补了一句,"那有事你叫我。"

"嗯。"

"对了,老大,你没告诉我你中午出去,我还特地帮你订了份排骨饭……"他的表情看上去有点儿委屈。

被人这么记挂着,李之然心里不免有点儿感动,她大大方方地一伸手:"拿来拿来,正好饿着呢。"

郑南书眼睛顿时亮了,献宝似的把排骨饭递到李之然手上。

"你没和他出去吃饭啊?"

"没有,找他拿点儿东西而已。"

郑南书凑到她跟前,十足的忠犬模样,就差背后装条尾巴摇一摇了。

"老大,晚上一块儿吃饭啊。"

听口气不像是在询问,而是给她下通知。

"吃什么饭?"李之然莫名其妙。

郑南书脸上笑容一僵,还没来得及说话,路过的宋俊毅搭腔了。

"不会吧,你连南瓜今天生日都不知道?"他露出一脸过分惊讶的表情,阴阳怪气地说道,"李律师,你这个老大是不是当得不太称职啊?南瓜,我建议你还是换个老大比较好,李律师这么忙,根本没空搭理你嘛。"

郑南书抬头冷冷地扫了他一眼:"有你什么事啊?"

宋俊毅没料到一向温和好脾气的郑南书会突然翻脸,愣了一下,也不敢和他真吵起来,见四周没什么人注意,不算太丢脸,"哼"了一声,没趣地走了。

李之然手里捧着温热的排骨饭,只觉得饭盒里的每一块排骨都在对她的良心发出拷问:这么好一个小弟,你连人家生日都忘了,怎么对得起他?怎么对得起你吃进肚子里的那些排骨弟兄?

"南瓜啊……"李之然面上讪讪地,"那个,我最近有点儿忙……"

"没事。"郑南书挤了个笑容,"你今天晚上没时间是吧?我知道了。"

李之然伸手拉了他一下:"晚上几点,在哪儿啊?"

郑南书这回是真心实意地笑了,笑得见牙不见眼。

"晚上七点半,在一家意大利餐厅,我妈包了二楼一整层,叫我请所里所有同事一块过去吃饭,到时候我们俩一块走。"

"行。"李之然爽快地答应了。

打发走地主家的傻儿子,她翻了翻带回来的资料,里面还有一张当时的庭审光盘。李之然迫不及待地打开来看。

从光盘记录的内容来看,不过是一起很普通的离婚案。夫妻双方由于性格冲突严重,私下调解无力,最终决定离婚。但双方在财产分割和孩子的抚养权问题上有争议，协议离婚不成，最终闹上法庭。结果是法院将夫妻双方财产重新分配，并且把他们当时年仅四岁的儿子判给了女方抚养。

女方叫苏妍，是个消瘦的女人，一双毫无生气的眼睛即便是在视频里看，也令人发怵。

李之然和许多人打过交道，洞悉人心的能力更是让她直觉敏锐，她几乎可以断定，这个苏妍是个极端情绪化的女人。但这个女人在法庭上的表现却很正常，甚至可以说是平和，相比之下，她的丈夫显得激动易怒，甚至有好几次挥起拳头朝她扑过去。

两个人在庭上的表现肯定对法官的最后判决产生了一定的影响。

当得知法官最终将孩子判给女方时，吴斌在庭上失声痛哭，还恶狠狠地警告苏妍，如果她敢对孩子不好，他就杀了她。当庭恐吓的后果可想而知，吴斌被司法警察带了出去。但苏妍从头到尾都表现得很淡定，不过该落泪的时候她完全不含糊，充分发挥出性别优势，哭得我见犹怜。

李之然连啧了几声，感叹道："真是个厉害角色。"

"很厉害啊？"有人在旁边问了一句。

"对啊。"她顺口回了一句，下一秒，才反应过来不对劲，迅速关掉视频。李之然回过头讪讪地冲来人干笑了两声。

"主任，您走路都没声，真够身轻如燕的。"

"少跟我贫嘴！你干什么呢？"

"忙工作呢。"

王霸没那么好糊弄。

"2013年的视频，忙什么工作？穿越啊？"

"我就看一下以前的案子，找找灵感。"李之然讪笑。

"你看的是三年前那场离婚案吧？"王霸也对那件案子记忆犹

新,哼了一声冷笑道,"你看这个还不如去找当时女方的代理律师取取经,看看人家是怎么发挥三寸不烂之舌力挽狂澜的。"

李之然听出他话里有话。

"主任,你认识那个律师?"

王霸又哼了声,李之然觉得他这一声"哼"里,气愤大过不屑。

"谢芳菲。说起来她还是你的师姐。"

"她是主任的徒弟?"

王霸提起这个徒弟,愤怒、惋惜、恨铁不成钢……各种情绪纠结在一起,令他的声音听起来别扭至极。

"当了两年律师,好不容易有点儿小名气,却在一场官司里迷了眼,身为被告的诉讼代理人,却爱上了原告,还为了对方甘愿放弃前途,怎么劝都不听,结果呢?人财两空。后来她跑去做生意,又不是做生意的料,把钱全赔光了。日子还得过下去。只能从头再来,重操旧业,和一群小年轻竞争。一个女人还拖着个孩子……"王霸恨铁不成钢地说道,"我见过的人里最能折腾的,除了你就数她了!"

李之然哭笑不得。

她对谢芳菲起伏跌宕的人生经历没有兴趣,但她想去会会这个师姐。

"主任,你有她的电话吗?"

王霸吹胡子瞪眼:"你还真想向她取经?"说完转身就要走。

李之然急了:"主任,我是真有事想问她。"

王霸看李之然脸色不对,仔细打量了她两眼,瞬间将她的心思看了个透。

"你又打算做没报酬的生意是不是?"

王霸是了解李之然的。他带过的人不少,不乏起初一腔热血有棱有角的青年，但在社会上熬个几年，棱角被磨了又磨之后，热血也跟着凉了，还剩下点儿什么，大家都心照不宣。

可李之然是个例外。不忘初心这个被用烂了的词，甚少有人真正配得上，王霸能想起来最符合这四个字的，也就只有她了。

李之然来律所的第一天，王霸问她当律师的原因。她的回答是"我不想被这个世界左右，也没有那么大能力去改变世界，我只想帮助一些我能帮助的人过上平凡幸福的生活。"

她一直是这么做的。

王霸心里觉得慰藉，但嘴上依然没好气地数落道："你以后就等着要饭去吧，到时候在街上碰着可别说认识我，我嫌丢人。"

李之然笑嘻嘻地说："我去讨饭身上也要挂块牌子，在上边写'师从杜金王律所王主任'。"

王霸懒得搭理她，背着手上楼了，不一会儿又返回来，将一张便签拍在她桌上，什么都没说，转身又往楼上走。

李之然看着便签上那串号码，露出早知如此的笑容，立即联系了谢芳菲。

"喂，哪位？"女人有一把烟嗓，每个音节都透出低沉的沧桑感。

李之然报上身份，言简意赅地说明了情况后，提出见面："师姐，您看您什么时候有空，我们见一面好吗？"

谢芳菲没有立即答应。

"你见我干什么？想从我这里了解什么？苏妍的事？我和她只是普通的合作关系，案子结束以后就没有联系过了。"她的语气有明显的戒备意味。

"师姐，我没有打探别人隐私的爱好，也不喜欢八卦。我只是想帮帮那可怜的孩子，孩子的父亲现在过得也不是很好。"李之然态度诚恳，想减轻谢芳菲的戒备，"他很想念自己的孩子。师姐您也有小孩，应该能感同身受。而且您是律师，您能体谅我此刻的心情吧？我保证不会打扰您的正常生活，更不会耽误您的工作。"

谢芳菲沉默半晌，终于松了口。

"我只有这周六下午有空。"

"那我过去找你，你方便说一下地址……"

她话没说完，电话那头已经传来忙音。李之然一脸茫然，但很快，她收到谢芳菲发来的短信，上面是她家的详细地址。

李之然放下手机，又看了一遍当年的庭审视频。窗外，风过树梢，阳光静谧。蝉鸣声聒噪不停，声声叫着知了知了。

知了知了……往事你又知了多少？

9 由爱生恨

临近下午下班，阮亦晴一路轻快地走进董事长办公室，送来了一个好消息。

"傅总，明珠苑第一批楼盘预售的情况非常好，吸引了大批有意投资的年轻人，几乎一推出就立刻销售一空。"

相比阮亦晴的喜上眉梢，傅司衍明显淡然许多。

"有多少拆迁户投资？"

"因为赵志强开了个头，市郊那边七成拆迁户都跟来投资了。"

"让公关部下一轮广告以那些拆迁户为切入点，另外请一些和我们公司交好的媒体报道。"

"您放心，我已经在办了。"阮亦晴接着说道，"方亿最近两天推出的新楼盘销量还是维持之前的下滑趋势。"

傅司衍心里清楚方亿不行了，傅森还没正式动手，它自己就先露出了疲态。任何行业都讲究与时俱进，一成不变的东西在小众那里卖卖情怀，谈谈匠心还可以。但在房地产这块大蛋糕面前，如果不及时跟上市场变化，就会被淘汰，到最后可能连点儿奶油沫都尝不到。

傅司衍说:"方亿现在的资金链跟不上了,可以开始准备并购的事。不只是沙市,我要把方亿在国内中小户型的市场占有率全部拿过来。你先找徐磊平他们商量一下,下周我回来,希望你们能拿出几套像样的方案来。"

这就意味着这个周末,高管们又要忙到吐血,但阮亦晴脸上却露出小女孩般的笑容。

"傅总放心,下周一,我一定带着像样的策划案到机场迎接您。"

她喜欢这种感觉,这种被傅司衍需要的感觉。

傅司衍搁在一旁的手机忽然疯响起来,他看了眼屏幕,上面来电显示"妈妈"两个字。这个称呼对于成年男性来说太过幼稚了些,但他一直没改。

傅司衍朝阮亦晴扬了扬手,示意她先出去。等办公室里只剩下他一个人后,他才伸出手去拿那冰冷的金属块。但他还没来得及接听,铃声就在他掌心戛然而止。

整间办公室仿佛瞬间被抽空,一片死寂。傅司衍盯着手里那沉默冰冷的死物,等它再次响起,但没有声音传来,什么都没有。

终于,他失去耐心,回拨了之前打来的号码。铃声响了很久才被接起。

"司衍啊。"

"嗯。"傅司衍右手无意识地握紧又放松,"你刚才给我打过电话。"

许丽温柔地说:"我看你没接,以为你在忙工作,不想打扰你就先挂了。"

"我现在有空,找我什么事?"

"没有什么特别的事,就是觉得我们母子俩已经很久没有见面了，妈妈想……"

"93天。"傅司衍说出具体的数字,"距离我们上次见面,一共93天。"

许丽知道傅司衍跟普通人不一样,他对数字格外敏感,记得他们俩上次见面到现在的天数也不能说明什么,但身为母亲,她对傅司衍的愧疚轻易就被这句听起来毫无抱怨的"93天"给勾了起来。

许丽轻声细语,仿佛对待贵宾一般小心翼翼:"妈妈想和你约个时间,一起吃顿饭。"

"今天晚上吗?"

"今天不行,晚上有个朋友的儿子过生日,这是他出国前最后一次庆生,他妈妈在'翡冷翠'包了一层,想热闹一下。顺道请了我们几个朋友一块去吃饭,都是平日里玩得亲近的,不好推脱。"许丽抱歉地说道。

"那我们什么时候见?"傅司衍问。

"再过一个多星期就到你生日了吧?妈妈到时陪你过生日。"

"好。"

傅司衍应下之后,两人都没再说话,气氛一时变得有些尴尬。

"司衍你……最近还好吗?"许丽找了个话题。

"跟以前一样。"

"那就好。"许丽说。

事实上,她和这个儿子分开的时间太长了,早就不清楚他以前究竟是好还是不好。她已经有了自己的新家庭,有恩爱体贴的丈夫和正常又听话的孩子,一切都很完美。而傅司衍是她一段不愉快婚姻的结晶,他曾让许丽心力交瘁伤透了心。

不过毕竟是自己的儿子,又常年独自生活在国外,许丽在心里对傅司衍多少有些愧疚。这份愧疚感驱使她在傅司行回国后，像应付公事一样不定时地主动联系他，和他接触。

可傅司衍不一样，每次接到许丽的电话，他都有些不知所措。他怕自己不小心说错话，惹她生气，又怕自己曲解了她话里的意思。

"你，你最近……"他紧张得掌心渗出了冷汗。

"不行！"许丽的声音忽然提高了不少，她在跟那边的人说话，"妈妈说不行听到没，佳佳你感冒刚好，不可以穿短裙出去！"

傅司衍就此沉默了，年少时那种自己是累赘的感觉再一次涌上心头，他眼里的小心翼翼和不安，被一层淡漠疏离覆盖，半点儿痕迹都没留下。

"你刚刚说什么？"许丽的语气已经恢复了柔缓。

"没什么。"傅司衍说，"再见。"

"那……再见。"

傅司衍听到她笑了笑，不知是尴尬还是如释重负。

何岩在外敲了敲门。

"傅总。"

"进来。"

何岩推门而入，提醒他："傅总，今天晚上九点的飞机，你的晚餐我提前……"

"今天最晚一趟航班是什么时候？"傅司衍忽然问。

何岩一愣，随即回答："晚上十一点半。"

"改签，我飞十一点半这趟。"傅司衍抬头看了他一眼，"晚餐帮我在'翡冷翠'定个位置。"

有那么一刻，何岩觉得傅司衍眼里有异样的情绪浮现，但很快就消失了，让他以为自己眼花了。

傅司衍已经低下头去看桌上摊开的文件，何岩恭敬地说了声："我马上去办。"转身离开了办公室。

郑南书的妈妈提前跟王霸打了招呼，今天律所的人得以提前半个小时下班，赶去"翡冷翠"给郑南书庆生。但王霸晚饭约了客户，没去。

律所的小年轻们嘴上惋惜着主任不能和我们一块儿去吃大餐好可惜，等王霸一走，他们立刻成了脱缰的野马，三三两两地拼了车直奔吃饭的地儿。

李之然一个人神游在外，琢磨着小野的事该怎么处理。首先得做个亲子鉴定，确定小野和苏妍还有吴斌的关系以后，再查清楚三年前的那场离婚案，还有……

"李律师，我们先走了，南瓜说他一会儿接你过去。"

"噢，我知道。你们先去吧。"

李之然挥了挥手，明显感觉到那群年轻实习生出门前，不约而同地向她投来别有深意的目光，不过具体含义是什么，李之然没感受出来。她把那种怪异的眼神理解为，他们为了即将到来的生日大餐，兴奋到控制不住自己的眼部肌肉。

过了一会儿，郑南书就开着他那辆骚包的保时捷出现在律所门口，按了两下喇叭。李之然匆匆收拾好东西，出去才发现郑南书特地换了身打扮。

一向运动服、T恤轮流穿的郑南书今天穿了一身休闲西装，头发也精心收拾过，配上一辆豪车，"富二代"三个大字在他的脸上熠熠生辉。

"哎哟，挺帅啊。"

郑南书不好意思地笑道:"就随便穿穿。"

李之然低头看了看自己,头一次觉得在穿着打扮上有点儿对不起群众。不过这点小问题很快被她抛诸脑后,眼前还有一个更严肃的事亟待解决。她没有过生日的习惯,也压根不会去留意别人的生日,更不会记得准备礼物。现在寿星特地请她吃饭,不送礼物多少有点儿说不过去。

"南瓜啊……"她难得有不好意思的时候,"那个,你没提前告诉我你要过生日,所以我也没来得及准备礼物。我这不是不在意你啊,你是我最欣赏的实习生了,真的!成天跟着我风里来雨里去的,真辛苦你了!那个……礼物我过两天给你补上行吗?"

李之然这番话是发自肺腑的。她不是木头人,郑南书对她的好,她虽然到现在都觉得不太不适应,但这并不代表她没记在心里。

"你能答应陪我吃饭,就是最好的礼物了。"郑南书笑得一脸真诚。

李之然抓了抓头发,这么说来,她陪吃的价格还挺高。

"对了老大,今天我妈还请了她的几个朋友过去,他们单独坐一个包间。"车开到半路,郑南书十分不经意地提了一句。

"噢。"李之然点头表示了解。

郑南书扭了扭脖子,不太自然地继续说道:"我妈在那个包间,给我们留了两个位置。"

"噢。"李之然下意识地应了声,一秒钟之后才反应过来,瞬间觉得天灵盖上遭了一下霹雳,"什么叫给我们留了两个位置?"

李之然瞬间炸了,手摆得跟两台小风扇似的。

"别别别!千万别!我这个人有家长恐惧症,在别人父母面前可能会间歇性抽风!"

"老大,你冷静点儿!"郑南书没料到她的反应这么大,忙解释道,"我妈知道你这段时间挺照顾我的,就想借着我生日请你吃个饭,当面谢谢你。"

"那你怎么不提前告诉我呢?跟我玩速度与心跳啊?"李之然对"妈妈"这个角色有一种莫名的抵触,此时对郑南书满心埋怨,愤愤地恐吓道,"你听没听过一个鬼故事叫'车里有只鬼'?信不信我现在就让它变成现实!"

郑南书小心地开着车。

"老大,你现在要弄我,咱们可就用生命写了个新故事,叫'车里有对鬼'了。"

这小子在她身边这段日子,别的东西没学到,嘴皮子越来越利索了。

李之然看了眼车速,这个速度跳车估计有点儿危险。她默默地打消了这个念头,以一副生无可恋的姿态望向窗外。

"家贼难防啊!"

她居然被看起来温和无害的郑南书赶鸭子上架了。

郑南书笑了笑,心情似乎很愉快。

"老大,我妈人很好的,你别担心。"

李之然无所谓地耸耸肩,到了这分儿上,她已经是死猪不怕开水烫了。

"算了,我又不是给她当儿媳,吃个饭而已,吃完就 say good-bye(再见)了。"

郑南书脸上的笑意微微一滞。

"老大……"

李之然冲他举起拳头,一脸凶神恶煞:"这种事要是有下次,看我怎么收拾你!"

怪不得律所那帮小年轻兴奋,"翡冷翠"是沙市顶级的意大利餐厅,在这随便一顿饭都能吃掉一个普通家庭小半个月的生活费。律所大部分人都家境普通,好一点儿也就是小康水平。哪怕现在自己的收入不低,来这种地方消费,也得勒紧钱包。

郑大公子过一次生日,他妈妈就给他包了一整层请全律所的人随便吃喝,足见其家境殷实,出手阔绰。

"翡冷翠。"李之然将这三个字在心里默念了一遍,还没尝到里面的佳肴,美感已经先从店名开始绕上舌尖了。

翡冷翠。这原是一个惆怅多情的诗人给一座古城的译名,比起佛罗伦萨,更多了几分勾人的魅力。这家餐厅是对得起这个名字的。

餐厅是典型的罗马式风格,门口采用拱券结构,两根十几米高的大理石圆柱撑起弧形的房顶,古典又不失大气,让客人还没进门就感受到一股浓郁的异国风情。餐厅里面是一片朦胧温柔的暖黄色,能让进来的人不由自主地安静下来。四面墙上布满了文艺复兴时期的壁画,环绕着摆放得错落有致的桌椅。长形餐桌上铺着洁白的桌布,上面放着精致的烛台,极具情调,浪漫而唯美。

这么干净雅致的地方,让人觉得开口谈钱计较价格都显得太俗气,但李之然还是忍不住用胳膊肘捅了捅旁边的郑南书,特别俗地问了句:"很贵吧?"

郑南书朝她露出富二代特有的低调谦逊的笑容。

"还行。"

像是为了对得起这里的价钱和店里的格调,来这吃饭的男女大多都悉心打扮过,男士最随意的,也穿了身休闲西服,而女士们则无一例外，都是低调奢华的小礼服。李之然混在当中，活像对面小饭馆里穿越过来的。

郑南书应该是这儿的常客，他一进门，身穿小西服的服务生立刻迎上前恭敬地说道："郑先生、小姐晚上好，二楼请。"

郑南书做了个带路的手势，服务生便领着他们往楼上走。李之然全程抱着游览参观的心态跟在郑南书后面，没注意到一楼角落的卡座里，一个人正静静地看着她上楼。

"没想到还能在这儿碰上李小姐。"坐在傅司衍对面的何岩有些意外。

傅司衍收回视线，淡淡地道："她有能聚一块玩的朋友很好。"

如果有得选，谁愿意活成一座孤岛？

上了二楼，李之然就没有那种乡巴佬进城的感觉了，因为律所有不少人穿得像走错了片场的，李之然混在其中觉得心安理得。但郑南书没让她心安理得多久，就把她带进了一个包间。

李之然进去前心里还忐忑，想象里面是一群珠光宝气的贵妇人……但门一打开，现实的落差着实令她愣了一下。

包间里只有两个女人，一个自然是郑南书的母亲，那张脸和郑南书几乎是一个模子刻出来的，让人一眼就能看出这个帅小伙是她亲生的。她的穿着打扮和李之然想象的没有太大出入，从头到脚都透着珠光宝气的华丽。相比之下，她旁边那位和她年龄相仿的美妇就打扮得低调许多。

美妇穿着水色窄袖旗袍，旗袍上绣着行云流水的暗纹，粗一看不打眼，但一动起来银光流转。这样的衣服挑人，穿不好，人就沦为衣裳的陪衬了，不过这个气质非凡的女人显然是这衣服的主人。

如果说郑太太身上的贵气是金贵的衣服和闪瞎眼的首饰堆出来

的，那身旁这美妇的贵气完全来自于她自身的风雅。她的一举一动，一颦一笑都透着股柔软的美感，但即便如此，这种美还是有距离的。她不是带刺的玫瑰，她是被豢养在金丝笼里的孔雀。

李之然确定自己是第一次见她，却莫名觉得眼熟。

"妈，许阿姨。"郑南书已经礼貌地打了招呼。

"南书啊，生日快乐，二十三岁了吧？"美妇笑容温婉，说话也轻声细语，像潺潺温泉水，让人倍感舒服，"阿姨记得你的生日，早准备好礼物等着你的 Party（派对）呢。我以为你妈妈把几个朋友都请来了，没想到今年这么低调，只邀请了我一个，阿姨很荣幸。你出国之前，阿姨还要设宴为你饯行。"

出国？李之然纳闷地看了一眼郑南书，怎么没听这小子提过啊？

"谢谢阿姨。"郑南书在中间给在场三个女人作介绍，"妈，许阿姨，这位就是我老……我的伯乐，李之然律师。"

李之然忽然被戴了顶"伯乐"的高帽子，背脊不由自主地挺了挺。她扯开一抹笑容，朝两位女士点头致意："两位阿姨好。"

"李之然？"美妇念了一遍她的名字，眼里先是困惑，而后慢慢地流露出讶异之色，最后索性站了起来，"你是之然？"

李之然尴尬地笑了笑，试探着问道："您是？"

她细细地打量着女人那张脸，忽然明白自己对她莫名的熟悉感来自哪里了，这个女人，有着和傅司衍极为相似的眉眼。

"你不记得我了？"许丽脸上带着故人重逢的喜悦之色，隐隐能从中窥见她年轻时的灵动娇媚。

"不记得也正常，你那时候才七八岁吧。"她笑着说，"我是司衍的妈妈。"

由爱生恨 | 221

果然。李之然在心里暗自苦笑，看来傅司衍的妈妈记性也很好。

"啊！是许阿姨啊！好久不见。"她迅速褪去脸上那点儿尴尬，露出欣喜又有点儿不好意思的表情，"我刚刚就觉得您眼熟来着，不过看着太年轻了，都没敢认。"

许丽年轻时是有名的美人，如今美人迟暮，虽说夸赞声依旧不少，但毕竟比不了年轻时。今天李之然这番话，却夸进了她的心里。两人顿时亲近了不少。

"你这个小丫头的嘴呀，还是和小时候一样甜。"

李之然笑着应和，她没忘记坐在一旁的郑太太。

"刚才进门看到郑阿姨，我还以为是郑南书的姐姐呢，两位阿姨看着都太年轻了。"

"看这小嘴甜的。"郑南书的妈妈也笑成了一朵花。

三个女人很快聊成一片，郑南书全程插不上话，只能在一旁呆呆地看着她们聊得热火朝天，心里对李之然佩服得五体投地，就差没站起来给她鼓掌了。

这时李之然突然一记眼刀扫过来，向他传递了一个信息：你小子死定了！

郑南书干笑两声，低头喝红酒压惊。

饭吃到一半，郑南书被几个实习生拉出去喝酒了，李之然想跟着一块去，却被郑太太拦了下来。

"李律师啊，我想和你聊两句。"

这样的开头，让李之然心里隐隐有种不好的预感，但她还是保持着礼貌的笑容。

"阿姨您说。"

郑太太看了眼许丽，又转过脸来对李之然说："其实今天呢，我本来是打算叫上几个好朋友一块过来给南书庆生的。但因为这次你来,我们家南书又特别重视你,我担心来的长辈太多会让你不自在,所以只找了个性格温和的好姐妹过来,没想到你们还是老相识。"

许丽真的只是陪她来,安静地坐在一旁,只吃饭不出声,搁在电影里,就是个花瓶背景。

"阿姨想得太周到了。"李之然乖巧地笑道。

郑太太端起服务生刚送进来的红酒抿了口,说:"我这也是为了让孩子高兴。"说着她朝李之然举了举杯,"这红酒不错,你也尝尝。"

"嗯,真不错。"李之然也拿起面前的酒杯抿了一口。

这时服务生端了状似大饺子的东西进来。

"再吃点儿东西,别饿着,尝尝这个 Clazone 比萨,这家餐厅很有名的。"郑太太笑着指了指盘中的"大饺子",示意李之然动刀叉。

"哦,好。"李之然边拿起刀叉心里边嘀咕,"难道留我在这就为了让我尝这个?"

她低头往嘴里塞了一大口材料丰富的比萨,有点儿纳闷。

"李律师,阿姨看你条件很好,交男朋友了吗?"郑太太依然笑容满面。

终于转到正题了。奈何话转得突然,让嘴里吃着美食脑子神游的李之然差点儿被噎着。

李之然用力把嘴里和喉咙里的食物咽下去,抬头说:"还没有男朋友,不过我已经有喜欢的人了。"见郑太太表情不对,她又补了句,"对方比我大两岁。"

其实她就是随口胡诌的,但说到大两岁,她忽然想起了傅司

由爱生恨 | 223

衍，他似乎正好比她大两岁……李之然被自己这突然的联想雷了一下。

"呵呵，那就好那就好，要抓紧啊。"郑太太一颗悬着的心终于放了下来。她将一碟精致的水果盘推到李之然面前，笑道："来，吃点儿水果，新鲜着呢。"

郑太太说到底也只是个溺爱儿子的小女人，李之然只要让她相信自己对她儿子没有任何企图，再顺口夸她几句，两人就能和谐地吃饭聊天了。

李之然真正拿不准的是旁边甚少说话的许丽。虽然傅司衍和她说过两人小时候的事，也提过他与他父亲之间糟糕的关系，但对他这个妈妈，傅司衍却半个字都没提过。李之然暗自琢磨，他们母子现在的关系究竟怎么样？

"许阿姨，傅司衍他现在还好吗？"李之然状似随意地问了一句。

许丽脸上的笑容一滞，过了一会儿才缓缓说："他自己创业，开了家地产公司，平时挺忙的。"

看来许丽并不知道她和傅司衍重逢的事。

"再忙也得回家啊。"李之然玩笑道。

许丽默了片刻，轻描淡写地说："我和司衍他爸离婚很多年了。司衍这孩子一直很独立，十几岁就自己一个人在国外生活。回国以后，他创业一直很忙，我不好经常打扰他。"

言外之意就是，傅司衍只有住的房子，没有可回的家。就像她一样。

李之然的眸光黯了黯，心里有点儿酸楚，他们还真是相似，连可悲都悲到一处去了。

郑太太见郑南书出去半天没回来，便起身出去看个究竟，这一去就被那群年轻人拖住不让走了。郑太太心态年轻,也愿意和小年轻们一块闹,于是这边包间里便只剩下李之然和许丽两个人。

"许阿姨。"李之然决定抓住机会问一问,"司衍他小时候,大概十岁左右吧,也可能更小一点儿,有没有经历过什么恐怖的事?"

"恐怖的事?"许丽柳眉一皱,似乎在思考,仿佛想到了什么,神色骤然一变,但很快又恢复如常。

"没有。"她几乎是斩钉截铁地说,"他小时候大部分时间都待在家里,没发生过什么事。你怎么突然这么问?"

"我就是想起小时候和他一块儿玩的事,当时太小没什么感觉,现在回想起来,他那时候的行为举止好像和普通孩子不太一样。我是个律师嘛,职业病,就瞎琢磨他那时是不是经历过什么可怕的事才会那样。阿姨您别往心里去。"

许丽端起手边的高脚杯,神色平静如水,眼眶却隐隐发红。

"你是不是觉得阿姨心狠啊?一点儿都不关心司衍。"她轻晃着杯中红酒,幽幽地说,"他是我的儿子,一开始我和天下的母亲一样,毫无保留地爱孩子。但后来我太累了,在他的身上我明白了,原来没有人可以在毫无回应,甚至一而再,再而三被伤害的情况下坚持无条件地付出,哪怕……哪怕是对自己的孩子。我终究是个需要爱和幸福的女人,那种暗无天日的生活太让人绝望了……"

这些话,她从来没对别人说过,因为她觉得往事太远了,而李之然的出现,轻易地唤醒了那些记忆。

许丽痛苦地闭上眼睛,终究是五十出头的女人了,哪怕保养得再好,妆容再精致,她脸上的皮肤也隐约可见松弛之态。露出倦意,她连声音都是疲惫的,好像背负着往事,说出口的每个字都沉重不堪。

由爱生恨

"我无微不至地照顾了他十多年，也够了。我那时太累了，真的太累了……"

李之然很想问她，那傅司衍不辛苦吗？整个世界对他来说是陌生而恐惧的，他身陷其中，独自苦苦挣扎，而身边的人却一一松手放弃他。

难怪……难怪她说出不要再见的话时，他脸上流露出那样脆弱的神情，她甚至清晰地记得他当时说的那句话。

李之然不知道自己为什么突然心痛得这么厉害。

"我去趟洗手间。"她用餐巾擦了擦嘴角，起身出去了。

包间外大家坐成一圈边吃边聊，虽然声音不大，但每个人脸上都带着笑意。郑南书被围在中间脸已经红了，看样子没少喝。

李之然静悄悄地绕过他们，走到尽头的洗手间，里面暂时没有空位，她就下到一楼去找洗手间。一楼很大，她像只无头苍蝇似的乱转。

傅司衍看着她从二楼一路找到一楼，无奈地翘了翘嘴角，叫过一旁的服务生。

"那位小姐找不到去洗手间的路了。"

服务生立刻上前给李之然指明了洗手间的方向。

"你来得真及时。"李之然感激地说了句，转身匆匆往他指的方向去了。

何岩忍不住笑道："看李小姐平时挺机灵的，但在一些小事上却容易迷糊。"

说着他低头看了看手表，"傅总，再过二十分钟，我们就该出发去机场了。"

"我知道。"

"那我先去取车过来。"

"嗯。"

傅司衍淡淡应了，忽然起身走向……女洗手间。

服务生当然把他拦住了。

"先生，男士洗手间在那边，我可以带您过去。"

"不用，我等人。"

于是，李之然刚从洗手间出来，就看到了等在外面的傅司衍，她有些惊讶。

"你怎么在这儿？"

"吃晚饭。"

李之然不由自主地往楼上看了眼，这时许丽正站在楼梯口跟郑太太道别，说了两句话后，她转身下了楼。李之然急忙拉过傅司衍，让他背对着楼梯口。

"别回头啊！"她一边睨着许丽的身影，一边低声警告傅司衍。

傅司衍自然知道他身后有什么，似笑非笑地问了句："后面有什么？"

"有鬼。"李之然想也没想脱口而出。

她怕是真把他当三岁小孩了。

"你把我妈形容成鬼不太礼貌吧？"

李之然一愣："你知道？"

傅司衍没说话，他转过身，看着许丽下楼一路走向门口，他往前走了几步。李之然不知为什么突然紧张起来，跟上傅司衍。

门外停着一辆银色轿车，许丽的现任丈夫正站在车门旁等她。那是个穿着考究的男人，气质儒雅风度翩翩，他张开双臂迎接妻子。许丽以一副小女人的幸福模样，笑吟吟地投进丈夫怀里。

车后座一个小姑娘探出头来,脆生生地叫了声"妈妈",许丽俯身过去,在女孩的头顶上吻了吻。丈夫体贴地替她拉开车门,银色轿车载着幸福的一家三口离开了傅司衍的视线。傅司衍仍然面向门口静静地站着,仿佛在看什么被他们遗忘在原地的东西。

"然然。"李之然听见身边的人轻声说,"我,一点儿也不希望她幸福,我希望……她像我一样。"

他像是刚刚喝了难以下咽的中药,喉咙里溢满苦涩。

"司衍……"

李之然张了张嘴,想说些话来安慰他,但傅司衍已经迈步往前,只留下一句话。

"我赶飞机,你回去路上小心。"

何岩早已取车回来,等在外面了。

"傅司衍。"

李之然追出门外,叫住前面的人。

"嗯?"

傅司衍驻足回头,仍是波澜不惊的一张脸,好像天生不会喜亦不会悲。

"我还有件事想告诉你……"李之然走到他面前,"娟娟,就是上次我们差点儿撞到的那个小女孩,她的验伤报告出来了,派出所那边说检察院会对她母亲提起公诉,娟娟会被送去儿童福利院。"

傅司衍耐心听她说完,最后事不关己地"嗯"了声。

李之然紧接着说:"等你回来,我们找个时间一块去看看她吧。"

傅司衍下意识地想拒绝,李之然已经双手合十做拜托状了。

"一起去吧,嗯?"

儿童福利院里应该有一堆能说话还蹦蹦跳跳的小孩,傅司衍实在不太情愿。李之然见他不吭声，伸手扯了扯他的袖子，隐隐竟有点儿撒娇的意味。

"你好歹也算娟娟的恩人啊，一块去看看吧，求你了。"

他有些头疼，被她磨得没办法，最后无奈首肯。

"只去一次。"

"就这么说定了。"李之然眉开眼笑。

她笑起来的时候，眼弯如月，左边脸颊上浮现出深深的梨窝，里面锁着他三十年岁月里唯一的星光。

傅司衍忽然笑了，伸手温柔地摸了摸她的头顶。他掌心的凉意丝丝缕缕侵入她的头皮，宛如细小的电流，一路麻到了李之然的心尖上，她感受到一种异样的心颤。

傅司衍早已撒开手，转身上车了。

李之然目送那辆白色宝马消失在马路尽头的夜色中，她两手搓着自己的脸，回头看了眼美轮美奂的餐厅大门，甩甩头，决定先回家。

何岩边开车边饶有兴致地问道："傅总，李小妞刚刚和你说什么呢？连撒娇都用上了。"

傅司衍一想到回来要去儿童福利院就头疼不已。

"她让我陪她去趟儿童福利院。"

"儿童福利院？为什么？"

"上次你带警察来抓的那伙人里面有个女人，她虐待自己的女儿，检察院要提起公诉，那个小女孩会被送去儿童福利院。"

"真可怜。"

傅司衍想起那个瘦骨嶙峋的女孩和她身上可怖的伤，微微凝眉，过了半晌才说："她不能说话，估计没有正常家庭愿意收养。"

由爱生恨

"是啊。"何岩叹了声。

他忽然发现，上车以来，傅司衍压根没提过许丽。他后知后觉地明白过来，李之然之所以和傅司衍说这些，是想用另一件事分散他的注意力，那姑娘是在变相地安慰他。何岩从后视镜里看了眼车后座闭目养神的男人，心里暗叹，他大概永远也不会明白吧。

郑南书被灌得有了醉意，他起身上了个洗手间，出来的时候，才留意到手机上有一条李之然的短信。

"南瓜我有事先走了，你玩得开心点儿，礼物我下周一给你补上。对了，你妈妈对我们俩的关系好像有点儿误会，记得跟她解释一下。我们就是单纯美好的革命友谊，别让她胡思乱想。生日快乐啊，寿星。"

她甚至没想起来问一句他即将出国的事。郑南书大概真的喝醉了，他胃里难受，心里也难受，两种难受让他备受煎熬。同事兴奋地叫他，他也不理，在众人的注视下拖着步子，一言不发地走进包间。

生日蛋糕推出来了，寿星却走了，饭桌上的气压渐渐地低了下去，所有人面面相觑。郑太太走到包间门口敲了敲门。

"儿子，妈进去了啊。"

她进去之后，反手关上门。郑南书坐在李之然坐过的位置上，低着头，不知在想些什么，一言不发。

"儿子啊。"郑太太走过去，坐在他身边，一只手轻抚着他的后心，轻声道，"怎么了？喝多了不舒服啊？妈妈叫司机过来接我们回家吧？"

郑南书抬头看着她，郑太太被他满眼的泪水吓了一跳。

"我喜欢她啊。"他呓语般地轻喃。

郑太太怔愣之后，忽然明白过来，她心疼地替儿子抹眼泪。

"李律师比你大五岁，咱们也不清楚她家里是个什么情况。妈妈不是老古董，不要求什么门当户对，但差距太大的感情不会有好结果，而且人家心里已经有喜欢的人了。凭你的身家长相，上哪儿找不到比她好的姑娘？"

"比她好的人有很多，但和我有什么关系？我喜欢她，别人再好又怎样？"

郑南书吼了出来，他是真的喝醉了，不然他怎么敢这么大声和他妈妈说话。

郑太太又气又心疼。

"你这是疯了啊你！那个女人是怎么回事？怎么把我好好一个听话的乖儿子勾成这样！我得打电话去问问你们王主任那个李律师的情况！"

她说着就要去拿手机，但郑南书却一下子跳起来，把她的皮包蛮横地抢了过去。

"你闹得还不够吗？"郑南书激动地说，"是你自己说想看看我喜欢的女孩子，是你说你什么都不会计较，只要我喜欢就好，所以我才带她来的！你这个骗子！"

郑太太脸皮薄，下意识地往门口望了一眼，压低了声音斥道："你小声点儿，你不要脸，我们郑家还要呢！"

"我不要脸……是！"郑南书脸上已经红了一片，他怒极反笑，半边身子歪倒在座位上，醉眼蒙眬地看着自己的妈妈，她的脸在他眼前模糊成一团。

"我早就没有脸了，你为了你自己的喜好，你的恶趣味，经常把我打扮成女孩子带出门，被人家发现围观拍照的时候，我就已经没有脸了。你不但没有帮忙捡起我的脸,还在旁边笑……"他喃喃地说,"你笑的样子,我现在做梦还能梦见,真恶心……我和你一样恶心!"

郑南书痛苦地捂住脸:"我那时已经十二岁了,可我甚至常常分不清自己的性别!"

郑太太跌坐在椅子上,面如死灰。

"我以为……我以为……"她想解释什么,却磕磕巴巴地说不清一句话。

郑南书已经听不清她的声音了,他彻底醉了,好像又回到了两年前的那个夜晚。他被三个小混混堵进一条昏暗的巷子里,被他们勒索。他胆小懦弱,不敢反抗。

李之然是在他差点儿尿裤子的时候出现的,她救了他。可他却趁乱摸黑跑了,要不是有监控视频记录,他险些害得她被那三个混混诬陷为故意伤人。

后来他找了她很久,终于在杜金王律所找到她,于是不顾家里人劝说,毅然决然地留在律所,留在她身边,哪怕只能跟在她身后当个小跟班他也觉得满足。但他没胆量告诉她,自己就是两年前逃跑的那个胆小鬼,更没胆量对她说一句"我喜欢你"。

郑南书觉得很累,在彻底昏睡过去之前,他抓着他妈妈的手一声声地喊着"老大"……

夜已经很深了,如梦似幻的月光透过天花板上那扇窄窄的天窗透进来,照亮了这个湫仄的房间。

四面灰墙,一张简易的床靠着唯一一面有窗户的墙,苏妍横躺在床上,一双毫无生气的眼睛空洞地盯着天花板,像是死了。随着呼吸轻微起伏的胸口，是她浑身上下仅有的一点儿生气。

她床头盘着一条铁链，铁链的一端嵌进墙壁。铐子是为她准备的，每当她情绪失控的时候，就被这条铁链锁着。

不知过了多久，暗处的房门传来"吱呀"一声，有人走进来。是个身形瘦长伶仃的男人，他一步一步慢慢地走到床边，蹲下，伸出苍白如纸的手，握住女人的手。

"你给我唱首歌吧。"他像个孩子般乞求。

苏妍从床上坐起来，将他的头抱在胸前，闭上眼睛轻轻地哼起一首童谣，声音轻柔得像在哄即将入睡的孩子。男人就这样静静地依偎在她凉凉的怀抱里，目光逐渐变得遥远而清澈，连神情也温柔起来。他变成了真正的孩子，这一刻，正贪恋着母亲的温柔。

"告诉我，你永远爱我。"他低低地说。

女人的歌声停了，她抬起手轻轻抚摸着他浓密的头发。

"我永远爱你，阿烨。"她说。

男人满眼泪水，而后满足地闭上了眼睛，彻底沉浸在多年前的幻影中……

李之然这一晚睡得很不安稳，一向少梦的她，竟梦到了傅司衍。不过不是什么美梦。

梦里，那个高挑的男人站在楼顶，张开双臂，任由身子在晚风中摇摇晃晃。而她就站在他几米开外，生根落定般不能动弹。傅司衍把手伸向她。

"然然，帮帮我。"他说。

还没等她靠近，傅司衍就闭上眼睛朝后一躺，让自己像块破布一样落了下去。

由爱生恨

李之然从梦中惊醒坐起,漆黑一片的房间里满是她心有余悸的喘息。过了好一会儿,她才意识到自己后背汗湿,冰凉一片,扭头看了眼窗外,月落星沉,再看时间,不过才凌晨四点半而已。

李之然重新躺回床上,刚才的梦境清晰地留在脑海里,她一时竟不敢闭眼。难道傅司衍遇到空难了?心里实在不安,她忐忑地给傅司衍发了条短信:"下飞机了吗?"

很快,她就收到回复。

"嗯。"

简单的一个字让她一颗忐忑不安的心平静下来。又睡了会儿,将近七点,起床收拾一番,去了王校长家。

周一到周五上课期间,小野都住在学校,周末,王校长会把他带回家照顾。王校长的儿子和儿媳在一场车祸中意外身亡,从那以后,她就将全部心思都放在了学校。但无论如何,她心里始终有个地方空着。小野的出现,正好弥补了那块空缺。王校长是真心喜欢可怜又可爱的小野,把他当成自己那个未出世的小孙子看待。

王校长的家在距离聋哑学校一里远的地方,有两间小平房和一个小院子,院子周围还围了一圈城市里很少见的篱笆墙,自带悠然的田园风情。

李之然赶到王校长家时,王校长和小野刚吃过早饭,两人正在院子里玩。王校长蒙着眼睛去抓他,小野的影子在朝阳下活泼地跳跃着,蹿来蹿去,已见苍老的身影在他后面慢慢地追,嘴边始终挂着笑意。追了一会儿,发现追不上小野,她就慢了下来,侧耳听小野的脚步声,最后出其不意地捞住了意图从她身后跑过的小野。

小野在她的怀里"咯咯"直笑。王校长摘下蒙眼的布条,比画着手语问他:"玩得开不开心?"

小野用力地点点头。

她又问:"要不要再玩一次?"

小野高兴得手舞足蹈,从她怀里挣脱,飞快地往前跑,跑出几米,回头冲她笑。孩子无忧无虑,只欣喜地等待着下一局游戏的开始。王校长却忽然不动了,她望着他,眼中尽是无声的心疼和慈爱。

小野像是意识到了什么,飞快地跑回校长身边,踮起脚伸出手去给校长擦脸上的泪水。他不明白校长为什么突然哭了,他焦急地比画着双手问:"校长你怎么哭了?"

校长摇摇头,什么也没说,只摸了摸他的脸,重新绑上蒙眼睛的布条。

金色的阳光铺满老旧却干净的小院,一老一少两个身影穿梭其中,任凭欢笑声飞出篱笆外。

如果失去小野……王校长的生活,会变成什么样?李之然左右为难,犹豫良久,终于还是迈开步子,笑吟吟地走进那个温馨的小院。

"哟,大早上的,玩得挺高兴呀。"

王校长听见声音,摘下布条,脸上又惊又喜。

"你怎么过来了?"

小野也飞扑上来,亲昵地抱住李之然,红扑扑的小脸在她身上蹭啊蹭,活像个黏人的小宠物。

李之然温柔地笑着,摸了摸他的头,对王校长说:"校长,我要渴死了,能给我杯水吗?"

"等着啊,马上给你倒去。"王校长转身往屋里走。

李之然乘机比画着手语告诉小野:"你头上有脏东西,姐姐帮你弄掉好不好?"

小野乖巧地低下头,李之然飞快地拔下他几根头发,偷偷装进随身带来的干净信封里,迅速放进手提包。然后摸摸小野的头,又低头在拔过头发的地方呼了呼气:"脏东西弄走了,没把我们小野弄疼吧?"

小野低着头摆了摆手。

这时,王校长端了杯水出来,递给李之然。她接过来喝了一大口,两人坐在院子里像往常一样聊天。聊着聊着,李之然把话题引到了小野身上。

"校长,小野现在几岁啊?七岁还是八岁?"

校长慈祥地注视着跑到院子另一边玩耍的小野,说:"我们小野七岁了。"

"那捡到小野的时候,他四岁?"

"这个……这个我也不确定。"王校长神色微变,有点儿不自在地侧头看了眼李之然。李之然在那个瞬间,透过她的眼睛感受到她内心的恐惧,那是害怕秘密被戳穿的惶惶不安。

李之然脸色一白,迅速避开王校长的眼睛,低头继续喝水,捧着杯子的手却微微发抖。不,不会的……她最敬爱的校长,怎么会有肮脏的秘密?

"我也是瞎猜的,不过从身量上看,小野好像只有五六岁的样子。"王校长还在笨拙地解释着。

"是吗?"李之然含混地接了句,没坐多久,就找借口告辞了。

她约了周寻逸在中央广场附近一家咖啡馆碰面,把小野的头发分成两份，一份给周寻逸，让他拿去和吴斌验 DNA。

另一份，她打算去找那个素未谋面的苏妍，偷偷拿她的头发或者别的什么去验 DAN，看看小野和她究竟有没有血缘关系。

周寻逸走后，李之然单手撑着额头，闭上眼睛。刚才在王校长内心感受到的情绪此刻又汹涌上来……她倏地睁开双眼，又惊又惧，颤颤地吐出口气，一时间竟不敢往深处细想。

江秀珍的电话就是在这时打进来的。她告诉李之然，夏侯已经去医院确诊了，是癌，所幸发现得不算晚，现在住院治疗还有痊愈的可能。

"然然，这次多亏了你，要不然……妈真不知道该怎么办。"

"没事，你照顾好夏叔叔，我最近比较忙，有空会去医院看他。"

"好，那你先忙，我就不打扰你了。想回家吃饭的话，提前和妈说一声，妈好准备。"江秀珍对她变得愈发小心翼翼，因为那十三万，李之然摇身一变，成了他们家的金主，她必须得小心捧着，生怕得罪了。

这样复杂的感情让李之然莫名想笑。江秀珍这个女人，真是可气又可悲。

"我知道了，那就这样。"

李之然结束了通话，起身走出咖啡馆。

10 操控人心

周六中午,应该是展馆人最少的时候,阮亦晴只有这个时候有空。她上午和几个高管一起开会加班,讨论针对方亿的并购计划。徐磊平一言不合就喜欢摆资历,阮亦晴又不擅长隐忍退让,两人就此起了争执,最后会议不欢而散。

阮亦晴没了吃饭的胃口,索性出来看画展,试图让自己冷静下来,心想或许有意外收获也不一定。

虽然大中午人不多,但来的基本都有伴,像阮亦晴这样一个人来赏画的没几个。不过她是懂画的人,一路走走停停,欣赏着艺术,也不觉得孤独。

她被一幅色彩浓烈的油画吸引了目光。画里少女手握一束玫瑰藏在身后,隔着一条小河望着对岸的少年,而那少年却背对着她出神地注视着漫天瑰丽的云霞。天空运用了许多亮色:碧蓝、玫红、水粉……少女身后那束玫瑰却暗得如同一团干涸的血迹。如此鲜明的色彩对比更体现出情感的冲突:少女对少年满怀深沉无言的爱慕,而少年却热烈直白地向天空倾诉衷肠。无论是色彩,还是整幅画的意境,都很难得。

画的右下角有落款，是一行意大利文，写着这幅画的名字——《无声告白》。

阮亦晴抿唇，鲜艳的嘴角上扬，荡漾起笑意，笑里藏着她的心事。有人停在她的身旁，驻步赏画。她不经意地侧头一顾，看见一张似曾相识的脸，不禁脱口而出："是你？"

她不知道男人的名字，但他们已经"偶遇"过无数次。

男人却没有意外的神色，微笑着朝她点头致意，而后继续看画。

"无声告白。"他轻声赞叹，"真美，适合买回去挂在卧室。"

"不好意思。"阮亦晴有点儿抱歉，"我先看中了这幅画。我想把它作为生日礼物送给一个朋友。"

讲解员留意到这边的情况，走过来温声地询问："有什么可以帮助二位？"

"我想买这幅画。"话虽是对着讲解员说的，但阮亦晴的双眼却恳求地望向身旁的男人。

他低头一笑，存心逗她。于是，一本正经地对讲解员说："麻烦你……"

"先生！"阮亦晴急了，忍不住拔高了声音，"我很喜欢这幅画。"

男人笑着说完被她打断的话。

"麻烦你帮这位小姐把画包起来。"

"哎！"

阮亦晴松了口气，娇嗔地瞪他一眼，又觉得好笑。她一笑，两人之间的气氛顿时融洽了不少。男人陪着阮亦晴去办好购画的相关手续。付完款后，画展的工作人员将包装好的画交给他们。

"二位慢走。"

男人替她把画搬进车里，视线不经意地瞥过阮亦晴的鞋面，顿了一下。阮亦晴跟着低头一看，她那双白绿拼色的高跟鞋上不知什

操控人心 | 239

么时候蹭上了灰。她从包里摸出纸巾想擦,那个男人却忽然单膝蹲下,取出胸前西服口袋里的手巾替她擦拭鞋面。

阮亦晴心里一惊,下意识地想缩回脚,却被男人不轻不重地按住。

"稍等一下。"他彻底擦干净后,重新起身,朝她微微一笑,"怎能让淑女的鞋沾灰。"

阮亦晴心里有些暖,还有点儿受宠若惊。追求她的男人众多,但他却是唯一一个在大街上蹲下来替她擦鞋的。

"谢谢。"阮亦晴说,"为了那幅画,也为了我的鞋。"

男人绅士地伸出手:"还没自我介绍,我叫乔烨。"

她也伸出手:"阮亦晴。"

乔烨很有分寸,两秒后松开手。

"我知道,傅森公司的财务总监,业界精英。"乔烨回头看了眼车里的画,"我忍痛割爱,阮小姐一句口头谢谢可不够。"

"那你想怎么办?"

乔烨轻眯起眼睛,四处看了看,最后指着对面那家饮品店。

"能不能请搬运工喝点儿东西?"

阮亦晴对这位风度翩翩又不失幽默的男人已经心生好感,没有多想就笑着答应了。

"没问题。"

两人走进饮品店,乔烨点了杯柠檬水,而阮亦晴要了杯曼特宁咖啡。

"我以为你这样的女孩会喜欢喝奶昔之类的。"乔烨说。

"为什么?"阮亦晴饶有趣味地追问,"你认为我是哪种女孩?"

"外表干练强势,内心却是小女生。"

阮亦晴喝着咖啡,似笑非笑地点头。

"这句评价,可以用来忽悠大部分女孩子。"

乔烨没有解释,只伸手招来服务生:"麻烦你,加一杯草莓奶昔。"

阮亦晴没料到这个,她想都没想就要拒绝:"我不用……"

"我知道。"他看着她说,"是我想试试味道。"

其实大学的时候,阮亦晴很喜欢吃草莓奶昔,后来追随着那个人的脚步,从创业开始,一路走到今天,为了能离他更近一点儿,她逐渐把他的生活习惯,当成了自己的。她学着喝他喜欢的咖啡、吃他经常订餐的饭店、像他一样加班……但他们之间的关系,却仍然还在原地踏步。

乔烨把送上来的奶昔推到桌子中间,两把勺子,并不叫她,只是安静地吃着自己的那部分。过了一会儿,阮亦晴放下咖啡,拿起留给她的勺子,舀了一勺奶昔送进嘴里,冰凉酸甜的味道,很适合夏天。

她说:"以前,我很喜欢吃草莓奶昔,有一天,我和我喜欢的男孩子就像现在这样面对面地坐在店里。他点了杯曼特宁咖啡,而我为了和他搭上话,就傻乎乎地说'好巧啊,我也很喜欢喝这个'。从那天开始,我就放弃了自己喜欢的奶昔,喝了很多年咖啡。"

乔烨安静地听着,问了句:"然后呢?"

"没有什么然后。现在坐在我对面的依然不是他。"

她自嘲地笑了笑,看着面前的咖啡。奶昔的味道丞在嘴里,和咖啡留下的苦涩混在一起,说不清是什么滋味。

乔烨问:"那幅画,你是买来送给他的?"

"嗯。"阮亦晴很轻地应了声,低头用咖啡勺搅拌着杯子里的咖啡,绕出一个小小的漩涡。

人在最亲近的人面前无须掩饰,无须说谎,在一个陌生人面前也是如此。

乔烨静静地看着她，即便看不见她的眼睛，他也能从她无意识地抿紧的嘴唇猜到她此刻的表情。当一个女人想起自己喜欢的男人时，无论身份、年纪，她脸上永远都只有那几种神情，没有例外。

乔烨喝了口柠檬水。

"如果你愿意，可以跟我说说他的事。"

没有人再去碰桌上那杯奶昔，它在一分一秒逝去的时间里不断融化，最后融成一摊粉红色的液体……

阮亦晴也不知道为什么，自己竟会愿意对一个刚刚才认识的人敞开心房，吐露心绪。但她不得不承认，这个男人是绝好的倾听者，同时，他身上有种很特殊的魅力，能让人心甘情愿地卸下防备。

阮亦晴倾吐得很尽兴，到最后不得不回公司的时候，才起身。

"和你聊天很高兴，希望我们下次还有机会再聊。"

说完，她伸手招来服务生，结完账兀自离开了。乔烨仍然坐在原地，透过窗户看着阮亦晴开车离去。

"先生。"一名服务生走过来递上一张纸条，"这是刚刚那位小姐让我给您的。"

纸上留下了阮亦晴的手机号码。乔烨勾起一边嘴角，将那张写有号码的纸卷进口袋里。

中午出来这一趟既买到了自己心仪的画，又和一个不讨厌的男人开怀畅聊，阮亦晴心情愉快了不少，她考虑起徐磊平来。

阮亦晴毕竟不是那种胸无点墨，心里还净是弯弯道道的女人。她虽然和徐磊平不合，但她很清楚徐磊平感念傅司衍的知遇之恩，故而他做的每件事、说的每句话，无论是不是顺旁人的意，但绝对都是站在为公司好的出发点上。

她决定回去找徐磊平私下里好好聊两句,将上午的不愉快翻篇。但她很快发现,无论是自己还是徐磊平,都没有闲聊或者置气的工夫了。因为网上关于明珠苑楼盘使用违规建材的消息,像一股不知从哪刮来的邪风,一个中午,席卷了各大门户网站,闹得沸沸扬扬。

公关部立即启动紧急公关政策,部门全体人员加班。这个周末,傅森公司上到高层下至普通员工,注定要在忙碌和不安中度过……

李之然知道这个消息时,正在去见谢芳菲的路上。坦白地说,从很多方面看,李之然都不像个正常的21世纪人类。如果她极简的生活方式和消费观念可以归因为穷的话,那她几乎不关注八卦娱乐、不看微博新闻便完全是因为懒。

路遥在《平凡的世界》里说:人们宁愿去关心一个蹩脚电影演员的吃喝拉撒和鸡毛蒜皮,也不愿了解一个普通人波涛汹涌的内心世界。

李之然恰恰相反,她懒得去偷窥与自己无关的人,懒得去关注他们的世界,她只对身边的人和事上心。但在拥挤的公交车上,她被挤到两个十六七岁的小女生的座位旁,不得不听她们边刷微博边热烈地谈论。

离李之然近一些的那个女孩说:"明珠苑的建筑材料有问题?我的天哪!我姨妈还打算在那儿买房呢,不会是豆腐渣工程吧?"

女孩的同伴撇撇嘴:"好像以前就有人在网上说过那个傅森公司有问题吧?"

李之然不想听她们絮絮叨叨,本打算摸出耳机戴上,但听见"傅森公司"四个字,从包里掏耳机的手顿了一下,将耳机重新塞了回去。

身边的两个女孩还在旁若无人地说话。

"不说是假的吗?我看到网上有人澄清过,说是竞争对手恶意诬陷什么的。"

"什么诬陷啊?我看是傅森在洗白。再说了,苍蝇不叮无缝的蛋,它自己要是真没问题,谁会无缘无故地诬陷它呀?"

李之然皱了皱眉,这小姑娘的逻辑听得实在醉人,但她现在没心思给她们上思想教育课。她摸出手机,急急地上网搜"傅森公司明珠苑",七个字打进去,首页跳出来的几乎都是负面新闻。

她一路往下滑,不用点进页面看,那些标题就足够让她触目惊心。

"'轻投资'的明珠苑,原来质量也'轻'""傅森地产原来早有问题",有些文章的标题干脆就是"黑心地产商为牟暴利,无视人命"。

在微博,这件事已经上了热搜,下面的评论是铺天盖地的谩骂,不少人自称现在正住在傅森开发的房子里,天天心惊胆战,夜不能寐。甚至还有人扬言要组团去傅森公司门口抗议。

李之然想给傅司衍打个电话,却迟迟按不下拨号键。他现在肯定很忙,她打电话过去,除了几声无用的安慰外,又能帮到他什么?还不如不要打扰。这样想着,李之然放下手机,眉头一直无意识地皱着。

一直到公交车到站,她才拍了拍自己的脸,安慰自己不要多想,傅司衍一定会解决好。

她根据谢芳菲给的地址,找到了名苑小区。名苑小区靠近师大附中,算是学区房,很多家长为了孩子学习方便,都会在这里买房。李之然曾因为工作关系进过小区,处处假山池塘,风亭水榭。

这样优美的环境也算对得起它高昂的房价。

不过谢芳菲不住在这里,她住在名苑小区旁边一条湫隘破败的小巷子里。巷子内,一家挨着一家,屋檐相接,哪怕此时天光明媚,也只有零星光线从房檐缝隙照进来。这样一来,各家晾在外面的衣服都不容易干,长年累月下来,空气中浮着一层陈年久酝的湿黏。

李之然费了点儿工夫才找到谢芳菲的家。没有门铃,她伸手敲门。谢芳菲好像是在等她,敲了没两声,她就过来开门了。

世上女人多种多样,风格迥异,常常令人眼花缭乱。李之然第一眼见到谢芳菲,只想到"风情"二字。她应该快四十岁了,成熟女人的韵味在她那张妖媚的脸上彰显得淋漓尽致。

"你好师姐,我是李之然。"

谢芳菲上下扫了她一眼,兀自转身。

"进来吧,把门带上。"

房子里面简单到简陋,只有几件必需的家具,整体老旧,但还算干净。客厅里唯一的装饰品大概就是墙上挂的那幅相框,照片上只有两个人,谢芳菲和一个男孩,应该是她的儿子。

谢芳菲随意地坐在残破脱皮的红沙发上,从茶几底下摸出一包女士香烟,抽出一根,熟练地点上。袅袅白烟里,她整个人显得更加颓靡,待客方式更是随性之至。

"饮水机在厨房,要喝水自己去接。"

"不用了。"李之然在她的对面坐下,开门见山地说明来意,"我想知道三年前师姐办理的那起离婚案的一些情况。"

谢芳菲吐出白烟。

"我记性不太好,未必都记得清楚。"

"没关系,你只要告诉我你记得的就好。"李之然说,"我看过三年前那起案子的一些资料，师姐是苏妍的律师，你对她印象如何？"

"就是一个身体不好病快快的女人。"

"你们现在还有联系吗？"

"案子一结束，我们就没再见过。"

"你当时见过她的孩子吗？先天性聋哑，当年四岁。"

谢芳菲指间的烟灰一时忘了弹，一小截灰白便从中折断，湮灭在她的长裙上。或许是也为人母，谈及孩子，她脸上终于流露出不一样的情绪，幽幽地叹道："那个孩子可怜得很。"

"孩子三年前走丢了。"

谢芳菲指尖的烟一颤。

"你怎么知道？"她不动声色地问。

李之然说："你还记得周寻逸吗？他是我的高中同学，他告诉我三年前他偶然遇到过苏妍在路上找孩子。"

谢芳菲眯起眼睛，吸了口烟，慢慢地说："你就凭这个认定那孩子走丢了？万一苏妍她找到了呢？"

"三年前，聋哑学校的王校长在校门口捡到一个走丢的聋哑小孩，一直把他带在身边。你不觉得太巧了吗？"李之然说，"王校长给那个孩子取名叫小野，我偷偷地拔了他的头发，拿去和苏妍以及她丈夫做DNA比对，过几天就会有结果。"

"然后呢？"谢芳菲面无表情地问，"如果确定了那个聋哑小孩的身份，你就把他还给他妈？"

李之然摇头。

"这里面疑点太多了。"她说，"三年前，苏妍和吴斌夫妇在离婚时做了精神鉴定，最后得出的结论是男方疑似患有精神疾病，加上吴斌当时在法庭上的激动表现，孩子最后判给了苏妍。随后，苏妍以担心小孩的安全为由，向法院申请，禁止男方前去探望，也被批准了。就在她获得抚养权后不久，孩子失踪。按理说，他们离婚的事当时闹得那么大，孩子丢了，苏妍要是站出来找的话，应该能引起各方的关注、帮忙，可她没有。我觉得事情没那么简单。"

谢芳菲把烟头捻灭在一个尚算干净的烟灰缸里。

"你费心费力地就为了别人的事，图什么？你能管那小孩一时，还能管他一辈子？"

"能不能管他一辈子我不清楚，但我绝对不会就这么不明不白地放弃。"李之然说，"我不想让他这么小就体会被人不负责任地抛来抛去的滋味。师姐，你也有孩子，这方面你的感触应该比我更深。"

谢芳菲又点了根烟。

"我只管自己的儿子，别人的孩子与我无关。"

如此冷血的态度让李之然知道，从她嘴里问不出什么有价值的东西。李之然不愿多留，起身告辞。

"今天打扰师姐了。"

谢芳菲也不留，送她到门口，忽然出声："那个小孩……待在他妈身边的时候，经常哭。"

李之然回过头，见谢芳菲心有不忍地闭了闭眼睛，好一会儿才继续说。

"他哭也哭不出像样的声，只是扯着嗓子怪叫，后来嗓子也哑了，连叫也叫不出来了。"

李之然怔住了，领会到某种更深层的东西。这种领会让李之然在三伏天感觉到一股瘆人的寒意，从心脏顺着血管爬遍四肢百骸，浑身冰冷。

"这些，你当年为什么不说？"她声音含冰。

谢芳菲半低着头,指间那根烟才抽了小半截,顺手将它捻灭在早已千疮百孔、斑驳脱落的墙壁上。

"我是律师,是个带着孩子讨生活的女人,我需要钱过日子。"

世俗又现实的答案,足够应对一切质疑。

李之然想说你不配当个律师,更不配当个母亲。但她没有立场,无论是站在律师的角度,还是站在母亲的角度。

谢芳菲说:"不过,我真心希望那个孩子能有个好归宿。"

"如果我是那个孩子,我一定会记恨你。"李之然转身离开前,留下一句话。

她在巷子口遇见几个男孩放学回家,其中一个就是谢芳菲客厅那幅照片里的男孩,五官和谢芳菲相似,正和同行的同学打闹。纯白少年,笑声爽朗,从另一方面看,又与他母亲截然不同。

李之然目送他走远,才转过身走向公交车站。一路上她心里都想着事,时而想到小野,时而想到傅司衍……以至于一辆公交车停在她面前,她都没看清是几路,就直接上去了。

等车开出一段,李之然才反应过来,这车不能把她拉回律所,但却会经过傅森公司。她想自己大概还是放心不下,哪怕明知道傅司衍此刻不在公司,仍然想去看看情况。

车到站前,李之然心里有些不安。她怕一下车就看到乌泱泱的人群挤在傅森公司门口,头上扎着印有口号的头巾的领头,拿着扩音器喊口号,其他人手举条幅,跟着振臂高呼,壮观场面。

但事实证明,李之然多虑了。现在是三伏天,外面太热,网络上那些键盘侠只喜欢窝在有空调的地方十指如飞。

傅森公司门口的确有不少员工进进出出,每个人看起来都行色匆匆。在这样的忙碌中,一个头发花白的男人宛如雕塑般站在大门外，就显得有些打眼了。

李之然不知道，自己此刻在外人看来明显是另一座雕塑。不过她的定力显然没有那尊"中老年雕塑"厉害。就在她准备离开时，一抹靓丽的人影从她身旁掠过，直奔那老人，嘴里叫着："傅教授。"

李之然被她的声音牵引着回过头，见那老者动了动，面朝走来的女人露出一个很淡的礼貌笑容。

"亦晴啊。"

被叫作亦晴的女人停在他面前，用和善到有些讨好的口吻说："您来找傅总吗？他出差了。外面太热了，要不您先去我的办公室里坐坐？有什么话您告诉我，我帮您转达。"

一听这话，李之然顿时明白了这个老人的身份，原来他就是傅哲，傅司衍的父亲。李之然禁不住多打量了他几眼。

傅哲身上有股老学究的书卷气，看上去气度儒雅，修养上佳。不过一张脸却生得四平八稳，无功无过，看来美如冠玉的傅司衍遗传了母亲的容貌。傅司衍和傅哲两人的身形轮廓挺相似的，一样挺拔修长。单看背影，甚至都有种孤独的感觉。

"不用。"傅哲摆摆手，"我就是路过，顺便看两眼，别告诉他。"

说完，他转身就走。阮亦晴有些无奈，但公司里的事情多，她也没什么闲工夫去劝他，于是踩着精致的细高跟，匆匆忙忙地回了公司。

李之然犹豫了几秒钟之后，追上了前面的老者。

"傅教授。"

听到一个陌生的声音，傅哲困惑地回过头，看着走过来的年轻女人。

"请问您是傅哲傅教授吧？"

"我是傅哲,你是?"

作为大学教授的他,桃李满天下,常常有记不清面孔的学生毕业之后来拜访他。傅哲下意识地猜想,面前这个女人或许曾是自己的学生。

李之然透过他的眼睛感受到他内心的平静祥和,以及夹杂在其中不太协调的愧疚感,有愧自然会有惧。李之然暗想,他的愧疚,大概是因为傅司衍吧?

她移开视线,不再看他那双已显老态的眼睛。

"傅教授您好,我是李之然。"

"李之然?"

看来傅哲是不记得她了,李之然也不愿意再提起小时候以及那些她毫无印象的事。

"不好意思,冒昧地打扰您,我是您儿子傅司衍的朋友。"

傅哲脸上的表情变得有些微妙。

"按他的性格,应该交不到朋友吧?"

这么评价自己儿子的爹还真不多见。

李之然坦白地说道:"他是有点儿不太好接触,但我觉得他的内心其实很柔软。傅教授,我听说一个人小时候的经历对他日后的成长影响特别大,所以我想跟您打听一下,傅司衍小时候是不是有过什么不愉快的经历?"

她问过许丽,但没得到答案,于是想从傅哲这里打听打听。

"没有。"傅哲说话的感觉和傅司衍很像,都是淡淡的,细听之下有种疏离的意味,"他小时候最擅长的,就是让别人不愉快。不过我有点儿好奇,"傅哲看着李之然,"你为什么这么关注他?"

他还在和气地笑着,但李之然清楚这笑容里已经有警惕的成分了。

"您别误会。"她解释说,"我只是作为朋友关心他一下而已。"

"如果你是真心关心他,那很好。但如果你仅仅是出于好奇才来向我打听他的话,就到此为止吧。"傅哲字字平静地说道,"傅司衍这个人的确有点儿奇怪,但这并不代表别人可以像看马戏团的猴子一样看我儿子。"

李之然被他这番似软实硬的话弄得有些不知所措。在法庭上,她具备所有优秀律师都有的优点——口齿伶俐。在生活中她也不是笨嘴笨舌的人,但这一刻,面对一个维护孩子的父亲,李之然张了张嘴,却不知道说什么好。

过了好一会儿,她才憋出一句:"您别误会……"

傅哲似是没听见她的话,抬头看了眼面前这栋气势磅礴的大厦,目光里情绪复杂。

"小小的白蚁能毁掉千年大树的根基,轻飘飘的舆论有时候会要了人命,也能要了企业的命。不过,那小子虽然爱钱又冷血,但毕竟是我的儿子,我相信他干不出偷工减料祸害人的事。如果他真有这苗头,早就被我打死了!"

李之然明白他这番话,不是对她而是对傅司衍说的。

"傅教授,我能冒昧地再问您一件事吗?"

"你说。"

"您和傅司衍的关系……为什么会变成这样?他毕竟是您的儿子,您……"

傅哲抬手阻止了她后面的话。

"那小子,没有同理心,我有时候觉得,自己是上辈子造孽,才养了个魔鬼!"

他话止于此,转身走了。

人的嘴会说谎,但心不会,行为更不会。哪怕傅哲嘴上说得自

操控人心 | 251

己好像恨极了傅司衍，只想当作没有他这个儿子，可他心里对傅司衍有愧，而且在傅森面临舆论风暴的时候，他到底还是过来了，像根木头似的顶着大太阳在公司大门外杵了半天。

　　李之然不由自主地想，难道父亲……就是这样的吗？她甩甩头，觉得自己有些可笑。

　　傅森公司公关部的动作很快。他们先是在各大门户网站发公关通稿斥责谣言，并出示一系列硬件证明，保证公司的建材质量没有问题。同时对几个在各大网站频繁发布、转发谣言的媒体营销号发出律师函。但这一系列行动收效甚微，网上对傅森仍是骂声一片。

　　紧接着，又爆出来一条大新闻。

　　建筑商王林在网上公开了傅森公司和他签订的劳务合同，那上面明明白白地盖着傅森公司的公章，王林还表示，自己知道傅森购买的那批劣质材料放在哪儿。

　　李之然看到这条新闻时，正在家里翻箱倒柜地找梁荣轩的名片。

　　"这不要脸的东西！"她忍不住对着电视骂了一句。

　　王林是个什么样的人她很清楚，上次她亲眼看见他和方亿的人接触。现在网上针对傅森的各种负面新闻和恶意攻击，很有可能就是他们在背后捣鬼。

　　这原本是一出低劣的诬陷，但因为王林公开了那一纸合同，整件事就变得耐人寻味起来，别有用心的人正好借题发挥，煽风点火。

　　而社会大众很容易被煽动，被误导，尤其是针对富商的问题，人们的普遍认知是"无商不奸"。现在，一个年轻富有的房地产商被爆出用劣质材料建房，也正好满足了人们心理的某种预期——他发的果然是不义之财!

傅森地产的声誉这次恐怕会受损严重,而一个企业的信誉,在某些时候几乎决定了它的命运。

傅司衍为什么会和王林这种人合作,李之然觉得特别费解。难道那合同是假的?但从傅森没有在第一时间反驳来看,合同是真的可能性更大。那傅司衍到底是为什么?

就在李之然困惑之际,她接到了千里之外打来的电话。

"然然。"傅司衍低沉的嗓音从那端传来。

他此刻正站在落地窗前,俯瞰着脚下陌生的城市夜景,白色衬衣解开两颗纽扣,露出线条干净的锁骨,袖口松松挽起,整个人透着股疲惫的慵懒。这一刻是他这几天难得的放松时间。

李之然听出他声音里的疲态,知道他虽然远在千里之外,但肯定也在为傅森的事操心。

她张了张嘴,本来有许多话想说,最后只问了句:"你还好吧?"

傅司衍用手背贴了贴额头。

"不太好。"他说,"我好像又有点发儿热。"

"让何助理给你找点儿药。"

"嗯。"又是一个淡淡的单音节,过了一会儿,他开口问,"网上的消息你看到了吗?"

"事情闹得那么大,只要不是隐居在深山老林里,想看不到都难吧?"李之然故作轻松地笑了笑,而后低声问他,'你们公司的用材……有没有问题?"

"没有。"

"那就好。"

她是个律师,本来应该看见证据才能做定论,可现在他说"没有",她便愿意相信。

傅司衍说："周一我回不去了，这边还有点儿事要处理。"

"没事，你忙你的。"

傅司衍在那端沉吟了片刻："然然，我需要你帮个忙。"

"什么？"

"你不是拍到过王林和方亿的人见面的视频？把它发给我。另外，我想让你作为外聘律师，暂时加入我们公司法务部。薪酬方面我会按最高规格给你。"

"你们法务部有固定合作的律所，我这样进去不太合适吧？"

"但只有你和王林打过交道。"傅司衍说，"我们合作的都是在商业方面资历老练的律师，你只要配合他们就好，最多需要作为证人出一下庭。"

李之然最近需要钱，她明白傅司衍这是向她递了根橄榄枝。

"好。"她答应下来，又忍不住担心，"那你接下来有什么打算？这件事给傅森带来的负面影响太大了……"

"别担心，我会处理好的。"他轻声道，似乎是在安慰她。

明明他才是那个立于危楼之上，随时可能跌下来再难翻身的人。

李之然无声地叹了口气后，轻声说："今天我见到你父亲了。"

"嗯。"傅司衍反应平淡。

李之然还想再说什么，那边响起脚步声，她隐约听见何岩的声音。

"你去忙吧。"她说，"不舒服记得吃药，早点儿休息，身体是第一位，知道吗？"

傅司衍说："我尽量。"

他不是个善于说谎的人，尤其面对她。

傅司衍放下手机，转身面向走来的何岩。

"金志杰呢？"

这个人才是傅司衍这次来平江的真正目的，对外宣称参加研讨会，不过是个幌子而已。

何岩说："已经到楼下了。"

五分钟后，门铃按响，何岩开门迎接。

"老金，好久不见。"

何岩和外面西装革履的中年男人明显交情不浅，两人一见面就来了个大拥抱，寒暄几句后，何岩领着他往屋里走。

"傅总等你很久了。"

傅司衍微笑着伸出一只手："金先生。"

"傅总。"中年男人也伸出手，"事情何岩应该和你说过了。"

傅司衍示意金志杰坐下，开门见山道，"据我所知，方亿地产老总方迅在你们香港华盛银行有个户头，里面存款高达八位数，另外他还投资了许多理财基金和股票，是吗？"

"这个……"金志杰面露难色。

何岩拍了拍他的肩："老金，别担心，你今天在这里说的每一个字，都不会出这个门。我们二十多年的老交情，你还不信我？"

"金先生，香港一直是我很感兴趣的地方，香港市场也已经在傅森最新的战略计划中。你是香港华盛银行的客户经理，以后少不了要找你合作，到时候还请多关照。"

傅司衍点了根烟，静静地等他的反应。

金志杰既然能过来见他，就说明这事已经成了七八分。能得到傅森这样一个大客户，是多少银行求之不得的，加上至交好友的关系，金志杰终于松了口。

"那个账户里的大部分钱，都是这两年才存进去的。"

傅司衍嘴角微抬，眸光幽深，他缓缓地说："方迅胆子小，利用公司帮人洗钱这事，也是被人不断怂恿才开始的。"

"傅总你早就知道？"金志杰一愣。

傅司衍看着指间香烟上的火星一寸寸往上爬，不紧不慢地说："金先生，你只需要告诉我我想知道的，不需要提问。"

金志杰从他平淡如水的嗓音里，听出了几分危险的意味，不由后背发凉，暗叹眼前这个年轻男人胸有城府，深不可测。

傅司衍懒懒地往后一靠，周身戾气收敛，优雅地做了个请的手势："金先生您继续。"

他们一直聊到半夜，中途何岩陪着金志杰去取了他的电脑过来，给傅司衍看了几份银行开的单据以及方迅账户的相关资料。傅司衍把那些密密麻麻的东西全部记在脑子里。

何岩送金志杰到电梯口，在等电梯的空当，金志杰忍不住说："老何，你这老板看着年纪轻轻，但怕是不太好伺候啊。"

何岩淡笑："他只是比别人看得远一些，又聪明谨慎几分，做事步步为营而已。"

"不简单啊。"金志杰笑得无奈。

何岩笑着摇头："他内心其实像个孩子。"

哪有这么可怕的孩子？金志杰心里暗想。外面傅森地产的负面新闻满天飞，而方亿是良心老牌房地产企业的论调则甚嚣尘上。除了有心人暗中操作外，大众喜欢跟风踩一个捧一个的心理也在其中起了不小的作用。谁知傅司衍不过是扮猪吃老虎，他早在一年前就已经开始为今天做准备了，现在真正处于危险边缘、风雨将至的是方亿。

何岩送走金志杰返回房间，见傅司衍正闭着眼睛靠在沙发上，不知是睡了还是醒着。何岩拿不准，只好动作很轻地给他盖了条毛毯。

闭着眼睛的傅司衍倏然出声:"公司现在公关做到哪一步了?"

"阮总监来过电话,说已经拟好了公关文案……"

"作废。"傅司衍淡淡道,"让她先找平时和傅森交好的媒体,公布傅森用于明珠苑建筑所有材料的购买清单。然后放出消息,说王林是方亿的人。等这个消息传开以后,再发布然然拍摄的视频,记得让人把视频的清晰度处理一下,我要里面的人清清楚楚。"

"好,我马上去办。"

"嗯,明早我要去见平江市长和他谈科学园工程的事,估计一整天都得耗在这上面。"傅司衍睁开眼睛,"你帮我定后天上午的机票回沙市。"

他眼睛里布满血丝,眼下是一圈深深的青晕。何岩有点儿心疼,傅司衍这两天都没合眼,铁打的身体也熬不住这么折腾。

"傅先生,你先休息吧。"

他心里很清楚,傅司衍未必能睡得着。

傅司衍挥了挥手:"你回去休息吧。"

何岩知道多说无益,无奈地轻叹一声,转身走了。刚走到电梯口,他就收到了李之然发来的短信。

"何助理,傅司衍有点儿发热,请您给他拿点儿感冒药,盯着他吃。我本来让他自己告诉您的,但想一想,他未必会说,只能冒昧地打扰您。"

何岩笑了笑,收好手机,去买了药重新回来。

傅司衍仍靠在沙发上,维持着刚才的姿势没有动。身上松松地盖着毛毯。

"傅总。"

他轻轻地唤了声。

傅司衍没有动静,看来是睡了,他难得睡着,哪怕能休息一两个小时也是好的。何岩把药放下，动作极轻地离开了。

"李之然啊李之然，你们老李家祖坟总算是冒点儿青烟了！"得知李之然被选聘为傅森地产的外聘律师，王霸高兴得合不拢嘴。

李之然脑海里顿时浮现出诡异的一幕：傅司衍乘着她家祖坟冒出的青烟，缓缓而来。顿时鸡皮疙瘩都起来了，不禁缩了缩脖子。简单收拾好东西，在出发去傅森公司之前，把一个礼品盒放在郑南书的桌上。里面是一件印花T恤，是她给他的生日礼物。

傅森公司法务部已经提前接到通知，派人到门口接这位外聘律师。李之然被领到法务部，签了一份协议书后，被安排了一张临时办公桌。

向李之然简单地介绍了法务部目前的工作情况之后，那人就走了。李之然四处看了看，大家都很忙，没人搭理她。她闲来无事，就自己上网看新闻，看看目前的舆论导向。

快到中午时，一个女人匆匆地走来。李之然认出是那天在公司门口和傅哲说话的女人，今天她身上戴着工作证，李之然看清了她的职位，这个漂亮干练的女人叫阮亦晴，是公司的财务总监。

阮亦晴自然没留意到李之然，大步流星地走进经理办公室，在里面待了好一会儿才出来。阮亦晴离开时，显然没有来时那么匆忙，目光四下一扫，注意到多出来的新面孔。

阮亦晴叫过旁边的人，朝李之然的方向指了指："那是新来的？"

被她叫住的人顺着她手指的方向看了眼："对，阮总监，她是傅总亲自聘请来的律师。"

"傅总亲自请的人？"阮亦晴诧异扬眉。这些事一向是人事部的工作，傅司衍怎么会突然操心这个？

她问："她叫什么名字？哪儿来的？"

"好像叫李之然,是杜金王律所的律师。"

阮亦晴没再多问,却暗自记下了这个傅司衍亲自聘请来的女人。

当天下午,傅森公司用于明珠苑的所有建材采购清单就上传到了官网上,各大媒体门户网站竞相转载。傍晚,李之然拍摄的那段视频也在各大门户网站发布了。不过网上发布的视频要比她手机里的清晰许多,还标明了拍摄时间,下面附带了一篇简洁有力的公关文,指出王林与方亿勾结,作为商业间谍进入傅森内部存心设计诬陷。

这出接连反转的好戏让网上各路围观群众再次炸开了锅。

第二天上午,李之然听到了傅司衍回来的消息,但他没有第一时间回公司,而是直接去了"明珠苑"的施工现场。公司里的高层闻风而动,目前处于闲人状态的李之然迟疑了几秒,也动身赶往明珠苑。

工地那边可比公司门口热闹多了,不仅有围观群众,还有想抢第一手新闻的媒体,人墙在工地入口处围了一层又一层。

大夏天的,这么多人扎堆一处,汗臭体味也混在一起。李之然往里挤的时候,那味道熏得她作呕。她强忍着,踩了两脚泥后终于艰难地突出重围,顿时松了口气。工地上的泥土味还很浓厚,但总好过那些要命的汗腻味。

李之然抬起头,看见十几米外的傅司衍,只有一个侧脸。他无视周围的喧哗,正侧着头在听何岩说着什么。

李之然想过去,被两名保安拦住了。

"闲杂人等不能靠近!"

另一个女人却轻松突破障碍,从她的身旁大步流星地走了过去。阮亦晴今天的打扮很干练,一身小西服,为了方便走路,她换

操控人心 | 259

掉了高跟鞋,把修身西裤塞进土气的胶鞋里。这样不搭的一身,套在她身上竟也不难看。

"阮总监!"李之然喊了她一声。

阮亦晴回头瞥了她一眼。

"我能不能过去?"李之然问。

"你来干什么?"阮亦晴认出她,"在外面等着吧。"

说完,径自走向傅司衍。

李之然放弃了进一步靠近傅司衍的念头,只远远地看着。

傅司衍今天穿了一套西服,安静地站在那儿,便足以让人挪不开目光。只是他身上的气质太过清冷了些,与周围的环境格格不入。

不少记者扯着嗓子提问。傅司衍保持着极淡的微笑,不发一语,由身旁的何岩充当发言人。

"傅总刚刚坐最早一班飞机从平江赶回来,连口水都没喝,就立刻赶来工地现场,就是希望能给还在一线施工的工人们一些鼓励,也希望各位媒体朋友不要再捕风捉影,报道那些没有根据的不实消息。过几天傅森会召开新闻发布会,大家有什么问题,到时可以现场提问。"

这时,人群忽然骚动起来,李之然被涌上来的人流推挤着往前倾斜,差点儿站不稳。排成一排拦在前面的保安手忙脚乱地维持秩序。

"黑心开发商死全家!"人群中有人扯开嗓子大喊。

李之然还没弄清声音是从哪个方向传出来的,就看见鸡蛋和泥块从人群中扔出来,劈头盖脸地朝傅司衍砸去。

"傅总!"

阮亦晴吓得花容失色,想上前挡,却被傅司衍推开了。

阮亦晴听见他低声说了句:"别过来。"

她微微一愣,感动之情不合时宜地漫上心头,随后,她转过身尖声喊道:"保安!"

这场突发事件瞬间点燃了现场的气氛,一时间好像有无数个记者在说话,无数台摄影机、照相机疯狂拍摄,都想记录下这突发的惊人一刻。

纷乱的声音像涨潮的洪水般,铺天盖地席卷而来。李之然耳边一片嘈杂,她不知道哪儿来的力气,硬生生推开挡在前面的两名保安冲向傅司衍,但她还没靠近,就被另外两名保安在半道粗暴地拦住了。他们把她当成了意欲偷袭傅司衍的人。

其实就算不被拦下,李之然也知道自己赶不及在那些鸡蛋、泥块砸到之前挡在傅司衍身前。她没办法替他挡,只能眼睁睁地看着他躲过这边扔过来的东西,又被那边扔过来的砸中。鸡蛋碎在他深色西服上,傅司衍背过身去,又有一个泥块向他砸来。而她却只能眼睁睁地看着。

李之然觉得自己此刻就像是不会游泳的人,站在水池边,朝水里拼命挣扎的溺水之人战战兢兢地伸出手,不过是一场心有余而力不足的徒劳罢了。

何岩拼命护住傅司衍,转身朝人群里喊着什么,但没人听他的,场面一度混乱。一群保安拥上前,用身体将傅司衍护在中间,向门口转移。

"傅司衍!"

李之然也不知为什么,脱口大喊了一声。

四周很多声音在喊他,张口谩骂的房主、围观的市民、见缝插针犀利发问的记者……她的声音在出口的一瞬就被淹没了,她本不指望他能听见。但傅司衍却在仓促离开的途中顿住了脚步,迟疑地

操控人心 | 261

回过头。他脸色微微发白，目光一边躲避，一边寻找。

终于，他静默无声的目光穿过无数人，找到了角落里的李之然，四目遥遥相对。李之然鼻子一酸，差点儿哭出来，但她生生地忍住了。

她看到傅司衍抬起手，在她能看见的地方比画着手语，简单一句"别担心"。李之然顿时破涕为笑。

最终，傅司衍在保镖的护送下，一路避开记者挤出人群，走向等在外面的轿车。期间，无数张脸从他的眼前滑过……傅司衍忽然愣了一下，一抹极为熟悉的身影自他眼角一闪而过，他回头去找，入眼的都是陌生的人，他一无所获。

"傅总。"何岩在一旁低声提醒他。

傅司衍收回视线，弯身坐进车里，车门随即关上，轿车很快开离现场。主角已经走了，剩下的人自然兴味索然，很快四散而去。李之然也准备回公司。

"没受伤吧？"

"没事，就是头发脏死了，我想在附近找个地方先洗个头。"

一男一女的声音飘了过来，女声是阮亦晴，至于那道男声，李之然听着耳生，她好奇地侧过头看了一眼。阮亦晴正和一个男人并肩走过来。她刚才站在傅司衍身边也遭了殃，头发上挂着清亮的蛋黄和碎蛋壳。

她也看见了李之然，礼貌性地抬了抬嘴角，然后就把她当空气忽视了。李之然的注意力并不在阮亦晴身上，她关注的是阮亦晴身边的男人。他很白，是那种带着几分病态的苍白。一张脸虽算得上好看，但远不到夺目出众的程度。不过他身上有股忧郁儒雅的气质，远比他那张脸更吸引人。

李之然确定，自己以前没接触过这样的人，但她却意外地觉得男人有几分面熟，一时又想不起来究竟在哪儿见过。那男人悄无声息地放慢脚步，和阮亦晴拉开一两步的距离。经过李之然面前时，他忽然伸出食指抵在血色单薄的唇边，朝她做了个噤声的动作。

他脸上带着一丝玩味的笑意，仿佛此刻他正在进行一场只有他们两人才知晓的游戏。李之然不由得困惑地皱起了眉。

男人加快两步走上前，和阮亦晴并肩走远，仿佛刚才他那个诡异的小动作不过是李之然的臆想而已。

"到底是什么人？"李之然心里嘀咕。

阮亦晴和那男人开车走了。刚才热闹的工地门口只剩下地上一堆垃圾。李之然心想，傅司衍接下来会去哪里？公司还是家？他刚才好像挨了几下，不知道有没有受伤？

就在她准备给傅司衍打电话时，她注意到几米开外的一个人影，有点儿眼熟。李之然盯着他看了一会儿，认出了那个人，是傅司衍的父亲，傅哲。

他想来看看儿子的情况，但这么多年下来，他和傅司衍之间的隔阂不仅生根发芽，而且还长得枝繁叶茂，将傅哲生生拦在了马路对面，怎么也跨不过那一步。

李之然既惆怅又感慨，她轻轻地叹了口气，朝傅哲走去。

傅哲没注意到她，直到她走近叫了声"傅教授"，傅哲才将视线移到她脸上。

"你是？"他困惑了几秒才想起眼前的姑娘，"你是司衍的朋友？"

李之然点头，留意着傅哲的神色。他必定也看见了刚才的情况，脸上担忧之色未褪。

"那小子没事吧？"

李之然也不太清楚，但仍然宽慰道："没什么事，您放心。"

傅哲脸色稍霁。

操控人心 | 263

"那群人真是……真是疯了！乱来一通！"

显然他并不习惯骂人，气得嘴唇直哆嗦也只蹦出这么一句不带脏字的话。

李之然劝他："您要是放心不下，可以给他打个电话，他……"

"他哪里需要我担心？"傅哲赌气似的脱口道，神态和傅司衍有几分相似。

闷了一会儿，傅哲表情和缓下来，笑了笑，那笑容里却有种说不出的惨淡意味，"而且都过了这么多年，我现在关心，恐怕也晚了。你说是不是？"他犹豫地看了眼李之然。

李之然清楚，这个年过半百的老人想从她这里得到点儿勇气。好像只要她摇头否定，他们父子之间这些年的隔阂就会缩成一道能轻易跨越的小水沟。人多么脆弱可笑啊，明明是血缘至亲。靠近还是疏远，到头来，还要从她一个外人这里要个决断。

李之然没有让他如愿以偿。

"我不知道。"她顿了顿，坦诚地说，"不过有些事，总得试试才知道答案吧？"

李之然眯起眼睛望向远处的天，天空也是矛盾的，乌云裹着白边，将雨未雨，似晴非晴。

失控的记忆

（下）

MEMORY OUT OF CONTROL

眼见可能为虚
记忆也会说谎

在这个失控的世界
爱是唯一的希望

陆沉 \ 著

台海出版社

图书在版编目（CIP）数据

失控的记忆／陆沉著. ——北京：台海出版社，2018.8
ISBN 978－7－5168－2001－8

Ⅰ.①失… Ⅱ.①陆… Ⅲ.①长篇小说－中国－当代
Ⅳ.①I247.5

中国版本图书馆CIP数据核字（2018）第156969号

失控的记忆

著　　者：陆　沉	
责任编辑：俞滟荣　曹文静	装帧设计：天下书装
版式设计：天下书装	责任印制：蔡　旭

出版发行：台海出版社
地　　址：北京市东城区景山东街20号　邮政编码：100009
电　　话：010－64041652（发行，邮购）
传　　真：010－84045799（总编室）
网　　址：www.taimeng.org.cn/thcbs/default.htm
E － mail：thcbs@126.com

经　　销：全国各地新华书店
印　　刷：三河市人民印务有限公司
本书如有破损、缺页、装订错误，请与本社联系调换

开　　本：880mm×1230mm　　1/32
字　　数：408千字　　　　　印　　张：17
版　　次：2018年9月第1版　　印　　次：2018年9月第1次印刷
书　　号：ISBN 978－7－5168－2001－8
定　　价：80.00元（全二册）

版权所有　　翻印必究

目录 Contents

11	错过真相	>>	001
12	心动告白	>>	027
13	诡异童谣	>>	055
14	真实幻象	>>	080
15	借刀杀人	>>	107
16	第二人格	>>	132
17	冰冷女尸	>>	159
18	瘾症发作	>>	185
19	危机四伏	>>	211
20	生死相随	>>	236
	尾　声	>>	263

11 / 错过真相

和傅哲道别后,李之然独自坐车回傅森公司,中途给傅司衍打了个电话,不过无人接听。李之然想他大概在忙,把手机重新揣回兜里。回到公司,刚迈进法务部的大门,就被叫去经理办公室和几个资深老律师一块开会了。

说是开会,李之然觉得这更像是一场针对她的问话,把她之前和王林打交道的经历从头到尾、方方面面抠得一点儿不剩。最后,他们让李之然做中间人,联系上那几个被王林拖欠工资的民工后,就让她出去忙了。

李之然离开经理办公室后,仔细想了想,自己实在没什么好忙的。作为高级外聘员工的她,工资是按天算的,比部门经理的日平均工资还高,她已经白拿了一天,良心上很是不安。所以,她决定自告奋勇、毛遂自荐,去问问经理有什么事她能帮上忙。

她出来时没把经理办公室的门关紧,还没走近,就听见里面的争执声飘了出来。

"你们难道不知道她的来历?杜金王律所的合伙人过来我都未必看得上,她一个小律师能有什么能力?眼下这事有多重要你们不是不知道，让她办，她能办什么？"这是法务部张经理的声音。

"可她是傅总……"

张经理冷笑讥讽："就因为她是傅总特地关照的人，更不敢让她去做什么了。她要是做好了，就是领头功，做不好，到时候黑锅全是我们背，她甩甩袖子就回去了……"

李之然没再听下去。她这个从天而降，却没什么惊人实力的外聘律师拿着高额工资，自然会引来闲话，这些她是有心理准备的。可她留在这儿干什么呢？听这些闲话，浪费时间？

李之然忽然觉得自己答应傅司衍做这个外聘律师的行为有点儿傻，纯属被钱迷了眼。还是杜金王律所那个小地方，比较适合她这种小人物待。

她临走前决定去董事长办公室碰碰运气，看傅司衍在不在。出了电梯，就看到了办公室外面的何岩。

"何助理。"

何岩看到她先是一愣，而后友好地打招呼："李小姐，你怎么上来了？"

李之然意有所指地看了眼傅司衍办公室紧闭的门。

何岩说："里面在开小会，你可能要等一下。"

"噢……他还好吗？"

何岩如实说："一点儿皮外伤。"

李之然点点头："麻烦你告诉傅总一声，说我回律所了，有什么事给我个电话，我立刻就过来。"

"李小姐。"何岩叫住她，"你不等一会儿，和傅总见一面吗？"

老实说，李之然是想见傅司衍的，她想近距离看看他，也想告诉他，今天他父亲去工地看他了，甚至还想说两句没什么用的安慰话……但最后，她只是笑着摇了摇头。

"不用了,他现在太忙,我一个闲人还是不要打扰得好。"

何岩苦笑,有点儿无可奈何。

"我还是希望你这个闲人能多在他身边陪陪他,让他也沾点儿空闲。"何岩眼里有心疼,他低声告诉李之然,"傅总这几天忙得跟陀螺一样,加起来睡了不到六个小时。"

傅司衍本来睡眠情况就很糟糕,现在公司又走到了关键时刻,进一步,就可以拿下方亿,扩大商业版图;但如果失败了,傅森会元气大伤。傅司衍作为公司的掌舵人,在这种时候更要稳住,他的压力可想而知。

对于每天一定要睡够七个小时的李之然来说,傅司衍简直就是在经历酷刑。

"他真是不要命了!"

正说话间,办公室的门打开了,阮亦晴和徐磊平从里面走出来。看见李之然出现在这,阮亦晴的表情有些微妙。

"李律师你不在法务部帮忙,跑上来干什么?"

徐磊平不管这些,只看了李之然一眼,先走了。

"我来找傅总。"李之然说。她还是打算进去看看傅司衍。

"你找傅总有什么事?"阮亦晴打算刨根究底。

李之然觉得好笑,朝空中一指。

"看见了吗?"

阮亦晴莫名其妙:"什么?"

"有只母蚊子飞进办公室去了,您要不要拦住问一问它干吗?"

何岩被逗笑了,公司里能让阮亦晴吃瘪的人,除了徐磊平又多了一个。

阮亦晴气得一张俏脸变了色。

"阮总监辛苦了,加油!我先进去了。"

错过真相 | 003

李之然说完，和她挥了挥手，头也不回地走向董事长办公室。门是虚掩着的，她轻轻推开，人进去了才叫了声："傅总。"

傅司衍听见她的声音，抬起眼帘。

"怎么过来了？"

"啊……"李之然挠头，撒了个善意的谎言，"律所那边有点儿事，我要回去了。工资你给我结一天的就行，有什么事用得上我的，你叫人给我打电话，我立马就过来。"

傅司衍握笔的手渐渐慢下来，抬头看向她。

"被人背后说闲话了？"

这位先生是兼职算命的吧？

"你怎么知道？"李之然忍不住问了句。

"从我了解的情况来看，你们律所不会有什么事重要到把你从傅森叫回去。那就是你自己想离开，你想走的理由，除了听见什么话伤了自尊之外，我想不出别的。而且你还提到了钱。我猜猜，他们说你拿高薪又不做事，是个关系户对吗？"

这猜得也太一针见血了吧？

李之然干笑两声："我的自尊虽然不那么脆弱，但这次的确觉得有点儿受伤。不过这不是最重要的，主要原因还是我觉得我留在这儿太浪费时间了，不如等你们有需要了再叫我，我随叫随到。这样双方效率都能提高，我也能挽回点儿自尊。"

"对不起。"傅司衍低声说，"我当时没有考虑周全，只想着请你过来，一可以增加你的收入，二可以帮傅森点儿忙。"

李之然走到他的办公桌前，他坐在椅子上，难得可以从高处看着他。傅司衍的头发上沾了些灰，应该是从工地上带回来的。他那张脸还是像平时一样，神情淡漠，一切情绪，一切压力都隐藏在平静的外表下，叫人捉摸不透拿捏不准。

她忽然有点儿心疼。

"你是人,又不是神,哪里能面面俱到,每件事都考虑周全?"李之然伸出手,轻轻拂掉他发间的灰尘,然后拉过旁边的椅子坐下。

"能不能麻烦你抽点儿时间,陪我聊聊天?"

她想自己现在的表现一定相当无理取闹。

傅司衍看了眼腕间手表:"十分钟。"

"好。"她屈起手肘撑在桌面上,掌心托着腮,对他说,"今天你爸也去了工地,他还问我,你有没有事。"

傅司衍哼了声:"他应该是想知道我有没有被打死。"

"你不要把你爸想得那么坏行不行?"李之然认真地告诉他,"他是因为关心你才到工地上去的。"

傅司衍沉默了几秒,开口问:"你感受过他的内心吧?"

问完也不等李之然回答,就自言自语道:"应该没有我的位置,与我无关。"

怕等不来希望的答案,就先否定了自己。

"作为独生子,你有点儿自信行不行?"她忍俊不禁,"你爸还是很在乎你的。"

傅司衍不知是信了还是没信,没再说什么,只伸手去抚摸腕间的表。相对于他身上永远干净笔挺看起来崭新的衬衣,手腕上那块表就显得有些陈旧了。

"这是我二十岁生日的时候他送我的礼物,也是我成年以来,从他那里收到的唯一一件生日礼物。"

他不习惯倾诉,这是他第一次主动和人谈起自己的家事,不免觉得别扭。但李之然神情专注,似乎听得很认真。

傅司衍继续说下去:"也就是那一年,我帮一家集团公司做了份收购计划,以低价收购了一家运营发展困难的连锁酒店,又把它们拆分转卖，从中赚取了一笔可观的利润。那家酒店原来的大批员工被迫下岗，包括一个刚被提拔为副总经理的男人。那个男人觉得自己十来年的奋斗和付出就这样毁于一旦，他没有勇气从头来过，跳楼了。那个男人是我爸最喜欢的学生之一，也是我们家的亲戚，当然，这层关系我是后来才知道的。"

说起往事，傅司衍显得很平静，平静得甚至有几分冷血。

"我爸要我把那次赚的钱全部捐给死者家属，做抚恤金，我没照办。我是个商人，不是慈善家。生意场本来就是没有刀光剑影的战场，他自己抗压能力太差，经历点儿挫折就扔下老婆孩子去跳楼，我为什么要为他个人的懦弱买单？"

这番话听起来就像是一个极致的利己主义者的观点，但李之然知道，傅司衍不是。

李之然说："你和你爸就是因为这件事闹僵的？"

傅司衍没承认也没否认，只是扯下袖口盖住了腕间那块表，淡漠地说："我绝对不会为弱者失败的人生负责。"

李之然笑了笑："作为律师，我好像一直都在补救别人的人生。"

傅司衍说："如果得到的报酬与付出不对等的话，那我建议你辞职。"

当律师这些年，李之然顺口接话已经成为习惯，她玩笑道："辞职了你养我啊？"

傅司衍却认真思考了几秒，点头："可以。"

李之然哈哈笑起来："你到时可不能反悔啊！"

"不会反悔。"他郑重地说。

李之然止住笑，他郑重的样子让她心里有点儿暖又有点儿心疼，她没再继续玩笑，只是静静地看着他。

傅司衍不合时宜地提醒："还有三分钟。"

李之然没理会时间,"你上次不是和我说你有点儿发热,吃药了吗?现在好了没有?"见他眼里布满血丝,脸上疲态明显,不禁有些担心。

"嗯。"他敷衍地应了声。

李之然伸手过去试了试他额头的温度,不热,反而有些偏低,在他额上不轻不重地弹了一下,一本正经地对他说:"累了就要休息,生病了就该吃药。我这个人朋友比较少,你对我来说就像国宝一样珍贵,知道吗?"

"国宝?"傅司衍不太明白自己和国宝之间有什么联系。

李之然看出他的困惑,无奈一笑,耐心地跟他解释:"我的意思是,你对我来说,是非常重要的人,你要照顾好自己,对自己好一点儿,不然我会担心。"

傅司衍觉得耳根有点发烫,生硬地转移了话题。

"超时七秒了。"

"知道了,你一定要注意休息,我走啦。"

李之然离开没多久,何岩就端着杯温水和感冒药进来,看了眼傅司衍,有点儿奇怪:"傅总,你耳朵怎么红了?"

傅司衍也不太明白。

"可能是有点儿热,把冷气调低一点儿。"

"再调低你感冒就该加重了。"何岩把药推到他面前,"吃了药再继续忙吧。"

傅司衍抗拒地皱了下眉。

何岩手握成拳抵在唇边轻轻咳了声,望着天花板:"李小姐应该还没走远,现在打个电话……"

话音未落,傅司衍就拿起药利落地吞了下去,又喝了几口水,然后摆摆手:"你可以出去了"。

何岩露出满意的笑容，心里感慨万分，这可真是一物降一物啊！李之然要是能再早两年出现该多好。

何岩走出办公室，正好碰上来找傅司衍的公司"吉祥物"——副总杨康。

"杨副总。"他点头致意。

"何助理辛苦啊。""吉祥物"乐呵呵地道。

"吉祥物"最大的本事，就是无论发生什么事，不管大小，他都能笑呵呵地乐观面对，心态好得出奇，和日理万机、事必躬亲的傅司衍完全是两个极端。

"傅总。"杨康恭恭敬敬地走到办公桌前，也不坐，低眉顺眼地站着等傅司衍说话。

他知道自己能在副总这个位置上安安稳稳地坐着，全赖头顶这个傅总。他很清楚自己在公司担任的角色。董事长做事一向雷厉风行，平时一张面瘫脸不苟言笑，把他这个亲民的副总衬托得越发和善可亲。虽然公司高层他唬不住，但在基层员工里，他人气还是很高的。

傅司衍问："稽查局和税务局那边怎么样了？"

"您放心，都打点好了，今晚我还要请稽查那边的相关负责人吃个饭。"

虽然杨副总没什么大本事，但在人际交往方面却有点儿能耐，是个长袖善舞、八面玲珑的主儿。

"行，这两天匿名举报信就会送过去，你全程盯着，能打听到的消息一个也别放过。"

"我知道我知道。"杨康点头哈腰，"傅总您放心，只要方亿真有什么东西可查，他们是跑不了的。"

接下来几天,关于傅森公司明珠苑用材质量的事可以用峰回路转来形容。傅森公司公布了用于明珠苑的建材采购清单后,又公布了公司近两年的会计报表,里面说明了傅森每一笔资产收益和资金走向,比一些上市公司年终发布的报表还要详细。全力证明了傅森有足够的财力选购优质的建材。最后傅森还点名与此事相关的方亿,希望对方也表个态,公布一下相关材料让关注此事的大众放心。

一时间,舆论又调转枪头,指向了被这突然一击打蒙了的方亿。

方亿不回应?不要紧,傅森董事长公开向方亿老总发出邀请,请他参加下周三的新闻发布会。

战帖都递到家门口了,所有人都等着看他回应,方迅当了缩头乌龟,简直是老脸丢尽。这还没完,随后,傅森公司委托律师以诬告陷害罪和侵犯商业秘密行为起诉了王林。

表面的事情已经够热闹了,殊不知私底下,还有更热闹的。

稽查局接到举报,方亿地产董事长方迅涉嫌帮人洗黑钱,数额巨大,举报人同时提供了相关材料。稽查局很快立案查处。

方迅四面楚歌,每日在家懊悔得头发都白了,他不是后悔自己洗黑钱的行为,而是叹不该贸然去动傅森。

一向甚少关注网络动态的李之然,这段时间密切关注各方在网上对傅森及傅司衍的评价,充分见识了网民跟风和变脸的速度有多快。短短几天,傅森从万人唾骂的垃圾企业变成了房地产行业的佼佼者,被骂是无良奸商的傅司衍,转眼被称赞为良心天才企业家,甚至还有人在微博上建起了傅司衍的小粉丝团。

十几岁的少女对傅司衍突如其来的狂热追捧,李之然理解不了,也没空理解,因为她很忙。知道傅森转危为安后,她只偶尔给何岩打个电话,向他打听傅司衍的身体情况。

大部分时间,她都蹲守在明心心理诊所附近。

虽然联系上了梁荣轩,但她很快发现,想从梁荣轩那里打听苏妍的消息实在太难,不过也不是半点收获没有,那个叫苏妍的女人现在还是诊所的病人,她的心理医生是沈术。于是,她一有空就来诊所附近转悠,希望能碰上苏妍。

一连几天,她都没有收获。周寻逸那边反而传来消息,小野和吴斌DNA比对的结果出来了。

"小野就是吴斌的儿子!"周寻逸显得很兴奋。

李之然提醒道:"就算是,吴斌也不能带小野走。你别忘了,三年前孩子的抚养权被判给了苏妍,而吴斌是禁止靠近孩子的。"

"那你打算怎么办?"

李之然正在书店闲逛,她抬头透过窗户看着斜对面的心理诊所,阴森森地说了句:"我准备去拔苏妍几根头发!"

周寻逸笑道:"听你这口气,我还以为你要拧下她的脑袋呢。"

"哪能啊。"李之然也笑道,"你先忙吧,我挂电话了。"

"嗯,有事随时找我。"

"好。"她敷衍地应着,突然想起什么,叫了声,"周寻逸!"

"嗯?"

"你带吴斌再去做个精神鉴定吧。"

周寻逸对这个提议表示认同:"好,这也是个办法,总比什么都不做强。"

"那就这样,我们分头行动,保持联系。"

周寻逸闻言笑说:"你这话说的,我都怀疑自己是不是兼职做特工了。"

"没工资啊。"玩笑过后,李之然挂了电话。

马路对面依然没有什么动静,她低下头,慢慢地挪步,目光从眼前一排心理书籍上挨个扫过,最后落在一本叫《亚斯伯格综合征完全指南》的书上。

她想起了傅司衍，顺手将书抽出来，一页一页地翻看。忽然，一个陌生女人的声音在她耳边响起。

"小姐你是心理医生？"

李之然摇摇头算是回应。

那女人却没有就此打住话头。

"你身边有得这种孤独症的人吗？"

这句话引起了李之然的注意，李之然侧过头去，女人三十五岁左右，很瘦，那张脸如同一张画皮贴在面骨上，颧骨高高耸起，仿佛随时可能戳破黏在上面的那层皮。但让李之然感觉不安的是女人的那双眼睛，她透过那双眼，感受到女人内心一片沉郁阴暗，好像她此刻正陷在最深的黑暗里未曾醒来一样。

在这样闷热的夏天，和这样一个女人对视，李之然脊背隐隐发凉，好像有一滴冰水，沿着脊柱一路下滑……

"打扰了。"

那女人已经和她作别，转身走了。

一直到她的身影消失在门外，李之然才猛地意识到什么，放下书追了出去。女人已经过了马路，走到心理诊所门口。

"苏妍！"

李之然叫了声，那女人却没有回头，等她穿过马路，女人早已经走进诊所不见了。

李之然站在诊所门口，想着自己上次来这里是什么时候，快四年了吧？恍惚间，日子如流水，什么都沉在水底，表面却依然风平浪静。

大厅的前台小姐已经换了人，但规矩没变，她还是和前任一样，问明来客的身份，只有确定是提前有预约的才会放行。

李之然知道这里四处都是监控，警报器则连着最近的派出所。她要是敢闹事，用不了十分钟就会被带去派出所喝茶。

该怎么办呢？李之然眼珠一转，有了主意。

她直接走进去，笑眯眯地对前台小姐说："你好，我来找沈术沈医生，他在里面吗？"

"请问您有预约吗？"果然是这一句。

"我找他有点儿私事。"李之然低头四下看了看，压低声音告诉她，"你最好让他出来见我，不然的话，今天这里可能会有一场惨烈的医患纠纷！你知道有些心理疾病患者容易冲动，拿刀进来血溅三尺就不好了，万一溅到你身上……啧啧。"

李之然适时打住，露出一脸惋惜的表情，留下画面给前台小姑娘自己想象。

果然，姑娘年纪小不经吓，脸色都白了。慌忙伸手去拨号码，直接打进了沈术的办公室。

"沈医生，大厅里有位小姐有急事找您……对，很着急，麻烦您尽快下来看看……好的。"姑娘挂了电话，再看向李之然，眼里还带着惧色。

"小姐，麻烦您到前面的休息室等一下，沈医生马上就来。"

李之然朝她露出一个温和无害的笑容："别报警，别担心，不会有事的。谢谢了。"

她在休息室没等多久，沈术就出现了。

李之然在看到他的瞬间，天灵盖上如遭雷劈。眼前的沈术和她那天在工地上遇见的，走在阮亦晴身边的奇怪男人拥有同一张脸，只不过鼻梁上多了副眼镜。

李之然又觉得有些不对劲，明明是同一张脸，身上的气质却判若两人。如果那个男人是忧郁儒雅的话，面前的沈术则透着股迂腐的书卷气，再加上鼻梁上那副古板的眼镜，让他整个人看起来更加沉静无趣。

他们……完全是两个人。李之然几乎要推翻自己第一眼的判断。

"小姐，你找我吗？"沈术已经走到她跟前。

"啊……"李之然一时有些无措，下意识地抓了抓头发。

沈术似是想起了什么，忽然笑了，"你是李之然李小姐？"

"是我，沈医生你还记得我？"

"刚才是有点儿没认出来，但是……"沈术模仿她的动作，抓了一下头发，而后腼腆地朝她笑了笑，"这个动作，你以前经常做。"

四年前他曾和梁荣轩一起为她治疗，换句话说，沈术当年也是她的心理医生之一。

提及从前，两个人之间的生疏感被冲淡了不少。李之然一时间不知道怎么开口和他提那天工地上的事，她甚至怀疑自己记错了当时那个男人的样子，又或者，他们仅仅只是长得有点像而已。

她有点别扭地说道："呃……沈医生，我冒昧问一下，你认不认识一个叫阮亦晴的女人？"

沈术已经走到饮水机前，接了两杯水回来。

"你说的是那天在工地上的事吧？"

"真的是你？"李之然有些惊讶，"我还以为我认错人了。"

"当时没有。"沈术轻笑，把一杯水递给她，"当时看你的表情，以为你认出我了，还怕你在她面前说出我的身份呢。真是不好意思，我当时的举动没把你吓到吧？"

"还好。"李之然如实说，又疑惑地问道，"为什么怕我说出你的身份？"

"因为我想追阮小姐，可她好像对心理医生这个职业比较排斥，而我平时的样子似乎不太吸引女孩子，所以就想换个风格试试看。"沈术喝了口水，补充道，"我连名字都换了。"

"噢。"李之然理解地点点头。

这样的话,事情就解释得通了。

"李小姐,这件事……麻烦你替我保密。"沈术看上去有点儿不好意思,"这是我的……一个私人秘密。"

李之然忙保证:"你放心,我绝对不会对外说的。"

"谢谢你。"

"小事一桩。"他和阮亦晴的事就此翻篇,李之然说起自己今天来的目的,"沈医生,我来找你,其实是想找你打听一个病人的情况。"

"李小姐你不要为难我,病人的资料是不能外泄的。"

"你听我说完。"李之然喝了口水,看着他说,"沈医生,我知道这样问有点儿不合适,但是这事关系到一个孩子的人生和未来。我也是没办法了才来打扰你,你的那个病人苏妍,她……究竟是什么情况?"

"抱歉,关于患者的任何事情,我都不能泄露。"

李之然早就做好了碰钉子的准备,毕竟这事关系到别人的职业操守,但她没打算就此放弃。

"梁医生把我的情况泄露给了傅司衍,这事你知道吗?"

沈术的脸微微涨红,焦急地解释:"李小姐,那件事其实怪我。我整理资料时,不小心把你的那份掉了出去,刚好被在场的傅先生看见了。"

李之然板起脸:"我开始是有点儿生气,不过后来还是体谅你们了,那现在你能不能也体谅体谅我?"

沈术仍是一脸挣扎的难色:"实在对不起,李小姐,你的事,我可以尽我所能补偿你。但其他的,我无能为力。"

李之然叹了口气,最终心不甘情不愿地起身说:"那我不耽误你时间了,打扰了,再见。"

"没事,你慢走。"

李之然走到门口,身后忽然传来沈术的声音:"三年,躁郁症。"

"什么?"她回头。

沈术微笑看着她,就像刚才的声音只是李之然的幻听一样。

"三年……躁郁症……"李之然低声重复了一遍,猛然明白过来,她感激地看了沈术一眼,"谢谢你沈医生!"

这就是苏妍的问题,她有躁郁症,在这治疗三年了。

"慢走。"沈术目送她走出休息厅,直到她的身影消失在转角处。

他低下头,取下眼镜,从口袋里掏出眼镜布,一下一下擦拭着镜片,露出的那双眼睛里流露出深沉而阴郁的气息。

"看到了吗?"他低声对自己说,"她什么都没看出来。"

沈术重新回到办公室,苏妍正躲在窗边,静静地望着楼下的女人穿过马路,走向对面的书店。沈术关上办公室的门,上锁,走到窗边形销骨立的女人身后。

"她来打听你的消息。"他低头轻嗅着她的发香,在她耳畔喃喃地低语,"她好像,已经找到你的儿子了。"

苏妍身体一僵,表情变得惊恐起来,本能地抗拒着。

"不……不,我不想见他!"

"没脸见他是吗?"沈术两手捏住她的肩膀,把她的身体扳过来,笑意阴柔,"我当年给了他选择,他选择离开你。我也给了你选择,你选择放弃他,并且待在我的身边,让我帮你摆脱痛苦。"

他抚摸着她的脸,轻声说:"苏妍,我现在依然给你选择,你可以选择找回你的儿子,和他重新生活在一起,折磨他也折磨你自己……或者,你继续留在我的身边,为我完成最后一件事。"

他下巴抵着她的额头,两手环抱着她的腰,轻轻地哼起那首童谣。渐渐地,他感觉到女人的身体开始颤抖。

"我……我要留在你的身边。"苏妍抱住他,空洞的眼里流下滚烫的泪水,"阿烨,我要留在你身边。"

"很好。"沈术微笑着,贴在她耳边轻声安慰,"别怕,这是你最后一次做选择了。"

李之然返回书店买下了那本《亚斯伯格综合征完全指南》,靠在店门口静静地翻。两个小时后,她终于看到苏妍从诊所里出来。为了保险起见,李之然还是用手机偷拍了几张苏妍的照片,然后发给周寻逸,经他确认,照片里的人就是苏妍。

李之然不需要大费周章地去拔她几根头发了,没人会无聊到整容成那副瘆人的模样。只是,她奇怪苏妍内心的情况。一个人若是无欲无求,她能通过对方的眼睛,感受到他内心的平静,一如何岩。反观苏妍的内心,里面空无一物,没有任何感情,就好像她的七情六欲完全处于沉睡状态。这太奇怪了。

不过这些话,她自然不会和周寻逸说,否则周寻逸会带上她和吴斌一块去做精神鉴定。

李之然在回家的路上给王校长打了个电话。她最近调查的这些和小野有关的事,都没向王校长透露过。现在小野父母的身份都确定了,李之然想,她还是应该把事情告诉王校长。至少在校长和小野不得不分开之前,让老人有时间做心理准备。

王校长静静地听李之然说完小野亲生父母的事情后,沉默了很久,才说了句:"我知道了。"

她的声音在发抖。李之然不可自制地想起上次在王校长心底感受到的阴暗。

"那就这样了。"放下手机时,李之然发现自己的手也在颤抖。

她轻轻闭了闭眼睛,忽然觉得身边所有的人和事都在滑向失控的深渊……一切都是未知数。

李之然在离家还有段距离的地方,看见了那辆熟悉的白色宝马停在家门口,何岩站在门边,拿着手机似乎正准备打电话,抬头看见她,放下手机站在原地等她。

李之然小跑过去。

"何助理。"她眼角余光扫向旁边的车窗。

车窗是放下的,里面空无一人。李之然脸上那一瞬的失望何岩看得很清楚,他只微笑着并未说破。

"李小姐,我来给你送点儿东西。"

"送什么呀,还特地跑一趟?在这等很久了吗?怎么不先给我打个电话?"

"我也是刚到。"何岩从口袋里取出一张精美的邀请函,"公司的发布会定在明天上午十点举行,我替傅总来给你送邀请函。"

"请我去?"李之然眨眨眼,"我没参加过那样的会……"

"没关系。"何岩宽慰她道,"我特地给你选了个比较隐蔽的位置,容易出去,也容易被忽略。"

"那就谢谢何助理了。"李之然顿时笑了,大方地接过邀请函,顺口问道,"他这两天怎么样?"

何岩说:"不算太好,这两天是公司最忙的时候,他几乎在办公室里住下了,没日没夜地忙。"

李之然脸上笑意一僵,手里的邀请函忽然变得分外沉重,里面装载着傅司衍的心血。

"是不是每个所谓的成功人士都像他那样辛苦拼命?真是要钱不要命了!"

何岩叹了口气,回顾这些年傅司衍一步步走来,旁人都以为他是商业奇才,只有跟在他身边的人才知道,他的每一步,都是拿出全部的心血和精力在走,也可以说他是拿命在往上爬,不给自己留一点儿后路。

"司衍他啊……"这是李之然第一次听何岩用长辈的口吻说起傅司衍,"他的确是爱钱,因为他一直认为除了握在手里的金钱,他没有任何东西任何人可以依靠。在你出现之前,他所有的心思、所有的精力都放在工作上。"

那个男人就像个极度缺乏安全感的孩子,用工作麻痹自己,在名利场拼命往上爬,以此给自己一点安全感。

"李小姐,我们靠近不了他,但你不一样,你本来就是住在他心底的人。希望你多帮帮他。"何岩语气暧昧起来,"李小姐心里是不是也有他呢?"

"何助理你胡说什么呢?"李之然脸腾地红了,手足无措地解释,"我只是……"

何岩微微一笑,没让她继续尴尬下去,"李小姐别介意,我胡说八道的。公司里还有事要忙,我先走了。"

"快去忙吧,辛苦你特地跑一趟。"

何岩坐上车,忽然想起一件事,探出头来提醒李之然,"对了李小姐,明天是傅总三十岁生日。"

留下这句话,何岩便驾车扬长而去,留下李之然一个人握着邀请函,站在夹杂着汽车尾气的风中凌乱了半天。

明天傅司衍过生日,他现在才提醒她……她上哪儿去给他准备礼物啊?李之然想起包里的那本书……但下一秒她就打消了这个念头。

她握着邀请函回到家没多久,就接到了明日寿星的电话。李之然不知为什么心虚起来,磨蹭了半天才接起来。

"喂……"

"邀请函收到了吗?"

"嗯……"

傅司衍觉得她的声音听起来怪怪的。

"你嗓子不舒服？"

"没有没有。"李之然连连摇头，清了清嗓子，问他，"对了，你以前参加过发布会吗？"

"没有，人太多了。"

"那你这回怎么办？"李之然有点儿担心。

"把稿子背熟，提前练习十几次发言就可以了。"

"噢。"

接下来是一段诡异的沉默，然后傅司衍在那边缓缓开口了。

"今天……我爸来公司了。"

李之然不自觉地挺起背。

"你们见面了？"

"没有，他没直接来见我，只是找何岩聊了会儿就走了。"

李之然揣摩不出他此刻的情绪，试探着说："过去的事如果可以翻篇的话，就放下吧。"

"什么意思？"傅司衍困惑地问。

李之然把话里意思掰碎了，进一步说明："我是说，我不知道你和你爸之间发生过什么事，但是，我想，如果可以的话，你能不能让那些事情都过去？"

"如果不可以呢？"傅司衍反问。

"不可以那就记着。"李之然诚恳地说，"我只是觉得过去的事都已经成定局了，无法改变。我们唯一能做的，是让未来幸福一点儿。"

"我不知道。"傅司衍茫然而无助，"然然，我一直都不懂，怎么做才能幸福一点儿？"

李之然心里有些难过，她努力让自己的声音听起来轻松些。

"要不然，你明天的发布会也邀请你爸过去吧。"

"我再考虑一下。"

这个话题到此为止。李之然和他说起小野的事,告诉他自己今天调查得到的消息。傅司衍静默着听完。

苏妍——那个幽灵一样的女人,那张脸在他的脑海里挥之不去,他皱了皱眉。

"你打算把小野交给他妈妈?"

"苏妍有躁郁症,三年前就开始接受治疗了,如果现在她精神状态还是不稳定的话,肯定不能让小野跟着她。另外周寻逸已经带吴斌去做精神鉴定了,我现在只能等结果出来再考虑下一步的事情。"

"如果小野的父母都精神不正常的话,那让他继续留在聋哑学校才是最理性的选择。"

"可那是小野的人生,我们凭什么帮他做选择?如果他想回到父母身边呢?"

傅司衍觉得李之然在某些方面固执得可怕。

"随你吧。"他说。

他对这些事并不在意。李之然也不想和傅司衍在这件事上多纠缠,他最近太忙了。

"明天上午发布会十点召开,你今晚早点儿休息。"

"我尽量。"

"你别不把自己的身体当回事。"李之然有点儿生气了。

"嗯。"他的态度仍然是老样子。

"算了,不说了。"李之然气不打一处来,粗暴地挂了电话,然后窝在沙发里琢磨起近在眼前的问题,明天该送什么生日礼物给傅司衍比较好?

三十岁啊,是大生日呢。

李之然想半天也想不出个所以然来,最后决定出门逛逛。她在街上漫无目的地瞎逛,什么店都进去看一圈,看什么都觉得适合当礼物,但仔细一琢磨,又认为都不适合送给傅司衍。

就这么磨蹭了半天,她最后在一家服装店相中了一条灰色领带。真丝面料,手感好,光泽度也极佳,配他应该很合适。她一咬牙接受了标签上那个让她看得直吞口水的价格,转头对旁边的导购说:"麻烦你,帮我把这个包起来。"

"好的。"

"等一下。"李之然拉住导购小姐,"这个,多长时间包退啊?"

傅司衍未必会喜欢……

"三十天之内,出具购买凭证,退换商品没有损坏或物理变化,都是可以退换的。"

"噢噢,那就好。"李之然放下心,"麻烦你帮我包起来吧。"

李之然提着礼物走出店门,一抬头就看见对面中央广场上的广告显示屏,她意外地挑眉笑了起来。

显示屏里正好出现格鲁吉亚的悲剧爱情雕像,两尊雕像缓慢地靠近,然后亲吻、拥抱,融为一体……李之然看到这里,迅速将视线移开了。

她不知道为什么心里忽然很难过,不愿意再看见那两尊雕像悲伤地分离。于是她低下头快步往前走,躲过了那对爱人彼此告别的瞬间。

就像一场仓皇的逃离。她在这个夜晚,逃离千里之外那场爱情悲剧,却在冥冥中,奔赴一场未知的悲剧。

李之然带着礼物回到家,低头从包里掏钥匙打算开门,就在这时,一道犹犹豫豫的声音在距离她不远的地方响起。

"之然。"

李之然吓了一跳,一回头,见王校长正站在她身后几步远的地方,手捏着衣角，目光飘忽，看上去很不安。

"王校长，你怎么来了？"李之然不免诧异。

虽然她和王校长相识多年，彼此都知道对方的住址，但王校长一心扑在学校工作上，很少去别的地方，更别提亲自上门来找她。

"我有件事想和你说。"王校长慢吞吞地朝她走过来，她整个人被巨大的忐忑和恐慌笼罩着。

相比之下，李之然显得异常平静。

"进来说吧。"她摸出钥匙开门。

一进屋，王校长就急急地开口了，生怕下一秒自己就会失去勇气，"之然，我要和你说有关小野的事。"

李之然给她倒了杯水，在她对面坐下，目光透过她那副无框眼镜，静静地看着她的眼睛。她感受到王校长心底的恐惧，害怕失去的恐惧。李之然微微垂下眼帘，视线落在王校长捧着水杯瑟瑟发抖的手上。

"您说吧。"

"小野他……"王校长一咬牙，狠下心说出实情，"他不是我在校门口捡到的，而是别人把他送到我这儿来的。"她又急忙解释，"不过我真的不知道他的家人是谁，我……"

王校长说不下去了，她的手抖得越来越厉害，杯子里的水溅出来几滴落在手背上。李之然抽了张纸巾递过去，王校长没接，她把杯子搁在茶几上，摘掉眼镜用手揉了两下眼睛。她疏于保养，那双手上的皮肤皱巴巴的，老态尽显。不止如此，她整个人也在这两天迅速苍老，仿佛身心俱疲。

李之然很难把她和那天在晨光下陪小野玩耍的女人联系到一起。

"把小野交给你的人是谁？"

王校长支支吾吾："这个……这个我不能说。"

李之然"腾"地站起身："校长，您知不知道拐卖儿童情节特别严重,可以判死刑?"

王校长也惶惶不安地跟着站了起来:"我没有拐卖孩子……那个人把孩子交给我的时候说了,说孩子亲生父母不会来找他的。"她心慌不已,试图去握李之然的手,嘴里还在不住地说话,好像说得越多,小野就越有可能留在她身边,"你也知道,我把小野照顾得很好不是吗?你知道的,他在我那儿过得很开心。这些你都是亲眼看见的。之然……之然我真的没有办法了,我求你帮帮我,别让小野被他家人带走!"

李之然任由她抓着自己的手,神情冰冷得可怕。

"你想让我帮你什么?做个拐卖孩子的帮凶?"

王校长被这样的李之然吓住了,抓着她的双手不自觉地松开了稍许,但她很快又重新抓紧了,像是攥着最后一根救命稻草。

"之然啊,你帮帮我……我跪下来求你了,我舍不得那个孩子,我舍不得啊……"

李之然想用手揉揉眼睛,但两只手都被人死死抓着,她只能出声打断那复读机一般的"舍不得"。

"你知道小野的父亲因为失去孩子,都快疯了吗?"

王校长低下头不敢看她,也不敢吭声,五十岁出头的人了,看起来像个犯了错的孩子,正战战兢兢地等大人处置。

李之然说:"我调查过了,小野的父母是三年前离的婚,离婚后,小野被判给母亲抚养。而你捡……你得到小野的时候,也是在三年前。不过小野的母亲苏妍当时没有报警找他,这里面应该另有隐情。"

王校长从她的话里听出一线转机。

"之然,之然你会帮我的是不是?我就知道你这孩子最重感情,你一定能体谅我,不,你要体谅我,之然,你一定要体谅我……"

王校长再也没有平日里的和蔼从容,她低声下气地想从李之然那里得到怜悯。她只有一个目的:让李之然帮她留下小野。

为了这个，她可以不要尊严，可以当坏人……做什么都无所谓。

"我真的，真的不能没有小野那孩子。我孤独得太久了，太久了……"她抓着李之然的手缓缓地蹲在地上痛哭起来，那哭声揭开了她的伤疤，从未真正愈合的伤口再次被撕开，流出殷红的血，她痛不欲生。

李之然听说过王校长的故事：儿子和怀孕的儿媳死在一场意外车祸中，她悲痛欲绝，后来在聋哑学校找到了寄托，把一切都奉献给了学校。

"然然，你要体谅妈妈。"江秀珍的声音不合时宜地冒出来，这句话像一颗毒瘤长在她心底，常在她以为已经不痛的时候，忽然发作。

李之然终于抑制不住积存多年地愤怒和难过。

"为什么……要我体谅？"她低声问道。她质问的对象不是王校长，而是十四年前那个扔下她，转身决绝离开的女人。

一滴温热的泪水从眼眶滑落，一路滑进嘴角，又苦又涩。李之然挣脱王校长，伸手抹去脸上的泪痕，也抹去了自己所有的情绪。

"您先起来。"她连拖带拽地把王校长从地板转移到沙发上，"我必须要知道把小野带给您的那个人是谁。"

王校长就势重新拉住她的手。

"你同意帮我了？"

"您听我说。"李之然将事情冷静地分析给她听，"王校长，现在的情况是这样，有人私下把小野送给您抚养，那么苏妍当时没找孩子就有两种解释：一是她知道孩子被送走了，但她默认了这种行为；二是她对这事压根不知情，出于别的什么原因所以没大张旗鼓地找孩子。如果是第一条，那还好办，至亲送走自己没能力抚养的孩子，你接手了，这不触犯法律。但如果是第二条，收买被拐卖的儿童，处三年以下有期徒刑、拘役或者管制。"

李之然单手握紧她的肩膀,一字一字沉声说:"所以您必须告诉我,是谁把小野送给您的!"

王校长不敢去看她的眼睛,嗫嚅道:"这……这我不能说。"

搭在她肩上的手倏然一松,"对不起王校长,您什么都不说,那我也什么都不能为您做了。到时候您只能让小野跟他妈妈走了。"李之然的声音没了温度。

如此公事公办的口气彻底吓坏了王校长,她慌慌张张地站起来,再度手足无措,一脸不安。

"之然,之然我知道你心肠最好,你不能这样……我们都希望小野能过得幸福啊!他回到他妈妈身边不会开心的,他喜欢我,他依赖我!"

李之然依旧面无表情地看着她。王校长太熟悉李之然那双眼睛了,那双眼睛常常是带笑的,看起来明媚又温暖,但她一直觉得这姑娘的眼睛深处是凉的。并不是说她认为李之然的笑是假的,相反,她知道李之然是温暖的。但她也清楚,这个姑娘的温暖只能用来暖别人,暖不了她自己,裹在她如同小太阳般灿烂的外表下,是颗结冰的心。

王校长的人生已经走了大半辈子,在这漫长的时光里,她苦过、痛过、失去过至亲至爱。她很清楚,那些不能消融的痛楚终会结成茧,困住自己。

她听见李之然说:"王校长,我和您不一样,您只不过是想让您自己幸福而已。我没有那么自私。小野他有家人,他有选择的权利,而您却想让他只留在您身边。"

这几句话把王校长最后一块遮羞布撕得粉碎。

"最开始我觉得人生无望,想着要是有个理由能活下去就好了。可活着活着有一缕光透进来,我就想,能活得再好一点儿就好了。然后日子一天天过去,我又想着,能不能有更多的光?能不能活得更幸福一点儿?"王校长缓缓把脸埋进掌心,肩膀微微耸动着,"人就是这样，经历再多苦难也能活下来，再多痛苦也会抱着活下去的心，一步一个脚印地被时间推着往前走。可是，一旦他们得到了一点儿温暖，尝到了点儿幸福的甜头，就会变得贪婪。"

李之然一低头就能看见她头顶花白的头发，她压抑的哭声断断续续地从指缝间溢出来。李之然听着不是不难受，她想出声安慰两句，但忍住了，她转身去阳台把那盆清香宜人的茉莉花转移到室内。

一朵朵洁白淡雅的小花从绿叶中冒出头，那么小一点，却芬芳怡人。她低头状似专心地用剪刀打理起花的枝叶，其实耳朵却竖起来时刻留意着王校长那边的动静。

她在等，等时间和逐渐积累的情绪压断王校长心里紧绷的那根弦，让她说出究竟是谁把小野送到她身边。

"那个人……"王校长终于开口了。

李之然停下手里的动作，等着她把话说完。

"那个人，是我侄女。不过我们有好多年没来往了，她也是个律师，三年前，是她把孩子送到我身边的。"

李之然眼皮一跳，心里隐隐有了预感。

"她叫什么名字？"

"谢芳菲。"

"哐当"一声，李之然手里的剪刀掉在地板上，她立在原地许久不动，整个人陷在一种难以言喻的情绪中。

过了好一会儿，王校长才听见她的声音缓缓响起，"你知道在三年前那起离婚官司里，谢芳菲就是苏妍的代理律师吗？"

"啊？"王校长惊骇不已。

李之然弯腰去捡地上的剪刀，脑海中却浮现出谢芳菲那张脸……那究竟，是个什么样的女人？

12 心动告白

阮亦晴忙了一整天,回到家迅速脱掉脚上那双精致的细高跟和一身绷紧的职业装,换上居家服和舒适的拖鞋,拿着手机坐在沙发上,习惯性地拨通了一个号码。铃响了两声,那边接起。

"喂。"男人阴柔好听的嗓音从那边传进她耳朵。

"我最近要累死了。"阮亦晴闭上眼睛感慨道,"等新闻发布会结束,终于能喘口气了。"

乔烨说:"最近傅森好像处在多事之秋,一个发布会能解决问题吗?"

阮亦晴神秘地笑了笑。

"你们外人都这么想。其实真正有麻烦的是方亿,很快,整个方亿都会被傅森吞掉。"

"哦?"乔烨饶有趣味地追问,"这么说这事的内幕远比我们看到的精彩?"

"商业秘密。"阮亦晴就此打住了这个话题。

乔烨也很识趣地不再追问。

"听说发布会定在明天举行。"

"是啊，你想来看看吗？我手上正好还有张多出来的邀请函。"

"什么时候？"

"上午十点。"

"我应该有时间。"

"行，那我明天拿给你。"

他们又闲聊了两句，阮亦晴累得不行就说了晚安。挂掉电话后，她拖着疲惫的身体去泡澡。躺在温热舒服的浴缸里，她的思绪反而渐渐清晰起来。

她不知道自己从什么时候开始，习惯了每天晚上和乔烨通一个电话，有时候简短，三言两语说罢，就互道晚安。有时候她来了兴致，说上十几分钟才意兴阑珊。

通常乔烨很少发言，都是听她喋喋不休，但只要他开口，阮亦晴就会不由自主地认真听。她和这个男人认识不久，但他几乎洞悉了她的内心。

他给她的建议、安慰，甚至他说的那些高深的心理学上的东西，阮亦晴都全盘接受。她想自己之所以无法对乔烨说不，一来是乔烨所说的内容的确对她有帮助；二来是他的声音，听久了让人无法抗拒。

"难不成我还是个声控？"阮亦晴觉得好笑。

她吸了口气，整个人沉到浴缸底部。她躺在水底，睁着双眼静静地看着水面，她下沉时带起的涟漪逐渐散去后，水面重归平静。她这样看着看着，恍惚间，竟看见了十八岁的傅司衍。

那是她和傅司衍第一次见面，她急着在上课铃响前进教室，而他急着在老师来之前离开，两人就在门口撞了个满怀。她的目光也撞进了那双深沉的黑眸中，从此，无法自拔……

大学时的傅司衍在华人圈里是个传奇人物，他逃掉所有能逃的课，却依然门门得 A。他清俊、聪明、与众不同，却也冷漠、寡言、独来独往。

大三那年,傅司衍更因为炒股获利而名声大噪,成为人人羡慕的年轻富豪……

或许人少年时真的不应该遇见太过优秀惊艳的人,因为你会觉得如果自己日后的人生与他毫无瓜葛,就会毫无意义。阮亦晴就是如此,所幸后来多年,她能一直跟随在他左右。

她眨了下眼,傅司衍消失了,取而代之的是乔烨的脸。阮亦晴突发奇想,要是这个男人此刻叫她不要起来就此溺毙,她会不会听他的?

肺里越来越少的空气剥夺了她继续思考的能力,阮亦晴从水里冒出头,一边用手抹去脸上的水,一边大口喘息。平静下来后,她自嘲地笑了笑,心想自己大概是最近累坏了,不然脑子里怎么那么多乱七八糟的念头?

第二天早上七点,傅司衍转着有些僵硬的脖子离开书房,走到楼下餐厅。餐桌上摆着一碗长寿面,何岩就站在旁边,微笑望着他。

"傅总早,去洗漱吧。"

每年他过生日,何岩都会亲自做一碗长寿面。寿星必须吃碗长寿面,这是何岩老家那边的习俗。

傅司衍有些头疼,他简单地洗漱了一番,重新回到餐厅,在餐桌前坐下,拿起筷子,颇为抱怨地说了句:"又要吃面。"

何岩跟在他身边多年,一向是睿智、温和甚至毫无棱角的。他从来不与人发生冲突,也从不争什么,更不会反驳傅司行的话。但唯有这件事,即便傅司衍明确表示过自己不喜欢吃面,他还是每年一碗长寿面,照做不误。

傅司衍咬着面条有些无奈,但眼中的尖锐和冷漠却分明得到了缓和。好像那碗细腻绵长的面条缠进他眼底,包裹、融化了里面细碎的寒冰。

何岩说:"你晚上有约,我就不陪你了,提前祝你生日快乐。"

今天的晚餐,傅司衍约了他的母亲。

"谢谢。"

何岩适时提起了李之然,"傅总,李小姐知道今天是你的生日吗?"

"我没和她说过。"

"啊……"何岩的声音听上去有点儿遗憾,"我还想看看李小姐会送你什么礼物呢。"

礼物?傅司衍倒没想到这个,他握着筷子的手放松下来,抬起头有些不确定地问:"她会送我礼物吗?"

"应该会,毕竟朋友之间互送生日礼物是很正常的事情。"

听何岩这么一说,傅司衍有点儿后悔没有告诉李之然了。

何岩见他神情纠结,忍着笑意问:"需不需要我提醒一下李小姐?"顿了下,他又说,"不过现在告诉她好像太晚了,估计你要等到明年的今天才能收到礼物了。"

傅司衍认真思考了一会儿,有些遗憾,"那算了。"

他吃完面,对何岩说:"下午六点之前,去接我妈过来。"

何岩说:"好的。"

这两年,傅司衍和他母亲见面的次数一只手都能数得过来,难得许丽愿意陪他过个生日,何岩衷心替傅司衍高兴。

他遇见傅司衍的时候,他还是个不到二十岁的孩子,却已经承受了漫长的孤独,漫长到让他把孤独当成人生常态,以至于生命里经历过的每一点温暖,都被他当作是额外的恩赐,小心珍藏。

这样的傅司衍,他又怎么能不心疼?

傅森地产的新闻发布会于上午十点在沙市五星级酒店——蓝色海

岸的顶层召开。

李之然乘电梯上去的时候还有点儿紧张,她没参加过这么严肃隆重的发布会。但赶到现场她才发现,场面并没有她想象的那么夸张,反而因为人多,显得有点儿拥挤。

大部分媒体记者都已经提前到场了,随行的摄像师架好机器,占据有利的拍摄点。十几台足有一人高的摄像机围了个半圆,统一对准台上发言人的位置。

台上一共设有五个座位,主要发言人自然会坐在正中间。他们不停地调整拍摄角度,唯恐到时候拍不清楚傅司衍的全貌。

李之然光看这阵势就觉得头皮发麻,傅司衍那么一个不习惯人多、不喜欢热闹的人,却要成为所有目光的焦点。她这回却不能像上次那样冲进人群,闯到这些机器前保护他。他们之间有些地方或许很近,但更多的是差距。

她收起自己这些莫名其妙的情绪,专心找自己的位置,很快就找到了,因为坐她旁边的人正朝她招手。

"李律师。"竟然是傅哲。

李之然又惊又喜:"傅教授您也来了!"

傅哲有些不好意思:"闲着没事过来看看。"

这里没有邀请函是进不来的,李之然自然知道他的邀请函是谁给的,笑了笑,也不说破。

他们的座位在中间靠后一排最角落里。果真如何岩所说,既能看清台上的情况,又不会被人留意。

临近十点,傅司衍和傅森地产另外四个高层一起进场,其中唯一的女性就是阮亦晴。前排的记者和摄影师立即像打了鸡血一样忙活起来,闪光灯和拍照声此起彼伏。

李之然看见台上的傅司衍微微皱眉,抬手挡在眼前。而她爱莫能助，只能在台下静静地看着。站在傅司衍身后的何岩上前用话筒劝大家暂时不要拍照，但这话并不管用。

其实邀请函上已经写明了，只允许录像转播，谢绝拍照。记者还是照拍不误，因为他们有笔，有嘴，眼下这种场合，只要主办方态度稍稍欠佳，他们夸大其词地写一通，很可能会让这次发布会的效果适得其反。

傅哲也是第一次来参加这种活动，脸上隐约有愠色："这些人是在干什么？得让他们自己也上去试试被闪光灯晃眼的滋味！"

李之然在旁应和道："就是。"一双眼睛一直紧张地盯着台上的那个人。

过了一会儿，她听傅哲说："我已经不记得有多久没好好看过他了。"

他语气苍凉，听着让人心酸。

"我啊……"他慨叹了一声。

李之然以为他还要说什么，安静地等着，但他什么都没说，只有这句感叹，包含了对前半生的无奈和愧疚。

发布会正式开始，阮亦晴充当了主持人。她今天穿了一件黑白拼接的修身连衣裙，头发在脑后绑了个低马尾，妆容精致，站在台上很耀眼。

客套的开场白过后，阮亦晴重新坐下，发言权便转到了傅司衍手上。

"在我发言的过程中，有问题的，可以举手示意。"他淡淡说完，就从傅森地产用于明珠苑的建材有质量问题的事件开始讲起，不疾不徐地按照公众在网上所看见的事态发展顺序，一一解释说明。

"这段时间，傅森风波不断，先有谣传我司旗下楼盘明珠苑在施工过程中选用的建材质量不过关。后有自称与傅森有合作关系的人跳出来，声称他知道这批不合格建材存放的地点。这种恶意的造谣和诽谤对我们公司的声誉影响很大。今天我想在这里把事情说清楚，也把责任划分明确，该对市民负责的，我们会负责到底，但该追究的，我们也不会放过一个……"

在发言过程中，傅司衍偶尔会抬眼扫一下前排那些聚精会神的记者，以及那一架架冰冷的机器。

李之然静静地看着台上的傅司衍，他神色很淡，在这种场合下能这么淡定也不容易。傅司衍像是察觉到了她的目光，微微侧头向她这边望了一眼。李之然咧开嘴朝他笑了笑，傅司衍忍俊不禁，嘴角微扬，脸上露出他上台以后唯一一个笑容。

傅哲看了看旁边笑颜灿烂的姑娘，又扭头瞅了眼台上的男人，毕竟是过来人，他很快就弄明白了是怎么回事，意味不明地笑了笑。这个笑容也落进了傅司衍眼里，他怔了片刻，有些不自然地移开了视线。

坐在台上最左边的阮亦晴将这一幕收入眼底，嫉妒的触角从她满心的酸楚里钻出来。

发布会还在继续，这些个人情绪被场内一波接一波地议论掩盖了过去。

"李小姐。"李之然听见旁边的傅哲低声叫她。

"嗯？"

傅哲从口袋里取出一个崭新的手表盒递给她。

"这个，你帮我给他吧，当作生日礼物。"

李之然不肯接："您为什么不自己给他呢？"

傅哲不由分说地把盒子塞进她手里。

"那时候，我还不知道怎么当一个父亲，等后来我慢慢学会了，却发现他已经不需要父亲了。"他话里是沉甸甸的愧疚，几乎把人压得透不过气来。但憋在心里多年的话终于说出口了，傅哲还是觉得轻松了许多。

"十年了。"傅哲感伤地说，"我也不知道还能再给他送几块表。"

李之然心里一阵酸楚。

"傅教授……"

傅哲说："你的话，他应该听得进去。你替我告诉他，做生意和做人是一样的，做不好人也就做不好生意。他的世界里不能只有钱，不能只认钱。"

他已经无法参与儿子的成长，只能唠叨一些他奉为圭臬的话，希望能借旁人之口转给他。傅哲说完这些，起身告辞。

"李小姐，我先走了。"

"傅教授！"

李之然留不住他，只能眼睁睁地看着傅哲低调地离开。

台上的傅司衍自然也看见了，但他依旧平静地发言，一张淡然的脸上看不出任何异样。

发布会最后，傅司衍站起身，一字一句地表示："明珠苑分批开盘将会继续，我本人会成为首批住户之一。"

傅司衍要搬进明珠苑去住？

全场愕然。

李之然很快就明白过来，这不仅是最好的宣传点，也是安抚住户、重新赢得客户信任的最佳办法，一举多得。

"我要说的都说完了，大家还有不明白的，可以继续向我们公司其他几位高层提问。"傅司衍起身向现场的媒体致意后，在两名保安的护送下离开了会场。

李之然起身跟了出去。

傅司衍正站在电梯口等她，看见她出来，唤道："过来。"

李之然走过去，她手里还捏着傅哲让她转交给傅司衍的手表。

"司衍……"

"嘘。"傅司衍食指抵在唇边，对她做了个噤声的动作。

李之然就不说话了，她抬头看着傅司衍，发现他脸上隐隐透出点儿红。她忍不住伸手去握他的手，发现他掌心冰凉得可怕。

此时，电梯门在他们面前缓缓打开，傅司衍一声不吭地拉着李之然走进去。

"你没事吧？"李之然有些担心。

傅司衍缄默不语，在电梯门合上的瞬间，他忽然低下头，像是精疲力竭了般，将脑袋埋进她的颈窝。他额头是烫的，滚烫得几乎灼伤她的皮肤。可他身上却是冷的，冰冷得像刚刚从冷柜里出来一样。

"傅司衍！"李之然急了，整颗心慌乱不已，她伸手想去推他。

傅司衍累极了，靠着她一动不动，无力地说："别动，然然，让我休息一下。"

李之然心疼得厉害，轻抚着他的后背，低声哄他："司衍，你在发烧，你撑一会儿，我带你去医院，你到时候再休息好吗？"

"嗯。"他梦呓般应了声。

磨砂的电梯门倒映出两人依偎的身影，纠缠在一起，一时间分不出你我。

李之然开车载着傅司衍去了最近的医院，他已经烧到了三十九度五，护士一边给他输液，一边忍不住数落李之然。

"怎么让他烧成这个样子才送来医院？再晚点儿过来，人都要烧糊涂了！"

李之然没接话，她又心疼又气愤地瞪着昏睡中的傅司衍，心里数落道：烧成这样还死撑！真以为自己是铁人吗？大傻瓜！

数落完，她静静地守在床边，看着病床上的人。这段时间他几乎是以肉眼可见的速度消瘦了下去，脸上都没什么肉了。

李之然伸出手，摸了摸他瘦削的脸。因为高烧，他整张脸泛着不正常的红色，连唇色也比平时更深了。

"把自己折腾成这样，算是你送给自己的生日礼物吗？"她忍不住骂了句，"真是无药可救的大傻瓜。"嘴上虽骂着，眼眶却不知为什么酸涩泛红。

身体到了极限的傅司衍，这一觉睡了很久。中途何岩来看过他一次，傅司衍已退了烧，何岩一颗悬着的心才放下。因为公司里还有事需要处理，他没在医院多停留。

李之然买了热粥放在旁边晾着，打算等傅司衍醒来喝，但粥没晾好，人先醒了。他一睁开眼就看见坐在床边守着他的李之然，笑了。

"然然。"他叫了一声，虚弱为他原本淡如水的嗓音增添了两分温柔。

李之然见他醒来，松了口气，伸手去摸他的额头，一点儿都不烫了。这个人的身体也真是好伺候，病了这么久，还能好得这么快。

"现在感觉怎么样？"李之然问他，声音闷闷的。

傅司衍说："我没事。"

"没事你个头！"李之然想起电梯里那一幕，仍然心有余悸，"你当时差点儿吓死我你知道吗？"

"抱歉。"傅司衍两手撑在身侧坐起来，轻声说，"我当时太累……"

他后面的话卡在喉咙里，一双眼睛愣愣地看着面前的人，一时无措起来。

"然然……"

李之然眼眶是红的，眼里有泪水，摇摇欲坠。

"别哭，然然。"

他探身过去，伸手想替她抹掉眼泪，却被李之然避开了。

"傅司衍。"李之然用力吸了吸鼻子，"我提醒过你很多次吧？让你注意身体，你呢？以后再有下次，你别来见我了！别说什么狗屁发布会,就算你请我结婚我都不去!"

话一出口,李之然羞愤得恨不得咬断自己的舌头,什么叫请她结婚啊!

幸好傅司衍在这方面比较迟钝,一时没反应过来。

"对不起。"他低声道歉。

李之然低头揉了揉眼眶,端起旁边的粥:"饿了吧?"

傅司衍点头,但他右手还在输液,于是伸出不那么灵活的左手想去拿勺子,被李之然一巴掌拍掉了。

"别动,你张嘴喝就是了。"

她舀了一大勺粥,吹凉了喂到他嘴边,他温顺地张开嘴。傅司衍觉得自己的体温大概又烧上来了,不然为什么脸上突然热了起来。

李之然也没比他好到哪里去,全程眼睛不知道往哪儿放,每当傅司衍张开嘴含住她递过去的勺子时,她的心就像打雷般剧烈跳动几下。

在感情方面一向迟钝的李之然后知后觉地明白了什么……

喝完粥,傅司衍躺在床上休息了一会儿,就打算出院回家。李之然不答应。

傅司衍说:"然然,今天是我生日。"

"所以呢?"李之然翻了个白眼,"你生日你就好意思烧到三十九度五啊?"

"晚上我妈会来家里陪我过生日。"他脸上竟浮现出孩子般的稚气和憧憬,"上次和她一起过生日还是十六年前。"

所以这些天……他这么不要命地忙,就是为了赶在今天之前把一切办妥,腾出时间来和许丽一起过个生日?

李之然没办法拒绝这样的傅司衍。她给何岩打了个电话,告诉他傅司衍已经醒了,烧也退了,现在要回家和他妈妈一起共享晚餐。

何岩似乎早知道这事:"李小姐,麻烦你告诉傅总,我会准时去接许女士。"

李之然开车送傅司衍回家，盯着他吃完药，临走前，把傅哲让他转交的手表交给傅司衍。

"这是傅教授给你的生日礼物，生日快乐。"李之然说，"他还让我转告一句话，他说做生意和做人是一样的，做不好人的人，也做不好生意。你的世界里不能只有钱，不能只认钱。"

傅司衍沉默地看着那块表。

李之然等了半天也不见他有接的意思，没有耐心了，低声说："左手伸出来！"

傅司衍不太情愿地将左手递过去。李之然低头将他手腕上那块表摘了，换上新的。

"别和自己过不去。"李之然抬头看他，语气已经温柔下来，"傅司衍，如果有得选，还是让自己幸福一点儿吧。生日快乐，我先走了。"

傅司衍目送她走出门外，垂首看了眼腕间的表，眸光轻轻一动。

等坐上公交车后，李之然才发现自己准备的生日礼物还躺在包里。

"算了。"她按了按太阳穴，自我安慰道，"下次见面再给他吧。"

反正他今天这个生日有人陪着，应该会过得很开心，她的礼物能不能及时送到，在他看来或许也没有那么重要。她现在，要赶去见另一个人。

谢芳菲焦灼不安地拿起手机又看了遍时间，已经快到下午五点半了。儿子中午回来的时候说下午大扫除，提前放学，让她五点准备好饭菜，他吃完了好早点儿去学校上自习。可桌上饭菜已经摆好一会儿了，也不见他回来。

儿子一向懂事，如果有什么事，一定会提前告诉她的。谢芳菲实在放心不下，准备去看看。就在她准备去一趟学校的时候，门外传来开锁声，紧接着响起儿子的声音。

"妈，我回来了。"他抱着篮球蹦进客厅，"我在楼下碰见了你师妹。"

"师妹？"

谢芳菲来不及思考，李之然已经出现在她面前，一张清秀的脸上带着热情洋溢的笑容。

"师姐，不好意思，我又来打扰了。"

谢芳菲脸色微变，但碍于儿子也在，不好多说什么，只朝李之然点了下头。

"你随便坐吧，我不知道你过来，没准备你的饭。"说完，她转头去催儿子，"去洗干净手赶紧吃饭。"

"噢。"

男生放下篮球去洗手，洗完后随意把水往校服上一擦，坐到桌前准备动筷子。

"妈，我先吃了啊。"

"你吃你的，不用管我们。"

谢芳菲用眼神示意李之然跟过来，领着她走到狭小的阳台，从阳台可以看见客厅。谢芳菲想抽烟，但看了看儿子，又把从口袋里掏出一半的烟盒塞了回去。

"你又来找我有什么事？"

"王校长说，小野不是她捡来的，是你送过去的。"

谢芳菲默认了。

"你挑这个时候过来，是不是想威胁我？如果我不说实话，你就把我的事都捅给我儿子，让他看看他妈干了什么好事？"

李之然对此持保留意见。

"有这个可能。"

谢芳菲一边嘴角往上一翘,低声笑了。

"你和我年轻的时候很像。"她斜着眼睛上下扫了李之然一眼,悠悠补刀,"不过你现在已经不年轻了。"

幸好李之然不是那种一被人说年纪大就抓狂的女人。

她淡笑:"年不年轻没关系,张爱玲不是说了吗?反正都会老。"

谢芳菲觉得这姑娘有点儿意思。

"既然你什么都知道了,那是打算勒索还是想让我去自首?"

"我想知道,你把苏妍儿子送走的时候,她了不了解情况?"

"她?"谢芳菲笑了,细长的丹凤眼配合一线柳叶眉,一副嘲讽的姿态,却妩媚入骨。

李之然不由得想起金陵十三钗里的玉墨,但谢芳菲接下来的话,却让她生不出雅兴再去联想别的东西。

"那女人发起狂来能掐死自己的儿子,她了不了解情况都没什么相干。不过我不愿意让她知道,我虽然拿了她的钱,可我看不起她。估计你也看不起我。"

李之然不想和她谈论"看不看得起"这种无聊的问题。

"那她离婚的时候又为什么要争那个孩子?"

"鬼知道她当时是抽的什么风,神经病一样,一时跑来和我说孩子不要了,一时又要把那个孩子留下来。"谢芳菲回头小心地瞥了眼客厅里吃饭的儿子,见他没注意到这边,才悄悄摸出根烟点上,轻轻地吸了口,继续说,"我离婚以后和家里那些老古董亲戚都不来往了,但姑姑小时候很疼我,我记得她的好,我也知道她命苦,孙子没出世就没了。她人是真的善良,也真心喜欢孩子,我觉得把那个小孩送给她照顾,对他们两人都好。"

李之然沉默着没接话。

谢芳菲轻眯起眼睛，懒懒地说了句："我知道的就这么多，你看你想怎么办吧。"

"你当时是怎么从苏妍那里把孩子带走的？"李之然问。

"我没带走那孩子，是他自己找上门来的。"谢芳菲将烟头捻灭在一盆早已枯死的盆栽里，"那小孩很聪明，自己从家里逃出来，一路找到了我这儿。"

李之然却不敢轻易地相信她这番话。

"他当时才四岁。"

"四岁怎么了？你别以为孩子没想法，小家伙脑子里的东西未必比大人的少。"

谢芳菲从另一边口袋里摸出口香糖扔进嘴里，又回头往客厅看了眼，压低声音问李之然："你闻闻我身上有没有味儿。"

李之然凑过去闻了闻，摇头。谢芳菲抽的是女士香烟，本身也没有什么刺鼻的味道。即便如此，谢芳菲还是扯了扯身上的衣服散味。

"我儿子不喜欢我抽烟。"

"没有小孩喜欢母亲抽烟吧？"

谢芳菲歪了歪头，忽然蹦出一句："也没有母亲喜欢女儿抽烟。"她说这句话的时候，神情像极了一个十六七岁的少女，正在困惑为何母亲那么难相处。

这女人，真是一个矛盾综合体。

李之然没再多留，告辞离开了。

白色宝马在一个高档小区外停了很久。静坐在车里的何岩注视着小区门口，有不少人进进出出，但他没看见许丽的身影。

时间一分一秒过去，眼看就快到六点了，何岩有些着急。这时许丽的电话打了进来。

"何助理,我是司衍的妈妈。"

"您好,许女士,我现在就在您小区的门口,您在哪儿?"

"真不好意思,我刚刚才知道佳佳她今天得参加舞蹈团的一个重要活动,她爸爸出差了,我得陪她去。"许丽充满歉意的声音和嘈杂的背景音一起传过来,何岩听着只觉得分外刺耳。

"可您和傅总早就约好了今天……"

"我知道我知道,我给司衍打过电话,但他没接。我只好打电话给你,麻烦你转告司衍,说我很抱歉,下次一定给他补上好吗?"

"许女士……"

"不好意思了,我女儿在叫我,下次联系。"

喧嚣声瞬间消失,何岩耳边只剩下一阵忙音。

何岩深吸口气,最终还是没冷静下来,愤怒地砸了下方向盘。他在车里又坐了一会儿,拿出手机打了个电话。

"李小姐,你现在在哪儿?……"

"什么?许丽放他鸽子?"

彼时李之然正在厨房煮面,听何岩说许丽今天不能陪傅司衍过生日,她顿时炸毛了。

"那傅司衍知道这事了吗?"

"不确定,他没接到许丽的电话,我也没敢打过去问。"一向待人温和有礼的何岩这回也直呼起许丽的名字来。

李之然抿了抿唇,想起傅司衍在医院时满心希冀的模样,有些心疼。

何岩说:"李小姐,今天你陪他过生日吧。"

"我一个人?"

"你一个人,比再多人都管用。"何岩认真地表示。

他话都已经说到这分儿上了,李之然不好再推辞,况且她也担心傅司衍的状况，心一横，决定临时披挂上阵。

"好吧，我正好把生日礼物带过去给他。"

何岩很快开车过来接她去傅司衍家。上了车，李之然见何岩脸上隐有愠色，心知他还在为许丽爽约的事气愤。她忽然觉得傅司衍挺幸运，找了个这么真心诚意对他的助理。

"何助理。"她轻声说，"我能问你个问题吗？"

"你说。"和她说话时，何岩的脸色缓和下来。

"我有时候觉得你对傅司衍不像是下属对上司，更像是……对待亲人。我觉得很好奇，何助理为什么愿意对他掏心掏肺？"

傅司衍的个性绝对说不上讨喜，平时也不容易相处。但何岩心甘情愿地照顾他的生活起居，几乎将自己所有的时间都奉献给了他，这可不是一个普通的私人助理能做到的。

何岩没有立刻回答，他想起多年前的往事，苦笑之后，才简单地说了句："我亏欠他很多。"

李之然小心翼翼地追问："为什么这么说？"

"他救了我太太……现在应该说前妻和我女儿的命。"何岩沉默片刻，说起了前因后果，"当年我在芝加哥大学担任 Counselor，也就是学生顾问。那时候司衍在学校很有名，尤其在他炒股暴富以后，校方特意让我多留意他。他比普通同学难搞得多，我花了不少时间在他的身上，但都没什么收获。说句实话，我当时还挺讨厌他的。"

何岩笑了笑，语气却变得越来越沉重。

"有天傍晚，我在去找司衍的路上接到了他的电话。那是他第一次主动给我打电话，他什么都没说只报了个医院名。我赶过去的时候，我太太正在抢救，女儿蹲在医院走廊哭。"何岩顿了顿，说，"后来我才知道，那天我太太和女儿上街碰上嗑药抢劫的……傅司衍撞见了，救下了她们。他和我太太是同一种罕见血型，他还为她输了血。我很感激他,但是你知道他对我说了什么吗?"

何岩脸上的笑容温暖又无奈。

"他说:'我不需要你感谢,只希望你以后不要关心我,因为我不习惯。'从那以后,我才真正开始触碰到他的内心,也慢慢知道,他有多孤独。后来我离婚了,女儿和她妈妈去了加州。我也从学校离职,跟着司衍回国了。"何岩说,"他需要我,最近这些年我一直在想,这世上可能没有比他更需要我的人了。"

李之然静静地听完,心里五味杂陈。何岩和傅司衍之间,有几分共生的意思。

"李小姐。"何岩忽然叫她。

"嗯?"

"其实他最需要的人,应该是你。"

白色宝马在傅司衍家门口稳稳停下,何岩转头看着她。李之然隐隐明白了对方眼神表达的意思,她有些不知所措,干笑了一下,有点儿慌乱地低头推门下车。

"我先走了。"

李之然走到大门前,犹豫着按下门铃,心想傅司衍打开门看见来的人是她,估计会很失望。但五分钟后,李之然就发现自己多虑了,因为压根没人来开门。

傅司衍那辆路虎 SUV 还停在院子里,他应该在家里,只是不知他是没听见门铃声还是单纯地不想开门。

夕阳逐渐隐没,四周没有尘世的烟火气,只有虫鸣鸟叫声远远近近地环绕着这栋独楼。

"傅司衍!"李之然把大门拍得震天响,但这响动却像投入湖心的石子,"咕咚"一声过后,跌进了沉默的湖水深处。

李之然心里渐渐升起担忧。客厅的窗帘是拉上的，从外面什么都看不见。李之然没办法了，门锁是密码锁，她打电话跟何岩要了密码，自己开门进去。

客厅里没有人，餐厅里也没有，但餐桌上摆着精美的晚餐，不过像展览品一样，一口都没动过。厨房整洁干净，但仍能看出不久前有人使用过的痕迹。

李之然注意到餐桌上有个小本子，她迟疑了一下，上前翻看。上面的字迹沉稳有力，每一笔每一划都深沉内敛，但所写的内容却是在饭桌上可以和母亲聊的话题，以及几个摘抄的用来调节气氛的笑话，还特地用红笔标注了一些注意事项，比如除非妈妈主动问，否则不要和她谈工作上的事……

他不过是想和母亲吃一顿饭而已，却在担心自己会说错话，会惹得对方不开心。李之然有些心酸。她把本子放回原位，叫了声："傅司衍！"

依然没有回应。

她轻手轻脚地走上二楼，终于在一片让人心慌的静谧中听见一点儿声响，像是电影里的音乐声。她循着声音找到走廊尽头的一个小房间。房门没有关紧，打开一条缝。李之然小心翼翼地透过门缝往里看，第一眼注意到的是一面宽大的投影幕布，上面正在播放黑白默片，接着，她看见坐在幕布前的人。

那人背对着她，只有一个清瘦的轮廓在光影中，安静而沉默，就像他不是观众，而是默片中微不足道的一员。

李之然推门进去，走到傅司衍的旁边坐下。

黑暗中没有人说话，她和他一样，抬起头看着屏幕。屏幕里那个戴着高礼帽，身穿小西服的冷面笑匠，以一张面无表情的脸，做着各种令人捧腹的夸张动作。整个小房间被电影里夸张的配乐充斥着，有一种过于寂静的喧嚣。

电影很快放到了尾声。有那么一瞬间，李之然感觉不是他们在看电影，而是巴斯特·基顿在电影里看他们。

她忽然想起很久以前看过的另一部电影，一个男人从出生开始，就活在一个人为打造的世界里，他每日的生活，都向全世界直播，多么疯狂。可仔细一想，我们谁又是生活的主人呢？我们甚至连喜怒哀乐都由别人操控。可那些有能力操控我们情绪的人，谁又真正了解我们呢？

人……恐怕是最害怕孤独，却又不得不承受孤独的生物。

电影结束，屏幕的那点儿微光也黯了下去，这个房间终于陷入了彻底的黑暗中。

"比起卓别林，我更喜欢基顿。"傅司衍的声音缓缓响起。

卓别林有丰富的面部表情，但基顿没有。他没有表情的脸上总带着一种对这个世界的困惑，就好像他从来没明白过屏幕外观众为什么会笑一样。

李之然从包里拿出一个包装精美的礼品盒递给旁边的人。

"生日快乐。"她说。

傅司衍有些意外，迟疑了一下，伸手接过去。

"谢谢。"他问，"我可以现在就拆开吗？"

"可以。"

傅司衍起身打开灯，返回来坐下后，开始拆自己收到的第一份礼物。是条灰色的领带，他静静地看了会儿，合上盖子又说了一遍："谢谢。"

"我不知道你喜欢什么，也不知道应该送什么比较合适，就买了条领带。"李之然挠了挠头说，"如果你不喜欢的话，我可以拿去退了。"

他轻声说："我很喜欢。"

"那就好。"她微微一笑。

客套的对话结束后,房间里又陷入了沉默。眼下这种情况,李之然知道她应该先开口安慰对方,但她在生活中向来都是置身事外的旁观者,鲜少安慰人。

"那个……"她开口,意料之中的别扭,"你妈妈有事不能过来,你知道了吧?"

"嗯。"傅司衍脸色淡漠如常,辨不出喜怒。

李之然幽幽地说:"她太没口福了。"

"傅司衍,以后你过生日都请我吧,我一定来。"像是怕他不相信似的,她煞有其事地举起三根手指发誓,"不来我是小狗,真的,下辈子做你家的小狗,任你拴着脖子到处遛。"

傅司衍笑了笑:"别说下辈子,下下辈子我也不养狗。"

李之然记起他对狗有心结,立马改口说:"那你养什么我就投胎做什么,一天二十四小时陪你待着,除非死了,否则绝对不离开。"

她说得那么认真,好像当真有下辈子,而下辈子的命运真能由她自己做主似的。

"不用了。"

李之然没想到她都把诚意表达到这分儿上了,还会被如此干脆地拒绝,一时讪讪地,干笑着自我解嘲道:"哎,我可不是那种喜欢蹭吃蹭喝的人……"

"我不相信有下辈子这回事。而且,普通狗的寿命只有十几年,还不够弥补我们这辈子分开的时间,划不来。"

他还能理性地分析下辈子的事是否划算,李之然忍不住笑了。

"傅司衍,那你信我吗?"她说,"我也没什么能保证的,只有口头承诺,你信吗?"

听了这种在法律上毫无效力、毫无保障的口头承诺,傅司衍却轻轻点了点头。

"信。"

"那你记住,我永远不会抛弃你。"她说得那样认真,眼睛一眨不眨地望着他,令傅司衍油然生出几分异样的感觉。

"嗯。"他应了声。

屋里的空气变得有些微妙,李之然下意识地抬手拨了拨头发,那头乌黑浓密的长发,仿佛已经成了她不知所措时缓和情绪的最佳物品。

"我……我饿了。"她又恢复了一贯的笑容,涎着脸说,"我们能下去吃晚餐吗?"

"好。"

傅司衍把礼物放回房间,李之然先下楼。他走下来时,就看见李之然已经坐在餐桌前,一手拿着刀一手拿着叉子,对着面前的食物一副虎视眈眈的模样。不知为什么,傅司衍心里的阴郁散去了不少。

"东西都冷掉了,不要吃了,我重新给你做。"傅司衍把刀叉从她手里拿走,顺便端起她面前那盘羊排走进厨房,毫不犹豫地倒进了垃圾桶。

"吃牛排吗?"他问。

"我没有不吃的肉。"李之然笑道。

她帮傅司衍把桌上其他菜一起收进厨房,但她平时勤俭节约惯了,一时舍不得倒掉这些看起来不便宜的菜。

"倒了吧。"傅司衍一边动作熟稔地往两块肉质鲜美的牛排上加调料,一边轻声说道,"那些都是我妈喜欢吃的东西,其实不太合我口味。"

"啊……倒掉倒掉。"李之然昧着良心配合道,"看起来也不太合我的口味。"

她在厨房里待了会儿,本以为可以给傅司衍打打下手什么的,但很快就发现自己除了能帮忙系个围裙之外,唯一的用途就是碍手碍脚。

在第三次不自觉地挡了傅司衍的路后，李之然默默地挪到了厨房门口，安静地看着他做晚餐。他做菜的样子很吸引人，认真且严谨。头微垂，目光始终跟随着手上的动作，刀锋在砧板上有节奏地跳动，速度快得令人眼花缭乱。

李之然在一旁叹为观止，很少有人能把做菜的过程完成得这么漂亮，切菜和雕花都像是场艺术表演。

外面天色已经彻底暗了下来，李之然见桌上有个精致的烛台，就找来打火机把蜡烛点上了。这是香薰蜡，燃烧的时候会散发出一阵清幽的芳香，很淡，不仔细闻根本注意不到，闻久了，却能让人心神舒爽。

"习惯这味道吗？"傅司衍将两份牛排端上桌，顺口问道。他指的自然是这蜡烛的味道。

李之然如实说："挺好闻的。"

傅司衍拉开她身旁的椅子坐下。

李之然低头切牛排，就觉得牛排滑，盘子也滑，定不住也切不开。

傅司衍问："需不需要帮忙？"

"不用不用，这点儿小事，我能解决。"

李之然放下刀叉，钻进厨房，不一会儿从里面出来，手里多了双筷子。

傅司衍顿时明白了她的意图，哑然失笑："你要用筷子吃牛排？"

"你介意？"

"这没什么好介意的，我只是有点儿惊讶。"

"少见多怪。"

刀叉李之然用不利索，但筷子这东西可是一年四季陪伴她三餐的，李之然轻轻松松地夹起牛排，只是咬得有点儿费劲。

傅司衍抬起她的盘子，示意她把肉放回去。李之然有点儿不好意思地照办了,肉的边缘还有她留下的一排牙印,傅司衍自然也看见了。

"牙齿整齐,咬合力不错。"

李之然干笑两声:"谢谢夸奖,你眼力也不错。"

"当然,我能看清视力表倒数第二排。对于成年人来说,这个成绩已经很不错了。"傅司衍不懂何为谦虚。

傅司衍拿起她刚刚弃置一旁的刀叉,将她盘子里的牛肉切成小块后,重新推回她面前。

"食物是用来吃的,不管是用刀叉还是筷子,只要你吃起来方便就好。"

李之然觉得此时自己的心跳不太正常,她不得不承认,这个男人温柔耐心起来的样子,很容易蛊惑女孩。

她低声说了句:"谢谢。"

"不客气。"傅司衍说,顺手切开一小块牛排送进自己嘴里,问她,"味道怎么样?"

"很好吃啊。"李之然嚼着劲道的牛肉,继续夸道,"堪比五星级大厨的手艺。"虽然她没吃过什么五星级大厨做的菜。

傅司衍淡淡一笑,没有说话。

晚餐吃完,他用餐巾优雅地擦干净嘴角和手指,起身对李之然说:"再陪我看部电影吧。"

李之然没有意见,但她觉得奇怪:"你家里明明有放映室,为什么还要特地跑那么远去聋哑学校看电影?"

他坦承:"我怕吵,但有时候也不想自己一个人。"

李之然哑然。所以,他连住的地方也是闹中取静,就像在层层盔甲下包裹了一颗无所适从的柔软的心。

电影依然是默片,没有一句对白,必要的台词都显示在屏幕上,黑底白字,一目了然。无须人猜,无须人听。只有音乐,时而激昂时而平淡,时而千回百转时而宁静怡然,强行将情绪和气氛渲染给屏幕前的观众。

傅司衍说:"音乐比人容易懂。"他有领会音乐的天赋,却无法透析时常出尔反尔的人言。

李之然盯着屏幕,她侧脸线条很柔和,与傅司衍的轮廓分明很不同,有种温和恬淡的美感。

"不懂就不懂吧,也没什么大不了的。"她说,"反正不都一路走过来了吗?不管怎么样,只要没死,人总能以适合自己的方式生活下去。"

傅司衍的目光落在她脸上,她能感觉到,但没有看他,只是安静地看着屏幕,而他则安静地看着她。没有人再说话。

电影看完后,傅司衍送她回家。车穿过僻静的小路,一路开到宽阔热闹的马路上。马路两旁的路灯散发着橙黄的灯光,光线透过车窗玻璃射进来,映亮了傅司衍的下半张脸,而他的上半截脸则隐没在暗处。于是那张英俊的脸就被灯光和阴影分成了明暗两部分,对比鲜明。

李之然忽然觉得傅司衍的人生也是如此,精明利己的商人和不懂人情世故的孩子共存在一个身体里,还有他经历过的无数个分裂的白天与黑夜。

"昨天晚上,王校长来找我了。"李之然开口说。她平静的声音像平原上的涓涓细流,连起伏都是和缓的,"小野,不是她捡来的……"

她将最近调查到的事一五一十地说给傅司衍听。末了,她声音低下去:"我总觉得这些事背后藏着更大的秘密。"

至于那秘密究竟是什么,她没有一点儿头绪。李之然闭上眼睛按了按太阳穴。

经过中央广场时,他们碰上了红灯,车稳稳地停在线后面,等交通信号灯上那红色的数字由双数转为单数,再由单数到计时归零。傅司衍等得无聊，转头看向窗外。他的目光穿过人来人往的街头，落在广场上那块巨大的广告显示屏上。

屏幕上的画面，正一页接一页地变换着。他再次看见了那幅画——格鲁吉亚的爱情悲剧雕像。两尊雕像朝着彼此的方向互相靠近，然后亲吻、拥抱、融为一体后，穿过彼此的身体沿着各自的轨道慢慢分开。

在格鲁吉亚，他们每天都经历着奔向对方、亲吻拥抱、最终分离这一过程。短短十分钟时间，两尊雕像又再次回到各自的原点，静静地等待第二天的相遇和别离。

李之然不知什么时候睁开了眼睛，和他望向一处，默然看着那一男一女彼此分离。

她低喃道："你觉得以分离作为结尾的爱情一定是悲剧吗？"

傅司衍眼里有困惑："我不知道。"

李之然也没想从他那里要个答案。

显示屏里一男一女两座雕像穿过对方的身体，背道而驰，走向彼此出发的位置，那里既是起点又是终点。

李之然忽然心跳加快，即使在第一次上庭的时候，她也没有此刻这么紧张。

"傅司衍。"她轻轻喊了声。

"嗯？"身旁人目光滑向她。

李之然心跳如雷，她吞了吞口水，终究没有勇气把话说出来。

"绿……绿灯亮了。"

傅司衍松开手刹，车子向前驶去。李之然没说出口的话就这样留在原地，被身后不知情的车流碾碎在夜色里。李之然既心酸又无奈，她没想到自己竟还有这么怯懦的一面。

车很快开到她家门口，临下车时，李之然想起傅司衍的衣服还在家里。

"你等我一下,我把衣服拿给你。"

她匆匆跑进屋把那件干洗过的西服拿给傅司衍。

傅司衍接过,说了句:"晚安。"

"哎!"李之然忽然两手攀住车窗,似乎有话要说,眼神却游离不定。

"怎么了?"傅司衍有点奇怪,她平时并不是个扭怩的人。

"我……我有句话想和你说。"她憋了一路,终于还是没忍住。压抑那种异样的情绪对她来说太难受了。

傅司衍耐心地等着她说下去。

"我……我好像喜欢你。"

李之然飞快地说完,顿时觉得心里一松,如释重负。

她是轻松了,车里面的傅司衍却愣住了,他那个在高烧下还能维持理性、飞速思考的大脑,硬生生地被李之然这句话弄得一时运转失灵。但傅司衍那张脸还是老样子,以面无表情来表达一切情绪。李之然压根摸不透他现在是什么想法,什么心情。

于是她拍了拍自己的胸口,感受着那颗如十几岁情窦初开的小女生般小鹿乱撞的心,安慰傅司衍道:"别紧张啊,我就是告诉你一声,没别的意思。"

傅司衍没说话,过了好半天,他才轻轻地咳了声。这招他是向何岩学的。

"然然,我有个问题。"

李之然刚慢下来的心跳,顿时又拔高到了飙车状态,她甚至觉得自己的心脏随时都可能从嗓子眼儿里跳出来。

"你……你问。"

傅司衍微微皱着眉,似乎颇为费解:"你刚刚说'好像',是明喻的用法,还是不能肯定的意思?"

李之然差点儿吐出一口老血:"把这两个字去掉,我刚刚说的那句话也成立。"

"噢。"傅司衍这回明白了。

李之然有点无奈:"那……我回去了,你开车小心点儿。"

"嗯。"傅司衍应了声,却没动,只是静静地看着李之然的身影消失在房门口。

他抬手覆上自己胸口,心脏在胸腔里跳得很快,有股恍然不知所措的感觉。

然然说……喜欢他?

傅司衍眼里有迷惘和无措。在三十年的人生里,他经历过很多事也学会了很多,可唯独爱,他没有自学成才。"爱"这门功课,没人可以自学成才。

此刻,已经回家的李之然小心翼翼地从阳台上探出个头,窥视着停在外面那辆毫无动静的路虎,它仿佛正和主人一同在夜色下沉思。十多分钟后,车里人终于放弃了这种无谓的思考,重新发动车,朝来路开去……

13 诡异童谣

傅司衍到家不久,接到了"吉祥物"杨康的电话。

"傅总,稽查局的人两个小时前把方迅带走了。"

"嗯。等明天早上他们带走张谦的时候,你再通知我。"

"张……"杨康错愕不已,"您是说韵南春那个……"

傅司衍懒得和他多解释,说了声"晚安"直接挂了电话。

一年前在背后怂恿方迅帮人洗黑钱,还从中分一杯羹的,就是张谦。一开始傅司衍只了解到方迅在帮人洗黑钱,但他并没有怀疑到张谦头上。那时候方迅洗钱的数额不大,拿到手的分红也不多,傅司衍就耐着性子等,等他两脚陷入泥潭拔不出来的时候再出手,打得他毫无翻盘的机会。

途中,张谦为了帮方亿整垮傅森,自作聪明地把王林拉了进来,介绍给傅司衍。傅司衍对与傅森合作的人一向都会提前调查清楚,了解透彻。他找人查了王林的背景,发现这实在是个不入流的人,和出身好后台硬的张谦完全是八竿子打不着的关系。

为什么张谦会愿意做这个中间人?

为此,傅司衍进一步调查了张谦在韵南春的情况,得到的内幕却令人吃惊。表面上看，张谦是韵南春的总经理，风光无限，但他的助手其实是董事长钱明直接指派的，而张谦下面的三个副总，有两个也是钱明一手提拔的。意思很明显，钱明把张谦捧上高位，表面看起来是重用他，实际是方便监视控制他。

按理说，用人不疑疑人不用，总经理这个位置至关重要，为什么钱明会对自己挑选的人如此戒备呢？

傅司衍回国的时间不长，不了解张谦的往事，留心之下查了很久才挖出来。原来张谦这个人虽业务能力强，人脉资源也广，但为人贪婪。张谦在某家酒店集团的子公司负责市场营销时，伙同一些供应商中饱私囊，利用职务之便虚高采购价格以赚取差价，结果食材出现问题，导致不少酒店住户出现中毒现象。经过一番调查，张谦假公济私的事很快败露。但碍于张谦后台硬有背景，那家公司没把这事闹大，低调开除了张谦，对外只宣称他是引咎辞职。

这件事背后知情人不多，对张谦日后的职场生涯并没造成太大影响。不过钱明肯定是那少数知情人之一。这就是为什么钱明一边留着张谦，一边又对他严防死守的原因。

多年前传媒不够发达，消息传播速度和范围都有限，但现在不一样了，陈年旧事捅出来加以宣传渲染，足够毁掉一个人，何况现在张谦还有帮人洗黑钱的新账。就算不用去牢里蹲太久，也没有大企业敢再用他，这个人可以说是彻底废了。

钱明不爽张谦已经很久了，对于张谦的事，韵南春方没发表任何意见，只是在几天前，换了个新负责人和傅森接洽。

现在看来，所有的事差不多都摆平了，针对方亿的收购不久后就能实现，傅森的版图也将进一步扩大。但傅司衍的内心没有一点儿轻松感，他还要继续往上爬，继续往前走，不能失败，不能回头！

"我好像喜欢你……"李之然的声音在这时忽然响起，在他耳边一遍遍地重复着。

喜欢……喜欢你。傅司衍内心的戾气在她轻柔的声音里渐趋平息，她说喜欢他，他该如何回应？

傅司衍看着镜子里的自己，这个表面上一派平静的男人，就像一颗定时炸弹，不知什么时候会再度发病，再次失控。李之然能忍受那样的他多久呢？

一天两天？还是一个月两个月？她终究会对他失去耐心，会心灰意冷地转身离开，再次从他的生命里消失……傅司衍闭上眼睛，不愿去想那种得而复失的生活。

他可以支撑身体上的疲惫，但心里的疲惫会让他恐惧不安。傅司衍转身拉开床头抽屉，里面放着两种药，一种是医院开的感冒药；另一种是梁荣轩开给他助他晚上入睡的药。

傅司衍几乎没有迟疑，选了第二种，这一次，他服药的剂量加大了。他太需要好好睡一觉。

或许是因为药物的原因，或许是他最近过于劳累，傅司衍很快进入梦中，逃不开的梦魇再次侵袭。梦魇的开始依旧是凄厉无比的狗吠声，紧接着，一个稚气的男声低低地哼着那首童谣，渐渐地，狗吠声减弱，男孩的声音越来越大，那首童谣纠缠在傅司衍耳边，逐渐变成了最恐怖的声音……

他猛地睁开眼睛，房间里一片死寂，他听见自己心有余悸的喘息。过了很久，傅司衍才平静下来，但他发现那诡异的歌声仿佛从他的梦里飘到了现实中。傅司衍用力捂上耳朵，还是能听见那声音。

这是存在于他大脑中的幻听。

傅司衍重新闭上眼睛，任由那声音在脑海里盘旋。他静下心来想听清楚，但他心越静，歌声就变得越模糊，到最后，傅司衍发现自己听不清那调子了。

傅司衍睁开眼睛，给何岩发了条短信：我今天休假。另外通知下去，这个月全体员工的工资在原有的基础上提高百分之二十。

这是傅司衍多年来首次在工作日给自己放假。

他起身去厨房倒了杯水喝。清晨五点，夜幕稀薄，天光渐亮，整座城市将醒未醒。傅司衍端着水杯走到阳台上，独自看了一场日出。

他在这栋房子里度过了数不清的无眠夜，一度以为深夜是最静的，现在才发现，原来这里的清晨才是最幽静迷人的。

傅司衍当初相中这块地，是因为它的位置闹中取静，而且距离公司也不算太远，最重要的一点是，这附近的环境，和他当年与父母一起生活的地方很像。他曾天真地以为，只要他多下点功夫，就能把一栋冰冷的建筑物变成一个家。所以大到整栋房子的设计，小到房间里的每一件工艺品都是他一手包办的。

傅司衍回头往屋子里望了一眼，目光所及，没有一处不精美。他把房子打造成了一个完美的商品，却没有找到半点家的感觉。

这一刻，傅司衍感觉到莫大的孤独。他想起了李之然，想起她那间拥挤的小屋……他忽然很想见她。

李之然闭着眼睛，伸出手摸到床头响个不停的闹钟，艰难地把它关掉。她挣扎着离开温暖的被窝，顶着一头乱糟糟的长发去卫生间洗漱。

简单收拾之后，她像往常一样伸着懒腰走到阳台上，沐浴晨光，呼吸新鲜空气，活动筋骨。活动没两下，她愣住了。她看见傅司衍正站在楼下，微微仰头，静静地望着她。

李之然怀疑自己没睡醒，伸手使劲揉了揉眼睛，定睛再看。他仍然在那里，站在他那辆路虎前面，一棵梧桐树旁边。笔挺的白色衬衣在阳光下如雪圣洁，衬衣下是一条简单的深色休闲西裤，脚上是一尘不染的驼色休闲鞋。这样随意闲适的打扮放在他身上，竟也能穿出几分精致贵气来。

傅司衍抬起手朝她轻轻一招："然然，下来。"

清晨稀薄却明亮的阳光落在他脸上，他的笑容仿佛也暖成了太阳的颜色。李之然觉得，这是她整个夏天见过的，最温暖的画面了。她跑下楼去，傅司衍就站在那里，等她走近。

"早上好啊。"李之然蹦到他面前，笑吟吟地看着他，长发在脑后梳了个简单的马尾，发尾在脑后小幅度欢快地晃动着，"你怎么过来了？是不是太想我了？"

要是她有条小尾巴，现在估计该高兴得翘起来了。

傅司衍笑："不是说好等我回来陪你去儿童福利院吗？今天我休假，走吧。"

李之然哭笑不得："你是老板可以任性休假，我外出得向我老板报备啊。"

傅司衍拉开车门："傅森和你签的是一个月的外聘合同，目前合同没到期，所以现在我是你老板。"他微笑道，"今天准你带薪休假。"

傅司衍常常是面无表情的，自带着生人勿进的气场，但他偶尔一笑，那张清俊的脸上又会透出少年般的清澈明朗。

怎么会有人舍得离开这样的傅司衍？李之然眼波微动，朝他夸张地一抱拳："谢谢老板。"

玩笑归玩笑，李之然上车以后还是给王霸打了个电话，说她今天要去傅森帮忙，不能去律所了。

这个理由王霸当然是接受的："行，你在那边好好干，要是干得出色，说不定傅森会考虑请我们律所当法律顾问！"王霸好像看见大把钞票滚滚而来，不禁开怀大笑。笑过之后，他语气严肃了些，和李之然说起郑南书的事。

"郑南书那小子要出国的事你知道吧？"

"我知道啊。"

郑南书最近因为忙着各种出国前的准备，已经很少在律所露面了。

王霸说："那你知不知道他走的时间已经定下来了。"

这个李之然是真不知道了："什么时候？"

"半个月后。"王霸说，"你到时去送送他吧，他这几天来过律所几次，说是来收拾东西。他有什么东西好收拾的？摆明是来找你的，你都不在。"

王霸的语气变得意味深长起来。

"你看起来挺机灵，但在感情上啊就是个呆子，全律所都看得出郑南书对你有意思，就你没反应。"

李之然被王霸突来的这番话弄得有些不知所措，她侧目看了眼旁边的傅司衍，他正专心开车，看起来心无杂念。

李之然想起前阵子她对郑太太随口胡诌的话，那时她说自己有喜欢的人了，比她大两岁，没想到竟一语成真。

"李之然！"王霸听她不吭声，忍不住拔高音调吼了声。他嗓门不小，声音从手机里清晰飘了出来，惹得傅司衍眼角余光朝她这边扫了一眼。

"我知道了王主任。"李之然捧着手机转向窗外，"我会看着办的。"

电话挂断了，李之然视线还停留在窗外怔怔出神，一时间收不回来。郑南书那个小毛头对她来说是什么呢？是弟弟吧。总是跟在她左右"老大老大"地叫，笑起来温暖又干净。他心里有伤，她知道，可她愿意倾尽全力去帮助那些素不相识的人，却没有尝试去帮一帮郑南书……所有生活在她身边不得不相处的人，她总是极力逃避与他们有更深的接触。

她守着自己的秘密，过自己的生活，帮助那些萍水相逢的人……

她原本,是打算这样过一辈子的。如果不是遇见傅司衍的话……

"看风景还是在想刚刚的电话?"傅司衍清淡的嗓音从她身侧传来。

李之然摇摇头:"在想你。"

"想我什么?"

她本来决定做命运最虔诚的信徒,任由岁月推着东奔西走,对待生命里出现的人,她既不主动靠近,也不主动挽留,他们要留便留,要走便走。

她从来没想过,自己有一天会遇见这么一个人,会对他怦然心动。原本计划好的如百炼钢般坚不可摧的人生信条,在他面前也都化成了绕指柔……

李之然第一次体会到心思千回百转的滋味,但她没有向傅司衍透露,只笑着说:"我在想你三十岁了,也算是大龄单身男青年了,现在中国男女比例这么失调,要是错过了我,你很可能要打一辈子光棍。"

他淡淡一哂,任由她胡说八道。

娟娟被送到了四环外一家历史悠久的民办儿童福利院,被送到这的小孩,身体大多都有先天或后天的不足。

院里出来接待的老师是位五十来岁的女人,穿着打扮很古板,那张已见苍老的脸上笑容热情得近乎谄媚。李之然当然明白对方的热情不是做给她看的,而是冲着傅司衍那辆价格不菲的车和那身看起来就不便宜的衣服。

撇开这些外在的东西不说,傅司衍本身就自带精英气质,哪怕他穿件几十块钱的廉价T恤往中央广场一站,掏出手机和人谈几千万的业务,旁边路过的人也不会认为他精神有问题。

傅司衍似乎烦透了别人这种带有目的性的讨好,他全程没有开口,甚至都没瞥那老师一眼。

李之然和那老师说明他们的来意，老师脸上的笑意顿时消散不少。

"你们是找那个小哑巴啊。"她随手往旁边一栋破破烂烂的教学楼一指，"在二楼教室玩呢。"

说完她又追问了一句："你们二位有没有收养个孩子的打算？认养也可以。"

李之然笑笑，没把话说死："还在考虑。"

傅司衍看她一眼，也没拆台。

老师又热情起来："你们先上去看看，我去拿孩子的资料过来，我们这里的孩子都很听话很乖！"

傅司衍和李之然走到二楼，教室里面比外面看上去要整洁一点儿，摆着几排长桌，十几个孩子在里面玩，李之然一眼就看到了娟娟。她刚来没多久，明显还不太合群，孤零零地坐在边上，抱着个破布娃娃。

"娟娟！"李之然叫了她一声。

小姑娘认得她，抱着娃娃从椅子上下来，走到她面前。

李之然心疼地摸了摸她的头："娟娟，在这里过得还好吗？"

娟娟点头，之后又摇了摇头，她不会说不会写也不懂手语，只是看着李之然，希望自己的眼睛能表达清楚所有意思。

李之然终究不会读心术，什么也了解不到。她们俩就这样面对面站着，李之然觉得自己也成了哑巴。

"对了。"她回头指了指走廊上的男人，"还记得那位叔叔吗？"

傅司衍突然被拉入话题有点儿不太自在，朝娟娟微微摆手："你好。"

娟娟咧开嘴笑了，她似乎很喜欢傅司衍，热情地朝他扑过去，张开手就要抱他。傅司衍反而被吓住了，高高大大的身体往旁边缩了缩，长臂一伸，掌心抵在小姑娘的额头上，阻止她进一步靠近，并且颇为认真地发出警告。

"请和我保持距离，不要动手动脚。"

娟娟以为他在和自己玩，笑起来，把怀里的娃娃拱向傅司衍。傅司衍看见一团脏兮兮毛茸茸的东西朝他飞来，本能地躲开，娃娃就被扔下了楼。

傅司衍一脸莫名其妙："你搞什么？乱扔垃圾。"

李之然在旁边看这一大一小的互动看得叹为观止。

娟娟还沉浸在玩游戏的臆想中，咯咯地笑着，两手抓住傅司衍的大手就往楼下拖。但她一个小豆丁怎么可能拉得动傅司衍，任凭她使出吃奶的力气，傅司衍自岿然不动，只斜睨着她，似乎在怀疑这小丫头的智商。

"你知道吗？我像你这么大的时候已经在背经济年鉴，玩千片拼图了。"

小丫头听不懂他的意思，转头冲他傻笑。

傅司衍觉得这笑容很熟悉，他不由自主地看了眼李之然。这小丫头笑起来又傻又呆的模样，和她小时候简直神似。

李之然当然不懂傅司衍的心思，她笑吟吟地在一旁看着这一大一小僵持不下的画面，觉得分外和谐可爱。

这时，招待他们的那位老师已经拿来了学生们的资料，厚厚一本，起码有几百页。

李之然禁不住问："这里有这么多孩子吗？"

老师解释道："这是从儿童福利院建立以来所有孩子的资料，你就看前面这部分就成。我办公室就在前边，要不到办公室里看吧？"

"好。"李之然临走前笑眯眯地拍了拍傅司衍的肩，"和娟娟好好玩。"

"不行！"傅司衍相当嫌弃地抽回手，打算跟李之然一块走。

没想到娟娟动作更快，冲上去直接抱住了傅司衍的手，继续锲而不舍地往楼下拉。傅司衍十分无奈，用另一只手抓住她衣领，没费什么力气就把她整个拎了起来。他皱着眉上下打量了娟娟一眼，觉得她前途堪忧。

"你太瘦了，营养不良又是个哑巴，估计没什么人会收养你。"他给了个建议，"你最好平时多吃点儿，把自己喂出点儿肉来，这样比较容易有市场。"

娟娟看着他，眨巴眨巴眼睛，又露出傻兮兮的笑容。

傅司衍觉得这丫头可能脑子有点儿问题。

李之然坐在办公室里把目前在儿童福利院的孩子的资料翻了个遍，眉头越皱越紧。

"你们收养这些孩子，没有政府补贴吗？"

"有啊。政府帮忙修了楼，也提供了些桌子椅子和小孩穿的衣服，还送了部分孩子去市福利院。不过市福利院装不下这么多人，大部分孩子还留在这儿。"老师凑上来问，"怎么样？你有没有看中的孩子？"

李之然有些心虚："我再看看。"

她继续往后翻，心里想着如何给这里争取更多的社会福利，让更多人关注这些孩子。她心不在焉地翻着翻着，翻到很多年以前在这待过的孤儿的资料。在其中一页上，她发现了两个名字相同的孤儿。一个在左上角，一个在右下方，两人都没有照片。

"真巧，这两个孩子都叫乔烨。"

老师凑过来："这是同一个人，你看这个。"她指着左上角说，"这里年龄写的是 0 到 5 岁，就是说，这孩子刚出生就被送到这儿来了，在五岁时被人领养。下面这个年龄写的是 10 岁到 10 岁，就是说，他 10 岁的时候又被送回来了，不过运气好，当年再次被人领养了。"

"那他的照片怎么不见了？"

"这就不知道了，可能是掉了吧。"

"别人的都在，偏偏掉他这两张？"李之然有些奇怪。

"巧合吧？乔烨……"老师低声念着这个名字，若有所思，"我记得这个男孩子，二十多年前的事了，我就住在这附近，还没来福利院工作，那时候那件事闹得还挺大……"

"什么事？"李之然被勾起了好奇心。

老师用手点了点右下角相片空白处，回忆着叹气道："这个孩子说起来也可怜，好不容易碰上户好人家，没过几年好日子家里就起了场大火，他养父被烧死了，没人管他，他就被送了回来。不过还好，被送来的当年又被另外一家人收养了。"

"噢。"李之然点点头，也感慨了一句，"这也算不幸中的万幸。"

和那老师闲扯了几句后，李之然就是否有意收养或者认养孩子的事打起了太极。她是律师，伶牙俐齿，说话逻辑缜密，那老师在她这捞不到什么口头上的便宜，转而想起和她一同来的那个贵气的男人。

"和您一起来的，是您先生？"

李之然"啊"了一声脸"刷"一下红了，态度暧昧："还不是。"

那老师见她这反应，心里猜了个七七八八，这两个看来是一对。

"我看他很喜欢小孩子啊，你们有那个经济条件，多带几个养在身边也热闹，或者认养几个，等他们长大有出息了，会报答你们的！"

李之然心里明白，她不是有意把领养孩子说成生意，或许是受教育程度有限，一时想不出更好的说辞。

"我会和他商量的。"李之然合上那本厚厚的资料，和老师告辞后起身走出办公室。傅司衍和娟娟已经不在走廊上了，她四处环顾一圈，在楼下的草坪发现了他们的身影。

那一大一小两个人隔开几米面对面站着，娟娟兴高采烈地把娃娃扔向傅司衍，已经放弃抵抗的傅司衍十分心累地伸手接住，然后用看智障一样的眼神望着对面的小丫头，面无表情地将娃娃重新丢回去。

他不顾及力道，常常不是扔偏就是扔远了。娟娟十次有九次是接不着的，但小丫头还是没心没肺地傻笑着，乐此不疲地跑去捡，捡起来之后继续扔。

李之然看得忍俊不禁，悄悄走了过去。

草坪打理得很粗糙，被太阳晒热的野草扫过她裸露在外的脚踝，细微的刺痒也是暖洋洋的。娟娟的笑声和傅司衍无奈却不经意间流露出温柔的侧脸，都让李之然觉得很愉快，那是种类似幸福的喜悦，足够让人盲目，也足够让人重新爱上生活。

"咳。"李之然停在傅司衍身后咳嗽了一声。

傅司衍闻声回头，一时没留意，被对面飞来的娃娃砸中了头。娟娟自以为赢了一局，高兴得鼓掌直乐。

傅司衍深吸了口气，用面无表情完美表达了内心的生不如死。

"走吧。"他认真地说，"再不走我就要把那个小丫头和她的破娃娃一起塞进垃圾桶了。"

李之然憋着笑："我看你们玩得挺开心啊。"

傅司衍两手插兜就要走人，娟娟从他身后飞扑上来，站在傅司衍和李之然中间，扬起小脸看看这个又看看那个，有些无措地抱紧了怀里的娃娃。李之然弯下腰摸了摸小姑娘的头。

"娟娟，和叔叔玩得开心吗？"

她点头。

傅司衍在旁边"哼"了声。这种肤浅的快乐摆明是建立在他的痛苦之上。

李之然说："我们现在要走了，下次再来看你好吗？"

娟娟想摇头，却不敢，抿着小嘴过了好一会儿才依依不舍地点头。李之然心疼这孩子的懂事，伸出手抱了抱她，娟娟环住她的脖子，在她脸上亲了一口，然后松开，后退一步乖巧地和她挥手告别。做完这些，她扭头看向自己刚刚的玩伴。

傅司衍斜眼看她，警告："不准抱我。"

李之然觉得好笑："人家才多大，你能不能温柔点儿？"

傅司衍觉得自己没把这小女娃塞进垃圾桶已经够温柔了。他勉为其难地伸出手，在小姑娘的脑袋上胡乱揉了两下，顺利地把娟娟那一头营养不良的黄毛揉成了鸟窝。

"再见。"说完，他迈开长腿头也不回地往外走。

李之然和娟娟摇了摇手，转身追上去，走到校门口，回头看见娟娟仍站在操场上远远地看着他们。她心里一酸，和她挥了挥手，转过头不敢再多看一眼。

"娟娟真是个很好的孩子。"她说。

傅司衍没有说话，等坐上车，李之然才听见他轻飘飘地说了句。

"那丫头和你小时候很像。"他慢吞吞地补充道，"当然了，我不是指外形。毕竟三个她加起来都未必有当年的你重。"

李之然忍住翻他白眼的冲动，支起手撑在车窗下望着外面定定出神。

"傅司衍。"她叫了声旁边的人。

"嗯？"

"你有没有想过未来？"她轻眯起眼睛看着外面的阳光，仿佛看见了多年以后，"我是说，你五年十年以后的生活，你设想过吗？"

"不需要设想。"傅司衍淡淡道，"我每一个阶段的人生都在我自己的掌控里，再过五年，企业会上市，十年后，市场遍布海外……"

李之然出声打断他："我说的是你自己的生活，不是问你公司的发展。"

"两者有区别吗？"傅司衍有些茫然。

这个大傻瓜……

"我以前也从没想过自己的以后。"李之然眼里渐渐浮现出憧憬的光芒,"可是刚刚,我好像看见了五年、十年后想要的生活。"

他不明白:"你想要什么样的生活?"

李之然笑了笑,不打算进一步解释:"等以后有机会,我再说给你听。"

她话音刚落,手机忽然响了。李之然摸出来一看,是王校长打来的电话,心里不免狐疑。

"王校长,怎么了?"

"之然啊!"王校长声音听起来焦急不安,"你快来学校吧!我……我不知道怎么办……"

李之然不由得挺直了身体,沉声道:"出什么事了?您慢慢说别急。"

"小野的妈妈她……她找来学校了。"

苏妍找去学校了?李之然心里倏然一紧,说了句:"我马上就过来。"

"怎么了?"傅司衍问。

"苏妍,她到聋哑学校找小野去了。"李之然说,"你就在前面地铁口把我放下吧,我现在要过去一趟。"

傅司衍没有停车,反而提高了车速,"我今天休假,陪你一起。"

夏日的天变得很快,刚才还是晴空高照,不一会儿天色就变成了灰白。李之然下车的时候,抬头看了眼天空,心中暗想,今天晚上可能有场雨要下。

王校长在校门外焦急地等着她,看见傅司衍和她一起出现,脸上掠过一丝意外的神情,不过现在她顾不上好奇这些。

"之然……"

"苏妍呢?"

"她在我办公室。"

王校长明显不愿意和那个女人共处一室，所以特地跑到校门口来接她。李之然回头看了眼傅司衍。

"你是在车里等我，还是一起上去？"

"一起吧。"傅司衍说。他也有话想问那个奇怪的女人。

李之然在王校长办公室再次见到苏妍，她站在窗边，静静地看着楼下操场上一群玩闹的孩子，小野就在其中。

"你好，苏女士。"李之然走到她身旁，看见她戴着副墨镜。

苏妍的脸生得很小，一副宽大的墨镜几乎遮去了她的大半张脸，只剩下那血色极淡的唇和尖削的下巴。

她缓缓地转过头，看向李之然，眼睛藏在墨镜后面，教人辨不清她此刻的表情。

"李律师是吗？听王校长说你这段时间为凡凡费了不少心，真是辛苦你了。"凡凡指的就是小野。

"苏女士，能冒昧问一句你是怎么找过来的吗？"

苏妍笑了笑："我说母子之间心有灵犀你信吗？"

李之然回以微笑："不好意思，我是个律师，没根据的东西无法令我信服。"

苏妍转身走向旁边待客的木椅，看到站在门边的傅司衍，动作顿了一下，似乎有些意外。不过她很快恢复如常，甚至还笑着和傅司衍打了个招呼。

"你好，又见面了。"

傅司衍连个敷衍的笑也没给，只半倚着门框，静默在原地，俨然一副局外人的模样。李之然在她的对面坐下。王校长此时除了给李之然添杯水，已经找不到别的能干的事了。

"苏女士今天来，是想带小野走？"李之然开门见山。

"不……我只是过来看看他。"苏妍纤细的手指摩挲着已显旧的茶杯边缘，声音如她露在外面那半张脸一样苍白无力，"是王校长自己吓得六神无主，所以给你打了电话。这样也好，我本来也想找你，和你见一面。"

这样一个弱不禁风的女人，说出来的每个字竟让李之然心生战栗。她隐隐有种感觉，苏妍什么都知道，有关小野的一切，从头到尾她什么都知道。

"你找我干什么？"

"李律师，我想拜托你一件事。"茶杯在她掌心轻轻晃动，里面的茶水溅出来几滴，落在她手背上，但苏妍却似毫无知觉，轻声说着，"王校长说你已经见过凡凡的爸爸了，等他状态好一点儿，麻烦你把孩子交给他吧。"

王校长眼里流露出一丝惊慌，她哀求地看向李之然。

李之然狠了狠心，只当没看见，望着苏妍平静地说："苏女士是不是对我有什么误解？你如果真需要人帮忙照看孩子，应该和王校长商量。"

苏妍看了王校长一眼，墨镜后面不知是怎样的眼神。王校长有些心虚地低下头。她占着别人的儿子，不管怎么说，都矮了对方几分。

"王校长。"苏妍说，"我有空会再来看我儿子，不过不会打扰他，这样可以吗？"

李之然暗想，她并不需要把话说得如此可怜，王校长根本就没有说"不"的立场。

果然，王校长唯唯诺诺地应了："你随时都可以来的。"

看她这态度，好像只要苏妍不把小野带走，她什么都可以答应。李之然心里不无悲哀，人若无法充实自己抵御寂寞，终究会被寂寞吞噬，变为困兽。

"苏女士。"她叫住起身要走的苏妍，"我想问你一个问题，既然早就知道吴斌比你更适合照顾孩子,当年为什么还要把孩子带走?"

"为什么?"苏妍低低地笑,"是啊,为什么呢?我也问过这个问题,那人说,孩子最好不要跟着父亲。"

"你问过谁?"李之然敏感地抓住了她话里漏掉的部分。

"也许你很快就会知道,也许,你永远都不会知道。"

李之然觉得这个女人有些神志不清。苏妍已经起身走向门口,她在距离傅司衍两步远的地方停了下来。李之然目光紧追着她,看到她纤瘦无比的身体轻微晃了晃,就像会直直倒下去。李之然忍不住站了起来。

傅司衍两手抱臂,不冷不热地看着面前的人,墨镜里倒映出他的脸,英俊而淡漠。

"我曾经养过一只小狗,后来,被砍死了。"苏妍轻轻地笑,墨镜下面却滑出泪水,"你记得吗?"

他没有忘记,这个女人之前也和他说过类似的话,在心理诊所的电梯口。

"抱歉,我对你的狗不感兴趣。"

苏妍摇头,失落又遗憾:"你不记得了。"

傅司衍懒得理她,只问:"你在我车上哼过的那首歌,叫什么?"

他很好奇,为什么一个陌生人哼过的歌,会频繁地出现在自己的梦魇中。

"你知道的。"

苏妍忽然爱怜地伸出手,去触碰傅司衍的脸,被他一把挥开。

"你干什么?"傅司衍有些不悦。

苏妍不再说话,低头从傅司衍身边擦身而过。傅司衍又一次听见了那首童谣,歌声随着苏妍的身影渐行渐远。

傅司衍迟疑了一下,转身追了出去,他在楼梯口拦住苏妍。

"这首歌你是从哪儿听来的?"

苏妍看着他笑,嘴里仍在轻轻哼着歌。傅司衍不知为什么,突然暴怒,一把捏住她纤细的手腕,力道大得仿佛要把她的骨头捏碎。

"来。"苏妍仰起头,用另一只手摸着自己的脖子说,"捏这里才管用。"

李之然紧跟出来,看到这一幕忍不住叫了声,"司衍!"

傅司衍看了她一眼,终究还是冷静下来,他甩开苏妍的手,转身下楼。

李之然经过苏妍身旁时,把自己的名片塞给她:"苏女士,我希望你能再联系我。"

她讶异于傅司衍为何忽然失控,也担心他此刻的情绪,着急地冲下楼去追他。她没留意到停留在原地的苏妍,正将她的名片一点点撕成碎片,如飞絮般撒了一地。

李之然追下楼,傅司衍的步子已经放慢下来,她加紧几步追上去。

"你怎么了?"李之然轻声问。

傅司衍不答。

李之然抿了抿发干的嘴唇,不再追问,跟着他一路走出校门口,坐进车里。路虎车贴着墨色的车窗膜,里面可以看见外面,但从外面朝里看却是黑漆漆的一片。这样的封闭空间让傅司衍觉得安全,他回答了她刚才的问题。

"我不知道。"他闭着眼睛,这些天接连积压的疲惫还未完全从他脸上消散,"那个女人……她哼的歌很奇怪,我没听过,但我不止一次梦到了。"

"什么歌?"

傅司衍试着哼了他记得的一小段,没有歌词,只是一段调子。李之然听过的歌有限,完全猜不到是什么。

"你回去休息吧。"李之然看着他憔悴的脸，有些心疼。

"我想去你家。"傅司衍轻声说，语气里有哀求的意味。他忽然厌倦起自己那个空荡荡的，没有人气的房子。

李之然笑："我那间破瓦寒窑今天要蓬荜生辉了。"

这是傅司衍第二次走进李之然的家，一进门就闻到里面暗香浮动，香味源自客厅茶几上的那盆茉莉。白色的小花缀在茂密的绿叶里，星星点点，显得娇俏可爱。

李之然得意地说道："这花我费了不少心思养，还好它没辜负我。"

其实被花辜负了还是轻的，最要紧是不能被人辜负。这句话李之然憋在心里没说出来，说了，他也未必懂。

傅司衍摸了摸绿油油的叶子，在沙发上坐下："我有点儿困了。"

现在这个天气其实不需要盖被子，但李之然还是进房间拿了条薄毯出来给他盖上。

"你稍微搭一下肚子。"

"嗯。"傅司衍已经合上眼，鼻音浓浓地应了声。

李之然知道傅司衍睡眠质量很差，又常常失眠，她尽量让自己动作轻如空气，蹑手蹑脚地拿了两包零食到阳台上去吃。

这一个上午发生的事不少，她需要独自理一理。苏妍是怎么知道小野在聋哑学校的？难道谢芳菲把孩子送走的事她是清楚的？可她为什么不要自己的小孩？如果是真的不想要，当年又何必大费周章地拿到孩子的抚养权？

李之然两包零食吃完了也没想出个所以然来，颇为惆怅地叹了口气。面前一团乱麻等着处理，她却完全不知道该从哪里下手。或者去找吴斌一趟，看能不能从他那里进一步了解苏妍的情况……

就在她苦心琢磨的时候，沙发上的人稍微挪动了下身体，老旧的二手沙发不堪重负，传出"吱呀"一声。李之然回头望去，忍不住笑了。傅司衍高高大大的身体缩在她那个小沙发上，看起来格外委屈。他似乎是睡着了，只轻微侧了侧身，就没有进一步动作了。

李之然轻手轻脚地挪到沙发边，她还没有如此近、如此认真地看过他。她发现傅司衍身上清冷不近人的疏离气场，大部分来自于他那双深如寒潭的眼睛，当他睡着的时候，锋芒收敛，眉宇间反而有股不谙世事的孩子气。

李之然伸出手，指尖微微颤抖着，在他五官轮廓上游走，从英气的眉毛往下，滑过笔挺的鼻梁，再到他单薄的嘴唇，她仿佛在描摹他的模样，想把这张脸刻画进心底。

"我所设想的未来啊……"她轻声说道，"有你，还有一个完整的家。"

说完，她自嘲地笑了笑，觉得自己这种对牛弹琴的行为有点儿可笑。李之然小心翼翼地从客厅挪回自己房间，关上门和周寻逸联系，想试试能不能通过他牵线和吴斌见一面。

就在房门合上的瞬间，沙发上双目紧闭的男人无声地睁开了眼睛，古井般深沉的眼眸里覆盖了一层不知所措的茫然。过了许久，傅司衍重新闭上双眼，这一次他是真的睡着了，很安心的一觉。醒来时外面天色阴沉，看上去风雨欲来。

傅司衍从沙发上坐起来，大脑还有些混沌。他捏了捏眉心，转头看见厨房里亮着灯。橘黄色的灯光亮度刚刚好，多一分刺目，减一分模糊。李之然的身影就在橘光下无声地穿梭，忙着往烧开水的锅里下面条。

傅司衍看了看时间，快五点了。他站起来走向厨房，其实从客厅到厨房只有两步距离。

"然然。"

突然响起的声音把李之然吓了一跳,锅盖"砰"的一声砸在锅上,彻底打碎了房间里先前弥漫的静谧。

李之然惊魂未定地拍了拍心口,回头问他:"你醒了?睡得怎么样?"

"很好。"傅司衍说,"我很喜欢你的沙发。"

李之然哈哈大笑:"二手市场买的,三百五十块钱,下次带你去淘一个。"

傅司衍微笑:"好。"

李之然问他:"饿吗?你中午都没吃东西,我煮了面,要不要一起吃?"

他一向不喜欢吃面,本应该开口拒绝,"好。"不知为什么,又答应了。傅司衍发现自己很难拒绝李之然,从很久很久以前开始,他就没办法对她说不。

李之然家里食材有限,面也没做出什么花样来,就是两碗清汤面,各加半个荷包蛋。

"不好意思啊,家里蛋就剩一个了,你只能和我分着吃了。"李之然低头大口唆面,脸上却没有半点不好意思的神情。

傅司衍坐在她对面,能清晰地看见她鼻尖上细小的汗珠。

"这里,没有空调吗?"

"要空调干什么?打开窗户就是自然风,实在热了就开风扇啊。"她朝他眨巴眨巴眼睛,"我这个人很好养的。"

傅司衍点头表示认同。

李之然循循善诱:"所以,你有没有兴趣包养一下?"

傅司衍还是第一次碰到有人把求包养说得这么理直气壮、冠冕堂皇的。

他嘴角微扬,淡淡道:"我考虑考虑。"

"噢。"李之然缩了缩脖子,继续吃面。

她的确是好养，连一碗再普通不过的清汤面也吃得格外满足。傅司衍被她带动了食欲，也夹了一筷子面送进嘴巴里，味道好像不是那么难以忍受。

傅司衍就这样一口一口地吃完了整碗面，最后还喝了汤。他这种行为极大地增强了李之然对自己厨艺的自信。

"看来我以后有开小面馆的潜力啊。"

她自恋之后，很自然地端走傅司衍面前的空碗，转身放进水槽里，顺手打开水龙头放水洗碗。就像他们已经这样相处很久了。

傅司衍忽然觉得不太自在，他起身说："我先回去了。"

"现在就走？"李之然有些意外地转过头，两手沾满洗洁精。

"嗯。"傅司衍说，"有事给我电话。"

他想自己不能在这个地方久留，待久了，会有种奇怪的温馨感，继而会产生依恋，甚至有不想离开的错觉。傅司衍就抱着这样的想法，以近乎逃离的心态从李之然家出来，开车奔向自己那栋冰冷的房子。

一直到他打开家门，面对着一室冷清寂静，他才终于找回一点儿熟悉的感觉。傅司衍微微松了口气，继而感到一种难以忍受的孤独。

他觉得自己变得很奇怪。躺在自己那张造价不菲的真皮沙发上，却没有半点窝在李之然那张小沙发上的满足和归属感。

到底是哪里出了问题？傅司衍越发茫然。他翻身起来，打算给自己煮杯咖啡，就在这时，门铃响了。

何岩知道门锁的密码无须多此一举，至于然然，她如果过来应该会提前给他消息……谁会在这时候过来？

傅司衍走向玄关，阮亦晴的声音传进来："司衍，你在家吗？"

傅司衍原本打算开门的手停在半空，犹豫了一下后，还是开了门。

"什么事？"

不穿职业装的阮亦晴少了几分平时的气场，化着淡妆的脸让她看起来更像一个刚走出校园的女大学生。

"我有东西要给你，不过太重了我提不动，放在车里了。"阮亦晴指了指停在后面的那辆红色轿车。

"那就拿回去吧。"傅司衍说着就要关门。

阮亦晴拦下他，无奈笑道："你别开玩笑了，来帮我一下。"

语气里有几分傅司衍听不明白的娇嗔。他不太情愿地跟在阮亦晴身后，替她把车后座一幅装裱精致的油画拿出来。是大卫·波菲的作品，他几乎一眼就认出来了。他认识意大利语，直译出右下角的画作名。

"无声告白。"

"迟来的生日礼物。"阮亦晴小心地看着他的表情，面色羞赧，"祝你万事顺意，天天开心。"

"谢谢。"

"你干吗一直和我这么见外？"

傅司衍没说话，把画搬进去。阮亦晴跟在他身后。

"你打算把画挂在哪儿？"

阮亦晴问，目光在他房子里贪婪地四处游走，似乎想把每个角落都看清楚。

"不知道。"傅司衍说。

房子是精心设计过的，任何一点改动都会对原来的布局造成影响，至于这种影响是好是坏，就看主人怎么安排了。

阮亦晴笑："那等你想好了放在哪里，可得第一时间告诉我。"

这不是她第一次来傅司衍的家，但之前几次都是过来取文件或者送资料，来去匆匆，这回算是逮着机会仔细看看他的家了。

傅司衍把画搁在客厅一角，转头见阮亦晴已经走进餐厅参观了，他不太愉快地皱了下眉，迈步走过去。

阮亦晴注意到墙上贴着一张画纸，上面是色彩糊成一团的向日葵。

"这是你小时候画的吗？"她饶有兴趣地问。

傅司衍看了眼："不是。"

"那为什么贴在这儿啊？"阮亦晴退后两步打量着整面墙，"不如把油画挂在这儿吧？这张纸可以撕掉吗？"

说话间，她已经伸手过去。

"不可以！"傅司衍速度更快，一把抓住她的手腕，动作几近凌厉。"不要随便碰我的东西。"

他眼眸微垂，阮亦晴看不见他的眼神，但光凭那冷冰冰的声音，已经足以令她心颤。

"司衍……"她挣扎着想抽回手，但他力气不减，捏痛了她，这样浑身戾气的傅司衍让阮亦晴害怕起来，"你干什么呀？放手啊！"

傅司衍在她的惊叫声中冷静下来，意识到自己下手过重，掌心微微一松，让阮亦晴把手抽了出去。

"对不起。"他低声道歉。

阮亦晴本能地往后退，揉着被捏红的手腕和傅司衍隔开距离。她知道傅司衍性格冷漠，但从未见过他暴戾的一面，一时心绪难平，忍不住出言讥讽。

"你这是干什么？难道这张丑画是哪位名家价值连城的真品，让你为它如此粗暴地对我动手？"

"它不值钱。"傅司衍说，"但对我来说是独一无二的，我不喜欢外人碰它。"

阮亦晴压下心里的怒意，转身就走，但走到玄关处，略微平复的心情被另一种困惑取代。她终究没赢过自己的好奇心，回头问："那幅画，我能知道作者是谁吗？"

"然然。"

这本来也不是什么需要隐瞒的秘密。

然然？应该是小名，阮亦晴从未听过傅司衍如此亲昵地称呼别人。

然然……她脑中电光火石那一瞬，忽然想起一个人。

"李之然？"阮亦晴听见自己的声音在微微发抖。

她希望傅司衍摇头，希望他否认，希望是自己想得太多……

"对。"傅司衍简单一个字，打碎了她最后一丝希冀。

阮亦晴转过身，眼眶发红。

"那我呢？"她拖着步子走向傅司衍。

这么多年，她一直追随着他的脚步，静默无闻地陪在他身边，她以为时间会让他看见自己，知道她的好，可他现在却告诉她，他心里已有了一个独一无二。

那个不知道什么时候出现的人，轻易地跨过了她越不过的鸿沟。

"傅司衍，我是谁？"她深吸一口气，颤颤地说，"在你心里，我是谁？我的心意对你来说又算什么？"

傅司衍不由自主地后退，她连声质问里包含的情绪太厚重，超出了他能承受的范围。所幸阮亦晴没有继续逼问下去。不是她不够勇敢，是他没有给她勇气，结局一眼就能望见，她不敢前进，就只能步步后退，退回原位。唯有这样她才能继续自欺欺人，心怀侥幸地以为自己尚有一线生机。

"我不打扰你了，工作上有需要给我打电话就好。"

她又变回了那个踩着他脚印跟在他身后的女人，不敢进一分，亦不甘退一步。

阮亦晴离开后，傅司衍把她送来的那幅油画放到了墙角。他欣赏大卫·波菲的作品，但这幅油画不合他的品位，看过几次后，就没了兴趣，任由它在墙角积灰。

14 真实幻象

打算直接回家的阮亦晴在小区附近的路口,又一次碰见了乔烨,他依然蹲在角落喂猫,动作温柔神情专注,美好得像一幅画。

她按了声喇叭,成功地引起他注意。

"我请你喝咖啡吧。"她放下车窗对乔烨说。

咖啡厅里冷气开得很足,以至于冷咖啡入口的时候,阮亦晴不太适应地皱了皱眉。

乔烨看着她微红的眼眶,问:"哭过?"

"没有。"阮亦晴嘴硬,从包里翻出墨镜戴上。

如此明显而幼稚的欲盖弥彰,乔烨低头笑了笑。

"去见你那位傅总了?"

"嗯。你不是说生日礼物如果错过了当天最好尽快送给他,不能拖太久吗?"

"嗯。然后呢?这次见面不太愉快?"乔烨轻轻往后一靠,倚在椅背上,等她向他吐露今天的遭遇。

果然,阮亦晴将今天在傅司衍家经历的事,一五一十、点滴不漏地告诉了他,末了还忍不住抱怨。"除了生意上的伙伴,他很少和人接触,那个李之然究竟是从哪里冒出来的?"

乔烨说:"可能是他以前的朋友。"

"不可能。"阮亦晴斩钉截铁地说,"我跟他认识十多年了,他没有什么朋友,更别说异性朋友。"

"或许是……"乔烨缓缓抬眼看着她说,"更早以前呢?"

"十多年前的人就算记得又能有什么交情?"

乔烨喝了口咖啡,不加糖的黑咖啡,苦涩侵蚀味蕾的感觉让他觉得很舒服。

"你不是认识李之然吗?也知道她是哪间律所的,不如……"他停顿了一下,玩笑道,"找人调查她一下,知己知彼才能百战不殆嘛。"

说者无意,听者有心。阮亦晴陷入了若有所思地沉默中……

李之然预料得没错,晚上八九点的时候,下了一场大雨,雨势滂沱,恨不得由里到外将这座城市彻底清洗干净。

这样的天气,哪儿都不适宜去。李之然窝在沙发上翻一本厚厚的法律书,搁在茶几上的手机忽然疯响起来。她瞄了一眼,是白天没联系上的周寻逸。

"喂。"李之然接听后不忘调侃一句,"周大律师够忙的啊。"

她和周寻逸之间的关系好像真的已经变为普通的老同学,能互相问好也能闲谈几句话,只要彼此保持默契,不翻当年的旧账,不碰不知是否愈合的伤口。

"哪里,今天一整天都在和顾问公司谈,一个简单的合同反反复复地折腾了好多次。"周寻逸的声音听上去疲惫无奈,"别说看手机,我连去趟厕所的时间都没有。"

李之然笑道:"有钱和有闲,只能二选一。周大律师选了钱,自然就不得空闲了。"

"别开我玩笑了。"周寻逸说,"你才是真厉害,能让傅大董事长亲自请到傅森公司当外聘律师,看你和傅司衍这交情,只要你想,让你们律所成为傅森的法律顾问也不是不可能啊。到时候,你不就是那个有钱又有闲的人。"

圈子就这么点儿大,李之然这种名不见经传的小律师被傅森外聘的事早就传开了,自然少不了一些闲言闲语。

李之然听得出他语气里的暧昧,大方地说道:"交情归交情,本事归本事。再说了,你不是也知道我在他们公司待了不到三天就夹起尾巴走人了嘛。"

周寻逸笑出了声。

"你还算拎得清。说吧,白天找我什么事?"

提及白天的事,李之然也正经起来。

"今天苏妍找到聋哑学校去了,王校长给我打的电话,我去见了她一面。那女人很奇怪,她居然嘱托我以后把小野交给他爸爸照顾。"

周寻逸有些惊讶,沉吟片刻,他说:"那你打算怎么办?"

"我想见吴斌一面,他和苏妍毕竟做过几年夫妻,怎么说都比我们这些外人更了解苏妍。你能不能帮我约他见个面?"

"没问题。"周寻逸爽快地答应了,"我和他联系一下,约好时间和地点短信通知你。"

"嗯,谢谢。"

周寻逸办事速度很快,没过多久,李之然就收到了他的短信:明天上午十点半,在中央广场附近的郡岛咖啡见面,我会陪他过去。

周寻逸能一起当然是最好,独自面对吴斌,李之然心里还是有点儿发怵的。毕竟第一次见面的时候,吴斌给她留下的印象太深刻了。

夜已经很深了，李之然作息规律，此刻已经哈欠连连。她躺回自己那张小床，周遭万籁俱寂。李之然合上眼睛以为自己能很快睡过去，但没有。她想起傅司衍，忽然觉得他好像还待在这所房子里，就在与她一门之隔的客厅坐着。

她撑开眼皮，瞄了眼客厅，黑漆漆一片，只能看清家具物什熟悉的轮廓。大抵唯有享受过陪伴的人，才会懂得孤独难耐。

李之然翻了个身，背对客厅重新闭上眼。多年来养成的良好作息让她渐渐进入了睡眠状态，彻底睡着之前，她混混沌沌的脑子里冒出来一个念头：以后还是要换个大一点儿的房子，不需要太大，能容纳一家三口就好……是个家就好。

凌晨一点。

傅司衍看完徐磊平半个小时前发来的一封邮件，是针对方亿的详细并购企划。徐磊平做事缜密，在海外工作多年的经历让他眼界更高更广，但有时不免好高骛远了些。

傅司衍圈出其中过于急功近利的几点，打回去让他重新整理。做完这些，他转了转有些僵硬的脖子，回卧室吃了药，躺在宽大冰冷的床上。或许是因为今天下午睡了安稳的一觉，所以现在哪怕吃了药，也没有什么睡意。

明天上午九点约了梁荣轩，十一点半回公司和徐磊平、阮亦晴他们开个小会，下午召开管理层会议，讨论如何以一次漂亮的公关收尾，结束傅森经历的这场持续了半个月的舆论闹剧。

事情很多，但繁忙一向是他生活的常态。

傅司衍闭上眼睛，不知为什么怀念起白天躺过的那张二手沙发，还有醒来时看见的那场温暖的人间烟火……

第二天上午九点,傅司衍准时敲响梁荣轩办公室的门。没等他推开门,里面的人已经替他拉开了。

"傅先生。"开门的不是梁荣轩,是沈术。

傅司衍微微点头致意,走进来。

坐在办公桌后面的梁荣轩站起身,脸上是一贯的温和笑容:"司衍啊,我刚刚还在和沈术讨论你的情况。你来得正好,今天的治疗沈术做我的助理,你看怎么样?"

"可以。"傅司衍对此已经习以为常,他正好也有事要问沈术。

"你那个患者苏妍今天来了吗?"

"没有。"沈术扶了扶眼镜,"傅先生怎么关心起我的病人来了?"

傅司衍坐在治疗椅上,说起那个莫名其妙的女人,以及那首诡异的成为他梦魇一部分的童谣。

"我不记得我何时听过那首歌,之前也不认识那个叫苏妍的女人。"他眉头微微皱起。

沈术和梁荣轩交换了个眼神,犹豫片刻后才说:"苏妍她有躁郁症和焦虑症,有时候容易精神恍惚,傅先生不要太往心里去。"

傅司衍用手按了按眉头,心知他们根本没理解他的意思,懒得再继续这个话题。

他告诉梁荣轩:"我最近从噩梦中醒来后,会产生幻听幻视的现象。"

"幻听幻视?"梁荣轩拿起速写板,温和地问道,"能具体和我说说吗?"

傅司衍闭上眼睛,靠在椅背上,平静地向他们叙述自己在经历梦魇之后,听见和看见的一切不真实的东西。

梁荣轩边听边低头在速写板上记录，眼睛时不时地瞥一眼旁边的沈术，眼神不安甚至带着几分小心翼翼。沈术摘下眼镜，低头漫不经心地擦拭着镜片，眼睛却看向旁边的摆钟，钟摆正一下一下节奏分明地走动。

座椅上的傅司衍在钟摆摇动的声音中，渐渐被催眠，不知不觉地放慢了语速……

上午十点十五分，李之然走进郡岛咖啡馆的同时，收到了周寻逸的一条短信。

"我告诉吴斌你有帮他夺回儿子抚养权的砝码，到时别露馅。"

她和周寻逸说好，小野和苏妍后来的事暂时不让吴斌知道，得另想办法，让吴斌把苏妍以前的事都告诉她。

李之然没等多久，周寻逸就带着吴斌出现了。这次出来，吴斌显然特地收拾了一番，不知道是周寻逸的意思，还是他清楚自己原来那副蓬头垢面的模样不好见人。

"吴先生。"李之然主动朝他伸出手，"我是李之然。"

"你好李律师。"吴斌甚是热情地握了握她的手。

坐下后，李之然脸上保持着得体的微笑，尽量让自己看起来更专业更值得信赖。

"您的事我大致听周律师说过了，现在我想和您了解一些您前妻的具体情况。"

"可以可以！只要李律师能帮我拿回抚养权，让我怎么做都可以！"吴斌神情很激动。

"你了解你前妻的精神状态吗？和你在一起的时候她有没有精神方面的问题？"

"我只知道她睡眠一直不太好,去看过医生也吃了不少药。"说起苏妍,吴斌口吻冷淡了不少,"她是个很情绪化的人,常常上一秒大家还开开心心的,下一秒她就会突然摔东西。"

李之然和周寻逸互看了一眼,继续问道:"她去看过心理医生吗?"

"没有吧。"吴斌不太肯定,他回忆着说,"不过我们闹离婚之前,她带一个朋友来过家里几次,说是心理专家什么的,来给我们做心理咨询。"

显然心理咨询没起到什么作用。

李之然注意到他提到的那个心理专家,"她那个朋友你以前见过吗?"

"没有。"吴斌说,"我听都没听说过。苏妍的朋友不多,我基本都认识,也不知道那个心理专家她是什么时候认识的。"

"那你记得他的名字吗?"

"好像是……姓沈吧。"

李之然瞬间想到一个人,心里一沉,脸上却不动声色。

"我认识一个心理医生也姓沈,叫沈术,不知道和你前妻的朋友是不是一个人,如果是那就太巧了。"

吴斌摇摇头:"名字我记不清了,不知道是不是同一个。"

"那你还记得他的长相吗?"

吴斌自嘲地笑了,他正值壮年,四十岁不到,但这几年妻离子散,他被生活折磨得形容枯槁,苦不堪言。

"我记性很差了,有时候一顿饭吃完了就忘记上顿吃的是什么,何况是三年前的人。"

他话里的苦涩触动了李之然,她想起第一次见面时她也曾对傅司衍说过类似的话。

"没事。"李之然安慰道。

"方便告诉我三年前,你们为什么去做精神鉴定吗?"

李之然经手过几起离婚案,但没遇过两口子离婚前先去做精神鉴定的。

"是苏妍那个专家朋友建议我们去的!"吴斌握紧拳头愤怒地锤在桌子上,"我当时并不想去,他和我聊了很多,我已经不记得他都和我说过什么了,也不知道我怎么就变成了精神病!"不小的动静引得服务生频频往这边张望。

周寻逸抱歉地朝他们示意,让他们不必担心。他转头看到李之然神色凝重,不知在想什么。

"李律师。"他低声唤她。

李之然的思绪被周寻逸的声音拉回现实,她还没来得及回应,就听见外面马路上传来一声巨响。

两个喝完咖啡结伴往外走的女人扭头望向窗外,忍不住惊呼:"出车祸了!"

李之然眼皮突地跳了一下,朝马路望去,出事的地方已经围了一堆人。她盯着人堆看了一会儿,忽然脸色骇然,一片苍白……

从诊所出来以后,傅司衍直接开车回公司。

今天天气不错,万里无云,马路上铺满了阳光。他有些心不在焉地望着前方路面。这次的催眠比起之前,算是成功的了。他在自己的潜意识里再次听见了那首童谣,甚至能将它完整地哼唱出来。但这没有用,无论是梁荣轩还是沈术,都没人听过那首歌,沈术甚至还在网上搜了一下,没有任何结果。

傅司衍腾出一只手按了按太阳穴,前方路口红灯,他放慢车速在停止线后停下,安静地等最后十秒倒计时。

绿灯亮,他立刻启动车子。忽然,从旁边飞蹿出一条狗,扑在他挡风玻璃上。傅司衍猝不及防,下意识地打转方向盘,跟在他后面的一辆小轿车来不及刹车,直接撞了上去……

李之然冲出咖啡馆跑到马路上,险些被过路的车撞倒。

"李之然!"

跟在她身后的周寻逸看得心惊胆战,奈何他们之间隔着穿行的车流,他没办法立刻冲到她身边拉住她。

"让一让,麻烦让一让!"

李之然拨开围观的路人,冲进了人群包围的事故中心。她看清了那辆车,那辆熟悉的路虎SUV。旁边还停着一辆白色大众轿车,车主气得脸红脖子粗,朝着路虎车里的人直叫。

"你给老子滚出来!大白天撞鬼了?怎么开车的?!"

车门打开,李之然见傅司衍从车上下来。他额头磕破了,殷红的血从伤口流出来,一路下滑,半张脸都是,还渗进了衬衣领口。雪白的衬衣沾上鲜血,红得触目惊心。

大众车的车主还在气愤地拍着车门骂骂咧咧。

"你在直行道上突然转弯是玩自杀啊?我小孩还坐在车上……"

傅司衍对他的声音置若罔闻,四处张望,像是在寻找什么,周围的人、车都不在他的眼睛里。

"狗呢?"他困惑不已。

"傅司衍!"

直到李之然的声音响起,拉回他游离的魂魄。他愣愣地抬头,看着那个冲向自己的女人。她眼睛是红的,仿佛他伤口里淌出的血流进了她的眼中。

"然然……"傅司衍木然地叫了她一声。

李之然没再说什么，转过身将他挡在后面，低声和大众车主说话："大哥，我是他朋友。这里怎么回事？"

李之然背在身后的手抓住了傅司衍的手，无声紧握着，给他安慰。

大众车主显然还在气头上："我已经报警了！等交警过来处理吧！我看他八成是酒驾！开辆好车了不起啊？在马路上随便转弯换道，马路是你家开的啊？社会风气就是被你们这些有钱人搞坏的！"

李之然从他喋喋不休的数落中大概听明白了这场事故的情况，是傅司衍突然变道，才引发的车祸。她担心傅司衍的伤，不愿和他多起冲突。

"大哥，现在是和谐社会，咱说话都文明点儿。今天实在是对不起了！我向您保证，他绝对没有酒驾。他只是最近身体状况不太好，可能开车走神了。"

男人脸色稍微和缓了一点儿，哼了声，没有说话。

周寻逸这时也赶了过来，看见李之然身后的傅司衍时愣了一下，但很快就移开了视线观察现场的情况，车祸发生的原因他大概猜了个七七八八。

李之然还在和大众车主沟通："您看我朋友受了伤，伤口一直在流血，这大热的天，伤口不及时处理很容易感染。您看这样行不行？车子留在这，我打个电话叫人过来，麻烦您在这等会儿。我先带他去附近医院处理伤口。等交警过来查明情况后，该怎么处理我们通通配合。"

这番话说得很诚恳。男人看了眼傅司衍还在流血的头，虽然有点儿于心不忍，但还是不太放心。

"你叫谁过来啊?"

"我。"周寻逸这时开了口,他对李之然说,"你带傅总去处理伤口,这边交给我。"

李之然感激地看了他一眼,见大众车主没有异议,她拉着傅司衍穿过人群走向马路斜对面的医院。

"然然。"一直沉默不语的男人终于说话了。

他不吭声还好,一出声瞬间引爆了李之然的脾气,她几乎是气急败坏地冲他吼:"你怎么开车的?在大马路上突然变道?你变道都不看后面的吗?幸亏这里车速不快,要是在高速公路上怎么办?你连人带车都要出事知不知道?"

傅司衍被她凶得一时愣住,单薄的嘴唇抿了抿,他低下头轻声道歉:"对不起。"

李之然瞬间心软了,心一软,深深的余悸和后怕就涌了上来。傅司衍感觉到那只抓着自己的手用力收紧。

"伤口疼不疼?"李之然低声问。

他抬起手,有些茫然地摸了摸自己头上的伤口,仿佛刚意识到它的存在。要说疼,也并不算太疼。

"有一点儿。"

李之然不再说话,一路拉着他走进医院。

傅司衍额头上破了个口子,需要缝针,医生打量着他的伤口,"这个缝四针,就不给你打麻药了。"

李之然看着旁边托盘里的针,忍不住说:"医生,您下手轻点儿啊!"

医生好笑:"这么大个人还怕这点儿痛?你可别把你男朋友当儿子养。"

李之然脸倏地红了,小声嘀咕:"不是男朋友,朋友而已。"

音量不足以引起医生的注意。

傅司衍全程没有说一句话,仿佛神游在外,只在针扎进皮肤里时皱了下眉。他还在想发生车祸时他看见的那一幕,他明明看见一只狗扑了上来,但后来下车查看时却什么都没有,好像除了他,也没有人看见那只狗。

是幻觉吗?傅司衍觉得大脑昏沉,下意识地抬手想揉一揉太阳穴却被人拦住了。

"你别乱动!"李之然在他耳边发出警告。

傅司衍就不动了,他说:"我头有点儿晕。"

李之然紧张起来:"医生,他头晕是怎么回事儿?"

"当然晕了。"医生剪掉线,见怪不怪地说道,"都撞出轻微脑震荡来了能不晕吗?"

"那不要紧吧?"

"休息两天就没事了。我开点儿消炎药给他吃几天。这段时间伤口注意不要沾水,两个礼拜后过来拆线。"

"谢谢医生了。"

李之然拿药的时候顺便给何岩打了个电话。

这时阮亦晴正送资料到傅司衍办公室,听何岩说傅总不在,就把文件先放在何岩那里,转身往电梯口走没几步,就听到何岩接电话的声音。

"李小姐"。

这个称呼让阮亦晴顿时步子一滞,不由自主地回过身。不知那边说了什么,何岩的脸色突然变得凝重起来。

"那傅总现在怎么样?"

傅司衍出事了？阮亦晴眉心一拧，来不及多思考，人已经走向了何岩。

"好，我马上过去。"

何岩已经把手机放回裤兜里，匆忙将阮亦晴交给他的资料锁进抽屉准备出去。

"何助理，傅总出什么事了吗？"

阮亦晴跟着他走向电梯口。

何岩犹豫了片刻，说："傅总出了场小车祸，不过已无大碍，您不用担心。"

"车祸？"阮亦晴哪里能不担心，"我跟你一起去。"

"不用了阮总监，傅总的伤口已经处理过了，我去接……"

"我跟你一起去！"阮亦晴态度强硬地重复了一遍。

何岩只好默许。

李之然和傅司衍走出医院，正好碰上匆忙赶来的何岩，还有他身旁踩着七厘米高跟鞋健步如飞的阮亦晴。

"司衍你怎么样？"阮亦晴无视了李之然，紧张地上下打量着傅司衍。

李之然替傅司衍回答："没事，只是一点儿小伤，还有点儿轻微脑震荡。"

这话不止对阮亦晴，也是对满脸担心的何岩说的。

李之然想起还留在车祸现场的周寻逸："周律师还在事故现场，我得过去看看。"

何岩阻止了她，"我过去吧。"他说，"这些事我来处理更方便一点儿。"

李之然没有坚持，在某方面何岩几乎代表了傅森的人脉，他出面自然比她要管用得多。

"好。何助理，麻烦你转告周律师，说我在这里等他。"

何岩点点头，转身边走边摸出手机打电话。

一直没说话的傅司衍忽然开口："周律师是……周寻逸？"

真是难为他还记得。

"嗯。这回幸亏有他帮忙。"

"你们刚刚在一起喝咖啡？"

顾虑到阮亦晴在旁边，李之然只含糊地说了句："谈点儿事而已。"

全部注意力都在傅司衍身上的阮亦晴，听见这话后终于把目光投向了李之然。

"不好意思啊李律师，看来耽误你约会了。"

李之然皱了皱眉，阮亦晴对傅司衍这态度，只要不是眼瞎，都能看出来她对他有意思。傅司衍出车祸本就让李之然情绪不佳，现在情敌当前，还对着她说些废话，她心情就更不好了。

"阮总监你是不是理解能力有问题？我说了就是谈点儿事而已。"

阮亦晴讽道："那李律师继续去谈你的事吧，司衍交给我来照顾就可以，谢谢你了。"

李之然看了看外面的大太阳，考虑到傅司衍的身体情况，她忍住了揪着衣领把他拖走的冲动。她把手里提的药交给傅司衍。

"一天几次，一次吃几粒上面都写明白了，你要记得按时服用。这几天好好休息，伤口千万别沾水。"

"嗯。"傅司衍温顺地点头。

在一旁一直被忽视的阮亦晴脸色变得很难看，她转向傅司衍。

"司衍，何助理那边可能还需要点儿时间，我先送你回家休息吧。"

"不用。"傅司衍看了眼时间，"回公司，你通知徐磊平他们，会议推迟半个小时。"

"你现在这样还要去公司?!"李之然皱起眉,"你回家休息。"

傅司衍没有答应,"我没事,待会儿还有个重要会议要开。"

"你疯了!"

"我的身体我清楚,真的没事。"傅司衍轻声宽慰她,"我昨天已经休过假了,今天不能再偷懒。"

李之然沉默地看着他。她神情里有心疼和怒意甚至还有失望,阮亦晴能读懂,换成任何一个人都能看出来。但傅司衍不明白,他对她此刻的心情一无所知,她的沉默只会让他困惑。

"然然?"

他犹豫地叫了她一声,殊不知这个称呼足以让阮亦晴心生怨毒的妒意。

"我是不是和你说过很多次?一定要注意身体注意身体,可你从来都不听。"李之然努力压制着心中翻腾的情绪,"你这么不把自己的身体当回事,那我还瞎操什么心呢?麻烦你下次有事不要再让我知道。"

她本以为她对傅司衍的喜欢,只代表心动。但现在她发现,心动是一根引线,它会引出更多无法解释的心情。而那些本该从漫长人生中品味到的酸甜苦辣和跌宕起伏,也会从另一个人身上全部体会个遍,丰富得胜过走完这一生。

李之然转过身,头也不回地走向远处正赶来的周寻逸和何岩。她觉得眼眶酸胀得难受,随手揉了揉,经过何岩身旁时和他说了一句:"何助理,记得提醒傅司衍别让伤口沾水,半个月后带他来拆线。"

"李小姐……"何岩见她两眼通红,有些担心。

李之然却像没听见般,径直走到等在几米开外的周寻逸面前说:"今天谢谢你了。"

"没事。"周寻逸见李之然神色不对，抬头看了眼还在医院门口的傅司衍，"你们这是……吵架了？"

李之然气鼓鼓地道："谁有心思跟他吵架！木头一个！"

周寻逸从没见过李之然这般小女生模样，忍不住笑了，心里却不是滋味。毕竟从某种意义上来说，眼前这个为了别的男人生闷气的女人是他的初恋，虽然他对李之然早已经没了当年的那种悸动，但内心多少还是有点儿嫉妒傅司衍。

"那谁！"李之然一拍脑门惊呼，"吴斌呢？"

她忙了这半天，居然把他给忘了。

"我让他先回去了，以后可以再约，没事。"周寻逸看了眼时间，"我中午还有个饭局……"

"那你快去吧，我也要回律所了。"

"我送你。"

"不用不用，我自己坐公车就行。"

周寻逸知道李之然的脾气，她一向不会欲拒还迎，她的拒绝从来没有深层的意思。

"那好吧，路上小心。"

"嗯，你开车也小心点儿。"

和周寻逸分开以后，李之然并没有回律所，她搭上反方向的公交车，直接去了明心心理诊所。她要见沈术一面。

这回李之然运气很好，她刚到诊所门口，就碰见了正准备出门的**沈术**。

"沈医生。"

沈术看见她愣了一下，而后礼貌地点头致意。

"李小姐来找梁医生?"

"不,我来找你。"李之然说,"方便现在聊一聊吗?不会耽误你太多时间。"

"当然。"沈术做了个请的手势,"不介意到我办公室聊吧?"

见李之然点头,他转身便往里走。经过前台时,他对前台小姐说:"送两杯咖啡来我办公室。"

这勾起了李之然的记忆。

"沈医生的习惯还是没变啊,记得当年你给我做心理治疗的时候,每次都会在开始之前喝一杯咖啡。"

沈术挑了挑嘴角:"你都说是习惯了,哪那么容易能改掉?"

沈术办公室里的装潢布局和梁荣轩的几乎一模一样,只是空间要小一点儿。

"请坐。"沈术坐下来,示意李之然坐在他对面的单人沙发上。

李之然坐下后觉得不太舒服,她当年在梁荣轩办公室接受治疗的时候,也是坐在这个位置。那时的梁荣轩就像现在的沈术一样坐在她对面,这让她感觉自己像是正在接受医生治疗的病人。

这时,前台小姐送进来两杯咖啡。沈术拿起咖啡勺轻轻搅拌着面前的浓醇咖啡,勺子不时撞击瓷杯边缘,发出清脆的声响。

"叮——叮——叮——"

"李小姐找我有什么事?"沈术开口问道。

李之然发现自己实在太容易走神了,费了不小的劲儿才把注意力从那杯勺撞击的声音中移开。

"我今天见了苏妍的前夫,他说你三年前曾去过他家。"

沈术喝了口咖啡,抬眼看李之然:"他这么肯定吗?"

他脸上那种似笑非笑的神情让李之然突然背脊一凉,她望着沈术的眼睛，想去感受他的内心，却没什么发现。他就像生活中的大部分普通人一样，内心没有刻骨激烈的爱恨，但也并不是完全平和。

就在李之然观察他的时候，沈术已经开始不动声色地对她进行催眠："我有点儿好奇，李小姐为什么会去见苏妍的前夫？能和我说说吗？或许我能帮上什么忙。"

他又搅拌起杯子里的咖啡，银色的小勺不轻不重地撞击瓷杯内壁。"叮——"一声轻细的脆响。

"的确需要你帮忙。"李之然说，"三年前，在吴斌和苏妍离婚后不久，有人看见苏妍出入这家心理诊所。不过我怀疑你在那之前就和苏妍认识了，还去过她家几次，也和吴斌见过面。"

沈术倾身向前，温柔地问道："那你告诉我，我为什么要去她家呢？"

"我不知道。"李之然此时神情有些恍惚。她甩了甩头，只觉得自己突然特别疲惫，困倦不已，而沈术的声音还在清晰地往她耳朵里钻。

"你不知道吗？那你是怎么想的呢？你怀疑我做了什么？"

"精神鉴定……"李之然不由自主地吐出这四个字，而后断断续续说道，"为什么要让他们去做精神鉴定？为什么结果不是苏妍，而是……而是吴斌？"

沈术起身，走到李之然身旁，手上仍然端着咖啡杯，一圈一圈地搅拌，咖啡勺不时撞上杯壁，发出一声脆响。

"叮——"

如果仔细去听，就会发现这声音是精心计算好的，咖啡勺每搅拌三圈就响一次。

"之然。"沈术一只手已经搭在李之然的肩膀上，"你不要胡思乱想了，苏妍是我的病人，我是她的心理医生，仅此而已。你太累了，在我这好好休息一会儿，我待会儿来叫你。"

"不……"李之然想拒绝，搭在她肩膀上的手力道却逐渐加重，像一座大山一样压得她站不起来。

沈术的声音像羽毛般轻飘飘的："休息吧，你已经很累了。"

李之然真的觉得很疲惫，她眼睛睁闭几下，挣扎了一会儿，终于靠在椅背上，任由眼皮沉沉垂下……

搭在她肩上的手过了好几分钟才有动作，手掌虎口张开，慢慢贴近她纤细的脖颈，镜片后面那双沉郁的眼睛里浮现出一抹阴狠。只要用力收紧……两分钟后，她就再也醒不过来了。但最终，沈术收回了手，重新坐回李之然对面，一口一口地喝完了杯中的咖啡……

傅森地产董事长办公室里的小会已经结束，几名高管陆续离开，只有阮亦晴还坐在原位没动。

"司衍，你还好吗？要不下午你回去休息吧，会议交给杨副总主持，我到时候叫人整理好会议记录发给你。"

"我没事，下午会议照旧。"傅司衍说，"还有，何岩是我的私人助理，但你不是，以后工作时间不要擅离职守。"

"我连关心你的资格都没有吗？"阮亦晴脸色煞白，勉强挤出个惨淡的笑容。

"你关心好公司就可以了。"

这个薄情的男人，一句话就轻易地将她这些年对他的感情和付出打得七零八落。

"李之然可以，我就不行吗？"阮亦晴恨恨地说道，"我从大学开始一路跟着你到现在，为你付出了那么多，可你连个靠近你的机会都不肯给我？在你眼里我算什么？李之然她又凭什么？"

傅司衍平静地看她一眼："我自认为给你的工资和福利待遇，足够对得起你这些年为公司的付出。至于李之然，她和你不一样，不要把你们放在一起比较。"

阮亦晴手握成拳，猩红的指甲陷进肉里，整个身体都在发抖。

"我恨她！傅司衍，我也恨你！"

仿佛有一把细碎的冰碴渗透她心里，血都凉了。阮亦晴带着支离破碎的骄傲走出办公室，直到走进电梯，她才让一直用力憋着的眼泪留下来，在傅司衍看不到的地方，哭花了精致的妆。

傅司衍往后一仰，靠在椅背上甚是疲惫地按着眉心。

何岩站在门口，敲了敲敞开的门。

"傅总。"

"进。"

何岩提着午餐走进去，见他脸色不好，不由有些担心。

"傅总，你没事吧？"

"不太好。"傅司衍闭上眼睛，脑海里还能清晰地想起那只突然蹿到他窗前的狗的模样，"何岩，我可能出现幻觉了。"

回来的路上，碍于阮亦晴在旁边，傅司衍没有告诉何岩这次车祸背后的真正原因。

"幻觉？"何岩吃了一惊。

"我当时在开车，突然出现幻觉，看见一只狗跳到车前。猝不及防，才出了车祸。"

何岩在接到李之然的电话时很意外，他其实不太相信傅司衍会出车祸。傅司衍开车技术极佳，平时除非必要，他从不求速度，只求安全稳当。

何岩以为他是碰上了违规驾驶的，但后来赶到事故现场，从交警那里得知傅司衍需要负全责，他当时还挺纳闷。怎么也想不明白傅司衍为何会在马路上突然变道，他完全没想到会是这个原因。

"这种情况应该是第一次出现吧？"何岩语气凝重。

"嗯。"傅司衍淡淡道，"之前出现过幻听幻视，不过没这么严重。"

"那李小姐知道这事吗？"

"没有，我没告诉她。"他停顿了一下，说，"不想让她担心。她好像因为我出车祸的事生气了。"

"会生气是当然的。"

傅司衍睁开眼睛。

"为什么？"

何岩无奈叹道："因为担心你啊。"

他能理解李之然的心情，当时他明知傅司衍没事了，可在现场看到那辆被撞得凹进去一块的路虎时，心还是不由自主地悬了起来，何况是第一时间赶到现场看见傅司衍满脸是血的李之然。

"傅总。"何岩说，"你得尽快和梁医生说说今天的事，这种情况太危险了。"

"等这两天把并购计划定下来，我再处理这件事。"傅司衍语气平淡。

"傅总。"何岩甚少违背他的意思，但这次却忍不住劝他，"你的身体比较重要，并购计划阮总监他们也能处理好。"

"我不放心。"

"你现在这种状态，让我们都很担心。"何岩难得像个长辈一样，对傅司衍沉声说教，"我遇见你的时候，你才十八岁，大学还没毕业。我看着你一步步走到现在，你付出了多少，吃了多少苦，我全都看在眼里。但人生不是只有事业和金钱，司衍，你应该花点儿时间和身边的人相处，趁着那人还在你的身边。"

"你是说……然然?"

"李小姐走的时候眼睛都红了,你说了什么把人家弄哭了?"何岩无奈地看着他。

"她哭了?"傅司衍一愣,有些无措,"我只是和她说我要回公司开会……"

"傅总……"

"何叔。"

傅司衍忽然打断他,他很少叫他何叔,通常都是直呼其名,这让何岩有点受宠若惊,噤声等着他后面的话。

"上次……我在发病之前,也出现过幻觉。"傅司衍抿了抿发干的嘴唇,低声道,"如果我再次发病,别让然然知道。"

他记得她说的那句话:"你这么不把自己的身体当回事,那我还瞎操什么心呢?麻烦你下次有事不要再让我知道。"

既然她不想知道,那就别让她知道了。

何岩因为他的口不择言有些怒意:"好端端的怎么会发病?别胡说!"

傅司衍似乎没听到他的话,低头笑了笑,眼神温柔:"何叔,我还有个秘密没告诉你。然然说她喜欢我。但我觉得,她那么好,值得更好的人。"

何岩愣了愣,惊讶过后,是满心的沉重和不忍。傅司衍骨子里的卑微、怯懦和不安在遇上那个人后,终于全部钻了出来,把他束缚住了。

何岩沉默片刻才开口,他语重心长地说:"司衍,有些话你不说,没有人会懂。你有什么担心或顾虑,都应该告诉她。两个人的事,不能你一个人做主。"

阮亦晴没有吃午饭的胃口,打算开车出去散散心。她刚走到公司负一层停车场,就看见几名保安正围着一个男人怒斥。

"怎么了这是?"阮亦晴走上前。

"阮总监。"有保安认出她,客客气气地打了声招呼,然后气愤地说道,"我刚刚在监控里,看见这个人围着傅总的车鬼鬼祟祟地转了老半天,不知道想干什么,就叫了几个兄弟下来查看情况,正好抓到他在车底动手脚!"

阮亦晴柳眉一竖,看向被抓的那个男人怒道:"你是什么人?干这种缺德事!"

那个男人身高体壮,皮肤黝黑,虽面有惧色,但还算镇定,他脖子一挺,说道:"我王哥被你们老总弄进去了!我是来报仇的!"

看来是王林手下没脑子的小弟。

"先把他关在保安室,另外把这段监控视频调出来保存好,等我问过傅总,再决定要不要叫警察来处理。"阮亦晴对刚才和她说话的保安说。

保安点头,转身对那男人吼道:"你小子老实点儿!走!"

几名保安押着那个男人很快走出了停车场。

阮亦晴抬头看了看正前方的监控器,心想王林那样的蠢货收的小弟也是蠢货,不过人还算讲义气。她坐进车里,忽然又不知道该往哪儿开,她现在迫切地想找个人聊聊天,舒缓一下满心的抑郁,她翻了翻手机,找到了一个合适的人选……

"嗡……嗡嗡……"

手机振动的嗡鸣声让李之然无意识地皱了皱眉,缓缓地醒过来。

她睁开眼睛，看见坐在对面的沈术正站起身，边面带歉意地看着她，边走到窗边接听电话。

"喂，怎么了？……嗯，好，待会儿见。"

他简单说了两句就挂断了，返身回来，和颜悦色地看着李之然。

"睡得好吗？"

李之然大脑一片混沌，她揉着太阳穴问："我睡着了？"

"是啊，可能是你太累了，说着说着就睡过去了。"沈术体贴地说，"如果还没休息好那就再睡会儿吧，我今天下午没有病人，这办公室可以无偿供你使用。不过我现在得出去一趟，你走的时候记得帮我关好门。"

"谢谢！不用了。"李之然觉得头昏脑涨，没有一点儿休息后的舒畅，此地真不宜久留，"我还有事马上也走了，今天多有打扰，不好意思。"她拿起自己的包，跟在沈术后面往外走。

"需要我送你吗？"

李之然摆摆手："不了，前面就是公交站。"

"那你路上小心，有什么事再联系。"

"嗯。"

沈术看着李之然匆匆地走向公交站的纤瘦背影，镜片后面的眸光深沉。过了好一会儿，他才转身离开，顺手摘掉了那书卷气十足的眼镜，仿佛瞬间摆脱了沈术的身份，成为乔烨。

乔烨赶到和阮亦晴约定的咖啡馆时，她还没出现。一直到乔烨点好的冰咖啡送来，阮亦晴才气呼呼地走进来，径直走向他，拉开他对面的椅子坐下，整张脸上写满了"不开心"。

服务生递上饮品单，礼貌地问了句："你好，请问想喝点儿什么？"

"走开！我现在不想喝东西！"阮亦晴没好气地回了一句。

服务生一时尴尬，不知该走还是该留。

乔烨神情淡了三分，漠然地看着对面满脸怒容的女人，似笑非笑地道："你约我出来，就是想让我看你乱发大小姐脾气的吗？"

他语气并不严厉，甚至有几分玩笑的意思在里面，却让阮亦晴顿时觉得羞赧不已，比被人当众骂了一顿还难堪。

她低声对服务生说："待会儿有需要我再叫你，谢谢。"

"好的。"服务生这才如释重负地离开。

乔烨脸色也恢复了一贯的平和。

"我不喜欢粗鲁无礼的人。"

阮亦晴明白他这是在说她刚才的举动，忍不住心里委屈，一股脑儿地将傅司衍出车祸的事，以及她今天在办公室和傅司衍的对话全对乔烨说了，说到最后，还恶狠狠地说了句："我真希望李之然这个人从来没出现过！"

乔烨端起面前的咖啡喝了一口，又将杯子放回碟子上，用小勺轻轻搅动里面的咖啡，瓷勺碰撞着咖啡杯壁，发出漫不经心的声响，一下接一下。

"可是人已经出现了，要怎么让她消失呢？"

阮亦晴抿紧殷红的嘴唇，低头缄默不语。她不是大奸大恶之人，再愤怒，再心有不甘，最多也就是在朋友面前发泄发泄，逞口舌之快而已。

乔烨宽慰她道："你陪在傅司衍身边那么多年，一直尽心尽力，总有一天他会了解身边不能没有你。现在他只是暂时被新鲜感蒙蔽了双眼而已。"

"真的吗？"阮亦晴有些不自信。

"当然。"乔烨平静地望着她，目光里的坚定让人不得不相信他的话,"你要知道我是男人,我比你更了解男人。"

阮亦晴的脸终于阴转晴,露出她进门后的第一个笑容。

乔烨往椅背一靠,视线仍然停在她的脸上,几秒之后,他说:"你笑起来很美。"

这样赤诚坦白的赞美对任何女性都是受用的。

阮亦晴心情好了一点儿,笑着谈起半个小时前她在停车场碰到的事。

"不知道王林怎么收的小弟,蠢到在装满监控摄像头、一天二十四小时有人实时监控的停车场对傅司衍的车做手脚,当场就被保安抓了。不过他也算讲义气,说是要为大哥报仇。我看他那样,只有去牢里蹲一阵子才能学聪明点儿。"

乔烨安静听她说完,眸光渐深,忽然意味不明地笑了。

"你们公司的事我听说过,最后算是打了个漂亮的翻身仗。"乔烨若有所思地说,"说起来王林被抓进去,李之然还出了不少力,你不是说过网上流出来的那个视频是李之然拍的吗?"

他端起咖啡杯,玩笑道:"这么说来,王林那个不要命的小弟应该去找李之然报仇。"

阮亦晴听他这么一说,脑子里忽然冒出个大胆的念头,心跳亦随之加快。

乔烨瞥了阮亦晴一眼,低头从口袋里摸出打火机和烟。

"你抽烟?"阮亦晴从没见过他抽烟,还不知道他有这个习惯。

"偶尔。"

"咖啡馆里抽烟可不是绅士行为。"

乔烨淡淡一笑:"所以只能玩玩打火机了。"

他手中的打火机燃起一小簇火苗,乔烨饶有兴趣地盯着它。

"看见了吗？"

"什么？"阮亦晴看着那簇火苗，不理解他的意思。

"火光有好几种颜色，你看见了吗？"

阮亦晴仔细去看，真的分辨出几种。

"火焰的内部是沉郁的蓝色，往外是热情的黄，最外面一圈则是偏热烈的红。"

"聪明。"乔烨夸奖道，他说，"人心就像火焰一样也是分层的，每个人都有阴暗的一面，只是藏在最里层，外表的友好和善不过是保护色而已。有时为了更好地达到目的，人还会不择手段。"

他抬眼去看阮亦晴，她的目光正被他手上的小簇火焰吸引，并深陷其中。渐渐地，她的神情变得木讷起来，跟丢了魂一样。

"我们每个人都是一样的，内心一样疯狂，一样不可理喻，只是有些人隐藏得比较深罢了，所以你不需要自责。"乔烨低沉的嗓音带着致命的蛊惑往她耳朵里钻，侵蚀了她的心神。

"啪！"

他按住打火机开关的手指一松，火焰瞬间熄灭，但阮亦晴似乎还没回过神来。

"叮……叮……叮……"乔烨低头搅拌着咖啡。

咖啡勺撞击着瓷杯，发出轻细又极富节奏的声响，一下接着一下。

"你很喜欢傅司衍？"

"嗯。"

乔烨惋惜地叹了口气："如果李之然不存在就好了。"

这句话像魔豆一样在阮亦晴的脑子里生根发芽，疯狂生长。

如果李之然不存在就好了……

15　借刀杀人

阮亦晴回到公司,径直去了保安室。王林那个小弟就在里面,手脚都被绑了起来。

"给他松绑。"阮亦晴说,"我已经问过傅总,他说不用计较。你们给他拍视频和照片存证,如果以后傅总出事,就找他!"

阮亦晴平时在傅森员工心中有一定地位,所以她说的话保安室的人深信不疑,不假思索地就照着她说的办了。

等他们拍完视频和照片,阮亦晴说:"你们先出去吧,傅总让我单独交代他几句。"

"那阮总监您注意安全,我们就在外面,有什么事您叫一声就行。"

"嗯,出去吧。"

保安室里只剩下阮亦晴和那个硬脖子的男人,男人拿不准不露面的傅总葫芦里卖的究竟是什么药,只好盯着眼前这个美丽的女人。

阮亦晴面无表情地说:"听好了,你应该报仇的对象不是傅司衍,而是另外一个人。"

"硬脖子"一愣,粗声粗气地问道:"是谁?"

阮亦晴冷冷地吐出三个字:"李之然。"

"李之然……""硬脖子"觉得这个名字耳熟,低头一琢磨,大声道,"那个狗皮膏药一样的女律师!她之前就找过我老大麻烦!"

认识?那就更好办了。

"就是她。"阮亦晴说,"网上的视频也是她传的,起诉你老大的时候,她还会出庭作证。所以这笔账,你说你是该找傅司衍还是该找她算?"

"硬脖子"是个典型的四肢发达头脑简单的蠢货,忽悠起来自然很容易。

阮亦晴看他的脸色就知道,事已成。她从包里拿出一张李之然的名片。

"这上面有她现在工作的律所地址,我只能帮你到这里,剩下的,就看你自己了。"

"你为什么帮我?""硬脖子"总算在最后关头脑子有一点点清醒。

阮亦晴转身向外走,只留下四个字:"一举两得。"

李之然从沈术那里出来,就坐车直接回了律所。但她整个下午脑袋都昏昏沉沉的,甚至在诊所睡着之前和沈术说了什么,她都丝毫想不起来。

她怎么会累到这个地步?

到了下班时间,李之然仍然感觉自己混混沌沌的。她在桌上趴了好一会儿,等律所的人都走光了,才爬起来关灯关门,拖着步子慢腾腾地走向车站。

上了公交,她找了个靠窗的位置坐下,头抵着车窗,静静地感受着车子开动时细微的颠簸,像是在给神经做震动按摩。

手机铃声就在这时响了,是傅司衍。

"干吗?"她没好气地问。

半是气他，半是气自己，她本来不打算接的……

"下班了？"

"嗯，在回家路上。"

"我过一会儿去找你。"

李之然想呛他一句"找我干吗？找你同事开会去吧！"但最后没忍心说出口，只哼哼道："随你便。"然后挂了电话。

生气怎么也得有点儿生气的态度。

或许是"车窗按摩"起了作用，从公交车上下来以后，李之然觉得脑袋清醒了不少。脑子清醒，就能正常思考了。她暗自琢磨下午那会儿为什么会突然睡得不省人事，费力去回忆自己在睡着之前的经历，却只记得走进办公室后坐在沈术对面，那之后的事她竟一点儿也想不起来了……

此时，天色已经完全暗下来，还好小路上有路灯了，虽然不够亮，但至少能看清路。就在这时，李之然忽然听见小路一边的草地里传来婴儿的哭声。

她看过不少社会新闻，有人会用这招引诱妇女。李之然警惕地注意着草地里的动静，想辨别那声音究竟是录音还是真有孩子被扔在那里。

就在她全神贯注去听那哭声时，身后忽然有一阵风迎头扫过来，她下意识地抬手去挡，一棍子砸在她胳膊上。那是根金属甩棍，打起人来比普通木棍子要痛得多。

"啊！"李之然吃痛地惊呼出声。

这一砸，对方用了十足的力道，她整条手臂疼得抬不起来。

男人没有给她喘息的机会，似是一心想置她于死地，又一棍子迎头劈了下来，李之然险险避过。对方攻势很猛，却是杂乱无章地乱打，换作平时，李之然定能轻易脱身，但这次她头脑混沌吃亏在先，又被

借刀杀人 | 109

伤了惯用的右手，只能保守躲避。躲过几次她才抓住机会，在男人又一次举起铁棍的时候，用力一脚踹在他的膝盖骨上。

男人闷哼一声，单膝跪在地上，痛得面部扭曲。

李之然微微松了口气，她想拿出手机报警，但右手剧烈的疼痛似乎穿透了她的大脑，脑神经也随之一阵抽痛，她发现自己的目光无法聚焦，眼前渐渐模糊……

这时跪在地上的男人深吸一口气后重新站了起来，拖着脚一步步朝她走近，同时举起了手里的棍子。

李之然想防卫，但她看不清那个朝她走近的身影，模糊的视线中仿佛有好几个人挥着棍子正逼近她，她不知该往哪个方向躲。她陷入巨大的恐惧和不安中，仓促之下，她只能选择逃跑。但她此时就像个晕船的人，脚下的路像是水中摇摆的船，摇摇晃晃，她每一步都不稳，而四周的一切已是模糊一片。

"救命！救命啊！"

对死亡的恐惧和对活着的渴望，让李之然禁不住大声尖叫起来。

她曾经设想过自己会如何死去，原本对生活无所期待，对死亡也就谈不上畏惧。可是现在，她想活下去，她想再见到傅司衍，想听他说话，想看他低头微笑的样子。

她对未来，已经有所期许，为什么老天偏偏在这时候要让她离开？

身后的男人已经追了上来，她后背挨了一棍，渗透全身的剧痛让李之然彻底失去了逃跑的力气，整个人狠狠地扑倒在地，脸上一阵火烧的灼痛。她还没来得及感受痛楚，又有几棍子接连落到她身上。

疼痛不断升级，她整个后背几乎痛到麻木，只能凭着本能，拼命护住头。就在她渐渐失去意识的时候，听见两道急促刺耳的车笛声响起。

有人来了吗？她迷迷糊糊地想，本能地张开嘴想大声呼救，还未来得及出声,"砰"又一棍子砸在她头上,温热黏稠的液体从头上滑下来,流进她嘴里,是血的味道。

这一砸没有立刻要了她的命,可能是男人已经没有足够的力气了。但如果他再用力砸一次,她或许……李之然绝望地闭上了眼睛。

就算不甘心,此刻也只能认命!

她预想的最后一棍终究没有落下来,有人冲上来撞开了那个想要她命的暴徒。李之然拼尽全力回头看了一眼,只看见一个朦胧的身影,但她还是认出了他。

"傅司衍……"

他没有回应,但李之然能感觉到他的目光,只是她已看不清他的脸。

下一秒,傅司衍朝着已经被撞翻在地的男人冲了过去。没过多久,那个男人的惨叫声不绝于耳。

李之然咬紧牙,忍着痛从地上慢慢爬起来,她的视线还很恍惚,但总算勉强能看得清人了,眼前的一幕让她惊骇得脱口大喊道:"傅司衍,不要!"

他站在那里,手里握着那个男人刚才用来殴打她的棍子,举过耳后朝着被打趴在地的男人头上砸去。那张一贯淡漠平静的脸上,此刻布满暴戾嗜血的凶狠。

李之然看不清他脸上的神色,却感受到他身上散发的戾气。

"不要!"她再次大声喊道。

那一棍子要是朝着脑袋砸下去,那个男人必死无疑。

傅司衍被她惊恐的喊叫声拉回一丝理智,忍了忍,棍子落下时偏了位置,从对方后颈处狠狠地抽了过去,男人又是一声惨叫。

"痛吗?"

傅司衍随手扔开棍子,用力往男人身上踹了两脚。男人痛苦地弓起背，在地上蜷缩成一团。

"你也知道痛？"他声音冷成冰，"你刚才是怎么打她的！"

这个畜生残忍地把李之然往死里打的场景还历历在目。傅司衍一双眼睛早已被愤怒烧红，他恨不得把她所承受的痛楚，千百倍地还给脚下的人。

"够了！不要再打了……不要再打了！"

李之然拖着身体跌跌撞撞地扑上去，用勉强能活动的左手抓住他。再打下去，那个男人说不定会被他活活打死。

傅司衍这才慢慢冷静下来，他看到她脸上的血，身子不由自主地战栗起来。

"然然……"

他伸手想去扶她，刚刚碰到她的手臂，就听见李之然倒吸凉气的声音。

"疼……"

"我们去医院。"

他拦腰抱起她转身走向停在一旁的车，车门还是开着的，他刚才下车太急，忘了关。

李之然感觉自己被一股清冽的气息包裹着，她费力挣扎着想去看傅司衍的脸，却只看见模糊的一片。她身体受的伤终于开始发作了，剧烈的疼痛几乎吞噬了她。最要命的是她头部的痛，大脑像被人一刀一刀切开，又像是从脑内开始碎裂，仿佛有尖锐的东西要戳破她的大脑皮层钻出来。

她揪紧傅司衍胸前衣襟，无意识地喊了句"傅司衍，我好疼。"便彻底晕了过去。

何岩赶到医院时，傅司衍正一个人坐在急救室外面。医院的走廊通常都是人来人往,唯独这里例外。

在这里,生与死只隔着一扇门的距离。等在门外的人,无论是谁,都将发现自己在命运面前的渺小和无能为力。生命有多顽强,就有多脆弱。

何岩迈着沉重的脚步,缓缓地走到傅司衍面前。傅司衍低头盯着自己的手,那双十指蜷缩的手里都是干涸的血迹,他的白色衬衣上也布满了血痕。那是谁的血,不言而喻。

傅司衍的脸色苍白得可怕,双眼却是猩红的。他神情木然,只有嘴唇微微颤抖,轻若无声地念着那些只对他有意义的时间和数字聊以慰藉。

"傅总。"何岩试探着叫了他一声。

傅司衍沉浸在自己的世界里,没有反应。过了很久,傅司衍才抬起头,茫然地看着站在面前的人,眼神空洞。

"好多血,她流了好多血……"

傅司衍的右手下意识地想握紧,却没有力气,他已经恐惧到连不安都无法表达。

"她……会不会死?"

"不会的。"何岩眼角一痛,蹲下来低声安慰道,"不会的。司衍,李小姐不会有事的。"

他注意到傅司衍的脸上、脖子上有好几道被抓出来的血痕。

"你这是怎么弄的?我们先去处理一下。"

何岩伸手过去,却被傅司衍冷漠地挥开了。他再次陷入自己的世界,低声重复着那些外人无法理解的时间点。

"1996年6月27号下午2点17分43秒……"

他的脑海里不断闪过李之然的脸,她嘴角含笑的样子、生气的样子、发呆的样子……还有她落泪的样子。他好像忽然明白了她看到他出车祸满脸血时的心情,也忽然能理解她当初为何愤怒。

只有当你真正处于对方的立场时,才会懂得感同身受有多么要命。

傅司衍木讷地站起来,走进卫生间,把水龙头开到最大。从手上冲刷下来的水都变成了红色,血腥味慢慢散开,他红着眼睛,用尽力气一遍又一遍地搓着手。手上的血迹渐渐被水冲刷干净,但他仿佛看不见,执拗地在水龙头下反复搓着手。

"砰——"他突然抬起满是水渍的手,猛地一拳砸在对面的墙上。

墙壁上顿时留下斑驳的血迹。很痛,但那种痛让他觉得好受了些。

守在外面的何岩听见声音冲了进来。

"司衍!"他又惊又怒,却不敢贸然靠近他。

他知道此时傅司衍的情绪正游走在失控的边缘,他见识过情绪失控的傅司衍,知道那样的他有多么疯狂恐怖。这里是医院,他不希望傅司衍发狂,变成被围观的异类。

"司衍。"何岩放低了声音说,"李小姐马上就会从抢救室里出来,不要以这副模样去见她。"

这句话起了作用。傅司衍两手支撑着洗手台,呼吸渐渐平复下来。他用颤抖的双手捧了把清水洗脸,竭力让自己冷静下来,之后一言不发地回到急救室外的长椅上坐下。

半个小时后,急救室的门打开了。

何岩急忙上前询问。

医生说:"没有生命危险,但伤势不轻。右手肱骨骨折错位,后背伤得很重。头部受到打击,还好没伤到颅骨,不过有中度脑震荡现象,也可能会产生脑外伤后遗症,具体情况还需要再观察一段时间。"

李之然从急救室出来,被推进了普通病房。

何岩办理完住院手续后,匆匆赶去病房,门只推开一线,就看见傅司衍的背影。他安静地坐在床边,看着病床上昏迷不醒的人,不知是什么表情。

"司衍。"何岩轻轻地走过去,"你衣服上都是血,我送你回去换一身吧。李小姐没有大碍了,说不定睡一觉就会醒,到时候可能会饿,我们最好给她准备点儿吃的和一些洗漱用品。"

傅司衍说:"好。"

他起身的时候,伸出手想摸摸病床上那张苍白的脸,却在距离她一厘米的地方停住了。

冰凉的指尖缓缓收回,他转身对何岩说:"走吧。"

傅司衍回到家脱掉那件满是血迹的衣服,换上一件深色休闲衬衣。他站在镜子前看着自己脸上和脖子上的抓痕,痕迹很深,每一道都抓破皮深入肉里。

这是李之然留下的,傅司衍把她抱上车后,她像是受到了某种强烈的刺激,情绪突然失控,撕心裂肺地疯狂尖叫着,几乎喊破了嗓子。

傅司衍想安抚她,但他一靠近,李之然就变得恐惧万分。明明已经伤成那样,也不知道哪里来的力气,拼了命地攻击他。傅司衍只好和她保持距离。

直到李之然慢慢平静下来,整个身体在座椅上蜷缩成一团,抱着头,浑身战栗,无助又可怜地低声哀求:"不要……不要打我!不要打我……不要。"

傅司衍摸着脸上深深的抓痕,眼里很无奈,那时候想求饶的人应该是他吧?

他换好衣服走出去,何岩已经坐在车里等他。

他拉开车门在车后座坐下,何岩见他脸色已经平缓下来,试探着问道:"傅总,到底出了什么事?"

当时接到傅司衍的电话,他只说了一句"来附属医院急救室"就挂断了。何岩立刻匆匆地赶了过去，虽然他有满肚子的疑惑，但看到当时的傅司衍他根本问不出口。

"我不清楚。"傅司衍想起当时的情景，右手一寸寸收紧，"那时候，我开车经过然然家附近那条小路，看见有个人影举着棍子不知道在打谁，开过去发现是……"

他说不下去了。

何岩自然清楚傅司衍开车过去后看见了什么，他话锋一转，问起当时在场的另一个人。

"那施暴的人呢？"

见傅司衍不语，何岩无奈苦笑。

"你是不是忘了报警？"

"嗯。"傅司衍点了下头。

"时间已经过去这么久，人肯定是跑掉了。不过还是要报警，对一个女孩子这么残暴，简直是丧心病狂！"何岩看了眼傅司衍，"你脸上的伤也是被他弄得吗？"

"不是。"傅司衍轻描淡写地说，"然然抓的。"

何岩很意外："李小姐？怎么会？"

那种情况下，李之然怎么可能打傅司衍？以他对李之然的了解，她就算再生气也不可能舍得对傅司衍下这么重的手。

"我不知道。"李之然当时突然失控，傅司衍也很困惑，"算了，她没事就好。"

何岩眉头皱起，没有再问，开车往外走。

车停在中央广场附近，何岩下车到旁边的超市买一些日用品。傅司衍是不愿到人多的超市里去的，他独自坐在车里，侧过头不经意地望向窗外，目光掠过广场上那块巨大的广告显示屏时不由得一顿。

他第三次在那上面看到那两尊会移动的雕像。那一男一女，从各自的起点向对方缓缓靠近,他们亲吻、拥抱,融为一体又穿透彼此,最终背向而行,渐行渐远……

如果早知道要分离,那人们还会选择相爱吗?傅司衍脸上浮现出迷惘的神色。

显示屏里的两尊雕像已重新站回自己原来的位置,一如最初的模样,安静而孤独。在那一瞬间,傅司衍忽然明白,人生不是生离就是死别,无论怎样,最后都会失去珍贵的人。

是不是不让一切开始,就能避免这样的失去?不,最好的办法或许是顺其自然。

广场上的广告显示屏仍在闪烁着,格鲁吉亚移动雕像的画面已经被切换,但那两个身影却深深刻在了傅司衍的脑海里。

李之然做了一个很长很长的梦。梦的开始,她独自走在一条空荡荡的长街上,天色阴沉晦暗得好像永远都不会亮起来。

梦里没有时间,长街没有尽头,她只能不停地往前走,走到双脚鲜血淋漓的时候,四周忽然热闹起来。

有个小女孩从前方急匆匆地朝她飞奔过来,穿过她的身体,继续往前跑,跑了几步后,小女孩突然停下来,回过头。李之然也正回头望着她。

一高一矮两人四目相对,小姑娘静静地看了她一会儿,忽然大叫起来:"快跑!躲起来!"

李之然还没反应过来,就被人从背后捂住嘴,飞快地拖进黑暗深渊。

"不要……不要!"她还能清晰地听见那个小女孩惊慌失措的尖叫声。

李之然挣扎着从梦中惊醒。四周很静,头顶是一片晃眼的白,她艰难地转动眼珠看向四周。白色，到处都是白色，只有夕阳的余晖从飘窗照进来，留下一角暖橘的光，只是离她好远。

"然然。"

有人在她的身旁低声唤她，接着，傅司衍的脸出现在她的视线里。

他们不是刚刚才分开吗？他怎么憔悴成这个样子？脸上还有几道结了黑红色血痂的伤痕。

李之然想抬手去摸他的脸，却感觉不到自己的右手。她疑惑地往身下望去，发现右手正裹在石膏里，而她的腰腹则缠着固定带。

"这是哪里？"她听见自己的声音干涩喑哑，喉咙里像堵着粗砂，空气一进来就推着它们在嗓子里滚动，干疼得难受。

"李小姐，这是医院。"说话的是何岩。

他伸手按了床头铃，顺手倒了杯水递给傅司衍，让他喂李之然喝了两口。温水缓解了李之然嗓子的不适。

"我为什么会在这里？"她两眼茫然，"我身上这是怎么了。"

"你不记得了？"傅司衍低声问道。

"我记得，从公交车上下来我就……"

"然后呢？"

"然后？"李之然试着去回想，脑子里却一片空白，"然后怎么了？"

她忘了？傅司衍和何岩微微一怔。

这时医生和护士过来了，何岩向医生简单说了说李之然的情况。随后是常规的检查，检查结束，医生用温和而刻板的语气安慰了李之然几句后，转头看了何岩一眼，便转身往门外走，何岩紧跟了出去。

"医生，她情况怎么样？"

医生说："目前病人的情况比较稳定。至于遗忘，可能是创伤后遗症，还要再做个脑CT进一步检查。这阵子让她好好休息，不要刺激她。"

"我知道了,谢谢医生。"

何岩返回病房,傅司衍正坐在床边和李之然说话。他已经将后来发生的事告诉了李之然。

"对不起。"傅司衍声音很轻,却不难听出其中的自责,"我应该早点儿去找你。"

"什么呀。"即便虚弱成那副样子,她依然笑着,"这跟你有什么关系?我的仇家多了去了,平安活了这么多年也算我运气好。再说我都不记得,伤口也不太疼,真的。其实这么躺着也挺好的,就当给自己放假了。"

她一口气说了这么多话,体力消耗不少,脸色变得愈发苍白,连她脸上的笑容也显得缥缈起来。何岩看在眼里,是真的心疼这个孩子。

"李小姐,我准备了汤,还有粥,都是热的,你喝一点儿?"

李之然不客气地笑道:"我正好饿了。"

何岩把东西交给刚走进来的看护,看护是个胖胖的中年妇女,长得和蔼,还和李之然一样爱笑。

李之然双手不方便,只能由人喂食,但她显然不习惯被这么照顾,自我解嘲道:"长这么大第一次被人当个小宝宝对待,怪不好意思的。"

傅司衍在旁看着,没有说话,脸上神色很淡,辨不出情绪。

李之然把一小碗粥喝完就再咽不下东西了。看护提着餐具去清洗,何岩也很识趣,提醒傅司衍几点李之然目前要注意的事项后就离开了。他在走廊碰见赶回来的看护,委婉地对她说道:"尽量让他们两个多一点儿时间单独相处。"

看护也是过来人,当即明白,满脸堆笑道:"我懂我懂,这还没确定关系呢吧?"

何岩苦笑着摇摇头。

"嘿!现在的年轻人感情发展很快的,没准儿一出院就好上啦!"

借刀杀人

看护一脸看穿一切的笃定,"不过这小姑娘怎么会受这么重的伤?我看那个傅先生也受伤了,不会是他们俩打架弄的吧?"她的表情变得意味深长起来。

"不是。"何岩阻止了她继续发挥那贫瘠狗血的想象力,"碰上点儿意外而已。具体的你就别管了,好好照顾李小姐。"

"知道知道,我是专业的,您放心!"

何岩到目前为止还没看出她的专业性来,但八卦能力却是发现了。不过这样也好,应该和李小姐合得来。

病房里很静。李之然右手缠着石膏,左手还在输液,身上有固定带,基本上就是个被贴在床上的标本。

傅司衍问:"还疼不疼?"

"不动就没什么感觉。"李之然老实回答。

她小心觑着傅司衍的脸色,怕他心里还在自责,故意大咧咧地玩笑道:"哎,你要是真觉得过意不去,就对我负责好了。"

傅司衍的脑回路一向与常人不同,他一本正经地表示:"医药费和住院费我都让何岩结清了。"

李之然经他这么一提醒,才考虑起钱的问题来。她将病房环顾了一圈,还好,不是什么夸张的VIP套房,就是一普通的单人间病房。但医院对于普通人来说本来就是个焚钞炉,她得快点儿好起来,尽快出院才行。

李之然说:"钱我先欠着,分期还款。别说不用啊,伤我自尊心,朋友之间钱还是要算清的。"

"嗯。"

"哎,你当时怎么不知道报警啊?抓住那小子我的医药费就全让他负责了,多好!"

傅司衍看着她一身伤痛的惨样，实在不理解"好"在哪儿，但还是开口安慰她："不用担心钱的问题，你好好养伤就好。"

李之然看见他脸上的伤痕，心里很过意不去，但她总觉得难以置信，无论如何她都不太可能对他下这样的狠手。

"你那时候怎么不还手呢？"李之然说，"我当时肯定是抽风了，说不定你给我一耳光我就能清醒。"

傅司衍没说话，只伸手过去轻轻地触碰她手臂上的石膏。他的手很好看，手指修长干净，骨节分明，仔细看，还能看见手背上的青色经脉。他指尖的温度似乎隔着厚重的石膏板传递到她皮肤上。李之然不由自主地屏息，脸颊隐隐发烫。

傅司衍压抑的声音断断续续地传进她的耳朵里。

"我当时……看见你的时候，你就倒在地上，他不停地……不停地在打你，我那时候是真的想就那样打死他。"

"你是傻子吗？"她鼻子一酸，抬头骂道，"防卫过当也是要判刑的！"

他收回手轻声说："对不起。"

他需要道什么歉呢？李之然呼吸轻颤，闭上了干涩的眼睛。

"不是第一次了。"

"什么？"

她摇摇头，没有继续说下去，脸上露出一贯的玩笑神色，朝他挤眉弄眼道："你要是不想当我男朋友，只想当好朋友的话就不要多问了，知道得越多，你单身的日子就越短，懂吗？"

她常有这样随口瞎扯的时候，傅司衍已经习以为常，他抬头看了眼输液瓶，里面的药水已经快滴完了。

"我去叫护士过来。"

"等一下。"李之然叫住他，"帮我把手机拿来，就在我的包里。"

傅司衍从她随身的小包里摸出手机，放在她的枕边，转身出去找护士过来给她拔针头。

李之然试着小幅度地活动左手，她还不能有大动作，会牵扯到身上的伤口，但总算勉强能使用手机。

"我先走了，还有点儿事要办。"

待护士给李之然拔了针头后，傅司衍准备离开。

看护已经回来了，他留在这里其实也帮不上什么忙。李之然眼里有点儿失落，她也知道自己昏迷的时候傅司衍在这守了很久，作为朋友，无论从哪个标准来衡量，他都已经仁至义尽。

她抬头笑了笑："路上开车小心点儿。"虽然想让他留下来多陪自己一会儿，但她一向都不是任性的人。

"嗯。"傅司衍说，"有事给我打电话。"

他没有说下次什么时候来看她，李之然忍不住问了句："你下次什么时候过来？"

"有空就来。"他无奈一笑。

"噢。"

李之然脸上失望尽显，朝他小幅度地挥了挥左手。

傅司衍走后，李之然打了个电话给王霸。

"主任，我被人打了，现在在医院，伤得不轻，可能要请一段时间的假了。"

王霸一听急起来："谁打你了？人抓到没有？在哪家医院？"

"不知道，我晕过去了。在附属医院呢，我身体没什么大碍，您不用担心，就是行动不便得卧床一阵子。"

王霸在电话那头深深地吸了口气，接着破口大骂："李之然你是不是脑残？啊？当律师当到被不知名人士打进医院，你也算是厉害了！"

他顿了顿，没好气地说，"把医院和病床号告诉我，我带面脑残锦旗去看看你。"

李之然无奈，只好把地址告诉他。

王霸在一张纸上记下来后，继续数落道："你住的那个破地方本来就不安全，你仇家又多，人还笨，以后得换个安全又隐蔽的地方住才行！"

突然，他脑子里灵光一闪："李之然，你还是抓紧时间结婚吧！好歹有个伴相互照应。我看郑南书那小子对你挺上心的，干脆你先睡了他，把生米煮成熟饭，再让他对你负责，他敢不答应，你就告他强……"

"王主任！"李之然实在听不下去他这"辣手摧花"的提议，"您别乱点鸳鸯谱了，人家马上就要出国了，我这生米还是稻谷呢，赶不上的。"

王霸觉得她言之有理，不免有些惋惜："多好的傍大款的机会啊！你就这么浪费了！啧啧……你现在这情况，郑南书出国那天估计也不能到机场去送他了吧？"

"嗯。"李之然说，"您到时代我和他道个别。"

"一面都不见了？这么狠心。"

李之然笑道："他到了国外很快就会把我忘干净了，您就别操心了。我有点儿累了，想睡会儿。我的事您别告诉其他人，就这样，拜拜。"

说完就把电话挂了。她觉得生病也能壮胆，要搁平时，她哪敢撂老板电话啊。

看护小心翼翼地帮她调整好睡姿，就这样微小的动作还是牵动了全身，李之然疼出了冷汗，咬牙忍着才没喊出声。

等到看护也熄了灯躺下，她才松开牙关，颤颤地吐出一口气。身上的疼痛感渐渐平息后，她微微侧了侧头看向窗外，黑暗中，一双眼

借刀杀人 | 123

睛亮晶晶的，不知想些什么。

许久，她发出一声幽幽地叹息："又是这样……"

第二天上午九点左右，何岩赶到医院，带李之然去照了个脑CT。医生看完片子，认为她脑部受到的创伤不足以对她的记忆功能造成损害。

"那她为什么会忘记当时发生的事？"何岩问。

"这个可能是心理上的问题。"医生说，"之前也有过类似的例子，一般来说，过几天就能慢慢地想起来，不要担心。"

何岩面色凝重地点点头，打算过几天看看情况。

李之然回到病房不久，王霸就提着一个水果篮和一大袋营养品出现了。她正要做介绍，何岩已经打算离开。

"李小姐有朋友来，那我就先走了。"

"好，何助理你路上小心。"

何岩刚一离开，王霸又开始叨叨起来："我怎么会有你这么蠢的员工？你平时不是很能打吗？怎么被别人打成这副德行？还蠢到连是谁打的你都搞不清楚。"

他话虽说得难听，但看向李之然的那双眼睛却隐隐发红。李之然知道王霸一向是刀子嘴豆腐心，便可怜兮兮地卖惨。

"主任，我都这样了，您就多点儿关心多点儿爱吧。"

"多多多，多你个头！"王霸四下看了看这间病房，似乎在估算住院费，"凶手没抓到，这住院的钱已经花了不少吧？"

"呃……"李之然不知道具体数额，敷衍地应了声。

王霸从兜里摸出一张银行卡扔在床头柜上。

"密码是我家那宝贝鹦鹉的生日，你知道的。钱没多少，先借给你救急用，不要因为没钱住不起医院，身体没完全康复就往家跑！"

"主任，我还有钱……"

"你有个头吧，你什么情况我还不清楚？"王霸举起手，李之然以为又要挨打，本能地缩了缩，一不小心就牵动了身上的伤口，疼得她龇牙咧嘴。

"你看你那熊样。"王霸一脸嫌弃，用手摸了摸自己的头，状似不经意地问了句，"刚走的那人是谁啊？"

刚刚那个中年男人，气度不凡。他那身西装虽然看着低调，但绝对不便宜，估计是个有钱人。

"那个啊，是我一个朋友的助理。"

"你有朋友？还是有助理的？"王霸一脸好奇，"男的女的？年龄多大？做什么工作的？"

李之然觉得他此刻的嘴脸活脱脱就是一八卦妇女。

"男的，三十，嗯……建筑行业吧。"

"建筑行业？设计师啊？"王霸摸着下巴，一副老谋深算的样子，"可以可以，那你得抓紧了。"

"嗯。"李之然把香蕉皮扔进床边的垃圾桶，沉重表示，"目前万里长征刚刚迈出第一步。"

这时，有人在外面轻叩了两下房门。李之然抬眼一看，她那万里长征的目标正站在门口，顿时面上讪讪，心里发虚，真是背后说不得人。

"你什么时候来的？"

傅司衍迈步走进来。

"在你介绍我性别的时候。"

王霸盯着来人的脸看了几秒，就在傅司衍不悦皱眉的时候，他一拍脑门夸张地叫起来："你是那个……那个傅森的傅总吧？傅总你好，我是李之然的上司，王霸，杜金王律所的合伙人之一，这是我的名片。"

王霸一副点头哈腰的谄媚模样，实在让李之然很惆怅。

她轻咳了一声："王主任……"

王霸会错了意，以为她是想让他这颗闪亮的电灯泡走人，瞬间一副了然的表情，朝李之然眨眨眼："那我先走了啊。"

说完，他一边往门口退，一边背着傅司衍朝李之然做嘴型，"抓紧，拿下，加油！"

李之然哭笑不得，她看向傅司衍，说："何助理刚刚才走，我还以为你今天不会过来了。"

"为什么不来？"傅司衍把椅子拉到床边坐下，一只手从果篮里拿了个苹果，另一只手拿起旁边的水果刀。他低头削果皮，似笑非笑道，"我不来，你的万里长征怎么继续呢？"

李之然讪讪笑道："我那是跟王主任开玩笑的。"

"开玩笑？你不是说过喜欢我吗？"他抬头看她，锋利的水果刀在手里闪着寒光，"你移情别恋了？"

李之然在心里翻了个白眼，没好气地说："你觉得我能移情到哪里去？"

傅司衍沉默了几秒："周寻逸，上次和你喝咖啡那个。"

李之然顿时笑了："他啊？高中的时候还有点儿可能，以我现在的眼光已经看不上他了。"

傅司衍低下头继续削苹果："他是你高中同学？"

"嗯。"

李之然懒懒地应了声，她看着傅司衍的头顶，仿佛想到什么，神情突然变得严肃。她郑重其事地说："哎，傅司衍，你说我被打，有没有可能是因为我向你告白没有成功？网上好像有个什么'单身狗不留活口'的组织！"

"真的?"傅司衍抬起头,将信将疑。

"假的。"李之然朝他摊开左手,"苹果给我。"

李之然啃苹果的时候不知神游去了何方,一直没有开口说话。苹果吃完,她潇洒地把果核往垃圾桶里一扔,但没有扔中。傅司衍用纸巾包住地上的果核,扔进了垃圾桶里,直起身时他听见李之然自言自语般地轻声说了句:"不是第一次了。"

傅司衍坐回原位,等她继续说下去。李之然闭上眼睛,高中时经历的一切还历历在目。

"你是个疯子!还是个骗子!"

"疯子,骗子!滚出我们班!"

"把她书包扔出去!"

那些嘈杂的声音,那一张张愤怒的脸,她还是记得清清楚楚。她曾天真地以为,一切都过去了,过去的事就不会再对她产生触动。可是现在回忆起来,她却仍然心底发寒。

"高中的时候……"她从来没有对谁提起过那件事,有些不自在,"我好像也忘记过一次。不过那时候,班上的人都说我是骗子、是疯子,他们说我装傻,装不记得。说我把救我的女生扔给一群混混自己逃跑了。"

她脸上露出个惨淡的笑容:"可我真的什么都不记得了。后来,我就被全班人孤立了。我本来想解释的,但我不知道怎么解释,也不知道该和谁解释……"

她声音渐渐低下去,病房里陷入沉默。

傅司衍没有说话,只是静静地看着她。

过了一会儿,她对傅司衍说:"你过来。"

傅司衍倾身凑近,她抬起手,轻轻地抚摸他脸上的伤口,像一片羽毛,温柔地拂过他的皮肤。

借刀杀人 | 127

"对不起啊。很疼吧?"她低声道歉,"对不起,我真的不记得了。"

"没事,这不是你的错,我没有怪你。"他握住她的手,轻声问道,"那次,你受伤了吗?"

他垂着眼帘,羽扇一样的睫毛敛去了他眼底的神色。

李之然摇摇头:"那时候身上好像也疼,但我记不清了。"

她记不清了,或许有人会记得。傅司衍心想。

李之然身体还很虚弱,和傅司衍说了一会儿话之后她就累了。沉重的眼皮好几次不由自主地合上,又被她强行撑开来,只想确认病床旁的人是不是还在。在她第四次眼皮合上又挣扎着要睁开的时候,傅司衍伸手过去,轻轻盖住了她的眼睛。

"休息吧。"他轻声说,"我不走。"

他分明看见她嘴角微微上扬,但说出口的话却言不由衷:"你有事就先去忙,没关系的。"

她的眼睫毛在他温柔的掌心微动,他轻笑,说:"我会看着办的,你快闭上眼睛,睡吧。"

他的确有事要办,不过不急在这一时。

没过多久,李之然就睡着了。傅司衍绕到另一边拿起她的手机,他见过她解锁,虽然不是有意偷窥,但还是一眼就记住了。傅司衍点开她的电话簿,很快就找到了周寻逸的号码。

李之然睡醒时,已经过了午饭时间。傅司衍正坐在她床边,微垂着头看书。他安静地看书,她安静地看他,那一刻李之然觉得岁月静好不过如此。

"睡得好吗?"傅司衍合上书,抬眼,目光落在她眉心处。

"嗯。醒来更好。"她露出个暧昧的笑容,"你在看什么呢?"

"何岩帮我带过来的《经济统计年鉴》。"傅司衍向她展示了一页,全是密密麻麻的数字，看得李之然眼花缭乱。

"你喜欢看这种东西？那你怎么不去背电话簿？"

"小时候背过。"

真乃神人也。

"午餐是排骨汤和营养粥，看护说她五分钟后过来，我有事先走了。"傅司衍指了指床头柜上的保温盒对她说道。

"去哪儿？"李之然脱口问了句，问完又觉得自己这话问得莫名其妙，他自然是要回公司。

已经往外走的傅司衍回过头说："去你家，给你带几件换洗衣服过来。"

"我家？"李之然想到自己那个很久没收拾乱糟糟的家，立刻摇头，"不行不行！"

谁知牵动了头上的伤口，疼得直抽抽。

"哎哟哎哟……"

傅司衍无奈，走回来两手固定住她的头不让她乱动。

"别闹了。我到你家之后我们开视频，具体需要带什么你到时候告诉我。"

李之然垂死挣扎，"我家有点儿乱，不过平时不那样，就是最近……"

"我知道。"他挑起一边嘴角，接过她的话，"就是最近比较忙，它本来很干净。"

"嗯嗯。"李之然要点头，被傅司衍按住。

"别乱动。"

确定她乖乖听话之后，他才小心翼翼地撒开手，转身往外走。

等傅司衍的身影消失在走廊尽头，躲在墙角的阮亦晴才缓缓现身，眼神里满是怨恨，几乎咬碎一口牙齿。

借刀杀人 | 129

这是傅司衍第二次踏进李之然家，和上次相比，除了更乱了一点儿以外，没有太大区别。茉莉花依然在茶几上安静地开着，无须走近，就能闻到沁人心脾的花香。现在想来，李之然身上那似有若无的清香，大概就来自这里。

他和李之然连了视频，李之然知道家里是什么模样，有点儿不好意思："你别到处乱看啊。你帮我拿洗面奶过来，在卫生间。还有一些护肤品，在我房间的小木桌上。"

傅司衍走进她小小的卧室，她说的小木桌本来是个书桌，紧贴着挂了面镜子的墙，被她当成梳妆台来用了。

桌子上有些瓶瓶罐罐，傅司衍全部收进袋子里，放在桌子边缘的木梳被他不小心碰掉了。他弯腰去捡，发现桌旁的墙角里立着一个布满灰尘的木盒子，盒子大约半米长，没有落锁。

他放下手机，用湿纸巾小心地把盒盖擦干净后才小心揭开，盒子里放着十几张很旧的画纸。前面几张作品都是仿的名画，画手技艺纯熟。再往下翻，后面的画明显是出自另一个人之手了，有素描有水彩，应该是个孩子画的，笔触稚嫩。

压在最底下的那幅画引起了傅司衍的注意。画里，一个小女孩蜷缩在一个巨大的箱子中熟睡，旁边亮着一支蜡烛。

"傅司衍？"这时手机里传来李之然的声音，"你在干吗？是不是到处乱看呢啊？"

傅司衍把画放回原位，盖上盒盖，顺手把掉在地上的梳子捡起来。

"刚刚梳子掉了，我在找。"

"噢。"李之然不疑有他，毕竟她那个小房间没什么宝贝，何况傅司衍也不是好奇心那么浓厚的人。

"你的贴身衣物呢？"傅司衍拿着手机转了一圈，最终定格在床边的小衣柜，"在那里面？"

李之然在视频电话里脸红起来："这个就……就不用了吧?"

傅司衍语带迟疑："那你住院这段时间，都不打算洗澡了吗?"

"对!不洗，臭死你!"李之然恶狠狠地说道。

"你确定吗?"傅司衍的脸出现在镜头里，表情显得相当纠结，毕竟他是一件西服外套都不会连穿两天的人。

"确定你个头啊!"李之然又好气又好笑，最终无奈妥协，"那个……喀喀，我的那个就在衣柜下面的一个小盒子里放着，还有……阳台可能也有。"

"内衣就不必了吧?你现在也不能穿。"他在李之然羞赧不已的时候，又真诚地补了一句，"而且，你穿上也没有太大区别。"

"你!收拾完东西立刻从我家里出来!"李之然咬牙切齿地说完这一句，直接关掉了视频。

傅司衍把手机收进裤兜里，蹲下身，再次打开那个木盒子，从里面抽出放在最底层的那幅画仔细看了看。画应该是然然画的，画里的女孩又是谁呢?她自己吗?

傅司衍困惑地皱起眉，将画放回原处。把李之然的东西带到医院后，他又马不停蹄地赶回公司处理了一些重要事务，忙完这些之后，他掐着时间拨通了周寻逸的号码。

周寻逸在傍晚快下班的时候，接到一个陌生号码打来的电话。

"你好。"

"是周寻逸周律师吗?"男人淡淡的嗓音传来。

"是我，你是哪位?"

"傅司衍，你现在有空方便见一面吗?"

16 第二人格

周寻逸走进和傅司衍约好的那家咖啡馆,站在门口的服务生上前询问了他的身份后,直接把他带到了二楼一个包间门口。

周寻逸推门进去,傅司衍已经在里面等他了。他穿着一件简单的深色衬衣,随意地坐着。傅司衍身旁还站着一个中年男人,周寻逸认出那是他的助理何岩。

何岩客气地请他坐下。

"不知道周律师的口味,替您点了杯拿铁。"

"谢谢,对我来说所有咖啡的味道都差不多。"

傅司衍却没有寒暄的打算,他开门见山地问道:"你和然然是高中同学?"

"然然?"

周寻逸愣了一下,才明白这昵称的对象是谁,他低头喝了口咖啡。

"我和李之然的确是高中同学,不知道傅总想知道些什么?"

"我想知道她高中时候的事。"傅司衍修长的手指摩挲着面前精致的咖啡杯,里面的咖啡已经放凉,他却一口没动,"她高中的时候,曾经忘记过什么人什么事吗?"

周寻逸身体一僵,表情变得怪异起来。

"傅总这话是什么意思?"

"字面上的意思。"傅司衍淡漠的口吻很容易让对方产生被轻视的不悦。

周寻逸低头不语。如果可以,他并不愿意提起那段回忆。

何岩适时转移话题,打破了僵局。

"周先生,李小姐前几天被人袭击了。现在躺在医院里,但她完全忘记自己被袭击受伤的事,这不利于警方去抓捕施暴者。"

"她受伤了?严重吗?"周寻逸担心起来。

傅司衍淡不可见地皱了皱眉。

"这个你不用管……"

他话没说完,何岩开口打断了。

"现在已经没事了,只要好好休养就能完全康复。"

"那就好。"周寻逸放松下来,"她现在在哪家医院?"

"李小姐她……"

"麻烦你。"傅司衍微微地抬高了声音,"先回答我的问题。"

周寻逸沉默了一会儿,终于缓缓开口,说起那段他不愿回首的陈年往事。

"高中时候的李之然和现在很不一样,虽然也一样爱笑,但她的性格偏安静,内敛。她和班上的人都是不远不近的,没有交好的朋友,也不跟谁交恶。"

何岩本担心傅司衍不愿意听这些无关的东西,想提醒周寻逸说重点,但侧头一看,却发现傅司衍听得很认真。

"她当时一个朋友也没有吗?"傅司衍问道。

"嗯。通常都是独来独往。她平时走路的时候,总是低着头认真看路,却经常左脚绊右脚,走一段不长的路,她都会打好几个趔趄,但她就是不长记性。"他回忆起李之然那时笨拙的模样,眼里溢出无奈却温柔的笑意,"她每天都是第一个到教室,放学又是最后一个离开的。"

傅司衍不冷不热地说:"你当时很关注她。"

"是的。"周寻逸又喝了口咖啡,眼神飘向一侧,等到咖啡的苦味在他舌尖散去,才轻声说道,"我当时,喜欢她。"

他话音落下的同时,傅司衍想起了那天晚上在中央广场,李之然踩着条石张开双臂走在他身旁时说的话。

她低头说:"他对我也挺有好感啊。"

原来是他。傅司衍心里很不爽。

"你继续说。"他面无表情地说道。

从周寻逸进门开始,傅司衍就是这样一张漠然的脸,所以周寻逸并没发现他情绪里的异样。

"出事那天,她也是最后一个离开教室的。当时我和几个住校的哥儿们约了放学一块打球,所以回去晚了,出校门的时候看见李之然正在对面马路走着。我突然想知道她住在哪里,就偷偷地跟上她。"周寻逸又喝了一口咖啡,似乎把这当成了壮胆的酒,"我看见她走进一条小巷子,穿过巷子就是公交车站。我以为她要去坐公交车,就踩着单车飞快地绕远路想去碰她。但我没碰到,我在公交车站等了快十分钟也没看见她的人影,于是我就进巷子里去找她。在那儿看见她和我们班另外一个女生正被一群小混混围着。他们人多,我当时害怕,没敢直接上去。我想录一小段视频作证据再报警。就在我录像的时候,有个混混踹了另一个女生一脚。李之然用力推开了那个混混,接着她被旁边一个人狠狠地推了一把,她撞到墙上,突然……"

周寻逸想起那时候的李之然,至今还是不敢相信,平时那么温和的女生,怎么会在一瞬间变成另外一个人?

"她突然就失控了,像疯了一样撕心裂肺地尖叫。有个混混冲上去想捂住她的嘴，险些被她咬下一块肉来。她整个人彻底疯了似的，那些人打她踹她。她都好像感觉不到痛，只是拼了命地往外冲，尖叫着跑走了……那个女生在她身后拼命地喊救命，她也没有回过一次头。"周寻逸回想起李之然当时的样子还心有余悸，"她那副模样，太可怕了，我当时吓坏了。我报了警，但那些混混在警察来之前就散去了。我不敢把视频交给警察，我怕李之然会被抓走……"

何岩听完这段往事，一贯从容的脸上露出惊愕的神色。傅司衍毫无温度的声音在他身旁响起："那段录像你没交给警察，却给你们班的人看了是吗？在他们发现你写情书给然然之后。"

"你怎么知道？"

傅司衍像是没听见周寻逸的话，兀自说下去："第二天照常去学校上课的然然忘记了那件事，但另一个被打的女生却到处跟人说，她被弄成那样是为了救然然。而然然却没良心地扔下她自己逃跑了。"

周寻逸惊讶地瞪大眼睛，他不记得发生这些事的时候，周围还有一个叫傅司衍的人在场。

"那个女生是谁？"

"她叫易榕。"

"当时到底是她救然然，还是然然为了救她才惹上的麻烦？"

周寻逸沉默了。十多年前，在李之然被孤立的时候，她悲伤无助的目光曾经穿过人群望向他，希冀他能信任她，能给她一点儿回应。但他沉默了，就像现在这样沉默地低下头。后来，为了不被同学们当成异类，不像她一样被孤立，他还在她的伤口上撒了盐。

沉默了好一会儿，周寻逸才抬起头，带着满心的愧疚说出早该说的话。

"易榕她，那时候本来就和社会上的人有来往，也经常有外面的人来校门口等她……依照她们两人的性格，我觉得更有可能是李之然为

第二人格 | 135

了救她才惹了麻烦。"

傅司衍仿佛看见十七岁时的李之然，独自面对四周汹涌而来的恶意时的无助。

她或许曾笨拙地解释说："我真的不记得了。"

或许也曾低声下气地向那个女生道歉："对不起。"

但那时，他与她尚未重逢，没有人会站出来对她说："没关系，这不是你的错。"

傅司衍不可遏制地愤怒起来。

"这些话，你当时为什么不说？"

周寻逸被他凌厉的目光压得抬不起头。

"我那时候，那时候还太小。"一向能言善辩的他，顿时像十七岁时的李之然那样涨红了脸，笨拙地说道，"如果，如果能回到过去……"

"如果能回到过去。"傅司衍缓缓起身，剥夺了他假设的权利，"我会提前十年找到她。而你，根本不配喜欢她。"

傅司衍起身离开咖啡厅，直奔停车场。他走得太快，何岩小跑才跟上。

"傅总……"

"别跟着我，去医院照顾然然。"

傅司衍扔下一句话，开车扬长而去，何岩甚至来不及叮嘱他一句"注意安全"。

傅司衍开车一向平稳，但这回，他却放任时速器上的指针一路攀高。他静静地注视着前方路况，眼眸看似平静无波，眸底却是暗潮汹涌。

两次，两次都是受伤后失控……醒来后失忆。那么，她遗忘她父亲的原因，会不会也是……他不敢细想下去。

那个冷漠的李老师,他一心只有画画,好像从来没对然然笑过。他爱她吗?哪怕她是他的女儿。

傅司衍平时都是从后门进入心理诊所的,但这回,他把车直接停在诊所门口,大步流星地走进去时,把前台小姐吓了一跳,慌忙上前拦他。

"傅先生,您今天没有预约……"

"让开。"

傅司衍冰冷的表情让前台小姐不寒而栗,她怯生生地退回前台。直到傅司衍走进电梯,她才慌忙给梁荣轩办公室打电话。

"梁医生,傅先生来了,但是脸色不太好,很吓人的样子,我叫保安上去?再报警处理?"

病患发病来心理诊所闹事的情况并不少见,前台小姐担心傅司衍是来找梁荣轩麻烦的。

"别担心。"梁荣轩冷静地吩咐她,"一刻钟后,你如果没接到我的电话再叫保安,但记住不要报警,别把事情闹大。"

"好的。"

梁荣轩刚放下电话,傅司衍就进来了。

见惯了各色病人的梁荣轩也被他此刻的模样惊了一下。其实傅司衍面上没有什么变化,推门进来前他甚至还礼貌地敲了两下门,但他冷冽凌厉的目光,以及此时周身散发出来的压抑着的暴戾气息,让人不由自主地感到害怕。

"司衍,你怎么过来也不提前说一声,我待会儿还有个病人。"梁荣轩微笑说道,平和的口吻一如往常,身体却不受控地微微发麻,心里琢磨着房间里有什么能在紧急时刻用来防卫的东西。

"推掉吧。"傅司衍朝他走近,"我需要你帮忙。"

他在梁荣轩的办公桌前停下,身上戾气稍敛。

梁荣轩紧绷的神经也稍稍放松了一点儿，仍然不敢掉以轻心。

"有什么事，你坐下说。"

傅司衍在他对面的椅子上坐下，梁荣轩在心里暗暗松了一口气，给前台打了个电话。

"我这里没什么事，你让陈秘书帮我推掉今天下午的预约，和王先生另约时间。"

放下电话，梁荣轩看向傅司衍，目光平和。

"说吧，什么事？"

"关于然然的……"

傅司衍把他了解到的情况和个人的猜测，一一告诉了梁荣轩。梁荣轩脸上的表情越来越凝重。

"她可能在某种特定的条件下，衍生出了第二人格。"

"你当年给她做治疗的时候有什么发现吗？"

梁荣轩回忆着李之然治疗的过程，缓缓摇头。

"我最擅长的是催眠疗法，但她和你一样，戒备心理很重……"他忽然意识到什么，眼里闪过一道亮光，情绪有些激动，"你和李之然重逢以后，心理情况一直在不断发生变化，很可能是被她影响了。一般来说，心理作用是相互的，她很有可能也和你一样，内心防备不再那么重。也就是说，现在对她进行催眠也许能起作用了！"

傅司衍沉吟道："现在还不行，她身体太弱了。"

"嗯。"梁荣轩说，"如果要给她催眠治疗，最好能在她潜意识熟悉的地方进行，比如说以前她和她父亲一起住过的地方。当年我也尝试过在那里对她进行催眠，但没有效果。我以为是李之然戒备心理太重，才无法进入她的潜意识。现在看来，有可能是我催眠错了对象，应该先激出她的第二人格，再进入她第二人格的潜意识去找她遗忘的根源。"

"她以前住在哪儿?"

梁荣轩抱歉地摇摇头:"时间过去太久,我记不清了。"

"我去找。"

傅司衍从梁荣轩的办公室出来,在电梯口碰到沈术。

"傅先生?"沈术看到他有些意外,傅司衍平时来诊所的时间基本是固定的。

傅司衍敷衍地点了下头,从他身边掠过径直走进电梯。

沈术看着电梯门合上,摸出手机打给阮亦晴。

"喂,我碰到一件有意思的事,刚刚看见傅司衍去心理诊所了。"电话那端不知道急急地说了什么,沈术微微一笑,转过身走进电梯,"知道,我帮你盯着他。不过你也要帮我一个忙。"

江秀珍伺候丈夫老夏吃完晚饭,提着水壶出来接热水。医院走廊的灯光算不上明亮,是一种黯淡得毫无生气的惨白。她走到走廊尽头的水房接了满满一壶热水,转身的时候看见一个身形修长的男人正迎面走过来。她低着头往前走,从男人旁边经过时,男人开了口。

"你好,请问你是江秀珍女士吗?"

江秀珍迟疑地抬起头:"我是,你……"

男人有一张英俊的脸,身上清冷的气质与这条阴冷的走廊意外地和谐。

"我叫傅司衍,是然然的朋友。"

"然然?"江秀珍没听过别人这么称呼李之然,一时有些恍惚。

"你的女儿。"

"噢。"她回过神,继而警惕起来,"你有什么事?"

"我想知道当年你和她父亲分开以后,他带着李之然住在哪里?还有,"他朝她走近了一步,江秀珍不由自主地往后退,男人平淡的嗓音追了上来,"你前夫是不是有暴力倾向?"

"他没有。"江秀珍忍不住替前夫辩解,"他就是喜欢画画,没别的。"

"他们之前住在哪里?"傅司衍追问道。

"你打听这个做什么?"

"你只要回答我就可以了。"

"你是然然的什么朋友?"江秀珍愈发怀疑,一只手伸进兜里,"我给然然打个电话……啊!"

她还没掏出手机,傅司衍已经一把抓住了她的手,吓得江秀珍另一只手里的热水壶险些砸在地上。

"我没有恶意。"傅司衍平静地说,"我只是一个比你更关心在意她的人。"

江秀珍像是被人轻易挑开了那块遮羞布,脸色一阵红一阵白。她怒不可遏地挣扎道:"你胡说八道什么?"

"她希望你能生活得幸福,而我希望她也能幸福。"傅司衍松开她的手,脸上神情没有丝毫变化,他一字一句地说,"就算你不告诉我,我也能查到我想知道的事,但我不想浪费太多的时间。你放弃的然然,对我来说,是这世上独一无二的珍宝。"

他这些话发自肺腑,每个字都在敲打着江秀珍的心。她身体不由自主地哆嗦起来,在医院悠长清冷的走廊里缓缓蹲下。

"我们家然然,是最懂事的孩子,是最好的孩子……"

傅司衍看着眼前这个瘦小苍老的女人,声音冷漠:"却不是你最爱的孩子。"

她那么好,又如何?照样不被人爱,照样被抛弃、被伤害。

他说:"我会照顾她。现在麻烦你告诉我,十五年前,然然和她父亲住在哪里?"

傅司衍的话被躲在暗处的人一字不漏地听进耳朵里。那双在黑暗中静静看着傅司衍的眼睛深如寒潭，傅司衍匆匆离开的身影就像一颗石子落入潭水中，激起了千层浪。

"你的世界不再只有自己了吗？"

那人低低地笑了起来，周身散发的气息令人毛骨悚然。

傅司衍通过江秀珍提供的信息，在当晚就找到了李之然和她父亲以前一起住过的地方。

那地方在偏远的郊区，离傅司衍九岁前的家不远。但房子和傅司衍家比起来要简陋得多，外观就是一间平房上加盖了一层的样子。周围类似的房子很多，一户挨着一户，连成了一条巷子。李家坐落在巷子最深处，和邻居还隔着一段距离，是栋独楼。

房子还在，政府没开发到这一片，因此也没拆迁，它安静地立在那里，维持着十多年前的模样。

傅司衍一向不喜欢和人打交道，连生意场上的人际交往他都是能避就避。但这回，他却一户一户地敲开附近邻居的家门，耐心地向他们打听十多年前李家的情况。可惜留在这里守着老屋的大多都是些上了年纪的人，话都说不清楚。傅司衍最终一无所获。

李之然在床上躺了一个多星期后，终于能拆掉腰上的固定带了。这意味着她可以下床自由活动了，虽然右手裹着厚重的石膏有点不太方便，但照顾自己应该没问题。她觉得自己的身体已经没什么大碍了，想立刻出院。

何岩不同意，一向温和的他难得态度坚决，要求李之然等到石膏拆除那天再出院。

李之然躺在医院的这段时间，一日三餐都是何岩送过来。她吃得嘴软牙软心更软,哪里敢对他说不,只能默默地心疼自己的钱包。

在李之然能下床活动不久,她在周寻逸的电话里得知了吴斌的消息。吴斌的精神鉴定结果已经出来,他没有精神方面的疾病或隐患。那三年前的鉴定结果又是怎么回事?难道他痊愈了?

李之然想不明白,但她现在也没精力去细想。她给王校长打了个电话,把吴斌的消息告诉她,让她有个心理准备。其实那天苏妍找上门时,王校长就已经考虑过小野以后的事了,让小野自己做选择,或许就是最好的选择。

王校长说:"我之前犯了错,不想一错再错,你放心吧。之然,无论小野最后的选择是什么,我都能接受。"

李之然很欣慰。王校长这边没问题了,李之然拨通了周寻逸的电话。

"周律师,你这几天看什么时候合适,把事情和吴斌说清楚吧,委婉点儿说。再带他去聋哑学校看看小野,我现在……"她话没说完,手机已经被傅司衍夺了过去。

"她现在很好,没你什么事了,不要再打电话也不要发短信过来。如果有别的事,我会通知你。"

"哎!"李之然瞪他道,"你干什么呢?"

傅司衍已经挂了电话,低头将她手机里周寻逸的号码删掉。

"不干什么,我挺讨厌那个姓周的。"

"人家又没得罪你。"

傅司衍看她一眼,语调不变:"得罪了。以后不要和他联系,也不要见面。"

"不然呢?"

傅司衍幽幽地道:"不然你的万里长征路会变得更长。"

李之然差点儿被自己的口水呛到:"傅司衍你可以啊,长本事了啊,现在用我的套路来威胁我是不是?"

傅司衍没搭话,把她的手机直接收进口袋里,弯下身,将她的拖鞋整齐地摆在床边。

"穿上鞋,我们出去走走。"

外面阳光很暖,李之然抬起头轻眯着眼,逆着光从树叶的缝隙里看太阳。

"啊,沐浴阳光的感觉真好!"她单手伸了个懒腰。

傅司衍陪在她身旁,默默地配合着她走两步歇一会儿的节奏。最后李之然走累了,坐在石子路旁的长椅上休息。

她对傅司衍说:"你知道吗?今天是处暑。所谓处暑,就是指炎夏已经过去了,即将入秋,叶子会枯黄,风会变凉。比起立秋,我觉得处暑更像是秋天来了的信号。"

"我知道。"傅司衍不知想起什么,轻笑道,"二十年前的处暑,有个缺牙的小姑娘和我说过类似的话,她还厚脸皮地伸手朝我要生日礼物。"

李之然怔了怔,没等她反应过来,就有个什么东西从椅子另一边推过来,轻轻地碰了碰她的腿。她低头看见一个红色的小礼盒,盒盖中间有两颗红彤彤的爱心被一支箭穿过。

傅司衍不太自在地咳了一声:"咯……那个,何岩说红色比较好,其实我更喜欢黑色。"

她本来想嘲笑他,哪有人送礼物用黑心的,但她笑不出来。她隐隐预感到什么,心脏怦怦狂跳,手上的动作也不利索了,连开了好几次,才顺利地把盒子打开。

盒子里躺着一条精美别致的水波纹项链,吊坠是由碎钻组成的两个英文单词:The one(唯一)。

The one，命中注定的人。

傅司衍取出项链，绕到她身后，轻轻地把她后颈的头发拨到一侧，小心地给她戴上项链，温柔的指尖无意间轻触她的皮肤。李之然身体微微一颤，脸如火烧般滚烫。

她看到盒子里有一张卡片，上面是傅司衍的字迹：

如果有一天，我们注定要分离。

我也不会后悔，这一刻的表白。

如果时间可以重来一次，一切由我选。

1996年6月27号下午2点17分43秒那一刻，我还是想和你遇见，哪怕后来我们会分开二十年。

2016年7月3号下午5点06分，我依然想和你重逢，哪怕后来我们在一起的日子，不都是快乐。

2016年8月27号这天，我仍然想对你告白，哪怕未来你对我心生厌倦，我们再次道别。

这世上有很多种爱情，有的用来抵御寂寞，有的用来支撑苟且的生活，还有些——是执念，是命运，亦是可遇不可求。

傅司衍附身在她耳畔低语："与你重逢以后，所有的时间都让我觉得不可思议。"

他说："然然，我会努力，学着像你一样去喜欢，像你一样去爱。"

李之然难以形容自己的心情，但她想，如果这世间存在极致快乐的话，那么她现在的心情肯定与它很接近。她回过头单手搂住傅司衍的脖子，脸深埋进他的胸口，哽咽着说："你待会儿要是敢告诉我这是开玩笑在骗我的话，你就死定了！"

傅司衍有些生疏地伸出手，温柔却用力地环抱住她。

十几米开外，何岩站在那里，满脸笑容地举起手机按下相机快门，定格阳光下两人相拥的一幕。

一个多星期后，李之然拆掉石膏，顺利出院，傅司衍亲自来接她。

"我带你去个地方。"

"去哪儿？"李之然好奇又兴奋，"约会吗？"

傅司衍答非所问："到了你就知道了。"

当车开进那条熟悉又陌生的老街时，李之然维持了一路的期待瞬间化成灰烬，她脸上的笑容也变得生硬无比。

"你带我来这里干什么？"

车停在那栋楼面前，那栋她曾经偷偷来看过无数次的小楼。梁荣轩和沈术正站在大门口等他们。

"傅司衍。"她心里不安起来，下意识地去抓身旁人的衣角，"你为什么带我来这里？"

"在这里再做一次催眠治疗，看看能不能找到你界限性遗忘的原因。"这并不是问句，他从一开始就没打算征得她的同意。

李之然勉强挤出个笑容："不用了吧，我真的不想再治疗了。我没关系的，记不起来就记不起来，不要紧的。"

傅司衍握住她的手，她在发抖。

"然然，你不能放任不管。我怕有一天，你连我也会忘记。"

"我不会的！"她急急地说道，"我不会忘记你，我发誓！"

傅司衍用力地握了握她的手。

"试一次，就当为了我。"

李之然最终妥协，轻轻点头。

大门的锁已经打开，李之然走在最前面，傅司衍紧跟在她身后，梁荣轩和沈术跟在他们后面。

房子里的家具早已经被搬得七七八八了，里面空荡荡的，地板上积了一层灰，每走一步，老旧的木地板就会发出"吱呀"声，扬起一阵灰尘。

李之然怕傅司衍会不舒服，回头担心地看了他一眼。傅司衍察觉到她的目光，安慰地对她笑了笑。

穿过客厅，径直往前是主卧，主卧旁边是一间小卧室，那就是李之然当年的房间，卧室里面还有一扇窄门。

"门后面是什么地方？"傅司衍问。

"我记得下面好像是个地下室。"回答他的是梁荣轩。

窄门上了锁，不过是把老旧的小锁，没什么用处，傅司衍上前两脚就将门踹开了。门下面连着一条盘旋的长楼梯，通往地下。

傅司衍走下两级台阶，再回过身来朝李之然伸出手，牵着她一路往下走。地下室里的灯光很暗，四双眼睛过了好一会儿才适应这种昏暗的环境。

空旷阴冷的地下室里，最引人注目的是摆在中间的一口大箱子。箱子是木头围成的，大概半米高，容量很大，足以平放两台四十七寸的电视机。

"我在然然家里见过一幅画，画的是一个小女孩，躲在一个大箱子里。"傅司衍看向李之然，"你记得那幅画吗？"

李之然茫然地摇头。

傅司衍说："那幅画应该是你画的，画里面的人也有可能是你自己。"

梁荣轩沉吟片刻，看向李之然："之然，这回你待在箱子里进行治疗。"

李之然看了看傅司衍，没有犹豫，直接进到箱子里坐下。梁荣轩看了一眼沈术，后者会意，从随身背的包里拿出一块怀表递给梁荣轩，又取出牛顿摆球放在一旁，让它运动，发出清晰而有节奏的碰撞声。

碰撞声回荡在沉闷的地下室，连空气都好像变得沉重起来。

"之然，你现在放松。能看清我手上的怀表吗？"

"可以。"

得到了肯定的答复，梁荣轩轻轻晃动起手里的怀表。

"我要你的视线随着它动，用你的耳朵去捕捉它的声音。"

李之然照办了，她的意识渐渐集中在那块左右摆动的怀表上，指针走动的声音也变得越来越清晰。

"之然，现在你的眼睛觉得很酸，眼皮很沉重对吗？"

李之然几乎是下意识地点头："对。"

"不要抵抗，之然，放松一点儿，闭上眼睛。"

李之然挣扎了几下，厚重不堪的眼皮终于合上。她又回到了昏迷时的那个梦里，孤零零地站在长街上，这条清冷的街仿佛没有尽头，天阴沉沉的，却没有一丝风。

"之然。"有个声音在跟她说话，"你回家吧，回到你第一个家，和你爸爸一起住过的地方。"

"在哪儿？"她茫然四顾，四周每栋房子都是陌生的。

"你记得的。"

她记得？

"不，我不记得了。"

"你记得的。"梁荣轩用坚定的声音温和地引导，"你不是还记得傅司衍吗？"

傅司衍？好熟悉的名字。

"你记得傅司衍对不对？"

傅司衍……

李之然看到对面有个男人朝她走来，身形修长，穿着白色衬衣，一张脸好看得不像话,但他不看她的眼睛,只盯着她的嘴角,微笑唤她:"然然。"

"傅司衍……我记得,我记得傅司衍。我们小时候,小时候也见过。"

傅司衍看见双眼紧闭的李之然眉心舒展,露出笑容,似乎想起了什么美好的回忆,他亦跟着笑了。

梁荣轩知道,李之然的第二人格已经出现,现在是时候将她引入她的潜意识深处了。

"之然,你记得傅司衍,你也记得别的事。"梁荣轩说,"之然,找到你的家!"

"我要……找到家。"

李之然缓缓地迈开步子,她发现自己的脚缩小了,穿着一双鞋面脱了漆的红色小皮鞋,她看了看自己的手,也变小了。她缩成了一个小姑娘,周围的房子变高了,也变得熟悉起来。

"快跑!"小女孩的声音从后面传来,好熟悉。

她回过头,看见一双和自己脚上一模一样的小皮鞋朝她跑来,但她看不清那人的脸。

"快跑!"那双小皮鞋的主人焦急地冲她喊,随后,一双大手凭空出现,死死勒住了小女孩的腰把她往后拖。女孩还在歇斯底里地喊着:"然然,快跑!"

李之然转身疯了似的往前跑,她冲进长街最深处的那栋房子……

地下室里,待在木箱里的李之然渐渐蜷缩起身体,眉头不安地皱紧。

"哒……哒……哒……哒……"金属碰撞的声音一声声回荡着。

梁荣轩问她:"之然,你现在在哪里?"

李之然额头渗出细密的汗水,她开始语无伦次:"家,我在家里……不,这不是我的家,我不知道,是'她'让我进来的!'她'让我进来的!"

梁荣轩和沈术交换了个眼神,两人的脸上都有喜悦之色。

梁荣轩继续问道:"'她'是谁?"

"我不知道,我看不见'她'的脸……'她'被抓住了,'她'……'她'是……"答案呼之欲出。但就在这时,李之然突然浑身战栗起来,头忐忑不安地摆动着,两只手在空中焦虑地挥舞,似乎在抵挡什么。

"不要!不要进来!"她的声音惊恐到极点。

傅司衍站在她身旁,却不能靠近,不能出声,他再次体会到了无能为力的悲哀。

"之然,不要害怕!"梁荣轩竭力让她平静下来,'你告诉我怎么了?我会帮你。"

"有人……有人在敲门!他把'她'抓走了,救我!救命!"

"之然!"梁荣轩沉着地抬高了声音,"之然,你回到你自己的房间去。"

潜意识里的李之然跌跌撞撞地冲进自己的小房间。

"我在里面。"

沈术悄无声息地走上台阶,慢慢走到地下室的入口。

李之然还深陷在潜意识里无法自拔,听见门外有脚步声靠近,她惊慌起来。

"他来了!他来了!"

"别害怕。"梁荣轩说,"在那个人进屋之前,你就已经躲起来了。"

"我躲起来了?"她声音陷入困惑。

李之然环顾着狭小的房间,她还能去哪儿?门外的脚步声越来越近,一步一步踩得地板"吱呀吱呀"作响。

"跟我来!"有人抓住她的手。

那人有一双和她一样的小手,"她"把她拉向地下室。

"'她'带我躲进了地下室,关上了门。"

沈术按照她说的,关上地下室的门。

"我们往楼梯下跑,楼梯很长……"

沈术也往楼梯下跑,并让自己的脚步声尽可能大一些,钻进李之然的耳朵里。

"然后呢?"梁荣轩追问道。

"地下室很黑,我很害怕。'她'……'她'让我藏起来。"

"'她'让你藏在哪里?"

李之然双手无意识地抠着木板。

"藏进箱子里……我们一起藏进了箱子里。"

"之然。"梁荣轩轻轻地握住她已经抠出血的手,往旁边的地上引,"在你脚边,有一个手电筒。"

李之然似乎真的摸到了什么。傅司衍看见她手指微曲,握住了那个虚无的手电筒。

梁荣轩说:"打开它,你就可以看清'她'的样子。"

缩在箱子里的李之然缓缓地打开了手上的"电筒",电筒发出一束白光,照亮了她旁边那人的脚,那双脚上穿着和她一模一样的小皮鞋。

"你看见了吗?"

李之然继续把手电光往上移,她看见"她"身上的衣服,也和她的一模一样,但"她"裸露的一节手臂却和她不一样,她的手臂光洁干净,而"她"的……

"'她'手上有伤……有好多瘀青。"李之然喃喃地说道,"'她'脖子上也有。"

"你去看看她的脸。"

那一缕手电光终于照到了那张脸上,李之然惊骇地站在原地,她看见了一张和自己一模一样的脸。

不,那张脸……那张脸和她并不一样。"她"的脸,微微水肿,上面还有清晰的掌掴印,但她没有!

"你不是我……你不是我!不是我!"

李之然扔掉"手电筒"大声尖叫起来,那声嘶力竭地喊叫近乎绝望。

"你是谁?你究竟是谁!"

傅司衍心中一痛,想上前,被梁荣轩强行拦住。

"再等一等。"

李之然苦苦地挣扎,她面前那个一身是伤的小女孩却平静得可怕。

"嘘。""她"朝她做了个噤声的动作,"你乖乖睡觉,我来保护你。"

"她"朝她笑着,被扇肿的小脸上,眼睛弯成两道月牙,干净美好。

"她"说:"然然,我来保护你。你乖乖睡觉,醒来还是要继续这样笑。"

"她"用那只布满瘀青的手,轻轻地抚摸着她的脸,温柔而坚定地说:"然然,我会一直一直保护你。"

李之然终于平静下来,她揪紧的眉心渐渐舒展,脸上浮现出奇异的安宁,有眼泪从她的眼里渗出,慢慢流淌下来。

"'她'……'她'就是我,我,就是'她'。"

原来当年父母离异后,李之然跟随父亲一起生活。郁郁不得志的父亲染上酗酒的恶习,每次喝完酒回来,都会把气撒到女儿的身上……酒醒以后,他又后悔不已,找到瑟瑟发抖的李之然后,跪在她面前,请求她原谅,求她不要把这些事说出去……天性善良的李之然替父亲隐瞒了秘密。

但后来父亲的酒瘾越来越大,她被打的次数也越来越多。有一次,父亲又醉酒回来,惊恐的李之然躲进了地下室的木柜里。

昏暗的地下室、响在头顶的脚步声、害怕被打的恐惧……这一切让十三岁的李之然陷入了深深的无助和绝望中。就这样,她衍生出第二人格来替自己承担了一切痛苦的记忆,在痛苦过去之后,第二人格就会陷入沉睡,主人格继续生活。直到她再次受到攻击,第二人格才会再次觉醒。

一切真相大白。

梁荣轩紧绷的神经终于放松下来,这才发现自己后背全是汗,衣服贴在皮肤上,闷热黏腻。另一边的沈术伸手阻止了摆球继续动作。

梁荣轩对满脸泪痕的李之然轻声说:"之然,现在我数到三,你就醒过来。一,二,三。"

催眠结束,但李之然却迟迟没有睁开眼睛。

"然然。"傅司衍伸出手,刚碰到她的衣角就被李之然一把挥开。

"不要碰我!"她嗓子嘶哑,低低地哀求着,"不要碰我,求你,求你们走吧。"

梁荣轩叹了口气,拍了拍傅司衍的肩,转身和沈术一起离开了。

一阵脚步声过后,地下室陷入死一般的寂静之中。李之然张开嘴,每一次呼吸都是颤抖的。傅司衍沉默地看着她,长腿一迈,跨进了木箱里。

李之然知道来人是谁,她把头偏向一侧,轻轻地说:"傅司衍,你也走吧。"

她感觉到他的视线始终停留在她脸上,她想再对他笑一笑,但怎么也扯不开嘴角。

"不要看我。"她伸出手去挡,低声说,"求你了。"

她背过身，身体蜷缩成一团，就像胎儿在母体里的姿势。没过多久，她就感觉到一只微凉的大手伸过来，自身后环抱住她，将她整个裹进一个温热的怀里，傅司衍的气息随之而来。

"然然。"他俯在她的耳边，低低地起誓，"我永远，永远不会伤害你。"

他怀里那蜷缩着的身体因为过分压抑而战栗起来，那是一种无声地哀叫，却回响在他的心底。李之然死死地抓住他的手臂，头一点点地低下去，埋进他的臂弯里，终于痛哭出声。

傅司衍静静地收紧双臂，将她拥入怀抱深处，陪着她，听她撕心裂肺的哭声渐渐转为小声地抽泣。过了很久，她在他的怀中彻底安静下来，一动不动，像被抽干了所有精力，只剩下麻木的疲惫。

又不知过了多久，傅司衍听见怀里的人轻轻开口，声音里还带着未褪尽的哭腔。

"傅司衍，我好累。"李之然微微地扯了下嘴角，惊讶于自己的恢复能力，居然在一场悲恸后，还能笑出来，"真稀奇，我还以为我会因为悲痛过度再也不会笑了呢。"

"傻瓜。"傅司衍低头把玩着她脖子上的吊坠，目光温柔如一缕月色，吻了吻她的头发，说，"我送你回家。"

"好。"她乖巧地应了声。

傅司衍扶着她从木箱里出来，走到楼梯口时，李之然停下脚步，转过头望向被遗留在原地的木箱，仿佛看见十五年前，那个小小的李之然跪坐在箱子里，胆怯又勇敢地伸出头向外张望。在"她"身旁，还有另一个身上、脸上都是伤的自己。

"她"说："然然，别害怕，我会一直一直保护你。"

李之然泪眼蒙眬，在心底轻声说："谢谢你。"

对于过去发生的一切，她将永远记得，也会偶尔想起，但她不想被它们压在心上负重前行。生活还要继续，即便暂时还没有拥有幸福，也应该向着幸福的方向走去。

李之然握住傅司衍的手，那只微凉的大手僵硬了一下，无声地与她十指紧扣。

送李之然回家后，傅司衍联系了梁荣轩。

"然然的第二人格以后还会出现吗？"

"现在她的主人格已经意识到第二人格的存在，两个人格会逐渐融合，这需要一个过程。所以短期内如果她再遭到攻击，事后还是有可能会出现遗忘的情况。"

"我知道了。"

夜色渐深，傅司衍拿着手机，靠在车边若有所思地望着楼上李之然的小屋。直到窗户里透出的那抹橘色的灯光灭了，他才开车离开。

白露以后，天气转凉。

王霸担心李之然的身体，让她多休了一段时间的无薪假。其实她给律所带来的收益甚微，去不去上班其实也没什么影响。

李之然的确需要时间来好好放松自己。她遇袭的事，何岩已经报警，傅司衍还亲自去了一趟派出所，向警察描述了袭击者的长相。但相关信息还是太少，要找到一个藏起来的人就像是大海捞针。他们只能静候消息。

小野最终还是选择和父亲吴斌回家，不过仍会三天两头去聋哑学校找王校长，和以前基本没什么两样。吴斌也和王校长商量着，希望能进学校当个保安，小野继续在学校里上学，他也住在学校，既能照顾儿子，又可以保护其他学生。他不指望小野以后能有多大出息，只希望能和儿子在一块平静地生活。因为经历过失去，平平淡淡的幸福在他们看来尤为可贵。

一切似乎都在朝着好的方向发展，但李之然心里仍有个疙瘩。

苏妍没有联系过她，也没有再出现在聋哑学校，她去过几趟心理诊所也没碰见她。沈术说苏妍已经中断治疗了。那个女人，像是一滴掉入汪洋大海的水，再无踪迹可寻。

人与人之间要失去联系是多么简单的事啊。李之然脑子里忽然冒出这么一句话来，她自嘲地笑了笑，心道：大概是最近常来书店待着，人也变得文艺了。

为了避免这种文艺细胞进一步扩散，李之然合上手里的书，将它重新放回书架，望向窗外，橱窗斜对面就是心理诊所的大门。

李之然并不是闲得发慌才跑来书店里泡着，她还记得那个昏昏沉沉的下午，那场怎么都想不起来的和沈术之间的对话……李之然觉得那天的自己太不对劲，肯定不仅仅是因为太累而睡死过去那么简单。

沈术，那个看似木讷温和的男人，更让李之然隐约感觉不对劲。她暗中观察了他好几天，却一无所获。她并不知道，更大的危险和变故，现在才刚刚开始……

傅司衍清晨醒来时，闹钟还没有响，他是被房间里的狗叫声吵醒的。他循声一路走到衣柜前，拉开柜门时，一道刀影飞快地从他眼前一晃而过，温热的血飞溅进他的眼睛里，所有的声音顷刻间消失，顿时万籁俱寂。

傅司衍慢慢走到镜子前，镜子里出现的人却是童年时的他。"他"的身上、脸上都是血，连眼睛也是一片猩红。

傅司衍不由自主地后退，镜子里的人却纹丝不动，一双通红的眼睛还死死地盯着他，嘴角浮现出冰冷的笑意……

这已经不是第一次了！

傅司衍闭上眼睛，努力让自己镇定下来。他去拿梁荣轩开给他的药,一下子吃了两次的剂量。吃完药,他回到床上躺下,大剂量的药物很快起作用。他以为自己很快就能睡着,然而没有,他的精神和大脑还是亢奋着,像是不知疲倦一样清醒……

闹钟准时响起。

"傅总,早餐准备好了。"何岩来敲门。

一切如常。是的,一切如常。傅司衍这样告诉自己。

走出卧室前,他又看了眼手机里的短信,最新的一条,是昨晚十一点李之然发给他的。

她说:"晚安,好梦。要梦到我哦!"

他才刚刚触碰到幸福的一角,又怎么甘心就此失去?

傅司衍拉开门,何岩见他精神不错,微笑问了句:"昨晚睡得还好吗?"

他说:"还不错。"

"那就好。"何岩放下心来,暧昧地笑着提醒道,"你和李小姐约了九点半见面,不要迟到,祝你们今天有个愉快的二人世界。"

傅司衍低头笑了笑:"谢谢。"

上午九点二十分,傅司衍开着车穿过李之然家前面的那条小路,远远便看见那抹熟悉的身影等在小路尽头。傅司衍嘴角微扬,心情愉快起来,车稳稳地停在李之然面前。

"早上好啊!"她拉开车门,熟练地坐上副驾驶,转头冲他灿烂地笑。

傅司衍点头:"早。"

他一向不是热情的人,哪怕他们已经确定了关系,他对她的态度,也依旧是淡淡的,和以前没什么差别。不过李之然已经很满足了。

"我今天这个造型怎么样?"她两手背在身后,笑眼弯弯地看着他。

她今天绑了个简单的丸子头,脑袋一晃,头上的"小丸子"也跟着摇摇摆摆。

"挺好的。"他认真地评价道。

李之然佯作不满地哼了声:"这个时候你应该说,非常漂亮!"

傅司衍一手扶着方向盘,一手搭在她身后的椅背上,回头边观察车后方的情况熟练倒车,边淡淡地从口中吐出一句:"在我眼里,你一直都很漂亮。"

他平淡如水的口吻让这句原本有点儿肉麻的话可信度倍增。

李之然笑容灿烂:"算你有眼光。"

傅司衍看了她一眼,温柔带笑。两个人四目交汇的刹那,李之然脸上的笑意骤然凝住,眼底闪过一抹浓浓的担忧。他心底的恐惧,似乎越来越强烈了,那个小男孩的尖叫声,也比李之然之前听到的更加凄厉无助……

那些常年深埋在傅司衍心底的东西,仿佛是由他内心的孤独和阴郁安抚着。当有李之然在身边的傅司衍开始感受幸福和温暖时,它们就像受到了威胁,开始变本加厉地折磨傅司衍。

"司衍……"

"嗯?"傅司衍早已收回视线,专心开车。

李之然侧着头看他,说:"你最近有定期去见梁医生吗?"

"嗯。"

"情况怎么样?"

傅司衍想起最近的治疗,头隐隐作痛,过了好一会儿,他才说:"老样子。"

李之然又说了几句话,她的声音明明就在耳边萦绕,但傅司衍怎么都听不清楚,不知从何处传来的狗叫声覆盖了她的声音。

狗叫声越来越大,仿佛从他大脑深处传出来。傅司衍紧紧地握住方向盘,努力让自己冷静下来,但凄厉的狗叫声依旧不绝于耳,最终吞噬了他的听觉……就在这时，突然有一只狗从路边蹿出来，直接扑到了挡风玻璃前。

"吱呀——"傅司衍猛地一个急刹车，毫无防备的李之然被惯性向前甩去，幸好身上的安全带拉住了她。

她一脸惊魂未定的苍白，担忧地看向傅司衍，"怎么了？"

说着她回头看了看车后的情况，好在路上车辆不多，离他们最近的一辆车也相隔几十米远。

傅司衍没说话，他用掌心按了按眼睛，再睁开眼去看挡风玻璃，什么都没有。

幻觉……又是幻觉。

"司衍，你还好吗？"李之然看他这样，担心不已。

傅司衍仍然不说话。她心揪起来，侧过身双手捧住傅司衍的脸，迫使他转过头来。

"看着我，说话！到底怎么了？"

傅司衍终于将视线转向李之然，挣扎了一会儿，他缓缓地说："然然，我产生幻觉了。"

李之然的脸色顿时沉下来，她迅速解开安全带："我来开车，我们现在就去医院！"

傅司衍拉住她："没用的，上次我已经去检查过了，大脑没有什么异常。"

"上次？"李之然怔住，她回过头，"是那次车祸？"

傅司衍点头，脸上浮现出一丝疲惫。

"对不起，然然，我现在想回去休息。"

李之然沉默了几秒，僵硬地点头："好，我送你。"

她打开车门，下车走到驾驶座旁，趁傅司衍不注意，飞快地给何岩发了条短信：叫梁医生速到傅家。

# 17 冰冷女尸

一个小时后,他们回到傅宅,梁荣轩的车已经停在了院子里。傅司衍费解地转过头,李之然没有看他,一言不发地解开安全带下车,脸上没有什么表情,但嘴角却紧紧抿着,她在压抑着喷薄的情绪。

看傅司衍没有下车,她开口道:"下来吧,去和梁医生聊聊。"

傅司衍坐在原地不动。

"我没事。"他固执地说,"然然,我没事。"

李之然抬起头深吸了一口气,努力将就要夺眶而出的眼泪逼了回去,绕到副驾窗外,一把拉开车门。

"听话,下车。"

傅司衍仍然一动不动。

李之然终于控制不住一路压抑着的情绪,朝他吼道:"马上下来!"

那个男人,那个一贯冰冷淡漠让人以为百毒不侵的傅司衍,此刻低着头,眼中流露出脆弱的神色。

他喃喃道:"我们……才刚刚在一起,我不想这么快就让你看见我那个样子。"

"哪个样子?我看见又怎么了?不就出现了一点儿幻觉吗?我们去

治啊！怕什么？等以后七老八十了，你满脸褶子牙齿掉光，连路都走不了的时候，你再来和我说这种丧气话！到时候我如果有钱，一定一脚踹了你这个糟老头子，去找个小白脸！"

她越说越气，眼泪也控制不住"噼里啪啦"地往下掉。

"然然……"他对她的眼泪一向毫无招架之力，伸出手去想给她擦，却被李之然粗鲁地挡开。

"你下不下车？不下就离我远点儿，以后都离我远远的！"她凶巴巴地道，"也别想再见到我了！"

傅司衍无奈，只能下车。

何岩和梁荣轩站在门口看着这一幕，默契地对视一眼，明知这种场合不太合适，但两人还是心照不宣地笑了。

梁荣轩摇头感慨道："这两个人在一起啊，还是得一个降一个。"

何岩十分赞同地点头。

这次的治疗是在傅司衍的卧室里进行的。

"司衍，除了上次的车祸，你还出现过几次幻觉？具体情况如实告诉我。"梁荣轩的语气一如往常般平和。

傅司衍迟疑了一下，说："四次。"

站在一旁的李之然暗暗地捏紧了手。

"发生的时间呢？"

"都在然然出院以后。"

也就是说，在发现李之然的第二人格以后，他的幻觉随之频繁出现了。

"幻觉里，你都看见了什么？"

"有一只小狗被杀了，它的血溅到我的身上、脸上，还有眼睛里，我还看见了……小时候的自己。"

"小时候……"梁荣轩沉吟片刻，说："司衍，我们可能需要去一趟傅家老宅，在那里给你做治疗或许有效。"

如果傅司衍的噩梦源自童年时期，那么在他小时候住过的房子里进行治疗应该能有新的发现。

一行四人来到了傅家老宅。二十一年前从这离开后，傅司衍再也没有回来过。但眼前这栋多年前住过的老房子对他来说，仍然是熟悉的。屋内的布置摆设还是傅司衍记忆里的样子，只是所有家具都盖上了一层白布，地板和墙壁陈旧了许多。

傅司衍径自走进自己当年的卧室。卧室里还留着他以前睡过的小木床，床腿已经起霉了，床头挂着一个已经生锈的铁风铃。

"你以前还喜欢这个啊？"跟在他身后的李之然觉得稀奇。

傅司衍盯着风铃看了一会儿，却不记得自己什么时候拥有过它。

靠近窗户的床边空出来的一大块地方原本放着一个书桌，现在没有了，但书桌下的地毯还在，和墙纸一样是浅灰色。整体看起来不太像一个小孩的房间，却很符合傅司衍的风格。

一切的源头，如果真是来自这里，那就在这里结束吧。

何岩从一楼搬了两把椅子上来，傅司衍坐在梁荣轩的对面，在梁荣轩的引导下让自己慢慢放松下来。

李之然站在一旁，目光直直地望着他。傅司衍闭着眼睛，也能感觉到她的注视，耳根不由得红了。

"然然，能不能别看着我。"傅司衍睁开眼睛说，"你在这儿，我很难放松。"

李之然愣了愣，有点儿尴尬："那……那我出去，你加油。"说着转身向门外走去。

门外是一条走廊，二楼一共有三个房间，傅司衍的卧室在走廊最里面，另外两间房分别在它的旁边和对面。对面那间房门敞开着，空间很大，应该是主卧，不过里面的东西都搬空了。旁边那一间房却上了锁，锁已生锈老化，不知道锁着什么。

李之然四处看了看，又悄悄地回到傅司衍的房间。

这时傅司衍已经进入催眠状态，他走在一片无边无际的黑暗里，在黑暗深处，他找到了一扇门。

"司衍，你身上有钥匙，快把门打开。"

梁荣轩不由自主地屏住呼吸，紧盯着傅司衍的反应。李之然的心也跟着悬了起来。房间里陷入异样的寂静。

傅司衍眉心紧皱，头不安地左右晃动……半分钟后，他像是松了口气般，说："打开了。"

房间里另外三个人心里一松。

"很好。"梁荣轩说，"打开门，你能看到什么？"

"有一条路。"

"沿着这条路往前走，回到你九岁前住过的地方。"

傅司衍就在那条看不见尽头的路上不停地走，不知道走了多久，面前出现一栋熟悉的房子。房子很新，和他记忆里的一模一样。

"我看到了。"他轻轻说，"我看到了那栋房子。"

"司衍，进去吧，那是你的家。"

傅司衍听着那声音的指引，走进院子里，院子里的狗看见有外人进来，疯狂地叫着。

"这不是我家。"傅司衍的眉头再一次皱紧，"我家里没有养过狗。"

李之然看见梁荣轩脸上流露出惊讶的神色，不由得紧张起来。

"司衍，那就是你家，不要离开！"梁荣轩沉声道。

潜意识里的傅司衍已经退到了院子门口。突然，有人穿过他的身体，一个小男孩的背影出现在他的前方，小男孩的一只手被傅司衍的母亲许丽牵着。

许丽正低声呵斥那条冲生人狂吠的狗:"菲力,不可以!"

那只大狗很有灵性,听了许丽的话就乖乖地趴在地上,摇着尾巴呜咽几声,最后连头也低了下去。

傅司衍抬头望向二楼,看到八岁时的自己正站在卧室窗口,静静地看着楼下的男孩。在男孩察觉到他的视线时,他又飞快地缩了回去,并迅速拉上窗帘。

傅司衍迈步向前,想看看前面那个男孩的脸,但他走近时却愣住了,那个男孩的脸上模糊一片。就在他惊骇之际,男孩忽然挣脱了许丽的手,朝他扑过来,狠狠地推了他一把。

傅司衍被推进黑暗的深渊,身体不停地往下坠、往下坠……不知过了多久,四周又亮了起来,他发现自己仍然站在院子里。这时年幼时的傅司衍也出现在院子里,抱着一只刚出生不久的小奶狗,眼睛里有稚气的温柔。

傅司衍微微一笑,想走过去,突然一道身影飞快地从房里冲出来,依旧是面目模糊的一张脸,傅司衍看到他的手里拿着一把刀。那个看不清脸的男孩冲到小司衍面前,蛮横地掐住他怀里小奶狗的脖子,一把抢走。傅司衍皱起眉,欲上前阻止,但他还未靠近,男孩已经高高举起手中的刀……小奶狗甚至还没来得及睁开眼睛,就被一刀砍断了脖子。

殷红滚烫的血飞进傅司衍的眼睛里,他眼前的世界顿时猩红一片,耳边犹有小司衍惊恐的尖叫声……

催眠状态中的傅司衍忽然全身僵硬,像是在忍受着极端的痛苦,却又发不出声音,只能无声地苦苦挣扎。

"梁医生!"一旁的李之然忍不住出声。

梁荣轩当即决定结束催眠,"司衍,我数到三,你立刻醒过来,

一、二、三！"

傅司衍猛地睁开眼睛，心有余悸地深呼吸，眼中的惊恐之色未褪，整个人也还没完全从潜意识里剥离出来。房间里没有人说话，李之然蹲在他的身旁，静静地握住他的手。不知是谁的掌心先出了汗，两人的手心黏腻一片。

过了好一会儿，傅司衍的情绪才平定下来。何岩递给他一瓶水，他喝了两口，脸色已不似方才那么苍白吓人。他开始冷静地叙述自己在潜意识里看见的场景。

梁荣轩问他："那个男孩是谁你有印象吗？"

傅司衍缓缓摇头："我小时候的朋友，应该只有然然一个人。"沉默了几秒后，他轻声说，"我看见了他的眼睛……那双眼睛，和他的年龄很不相符。"

在鲜血飞溅过来的瞬间，他看清了那双眼睛。那是一双极其恐怖的眼睛，眼里带着嗜血的残忍，很难相信它会属于一个小孩。

"司衍……"梁荣轩还想说些什么。

李之然出声打断了。

"梁医生。"她有些抱歉地说道，"今天就先到这里好吗？"

梁荣轩看傅司衍的状态，也觉得再继续下去有些勉强。他点头道："行，司衍你好好休息。我回去开个会，详细研究一下你的情况，再做个针对性的治疗方案。有什么事你们可以随时给我打电话。"

"谢谢你梁医生。"李之然感激地说。

梁荣轩很快离开了。

"司衍，明天如果身体还是不太舒服，就过两天再找梁医生，治疗的强度还是要根据你的身体状况来定。"李之然坐在傅司衍的身边握着他的手，低头轻轻的摩挲着，低垂的眼眸里都是心疼。

傅森并购方亿的事已经定下来，消息在整个房地产业传得沸沸扬扬。按理说，傅司衍应该卸下了一份重担，但他现在满脸倦容，眼下的青晕越发明显，看起来并不比傅森深陷泥潭时轻松多少。

他夜夜无眠，哪怕她每晚和他说晚安。

为什么活得这么辛苦呢？李之然眼眶红了。

"别担心，我没事。"傅司衍出声安慰她。他神色如常，仿佛这身体是别人的，是好是坏都与他无关。

两人在卧室里坐了好一会儿才起身往外走。

"这里以前是谁住的？"出来时李之然指了指旁边那个上锁的房间。

"没人住，好像是杂房。"

"杂房为什么要锁上？"

傅司衍摇摇头："我没注意过。"

李之然也就没在这个问题上继续纠结。两人走出院子，何岩已经等在外面了。

上车后，傅司衍说："何岩，先送然然回去吧。"

"送我到中央广场附近就行，我在那儿下车。"李之然想让他早点儿回家休息，选了沿路最近的地方。

"那里离你家还很远……"傅司衍转过头。

李之然打断他："我正好要买点儿东西，那附近有超市。买完之后我坐地铁回去就行，大白天的怕什么。"

傅司衍看她一眼，没再说话，算是默许了。

到了中央广场附近，李之然下车。

"自己路上小心。"傅司衍探出头说。

李之然退开几步："快回去吧，到家好好休息。"

看着白色宝马渐渐驶远，李之然才转身向超市走去。

宝马车里，傅司衍低头揉了揉眼睛。他总觉得眼睛里还有血，这让他浑身不舒服，而最让他不舒服的，还是这次催眠。他一向对自己的记忆力很自信，但这次催眠却让他看见了自己记忆里没有的部分。

无论是那只狗，还是那个男孩，他都没有任何印象。傅司衍不明白是自己的记忆出现了差错，还是治疗过程发生了失误。

"何岩。"他低声说，"去我妈住的小区。"

"现在？"何岩有些诧异。

"嗯。"

傅司衍打算去找许丽问问，他想知道那些出现在他潜意识里，但他毫无印象的过去是否真的存在过。还有一点儿私心是，他突然很想见到妈妈。

许丽住的小区离中央广场不远，何岩提醒傅司衍先给许丽打个电话，不然贸然上门可能会扑空。傅司衍的电话还没打出去，就见到了许丽，准确来说，是许丽一家人。

他们一家三口没有开车，并肩从小区里走出来。走在中间的女儿很惹眼，个子高挑纤细，只是一张脸没有母亲出众，五官更偏像父亲。她不知低头和许丽说了什么，母女俩笑作一团，许丽的丈夫拿起手机在旁边偷偷录像。女儿觉察到了，嫌弃爸爸的摄像技术，笑着伸手去拦。

一家三口和睦美满的样子，羡煞旁人。

何岩忍不住回头看了眼车后座的傅司衍，只见他安静地注视着那和乐融融的一家人，神色淡漠，情绪难辨。

"傅总……"何岩叫了他一声，带着试探和几分担忧。

傅司衍不知是没听见，还是不愿回应，他没说话，仍然维持着观望的姿态。

那一家三口越走越近，许丽认出了这辆车，表情变得微妙起来，脚下的步子也越来越慢，最后索性停了下来。

女儿察觉到母亲的异样，回头询问。许丽和她说了两句话后，迈步朝傅司衍这边走来。

宝马车后座的窗户缓缓放下来，露出一张清俊的脸，有着与她极相似的眉眼。

"司衍？"许丽很意外，"你怎么过来了？"

傅司衍看向不远处，她的丈夫和女儿正齐齐地朝这边张望。

"我想问你一点儿事，方便上车聊两句吗？"

许丽不明所以地点点头，绕到另一侧打开车门。

"妈！"她女儿在后面有些担心地喊了一声。

那是傅司衍同母异父的妹妹，但这么多年，他却没和她正式相认过。

"你和爸爸在那儿等我一下。"许丽回头交代了一句，然后坐进车里。

何岩没说话，看许丽坐进来后他便下了车，站在离车不远的地方静静守着。

"她叫什么名字？"傅司衍淡淡地问道。

"你说佳佳？"

"嗯。"

"大名叫宁向丽，佳佳这个小名是她奶奶给起的。"一提到女儿，许丽嘴角就荡起温柔的笑意，她侧过头问，"司衍，你今天怎么突然过来了？来之前也不给我打个电话，我正准备出去呢……"

"临时决定的。"傅司衍不打算和她闲聊，开门见山地问，"我小时候，家里有没有养过狗？"

许丽脸色微变，几乎想都没想就否定了。

"没有。怎么突然问这个？"

傅司衍想告诉她，他接受心理治疗已经很多年了，他现在被严重

冰冷女尸 | 167

的幻觉困扰着,他甚至还想对她说一句"我最近好累"。但话到嘴边,却凝成了碎冰,冻得他唇舌僵硬发麻。

最终,他什么也没说。

"没什么。"傅司衍看一眼窗外,"他们在等你,你过去吧。"

许丽为难地看了他一会儿,一只手推开车门:"那下次再联系。"

"嗯。"

他静静地看着许丽走向自己的丈夫和女儿,许丽似乎感觉到什么,驻步回头。傅司衍就在这时收回视线,对已经返回车里的何岩说:"回去吧。"

白色宝马从许丽身前经过,她在紧闭的车窗上看到自己犹疑愧疚的脸。

车稳稳地向前开去,后视镜里许丽的身影已经缩成一个模糊的黑点,在转角处终于彻底消失。傅司衍将目光转向窗外,匆忙的街景在他那双深如寒潭的眼里一一滑过,没有留下一丝痕迹。一如这些年,他从低处爬到顶端,想要的似乎都已经得到了,但他两手沉沉,心里却空空如也,什么都没留下。

直到那个女孩再次出现在他的生命里,让他灰暗的世界渐渐鲜活,也赋予了他有温度的记忆,让他们在一起度过的时间,不再只是大脑出于本能记录下来的冰冷画面,而是他想珍惜的点滴温暖。

她就像太阳,软化了他内心由冰霜结成的铠甲,使他逐渐温柔起来。

"何岩。"他低低地说,"如果我再次发病……就把我送回美国吧。"

太阳又如何呢?终究无法照亮无尽的黑夜。

李之然独自在超市里逛了很久,她其实没有什么必须要买的东西,只是随便逛逛,看琳琅满目的商品,也看形形色色的人。她觉得超市和医院是两个极端,这里有着鲜活的人间烟火气,而医院,那个一线生一线死的地方,总让人感觉诡异又缥缈。

她逛着逛着逛累了,就买了点儿面食和蔬菜,打算明天邀傅司衍来家里吃饭,她要亲自下厨,展现自己贤妻良母的一面。她或许帮不上他什么忙,但她希望傅司衍和她在一起的时候,能够感受到普通人的幸福和快乐。

从超市出来以后,李之然本打算直接回家,但意外地碰到了许久未见的阮亦晴。阮亦晴身材高挑,脸蛋精致,走在人群中很打眼。她匆匆忙忙地往前赶路,根本没注意到站在路边的李之然。

李之然犹豫片刻,鬼使神差地跟了上去。她不远不近地跟在阮亦晴身后。走到附近一个路口时,阮亦晴停住了,四处张望,似乎在找人。

忽然,她朝马路对面挥了挥手,喊了声:"乔烨!"

李之然觉得这名字耳熟,顺着李之然的目光朝对面望去,见一辆黑色轿车正停在路边,一个男人从车上下来。

身形高瘦,苍白得有几分病态的皮肤在午后的阳光下几近透明……这人不是沈术又是谁?但阮亦晴叫他乔烨。

"乔烨……"

李之然在心里默念了几遍这个名字,忽然想起什么,瞳孔骤然放大,难道是他?

李之然再次来到几个月前接收娟娟的那家儿童福利院,不过她这次来不是看娟娟。接待李之然的依旧是上次那位老师,她听李之然说明来意后,有些意外。

"你想打听乔烨的事?"

"嗯。我也知道已经过去二十多年,能留下的资料肯定不多,您把您知道的告诉我就行。"

"这个嘛……"老师有点儿为难,她仔细地想了想,摇头道,"除了那场火灾,别的我真不清楚了,而且那场大火我也是后来才听别人说的。"

"那当时收养乔烨的人在这有登记记录吗?"

"登记记录肯定是有的,不过二十多年前的东西,估计现在也找不着了。"

的确,她不能对一家民办儿童福利院要求太多。

李之然谢过老师以后,到楼上教室看了看娟娟。小姑娘仍然不太合群,自己抱着布娃娃坐在角落里玩,但她显然是个对环境适应能力强,会给自己找乐子的人,拿着娃娃东摆西弄的,自己一个人也玩得很开心。

"娟娟。"李之然叫了一声。

小丫头听见熟悉的声音立刻抬起头,看见突然出现在面前的李之然,顿时笑了起来。李之然弯腰凑到她面前,摸了摸她的小脸。娟娟依然很瘦,但状态比上次见面时好了不少。

娟娟握住李之然的手,左顾右盼地向门外张望。

李之然看她这副样子,了然笑道:"找上次那位叔叔?"

见小丫头点头,李之然笑意更深。

"你竟然跟他合得来。他今天没过来,下次我和他一块来看你好不好?"

娟娟重重点头,表示很期待。

李之然和院里的老师说了半天好话,又留下身份证登记了基本信息,对方才同意让李之然带娟娟去附近的超市逛逛。李之然给娟娟买了些吃的、用的东西,又把她送回福利院。

离开的时候,娟娟送她到院门口。她走出大门很远,回头还能看见娟娟小小的身影站在门口向她挥手作别。李之然心里萌生一个念头,如果娟娟真的找不到好人家收养，她也可以领养。

这趟来儿童福利院，李之然算是无功而返，但她对沈术的怀疑丝毫没有减少。

从福利院出来后，她拨通了梁荣轩的电话。

梁荣轩很快接通，第一句话便是："是不是司衍出了什么事？"

他是真的担心傅司衍。

李之然忙说："梁医生，司衍没事。是我有点儿事想找您，您现在有空吗？"

"现在？"梁荣轩迟疑道，"你赶过来要多久？"

"半个小时左右。"

"行。那你尽快，我在办公室等你。"

"好的，谢谢梁医生。"

李之然打了个车，很快就来到明心心理诊所。到大厅时，前台小姐问了句"请问是李之然李小姐吗？"得到肯定答复后就让李之然进去了。

李之然前脚刚迈进电梯，后脚沈术就进了诊所大门。

"沈医生。"前台小姐向他点头致意。

沈术回了个恰到好处的微笑，径直往里走。

"沈医生。"前台小姐叫住他，"上次来找你的那个女病人刚刚上去见梁医生了。"

沈术顿住脚步："来找我的女病人？"

"您不记得了？那个李小姐。"前台小姐补充道。

李小姐……那应该是李之然了。沈术点点头，神色如常。回到办公室后，他锁上门，迅速打开电脑，在电脑上进行一番操作之后，梁荣轩办公室的内景出现在他的电脑屏幕上。

李之然正坐在梁荣轩对面和他说话。沈术戴上耳机，原本没有表情的脸上渐渐起了变化……

　　"沈术家里的情况？"梁荣轩意外地看着李之然，"你怎么突然打听起这个？"

　　"一方面是好奇，另一方面是和我一个重要的朋友有点儿关联。"李之然含混地敷衍过去，"梁医生应该有了解吧？毕竟沈术是您的学生，而且你们一起工作了这么长时间。"

　　梁荣轩仔细地想了想，发现自己对沈术家里的情况了解的还真不多。

　　"沈术他很少谈起自己家里的事。我只知道他父母好像十年前过世了，至于别的，我还真不清楚。"

　　李之然又旁敲侧击地问了梁荣轩几个和沈术相关的问题，但得到的答案都是不清楚，就连沈术家在哪儿，他都说不上来。

　　李之然不由自主地皱起眉头，如果梁荣轩没有刻意隐瞒的话，那沈术这个人真是一团谜。

　　"李小姐。"梁荣轩用探询的眼神望着她，"你这么想知道沈术的事，究竟是为了什么？"

　　李之然不知道梁荣轩是否能信任，他是傅司衍信任的心理医生，但他更是沈术的恩师。权衡过后，李之然决定还是继续打太极。

　　"到了合适的时候我会告诉您的。"她说。

　　梁荣轩笑道："因为那个重要的朋友？"

　　李之然笑了笑，起身告辞。走到门口，她回过头来："梁医生，您不觉得沈术那个人有点儿奇怪吗？"

　　梁荣轩脸上的笑意顿时一滞。

　　"为什么这么说？"他不答反问。

　　"我的直觉。"李之然神态严肃，她说，"您有没有觉得沈术有时很不像他自己。"

梁荣轩心里打了个激灵,他想起以前有个人也给这沈术类似的评价。但他面上没有表露,只是无奈地笑了笑。

李之然也没打算听他的答案,打开门走了。

办公室又恢复了宁静。梁荣轩坐在原位一动不动,若有所思。过了好一会儿,他才拿起手机翻通讯录,找到一个不常联系的人的号码,拨了过去。

"喂,老贺啊,我是梁荣轩。你现在有没有时间?咱们见个面吧,有点儿事想问问你……好好好,我现在就过去。"

梁荣轩把手机收进裤袋,随手取过衣帽架上的外套匆匆出门了。却不知,有双阴郁的眼睛正在另一个房间里窥视着他的一举一动……

老贺是一名基层老民警,和梁荣轩是初中同学。中学那会儿两人玩得很好,高中毕业梁荣轩到别的城市上大学后两人的关系慢慢淡了,再后来各自毕业工作结婚生子,有了不同的圈子,更是几乎没了联系。

直到两年前,老贺心理出了点儿问题,找梁荣轩做心理治疗,两个人才又有了联系。但老贺情况好转后,他们就没怎么见面了,只在逢年过节给对方发一两条不痛不痒的祝福短信。

这次梁荣轩主动约他出来见面,老贺还挺意外。两人很快到了约定的地点——沙市西街一家比较隐蔽的咖啡馆。

"嘿!今天这么好的兴致找我出来叙旧啊?"看到站在咖啡馆门口的梁荣轩,老贺笑道。

梁荣轩上前拍拍他的肩说:"走,进去聊。"

两人一前一后走进咖啡馆。老贺生得粗犷,两道粗眉下一双小眼睛分得很开,笑起来一脸憨厚。他常年在外边跑,皮肤被晒得黑亮,和梁荣轩这种久坐办公室的人出现在同一个画面里,就是"白加黑"既视感。

梁荣轩选了个最靠里的位置坐下，老贺大咧咧地坐在他对面，将这家装修高档的咖啡馆环顾了一遍。

"叙旧咱应该下馆子喝酒啊，来这么个洋不洋土不土的地方干吗？"

梁荣轩笑道："喝酒下次约，我这次是有事找你帮忙。"说完他叫来服务生点了两杯咖啡和一些小食。

"难得啊！"老贺剥了颗开心果放进嘴里，"说说，什么事？"

服务生把咖啡送了过来，梁荣轩没在咖啡里加糖，只拿小勺轻轻搅了搅。待服务生走远，他才开口："你还记得我诊所里那个叫沈术的医生吗？你们见过几次。"

"沈术？"老贺似乎对这个名字没什么印象。

"你见到他的时候还跟我说他那双眼睛，特别像你十几年前抓过的一个人。"

"噢，那个病恹恹的小子叫沈术啊。"老贺喝了口咖啡，说，"他那双眼睛实在让人印象深刻。"

"十几年前你抓的那个人是个十一二岁的小男孩吧？"梁荣轩低声问道。

老贺想起当年那个半大的毛头小子，脸上原本的玩笑神色不觉收敛了。

"是，那孩子当时被送进少管所了，后来还逃了几次，唉……"

"他犯了什么事？"

"他是个孤儿，本来在福利院，后来被一个挺好的家庭收养了，但后来不知发生了什么事，有一天他竟拿刀把那户人家的亲生儿子给砍了。"老贺皱起眉头，"那孩子身上有种和年龄不符的成熟，特别不对劲的那种成熟。特别是他那双眼睛，里边太多东西了，戾气重。"

老贺脑海中不觉闪过那孩子被抓时的那个眼神，头皮一阵发麻。

"也不知道他现在怎么样了，没改造好容易成社会祸害啊！"他无奈地摇摇头，随手又拿起一颗开心果。

梁荣轩低头搅着面前的咖啡陷入沉思，半晌没说话。

"怎么？"老贺觉察到气氛有些不对，看向梁荣轩，脸上表情也变得严肃起来。

"你还记得那个小孩叫什么名字吗？"梁荣轩抬头道。

"乔……乔什么来着？"老贺想了半天还是没想起来。

梁荣轩说："老贺，你能不能想办法帮我找到那个小孩当年的资料？"

"行，我尽力。"

老贺心中虽有诸多疑问，但看到梁荣轩那异常严肃的表情和眼神，他还是应了下来。

"有消息立刻通知我。"梁荣轩一把抓住老贺正要拿点心的手。

"是不是出了什么事？"老贺忍不住问道。

梁荣轩意识到自己的失态，讪笑道，"我这边最近是出了点儿事，过段时间再告诉你。"

他们在咖啡馆又坐了好一会儿才离开，谁也没留意到咖啡馆对面的马路边停着一辆不起眼的黑色轿车，一双阴冷的眼睛正透过车窗窥视着他们……

晚上十一点半，傅司衍照例服下梁荣轩给他开的药后，就到卧室躺下了。他难得如愿，很快进入睡眠状态，也没有恼人的梦魇侵扰。

但他的睡眠一贯浅得可怕，耳朵还是能轻易听到那些白天注意不到的，存在于空气中的细微声响。即便如此，傅司衍还是肯定自己睡着了，因为当他睁开眼睛时，已是午夜两点。两个半小时的时间，在睡眠中流逝的速度远比现实要快。

一旁的手机忽然传出震动的嗡鸣。凌晨两点，谁会给他打电话？

傅司衍第一个想到的是李之然，他迅速拿起手机，但来电显示的却是一个陌生号码。

他犹豫了片刻，点了接听键。

"哪位？"

"你忘记了，'他'说你都忘记了，该死！"女人的声音慢慢尖锐起来，最后两个字在这样寂静的午夜显得尤为刺耳。

傅司衍听出这个声音。

"你是苏妍？"

"来找我吧，'他'让你来找我。"

"'他'是谁？你在哪儿？"

"我在你家里。"

这是苏妍和他说的最后一句话，接着电话里只剩下呼呼的风声。几秒之后，傅司衍听见"砰"的一声响，电话那端再无动静。

此刻的苏妍正站在阳台边缘，单薄的身体如同一片凋零的残叶，被风吹得摇摇欲坠。她还维持着几秒钟前的姿势：身体前倾，一只手伸到半空，掌心朝下。

就在刚刚，她的手机完成了一个向下的自由落体运动。她缓慢地转过身，面朝身后的人温柔地笑了笑。

"阿烨，照顾好自己。"

说完她闭上眼睛，轻轻地哼起那首童谣，然后身体忽地往后一仰，整个人从三楼阳台摔了下去，后脑勺直直砸向冰冷的水泥地。

"砰——"

一声闷响，她像崩坏的布偶娃娃摔在破碎的手机旁边，殷红的血水在她脑袋下慢慢溢开，形成一朵猩红诡异的血花。她的眼睛睁着，有血泪从眼角慢慢滑落，流入她脑袋下那摊血水中……

傅司衍驾车在午夜安静的马路上飞驰。

"我在你家里……"

苏妍诡异的声音在他的脑海中萦绕不散。

挂断电话,傅司衍立即起身把整个家里里外外地找了一遍,没找到人。他才后知后觉地意识到苏妍所说的"家",并不是他现在住的地方。

他开车赶到自己九岁前住过的那栋房子。夜已深,傅司衍开着车灯才勉强看清房子的全貌,院门是敞开的。傅司衍走过院子,他的眼睛已经适应了黑暗,沉沉夜幕下,这栋独楼像个沉睡的怪物。

他一步步往前,忽然感觉脚下踩到一摊水,他用手机电筒往地上一照,浓暗的乌红色液体正从某个源头缓缓流出来。顺着血看去,傅司衍看见一个女人的头,女人的眼睛睁着,仿佛在静静地看着他……她已经死了。

李之然被一通连绵不断的电话铃声吵醒,她迷迷糊糊地睁开眼睛,看了眼窗外稀薄的天光,心口不知为何突然一紧。

她慌忙接起电话:"司衍,怎么了?"

"苏妍跳楼死了。"

傅司衍冰凉的嗓音如同一道惊雷,彻底劈醒还有点儿瞌睡混沌的她。

李之然赶到现场的时候,傅司衍正背对着她站在院子里。何岩看到她来,稍稍松了口气。

"李小姐,你去劝劝傅总吧。他在那里站了很久了,不肯回去休息,也不肯说话。"

李之然挪步过去,走近了才发现傅司衍在抽烟。这是李之然第一次看到他抽烟,也是第一次看到神色如此憔悴的傅司衍。

发现苏妍的尸体后,傅司衍很快报了警,警察很快赶到现场处理。

冰冷女尸

为了配合办案,傅司衍要跟车去公安局做笔录。

何岩收到消息,就带着律师匆匆地赶了过去,在公安局折腾了几个小时才把一切办妥。出了公安局傅司衍却不愿意回家休息,他又开车回到这里。

苏妍留下的那摊血迹就在距离傅司衍几米开外的地方。她是从阳台上跳下来的,据法医推断,她的死亡时间是在午夜两点左右。

"她死前最后一个联系的人是我。"傅司衍说。他语气里没有什么情绪,平淡得像在讲一件稀松平常的小事,但他的身体却不自控地微微颤抖,"我找到这儿的时候,她已经死了。她就躺在那里瞪着眼睛看着我……"

傅司衍缓缓转过身,看向李之然,眼神迷惘。

"她为什么要联系我?她怎么知道这里是我的家?她说的那个'他'又是谁?"

没抽完的烟从他指间掉落,他的右手开始反反复复地用力握紧又松开。

李之然心疼得厉害,她走上前温柔地抱住他,轻声安慰道:"没事了司衍,没事了。"

她现在不想问傅司衍任何问题,因为任何一个问题都可能压垮他。李之然伸手握住他不安的右手。

"司衍,我们回家吧。"

她牵着他,一步一步地从院子里走出来,她想让他慢慢远离那个充满恐惧的地方。

回家,何岩在前面开车。李之然和傅司衍坐在后排,两人的手还握在一起。他的右手已经不再发抖了,却还是紧紧地握着她的手,一刻也不肯放松。他害怕稍一松手,那些刚刚被抛在身后的恐惧,又会再次袭来。

一种难以言喻的安全感，透过他们交握在一起的掌心渗进身体，流入血液，一路抵达彼此的心脏。

到了傅宅，李之然下车，傅司衍紧随其后，两人的手一直没松开。何岩坐在车里看她牵着他慢慢走进屋里，仿佛看到他们二十年前年幼时的样子。这两个孩子之间的感情，又岂是缘分二字可以概括呢。

进了屋，李之然让傅司衍去卧室休息。她躲到卫生间给梁荣轩打了个电话，告诉他傅司衍现在的情况。梁荣轩很担心，说他下午会过来。

"麻烦梁医生了。"

李之然挂掉电话，蹑手蹑脚地走进傅司衍的卧室，床上的人似乎睡着了。一夜没睡，他眼下的青晕愈加明显，下巴冒出一层青青的胡茬。李之然静静地端详了一会儿，背靠着床沿就着地板坐了下来。

卧室的墙角放着不少拼图，李之然起身拿过最小的一张，坐在床边玩拼图。拼到一半，她放弃了，对这种把一块东西打碎再拼起来的游戏，她实在没什么耐心。

"你为什么这么喜欢拼图呢？"李之然转过身，趴在床边看着傅司衍无声地问道。

他睡着的时候像个孩子，脸上毫无防备，长长的睫毛随着呼吸微微颤动。李之然忍不住伸出手，指尖轻轻地拂过他的脸，细致地描绘他五官的轮廓，从两道剑眉到英挺的鼻子，再到他的嘴唇。他的唇形很好看，棱角分明，只是稍显单薄，嘴角总是抿成一条锋利的直线。

"这些年，是不是很辛苦？"李之然轻叹了口气，一只手轻抚着他的发丝。

傅司衍没睁开眼睛，却抓住了她的手，梦呓般轻声说："别走。"

"我在呢。"她的心软成一团棉花，"接着睡吧。"

"嗯。"他鼻音很重。

抓住她的手稍微松开了些，转而和她十指交握，一寸寸收紧。李之然愣了一下，看着两人十指紧扣成锁，浅浅一笑。

傅司衍就这样握着她的手，又睡了过去。他醒来时，觉得手上刺痒，垂眼一看，一颗乌黑的脑袋正枕在他的手臂上，她微微一动，头上的马尾就不时扫地过他的皮肤。傅司衍发现自己整条手臂都麻了，好像有千百只蚂蚁在他的血管里爬，但他却不舍得挪动一下，怕吵醒她。他伸出另一只手，轻轻拨开散落在李之然脸上的一缕头发。

她这样睡着，等醒过来半边身体肯定也是麻的。意识到这一点，傅司衍小心地将手臂从她的脑袋下抽出来，再绕下床，温柔而笨拙地将李之然抱起来。他怀里的她又轻又小。就是这样一个女孩子，每次有什么事，总是第一时间将别人护在自己身后。

这个傻瓜！

睡梦中的李之然感觉到身体忽然腾空，一时失去了安全感，下意识地想抓住点儿什么，伸手揪住了傅司衍胸前的衣服。

傅司衍怕她惊醒，僵在原地不敢动了。过了一会儿，见李之然仍安稳睡着，紧抓着他衣服的手也缓缓松开，他这才小心地将她平放在床上，替她盖好被子。

李之然拼了一半的拼图还凌乱地躺在床边的地板上，傅司衍坐下来用了几分钟就把它拼完整，重新放回墙角。

李之然醒来时，发现自己正在床上躺着，而原本该躺在床上的傅司衍却已不知所踪。她用力地搓了搓脸，试图想起自己睡着前发生了什么事，但脑子里一片混沌，她什么都想不起来，索性翻身下床，走出卧室。

到了客厅，何岩客气地和她打招呼。

"李小姐睡醒了？睡得好吗？"他的笑容一如既往的和善。

李之然不好意思地笑了笑："挺好的。"

本来是照顾傅司衍休息的，结果她自己睡过去了。

"傅司衍呢？"

"傅总在吃饭。"

何岩话音刚落，李之然的肚子就配合地响了两声。她连忙捂住肚子，露出个尴尬又不失礼貌的微笑。

"我早上没吃东西。"

"去餐厅吃饭吧，我准备了两人份的。"何岩一向都是贴心的。

"谢谢何助理。"李之然甚是感激。

她往餐厅那头望了一眼，说，"我联系了梁医生，他说下午过来。"

何岩说："下午公司那边有点儿事要处理，我办完尽快赶过来。"

"没事，你忙你的，我会照顾好司衍的，不用担心。"

"麻烦李小姐，那我就先走了。"

"嗯，路上小心。"

李之然转身走向餐厅。

傅司衍午饭已经吃得差不多了，抬头看见她走过来，问了句："睡得好吗？"

"挺好。"李之然边应声边拉开椅子在傅司衍的对面坐下，"你呢？休息得怎么样？"

"还行。"

"咕噜——"肚子里传出一声巨响，李之然恨不得找个地洞钻进去。

"饭菜快凉了，赶紧吃吧。"傅司衍装作没听到。

"哦。"李之然拿起筷子，开始埋头苦吃，两只耳朵却红得很异常。

傅司衍不再说话，静静地看了她一会儿，又看着面前的水杯放空。餐厅突然静下来，只有李之然的碗筷偶尔轻轻碰撞的声音。

太静了。李之然不太自在地抬起头。

"哎——"

看着玻璃杯放空的傅司衍没有丝毫反应。

"傅司衍。"李之然抬高了声音。

"嗯?"

"你在干吗?"

"在想苏妍的那个电话。"傅司衍语气平淡,似乎已走出昨晚的恐惧。

听到"苏妍"这两个字,李之然的心不由得揪了起来,她总觉得这件事背后没那么简单。

李之然边留意傅司衍的脸色,边装作不经意地问道:"她在电话里说了什么?"

傅司衍把接到苏妍电话的经过和她在电话里说的话,一字不漏地告诉了李之然。那场对话即便是傅司衍平淡的嗓音说出来,也让人觉得诡异。李之然放下筷子,从旁边的纸巾盒抽出一张纸巾擦了擦嘴。

"苏妍说的那个'他'会是谁?"

"我不知道。"傅司衍用手按了按眼角,这件事让他茫无头绪。

李之然想起苏妍的病。

"苏妍有躁郁症,会不会是昨天夜里犯病精神错乱了,胡说八道?"

"但她死的地方的确是我以前的家。"

李之然陷入沉默。傅司衍以前住过的地方,如果有心查应该能查到。但苏妍和傅司衍非亲非故,甚至连半个熟人都算不上,她这么做的动机是什么?她无故消失了一段时间,再次出现却是以这样决绝的方式,实在是太令人匪夷所思了。

会不会是她从一开始就了解傅司衍的所有情况?这个想法让李之然的后背升出一股寒意。

"然然！"

李之然在自己的思绪里陷得太深，以至于傅司衍和她说话她都没什么反应。傅司衍伸出手在的她面前晃了晃，她才愣愣地回过神。

"怎么了？"

"我叫了你好几声，你都没搭理。"

"嘿，我一不小心神游了。"李之然冲他笑笑，说，"差点儿给忘了，我上午给梁医生打过电话，他说下午过来。"

午饭后不久，梁荣轩就到了，昨晚发生的事他已经了解得差不多。

"沈术刚刚被警察找过去做笔录了。"梁荣轩说，"苏妍的情况我也有些了解，躁郁症患者自杀的情况并不少见。"

"她怎么会知道我小时候住在哪里？又为什么会选择在那里自杀？"这些问题让傅司衍百思不得其解。

李之然说："我觉得她可能暗中关注傅司衍有一段时间了。"

"躁郁症患者内心极度敏感，平时情绪起落大，有时会因为个人经历，将感情寄托在不同的人或物上。苏妍可能在某个契机，在司衍身上找到了某种情感寄托，在此基础上搜集他的资料，对他做过一些调查也是有可能的。"

李之然不免黯然，苏妍已死，真相是什么恐怕只有她自己知道。

梁荣轩看了看傅司衍，又看了看李之然，说："苏妍的事还是等警方的调查结果吧，现在最要紧的是要尽快解决司衍的问题，得想办法让他晚上能睡个好觉。看这黑眼圈重的，都快成国宝了。"

"听梁医生的。"李之然伸出手拍拍傅司衍的肩，说，"你要好好配合啊。"

"嗯。"傅司衍垂着眼，情绪不明，但也没有异议。

"司衍，我上次给你的药吃完了吗？"梁荣轩突然问道。

"还剩一点儿。"

"那个就别吃了。"梁荣轩摆摆手,从随身的公文包里摸出一瓶药递给傅司衍,"这段时间你吃这个,每天晚上睡前一粒。"

傅司衍接过药瓶。

"你把上次没吃完的药拿给我。"梁荣轩说。

"我去拿。"李之然转身走向傅司衍的卧室。

不一会儿,她拿着个小药瓶走了出来。

"梁医生,这药有什么问题吗?"

"药没事,我拿回去有点儿用处。"梁荣轩边说边从李之然手里接过药瓶,放到公文包里收好。

"我们现在去书房。"他要在书房给傅司衍做催眠治疗。

李之然没跟进去,她静静地站在书房外,靠着门边的墙,盯着手里的两颗白色药片若有所思。

18 癔症发作

书房里,梁荣轩给傅司衍做的催眠治疗进行得很顺利。这次催眠的目的,是为了减轻苏妍的死对傅司衍造成的心理影响。傅司衍在催眠之后,难得地睡了两个小时。

梁荣轩耐心地等傅司衍睡醒,在确认他醒过来没有什么不良反应后才放心地离开。李之然送他到门口。

"梁医生,谢谢您!今天辛苦了。"

"这是应该的,我是他的医生。"梁荣轩慈祥地笑道,"司衍现在的状况比以前好多了,内心紧绷的戒备和防御都在逐步减弱,我的催眠也能顺利进入他的潜意识中了。照这样下去应该还会有新的突破,我相信司衍很快就会好起来的。"

李之然听了很高兴:"真是太好了梁医生。但司衍这治疗还得抓紧,明天……"

"明天不行。"

李之然话还没说完,梁荣轩就打断了。

李之然顿了顿,没有追问为什么,转而改口道:"那我们再约时间。"

梁荣轩抱歉地笑笑，说："时间我会跟何岩约好的，这个你不用担心。"

"行，那麻烦您了。"

李之然站在院子里看着梁荣轩的车开远，才转身回屋。走到二楼书房，傅司衍正坐在单人沙发上安静地看书。阳光透过玻璃窗洒在他身上，让他整个人看起来像镀了一层圣光，如梦如幻。

如果这光能驱散所有黑暗，那该多好。李之然看着他，不觉恍神。

"然然？"傅司衍抬起头，"怎么了？"

李之然这才回过神。

"没事，就是看你今天特别帅，犯花痴了。"她笑道。

傅司衍低下头，嘴角扬起极小的弧度，笑了。

李之然没察觉，走到他对面的沙发上坐下。

"明天几号？"她问。

"9月17日。"

"这日子对梁医生很特殊吗？"

"1996年9月18日凌晨两点左右，他的儿子意外坠亡。从那以后每年的9月17、18号这两天，他都不见任何人。"

难怪刚才梁医生有点儿反常。李之然望向窗外，此时太阳已渐渐西斜，刺眼的光芒也慢慢敛起。天边出现一道红霞，在夕阳的暖意中弥散、延伸，似开出一朵朵绚丽的玫瑰。

李之然忍不住起身走向阳台。

"傅司衍，快来！看那边，好美啊！"

傅司衍合上书，走了过去。

"好看吧？"李之然侧过头笑，夕阳的余晖落在她眼睛里，像盛满了星光。

傅司衍伸手揉了揉她的头顶。

"嗯，好看。"

他一贯冰冷的脸上难得现出柔和的神色。

"傅司衍。"李之然挪步到他身旁，轻轻地握住他的一只手，"我会一直陪在你的身边。所以无论发生什么事，都别怕。"

她眼睛一直望着远方的晚霞，没有看他，握着他的手却更紧了。一股暖流从她的手心传到他的手心，再慢慢渗透到他的全身。

晚上七点，何岩准时送来晚餐。等傅司衍和李之然用完餐后，何岩开车送李之然回家。

两人上车后没有说话，直到车开出傅宅很远，李之然才低声开口："何助理，现在司衍身边的人里，我能相信的只有你了。"

这句话分量不轻。

"李小姐，我不太明白。"

李之然抿了抿嘴唇："目前很多事情我自己也还没理清，不方便跟你多说。但是请你相信我，我做的一切都是为了司衍好。"

李之然对傅司衍的感情，何岩是深信不疑的。

"我知道。李小姐有什么需要帮忙的地方，尽管说。"

李之然从包里取出一个透明袋，袋子里装着两粒药。

"何助理，你尽快帮我把这个药拿去化验一下，看看都有什么成分，有哪些用途。另外我还需要一个人的资料，越详细越好。"

"谁？"

"沈术。"

郊外，万籁俱寂。破败的小洋楼被一片漆黑的夜色笼罩，如同一个苟延残喘的病人，脆弱而孤独。沈术静静地躺在客厅的地板上，闭着眼睛哼唱着一首童谣。

原本轻快空灵的调子在这样寂静的夜里回荡，让人不寒而栗。不知过了多久，歌声渐缓。沈术从口袋里摸出一张照片，慢慢睁开眼睛，目光温柔地看着照片里两个年龄相仿的小男孩。

个子矮些的男孩紧紧抓着旁边哥哥的衣角，警惕不安地看着镜头。

"司衍。"他伸出手，触碰着那双惶恐的眼睛，轻声呢喃，"很快……我们就能见面了。"

李之然向何岩要了阮亦晴的号码，一到家，就给阮亦晴打电话。

"阮总监。"

阮亦晴一时没听出她的声音："请问哪位？"

"我是李之然。"

阮亦晴的语气瞬间冷了下来："有什么事？"

"你明天有空吗？我想和你见个面。"

"不好意思，没空。"

"阮总监！"李之然急忙说，"我想问问你……"

她话没说完，耳边就只剩一阵忙音——阮亦晴已经挂断了。再打过去，只能听到冰冷的女声反复提醒"您拨的电话正在通话中"。

李之然叹了口气，看来只能发挥自己一贯迎难而上的精神了，明天中午直接去傅森公司堵阮亦晴。但第二天李之然却扑了空。阮亦晴根本不在公司，出去见客户了。

李之然只能折返。在回去的路上，她接到了派出所打来的电话，说是抓到了上次袭击她的人。她赶到派出所。

"嫌疑人的身份我们已经查清楚了，他叫肖全，是包工头王林的远房亲戚，四年前从外地来沙市跟着王林打工。在这之前他一直在工地上做事，王林被捕以后，他就失业了。"民警告诉李之然，"肖全承认是他动手打了你，说是给王林报仇。"

李之然没明白："他想给王林报仇，为什么会找上我？"

按照正常人的逻辑，他应该去找傅司衍才对。

民警说："据肖全交代，他是听人说网上流传的那个对王林不利的视频是你拍的，你还出庭当证人指证过王林。所以他就把这笔账算在了你的头上。"

李之然不自觉地皱了皱眉。王林和方亿地产的人碰面的视频在发布之前，傅司衍先找人处理过了，不会泄露视频拍摄者的任何信息，肖全又是从谁那里听说视频是她拍的？

"警察同志，我能见见嫌疑人吗？"

李之然在民警的陪同下见到了肖全。她对眼前这个黝黑的男人没有什么印象，自然也谈不上恨，不过肖全看见她却情绪十分激动。

"你还敢来见老子？"

"老实点儿！"旁边的民警一把将他按回座位。

李之然看着他的眼睛，这是个亡命之徒，内心无所畏惧。

"谁告诉你网上的视频是我拍的？"

"哼，我自然有打听的办法！"肖全斜眼看她，神色鄙夷，"这世上不只老子一个人看你不顺眼，想要你死！"

这句话让李之然想到一个人，既看她不顺眼，又知道那个视频是她拍的人不多……李之然脑子里忽然浮现出一张美丽的脸，顿时觉得头皮发麻。

阮亦晴虽然个性高傲了点儿，但应该不至于会狠下心置人于死地吧？

从派出所离开时，民警还特地提醒她："上次那个傅总不是见过打伤你的人吗？虽然现在嫌疑人已经承认了自己的犯罪事实，但最好还是让目击证人再来一趟，确认一下。"

李之然点点头，但她心知，依目前的情况，傅司衍不必跑这一趟。

外面烈日当空，刺眼的天光晃得人两眼发晕。李之然顶着烈日回

瘾症发作

到律所,椅子还没坐热。就见王霸从楼上下来,快步走到她的办公桌前给她扔了一张名片。

"这个是我的老客户,人脉极广。你去和他交流交流,人家要是看上你,那你可就发达了。我已经跟他打过招呼了,你赶紧和人家联络联络,请人吃个饭什么的,套套关系。"

李之然知道王霸这是在给她提供资源,有点儿感动。

"谢谢主任,其实我自己也能找到客户……"

"行了吧。"王霸嫌弃地白了她一眼,"别说我这个做师傅的不教你。这女人啊,还是得有自己的事业,不能把男人当生活的全部,知道吧?哪怕那个男人家财万贯,你也不能失去自我。"

这话听得李之然一头雾水,琢磨了好一会儿,才领会他话里的深意,顿时乐了。

"我知道我知道,王主任您放心,作为一个新时代女性,我会始终把经济和人格独立放在第一位的。"

"孺子可教也!不过呢……"王霸轻咳了一声,凑到她跟前低声说,"我希望你那个,平时也多关注一下傅森那边的动静。一旦发现他们有换法律顾问的打算,你就要不择手段地拿下!为咱们律所的前途做点儿贡献。"

李之然往后一缩,双手交叉抱肩:"主任,你也太猥琐了吧?"

王霸瞧她一副"士可杀不可辱"的模样就更嫌弃了。

"这点儿出息!你也不用为咱律所考虑了,你要能不择手段拿下傅司衍也算你家祖坟冒青烟了。"

她家祖坟到底招谁惹谁了?动不动就得冒冒烟?

下午下班回家的路上,李之然接到了傅司衍的电话。

"是不是想我了?"她笑嘻嘻地问。

"嗯。"

被调戏方如此坦荡,李之然反而有点儿不好意思了。

"哎,你要不要来我家吃饭?我买了菜。"

傅司衍的声音带着歉意:"今天晚上要在公司加班。"

"噢,没关系,你忙你的。"

虽然嘴上装着大度,但李之然心里却难免失落。她宽慰自己,傅司衍这些年一直是工作至上的单身狗,突然间多了个女朋友,不懂如何处理工作和女朋友之间的关系,也是可以理解的。从另外一个角度想,他那么忙,自然也没时间和精力去关注别的女人,也算好事一桩。

这么一想,李之然心情愉快了点儿,和傅司衍东拉西扯了几句后,电话那头传来敲门声。傅司衍说了句:"进来。"

"你先忙吧,不过明天中午得陪我吃饭哦。"李之然识趣地收了话题。

"好。"傅司衍轻笑,叮嘱她,"路上注意安全,我明天再打给你。"

"嗯,去忙吧。"

李之然放下手机搓了搓脸,她脸颊有些烫。秋天的夕阳早已失去了夏日的热烈,并不灼人,这莫名其妙的燥热无疑来自刚才那通电话。

李之然捧着脸傻笑,心底绵软得几乎要开出一朵花。自从和傅司衍在一起后,她的心就常常有深深浅浅的悸动。她觉得自己现在就像那些十七八岁的小姑娘一样,满怀爱慕地喜欢着一个人,有时候光是听见他的声音都会莫名其妙地开心,和他距离稍微近一点儿就会害羞得不知所措。

她甚至开始对一切怀抱希望,对未来满心热忱。她相信生活会一天比一天好,相信他们会离幸福越来越近。

但生活总是出人意料。

这天夜里，傅司衍像往常一样，十一点准时吃药，然后躺床上准备睡觉。但他的意识却不停地在清醒和浅眠之间挣扎，当他第四次从混沌中惊醒过来时，已经凌晨一半点了。

房间里一片寂静，傅司衍的眼睛已经适应了这种黑暗的环境，定睛看去，他甚至能在黑暗中分辨出四周家具的轮廓。傅司衍疲惫地揉了揉眉心，他的大脑已经很累很倦了。但每次昏昏欲睡时，那个握着刀的身影、那双恐怖的眼睛就会出现在他的脑海里，逼得他不得不醒过来。

精神疲惫不堪的傅司衍翻身下床，把药翻出来吃，这次他自己加大了量。吃完药后，傅司衍再次躺回床上。或许是过量的药发挥了点儿作用，这回他睡着了，梦魇却随之袭来。

他被困在一片黑暗中，小狗凄厉的尖叫声从黑暗深处传来，将他层层包裹。还有鲜血，触目惊心的红色如潮水般涌向他。他不停地往前跑……跑着跑着，傅司衍看到一个面目模糊的男孩，他一手拿着刀，一手抓着一只小狗的头，站在黑暗尽头哼着那首让傅司衍战栗的童谣……

傅司衍猛地从梦中惊醒，后背汗湿一片。他深深地呼吸着，努力让自己放松下来，但神经依然绷得很紧，就像一根随时会绷断的弦。

傅司衍伸手摸到电灯开关按下去，房间里瞬间亮堂起来，黑暗无处可藏，这给了傅司衍一点儿安慰。然而很快，这仅有的一点儿安慰也变成了莫大的恐惧，傅司衍发现卧室的窗户上突然多了一张照片。

他每晚睡觉前都有检查门窗的习惯，有时还会检查好几遍。他十分肯定，今晚睡前那窗户上什么都没有。傅司衍缓步走到窗前，轻轻地扯下那张照片，僵住了。

彻骨的寒意从他的脚底蹿起，迅速扩散到他的全身，他突然觉得好冷。照片无声无息地滑落到地板上，照片里是八岁时的傅司衍，怀抱一只小奶狗。

这张凭空出现的照片让傅司衍陷入莫大的恐慌之中,他的右手开始反反复复地握紧、松开,他不安地四处张望……当他的目光定格在窗外的某一处时,瞳孔不由自主地放大了。一个戴着帽子和口罩的黑衣人站在院子里,一动不动地盯着他,不知看了多久。

他见过这个人。在李之然家门外的小路上、在街头、在工地……这个如同幽灵一样的人,在他周围的每一个角落游荡着。而现在,他居然堂而皇之地出现在他的家里……

傅司衍猛地拉开窗户,朝那道黑影吼道:"你究竟是谁?"

那人抬起手,轻轻朝他挥了挥,像老友一般和他打招呼。

在大脑做出理性判断前,傅司衍的身体已冲出了房间。这时,外面响起了摩托车引擎发动的声音。

傅司衍抓起鞋柜上的车钥匙冲了出去。深夜的马路上,一辆轿车和一辆摩托车开始了惊心动魄的追逐。好几次,傅司衍眼看着就要追上那辆摩托车了,却总是诡异地被对方甩开。渐渐地,傅司衍意识到那个人是故意在和他玩游戏。

每当他们距离拉开的时候,摩托车会故意放慢速度,让他追上。等他快要追上的时候,摩托车又突然加速,不一会儿就将他远远甩在身后。摩托手就像戏弄小孩一样戏弄他。

傅司衍的理智告诉自己,应该立即停止这种盲目的追逐,马上报警。但他停不下来,一向冷静的他,这一刻感觉自己全身的血液都涌向了大脑。

他死死盯着前方那辆忽远忽近的摩托车,脑子里只有一个念头——必须抓住他!

这场追逐从一开始就设定好了结局。等傅司衍追到郊外,那辆摩托车已经从他的眼皮子底下消失得无影无踪。前方只有深深的夜色和他车前那两束清冷的光。

傅司衍疲惫地闭上眼睛往后一仰，整个人靠在椅背上。激情瞬间褪去，他觉得又累又困。不知过了多久，傅司衍睁开眼睛，不经意地扫了眼窗外，愣住了。

外面是他九岁前住过的那栋房子，苏妍不久前跳楼自杀的地方。

傅司衍迟疑了片刻，推门下车，缓步走进院子里，一阵若有若无的风铃声飘进他的耳朵里。铃声清脆悦耳，但在这样的夜晚却带着几分诡谲。

傅司衍屏息细听，确定声音是从二楼传来的，是他以前住过的房间。

难道……傅司衍迈开腿想冲上去，但风铃声却如同无形的藤蔓，缠住了他的双腿，让他走得异常艰难，每迈出一步都仿佛踩在无边记忆里。

曾在这栋房子里经历的往事，潮水般涌到他脚下，一波接着一波……那些被尘封了很久的记忆，慢慢从黑暗中撕开裂缝，一幕一幕浮现在他眼前……

许丽牵着一个男孩走进院子，八岁的傅司衍正蹲在家门口，和菲力一人一狗玩得很开心。

"司衍，这是乔烨哥哥。"母亲将陌生的男孩推到他的面前，"以后哥哥就住在家里陪你玩，你要和哥哥好好……哎！司衍，你回来！不能这么没礼貌！"

傅司衍头也不回地冲进房子里，冲上二楼才停下。他蹲在栏杆后面，小心翼翼地透过栏杆之间的空隙，打量妈妈口中那个所谓的"哥哥"。

他比自己高了半个头，皮肤好白，脸上还有伤。乔烨似乎觉察到了楼上那道目光，他抬头望上去。两个男孩的视线对接，傅司衍顿时如惊弓之鸟，转身跑进房间锁上门。

他把耳朵贴在门上，屏息听走廊外面的动静。妈妈牵着乔烨上楼了，从他卧室门口经过。

"烨烨，你以后就住在司衍的隔壁，房间我已经收拾好了。司衍他比较内向，你要主动一点儿，多去找弟弟玩。"

"知道了阿姨，我会好好照顾弟弟的，陪他玩的。"

那是傅司衍第一次听到乔烨的声音，那声音听起来温和有礼，和一般的小孩有些不一样。

乔烨是个尽职的哥哥，有时他更像傅司衍的小保姆，几乎把所有的精力都放在傅司衍身上，而一向不愿与人亲近的傅司衍也接受并习惯了他的陪伴。

傅司衍想自己玩的时候，乔烨从来不会打扰他；当傅司衍完成一块拼图，或背下一长串数字的时候，乔烨一定会在第一时间给他夸奖和鼓励。

那时的傅司衍不懂乔烨时刻关注他的眼神里，藏着小心翼翼地讨好；更不懂乔烨在这个对他而言完全陌生的家里，每时每刻所承受的不安和害怕。傅司衍只知道，乔烨每天晚上都是开着灯睡觉。他说他怕黑，没有光的地方，他不敢睡。

某一天，许丽在饭桌上不经意地问了一句："烨烨，你晚上睡觉怎么开着灯呢？那对睡眠不好呀。"

从那以后，乔烨房间里的灯就再也没有在入睡时亮过。

傅司衍觉得比起怕黑，乔烨或许更怕许丽。于是，一天夜里，傅司衍拿着自己那盏小台灯敲开了乔烨的房门，把它塞进蜷缩在被子里的乔烨的怀里。

"别怕，光弱，妈妈看不到。"说完，他转身跑回了自己的房间。

后来，他们俩的关系越来越亲密。傅司衍开始愿意让乔烨走进自己的世界，甚至愿意和他一块玩游戏。他觉得和乔烨一起玩，好像比自己一个人玩有意思。

有一天，乔烨郑重其事地对他说："司衍，我一辈子都当你的哥哥吧，你也一直乖乖听我的话好不好？"

傅司衍懵懂地点点头，尚未理解这句话背后真正的含义。乔烨满意地笑了。

"你答应了就不能反悔。如果有一天你不听我的，我会杀死你。"

那时八岁的傅司衍还没有明白死亡的含义，他看见乔烨笑，自己便也跟着笑起来。

乔烨说："司衍，我教你唱首歌吧，是我妈妈教我的，这首歌是她自己写的。"

他口中的妈妈，是两年前车祸去世的养母。

没过多久，兄弟俩的关系就受到了挑战。家里的大狗菲力在生下几只小狗后死了，许丽只留下了一只小奶狗，另外几只都送了人。

傅司衍那时还不理解"死"究竟意味着什么，他没有悲伤也没有掉眼泪，还是像往常一样每周钻进菲力的狗屋，等它出现。

时间就这样过去，慢慢地，那只小奶狗取代菲力成了傅司衍的新玩伴。乔烨却不愿意看到傅司衍有别的伙伴，哪怕是一只小狗也不行。

"司衍，你只能跟哥哥玩！"

他不止一次这样对傅司衍说，开始语气还带点儿犹豫，后来变得越来越理直气壮，甚至还透露出一丝凶狠。

傅司衍怕他生气，一边低头摆弄着积木，一边说："好。"

但那天，小奶狗生病了，一直呜咽也不吃东西。傅司衍抱着小狗坐在门口，像当初搂着菲力那样，一动不动地坐着。他以为小狗会在这样的等待中好起来，然后又能像以前那样活蹦乱跳。可一个下午过去了，小狗依然无精打采。

乔烨说:"司衍,把狗放下,我们去楼上玩。"

傅司衍摇头,仍然抱着他的小狗不动。

乔烨凑到他耳边,压低声音,语气却凶狠起来:"我最后说一遍,把狗放下,跟我去玩!"

傅司衍仍然摇头。

乔烨一言不发地转身走向厨房,再出来时,他手里多了把锋利的刀……傅司衍从未见过神情这样冷漠的乔烨,他仿佛变成另外一个人,蛮横地将小奶狗从他的怀里夺走。

傅司衍还来不及反应,乔烨已经手起刀落,残忍地砍下了小狗的头。殷红的血飞溅到傅司衍的身上、脸上、眼睛里……而乔烨,却如同一个嗜血的恶魔,提着小狗的头朝他笑,示威一般。

傅司衍歇斯底里地叫起来,他惊恐凄厉的叫声引来了许丽和傅哲……

血色的记忆在傅司衍的脑海中剧烈撕扯着,他穿过老宅客厅,走到楼梯口。朝着风铃声传来的方向,一步步往楼上走。

风铃声是从他小时候的卧室旁边的那间房里传出来的,那扇原本紧闭的房门不知什么时候被推开,大敞着,似乎在等他进去。房间里的窗户也是敞开着的,夜风灌进来,摇晃着风铃丁零作响。

傅司衍缓步走进房间。照片,四处都是照片,贴满了四面墙壁和地板,这些照片有新有旧,但里面的人,都是他……

小时候的傅司衍,长大后的傅司衍,和李之然在一起的傅司衍……正对着门口的那墙上,中间最醒目的位置贴着一张小时候的傅司衍和另外一个男孩的合照。

他走近,看到自己身旁的那个男孩的头已经被剪掉,只剩下身体和他站在一起。傅司衍盯着男孩头部那一角的空缺,两眼渐渐失神。

癔症发作

此时窗外吹进的风愈发急切，风铃被吹得摇摇晃晃。

"丁零……丁零……丁零……"

铃声杂乱无章地灌进他的耳朵里、大脑里，他无法思考。傅司衍抱住头，大脑深处隐隐作痛，仿佛要炸裂一般，他发了疯似的去撕墙壁上的照片。

掩藏在照片后的一行红色大字，一点点出现在他眼前：尖叫吧，小男孩。

尘封的记忆和恐惧终于彻底冲破他大脑深处的枷锁，将他吞没……

"司衍，他们要把我送走！你跟我一起逃走，我会照顾你！"

傅司衍在睡梦中被人摇醒，第一眼看见的不是乔烨疯狂的脸，而是他手里那把反射着寒光的刀。

白天小狗被砍的场景还历历在目，傅司衍惊恐地摇头，拼命想要挣脱乔烨的手。

"跟我走！"乔烨死死地抓住他，眼里是疯狂的执念。

"不……"

傅司衍颤巍巍地吐出一个字。他猛地甩开乔烨想逃，却被对方揪住衣领拖了回去。

"跟我一起走！"

"不……"

傅司衍再次拒绝终于让乔烨失去理智，他神情变得阴狠起来，那表情不该出现在一个十一岁男孩的脸上。

"你跟不跟我走？"他手里的刀逼近傅司衍。

傅司衍惊吓得大声尖叫，恐惧的尖叫声终于惊动了父母。等许丽和傅哲冲进房间时，儿子已经浑身是血……他面前的乔烨缓缓地扭过头，看着出现在门口的两个大人，稚嫩的脸上露出阴森恐怖的笑意。

他一只手里还握着刀,刀尖上浓稠的血液一滴接一滴地往下落。

"啊——"许丽失声惊叫……

喷涌的记忆让傅司衍喘不过气,他冲出那个房间,从楼梯上跌跌撞撞地下来,双手颤抖着拉开车门,坐进车里。他双手紧紧握住方向盘,一脚踩下油门,汽车向前飞驰而去。

他脑子里只有个念头——逃!离那栋噩梦一样的房子越远越好。

不知这样疯狂地开了多久,傅司衍混沌的大脑终于渐渐清醒,冷静下来。他开始思考自己应该去找谁?谁现在能帮助他?

梁荣轩。这么多年了,他已经在无形中成了傅司衍内心的寄托。

凌晨四点四十七分,梁荣轩的房子里依然灯火通明。今天是他儿子的忌日,这一夜,梁荣轩会不眠不休地祭奠他早早离世的儿子。

此刻傅司衍已顾不上这些,他直接把车开到梁荣轩家的楼下,差点儿没撞上大门。傅司衍强撑着一口气,磕磕碰碰地从车上下来,手握成拳用力捶打大门。

"梁荣轩!"

傅司衍惊恐地嘶吼声,让客厅里的人迟疑了一下,迅速跑来开门。但门只开了一道半人宽的空隙,梁荣轩露出脸,神色有几分尴尬和惊慌。

"司衍,你怎么这个时候过来了?"

傅司衍脸色煞白,满头汗水,像是刚刚从一场灾难中死里逃生。梁荣轩很快发现了他的异样。

"你这是……"

傅司衍没有说话,他抓住梁荣轩的衣襟,一把推开他,撞进了屋里。

"司衍!"

癔症发作

梁荣轩彻底慌了，声音也变了调。

客厅里上百根点着的白蜡烛映入傅司衍的眼帘，蜡烛周围摆放着数不清的照片。那些照片，有一部分是年轻的梁翊；还有一部分是傅司衍：他在治疗的时候、在回家的路上、在街头……

这客厅里到处都是自己的脸，在烛光中静静地望着他。傅司衍眼神涣散，又跌回到那刚刚逃离的小房间。这一次，没有人帮他，也没有人能救他了。

"不……不！"

震惊和绝望的冲击让傅司衍几近崩溃。

"司衍！"

梁荣轩扑上来想解释，被傅司衍一把推开。梁荣轩趔趄几步，差点儿撞到墙上。

"司衍！你听我解释！"

傅司衍已经冲了出去。

梁荣轩跌跌撞撞地想要抓住他，但傅司衍的车已经绝尘而去。梁荣轩捂着心口痛苦地蹲下来，他的心脏病发作了。他哆哆嗦嗦地将手伸进口袋里摸出一个小药瓶，却怎么也拧不开瓶盖。

他呼吸越来越困难，额头上渗出豆大的汗珠，手也抖得越来越厉害。最后，手中的药瓶掉到了地上。梁荣轩颤巍巍地伸长胳膊想捡起来。这时，有个人停在他面前，一双苍白的手捡起了地上的药瓶。

"老师。"沈术蹲下身，拿着药瓶在他眼前晃了晃，"想要这个？"

梁荣轩手指已经痉挛，指头蜷缩起来，无助地伸向救命的药瓶，口里艰难地吐出两个字："给……我……"

"不能给你。"沈术耸耸肩，将药瓶收进自己的口袋里。他站起身，冷漠地看着脚下的老师，"我们原本是可以好好合作的，谁让你不信任我，竟然还找人调查我。你看看你，把自己弄到现在这步田地，何苦呢?"

梁荣轩痛苦地挣扎了一会儿,就没了声息。

沈术不再看他,转过身望着前方,远处有车灯闪烁着。沈术脸上浮起阴冷的笑意。

"傅司衍,你还能逃到哪里去?"

傅司衍此刻是凭着本能开车往前冲,他的冷静、理智已经被恐惧吞噬。他无力思考,只能双手握紧方向盘,脚踩着油门向前开。

不知道这样开了多久,傅司衍的意识才渐渐清醒。漫天的夜色中,他仿佛看到一幅画:一个女人站在厨房暖色的灯光下,满身都是温暖的人间烟火……那是,他的然然。

傅司衍瞬间落下泪来。

"砰——"

熟睡中的李之然被屋外的一声巨响惊醒,猛地从床上坐起来,屏息去听。外面有汽车熄火的声音,而后一切归于宁静。

李之然屏息坐在床上等着,没再听见其他动静,她心里忽然没来由地一阵惊慌,茫然地看向窗外。黎明来临前的天空,月落星沉。

"砰砰砰!"

一阵剧烈的敲门声突兀地响起,李之然眼皮一跳,立刻跳下床摸黑走到门边警惕地问:"谁啊?"

敲门声停了。

"然然。"

是傅司衍。他的声音就像濒临死亡的人最后的求救,绝望又无助。

李之然永远也忘不了她拉开门时看到的一幕,映入她眼帘的是一片猩红的血色……眼前人的脸上全是血。李之然身体僵硬,大脑一片空白,她甚至以为自己做了噩梦。

癔症发作

"然然……"傅司衍轻声唤她。

"司衍……是你吗？"李之然颤颤地伸出手。

傅司衍握住她，就像在无边汪洋中漂泊了很久的孤舟终于找到了可以停靠的小岛。

"是我。"他惨淡地笑了笑。

李之然从他的眼睛里看到了灭顶的恐惧。

李之然还没说出话，傅司衍的身体已经无力地往前倾过来。

"傅司衍！"

他想和她再多说一句话，眼睛却怎么也睁不开，人也在瞬间失去了意识……

清晨五点二十三分，傅司衍出了车祸，他的车撞上了李之然家楼下的一棵大树。他脑袋被撞破了，所幸没有生命危险，但人还在昏迷中。

没有人知道他为什么会在那个时间突然来找李之然。李之然坐在床边，静静地看着病床上的人，恍惚间想起自己上次受伤昏迷的时候，不知道他是不是也像自己现在这样守在病床边。

等何岩赶到医院，李之然才想起回去换身衣服。她穿着睡衣和拖鞋，身上沾满血迹，头发凌乱，两眼红肿，狼狈不堪。

"李小姐。"何岩有些担心，"你没事吧？要不我打电话叫个司机过来送你回去。"

"不用麻烦，我自己可以的。"李之然看了眼躺在床上的傅司衍，"何助理，司衍就麻烦你了。"

李之然坐公交回家，一路引得路人指指点点，她坐在一个靠窗的位置，漠然地望着窗外，置若罔闻。直到公交车经过中央广场，她的神情才有了一丝变化。

她伸手摸了摸自己胸前的吊坠。

The one。

"他没事的，一点儿小伤。"她在心里说。

她不敢往深处想，不敢去猜测傅司衍这次受伤是不是因为他的幻觉又加重了。

一直以来，李之然对待生活的态度基本都是顺其自然，过不去的坎就扔在那里，绕开继续往前走。在她积极的外表下，是一颗消极淡漠的心。

她没有逼着自己一定要做命运的主人，她只想忽略命运带给她的所有不公和苦难，假装一切顺利，就这样无牵无挂的一个人活下去，直至死亡。

但现在，她发现自己做不到了。她想和傅司衍在一起，想七老八十的时候，还能和他一起看夕阳。李之然第一次这么强烈地想和命运抗争，想为自己争取幸福。

她回家洗了个澡换了身干净的衣服，又收拾了几件换洗衣服和日用品，就回医院了，她打算住在医院照顾傅司衍。

回医院的路上，她接到了何岩的电话，说傅司衍已经醒了，李之然松了口气。

"他没什么不舒服吧？醒来状况还好吗？我马上就过去。"

"李小姐……"何岩犹豫了片刻，低声说，"你还是别过来了。"

李之然愣住。

"怎么了？"

站在病房门口的何岩朝里面望了一眼，无声地叹了口气。

"傅总没事，你不用过来了。"

"何助理，我还有二十分钟就到医院了。"

"李小姐。"何岩有些为难,"这是傅总的意思,他现在不想见你。我给他转了病房,他不在原来的地方了。"

"什么?"李之然一阵心慌,却还是笑笑,说,"他是不是毁容破相了,不好意思见我呀?"

她故作坚强的口吻,让何岩心里很不是滋味。

"李小姐……"

"凭什么他想见我就见,不想见我就不见?他以为他是谁?你告诉他,那就别再见了。"

她的声音颤抖得变了调,眼泪不住地从眼睛里往外冒。

何岩知道她心里难受,沉默片刻,说:"李小姐,司衍他……又发病了。"

午阳咖啡馆里,李之然和何岩面对面地坐着。李之然想起不久前她和傅司衍的一段对话。

傅司衍说:"我们才刚刚在一起,我不想这么快就让你看见我那个样子。"

她当时没有问他不愿意让她看见的,到底是什么样子。还凶巴巴地威胁他,说如果他不肯配合,以后就再也别想见到她。

原来他什么事都事先为她想好了。

当年的傅司衍,何岩这辈子也忘不了。

"那时候傅总替一个集团公司办事,以低价收购了一家连锁酒店,然后把它拆分转卖。那家被收购的酒店当时的副总经理叫王博新,是傅总父亲的得意门生,也是他父亲的表侄。那人接受不了失业的打击,跳楼自杀了。因为这事,他们父子俩彻底闹翻。而王博新的家人也赖上了傅总,认定他们儿子的死就该由司衍来负责。于是一大家子人千里迢迢跑到美国,找傅总闹……"何岩不想再提起当时的场景,他苦笑道,

"你无法想象失去独生子的父母有多疯狂，尤其是面对一个自小就被他们认为有精神病的远亲的时候。那件事过后不久，傅司衍就发病了，我把他秘密送去医院，他在那里住了两个月……"

何岩叹了口气，继续说："那里的治疗手段很先进，也很残忍，他那段时间暴瘦，几乎没有人样……"

"别说了。"李之然听不下去了，低喃道，"别说了，别说了……"

她伸手去握面前的咖啡杯，手不由自主地微微发抖，杯子里的咖啡也跟着不安地晃动，有几滴溅出来落在她手背上，李之然低头擦干净。

"何助理。"她起身对何岩说，"麻烦你先照顾司衍。我过几天再去医院。对了，上次我拜托你查的事，有消息请立刻告诉我。"

"好。"

何岩目送李之然走出咖啡馆。医院就在不远处，但她却朝着相反的方向离开，没有回头。

李之然回到家，在门口站了好一会儿。她看着这个住了十五年的地方，心里说不清是什么滋味。

记得最开始搬进来的时候，她是有些不情愿的。但时间是世上最厉害的调和剂，无论是喜欢还是不喜欢，一旦和漫长的时间扯上关系，到了分别的时候总会生出几分莫名其妙的不舍来。

李之然收拾的时候才发现，这间房子里属于她自己的东西实在少得可怜，一个大箱子就能全部装完。而电视、桌子、沙发、茶几……那些，部分是从二手市场买的，部分是从以前和父亲一起住过的旧家里搬来的，现在都已经很破旧了，不适合跟着她奔波。

当天晚上，李之然一个人拖着箱子去了傅司衍家，把自己安顿在客房。

第二天,她去超市买了些菜,塞满整个冰箱。这两天里,她接到了何岩两通电话。第一通电话告诉她,送去化验成分的药结果已经出来了,里面包含麦角酸二乙酰胺,剂量之大,足够影响人的神经中枢,产生幻觉。

梁荣轩为什么会给傅司衍开这种药?她永远都不会知道了,因为何岩的第二通电话,带来了另一个让她震惊的消息——梁荣轩心脏病突发去世了。

接连两件事砸得李之然有些不知所措,她强迫自己冷静下来,先安置好傅司衍,然后再想其他的。

第三天早晨,李之然去了医院。推开病房的门时,她的身体不由得颤抖,她很少有害怕的时候。

十三岁那年,一个人搬出家,独自住在外面的时候她曾害怕过。起初的三天晚上,她把那间小房子里所有的灯都打开,让光占据了每个角落,使得黑暗无处安身。就这样睡了三天好觉,但电表不允许她继续任性。

第四天夜里,她只亮了一盏小灯,半怕半困间也睡着了,不过做了噩梦。第五天,她就一盏灯也不开了,强迫自己和黑夜为伴。后来慢慢地,她也就习惯了在黑暗里睡觉。

再往后,她独自野蛮生长,独来独往,一个人处理生活中的大小事,一个人面对一切也承担一切。久而久之,她就变得无所畏惧了。但这回,当李之然推开门,看见背对着门口,盘腿缩在病房角落里玩积木的傅司衍时,她再度感受到了恐惧。

贪婪会产生恐惧,爱也会。恐惧是一切强烈感情的衍生品。

"司衍。"她低声叫他,朝他走过去。

她像是走在悬崖边,每一步都摇摇欲坠,胆战心惊。

"司衍。"

李之然停在他身旁，那个三十岁的男人，摆弄着他的积木，神情专注得近乎木讷。

　　李之然蹲在他身旁，温柔地低唤："司衍。"

　　傅司衍毫无反应，沉浸在自己的世界里，一心一意地搭建他的金字塔。金字塔只差最后一小块就搭建完工了。他小心翼翼地把最后一块积木垒上金字塔顶端，可就在他放手的那一瞬间，整座金字塔，从顶部开始摇晃。几秒后，"轰"的一声，整座金字塔全部坍塌。

　　有一小块积木掉在李之然脚边，她捡起来，递给傅司衍。而那个男人，却像是被触碰了逆鳞的野兽，忽然发了狂，尖叫着嘶吼着，把所有积木，大的、小的、重的、轻的……悉数往李之然的身上、脸上砸。

　　"别碰！滚！滚！"他歇斯底里地怒吼着，脖子上青筋暴起，满身戾气，恨不得把这个贸然触碰他世界的女人撕碎。

　　看护见状，赶忙通知医生。数名医生和护士冲进病房，李之然被挤到一边。她看着那群一身雪白的人把傅司衍按在地上。他拼命挣扎着，但敌不过几个人的力量，终于被暴力压制了。

　　护士强行给他静脉注射镇静剂。

　　李之然想冲上去，想拉开那些人，想朝他们吼："你们动作不能轻一点儿吗？他身上有伤你们看不见吗？"

　　但她动不了，她很清楚此刻在医生面前的这个男人，不是她的司衍，而是一个发狂的癔症患者。

　　李之然看着傅司衍的眼睛，那双原本深邃淡然的双眼，此刻是猩红的，里面血丝密布。他现在再也不会害怕和她对视了，可李之然却宁愿他永远都不看她。她痛苦地闭上眼睛，直到一切结束。

　　刚才那个暴躁疯狂的男人在药力的作用下，逐渐平静下来。他被抬上病床，由五六根绑带固定着，像个标本似的被绑在床上。

一个小护士在离开病房前好心地提醒了李之然一句："小姐，你额头被他打破了，需要处理一下伤口。"

李之然伸手在额头上摸了一把，真的碰到了伤口。

"没事。"李之然摇摇头，朝护士礼貌地笑了笑说，"不要紧的，小伤而已。"

等镇静剂的药效褪去，傅司衍再度清醒过来时。李之然低声问他："司衍，你喜欢医院吗？"

傅司衍摇头，神情依然讷讷地，眼睛里没有一丝生气。

"那我带你回家好不好？"

傅司衍没有回应，他的视线被李之然胸前的吊坠所吸引，银色的吊坠在灯光下反射出晃眼的白光，他看着看着，眼睛里忽然有了神采。

傅司衍想摸摸那吊坠，但两手都被绑着，他挣不开，渐渐地又开始焦躁不安起来。

李之然连忙取下脖子上的项链，放进他掌心，"这是你送给我的，你记得吗？"

他苍白的指尖轻轻抚摸着吊坠上那两个英文单词，居然奇迹般地平静下来。过了一会儿，陷在自己情绪里的傅司衍不知想起了什么，竟然嘴角轻挑，笑了，他干燥的嘴唇一张一合，低声地吐出两个字："然然。"

李之然刹那间红了眼眶。她强忍泪水，伸手和他十指紧扣，握紧了他掌心的项链。

傅司衍的主治医师楚医生说："病人得的是癔症，他被困在自己的世界里，应该是他八岁左右。这和他已经健全的心智产生了冲突，所以病人的情绪很容易失控。"

李之然问："就是说，他身体里现在是双重人格并存？"

"也可以这么理解。"

"那他是不是必须住院治疗？"李之然说完，看了眼旁边的何岩。

楚医生考虑了片刻："癔症是一种精神障碍，坦白说，住在医院指望通过药物和物理方法解决的可能性不大，我的建议是，家庭治疗和心理治疗同步进行，再辅以药物。最关键的是，要唤醒病人自己的意志，让他从癔症里走出来。"

从医生的办公室出来之后，李之然和何岩商量："能不能别把司衍留在医院？"

何岩说："可以请看护回家照顾，我定期带他来医院接受心理治疗。"

"我可以和看护一起照顾他。"她向何岩保证，"我会像照顾我自己……不，比照顾我自己更加认真地照顾他。"

何岩面露难色："傅总之前交代过，他不愿意拖累你，变成你的累赘，影响你的生活。"

李之然一脸焦急地说："我还是会继续我的生活，他不会影响我。白天我会照常上班，司衍交给看护照顾。我下班回家，再由我照顾他。"

何岩叹了口气："李小姐，你没有必要这样。他恢复正常需要的时间没办法预测，可能一两个星期，可能一两个月，也可能是一二十年……"

更可能……就这样一辈子。

"时间过起来很快的。"李之然仍然笑着，眼中却蒙上了一层水光，"我和他分开那二十年，也只是弹指间。我预计自己能活到八十岁，那就还有五十二年。五十二年时间，我可以浪费一半在他的身上，如果他真的康复不了，我嫌弃他了，到时候我再踹了他。"她一如既往地玩笑着，把事情说得云淡风轻。

何岩看在眼里，有些心疼。他突然发现，在李之然和傅司衍面前，他才是那个多余的人。

"那……就麻烦你照顾傅总了,有什么事立刻给我电话,我一有时间就会过去看他。"

"谢谢你。"

李之然朝他鞠了一躬,低头的时候,何岩分明看到她眼里憋不住的泪水掉了下来,砸在医院冰冷的地板上,那么无力,没有一点儿声音。何岩禁不住想,这个看似柔弱的女孩究竟能坚持到什么时候?但他又不忍心细想,只轻轻地叹了口气,说起另一件事。

"对了,你托我调查沈术,我已经查清楚了。"他从随身的公文包里拿出一个黄色牛皮袋,"都在这里面。"

李之然接过,迅速拆开,看了起来。

"很奇怪。"何岩说,"不管怎么查,我只能查到沈术十三岁以后的信息。他十三岁以前什么资料都没有,就好像这个人是突然冒出来的一样。"

十三岁……李之然想起儿童福利院的乔烨最后被收养时是十岁,中间的三年去哪儿了?

李之然翻了翻资料,里面包括沈术读书期间的成绩单,和毕业后的发展情况。活脱脱一个优等生的成长史,没有什么异样。

她再次拜托何岩:"何助理,麻烦你继续查下去。我想知道沈术十三岁之前的事。"

她已经分身乏术,目前唯一的心愿就是照顾好傅司衍,让他一点点恢复正常。何岩虽然不清楚她为何对沈术这么感兴趣,但还是点头答应了。

"你放心,一有消息我会立刻告诉你。"

"谢谢。"

"不。"何岩回头朝病房看了一眼,意味深长地叹道,"我应该谢谢你。"

19　危机四伏

李之然带傅司衍回到傅家。白天她照常上班处理案件，为委托人四处奔波。她不再加班，也不再把工作带回家。

每天准点下班，李之然会以最快的速度赶回家。只要她一进门，看护张嫂就会离开。李之然准备好晚饭，去房间叫傅司衍。

"司衍，吃饭了。"

傅司衍正在玩拼图，上千块碎片，他可以独自拼上一整天。

"司衍，别玩了，吃饭了。"

傅司衍沉浸在自己的世界里，不知是没听见，还是不肯回应。李之然等他把最后一块拼图放进图框里，这才走过去。

"司衍。"她拿起旁边的小闹钟蹲在傅司衍面前，指着上面的时间认真告诉他，"以后晚上七点钟一到，我们就吃饭，知道吗？就像你以前一样。"

傅司衍沉默不语，看着她。

"你要听话，好吗？"李之然试探着伸出手，先用指尖轻轻触碰他的发梢，确定傅司衍没有什么过激的反应，她才摸了摸他的头。

她把小闹钟塞进他怀里，想拿走他已经完成的拼图。

傅司衍忽然激动地大叫:"我的!"

李之然立刻松手,安抚他的情绪:"你的东西,我不碰,你自己把它收起来好吗?然后我们去吃饭。"

傅司衍低着头不说话,过了足有一分钟,才慢吞吞地把拼图推进床底,重新看向李之然。

"疼?"他伸手碰了碰她额头那道疤,那是他留下的。

李之然笑着摇头:"不疼。"她用半真半假的口气告诉他,"你以后不能打疼我,不然的话,我有可能把你忘记哦。"

傅司衍立即缩回手,乖巧地背在身后。

李之然忍不住笑出声:"行了,咱们吃饭去。"

傅司衍吃饭的时候还算乖,最让李之然头疼的是洗澡。傅司衍喜欢泡澡,泡到水冷了也不肯出来,好几次差点儿被冻感冒。后来李之然想了个办法,她在浴室里放了好几个闹钟,既用来提醒傅司衍时间到了,该从浴缸里出来了;也用来提醒自己,及时叫他,免得他把自己冻坏了。

晚上,傅司衍睡在自己的卧室,她就在床边打地铺。在床垫上铺上床单,加上枕头被子,就成了一张简易的床。她每天夜里都守着他。

心智退回八岁的傅司衍依然常常梦魇,但不会像之前那样,独自安静地从梦中醒来。他现在是个孩子,一旦不安或感到恐惧会本能地尖叫。

每当这时,李之然会迅速从被窝里爬起来哄他:"没事了,没事了……"她心疼得厉害,却必须扯开笑容安慰他,"司衍不要害怕,做梦而已。你是男子汉,可不能怕这点儿东西。"

傅司衍抓着她的手,久久不肯放开。即便忘记了眼前的人,他依然贪恋着她身上的温度。

"然然。"他低声叫。

李之然轻笑:"哎,你认识我吗?就这样叫我?"

"然然。"他明明被困在八岁的记忆中,李之然还没出现在他的生命里,但他依然固执的一声声叫着"然然"。

李之然叹了口气:"你知道'然然'代表什么吗?"她将傅司衍的掌心摊开,低头一笔一画地在上面写,"'然'是'之所以然'的'然'。"

写完,李之然拉着他的手慢慢贴在自己脸上。傅司衍困惑地看着她。

"呐,'然然'就是我。我就是'然然',你要记住我,知道吗?"

傅司衍将头轻轻地偏向一侧,这是傅司衍习惯性的小动作。每当他感到迷茫困惑时就会这样,微微偏着头,等待对方进一步解释。

李之然亲了亲他的手,傅司衍像是被烫到一般,迅速抽回手,整个人缩进被子里不肯出来。李之然失笑,隔着被子推了推他的头。

"哎,害羞了?"

这样的傅司衍有种说不出来的可爱。她强行将他的被子扒拉下来,含笑对他说:"晚安啦,傅司衍小朋友。"

话虽如此,但她很难真正一夜安宁,因为傅司衍夜里会惊醒多次。这样折腾了一段时间,一向睡眠质量极佳的李之然在夜里变得警觉起来。傅司衍那边一有动静,她就会立即睁开眼睛,这导致她白天上班必须连喝好几杯一向不喜欢的苦咖啡来提神。

为此,王霸没少看着她皱眉:"你晚上做贼去了?"

李之然笑:"主任,你太看得起我了,我哪儿有做贼的本事啊?不过为了养家糊口,晚上得做兼职。"

王霸脸上露出高深莫测的笑容:"你还要做什么兼职?搞定那个董事长,分分钟走上人生巅峰啊!到时候可别忘了我们律所。"

李之然深沉地叹了口气:"傍董事长的理想很丰满,不过现实就比较骨感了。"

王霸自然听不懂她话里的深意，只在心里暗自猜测，她和那董事长估计是黄了，于是，有心为她另外搭线做媒。

　　"哎，我有个老同事的儿子刚从澳洲留学回来，人虽然长得一般，但是踏实，脑子也聪明，比你小一岁。不过，他不在意年龄……"

　　李之然瞬间摸清了他的意图，连连摆手："主任，海归这种条件还是不要来闹我了，我完全配不上。"

　　"你也不用这么妄自菲薄。"王霸从头到脚仔细打量了她一番，语重心长地说，"我听说外国人的审美和我们不一样，他在国外待久了，说不定审美也变了，就喜欢你这款也不一定。"

　　李之然有些郁闷："主任，你这是夸我还是损我呢？"

　　"当然是夸你啊！"王霸大手一挥，就把这事给定下来了，"我去找我那老同事说一声，到时候你和他儿子见个面，吃个饭，成不成另说吧。就算凑不成一对，多个朋友也没坏处。"

　　"主任，我……"

　　"行了，就这么说定了。等时间订好我再给你消息，你要是敢不去啊……"

　　被王霸托在手里的鹦鹉狗腿地接话："死定了，死定了！"

　　虽然傅司衍再次发病不是什么好事，但何岩心里还是暗自庆幸，傅司衍在这之前已经安排好了公司的一切重要业务。下面的人只要根据他已经规划好的方向，按部就班地完成，就不会出什么差错。这也算是不幸中的万幸了。倘若傅司衍在一个月前发病，后果不堪设想。

　　何岩对内宣称，董事长出国考察学习去了，要过一段时间才能回来。

　　傅司衍在工作上一向雷厉风行，下面的人虽然都信服他的能力，但对这个董事长确实没有几分私人感情，所以也就没人愿意打听董事长到底去国外干什么去了。反倒因为董事长暂时不在,偌大的公司从高管到基层都松了口气。

何岩跟在傅司衍身边这些年,对公司的大小事务早已了如指掌,短期内管理公司没有问题。

整个公司没人发现异样,除了阮亦晴。

"何助理,傅总去哪儿了?"

何岩很官方地回答:"出国考察。"

阮亦晴根本不信:"他出去一向都是带着你的,怎么可能留下你独自出去?"

"这就是傅总的事了,阮总监做好自己的本职工作就可以了,不用为不相干的事费心。"

"我和司衍至少也是朋友。"阮亦晴神色冷了下来,"他现在联系不上,我关心一下也不行?"

"那就是您和傅总之间的事了。"何岩遗憾地表示,"我爱莫能助。"

阮亦晴知道从他的嘴里问不出什么。

"行,你不说,我自己查。"

"您请便。"

何岩客气地送她离开后,摇头叹道:"好端端的一个姑娘,怎么就喜欢跟自己过不去呢?"

何岩每周都会带傅司衍去一趟医院,接受催眠治疗,但收效甚微。想让心智回到八岁的傅司衍乖乖地配合医生实在不是件容易的事,常常要费上半天劲才能让他进入催眠状态。但没过多久,他自己又挣扎着清醒过来。

有时傅司衍会在催眠过程中情绪失控,差点儿拆了医生的办公室。何岩和楚医生都相当无奈,又不能叫保安来控制场面,只好给李之然打电话。

等李之然心急火燎地赶到医院时,傅司衍正坐在楚医生的办公椅上,面朝着窗外发呆。自从得了癔症后,他就喜欢发呆,常常像根木头似的,好几个小时一动不动。

"楚医生,他的情况怎么样?"李之然问。

楚医生不愿意给她不切实际的希望,心想告诉她实话,或许能让这个姑娘知难而退。

"他的情况很复杂,心理治疗恐怕起不到很大作用。"

李之然却像是得了个好消息:"作用不是很大,那至少还有一点儿吧?就是说还有希望。"

见李之然宁愿自我安慰,也不想放弃,楚医生看了眼何岩,后者脸上尽是被打败的无奈。

李之然叫了声:"司衍。"

傅司衍慢腾腾地转过椅子。

李之然朝他伸出手:"我们回家了。"

傅司衍起身,向她走去,自然地牵住她的手,一副温顺听话的模样。

楚医生哭笑不得,和李之然诉苦:"你不在他就是混世魔王,你一来他就变成小绵羊了。"

李之然捏了捏傅司衍的掌心,带着几分警告的意味:"你要是不听话,给医生捣乱,回去以后就不准玩积木,也不准玩拼图了!"

"37分钟24秒。"傅司衍轻声说。

"什么?"李之然不明白。

何岩却懂了:"他说的应该是从我给你打电话,到你进门的时间。他大概是想你了。"

李之然看向傅司衍,傅司衍也看着她,神情依然木木的,眉宇间透着几分稚嫩的孩子气。

"傻瓜。"她骂了句,鼻子却隐隐发酸。

楚医生说:"这样吧,趁着李小姐在这里,我再给他做一次催眠治疗。"

李之然有点儿担心:"可是连着两次催眠会不会……"

"别担心。"楚医生宽慰道,"只要他身体出现不适,我会立刻终止。"

李之然犹豫地看了一眼何岩,见他点头,这才同意:"那好吧,那就再试一次。不过一旦他觉得不舒服,你绝对不能继续。"

"你放心。"

楚医生让傅司衍重新坐在椅子上,闭上眼睛,开始对他进行催眠。或许是因为李之然在场的缘故,这回傅司衍很配合,很快就进入了催眠状态。

楚医生朝李之然招了招手,叫了声"然然",眼角余光留意着傅司衍,见他侧了侧头,显然对"然然"这两个字有反应。

李之然不太习惯被外人这么称呼,一时有些别扭。

楚医生在李之然耳边低声交代了几句,李之然点点头,走到傅司衍的身旁,蹲下身,在他耳侧柔声叮嘱:"司衍,你要配合楚医生,要乖乖地听话知道吗?"她说,"司衍,你要努力记起我,我等你回来,陪我一起看日落。快点儿回来好吗?"

傅司衍颀长的睫毛颤了颤,声音极低地应了:"嗯。"

李之然欣慰地笑了,楚医生交给她的任务已经完成了。李之然退到一边静静地坐着,尽量不影响他们。

逐渐陷入深度催眠状态的傅司衍所有感官都麻木了。楚医生的怀表垂在他面前,指针在表盘走动的声音通过他的耳朵进入大脑,占据了他整个意识世界。

"司衍。"楚医生的声音引导着他,"不要待在这里,去找你最快乐的那段时光。"

最快乐的时光?他记得的,他记得那天阳光很温柔,她从房子里跑出来,每一步都是雀跃的。

"早上好啊。"她笑吟吟地看着他,绑成马尾的长发在脑后轻轻地晃动,阳光细碎的金光就在她的发梢浮动,点亮了他的眼睛。

他记得她手指穿过发间的感觉。他记得,她曾骗他闭上眼睛,然后踮起脚尖飞快地亲吻了他的脸。他甚至记得,那天处暑,那条项链,The one。

命中注定的人!

　　如果有一天,我们注定要分离,我也不后悔,这一刻的表白。如果时间可以重来一次,一切由我选择。

　　1996年6月27号下午2点17分43秒那一刻,我还是想和你遇见,哪怕后来我们会分开二十年。

　　2016年7月3号下午5点06分,我依然想和你重逢,哪怕后来我们在一起的日子,不都是快乐。

　　2016年8月27号这天,我仍然想对你告白,哪怕未来你对我心生厌倦,我们不得不再次道别。

他记得自己替她戴上项链时,指尖擦过她皮肤的感觉。
"与你重逢以后的所有时间,都让我觉得不可思议。"
他也曾向她保证:"然然,我会努力,学着去爱。"
……
他最快乐的那些时光,都与这个人有关。
"然然。"傅司衍无意识地喊了一声,眼角渗出泪。催眠还在继续，傅司衍已经完全进入潜意识中，接下来就好办多了。

"司衍，我希望你回到上次出车祸的时候。在你去找然然之前，发生了什么？"楚医生想弄清傅司衍这次发病的原因。

要想治疗癔症，就必须弄清触发癔症的原因，也就是说，他得了解傅司衍在癔症发作前经历过什么。人大脑的记忆往往并不可靠，它不仅容易出现误差，甚至还能由旁人或者自己篡改。但潜意识不会，它只会保留真实发生过的事。

要想弄清傅司衍的癔症是被什么触发的，最好的方法就是让傅司衍回归潜意识，重新经历一遍发生过的事。

被催眠的傅司衍再次回到那天夜里，他开车飞奔在路上。

"我在马路上，去找然然。"

"不要往前。"楚医生低声说，"司衍，往后退，去看之前发生的事。"

后退……傅司衍在潜意识中不断回溯、回溯……有水，漫上他的脚踝，傅司衍低头一看，那是殷红的血，正在一寸寸淹没他。傅司衍拼命朝前方有光的地方跑去，鲜血已经淹到了他的胸口，还在慢慢上涨。

"救我！"

他朝光亮处那个模糊的人影呼救，渐渐地，人影越来越清晰，他看见十岁的乔烨，一手拿着刀，另一只手伸向他。

他说："司衍，和我一起逃走！"

"不……"傅司衍停在原地，任由血水没顶。血腥味吞噬了他所有感官，他跌进那片猩红的汪洋里，身体不断地下沉，一直沉到底。

他浑身僵硬，像是死了一样，但眼睛还睁着。眼前的血水忽然变得澄澈，他可以清晰地看见水面发生的一切。他看见另一个自己跌跌撞撞地冲进二楼的房间，血水漫上楼，一路追着"他"的脚步，沉在水底的傅司衍看到了当时发生的一切。

房间里，四面墙壁都贴满了照片，那些照片如同幻灯片般一一从他眼前滑过，急促的风铃声在耳边响个不停。他看见自己疯了般撕掉墙上的照片，隐藏在照片下一行猩红的字慢慢显露出来：尖叫吧，小男孩。

现实中的傅司衍猛地睁开眼睛，像是被一双无形的手掐住了喉咙，他双眼瞪大，脖子上青筋暴起，看上去痛苦不堪。在场的人都吓了一跳。

楚医生低声喝道："司衍，醒过来！当我数到三的时候，你就立刻清醒过来。一，二，三！"

傅司衍毫无反应，反而在潜意识里越陷越深。整个身体僵直地向上挺起，一张脸憋得通红，仿佛随时会因为缺氧而死去。

"楚医生！"李之然急了。

楚医生迅速拿起放在傅司衍耳边的怀表，低声对他说："司衍，当你听见闹铃声响起的时候，就醒过来。"

说完，他按下闹铃。在刺耳的铃声中，傅司衍身体终于瘫软下来，重新跌回座椅上。他猛地深吸了一口气，如同一个险些溺毙的人死里逃生。

李之然心中充满期待地走近傅司衍，试探着叫了一声："司衍。"

傅司衍木然地用手按住胸口，抬头对她说："难受。"

依然是那个八岁的傅司衍！

李之然压下心底的失落，微笑着朝他伸出手："难受我们就回去休息吧。"

"李小姐，抱歉……"楚医生面露歉疚。

李之然知道他已经尽力了，冲他笑了笑："没事的，楚医生，今天辛苦你了。"

何岩顺路送两个人回家，车开到半路，他顺口提了一句："李小姐，沈医生给我打过几个电话。"

李之然不由倾身向前："他说什么？"

"他问我傅总以后的治疗要不要转到他那里去。"

梁荣轩走得太突然，他的病人一下子没了主治医生，这阵子诊所的护士每天都手忙脚乱地安抚来访的病人。沈术在这种情况下还惦记着傅司衍，实在耐人寻味。

"你怎么说？"

何岩道："我告诉他傅总出国考察了，要过一段时间才能回来。"

"嗯。我们得留个心眼儿。"虽然她现在还不能肯定，但就是不想让沈术接近傅司衍。

"李小姐记得诊所那个前台小姐吗？"何岩突然想起一件事。

李之然想起那个被她吓唬过的小姑娘，笑了笑，"记得啊，怎么了？"

"我送花圈过去的时候碰见她，她问我要你的号码。我本打算先和你打声招呼再给她，没想到随后她就被人叫走了，后来我放下花圈就回了公司。"

梁荣轩几天前出殡，李之然因为要照顾傅司衍，又要工作，分身乏术，只能拜托何岩去灵堂拜祭时替她送上花圈和挽金。

"那姑娘突然要我的号码干什么？"李之然觉得奇怪。

"不清楚。"何岩笑道，"或许是李小姐魅力太大。"

李之然哈哈大笑："已经到男女通吃的地步了吗？"

两人说笑了几句，这事就过去了。

李之然带着傅司衍回了家，感觉屋里的味道不太对劲儿。她皱起鼻子用力闻了闻，似乎有一股不一样的味道，是一种若有若无的淡香，就像是某种香水的气味。

自己从来不用香水，难道是张嫂？可她今天休息。昨天张嫂在的时候，李之然也没闻到她身上有这种香味。

"司衍!"李之然叫住正准备回房间的傅司衍，"你在这里等我一下，乖乖的，不要动。"

她走进傅司衍的房间，仔细闻，闻到了和玄关一样的香味，而且房间里的味道比外面的更浓。

有人来过，而且还待了很久。李之然被突然冒出的念头惊得脊背发凉。傅司衍家是密码锁，看来得换密码了。

李之然把房子里里外外，每个角落都检查了一遍后，更换了门锁的密码，随后将新密码告诉了何岩。

"为什么突然换门锁密码?"何岩有些奇怪。

李之然环视了一圈屋子，低声说："好像有人进来过。"

何岩吓了一跳："有留下什么痕迹吗？我现在报警!"

"没发现什么，我只闻到家里有陌生的香水味。是不是真有人偷偷进来过，我也不能肯定。"

李之然仔细琢磨着那香水的气味，隐隐觉得有几分熟悉，好像以前在哪里闻过。她平时上班打交道的人不少，即便真在谁身上闻过这香味，也不记得是谁了。而且喜欢同一款香水的人不在少数，这也不能说明什么。

何岩只好作罢，提醒她："家里的警报器和附近的派出所相连，只要一按警报，那边就会有人过来。"

"我知道，你不用担心，真进来一两个小贼我自己完全可以搞定，就当为人民警察减轻负担了。"李之然故作轻松地笑了笑。

李之然心里清楚，如果真有歹徒闯进来，她自己脱身容易，但还有个傅司衍要照顾。所以应对危险最好的办法，还是防患于未然。晚上临睡前，李之然又把房子里里外外检查了好几遍才勉强放下心。回到房间，她将傅司衍从床上拽起来，手把手教他反锁房门。

"司衍,如果张嫂不在,我也不在,你一个人待在家里,一定要把门像这样反锁上,知道吗?"

傅司衍似懂非懂地点点头。平心而论,傅司衍待在她身边的大多数时间都很乖,有时候乖得让她心疼。李之然望着他那张轮廓分明的脸,不禁想起他八岁时的样子,这么好的傅司衍,他们是多没眼光才会放弃?

"睡觉吧。"李之然温柔地笑着,摸了摸他的头。

傅司衍在床上躺好,李之然为他盖上被子,靠在他旁边轻声叮咛:"司衍,你以后去楚医生那里要乖乖地听话,配合治疗,知道吗?"

傅司衍将手按在胸口,闷闷地抱怨:"治疗,难受。"

"嗯,我知道。"李之然也曾是病人,她太了解那种感受了,"但是你得勇敢啊,早些把不好的病赶跑,早些恢复健康就好了。我希望你能记起我,我希望你能重新回到我的身边。不是作为小孩的傅司衍,而是作为男人的傅司衍,你懂吗?"

他并不懂,但不知为什么,傅司衍忽然觉得有些难受,心口一阵钝痛,这种感觉比治疗更令他难以忍受。

李之然轻轻捧着他的脸,与他温柔对视:"司衍,我会等你,等你记起来,十年也好,二十年也好,我都不在乎。但你要知道,一辈子很短,我们已经错过了彼此整整二十年,浪费了太多时间。所以我希望你努力一点儿,早点儿好起来,早点儿记起我是谁。"

"然然。"他低声念着。

李之然苦笑着摇头:"你不懂这两个字的意思。"

傅司衍单薄的嘴唇轻轻蠕动,仍然固执地重复着:"然然。"

李之然心里柔软又无奈,在他第三次念"然然"的时候,凑过去,蜻蜓点水般在他唇上吻了一下。

看着傅司衍呆呆的模样,李之然心酸又自嘲地笑了笑:"看,你连这都不懂，毫无感觉对不对？"

她刚刚亲吻的不过是一个患有孤独症的小孩，并不是那个将她视若珍宝的男人。李之然忽然觉得自己的行为有些可笑。

"晚安。"李之然说完，转身准备睡觉，她没看到，身后傅司衍黯淡如蒙尘的眼睛深处，有了一丝光。

傅司衍一把抓住李之然的手腕，轻声唤她："然然。"

"不要闹了。"李之然没回头，轻轻掰开他的手，"我明天还要早起上班呢，你也早点休息，早上和我一块起床吃早餐。"

"然然。"身后那人愈发固执，抓着她的手不肯松开。

李之然无奈，只好回过身。

"怎么啦？"她话音刚落，傅司衍的脸忽然在眼前放大，唇上忽然被温柔地碰了一下。

李之然震惊地瞪大双眼，大脑一片空白，愣愣地看着他那张脸从眼前缓缓移开。

"然然。"傅司衍的声音，不再是懵懂的呆滞，里面竟带着几分怜惜。

李之然以为自己听错了："你再叫我一遍。"

但傅司衍眼底的光已经熄灭，那双深眸中又是灰蒙蒙一片。

"然然。"他叫她，木然又生硬的语气。

李之然原本忐忑的心瞬间跌落谷底，看来自己真的是太想他了……李之然苦涩地笑了笑，佯作严肃地告诫眼前人："以后不可以随便亲我，知道吗？我刚刚亲你，那是给你举个例子，你不能模仿！"

傅司衍的头轻轻偏向一侧，神色茫然。她看着他眼前这张熟悉又陌生的脸，眼睛忽然刺痛，迅速背过身。

"好了，睡觉吧。"

"药。"傅司衍喊道。

李之然一拍脑袋："今天带回来的药还没吃呢,我怎么给忘了,真是!"

等傅司衍吃完药在床下躺下,李之然才把灯关了。

这一夜,傅司衍睡得很好,或许是药起了作用。李之然总担心自己睡得太死,怕傅司衍夜里醒了找她,她听不到,所以她睡得很不踏实,夜里醒了好几次。醒来见那人在床上睡得安安稳稳,她才松了口气,再次躺下又想起那陌生的香味,心里终究还是不安,于是又爬起来四处检查,再三确定门窗都锁好了,才一步三回头地回卧室躺下。

傅司衍安睡到天亮,李之然则翻来覆去辗转反侧了一整夜,第二天一早还是爬起来,顶着两个厚重的黑眼圈做早餐。

李之然一边热牛奶,一边切番茄,她打算给傅司衍做一份简单的三明治。但一宿未眠,她困顿不堪,下刀切番茄的时候打了个哈欠,不留神锋利的刀尖向下一滑,切到了食指,伤口顿时冒出血来。

坐在餐桌前的傅司衍见她流血,慌乱不安地站起来。

"没事没事,你坐着。"李之然忙安慰他,检查了一下伤口,并不深。她用水简单冲洗了一下,翻出医药箱找了个创可贴贴上,继续做早餐。

刚把三明治和牛奶端上桌,张嫂就来了,李之然留心闻了闻,她身上没有香水味。

"张嫂,我去上班了,你照顾好……"李之然提起包往外走。

"砰——"她话没说完就听见一声脆响,李之然转头一看,傅司衍把三明治连盘子一起摔在了地上,瓷盘碎了一地。

傅司衍还不罢手,他走到那个已经被摔得四分五裂的三明治旁,抬脚狠狠地踩了下去,看那架势恨不得把可怜的三明治从三维立体踩成二维平面。

"你这是干什么?"李之然难得对傅司衍绷起脸。

她不明白傅司衍为什么突然对一个三明治生这么大的气。张嫂也被傅司衍这一闹吓得不轻，但她做这行也有些年头了，立刻冷静下来，拿扫帚和垃圾铲清理一片狼藉的餐厅。

张嫂刚弯下腰去扫地上的碎片，就被傅司衍一把推开。傅司衍虽然内心是孩子，但身体却是个成年男人，这样不知轻重地一推，险些把张嫂推个大跟头。

"小心！"李之然忙上前去扶张嫂，确定她没事，才转过身看傅司衍，尽量压着自己的脾气问他，"告诉我，你到底想干什么？"

傅司衍低着头不看她，也不说话，只是默默蹲下，用手去捡那些碎瓷片。李之然这才看见他手背上有一道浅浅的划痕，应该是刚才盘子碎的时候，被飞溅的碎片刮到了。

李之然抓过他的手："司衍，这不是玩具，你不能用手去碰。还有，你不可以随便推人，知道吗？乖，过去跟张嫂道歉。"

傅司衍却像没听到她说的话般挣开她的手，一言不发地继续蹲着捡地上的碎瓷片。

"你怎么这么不听话？"李之然终于控制不住脾气，她想将傅司衍从地上拉起来，却敌不过对方的力气，同时又怕激烈的动作会刺激傅司衍的情绪，让他更加失控。

无奈，李之然只能蹲下去陪他一起："好，我帮你捡。"

李之然刚伸出手，就被傅司衍挥开了，他无声地用行动将李之然挡在自己的世界之外。李之然的手在半空僵了一会儿，站起来。

"张嫂，只要不闹出什么事，你别管他。划破了手也不用管，等他自己冷静了，你再给他上点儿药。"李之然不得不狠下心。

"哎。"张嫂站在一旁不知如何是好。

李之然径直走到门口，又回头看了傅司衍一眼。他仍然低着头，一块一块捡起地上的碎瓷片，神情专注，根本不管旁人。李之然心里难受,转身走了。

门开合的声音传进傅司衍的耳朵,他手上的动作顿了一下,又继续捡了起来。直到把地上所有的碎片都捡干净,才把它们一股脑地扔进垃圾桶。张嫂忙跑过去检查他的手,见只有手背上有一道浅浅的划痕,松了口气,转身去拿医药箱。等到张嫂抱着药箱回到厨房时,却看见了让她惊骇的一幕……

李之然已经快到律所了,突然接到了张嫂打来的电话:"李小姐啊,你快回来吧。他发疯了……他拿着刀,我已经报警了,太吓人了……你快回来啊!"张嫂似乎受到了惊吓,有点儿语无伦次。

李之然没听明白家里究竟发生了什么事,但张嫂惊吓过度的语气让她的心一下子沉到了谷底,甚至有些喘不过气来。她飞快地赶回傅宅时,就见一辆警车停在门口。

李之然快步走进屋里,客厅里坐着两名民警,傅司衍盘腿坐在地板上,面朝窗户背对着门,似乎又在发呆。

"你是他的家属吧?"年纪稍轻的民警见她进来,指着角落里的傅司衍问道。

李之然点点头,说:"警察同志,他只是身体不舒服,目前正在治疗中,我……"

"他的情况看护已经和我们说过了。"警察打断她的话,"我得给你个建议,家里有病人,还是个容易情绪失控的成年男性,只留一个女看护照顾是不行的,必须得有男性家属或男看护,否则一旦发生事故根本无法控制!"

"他平时很乖的……"

"他平时怎么样我们不了解,这次幸好没出什么事,但我还是得提个醒,要是下次他控制不住伤了人,或者……"

"不会的！不会的！"李之然大声道，"我会好好看着他，不会再有下次了。"

两名民警无奈地摇摇头，欲言又止，最终还是起身离开了。李之然送他们到门口，年轻的民警不知想起了什么，忽然转过身指着密码锁斜上方的墙角，"这个监控器是你们自己装的吗？"

李之然心里一惊，顺着他手指的方向往上看，房檐下的夹层里竟然藏着一个隐蔽的针孔摄像头，正对着密码锁。只要有人解锁开门，上面的摄像头就能将密码看得一清二楚。

李之然浑身的汗毛都竖了起来，但面上依然维持着平静，微笑着点头，"是啊，怕不安全就在这里装了个摄像头。"

"藏得还挺深。"民警笑道，"一般人还真看不到。"

李之然敷衍地扯了扯嘴角，民警一走，她迅速搬来梯子，用扫把把藏在夹层里的摄像头扫了下来。她不愿将这件事交给警察处理，是顾忌傅司衍的身份和他目前的身体状况，担心事情会闹大。

李之然本想联系何岩，但心里又记挂着傅司衍，不知他上午究竟是怎么了，行为如此反常。她到现在还不清楚，她早晨离开后家里到底发生了什么事？

李之然把摄像头收起来，回到客厅打算和傅司衍好好聊聊。刚才一直没见人影的张嫂这时才从厨房里走出来。

"李小姐啊！"她说话略带口音，声音还有点儿发抖。

李之然问她："张嫂，到底是怎么回事？"

"你走了以后，我都照你说的做，没管他，等他把地上的碎片都收拾干净了，我才拿来药箱要给他的手消消毒上点儿药什么的。结果看见他在厨房里拿着刀疯了似的切什么东西，身上、脸上都是红色的，我以为是血，吓得我哟……赶紧打110报警。"张嫂原本还满腹委屈，说到这却有些啼笑皆非，"等我壮着胆子仔细一看呐，唉哟！他原来是在切西红柿，也不知道他和西红柿有什么仇，好好几个西红柿被他切成了糨糊。他切完了西红柿还不够，又拿起大菜刀去砍小刀，那样子也是怪吓人的。我不敢拦，又怕他切到手，等警察过来，他都已经切得差不多了，两把刀都砍钝了，你看吧。"

张嫂把刀拿给李之然瞧，两把刀的刀口都被砍出了凹痕，可见傅司衍当时下了多大力气。

"后来警察来了，他也不理人。"张嫂朝独坐在窗边的人努了努嘴，"他就自个儿坐在那儿发呆发到现在。"

李之然安静地听完，缓步走到傅司衍身边，见他身上、脸上还有干掉的番茄汁，点点绯红。李之然拿了张湿纸巾，蹲在他身旁替他擦掉脸上的番茄汁。

"你今天是怎么了？为什么突然这样？"她温声询问。

傅司衍低着头一声不吭，也不看她。

"看着我。"李之然低声说。

他还是不动，李之然就趴低了去看他，却意外地发现他那双深如古井的眼里有泪光在打转。李之然一时愣住了，哭鼻子掉眼泪的傅司衍她还真没见过。

"你哭什么呀？被你切坏的番茄和刀具都没哭呢，还有张嫂，被你吓成那样也没哭，你一个小霸王哭什么？"

过了一会儿，李之然才听见傅司衍细如蚊蚋的声音，闷闷地传来："它们坏。"

"什么坏？"

傅司衍用袖子抹了把眼睛，眼里那点儿水光瞬间被布料吸走了。他下手不知轻重，整个眼眶都被揉红了。

"你眼睛跟你有仇是不是？"李之然有点无奈，轻柔地摸了摸他的眼皮。

"番茄、刀,都坏!"傅司衍的声音再度响起。

李之然觉得好笑:"为什么呀?"

他一声不吭地拉起她的手,举到她眼前,让她自己看。

"疼。"

李之然看见食指的创可贴,眨了眨眼睛,半晌才明白过来:"你是因为我切番茄的时候,切到了手,所以才不高兴的?"

傅司衍点头,摩挲着自己手背上的伤口不说话。

李之然追问:"那你这一上午是在替我报仇吗?"

傅司衍点点头。

李之然眼眶一热,笑骂了一句:"小傻子!"心里却满是酸软和无奈。

她伸出手,环抱住她的"小傻子",脸贴着他的脸,低低地叹气:"这么点儿小伤,我自己都不在意,你那么生气做什么呢?"

他活在自己的世界里,用自己的方式表达关心,旁人或许能理解,或许不能……多像一次赌博,他用自己的真心去碰运气。

温热的液体打湿了傅司衍的脸,他觉得脸上如被火烧一般,心里生出不安,小猫似的蹭了蹭李之然的脸,轻声说:"别哭。"

"没哭,我这叫排毒。"

李之然松开手,胡乱抹去眼里的泪花。傅司衍看着她,忽然伸手,学着她刚才的样子,用微凉的指腹轻轻触碰她的眼皮,像羽毛般从上面轻轻掠过。

李之然睫毛微颤,微微将头一偏,避开他的手,颇有些不自在地拨了拨头发。

"我叫张嫂来给你擦药,你要乖乖的知道吗?而且要和张嫂道歉,你今天早上吓到人家了。"

把傅司衍交给张嫂之后,李之然到阳台给何岩打了个电话,告诉他摄像头的事，何岩也很紧张。

"要不你们换个地方住怎么样？"没等李之然回答，何岩自己先否定了这个方案，"现在一时半会儿也找不到合适的地方，要不我雇几个保镖在附近巡逻？"

李之然不同意，她认为让陌生人靠近，房子反而更不安全。

"何助理。"她说，"要不这样，白天我不在家的时候，让司衍待在医院，等我下班之后再接他回来。"

何岩权衡了一番，觉得这个提议最可行。

"行，我今天下午就去安排，明天早上我带司衍去医院。"

"好的。另外，何助理，我打算在房子附近安装几个摄像头，家里也得装几个，这样安心一点儿。"

"没问题，我马上找人去办。有什么事你随时给我消息。"

"麻烦你了。"

事情暂时告一段落，但李之然的心还吊着。如果隐藏的摄像头没被警察发现，那她无论换多少次密码都没有用。摄像头虽然被找出来了，但那个人既然能在门口安装摄像头，那么在别的地方安装也不难。她又想起之前闻到的那股陌生的香味，心里愈发不安。

李之然花了一天时间，将房间每个犄角旮儿都检查了一遍，和上次一样，仍然什么都没发现。暗处的人对他们了如指掌，他们却对暗处的人一无所知。究竟是谁做的，目的又是什么？

李之然想来想去，想得脑仁儿疼。

傍晚，张嫂收拾好东西准备离开："李小姐，我先回去了。"

李之然起身送她："张嫂，今天真是辛苦你了。"

"没事，我当看护这么多年，比他更暴躁的病人都见过。"张嫂是个好心肠的人，反过来宽慰李之然，"李小姐，我照顾傅先生也有一段日子了，我能感觉出他的变化，他会越来越好的，你放心。"

危机四伏 | 231

李之然握着张嫂的手，说："谢谢。"

她心里清楚，外人好心安慰也只是安慰而已，改变不了什么。她一直提醒自己，不要对任何事抱有期待，只有这样，哪怕有一点点转机，都足以令她欣喜，也足够支撑她继续走下去。

李之然很快准备好晚饭，到卧室叫傅司衍："司衍，吃饭了。"

傅司衍这回很乖，立刻从地上爬起来，跟在李之然身后出来。

晚餐吃到一半，他忽然说："晚上，我们出去。"

这是傅司衍第一次主动要求外出，李之然考虑了一下，没忍心拒绝。

"可以，但你得寸步不离地跟着我，不能乱跑知道吗？"

他用力地点头，那双灰蒙蒙的眼睛里难得流露出兴奋之色。

晚饭过后，李之然带着傅司衍去了中央广场附近的超市。她推着购物车边走边看，傅司衍紧跟在她身后，亦步亦趋。走到人多的地方，他会不太舒服，伸手抓着李之然的胳膊。

"没关系的。"李之然拍了拍他的手，悄声安慰，"别怕，我在这呢。你跟着我就好。"

傅司衍绷紧的身体真的一点点放松下来。在他心里，身边这个女孩是这世上最强大的人，只要有她在，他就觉得心安，只要她说，他就愿意相信。

变成了小孩的傅司衍，完完全全地依赖着李之然。

"李小姐！"一个女人惊喜的声音穿过人群追上她。

李之然驻足回头，意外地看见明心心理诊所的前台小姐。对方看见她似乎很高兴，一路小跑着过来了。

躲是躲不过了，李之然低声叮嘱旁边的傅司衍："待在这里等我，不要动。"

说完，她上前几步截下了兴奋赶来的女孩，"好久不见。"李之然扯出一抹微笑。

"李小姐，我找了你好久呢。"

"找我干什么？"

"梁医生生前留了个东西，他让我务必亲手交到你手里，不能让别人知道。"

李之然眸光一动："什么东西？"

"一个文件袋，不过你放心，我没拆开看。"

"东西在哪里？"

"东西我放在家里了，也不知道今天能碰上你。我家就在附近，李小姐你方不方便过去一趟？"

李之然考虑到傅司衍，婉拒了："今天我还有事，明天上午你方便吗？"

"明天上午……也行。"

"那你把你的手机号码给我，我们约个地方见。"李之然存下她的号码后才意识自己还不知道她叫什么名字，顿时讪讪地问，"不好意思，怎么称呼你？"

"我姓徐，双人旁那个徐，你叫我小徐就好。"

"行，小徐，我们明天见。"

"拜拜。"

李之然目送她离开，这才转身去找傅司衍。一回头，心顿时凉了半截。傅司衍推着购物车乖顺地在原地等她，前方几米之外，一个妆容精致的女人正站在那静静地看着他。

阮亦晴？这个人的出现如五雷轰顶，李之然没有片刻犹豫，冲过去一把抓起傅司衍的手就走。

"李之然！"阮亦晴冷声喊道。

危机四伏 | 233

李之然只当作没听见，死死地抓着傅司衍的手腕，带着他一路向超市门口走去。高跟鞋的声音又快又急，从后面追上来，挡住了他们的去路。

"李之然！"

李之然有些无奈，事已至此，躲不过去了。她把心一横，索性站住，等着阮亦晴过来。就在阮亦晴掠过她身边的瞬间，一阵熟悉的香水味随之而来，李之然一怔，难以置信地望着来人。

阮亦晴原本还气势汹汹，被李之然这么盯着，不知为何，忽然有点心虚："你这是……干什么？"

李之然开门见山："你最近，是不是去过傅司衍家？"

阮亦晴眼中飞快地闪过一抹惊慌，但她很快镇定下来。

"我还想问你呢……"阮亦晴扫了一眼旁边的傅司衍，压低声音道，"何助理不是说傅总出国考察了吗？这是怎么回事？"

傅司衍低头不安地往李之然身后躲，李之然握住他的手，坦然地迎上阮亦晴的目光。

"你们老板生病了。"

她这般坦然的态度，让阮亦晴一时不知该作何反应。

李之然内心敏感，眼睛也毒，瞬间就判断出阮亦晴不是刚刚知道傅司衍生病的事，她此刻不过是装腔作势，找个借口摆出兴师问罪的架势而已。归根结底，就是看她李之然不爽。

阮亦晴是讨厌她，甚至恨她，但这种恨真的会让这个如公主般骄傲的女人不惜用下三烂的手段"借刀杀人"？李之然想不明白，她脑子很乱，索性把阮亦晴当空气，拉着傅司衍大步流星地走了。

阮亦晴没再上前拦他们，她冷冷地看着两人离开的背影。过了好一会儿才迈开步子，走出超市。一辆黑色轿车停在外面等她。

阮亦晴拉开车门坐进副驾，乔烨见她神色不对，问了句："怎么了？"

"刚刚在超市碰见李之然了。"阮亦晴面无表情地说,"她还问我最近是不是去过傅司衍家。"

乔烨对此并不在意:"没凭没据的事,你否认就好。"

阮亦晴忽然拔高了声音,情绪有些激动:"你当我是傻子吗?我当然否认了!"

她心里憋着火,逮着谁朝谁发泄。

乔烨却是好脾气,漫不经心地把玩着手里的打火机,皮笑肉不笑地说:"傅司衍现在的样子你也看见了,你还打算把他拎回来吗?"

阮亦晴脸色渐渐发白,咬着下唇没说话。打火机那簇小火苗在阮亦晴眼底时燃时灭,乔烨低沉的声音不紧不慢地往她耳朵里钻。

"我真替你可惜,如果李之然没出现,傅司衍或许不会变成那个样子。"他语气带着遗憾,"你陪在傅司衍的身边这么多年,跟着他一路打拼过来,本应该是给自己做嫁衣的,到头来却白白送了人。"

那簇火苗不再时有时无地闪现,它静止在阮亦晴的眼前,占据了她的全部视线。

"如果我是你,我不会原谅他们。"乔烨凑到她耳边低声说,"你吃了那么多苦头,受了那么多委屈,怎么能让他们好过呢?"

"对,不能让他们好过。"阮亦晴没察觉到自己的声音已经变成了一种无意识的呢喃,她的脑海中全是傅司衍和李之然在一起的画面,她恨得差点咬碎一口银牙,"我不能原谅他们!我要让他们付出代价!"

乔烨脸上露出诡异的笑容:"很好。"

20 生死相随

回到家以后,李之然照例把房子里里外外都检查了一遍,尤其是傅司衍的房间,没放过任何一个角落。在反复确定没有异样后,她才稍稍放心,走到窗边给何岩打电话,跟他说起今天遇到阮亦晴以及她身上的香水味。

何岩听后难以置信:"阮亦晴偷偷进过傅宅?"

"应该是这样。"

"门口的摄像头呢?也是她装的吗?"

"这个我不确定。"

单凭香水味不能说明什么,何况房子里的香味早已消失,她没有切实的证据。

李之然凝眉道:"不管怎样,我们要提防阮亦晴这个人。"

"我会留意的。"李之然放下手机,深深地呼出一口气,回过头看到床上的傅司衍正望着她,眼睛一眨不眨。

李之然笑了笑,走过去:"怎么了?还不困吗?"

傅司衍不回答,依然望着她,眼睛酸涩。

"然然。"他低声叫她。

"嗯。"李之然应了声。

"然然。"傅司衍不知是怎么了。

"睡吧,你今天肯定累了。"李之然让他躺下,替他披了披被子,手还没来得及抽回来,就被傅司衍死死抓住了。他下手没个分寸,李之然吃痛地皱起了眉。

"你怎么了?"她忍着痛耐心问道。

傅司衍没吭声,但眼眶却憋得通红,眼睛深处似乎有什么东西在拼命挣扎……他抓着李之然的手越来越用力,仿佛一松开,他就会跌进无底深渊。而她,是他能攥在掌心的唯一一根救命草,是他仅有的一线希望,也是支撑他的全部力量。

"然然……"他艰难地叫出这两个字,神情越来越痛苦,一只手死死地按住自己的胸口。

李之然渐渐意识到,傅司衍并不是在喊她,而是在向她求救。

"司衍!"她慌了,"司衍,你怎么了?是不是哪里不舒服?"

李之然想拿手机给何岩打电话,让他找楚医生过来。但傅司衍正陷在剧烈的痛苦中,脑子里一片嗡鸣,所有感官都麻木了,他能抓住的唯一慰藉,只有眼前这个人。

李之然身体一动,他便下意识地以为她要走,惊恐地想要拉住她,拉扯间无意扯下了她脖子上的吊坠。那一点金属的凉意渗透了他的皮肤,钻进血管里,让他清醒了一些……那些美好的回忆隐隐约约在他脑海中浮现。

"与你重逢以后的所有时间,都很不可思议。"

"我会努力,学着去爱……"

傅司衍忽然安静下来,李之然察觉到他抓着自己的手慢慢放松。

"司衍。"她担心不已。

傅司眼底的挣扎归于平静，他缓缓地抬起头，望向李之然，轻轻地开口，嗓子竟似许久未用，干涩沙哑："然然。"

这声音多么熟悉，连语调都像极了他。然而李之然不敢奢望，强扯开一抹笑掩饰自己的心慌。

"别闹了。"她摸了摸他的头，向他坦白自己的不安，"我可以没有期待地生活，但我承受不起希望一再落空，你能明白吗？"

她不过是个女人，又不是坚不可摧的神。

傅司衍眼中的光黯了下去，他不知道自己能回来多久，也不知道什么时候自己的意识会再次沦亡……何必给她一场镜花水月的空欢喜？傅司衍低下头。

李之然眼中有淡淡的失落，还好她没有满怀期待，预料之中的结果，尚且能接受。

"项链还给我。"李之然朝他伸出手，傅司衍迟疑了一下，才将项链放回她掌心。

链子被他扯断了，李之然把项链收进包里，打算明天找个地方修修。

"还难受吗？"李之然问，伸手按了按傅司衍的胸口，感觉到掌心下的身体不自然地僵了一下，以为他还不舒服，李之然不禁心疼地皱起眉，"早知道今天就不带你出去了。"

她语气里有隐隐的懊恼。

傅司衍轻声说："不疼了。"

"真的？"

"嗯。"

李之然露出笑容："我们司衍好乖啊。"

她像哄孩子一样哄着自己，傅司衍安静地听着，微笑不语。

李之然温声说："既然没有不舒服，那就早点儿休息吧。"摸到床头的开关，按下去。灯熄灭了，房间里顿时黑成一片。

李之然正准备去睡，傅司衍突然拉住她的手。

李之然觉得今天的傅司衍格外黏人："别闹了，明天上午何助理过来接你去医院，你要早点儿起来，我明天……啊！"

她话没说完，就被傅司衍用力一拉，整个人被拽得重心不稳，跌进他怀里。

"然然。"傅司衍温热的呼吸喷在她耳后，李之然在黑暗中红了脸。

"你再胡闹我要生气了！"

傅司衍另一只手不依不饶地缠上来，环住了她的腰。

"我困了。"他说，声音里带着倦意。

李之然哭笑不得："你困了就能耍流氓了是不是？"

她想扯开腰间的手，但傅司衍力气大得惊人，任凭她如何拉扯就是纹丝不动。李之然无奈，只好由着他去了。

"你好歹让我盖上被子吧？"

傅司衍这才放松了一点儿，给李之然留出一点儿盖被子的活动空间。等她一盖好被子，傅司衍又重新收紧了胳膊。

李之然挣扎着侧过身子，面朝着他。黑暗中，那个刚刚说困的人，睁着一双亮得出奇的眼睛，一眨不眨地看着她。

李之然伸出手轻柔地摸了摸他的脸，低声道："等你清醒过来，我要是告诉你，你今天的流氓行为，你怕是不会认账的。"

搂在她腰上的手又紧了两分，李之然几乎被他整个裹进怀里，她的脸贴在他胸口，听着他的心跳，脸已经烫得要冒烟。

"喂，你不要太过分啊小朋友！"

傅司衍将下巴抵着她头顶，静静地说："困了。"

李之然无奈地叹了口气："长这么大，这还是我第一次和男人躺在

生死相随 | 239

一张床上，你要对我负责的。"

"嗯。"他淡淡地应了声。

李之然忍不住笑道："你'嗯'什么'嗯'？你连自己在做什么都不知道。你也不懂拥抱的意义，更不懂我们这个姿势有多么暧昧。"

她低声碎碎念，因为知道身边的人听不懂，所以说起来肆无忌惮。

"我可是个成年人知道吗？我和你不一样。今天晚上的事，只此一次，下不为例！坦白说，我对你心思不纯、别有企图，万一控制不好自己……"饶是李之然这样的"厚脸皮"，说到这儿也忍不住老脸通红，轻咳了一声，总结道，"总之呢，你以后不能再这样了，知道吗？"

"嗯。"傅司衍轻声应着，眼睛却不舍得闭上，双目清明。

李之然慢慢合上沉重的眼皮，有些贪婪地嗅着傅司衍身上的味道。像薄荷，但是比薄荷更清冽，淡淡的，很好闻。

她忽然想，就这样休息一会儿吧。于是，那双僵持地缩在胸前的手慢慢张开，有些生涩地搂住傅司衍的腰。

"我就休息这一次。"她轻声说，"傅司衍，我很想你，但是我只想你这一个晚上。因为一直带着期待生活的话，太累了。十五年前，我每天都期待我妈来接我回家，可是我等了好久都没有等到，我的期待在那时就用光了。"

她说："你看啊，这世上有那么多人比我们更惨，比如那两座悲剧的爱情雕像，每天相见又分离，但我们不用。只要我还能动，我就会一直照顾你，这么说起来，我们还可以在一起很久很久，这也算是一种幸福吧。"

有温热的液体湿透了傅司衍胸前的衣服，他怀里的这个傻姑娘，在压抑着哭泣，尽力在笑。

"有句话怎么说来着？若非死别，绝不生离。不过这话太悲壮了，我们不适合。你知道吗？我以前想过我们的未来，我们会结婚，会住在一个小房子里，会有我们的孩子……不过现在，我什么都不想了，我可以不要家，不要孩子，我只要余生和你在一起，无论你是八岁也好，八十岁也好，都没有关系。你以前说，和我重逢以后的所有时间都很不可思议。可是对于我来说，遇见你之后，我才慢慢发现自己的生活有了意义。"

李之然忽然觉得自己有点儿可笑，竟向一个孩子碎碎念这么久。

"不好意思啊，强行把你当树洞了。"她拍着傅司衍的后背轻声哄他，"睡吧。"

她没等来回应，心想傅司衍大概是睡着了。她的手便这样有一下没一下地轻拍着傅司衍的后背，脑子里却在琢磨明天的事。

明天上午得先去找一趟小徐，看看梁荣轩究竟留了什么东西给她。还有阮亦晴，那个女人到底是什么人，沈术和她又是什么关系？她需要考虑的、担心的事实在太多，想着想着，就这样睡着了，那些亟待解决的事依旧压得她眉心舒展不开。

傅司衍确认怀中人睡熟了以后，才小心翼翼地松开她，翻身下床，找到李之然的手机，走到外面阳台，给何岩打了个电话。

"李小姐，出什么事了？"深夜接到李之然的电话，何岩神经瞬间紧绷。

"是我。"傅司衍平淡的嗓音传进他耳朵里，何岩愣了两秒。

"傅总？"

"嗯。"他说，"像上次一样，我在癔症发作期间偶尔会清醒，但不知道什么时候又会失去意识，所以我没告诉然然。"

何岩一时不知自己是该喜还是该忧。

傅司衍继续说："我记起我八岁那年，家里领养过一个男孩，比我大一点儿,是我的哥哥。他曾经伤害过我,但我的这段记忆没有了。我爸妈也绝口不提那个哥哥,甚至否认他的存在。我怀疑他回来找我了,很可能就在我的身边。你尽快去找我的父母,告诉他们事情的严重性,或许能从他们那里得到什么有用的消息。"

傅司衍不知道自己能清醒多久,这些事只能交代给信任的人。

"好。"何岩认真记下他说的每句话。

"何叔,如果我一直没能清醒过来,公司你看着处理吧。"他说,"给然然留一笔钱,足够她以后的生活。"

"那你呢?"

傅司衍沉默了一会儿,说:"把我送去美国的医院吧,像当年一样。"

"可是李小姐……"

"和她说,这是我的意思,如果她想我,让她有空去医院看看我,那样就足够了。"

傅司衍闭上眼睛,清寒的月色把他的影子拉成单薄一片。夜风掀动他的衣角,却吹不散他身上沉重的枷锁。

"然然是个坚强的女孩,就算没有我,她的人生也会继续下去。她会好好活着,像以前一样,帮助那些需要她帮助的人。"

傅司衍知道,李之然的生活不会因为自己的消失而停止,她有这样的本事,无论怎样都能独自好好活着。

"我不希望自己变成她生命中的负累,她说她不介意,但我很介意。"

说这些话的时候,傅司衍心里泛起一阵疼痛,那痛楚并不剧烈,却是绵长的。从他心尖开始,蔓延到全身,到最后连每一次呼吸都变得很难受。

傅司衍自嘲地挑了挑嘴角:"何叔,这么多年,我好像还没对你说过谢谢,现在说会不会有点迟?"

一向冷静温和的何岩终于忍不住吼道："你这个浑小子！老老实实地给我好起来听到没有？等你好了，当面过来和我说谢谢！"

傅司衍笑了笑："我的事情都交代好了，挂了。"

在他放下手机的瞬间，门外一抹纤细的身影迅速背过身去。李之然捂住嘴拼命压抑着，不让自己发出声来，只有眼泪悄无声息地滑落。

她在傅司衍转身之前回到房间。傅司衍回卧室时，看见的是仍然躺在床上熟睡的李之然，甚至还维持着他离开时的睡姿。

傅司衍蹲在床边，轻抚着她的脸，目光深沉，满是眷恋，就像是想把那张脸吸进眼中、刻进心底一样。不知过了多久，他探身过去，轻轻地吻了吻她的眼睑。

"然然……"他用轻到几不可闻的声音说，"我好像还没告诉过你，我爱你。"

熟睡中的人没有睁开眼睛，房间晦暗，所以傅司衍没有发现，她睫毛下潮湿一片。

傅司衍预计的没有错，他根本没撑到第二天早上。凌晨两点左右，他就开始昏昏欲睡，很快再次被困进梦魇中，眼睁睁地看着八岁的自己重新掌控身体。

李之然一夜未眠，第二天闹钟响起，她睁开眼睛，下意识地看向旁边的傅司衍，依然是呆滞木然的神情和毫无生气的双眼……他又变回了那个八岁的小孩。

李之然收拾好心情，对他露出温柔的笑容："司衍，快点儿去刷牙洗脸，待会儿何助理来接你了。"

傅司衍没睡够，吃早餐时哈欠连天。李之然把他交给何岩时，发现他脸上没有一点儿异常，神色淡定平和一如既往。

生死相随 | 243

"何助理。"在何岩带着傅司衍准备出门时,李之然叫住了他。

"何助理,我待会要出去办点儿事,顺便去一趟傅教授那里。关于司衍小时候的那个哥哥的事,我会问清楚的。"

何岩一愣:"昨天晚上……"

"我都听见了。"她看向傅司衍,语气略带埋怨,眼中却是温柔和纵容,"他不知道,也不想让我知道。他总是这样自以为是地替别人做打算,谁稀罕?"

何岩在心里叹息,这两个人怀揣着彼此的秘密,小心翼翼地生活着,一心想温暖对方,却不知有些时候伤人又伤己。多傻啊,这样的两个人。

李之然约小徐在中央广场附近的小喷泉池见面。李之然赶到约定地点不久,小徐就拿着文件袋出现了。

"李小姐。"小徐递过文件袋。

"谢谢。"李之然接过袋子。

"梁医生把袋子给我的时候,还留了句话让我转告你。说你问他的事,答案应该就在袋子里面。"小徐心中虽有疑惑,但想到梁荣轩托付她时的郑重,最终还是没问李之然是什么事。把袋子交到李之然手中后,她便告辞了。

上了车,李之然迅速拆开文件袋。袋子里只有一张年代久远,已经泛黄的登记表,表格的右上角贴着一张褪了色的老照片,依稀能看清照片上的人,是个十岁左右的小男孩,神情阴狠,满脸戾气。照片旁边的表格里填着他的名字:乔烨。

李之然脑袋里"轰"的一声,那页泛黄的纸从她手里飘然滑落。她用手使劲搓了搓脸颊,逼迫自己冷静下来,开车直奔傅哲家。

何岩将傅司衍送到医院，病房是他提前安排好的 VIP 套房，在住院部的顶楼。病房里安排了两名专业看护负责照顾傅司衍，床头铃的另一端直接连通医生值班室，按下去后，医生会在两分钟内赶到。

刚把傅司衍安顿好，何岩就接到了公司打来的电话："何助理，有一批建材交货了，需要您代傅总签个字。"

"好，我马上回去。"

临走前，何岩再三叮嘱看护各种注意事项，并告诉他们有什么紧急情况立即联系他。做完这些，何岩才匆匆离开。由于走得太急，出电梯的时候，他还和一名身穿白大褂戴着口罩裹得严严实实的医生撞了个满怀。何岩低声说了句"抱歉"后就走了。

那医生走进电梯，按下顶楼键。磨砂的电梯门在他面前缓缓合上，倒映出那双阴鸷的眼睛。

"叮咚……叮咚……叮咚……"门铃声急促地响起。

傅哲放下报纸，起身走到玄关，透过猫眼看清来人后，才打开门。

"李小姐？"他一脸狐疑，下意识地往李之然身后张望。

李之然知道他在找什么。

"傅教授，今天是我一个人过来的，司衍他在医院。"

"医院？"傅哲眉心皱起，也顾不得请客人进门，兀自念叨起来，"他现在到底是个什么情况？好端端的怎么身体又不舒服了？他不过三十岁啊……"

像是预料到什么不好的事，傅哲脸色一白，没有继续说下去。

"您放心，司衍他身体没有大碍，现在情况也已经开始好转了，等他康复，我就拉他过来看您。"李之然忙宽慰他道。

傅哲摆摆手："他人没事就行，不用特地来看我了。"说着，转身往屋里走，李之然跟在他身后走进客厅。

傅哲招呼她坐下，自己去泡了杯茶："这是昨天我一个学生送的龙井，你尝尝。"

李之然哪有喝茶的心情："傅教授，我今天来是想问您一件事。"她此刻心急如焚，也不打算浪费时间，"你们以前是不是收养过一个叫乔烨的男孩？"

"砰"的一声脆响，傅哲手里的茶杯摔在地上，滚烫的茶水流了一地，上好的茶叶结成团黏在木地板上。傅哲的脸色比茶叶渣还要难看。

"没有……没有的事！"

李之然就像是没听到他的否认，继续说下去："我手里有一份资料，上面显示二十一年前，乔烨因为持刀伤人进了少管所，他伤的那个人……是不是傅司衍？"

傅哲"嚯"一下站了起来："你从哪里知道这些事的？"

他的反应已经给了李之然答案。

李之然压抑着怒气，尽量用平和的口吻说："您和许阿姨离婚后，都有了各自的新生活，没人管傅司衍过得怎么样。你们根本不知道他这些年来，因为乔烨、因为当年的事受了多少折磨，他每天都活得很辛苦，几乎没睡过一个安稳觉。现在还得了癔症，心智回到八岁。傅教授，我说一句不好听的，你们作为父母，不但不帮他，还隐瞒事实伤害他，你们于心何忍？傅司衍不是你们的孩子吗？"

说到最后，李之然已经冷静不下来，声音无法自制地拔高，身体也不住地颤抖。

傅哲低头沉默半响，他才缓缓开口："我以为那些事都过去了，他不会再记起来了。"

李之然握着水杯的手微微收紧，耐着性子等傅哲继续说下去。

　　"乔烨是司衍八岁那年我做主收养的一个男孩。他比司衍大两岁，一生下来就被亲生父母抛弃了，在儿童福利院生活了几年，五岁的时候被我师妹和她丈夫收养了。他们没有生育能力，所以对乔烨特别宠爱，那时我师妹一家还带乔烨来过我们家。这么说起来，乔烨和司衍更早就认识了，孽缘啊。"傅哲沉重地叹了口气，"没过几年，乔烨的养母，也就是我的师妹出车祸去世了。又过了两年，她丈夫在一场大火中烧死了，只有乔烨从那场大火里死里逃生。"

　　傅哲摘下眼镜擦了擦，又戴上。

　　"我看那个孩子可怜，考虑到司衍也没个玩伴，所以就收养了他。说来也怪，司衍那么冷淡孤僻的性格，居然能和乔烨亲近起来。刚开始的那段日子，他们相处得挺好的，司衍也在乔烨的影响下，变得比之前开朗了许多。"

　　李之然忍不住问："既然这样，乔烨为什么会伤害司衍？"

　　"这怪我和许丽。"傅哲自责不已，痛苦地闭上眼睛，再睁开时，苍老的眼睛里满是愧疚，"那时我们工作都很忙，没什么时间陪伴司衍，更没有留意到乔烨和普通孩子的不同。乔烨给我们的印象就是比同龄的孩子懂事、敏感，但想到他的经历，所以觉得也挺正常。加上他和司衍看起来相处得很好，也就没觉得他有什么问题。但我们忽略了乔烨身上那种懂事和沉稳超出同龄孩子太多太多了。在我们大人面前，他一直表现得非常乖巧听话。但他在司衍面前是什么样子，我们从没考虑过，等我们发现的时候……已经太晚了。"

　　李之然心里涌起一阵寒意。

　　"乔烨对司衍的占有欲太强了，司衍他啊……"傅哲提起自己的儿子，语气多了一丝慈爱，"他虽然性格孤僻，行为也很怪异，但他内心其实特别孤独，没有安全感。乔烨能理解他，久而久之，司衍对乔烨越来越依赖，后来变成乔烨去哪儿他就跟着去哪儿。家里当时养的一只大狗菲力也是司衍的好朋友，但菲力生下一窝小狗后不久就死了。我们只留下了一只小奶狗，其他的都送了人。司衍就把对菲力的感情寄托在那只小奶狗身上……"

傅哲顿了顿，讲起他最心悸的部分。

"那天，我和许丽难得都在家，但谁也没去管两个孩子。当时我们的感情已经出现了问题，正在考虑是离婚，还是为了孩子继续维持婚姻……我们正在卧室里谈话，突然听见司衍在外面大声尖叫。那孩子常常会那样叫，像发了狂似的，我们当时也没太在意。不过他的喊叫声一直没停，特别凄厉，我和许丽赶紧出去看情况，就看见了那一幕。"那已经是很多年前的画面了，但傅哲至今仍记忆犹新，仍然难以置信，"乔烨他一手拿着刀，刀上全是血，另一只手抓着小奶狗的头，狗的身子就躺在他脚边，还在抽搐……他当时才十一岁啊！"

傅哲忘不了乔烨当时的神情，就像个冰冷残忍的刽子手。

李之然双手微微发抖："后来呢？"

"当天晚上，我和许丽就商量着要把乔烨送走，等我们商量好准备休息时，突然又听见司衍房里传来尖叫声。我们赶紧冲过去，推开门就看见浑身是血的司衍……而乔烨，正举着刀站在他旁边，他甚至转过头冲着我们笑……"傅哲抿了抿发干的嘴唇，扯出一抹苦笑，"那是我第一次动手打孩子。把司衍送去医院后，他昏迷了两天，醒来时，他把和乔烨有关的一切都忘了。医生说是因为他受的刺激太大，为了自保，他篡改了自己的记忆。医生建议我们不要再向他提起之前的事。我和许丽觉得这样也好，所以我们达成共识，谁都不向司衍提起乔烨，就当这个人根本没存在过。"

"可是,"李之然低声说,"司衍从来没有真正忘记过乔烨……他对乔烨的恐惧一直留在他的潜意识里,成了纠缠他多年的噩梦。"

"我……我不知道……"傅哲张嘴还想说什么,却发不出声音。他们对儿子这么多年的忽视,让他羞于开口。

李之然微微垂下头,不让傅哲看到她脸上此刻的神色。

"后来呢?后来你们是怎么处理乔烨的?"

"我们报了警,把他送进了少管所,之后就没再联系了。司衍伤好出院后,我们也搬了家。"

再往后,七岁的李之然推开了那扇门,笑吟吟地对里面的小少年说"你好",他们之间的故事,就此展开。

李之然忘了自己是怎么离开傅哲家的,等她意识到的时候,她已经置身街头,身前车如流水,四周熙来攘往。

李之然感觉自己像座孤岛,在时间里岿然不动,直到……另一座孤岛逆着时间,来到她身边。

她忽然很想念傅司衍,很想,很想见他。

何岩处理好公司的事没多久,就接到了看护打来的电话。

她支支吾吾地问:"何先生,您是不是把傅先生带走了?"

"什么?"何岩脸色一变,"他不见了?"

"我们正在找……"

何岩心急火燎地赶到医院,冲上住院部顶楼的 VIP 病房。医生、护士和看护都在里面,唯独不见傅司衍的踪影。

"你们是怎么看人的?"何岩怒道。

年轻一点儿的看护被吓得直掉眼泪。

"不久前他还在门口玩,还有医生和他说话。不知道怎么的,忽然就不见了……"

"他不见多久了?"

"我们上上下下找了个遍也没看着人,所以才给您打电话。应该有大半个小时了……"

"你们到底是怎么照顾病人的?"一向温和的何岩几乎是吼出来的,"人要是找不到,我和你们医院没完!"

"司衍……不见了?"

一个熟悉的声音迟疑地插了进来,何岩一转头,看见站在几米外的李之然。这个消息让她失魂落魄,定在原地,两眼失神。

"李小姐……"何岩脸色稍缓,朝李之然走了过去。

他安慰的话还没说出口,李之然先"活"了过来。

"何助理,你去查查监控,我在医院里找,找不到就立刻报警!"她语调冷静,眼中却滚出一串泪珠,自己却浑然不觉。

何岩深深地看了她一眼,点头:"嗯,我去看监控,你在医院里找,别慌别太担心,说不定司衍在房里待闷了,自己出去玩了,会找到他的!"

李之然心里清楚,傅司衍怕生人,不会自己乱跑。但即便如此,她还是一层一层楼地找过去,生怕错过哪个角落。

无数张陌生的脸从她眼前滑过,却没有一张像傅司衍。李之然的心里仿佛缺了一块,缺口随着时间流逝而不断扩大,冷风飕飕地灌进去,里面雪虐风号。

"傅司衍!"她忘了自己找了多久,从住院楼一层层找下来,一路找到楼下的小花园。没有,哪里都没有。

李之然两腿发麻,站在刺目的天光下,忽然觉得心力交瘁。

"傅司衍!!"她歇斯底里地大喊了一声,无助地蹲在地上,将脸埋进掌心,整个人已处在崩溃的边缘。

何岩的电话打进来:"监控里拍到一个小时前,司衍被一个医生打扮的男人带走了!"

李之然用手撑着地站起身:"快报警!那个人很可能是沈术!"

她放下手机,强迫自己冷静下来思考,如果是沈术,带走傅司衍以后会把他带去哪里?那个疯子,他会怎么做?他要干什么?

李之然想不出答案,心里的焦急不安让她没办法镇定理性地思考。就在此时,她忽然看见医院门口有个熟悉的人影,李之然定睛一看,是阮亦晴。

阮亦晴也看见了她,两人四目交汇,阮亦晴转身跑了。李之然顾不得细想,拔腿便追。

"阮亦晴!"等她追到医院门口,阮亦晴已经穿过马路,消失在对面的巷子里。

李之然已经急红了眼,不管不顾地追了过去。她将所有注意力都放在阮亦晴身上,压根没留意身后的危险正在逼近。李之然后背挨了一记闷棍,一时没有防备,险些栽倒在地。紧接着,她闻到熟悉的香水味,但她还没来得及回头,就被人从后面用毛巾捂住了口鼻,一股浓烈的乙醚味钻进鼻子里,李之然无力地挣扎了两下,彻底失去了意识……

李之然醒来时,眼前昏暗的光线让她以为自己还在昏迷中。

"然然。"有人在喊她,声音很微弱。

是傅司衍的声音。李之然原本混沌的大脑瞬间清醒,紧张地四处搜寻,很快看到了蜷缩在角落里的傅司衍。

"司衍!"她想冲过去,却发现自己手脚都被粗麻绳绑着,根本动弹不得。

"司衍你有没有受伤？别害怕！"李之然强迫自己看清四周的情况，心底冰凉，这里是十五年前，她藏身过的地下室。

有脚步声从楼梯上传来："醒了？睡得好吗？"

李之然抬起头，看见缓步走来的沈术。他打开地下室的灯，李之然这才看清他身后还跟着阮亦晴。

"你疯了？快放开我！"李之然厉声朝他吼道。

沈术低声笑了，走到她面前蹲下，单手捏着她的下巴，强迫她与自己对视。

李之然望进他那双阴寒的眼睛，感受到他内心深处灭顶的绝望，同时听见一个小男孩撕心裂肺的惨叫声。

"感受到了吗？"他凑到她耳边，轻声说，"早在几年前，我第一次参与你的治疗时，就发现你有这种特殊能力。你那时也听见了我心里的声音，不过当时你陷在潜意识里，以为是幻听。"他微笑着，"也就是从那天起，面对你的时候我都让沈术来。"

李之然身体一震："你这是什么意思？"

"你还不懂吗？我和你一样，体内有两个人，我们分工合作得很愉快。"他缓缓起身，走向一旁的傅司衍，似笑非笑地对他说，"忘了自我介绍，亲爱的弟弟，我是你的哥哥乔烨。"

李之然拼命挣扎。

"乔烨，你有什么冲我来！傅司衍他什么都不记得了，你放过他！"李之然焦急地喊道，"一直以来都是我在怀疑你，是我在调查你！他什么都不知道！"

乔烨已经走到傅司衍面前，她却被绑在原地动弹不得。李之然急出了眼泪，只能向在场的另一个人求助："阮亦晴，你不是喜欢傅司衍吗?乔烨和傅司衍……"

"你早知道我喜欢他,可是你呢?"阮亦晴冷冷地盯着她,眼里充满恨意和不甘,"你把他抢走,还在我面前炫耀!你们都该死!"

她发狂似的尖声喊道:"只有乔烨是来帮我的!他才是我可以相信的人!"

李之然心凉了下去,阮亦晴对傅司衍由爱生恨,心甘情愿地被乔烨利用。她彻底孤立无援,但她不能被打倒,如果她也放弃了,那傅司衍怎么办?

此刻,那个心智停留在八岁的傅司衍面对乔烨,害怕得瑟瑟发抖,最后终于不堪重负,惊恐地尖叫起来,歇斯底里。

"嘘。"乔烨朝他做了个噤声的动作,伸出手温柔地摸着他的头,"乖孩子,安静点儿,不然会痛。"

他拿起旁边桌上锋利的短刀,冰冷的刀刃贴在傅司衍脸上。乔烨低低地笑了起来:"你记得我之前那一刀砍在哪里吗?在你身上。"

刀尖缓缓下滑到傅司衍右肩,然后斜斜往下。

"很长的一条刀口,你当时流了好多血……"

傅司衍的头不安地左右晃动,像在躲避乔烨的视线,又像是在抵抗那些让他无处可逃的记忆,他无意识地一遍遍念着另一个名字,"然然,然然……"

他那么害怕,在向她求救,可她在几步之外,却无能为力。

"乔烨!"李之然从未如此绝望,她卑微地哀求他,想唤起他一点儿怜悯,"你放过他吧,你是他的哥哥啊!当年的事,他又有什么错?"

"哥哥?"乔烨仿佛听了个笑话,居高临下地看着傅司衍,眼里一片冰冷,"对,这是我的好弟弟,我从少管所出来以后,没有一天不在找他……等我终于找到他,他却把我忘得一干二净。"

他这种受害人的口吻让李之然愤怒不已："当年明明是你伤害了他！哪怕分开以后，你都是他的噩梦，你折磨他折磨得还不够吗？他究竟欠了你什么？"

"他欠了我什么？"

乔烨冷笑，转身走向李之然，毫无征兆地一脚踢在她肚子上，接着是第二脚、第三脚……踹下去，李之然倒在地上，痛苦地蜷缩成一团，但她死死咬住嘴唇，就是不哼一声，因为傅司衍就在不远处看着，她不能再增加他的害怕和不安。

乔烨还在笑，神情开始变得狰狞，眼神透出残忍嗜血的癫狂："他欠我什么？这么多年，我像条狗一样在社会上求生，我拼了命地去找他……他却光鲜亮丽地活着，而且还忘了我。"乔烨蹲下身，动作轻柔地擦拭着李之然唇上的血痕，低声说，"你是傅司衍的光，而他，是我的。在遇见他之前的那两年，我活得多么肮脏你知道吗？我不只一次想过死，不过我为什么要死？该死的是那个畜生！你应该能了解我的感受。毕竟你也有过相似的经历。"

乔烨怜惜地摸着她的脸，低低地笑出声。

"只可惜你太软弱，你选择逃避，而我，选择报仇。"

李之然难以置信地瞪大了眼睛："那场大火……"

"那场大火怎么会是意外呢？"

乔烨笑得更疯狂了，他仿佛又回到了多年前那场大火的现场，亲眼看着那个他恨之入骨的男人被火焰一点点吞噬，慢慢地被折磨致死，那时他痛苦的惨叫声可真好听。

乔烨轻轻地闭上眼睛，享受地回味着，沉浸在属于他自己的病态狂欢里。

"小乔烨太软弱太无能，那个男人每次用手摸他的时候，我都想杀死他……可是沈术总是说,让我忍一忍。"

李之然猛地意识到,他体内不是两个人,而是三个人:小乔烨、沈术,还有……眼前这个疯子。

"梁荣轩呢?梁荣轩难道也是你杀的?!"

"梁荣轩?"乔烨笑道,"他可帮了我不少忙呢。你知道傅司衍这些年的治疗效果为什么时好时坏,最后干脆一直坏下去吗?因为梁荣轩想让傅司衍离不开他,那个蠢货在病人的身上产生了移情,他把傅司衍当成了自己的儿子!"

这个消息让李之然心里一阵恶寒。那个看起来温文尔雅的心理医生,那个傅司衍信赖的人,却在暗中折磨了他这么多年。

乔烨揪着傅司衍的头发,把他拖到李之然的面前,强迫他抬头看向李之然。

"告诉傅司衍。"他命令李之然,"告诉他你现在就放弃他,就像他父母一样,永远放弃他,我就放你走!"

李之然冷笑:"你能杀两个人,就会杀第三个。而且我现在知道了一切,你又怎么可能会放过我?"

乔烨轻眯起眼睛:"那你是想现在死了?"

李之然不为所动,只是望着傅司衍。他神情仍然有些呆滞,只有在头皮被扯痛时不经意地流露出一点儿痛苦的神色。

"司衍。"她语气温柔,就像每天晚上坐在床头哄他睡觉时那样,"别害怕,我永远不会忘记你,也不会伤害你,更不会离开你。"

乔烨恼羞成怒,吼道:"你给我闭嘴!"

"别害怕。"李之然继续朝傅司衍温暖地笑着,"我好像也没有认真地告诉过你,我有多爱你。"

乔烨猛地将傅司衍甩到一边,吩咐一旁的阮亦晴:"看住他!"

生死相随 | 255

他抄起旁边的木棍，一棍子砸在李之然身上。

"你爱他？"乔烨神情阴狠，"让我看看你有多爱他！你要记住，你现在身上承受的这些痛，都是他带给你的！"

棍子如雨点般地落在李之然的身上，阮亦晴别开眼，不忍看下去。

身上的疼痛越来越剧烈，真正让李之然害怕的，是她大脑深处的痛楚。她倒在地上，看到傅司衍惊恐的眼中泛起泪光，他眼底那层灰蒙蒙的雾色，慢慢的被泪水冲刷干净，痛苦变得越来越清晰……他想冲过去救自己心爱的人，但他还无法完全掌控自己的身体，只能小幅度地前倾。他想叫她一声，可喉咙却被什么东西堵住了，只能发出小兽般的呜咽。

无能为力，原来是这个世上最残忍的词。

"不，不是傅司衍……"李之然还在与自己抗争，她在心底一遍遍地告诉自己，"不是傅司衍，不能忘记，不能忘记他……"

一股腥涩涌上喉咙，血从李之然嘴角溢出，她已经说不出话了。她望着傅司衍，泪眼婆娑地拼命摇头。不能忘记……不能忘记傅司衍……

"然然！"傅司衍终于喊了出来。

乔烨最后一棍也在此时砸了下去，砸在李之然头上。血从她头上流下来，傅司衍看着她那张素净的脸上被鲜血浸染，颜色浓烈刺眼……他终于知道什么是真正的绝望。

按住他的阮亦晴也被眼前这一幕震惊了，她松开手，战战兢兢地后退。

"你……你把她活活打死了？"

乔烨转头看着她，笑得一脸灿烂。

"你不是希望她消失吗？"

他走向阮亦晴，从口袋里摸出打火机，让火苗在她眼中跳动。

"别担心，你没有错。"乔烨低声说，"每个人都有层层伪装、层层包裹，希望李之然死，希望她消失的你，才是那个真实的你。这没有错。"

阮亦晴神情恍惚，原本一直往后退的脚也不再动了。

"我……我没有错？"

"对，你没有错，你只是忠于你的内心而已。"他说，"我是站在你这边的，我会帮你，你不是说过，会相信我吗？"

"阮亦晴……"李之然虚弱的声音缓缓响起，她用力撑开眼睛，有血压在她眼皮上，滑进她眼睛里，视线变得很模糊。但她的耳朵还能勉强听到外界的声音。她想再试一试，试着唤醒阮亦晴的良知，"你……被他催眠了知道吗？你在他眼里，不过是个工具而已……别傻了。"

乔烨收起打火机，回过身，握紧手里的木棍，愤恨地走向倒在地上奄奄一息的李之然。

"看来你还需要一下才能闭嘴。"

"你……你住手！"阮亦晴颤抖着出声阻止。

乔烨的动作真的停了下来。

"你希望我住手？"

他语气里的真诚让阮亦晴心里一软，走到他身后。

"乔烨，到此为止吧，不要弄出……啊！"

她话没说完，就被乔烨回身一巴掌抽倒在地上。

"你以为你是谁？让我住手？"

乔烨冷笑着，接连几脚踹在她身上，直踢得身娇体弱的阮亦晴吐出一口血来。

"不……"李之然发出微弱的阻止声。

她想去救阮亦晴，但她的身体、脑袋都是难忍的剧痛。李之然绝望地认清现状——她保护不了任何人，她甚至连自身都保不住。

傅司衍倒在距离她不远的地方，身体抽动着，仿佛在拼命挣脱什么。"司衍。"她轻声喊他，而他却毫无反应。

她再喊不出第二声了，她大脑深处难以忍受的痛楚像涨潮的水一般一波接一波地涌上来。她痛苦不堪，眼皮不堪重负地合上，但她依然强撑着，拼命让意识保持清醒，不肯昏睡过去……

何岩报了警，动用所有能动用的关系，派出所有能差遣的人手，全市寻找傅司衍和沈术的下落，但一直没有消息。更让他不安的是，李之然也联系不上了。

这么多年来，何岩一向是个平和如水的人，少有情绪大起大落的时候。但这次，他却尝到了一颗心七上八下的滋味。他实在不愿意这样在煎熬中苦等消息，他再次回到医院的监控室看监控，没想到有了意外的收获。

他发现几个小时前，医院大门口出现了一个熟悉的身影，停留了几分钟后那人转身走了，而后，李之然冲了出去。

何岩立刻打电话吩咐："你们去查查阮总监在哪儿！公司有她的车牌号记录，她的车里有定位，立刻去找！一有消息，马上告诉我！"

阮亦晴在地上缩成一团，浑身痛得止不住痉挛。乔烨轻蔑地扫了她一眼，又走向李之然。这回，他手里拿的不是棍子，而是一把锋利的瑞士军刀。

"我最后给你个机会，只要你亲口告诉傅司衍，说你会忘记他，我就放过你。"

李之然睁开眼睛,她已经很累了,傅司衍的脸在她眼里是模糊的,可她还是努力对他笑。

乔烨的忍耐到了极限,他一把抓起李之然的头发,强迫她仰起头,将纤细的脖子袒露出来,另一只手拿着锋利的刀朝着她脖子上的血管抹去。

"司衍,好好活着。"李之然闭上眼睛,泪和着血往下流。这是她留给傅司衍的最后一句话,她希望他能好好地活着。

刀划破脖子的感觉,好像没有预期的那么痛,又或许是因为她已经痛到麻木了……

"哥。"傅司衍平静如水的声音缓缓响起。

刀刃已经割破了李之然的皮肤,却在此时生生停住了。乔烨僵硬地转过头,难以置信地看向傅司衍。

"哥。"傅司衍又唤了一声,他朝乔烨伸出手,脸上浮现出孩子气的笑容,他说,"我很想你。"

"哥。"八岁的傅司衍站在院子门口,迎接去学校报完名回家的他,口里叫着,"哥!"

"哥。"

"哥。"

眼前的傅司衍和八岁时的他合为一体,他说:"哥,放开她,我们回家吧。"

抵在李之然喉咙上的刀跌落在地,发出一声脆响。乔烨眼中浮现出狂喜之色,他冲向傅司衍。

"好!我们回家……回家!"

他弯腰扶起傅司衍,就在这时,傅司衍一拳猛地砸向他的脸。乔烨毫无防备,生生地挨了这重重一击。乔烨被打得一个趔趄,险些栽

生死相随 | 259

倒在地。

傅司衍迅速捡起掉在地上的刀，不等乔烨站稳，冲上去一刀捅进他肩膀。温热的血顺着刀柄，流进傅司衍的掌心。傅司衍面无表情的脸上，清晰地滑过一道泪痕，但他手里的动作没有停，他拔出刀，毫不犹豫地扎进乔烨的大腿。

乔烨捂着伤口倒在地上，却没有哼一声，反而在笑。

"你现在恨不得杀了我吧？"他大笑大叫着，"我差点儿杀了李之然，还折磨了你这么多年，来，杀了我啊！让这一切结束！"

乔烨看向傅司衍的目光，却是悲痛无比。

傅司衍没有说话，他捡起地上的木棍，一棍子打在乔烨受伤的腿上。乔烨在剧痛里笑得越发癫狂。

确定乔烨已经彻底站不起来后，傅司衍转过身抱起地上的李之然，"然然。"

李之然想再对他笑一下，可她没力气了，她的头很痛，像是要炸开了一样。

"司衍……"这回，她连他胸前的衣服都抓不住了，只能无意识地喊疼，"我好疼。"

傅司衍抱着她大步往外走，走到楼梯尽头才发现门被锁住了。

"钥匙！钥匙在这里！"身后传来阮亦晴的叫声，她扑到乔烨身上，哆哆嗦嗦地从他口袋里摸出钥匙。

乔烨非但没有阻止，反而看着她笑。

"再见。"他甚至语气平和地跟她说话。

阮亦晴心里有些难受，但她没有犹豫太久，拿上钥匙转身朝傅司衍他们跑去。傅司衍看到她身后的乔烨爬向旁边的一个木桶，他把木桶扳倒，里面的透明液体流了满地，刺鼻的气味慢慢在空气里散开。

是汽油!

傅司衍已经猜到乔烨要做什么了,他把李之然轻轻放在地上。

"阮亦晴,你带她出去!"

"什么?"

阮亦晴还没反应过来,就见傅司衍冲下楼梯。而他们身后的地下室,已是火光一片。火势凶猛,用不了多久就会烧上来,将他们全部吞没。

阮亦晴手忙脚乱地打开门往外冲,走出几步,看到李之然还躺在楼梯口。有那么一瞬间,她真想把李之然扔在那儿,佢终究没狠下心,跑回去将李之然拖了出来。阮亦情一抬头,正好看见傅司衍正往越烧越旺的火光里冲,吓得不轻,大喊道:"傅司衍你不要命了吗?快出来啊!"

傅司衍置若罔闻,他护住头冲进大火,找到躺在地上等死的乔烨。乔烨没料到他会回来,先是一惊,而后怒道:"你快滚!"

傅司衍一言不发地将他从地上拖起来。

乔烨挣扎着想推开他:"我让你滚你听见没有?老子要是活着,下次一定找机会杀了你!"

傅司衍把他的一只手搭在自己肩上,低声说:"跟我走吧。"

乔烨愣了,他看着傅司衍火光里的脸,一瞬间,他仿佛又回到了过去。他变成了那个十岁的乔烨,站在火光外,静静地看着里面的男人被烧死,看着那栋房子在眼前被烧成灰烬。

其实他一直都知道,葬在那场大火里的,除了那个畜生,还有他们一家三口曾经幸福安宁的时光。后来的他几乎没想起过五岁到八岁的那三年。只有小乔烨一直留在那里,留在最幸福的那段日子里不肯出来,不肯长大……

阮亦晴已经把李之然拖到房子外面，正好看见一辆车开过来，连忙招手呼救。

何岩没等车停稳，就迫不及待地冲了下去，看见浑身是血已经昏死过去的李之然，惊得变了脸色。

"她这是……"他想起傅司衍，"傅总人呢？"

"还在地下室，里面起火了！"

傅司衍扶着乔烨一路走到楼梯口，大火追上楼梯，傅司衍想让乔烨先出去，但一路配合的乔烨却在这时按住了他的手。

"司衍。"他说，"你恨不恨我？"

傅司衍看着他回答："恨。"

乔烨笑了："很好，恨会让你永远记得我。"

说完，他用尽全身的力气，猛地将傅司衍推出门外，而后迅速锁上门，任凭傅司衍在外面怎么敲都不开。

"乔烨，你开门！"

"傅司衍。"他静静地望着已经窜到眼前的火舌，笑了，"这场大火和二十二年前那场很像呢。"

火光里，那栋房子又出现了，他看见养父母一左一右地牵着自己的手，把他带进那栋房子。

"烨烨，这以后就是你的家了。"

乔烨闭上眼睛，脸上浮现出奇异的安详之色。他张开双手，跌进熊熊的大火里，耳边仿佛还能听见养母的声音，她正轻轻地哼着那首童谣，哄他入睡……

尾 声

李之然昏迷了很久,她陷在无边的黑暗里,世界一片死寂。后来,她的意识恢复了一点儿,总听见有人在她耳边说话。她听不清那人说了什么,只是觉得那人的声音很好听,低沉平缓,极有磁性,听着很容易令人着迷。

她真正醒过来,已经是三天之后了。

李之然转动眼珠,茫然地看了看四周,一片雪白,空气里蕴藏着一股消毒水的气味。她太久没转的脑子动了动,明白过来,自己是在医院。

她视线往下一滑,看清了自己目前的情况——腰上、腿上、头上都裹着白纱布,活脱脱一个简装版现代木乃伊。

看这情况,自己应该是出车祸了,或者是被仇家打了,也有可能是……穿越了。

就在李之然脑洞大开,根据目前惨痛的现状,给自己设想悲惨命运的时候,病房的门"吱呀"一声打开了。

"李小姐,你醒了?"进来的是个中年男人,西装革履,温文儒雅。

"你认识我?"李之然试探着问道,"是你撞了我吗?"

这是……失忆了?何岩愕然,第二只脚还没迈进来,又退了出去,"我去通知傅总。"

傅司衍交代过，如果发现李之然醒后失忆，不要立刻叫医生，先通知他。

没过多久，李之然就听见门外响起脚步声，有人推门进来。大概是刚刚那个中年男人说的"傅总"。

男人很高，体型偏瘦，他有张英俊的脸，只是面容很憔悴，像是几天没睡觉了一样。

"然然。"他走到病床边，伸出手，隔着纱布碰了碰她的脸。

李之然想侧头躲开，奈何被绑得太严实，除了眼珠子和脖子以外，其他地方都不能动弹。于是她出声警告："帅哥，我是个律师，你最好放尊重点儿。还有，你能不能先给我解释解释我现在是什么情况？"

男人收回手，一双深邃的眼睛望着她，直看得李之然心里发毛。过了好一会儿，她才听见他的声音。

"傅司衍。"他说，"我的名字。"

"傅司衍……"她喃喃念着这三个字，有些茫然，"不好意思，没听过。"

傅司衍微微一笑："没关系，我们还有一辈子的时间可以互相认识，互相了解。"

他的笑容让李之然有一瞬间失神。不知为什么，她觉得眼前这个男人意外地亲切，可他们明明是第一次见面啊。

"对了。"傅司衍从裤兜里摸出一条项链，"这个是你的，你昏迷的时候我暂时替你保管了。"

吊坠是两个英文单词。

"The one……"李之然低声念着。

"意思是'命定的爱人'。"那个男人俯下身，给她戴上项链。

他的呼吸在她耳边起伏，嗓音温柔，一字一顿地对她说："赠我此生挚爱。"